L'ART DE RACONTER

Dominique Fernandez est né à Paris en 1929. Son cursus : École normale supérieure, agrégation d'italien, doctorat ès lettres. Il écrit régulièrement pour le *Nouvel Observateur*. Il a obtenu le prix Médicis en 1974 pour *Porporino ou les mystères de Naples* et le prix Goncourt en 1982 pour *Dans la main de l'ange*. Son dernier roman, *Place Rouge*, est paru chez Grasset en 2008. Il a été élu à l'Académie française en 2007.

Paru dans Le Livre de Poche :

L'Amour

La Course à l'abîme

Jérémie ! Jérémie !

Nicolas

Porfirio et Constance

Signor Giovanni

Tribunal d'honneur

Flaubert ou Stendhal ?

Jusqu'à la fin du XVIIIe siècle, le roman tient de la somme, du fourre-tout. Lesage, Voltaire, Marivaux, Sade, Defoe, Fielding, Potocki : leurs romans ne consistent qu'en une suite d'épisodes. C'est que le genre romanesque constitue un genre inférieur, au-dessous du théâtre et de la poésie, genres privilégiés qui ne souffrent, eux, ni mélange ni désordre. Le roman est chargé de recueillir, en vrac, le bouillonnement, l'explosion des idées, des expériences nouvelles.

Au début du XIXe siècle, on voit apparaître un type de roman opposé, le roman-confession, mise en scène de la vie privée de l'auteur : *Adolphe, René, Aloys.* A l'autre bout du siècle ce sera *Dominique*, puis, sous une forme hypertrophiée, *A la recherche du temps perdu.* Le besoin de se raconter à la première personne est né par réaction à l'industrialisation, au développement urbain. Panique du moi, qui a besoin de se recueillir frileusement. Le XIXe siècle est aussi le siècle des carnets et des journaux intimes, d'Amiel à Joubert, de Vigny à Michelet, de Maine de Biran à Baudelaire.

Pourtant, entre le roman-somme où les personnages sont complètement extérieurs à l'auteur, et le roman-confession où le personnage n'est autre que l'auteur lui-même, un écrivain avait trouvé une troisième voie. Stendhal, en effet, appartient par un côté au roman-confession, c'est un homme qui a besoin de se raconter, et qui d'ailleurs se raconte souvent directement, à la première personne, dans son *Journal*, dans *Henry Brulard*, dans *Souvenirs d'égotisme.* Néanmoins, cet intimiste refuse de se replier sur soi. Si d'une part il est Beyle, d'autre part il veut être Stendhal. Il appartient au roman-somme par sa curiosité toujours en éveil, par son besoin de voyager. Dès dix-sept ans il découvre l'Italie. L'Italie le sauve de n'être fixé que sur soi. Question : si les romanciers ont souvent été des voyageurs, pourquoi l'Italie est-elle le pays romanesque idéal ? Stendhal, lui, aurait la réponse toute prête : parce que l'Italie est le pays de la passion, le pays où l'action suit immédiatement la pensée, le pays du drame et du mélodrame. En France, on se regarde vivre ; en Italie, on vit.

Quand il commence à écrire des romans, Stendhal a un double problème à résoudre :

— Je veux me raconter.

— Je ne veux pas me raconter.

Tout romancier affronte cette contradiction : j'écris pour parler de moi, mais parler de moi sans la médiation d'un personnage imaginaire serait plat. Il ne s'agit pas de me déposer ni de m'exposer dans mon livre, mais de m'y transposer. Chateaubriand lui-même, qui n'était pas romancier, et que haïssait Stendhal (sans avoir lu, évidemment, les *Mémoires d'outre-tombe*), a énoncé admirablement la règle de tout vrai roman : « On ne peint bien que son propre cœur, en l'attribuant à un autre. » Stendhal a mis d'emblée au point la formule romanesque qui découle de cette règle : je parlerai de moi en empruntant des identités de rechange. Je me transformerai en un autre qui parlera à ma place. Exemple : l'évasion d'Alexandre Farnèse et la genèse de *La Chartreuse de Parme.* Comprenons bien : Stendhal ne se raconte pas sous les traits d'Alexandre, non, il se met à la place d'Alexandre et se demande : qu'aurais-je fait, comment aurais-je réagi si j'avais été le fils d'un noble italien, si j'avais été emprisonné à la suite d'un duel, si j'étais tombé amoureux de la fille du gouverneur de la forteresse, si je m'étais évadé au moyen d'une corde, etc. ? En somme, il se donne d'abord une identité de rechange, et ensuite il fait vivre ce double avec sa logique propre.

Ainsi *La Chartreuse de Parme* est autobiographique, dans la mesure où Stendhal coule ses émotions, ses passions, le courant de sa vie intérieure dans la nouvelle identité qu'il s'est donnée, mais ce roman est le contraire de l'autobiographie, dans la mesure où il est création d'un personnage indépendant de l'auteur.

Le romancier peut vivre autant de vies imaginaires qu'il le veut, tel est le secret de l'art romanesque. Le lecteur, de son côté, en s'identifiant au héros, accomplit le même travail de dédoublement, de libération de soi-même par le dédoublement. Le roman est l'art qui permet à chacun, auteur ou lecteur, d'échapper à sa vie, aux limites de sa propre vie. Tout homme, toute femme souffre de n'avoir qu'une vie, une identité, un pays, une langue, un sexe, une carrière. Le romancier est celui qui, étant plus sensible à cette souffrance, met en œuvre le moyen d'y remédier, pour lui et pour ses lecteurs.

Nul n'a formulé aussi bien qu'Albert Thibaudet, le plus grand critique littéraire du XXe siècle, aussi savoureux qu'érudit (et donc rejeté par le pédantisme universitaire qui tient aujourd'hui le haut du pavé), ce qui distingue, du pseudo-romancier adepte de l'autofiction directe, le romancier créateur de personnages. « Le romancier authentique crée ses personnages avec les directions infinies de sa vie possible, le romancier factice les crée avec la ligne unique de sa vie réelle… Le génie du roman fait vivre le possible, il ne fait pas revivre le réel. » (*Réflexions sur le roman*, 1912, reprises dans le volume homonyme, Gallimard, 1938.)

Oscar Wilde, dans *Intentions*, énonçait déjà cette loi, sans avoir lui-même la force ou le talent de s'y tenir : « C'est parce que Shakespeare ne parle jamais de lui dans ses pièces que ses pièces nous le révèlent complètement, et nous montrent même mieux sa véritable nature et son tempérament que ces sonnets étranges et exquis où il met à nu pour les yeux lucides le trésor secret de son cœur. Oui, la forme objective est, en définitive, la plus subjective. L'homme cesse d'être lui-même dès qu'il parle pour son propre compte. Donnez-lui un masque et il vous dira la vérité. »

Gaston Bachelard, *La Terre et les rêveries de la volonté :* « Parler, écrire ! Dire, raconter ! Inventer le passé ! Se souvenir la plume à la main, avec un souci avoué, évident de bien écrire, de composer, d'embellir pour être sûr qu'on dépasse l'autobiographie d'un réel advenu et qu'on retrouve l'autobiographie des possibilités perdues, c'est-à-dire les rêves mêmes, les vrais, les rêves réels, les rêves qui furent vécus avec complaisance et lenteur. L'esthétique spécifique de la littérature est là. La littérature est une fonction de suppléance. Elle redonne vie aux occasions manquées. »

Je trouve confirmation de ce principe chez un autre romancier, qui, lui, n'a pas commis, comme le Wilde du *Portrait de Dorian Gray*, l'erreur de Narcisse. Milan Kundera, *L'Insoutenable Légèreté de l'être* : « Les personnages de mes romans sont mes propres possibilités qui ne se sont pas réalisées. C'est ce qui fait que je les aime tous et que tous m'effraient pareillement. Ils ont, les uns et les autres, franchi une frontière que je n'ai fait que contourner. Ce qui m'attire, c'est cette frontière qu'ils ont franchie (la frontière au-delà de laquelle finit mon moi). De l'autre côté, commence le mystère qu'interroge le roman. Le roman n'est pas une confession de l'auteur, mais une exploration de ce qu'est la vie humaine dans le piège qu'est devenu le monde. »

Comment la formule stendhalienne a-t-elle été appliquée (par des auteurs qui souvent n'avaient pas lu Stendhal) ? On peut distinguer trois cas.

1. Le personnage romanesque est purement fictif. Alexandre Dumas s'impose ici comme patron tutélaire du roman. Le génie du dédoublement, il l'a poussé, lui, jusqu'à la quadripartition. Il s'est coupé en quatre, pour incarner dans un personnage différent chacune des composantes de sa nature. Voyons, s'est-il dit : il y a en moi un bravache impénitent, je vais en faire d'Artagnan. Un libertin de l'Ancien Régime, ce sera Aramis. Un capitaliste du nouveau siècle : Porthos. Et ma nostalgie du mystère ? Athos l'incarnera. Pour mieux achever la métamorphose de l'autobiographie en roman d'aventures, il choisit pour ses doubles une époque lointaine ; et, pour ne pas s'enfermer dans les pièges de « l'écriture », il les lance à cheval sur les routes d'Europe.

Cet exemple manquerait-il de sérieux ? Quittons alors le roman de cape et d'épée pour le roman social et psychologique. Et relisons le premier roman de Thomas Mann, *Les Buddenbrook*, publié en 1901, pour ouvrir le siècle qui a tourné ensuite le dos à ce livre magistral. De son ascendance paternelle, Thomas Mann tenait son côté bourgeois, solide, constructeur. Son père était sénateur de Lübeck, ce port hanséatique aux robustes traditions commerciales. Sa mère était d'origine brésilienne : Thomas Mann tenait d'elle son côté artiste, son côté « mort à Venise ». Comment résoudre ce conflit entre Nord et Sud, bourgeoisie et esthétisme, santé et décadence, sens des affaires et sens de l'art ? Thomas

Mann, à vingt-cinq ans – l'âge où les jeunes romanciers d'aujourd'hui se racontent à la première personne avec une complaisance absolument antiromanesque –, écrit *Les Buddenbrook*, où il se choisit plusieurs doubles dont chacun incarnera une tendance de son caractère : Thomas, le sens constructeur et bourgeois, Christian, frère de Thomas, le sens esthète et destructeur, Hanno, fils de Thomas, le sens rêveur et musical. Personnages dotés d'autonomie et d'épaisseur romanesques, personnages qui existent par eux-mêmes, indépendamment de celui qui les a nourris de son esprit et de sa chair.

2. Au lieu d'être purement fictif, le personnage peut avoir des points d'attache avec la réalité historique : tel Vautrin, modelé par Balzac d'après François Eugène Vidocq, ex-bagnard devenu chef de la police. Ou les héros des *Possédés* de Dostoïevski, inspirés par le groupe des nihilistes russes. Au sujet de Proust, on se livre au jeu assez vain des clefs : qui a fourni le modèle de Vinteuil ? de Swann ? de Charlus ? Faut-il reconnaître Cocteau en Saint-Loup ? Au vrai, le système romanesque fonctionne de la même façon avec un personnage purement fictif et avec un personnage tiré de la réalité. Balzac ne raconte ni son histoire ni l'histoire de Vidocq, il écrit sa propre vie imaginaire de criminel et de chef de la police. Entre parenthèses, si on trouve tant de criminels et d'assassins dans les romans, c'est parce que le romancier exorcise à travers eux ses pulsions homicides. Fonction sociale du roman : éviter le surpeuplement des prisons. Tant de suicidés aussi : Goethe concluait son roman de jeunesse par le suicide de Werther pour expulser à travers ce geste, a-t-il dit, sa propre tentation de se tuer.

3. Le système peut fonctionner de la même façon avec un personnage qui n'est ni fictif ni en partie historique, mais qui est totalement historique, qui a une

existence attestée et documentée. Le cas est plus rare, car les détails qu'on a sur un personnage réel semblent devoir être un frein au déploiement de l'imagination. Stendhal, encore lui, a donné d'emblée l'exemple achevé de fusion entre le réel et l'imaginaire. Le 22 juillet 1827, dans l'église de Brangues, au moment de la communion, un jeune séminariste, Antoine Berthet, tirait un coup de pistolet sur Mme Michoud de la Tour, à qui il reprochait d'avoir trahi ses sentiments et ses intérêts. Le drame, qui s'était déroulé dans son Dauphiné natal, intéressa vivement Stendhal, qui suivit de près le procès. Il apprit qu'Antoine Berthet, précepteur des enfants de M. Michoud de la Tour, s'étant épris de la mère de ses élèves, ou calculant l'intérêt d'une telle liaison, en était devenu l'amant. Cependant, décidé à s'élever dans la société par la prêtrise, Berthet avait quitté son emploi pour continuer ses études au petit séminaire de Belley, dont il avait été chassé pour manque de vocation. Devenu instituteur des enfants du comte de Cordon, il avait séduit la fille aînée. Celle-ci se trouvant enceinte, le mariage avait été décidé, mais le projet interrompu à la suite des mauvais renseignements sur le jeune homme parvenus à la connaissance du comte. Antoine Berthet avait imputé cet échec à l'intervention de Mme Michoud de la Tour. Il s'était rendu à l'église de Brangues pour la tuer. Bien que sa victime n'eût été que blessée, il avait été condamné à mort et guillotiné. Le scénario de *Le Rouge et le Noir*, donc, mais Stendhal put lire aussi des échantillons du style d'Antoine qui l'aideraient à façonner le caractère de Julien Sorel, à donner à ce caractère le ton héroïque. « On dit que Mme Michoud sollicite ma grâce, écrivait Berthet au procureur, elle a tort ; c'est m'affubler de quelques haillons après m'avoir enlevé des habillements de pourpre. Ce que je puis obtenir de plus doux, c'est la mort. Je veux la demander à mes juges et même les insulter à dessein de l'obtenir plus facilement. »

Le choix du sujet, des personnages qui seront mis en scène, revêt une grande importance. Le romancier « factice » ne se pose pas ce problème, puisque son sujet, c'est lui ; son personnage, lui encore. Le romancier « authentique » doit chercher avec soin dans quelles identités de rechange il pourra couler sa vie intérieure. Il n'obéit pas à un mouvement spontané, pas plus qu'il ne se laisse aller à son inspiration. Au contraire, il tâtonne avant de trouver dans quels personnages imaginaires il transposera son personnage réel. Le Tolstoï de *Guerre et Paix* est le romancier qui a su avec le plus de génie mélanger les personnages de fiction, de demi-fiction (comme Natacha, dont un des modèles était sa belle-sœur Tatiana, ou la pluralité de doubles en qui il s'est lui-même réparti, le prince André, pour la haute ambition personnelle, Nicolas Rostov, pour le goût de la musique, Pierre Bézoukhov, pour le besoin de refaire le monde, etc.) et historiques (comme Napoléon ou Koutouzov).

On pourrait croire qu'un sujet aussi « objectif » que le tableau de la Russie pendant les guerres napoléoniennes se serait présenté de lui-même à l'auteur. Mais, parce que celui-ci voulait parler de lui à travers ses moi de rechange, il eut beaucoup de mal à cerner l'époque qui convenait le mieux à son double but. En 1862-63, sous l'influence du Hugo des *Misérables*, il se décide pour le récit historique. Mais qui se passera quand ? Où ? Avec qui ? Il s'essaye à un roman sur les décembristes, ces comploteurs qui tentèrent en décembre 1825 de détrôner Nicolas Ier. Le projet échoue. Il commence alors, en 1864, un autre roman, *L'Année 1805*. Lequel sera transformé et intégré à la première partie de *Guerre et*

Paix, immense variation sur le problème des rapports entre la vérité et la fiction.

Tolstoï, très occupé de lui-même, auteur d'un volumineux journal intime et de carnets, mais avant tout romancier, avait, dès son premier récit (1852), précisé sa conception de la littérature et ses ambitions d'écrivain. Il avait intitulé ce récit *Enfance*, mais la revue qui le publiait avait modifié le titre en *Histoire de mon enfance.* Protestation de l'auteur : « Que peut bien faire à quiconque l'histoire de mon enfance ? » Ce faux titre laissait supposer un retour de l'auteur sur son passé, un travail et un effort de réminiscence. Or, Tolstoï s'était bien servi de ses souvenirs personnels, mais en les transposant dans une fiction de portée plus large. Ainsi, au héros de son histoire, qui est en même temps le jeune Léon et son double romanesque, il prêtait des parents qu'il avait lui-même perdus très jeune. Autoportrait, mais retouché ; fiction, mais plus vraie que la réalité ; non pas autofiction, mais roman.

Même opération vers la fin de sa carrière, lorsqu'il écrit *La Mort d'Ivan Ilitch*, en 1884. Tolstoï était depuis toujours hanté par la mort, angoisse qu'il exorcise par ce récit, où il parle de lui comme si c'était un autre, et de la mort comme une chose distincte de sa propre substance.

Stendhal, Tolstoï, Dumas, Thomas Mann patrons du roman ? Mais pourquoi pas celui qu'on est convenu, de nos jours, de désigner comme tel ? Pourquoi pas Flaubert ? Ne s'est-il pas, lui aussi, en écrivant *Madame Bovary*, projeté dans un double qui est à la fois lui-même et un autre, une autre en l'occurrence, exploit qui lui vaudrait d'être placé en tête des romanciers « authentiques » ? « Madame Bovary, c'est moi » : n'est-ce pas lui qui a énoncé, le premier, la règle d'or ?

Mais il a inauguré, par ailleurs, une pratique de la littérature qui se situe aux antipodes de la liberté, de la vivacité, de la gaieté stendhaliennes. Le travail du style a tué en lui la rapidité, l'agilité, l'élasticité du nerf. Le roman, il s'en est fait une conception religieuse. Son cabinet de travail à Croisset, il l'a transformé en cellule de monastère. La tache originelle du roman, né comme genre inférieur, comme genre impur, comme le rebut de la littérature noble, il a voulu la laver une bonne fois. Hugo, Balzac, Dumas, Sue ? Des livres fourre-tout encore, sans véritable dignité – comme le seront, aux yeux des flaubertiens, un Zola, un Maupassant, un Simenon. En sacralisant le roman, Flaubert l'a coupé de la vie, l'a transformé en champ clos, en laboratoire d'où le public non professionnel serait peu à peu exclu. Je ne parle pas tant de Flaubert que de ses disciples, ou de sa postérité, qui, de Joyce aux pontifes du Nouveau Roman, se sont emparés du roman pour leurs expériences langagières, dans la vaine tentative de l'élever au niveau de la poésie.

Halte à la fécondité ! C'était le corollaire obligatoire. La littérature n'est plus qu'un douloureux effort pour s'arracher à la tentation du néant. Celui qui ne souffre pas en écrivant, qui ne se torture pas sur son « texte », celui qui ne sacrifie pas tout le reste de son existence à l'écriture, et qui n'est pas obsédé par l'échec, celui qui se livre naïvement au plaisir de raconter, celui-là, dans le siècle de Kafka, de Proust, de Musil, de Faulkner, n'a plus droit au titre d'écrivain.

La modernité littéraire, donc, aurait commencé avec Flaubert. Si, en effet, par modernité littéraire, il faut entendre culte de l'écriture poussé jusqu'à la religion, sacrifice de la vie à l'art, idolâtrie de l'œuvre, soupçon jeté sur la spontanéité créatrice, condamnation du plaisir de raconter, alors c'est bien à l'auteur de *Salammbô*, de ce roman catastrophique tant il est surécrit, qu'on doit faire remonter cette étrange dissociation de l'écrit et du vécu, de même que c'est de Wagner que date ce respect sacré de la musique qui fait des habitués de Bayreuth non plus des amateurs, mais des pèlerins, et du spectacle non plus une fête mais une cérémonie.

Flaubert a lui-même indiqué le rôle nouveau qu'il assignait à l'art, en se montrant si différent dans sa correspondance et dans ses romans. Dans sa correspondance, il reste merveilleusement libre, et vivant, sans se contraindre dans le corset de l'« artiste », ni contraindre son lecteur à se guinder dans l'admiration de ce qu'il lit.

Le terme même d'« amateur », comme il se trouve aujourd'hui dévalorisé ! *Amatore :* celui qui aime, qui se contente d'aimer. Fi donc ! Est-ce là une attitude responsable ? Chercher son plaisir, avouer qu'on ne cherche rien d'autre ! Le lecteur qui se croit « moderne » ressemble à un enfant qui se ferait taper sur les doigts par le curé parce qu'il a ri pendant la messe. L'écrivain qui se veut « moderne » est celui qui, renonçant à préparer des gâteaux, se voue à la fabrication des hosties. Mais si cette conception solennelle de la modernité commençait à nous peser ? S'il y avait une autre façon d'être moderne ? Si l'écrivain de notre époque devait être non plus quelque prêtre dressé sur son trépied oraculaire, mais un homme proche de nous, un frère, un ami ? Un modèle s'imposerait alors, et peut-être un seul : Stendhal, encore et toujours Stendhal, qui écrivait ses romans exactement dans le même ton que son journal ou ses lettres.

Rouvrons *Henry Brulard.* Jamais écrivain n'a posé moins de barrières entre lui et son lecteur. Quand le jeune homme de dix-sept ans arrive pour la première fois en Italie, il se précipite à l'Opéra et se pâme au

Matrimonio segreto de Cimarosa. Est-il entré en transe, a-t-il noté ce jour comme celui d'un baptême ? Non : « L'actrice qui jouait Caroline avait une dent de moins sur le devant. Voilà tout ce qui me reste d'un bonheur divin. » Voilà également l'essence du beylisme : ne jamais tricher avec soi-même, éprouver tout, à fond et sur le moment, le bonheur divin comme la dent manquante. « A force d'être heureux à la Scala, j'étais devenu une sorte de connaisseur. » Quelle leçon pour nos cuistres, qui ne jugent plus une œuvre d'après ce qu'ils éprouvent, mais d'après des paramètres prétendument scientifiques ! Les jargonneurs qui ont réussi à mettre Flaubert, Joyce, Kafka ou Proust en graphiques casseraient leurs instruments avec Stendhal, pour qui écrire était un simple réflexe, une façon de se sentir mieux, de se supporter, de s'aimer.

Revenons à Stendhal romancier, pour répéter qu'il a son mot décisif à dire, aujourd'hui où on ne sait plus très bien ce qu'est un roman, ni en quoi il se distingue de la biographie et de l'autobiographie. Stendhal n'a pas forgé lui-même la formule d'« autobiographie imaginaire », mais tous ses romans en sont une illustration éclatante. Beyle travesti en Stendhal, nous l'avons déjà rencontré en fils d'un charpentier de Franche-Comté, puis en fils d'un riche marquis lombard. Mais si mon père avait été un puissant banquier parisien ? Si j'avais été homosexuel ? Ou même, si j'avais été une fille ? Autant d'hypothèses, autant de romans : on aura reconnu *Lucien Leuwen, Armance* et *Lamiel.* Stendhal est le prince des romanciers parce qu'il réussit à renverser par l'imaginaire toutes les barrières de classe et d'argent. Et jusqu'aux obstacles physiques : le consul de Civitavecchia, petit, laid, bedonnant, se métamorphose dans le séduisant Fabrice del Dongo. La limite suprême, celle qu'impose le sexe, peut être niée elle-même. Seul, avant lui, Daniel Defoe avait réussi cette opération de transsexualité, dans *Moll Flanders.* (Et rares resteront, après lui, les tentatives analogues : Flaubert s'identifiant à Emma Bovary, Marguerite Yourcenar se revivant en Hadrien, Elsa Morante en Arturo.)

Dépourvu d'imagination, Stendhal, comme nous l'avons vu, empruntait ses trames à des faits divers : l'histoire de Julien Sorel au crime d'Antoine Berthet, l'intrigue de *La Chartreuse* à une chronique italienne du XVe siècle. Il prenait tels quels les personnages réels que lui fournissaient soit les archives soit l'actualité, seulement, il s'y logeait lui-même, il refaisait la vie de Julien ou de Fabrice en fonction de sa propre sensibilité, ce qui lui permettait d'être un autre sans cesser d'être lui-même, de se fabriquer une existence chimérique : la fusion, justement, de la biographie et de l'autobiographie, fusion qui est l'art même du roman. Stendhal ne s'est jamais raconté directement dans ses romans, faute que commettent tant de jeunes écrivains trompés par l'exemple de Proust. Beyle et Stendhal : en se choisissant un pseudonyme pour ses romans, Stendhal en chassait Beyle, il manifestait la même décision que Tolstoï intitulant le récit de sa jeunesse, non pas *Histoire de mon enfance*, mais *Enfance.*

Faire vivre le possible, et non faire revivre le réel, selon les mots de Thibaudet. Encore qu'une telle formule eût paru trop dogmatique à Stendhal, qui avait horreur des généralités. « Je crois que, pour être grand dans quelque genre que ce soit, il faut être soi-même », lit-on dans le *Journal* de 1818. Stendhal, il faut plutôt le fréquenter comme une connaissance familière que le prendre pour guide. Avec qui aurais-je envie de m'asseoir à la table d'un café et de bavarder tranquillement ? Pas avec Balzac, assurément, de peur qu'il ne me lise le caractère des passants d'après les bosses de leur crâne ; ni avec Flaubert, par crainte d'être assommé par ses gueulades contre les bourgeois ; ni avec Tolstoï, qui me reprocherait de perdre mon temps au lieu de travailler à mon perfectionnement moral. Proust serait trop intimidant, Céline trop encombrant. Reste Stendhal, parce qu'avec lui je ne saurais même pas que je suis assis auprès de quelqu'un qui fait des livres. On parlerait Italie, on parlerait musique ; et, seulement en me levant, je découvrirais qu'il a écrit *Le Rouge et le Noir*. Comme lui, rencontrant par hasard à l'auberge de Terracina, entre Naples et Rome, un bel homme blond, un peu chauve, de trente à trente-deux ans, s'aperçut au bout d'un quart d'heure qu'il avait affaire à l'illustre Rossini en personne.

Pas de doctrine littéraire, pas de théorie sur le langage, pas d'esthétique romanesque, rien que l'humeur et la liberté de qui aime écrire. Quel bain de jouvence pour notre époque, qui a fait de la littérature un temple, un laboratoire, une salle de débats, tout sauf un lieu de vie et de plaisir. « Les livres immortels ont été faits en pensant fort peu au style. » L'éternelle jeunesse de Stendhal tient à cette manière de ne pas y toucher, de rire à la barbe des docteurs confits en littérature, bref, de commettre cet énorme sacrilège de préférer la vie à l'œuvre, la loge d'opéra à la chambre tapissée de liège. Quelle part reste-t-il alors à l'auteur ? Eh bien, c'est simple, répondrait le touriste et le mélomane qui ne vola que cinquante-deux jours à ses plaisirs de promeneur et de causeur pour écrire, enfermé chez lui, *La Chartreuse de Parme* : cultiver la gaieté et l'humour, tendre vers le bonheur, être sans cesse amoureux, et communiquer aux autres cette légère euphorie qu'une âme sensible éprouve au spectacle du monde.

Enfin, dernier danger dont peut prévenir Stendhal, avec son génie de réinventer sa vie, au lieu de la remâcher : un attrait trop fort pour la psychanalyse. Une grande partie du roman contemporain se réduit à une sorte d'anamnèse, de remontée aux sources, d'interrogation passionnée de l'enfance. Les résultats ont été souvent convaincants, mais que de dégâts a causés ce vertige de l'autoanalyse ! La fixation sur sa propre enfance est le plus sûr moyen, d'abord d'y rester enlisé, ensuite d'écrire des livres narcissiques, stériles, mort-nés. Freud en appelant chacun à se pencher sur son passé a cautionné de son prestige une pratique littéraire erronée. Pour se connaître soi-même et se guérir de son mal d'être – but de tout livre – il faut non pas regarder en arrière, mais se jeter en avant, s'imaginer autre que celui qu'on est, renaître avec un état civil neuf. Travail non pas d'introspection, mais de prospection. Cure par l'imagination, non par le ressassement. Explorer tous les moi possibles, au lieu de se pencher sur le seul moi réel. Proust a été la sublime exception à une esthétique radicalement nocive.

L'Art de raconter : un titre bien familier, bien naïf, alors que *Traité de narratologie* aurait peut-être évité à ce livre le dédain de l'intelligentsia. Je devine aussi que la plupart des points de vue que je m'apprête à exposer aggraveront mon cas. Désapprouver Borges, critiquer Proust, prêcher l'opéra comme remède à la crise du roman, m'attacher à de simples « narrateurs » (Amado ! James Hadley Chase ! Simenon ! et présentés en plus de A à Z, dans un ordre qui n'est qu'un désordre), voire à des « aventuriers » (Aimard ! Dumas ! Traven !), n'est-ce pas se moquer du monde ? Mon seul guide : le goût de lire des histoires et d'y découvrir, quand elles sont bien racontées, ce que l'auteur y a caché, chaque roman étant une « île au trésor ».

En haine du roman : de Valéry à Borges

« Je hais la vie », disait Flaubert. *En haine du roman*, intitule Marthe Robert son essai si perspicace sur Flaubert. En fin de compte, toute la question est là : haïr la vie ne dispose pas à s'accommoder du roman, le genre littéraire le plus représentatif de la vie, le plus compromis avec sa nécessaire trivialité.

C'est sur un continent neuf – du point de vue littéraire – qu'on a vu de nos jours se renouveler, avec la netteté d'une épure et la force d'une démonstration, le combat qui oppose depuis le milieu du XIXe siècle les écrivains qui racontent à ceux qui voudraient les en empêcher. L'Amérique latine, de Mexico à Buenos Aires, a émergé sur la scène littéraire internationale au lendemain de la Seconde Guerre mondiale. Le roman, en particulier, s'y est épanoui avec un éclat qui n'a eu son pareil dans aucune autre région de la planète. Une des causes de cette floraison de grands livres serait à rechercher dans la situation économique et sociale des pays concernés. Il est certain que les progrès de la démocratie et l'augmentation du bien-être matériel, tels qu'ils se réalisent, vaille que vaille, en Europe, aux Etats-Unis, au Japon, la stabilité politique, le développement économique régulier, la sécurité physique des personnes, l'embourgeoisement des mœurs, la grisaille des âmes sont des conditions moins propices à l'essor du romanesque que l'incertitude, le dénuement, le chaos d'où les sociétés sud-américaines ne sont pas encore sorties. Plus la « vie » est intense, plus il y aura de chances que le roman en jaillisse avec une vigueur irrésistible.

Cent ans de solitude ne pouvait déployer ses sortilèges que dans Macondo, ce village imaginaire de Colombie : une telle fête de couleurs, une telle folie de situations seraient inconcevables à Poitiers ou même dans la banlieue de Marseille. Quel collège en Occident aurait pu servir de cadre à *La Ville et les Chiens*, quel port de Californie ou de la mer Baltique mûrir des caractères aussi savoureux que ceux qui nous enchantent dans *Doña Flor et ses deux maris*, quel propriétaire sicilien régner sur ses sujets avec l'arrogance et la cruauté de Pedro Parano dans le roman homonyme de Juan Rulfo ? L'Amérique latine, grâce à deux douzaines d'auteurs exceptionnellement doués, s'est trouvée être ainsi le vivier du roman contemporain, à l'époque où celui-ci déclinait dans le reste du monde. Le mélange détonant de leur imagination flamboyante et de la misère et de la violence qui s'étalaient sous leurs yeux, la rencontre de tempéraments baroques avec cet excès de vie qui les submergeait de toutes parts ont donné cette formidable explosion de génie romanesque qu'il est convenu d'appeler : réalisme magique.

Pourtant, le jugement le plus sévère sur l'art de raconter, la condamnation la plus péremptoire du plaisir de raconter ont été prononcés dans le même pays, dans la même ville où Ernesto Sabato a situé la descente aux enfers que décrit *Alejandra* avec une puissance dramatique inouïe. Jorge Luis Borges devance chronologiquement les écrivains que j'ai cités. Son attitude de rejet et de mépris pour toute forme de romanesque est donc indépendante du foisonnement du roman hispano-latin, mais on devine quelle a dû être sa satisfaction, quand celui-ci a commencé à conquérir le monde, d'avoir par avance mis en garde contre une exhibition aussi tapageuse et saignante de vérité humaine, dénoncé les pièges où tombe celui qui ne hait pas assez la vie.

Alors qu'on associe la littérature sud-américaine à la production de gros romans touffus et luxuriants, Borges se distingue par son économie, son laconisme. Il n'a écrit aucun roman. « Délire laborieux et appauvrissant que de composer de vastes livres, de développer en cinq cents pages une idée que l'on peut très bien exposer oralement en quelques minutes. » L'Argentine n'a pas reçu, comme les autres pays d'Amérique latine, une parure d'églises et de palais baroques ; Buenos Aires ressemble à Paris ; la pampa n'est qu'une grande étendue vide. Est-ce pour cela que la prose de Borges a autant de rapport avec l'exubérance d'un Lezama Lima ou d'un Guimarães Rosa qu'un aphorisme de La Bruyère avec une tragédie de Shakespeare ?

Borges montre une peur et un dédain de l'abondance qui se résument dans l'aphorisme placé au début de la première des *Fictions* : « Les miroirs et la copulation sont abominables, parce qu'ils multiplient le nombre des hommes. » Pauvre et sec de tempérament, il est aux grands romanciers sud-américains ce qu'un Giacometti est au Titien, un Paul Dukas à Tchaïkovski. Inutile de chercher dans son œuvre un reflet de la réalité sociale et économique de son pays. Il appartient à une famille si opposée à celle des Gabriel García Márquez, Alvaro Mutis, Mario Vargas Llosa, Alejo Carpentier ou Jorge Amado qu'on se demande s'il appartient au même continent.

Aurait-il tiré d'Europe ses convictions littéraires ? Pour tout ce qui est français, il a manifesté une constante antipathie. « La langue elle-même est à mon avis plutôt laide. Les choses ont tendance à paraître triviales quand elles sont dites en français. » Il avouait que Paris ne l'avait jamais séduit – peut-être parce qu'un président argentin avait poussé la francomanie jusqu'à importer de la capitale française les moineaux et les grilles de fer au pied des arbres – et poussait la provocation jusqu'à préférer Genève. Non sans reconnaître qu'il devait à Roger Caillois, son traducteur et thuriféraire, d'être devenu célèbre non seulement à l'étranger mais même chez lui, à Buenos Aires. La francophobie de Borges n'est pas une preuve qu'il ne doive rien à la culture française. Au contraire. Roger Caillois appartenait au très célèbre groupe de *La Nouvelle Revue française*, groupe assez puritain, qui prêchait la rigueur littéraire, la réserve, l'épargne des moyens, et au sein duquel un fort courant contestait la suprématie du roman et du romanesque. André Gide s'est longtemps méfié de ce genre, Jean Paulhan, directeur de la revue, y était plutôt hostile.

Quant à Paul Valéry, il mériterait un chapitre à part, tant son aversion était forte. Le roman, il a même essayé de le ridiculiser, si ce qu'il a dit à André Breton est vrai (nulle trace écrite de cette sortie ; mais on va en lire une variante, estampillée de sa main). Quand il raillait devant Breton la fameuse phrase : « la marquise sortit à cinq heures », phrase qui ferait un excellent début de roman, Valéry condamnait la pratique de la fiction dans son ensemble. Ses *Cahiers* sont pleins de remarques acides, assenées du haut d'une altière suffisance. « Je ne suis fait pour les romans ni pour les drames. Leurs grandes scènes, colères, passions, moments tragiques, loin de m'exalter, me parviennent comme de misérables éclats, des états rudimentaires où toutes les bêtises se lâchent, où l'être se simplifie jusqu'à la sottise. » Plus loin : « L'idée que des parties entières de notre vraie vie puissent entrer dans une œuvre littéraire m'est si étrangère que je m'avise seulement aujourd'hui 15 février 1932 de cette étrangeté. » Pourquoi veut-on me faire croire que c'est arrivé à huit heures quarante-cinq plutôt qu'à huit heures quarante-six ? se demande-t-il dans un autre passage. Tout romancier, et pas seulement l'auteur de polars, sait à quel point le décompte exact du temps fournit une des ossatures de son livre. L'arbitraire des petits détails choquait Valéry. « La comtesse prit le train de 8 heures / La marquise prit le train de 9 heures : ad libitum. Or ce que je puis varier ainsi indéfiniment, *dans le mou*– le premier imbécile venu peut le faire à ma place, – le lecteur. »

D'où ces arrêts sans appel. « Tu peux considérer de haut romanciers, philosophes, et tous ceux qui sont assujettis à la parole par la crédulité ; – qui doivent croire que leur discours est réel par son contenu et signifie quelque réalité. Mais toi, tu sais que le réel d'un discours, ce sont les mots seulement et les formes. » (1921-1922) « Il faut, pour faire un roman, être assez bête afin de confondre les ombres simplifiées (qui seules se peuvent décrire et mouvoir) avec les vrais personnages humains – qui sont toujours insusceptibles d'un point de vue unique et uniforme. »

Enfin, le verdict suprême : « Tous les personnages littéraires sont fantoches et plus ils sont "vivants", plus ils sont fantoches. » Cette position a l'avantage d'être nette, précise et de définir sans équivoque l'erreur où sont tombés, depuis, tant de romanciers qui, intimidés par l'autorité d'un tel contempteur, par le scintillement de sa prose et le rayonnement de son œuvre, se sont essayés à rendre leurs personnages le moins « vivants » possible.

Borges ne connaissait pas ces textes de Valéry, mais ils participaient d'une tendance générale de la culture française à cette époque. A-t-on étudié la possible influence de cet état d'esprit, de cette fronde contre le roman, courant important et jouissant d'une large audience entre les deux guerres, sur la pensée du jeune intellectuel de Buenos Aires (trente-trois ans en 1932) ?

La possibilité de relire ses œuvres dans une édition complète et chronologique (comme celle de la Pléiade, établie par Jean-Pierre Bernès) nous apporte la surprise de découvrir le premier Borges, celui que les admirateurs et chantres de l'écrivain voudraient reléguer dans l'ombre : le poète de *Lune d'en face* (1925) – « Pampa, / Je ressens ton ampleur qui creuse les faubourgs, / Et mon sang coule à tes couchants » – et le chroniqueur des quartiers pauvres et des bordels. *Evaristo Carriego*, publié en 1930, monographie sur un poète de tangos de la Buenos Aires populaire, évocation des bas-fonds de la grande ville bruissants de guitares et de duels, est un livre si éloigné des jeux intellectuels qualifiés justement de borgésiens qu'il dérange l'image que Borges a voulu laisser de lui. Ce petit ouvrage (mais gros pour un livre de Borges sur un seul sujet) est plein de substance et de poésie : engagé, pour une fois, dans les problèmes de son pays, ne boudant pas le plaisir de raconter. Et nous montrant, avantage supplémentaire pour nous, tout ce que Borges a dû rejeter pour arriver au borgésisme : la couleur locale, la saveur des faubourgs, la poussière des ruelles, la vie. Ceux qui vénèrent cet écrivain le louent d'avoir renoncé à tout ce populisme et néoromantisme pour s'élever jusqu'à la quintessence d'une prose désincarnée. Soit, mais, du premier au second Borges, l'appauvrissement est aussi manifeste que la purification.

Avant *Fictions* et *L'Aleph*, qui passent pour les chefs-d'œuvre, un recueil de nouvelles, *Histoire universelle de l'infamie* (1935), forme une transition significative. La première nouvelle qu'il ait écrite, *L'Homme au coin du mur rose*, est, sinon réaliste, du moins ancrée encore dans la réalité. Il s'agit d'un règlement de comptes entre mauvais garçons, dans un bal populaire. Une histoire vraie à l'origine, écrite à l'économie, bien sûr, mais où persiste un parfum de ce folklore qui sera bientôt répudié. Le héros parle avec un accent faubourien et non sans recourir à l'argot, quitte à intercaler dans son récit des mots recherchés comme « viscères ». « C'est que le voyou, explique l'auteur dans sa préface, se pique volontiers de distinction, ou bien – cette raison exclut la précédente, mais c'est peut-être la véritable – parce que les voyous sont des individus et ne s'expriment pas toujours comme le Voyou, qui est une figure platonicienne. » Voilà une de ces remarques qui ont fait la juste gloire de Borges. La nouvelle elle-même, où le futur citoyen de la Babel des Lettres daigne encore se montrer argentin, suggère comment, s'il l'avait voulu, il aurait pu essayer de devenir le Maupassant, ou le Dickens, de la pampa.

Les autres récits d'*Histoire universelle de l'infamie* relatent les exploits tour à tour d'un trafiquant d'esclaves, d'une femme pirate, d'un brigand… Vies hautes en couleur, mais revues à la lumière acérée de l'ironie, qui les transforme en canulars. Ces « infâmes » n'ont pas l'étoffe de leurs forfaits. Ce sont des imbéciles, devenus des criminels sans l'avoir voulu. Ils finissent tous par une mort dérisoire, grotesque. On sent chez Borges le désir d'humilier l'héroïsme, de ridiculiser les hommes d'action. Il utilise les westerns, la mythologie nord-américaine, l'épopée des gauchos argentins, pour se moquer de la virilité des cow-boys et autres matamores. Mais ces textes visent aussi bien tous les romanciers d'action, de Dumas à Kipling, de Gogol à Conrad. Borges vomissait Freud d'une saine aversion et considérait la psychanalyse comme une des grandes stupidités de notre époque, mais cette violence dans la satire nous invite à nous demander s'il n'y aurait pas profit à le coucher sur le divan. Lui qui descendait d'une famille de colonels où l'honneur guerrier était placé très haut, n'a-t-il pas éprouvé quelque honte, dans sa jeunesse, de n'être qu'un homme de papier ? Ou, inversement, quelque dépit d'appartenir à une souche aussi belliqueuse ? Ce persiflage contre les pistoleros serait l'aveu d'une culpabilité secrète, ou la vengeance contre des ancêtres trop bruyants.

Désormais, Borges professera un scepticisme obstiné contre les sujets argentins et le pittoresque national (lire dans le recueil d'essais intitulé *Digression* le chapitre sur *L'Ecrivain argentin et la tradition*). Il ne voudra plus être que l'habitant d'une bibliothèque idéale, l'explorateur infatigable de labyrinthes imaginaires. Dès l'*Histoire de l'éternité* (1936), dans *L'Approche d'Almotasim*, il met au point son système littéraire : commenter un livre qui n'existe pas, qu'il a inventé de toutes pièces, donnant l'auteur, le titre et même certaines citations, et discuter ainsi, le plus doctement du monde, sur du vent. Esthétique de la supercherie et de la feinte, jeu supérieur de l'esprit. Et qui révèle, aussi, l'impuissance à raconter : au lieu d'écrire une histoire, Borges glose sur du non-écrit, il fait la critique d'un récit fantôme. C'est dans l'*Histoire de l'éternité* qu'on trouve les premiers textes théoriques sur le temps circulaire et l'éternel retour, doctrine qui nie le temps historique des romanciers.

Prélude au Borges « classique », celui de *Fictions* et de *L'Aleph*, celui qui fait une part de plus en plus chiche au contexte sud-américain (*Le Sud*, rixe dans une taverne, ou *Le Mort*, ambitions et vengeance dans une troupe de contrebandiers, sont des exceptions) et se cantonne dorénavant dans la haute plaisanterie cosmopolite. Invention d'une planète fictive *(Tlön Uqbar Orbis Tertius)* ou d'un écrivain imaginaire (*Pierre Ménard, auteur du Quichotte*, lequel reconstitue à l'identique l'œuvre spontanée de l'ignorant Cervantès, non sans l'enrichir au passage de toutes les connotations déposées involontairement par les siècles). Descriptions minutieuses d'espaces froids, mystérieux et limpides : *Le Jardin aux sentiers qui bifurquent, Les Ruines circulaires. Deutsches Requiem* évoque, avec la rigidité glaciale d'un Ernst Jünger, la figure, pour le coup « platonicienne », d'un nazi. *La Loterie à Babylone* présente le monde comme une gigantesque loterie organisée, où l'on tire aussi bien une chance favorable qu'une chance contraire. « Intensification du hasard, infusion périodique du chaos dans le cosmos » : faut-il souligner à quel point cette conception ludique de l'univers s'oppose à celle du romancier, pour lequel toute vie obéit à un destin caché ? Pour Borges, la combinaison infinie des possibles fait que toute chose est nécessaire mais qu'aucune n'a de valeur. « Il n'y a pas de mérites moraux ou intellectuels. Homère composa l'*Odyssée* : aussitôt accordé un délai infini avec des circonstances et des changements infinis, l'impossible était de ne pas composer, au moins une fois, l'*Odyssée.* »

Il n'y a aucune chose qui ne soit compensée par une autre. Tout revient selon une loi circulaire. Rien n'a de sens. La « Bibliothèque de Babel », métaphore de l'univers selon Borges, et apogée du borgésisme, est un agencement de galeries qui se déploient et se recoupent à l'infini, un labyrinthe de livres qui ont perdu toute signification, une absurdité exemplaire où la pléthore de textes aboutit à la cacophonie, à l'incohérence, au galimatias. On peut s'émerveiller de la subtilité d'une telle fiction. On peut aussi juger que cette description rigoureuse d'une architecture austère et rationnelle comme dans le pire des cauchemars sent un peu trop son Kafka.

Au vrai, Borges est moins intéressant par son œuvre que par l'obligation où il met chacun de définir son propre credo littéraire. Prétendre que la littérature ne doit avoir aucun point de contact avec la réalité (opinion reprise par Vladimir Nabokov, piètre critique mais parfois bon conteur) est plus une manière intelligente de provoquer qu'un jugement à adopter bouche bée. Roger Caillois, sagement, affirmait que le roman policier était né après que Fouché eut créé à Paris la police. Borges reprocha vertement à son traducteur français d'ignorer qu'un texte littéraire ne peut sourdre que d'un autre texte littéraire, le genre policier, selon lui, ayant jailli tout armé du cerveau d'Edgar Poe. Tout le débat est là : entre une conception du livre comme pur texte, objet verbal, artifice intellectuel, et une conception moins formaliste, d'après laquelle une œuvre n'est pas seulement le reflet d'une autre œuvre, comme le soutiennent les adeptes de l'intertextualité, mais, avant tout, « un miroir qui se promène sur une grande route », selon la formule de Stendhal. Devant le tarabiscotage exsangue de certaines pages borgésiennes, on se dit qu'éliminer de la littérature tout ce qui est scories extralittéraires, c'est jeter le bébé avec l'eau du bain.

Borges a mis dans son camp tous ceux qui se piquent de « modernité ». Et pris soin, aussi, de discréditer par avance toutes les réserves qu'on pourrait faire sur ses livres. « Blâmer et faire l'éloge sont des opérations sentimentales qui n'ont rien à voir avec la critique. » Tel était un des axiomes de Pierre Ménard, le pseudo-auteur du *Quichotte*, dont Borges loue l'habitude de « propager des idées strictement contraires à celles qu'il préférait ». Comment discuter avec un auteur qui se refuse à avoir la moindre conviction et qui, si l'on prend au sérieux ce qu'il a l'air de vouloir dire, semble ricaner du piège qu'il vous a tendu ?

Plus de quatre cents pages d'articles de revues jamais recueillis en volume complètent le corpus de la Pléiade. Il s'agit de notes brèves sur des écrivains (Joyce, T.S. Eliot, Chesterton, Huxley, Cervantès, etc.), sur Buenos Aires, l'Argentine, la pampa. Ces petits textes critiques révèlent l'homme tout entier, la concision et l'acuité de son jugement, la tournure caustique d'un esprit qui se fourvoie dès qu'il se heurte à un tempérament généreux comme Simenon, objet d'un mépris aussi inepte que tranchant.

Le mentir / vrai

Raconter ne consiste pas à reproduire la réalité, mais à mentir sur la réalité ; à retrouver, derrière ce qu'on croit être la réalité, la vérité des êtres et des choses. On ne peut raconter bien quelque chose qui s'est passé « réellement », qu'en le réinventant par l'imagination. Paradoxe formulé pour la première fois non par Aragon mais par Oscar Wilde. Si son essai *Le Déclin du mensonge* reste un texte si important, c'est parce qu'il dépasse largement le but précis que visait l'auteur.

Publié d'abord en janvier 1889 dans une revue, puis en 1891 dans le recueil *Intentions*, ce texte constituait une réponse polémique à la vogue croissante du réalisme en littérature. Zola, Maupassant triomphaient en France, et l'esthétique naturaliste avait envahi l'Europe. Il fallait « faire vrai », écrire les romans avec des scrupules d'historien, se documenter, monter dans une locomotive ou descendre dans la mine comme le romancier de *La Bête humaine* et de *Germinal.* Contre ce culte de la réalité Wilde réagit avec une violence savoureuse. Ce n'est pas l'art qui doit imiter la vie, proclame-t-il, c'est la vie qui imite l'art. Shakespeare n'a pas trouvé le pessimisme et la mélancolie de Hamlet dans la société de son temps, la société est devenue pessimiste et mélancolique après avoir vu *Hamlet* au théâtre. Jean-Jacques Rousseau a créé Robespierre.

Le suicide de Werther a incité plusieurs lecteurs de Goethe à se tuer. On pourrait citer maint autre exemple à l'appui de la thèse d'Oscar Wilde. N'appelons-nous pas « dostoïevskiennes » certaines conduites de masochisme et d'échec, ou « proustienne » la recherche désespérée de l'enfance ? Combien de jeunes gens se seront décidés à s'emparer d'une main en s'inspirant de la scène entre Julien Sorel et Madame de Rênal dans le jardin de Verrières ?

Sur un seul point la lucidité de Wilde a été prise en défaut. Il ne s'est pas rendu compte que Zola lui-même, en dépit de ses manifestes, n'était pas un « naturaliste » mais un visionnaire, un poète lyrique de la nature et de la société. Sans lui, aurions-nous compris la tragique splendeur d'un paysage minier, avec la danse des flammes à la pointe des hauts fourneaux ? Le grand magasin où nous entrons, ne nous semble-t-il pas copié sur les lieux, devenus magiques, d'*Au bonheur des dames* ?

Maxime encore plus fameuse : « La nature imite l'art. » On ne voyait pas, affirme Wilde, le brouillard sur un fleuve, avant que Turner ne nous en révélât la mystérieuse beauté. L'art fait naître à l'existence des objets, des formes qui passaient totalement inaperçus. Ici encore, cette assertion audacieuse a reçu force de loi. Avant que Cézanne ne les eût disposées dans un compotier, qui se souciait de regarder des pommes ? Avant que Soutine ne les eût peints, qui ne détournait pas les yeux des quartiers de viande trop sanglants ? Lorsque Pascal écrit : « Quelle vanité que la peinture, qui attire l'admiration par la ressemblance des choses dont on n'admire point les originaux ! », il manifeste une complète incompréhension. Les gares de Monet ne sont pas des gares de chemin de fer, mais des visions de métal, de verre et de brume.

A peine si Wilde fait allusion à la musique. « L'art n'exprime jamais rien que lui-même… et c'est cela… qui fait de la musique le prototype des arts. » Il est dommage qu'il n'ait pas connu, ou pas aimé, la musique d'opéra. Qu'est-ce que l'opéra en effet, sinon une esthétique du dérapage et du mensonge ? Tout ce que Wilde dit du drame élizabéthain, de son goût pour créer « un langage différent du parler quotidien, une langue débordante de sonorités et de rythmes, grave de cadences solennelles, légère de rêves fantaisistes, orfévrée de mots précieux, ennoblie par une diction hautaine », de son recours à des costumes étranges, des parures singulières, des masques, pourrait se rapporter, bien plus justement, à l'opéra. « L'art est vraiment une forme de l'exagération, et le choix qui est son essence même n'est rien d'autre qu'une sorte d'exubérante emphase. »

La Bohème de Puccini date de 1896. Si Wilde a entendu cet opéra, il n'a pu être qu'horrifié par l'alignement du théâtre lyrique sur le goût naturaliste. Quoi ? Montrer des étudiants dans leur mansarde, des femmes du peuple à la barrière de l'octroi, un café de Paris « comme dans la réalité » ? Quelle absurdité que de vouloir imiter la vie ! Avant même Puccini, l'opéra s'était engagé sur la mauvaise pente : dès *La Traviata* (1853), où Verdi, pour la première fois, mettait en scène des personnages contemporains, choisis dans la société moyenne de son temps. Non plus, comme ç'avait été sans exception le cas dans tous les opéras depuis la naissance du genre, des héros historiques ou mythologiques, dieux, empereurs, rois, généraux, grands prêtres, grands seigneurs, mais une prostituée et une famille de bourgeois. Toujours la même chimère du « vrai » ! (Heureusement que Puccini comme Verdi se sont empressés de faire mentir les paroles du livret – de démentir par les notes de leur musique l'inévitable platitude de l'histoire racontée.)

La meilleure façon de « faire vrai », c'est d'inventer. Wilde ne veut rien dire d'autre, quand il déplore « le déclin du mensonge ». Connaissait-il la pièce de Corneille *Le Menteur?* Cette comédie nous fait toucher du doigt, pour ainsi dire, la ligne de démarcation entre le mentir/vrai et le réel/faux. Chaque fois que le héros ment, la pièce est belle, crédible, convaincante, et le personnage nous semble « vrai ». Mais, trop français pour s'abandonner à « l'exubérante emphase » recommandée par Wilde, Corneille a cru devoir enserrer l'aventure de son menteur dans une histoire vraisemblable, une trame « réaliste », une intrigue qui tienne debout : et c'est cette histoire, cette intrigue qui nous paraissent à présent caduques, « fausses ». Là où Corneille voulait nous rassurer dans notre goût pour la cohérence, pour la « vérité », nous voyons la ficelle. Là où au contraire il ne songeait qu'à nous enchanter par les trouvailles de son imagination, nous voyons non seulement la beauté, mais la vérité.

« Les seuls personnages vrais sont ceux qui n'ont jamais existé, et si un romancier a l'impudeur d'emprunter ses héros à la vie réelle, il doit au moins prétendre les avoir créés, au lieu de se vanter d'une copie servile. » Cette règle vaut pour toutes les formes de roman : le roman d'origine autobiographique (Dickens, avec les déformations prodigieuses qu'il impose aux réalités qu'il a vécues), le roman tiré d'un fait divers *(Le Rouge et le Noir* ou *Madame Bovary)*, le roman historique *(Les Mémoires d'Hadrien)*. Oui, le roman historique lui-même, qui a d'autant plus de chance d'être réussi que la part d'imagination y est plus grande. Il faut insister là-dessus, non seulement parce que le roman historique est aujourd'hui une des branches les plus florissantes du roman, mais parce que l'erreur la plus commune commise par le lecteur est de chercher dans le roman historique la conformité aux faits « tels qu'ils se sont vraiment déroulés ».

Si, par exemple, je veux raconter l'histoire de Caravage (*La Course à l'abîme*, 2003), vais-je me limiter à ce que me disent sur Caravage les documents d'archives exhumés par les historiens ? Non, pour les raisons suivantes, qui sont si évidentes que personne ne les a jamais clairement énoncées. Tout fouilleur d'archives, tout historien, tout biographe manque trois moments essentiels de toute vie. D'abord l'enfance et l'adolescence, où le destin d'un homme ou d'une femme se joue, sans qu'il y ait de témoins pour en relater les épisodes, puisque l'enfant est toujours obscur, toujours anonyme, et qu'il faut que cet homme ou cette femme ait déjà atteint un degré suffisant de notoriété pour qu'on songe à noter ses faits et gestes. L'enfance, l'adolescence de Caravage ? Mystère complet. Jusqu'à son arrivée à Rome, à vingt et un ans, aucune « preuve » de ce qu'il a fait, de ce qu'il a été, à part un contrat d'apprentissage chez un peintre milanais. La date (1571 ou 1573) et le lieu (Caravaggio ou Milan) de sa naissance ne sont même pas établis avec certitude.

Ensuite, l'amour. Qui cet homme a-t-il aimé ? Et comment ? Que s'est-il passé entre Caravage et ses partenaires ? Etait-il homosexuel ? Les historiens, gent si souvent pudibonde, le nient, faute de ces fameuses « preuves ». C'est qu'à l'époque, il valait mieux cacher des mœurs qui pouvaient faire condamner au bûcher. Même sans cette circonstance, nul ne peut dire de personne la nature « exacte » de ses comportements amoureux : le principal de la vie d'un homme ou d'une femme, l'immense domaine de sa vie privée, se trouve ainsi exclu du champ d'observation des historiens. Ce sont les tableaux de Caravage qu'il faut lire, décrypter, pour découvrir ses tendances. Il peint des femmes très belles, mais froides comme des idoles ; les jeunes garçons, au contraire, dégagent un intense érotisme.

Enfin, la mort. Comment meurt-on ? Comment vit-on sa mort ? La mort de Caravage sur une plage de Toscane a été particulièrement mystérieuse (maladie ? accident ? suicide ? assassinat ?), mais quelle mort n'est-elle pas énigmatique ? Il est possible de noter avec précision l'instant du décès physiologique mais reste à jamais impossible de « savoir » ce que celui qui meurt éprouve en quittant la vie. Voulant raconter la vie de Caravage, je me suis aperçu, pour ces trois raisons, et surtout pour la troisième, que je ne pouvais pas la raconter du dehors, que lui-même devait la raconter, puisque lui seul « savait » ce qui s'était passé dans son enfance et dans son adolescence, lui seul pouvait dire quelles personnes il avait aimées et comment, lui seul nous renseigner sur les circonstances de sa mort.

Pour être fidèle à la « vérité », je devais la réinventer totalement. Ma seule tâche d'« historien » a été de rassembler tout ce qui était prouvé par les documents, car imaginer ne signifie pas imaginer n'importe quoi, mentir ne consiste pas à tomber dans le gratuit et l'arbitraire. Les documents d'archives sont nécessaires, ils donnent le cadre et le milieu, ils évitent de déraper dans l'anachronisme ou la contre-vérité manifeste, ils servent de garde-fou à l'imagination, mais ne jouent pas d'autre rôle que celui-là : comme la rambarde posée au bord de la terrasse, qui permet au spectateur de contempler le panorama. Dans *La Course à l'abîme*, la documentation n'a pas nourri plus de 20 % des six cent trente pages. L'imagination a fait le reste.

Je ne peux pas prouver que ce que j'ai écrit est « vrai », mais personne ne peut en prouver la « fausseté ». Ayant besoin, comme la plupart des romanciers, de situer avec précision les lieux où évoluent mes personnages, j'ai attribué à Caravage une adresse à Rome : 19, vicolo del Divino Amore. Ce quartier, le Campo Marzio, il l'avait toujours habité, c'est la seule chose dont on soit sûr. Mais je devais « connaître » exactement dans quelle maison il avait logé. J'ai choisi celle-ci à cause de la rue, tortueuse et charmante, et à cause de la maison elle-même, pourvue d'un jardin intérieur, petite et conforme à l'idée qu'on peut se faire de l'atelier d'un peintre. Et le nom de Divino Amore ? N'aurait-il pas suffi à me décider ? C'est ici que l'imagination, étant comme je l'ai dit scrupuleuse, est allée voir dans les archives si cette ruelle portait ce nom à la fin du XVIe siècle. Las ! elle s'appelait alors S. Biagio dei Materassari, Saint-Blaise des Matelassiers, ce qui est nettement moins suggestif, bien que « matelas » ne soit pas sans rapport avec « amour ».

Marguerite Yourcenar, dans la note ajoutée aux *Mémoires d'Hadrien* :

« Un pied dans l'érudition, l'autre dans la magie, ou plus exactement, et sans métaphore, dans cette magie sympathique qui consiste à se transporter en pensée à l'intérieur de quelqu'un. »

La difficulté pour le romancier augmente si, au lieu de choisir un empereur romain du IIe siècle, il opte pour un personnage contemporain, sur lequel existe une masse de documents. Pourtant, je n'ai pas mis un seul pied, mais les deux dans la magie sympathique, lorsque j'ai décidé de mettre en scène (*Dans la main de l'ange*, 1982) un écrivain et cinéaste italien, qui a vécu de 1922 à 1975, et qui s'appelait Pier Paolo Pasolini. Ai-je écrit une biographie romancée ? Pas du tout. La biographie romancée essaye de reconstituer de l'extérieur un personnage, en comblant les lacunes selon les hypothèses les plus vraisemblables. Ce que j'ai fait, c'est une biographie imaginaire, c'est-à-dire un roman où j'ai transformé le personnage historique de Pasolini dans le personnage romanesque de Pier Paolo, selon les opérations de dédoublement et de projection indiquées plus haut.

Je me suis demandé : qu'aurais-je fait, moi, qu'aurais-je ressenti, comment aurais-je vécu, si j'étais né à Bologne en 1922, avec un père comme ci, avec une mère comme ça, qui aurais-je aimé, comment aurais-je réagi à tel événement, comment serais-je mort. En somme, j'ai essayé de me couler en Pier Paolo, comme Stendhal, *mutatis mutandis*, s'est mis à la place d'Antoine Berthet pour en faire Julien Sorel. C'est cela, je le répète, le roman : se raconter soi-même, mais en s'imaginant sous l'identité d'un autre. Ne pas raconter sa propre vie telle qu'elle s'est déroulée, mais telle qu'elle aurait pu se dérouler si moi était un autre.

Objection : mais Pasolini n'est-il pas un homme sur lequel on *sait* tout, absolument tout ? A-t-on le droit de s'emparer d'un personnage historique aussi proche, aussi connu, pour le métamorphoser d'après son propre imaginaire ? A cette objection je réponds en renouvelant mes objections contre toute biographie, fût-ce de notre ami le plus proche. Toute biographie manque les trois moments essentiels d'une vie : l'enfance et l'adolescence (l'avant-Pasolini, auquel un tiers de mon roman est consacré) ; l'amour, les amours ; la mort. P. P. Pasolini raconte comment il a aimé, comment il est mort, car il parle d'outre-tombe.

Ma méthode ? J'ai consulté des notices biographiques, bien sûr, pour être renseigné sur les dates, et sur quelques faits incontestables : études, lieux de résidence, succès littéraires, en somme tout ce qui compose une carrière, tout ce qui est extérieur à la vie profonde d'un homme. Puis je suis parti en promenade, mettant les pieds, non dans l'érudition, mais dans les lieux de mon héros, Bologne, le Frioul, Rome, en me demandant : si mon père avait été capitaine, fasciste et emprisonné pendant quatre ans par les Anglais au Kenya (fait historique), quelles répercussions psychologiques aurais-je subies (travail romanesque) ? Car les biographes nous apprennent que le père de Pasolini était militaire de carrière, qu'il s'est inscrit au parti fasciste, qu'il a été envoyé en Ethiopie et a été capturé par les Anglais, mais seul le romancier pourra dire de quel œil un fils adolescent a vu partir pour la guerre ce père sûr de lui et autoritaire, de quel œil il l'a vu revenir humilié, brisé, fini.

Et la mère ? Tout le monde sait que Pasolini était lié à sa mère d'un amour unique et absolu, mais il fallait mettre en scène cet amour, montrer Pier Paolo et sa mère dans la situation de deux personnes qui s'aiment.

La Callas ? Il l'a choisie pour tourner *Medea.* Que se sont-ils dit ?

Son propre prénom ? Pier Paolo ! Comment assumer ce double patronage ? Pierre, l'apôtre solide et un peu terne, le fondateur et le gestionnaire de l'Eglise, et Paul, l'errant, l'illuminé, le fou… J'ai supposé que Pierre a poussé mon héros à construire son œuvre, lui a donné le sens du travail et de la réussite, tandis que Paul le tirait en arrière, lui demandait de perdre sa vie s'il voulait la sauver, et lui dictait cette conduite autodestructrice qui devait aboutir à l'immolation sur la plage d'Ostie.

Un jour je me promenais dans le quartier de l'EUR, et qu'aperçois-je, au fronton de l'église qui s'élève à cent mètres de l'appartement où Pasolini a habité les dernières années de sa vie ? Une inscription en lettres énormes, où il est fait gloire à saint Pierre et à saint Paul d'avoir versé leur sang pour Rome. Cette église est en effet dédiée aux deux apôtres. Ainsi, Pasolini avait à deux pas de chez lui une église qui portait son nom, il passait tous les jours devant cette inscription qui le sommait en quelque sorte de verser son sang à son tour. N'est-ce pas en partie pour répondre à cet appel du sang qu'il s'est laissé tuer à l'Idroscalo ? Bien entendu, nul ne sait si Pasolini a jamais prêté attention à cette inscription, si même il l'a jamais lue. Aucun de ses amis, aucun de ses biographes n'a fait le rapprochement entre Pier Paolo et le Pierre et le Paul étalés au fronton de l'église de sa paroisse.

N'importe qui ne peut devenir un héros romanesque. Il faut plusieurs conditions à cette métamorphose. Le modèle ne doit avoir rien écrit sur lui-même : Chateaubriand ou Stendhal ne pourraient fournir qu'un délayage ou un pastiche. Autre condition nécessaire : la bonne distance entre le romancier et son personnage. Ni l'aimer trop (risque de l'hagiographie), ni manquer de sympathie.

Il est bon que le modèle choisi soit assez célèbre pour attirer d'emblée la curiosité du lecteur, mais il faut que cette célébrité ait quelque chose de marginal, de scandaleux. Ni Mauriac ni Valéry, ni Bach ni Rubens ne feraient l'affaire. Nous touchons là, peut-être, à une loi fondamentale du roman : le héros romanesque est toujours quelqu'un qui se situe en marge de la société, contre la société, parce que, au mépris de l'opinion comme des lois, il va jusqu'au bout de ses possibilités, de ses pulsions, de ses passions. Soit qu'il attaque de front la société et réussisse à la conquérir (Julien Sorel, Rastignac, Vautrin, les personnages de Kipling), soit qu'il se laisse écraser (Madame Bovary, les personnages de Gogol, de Thomas Hardy, de Joseph Conrad). Il peut arriver aussi que le héros romanesque se crée un monde autonome où vivre à son gré ses fantasmes et ses folies : Don Quichotte, Robinson Crusoé, l'Idiot de Dostoïevski, le capitaine Achab de *Moby Dick*, M. de Charlus dans la *Recherche.* L'évasion peut prendre le biais du retour à l'enfance, de l'exaltation de l'enfance comme rempart contre la société (Dickens, Proust, Elsa Morante).

Pasolini, c'était le paria par excellence. Paria par ses mœurs : l'homosexualité, dans la Rome démocrate-chrétienne. Marginal par ses choix littéraires : le dialecte frioulan ou l'argot romain contre l'italien officiel. Hors-la-loi par ses positions politiques : communiste en rupture chronique avec le Parti. Réprouvé de la droite mais aussi de la gauche, par ses polémiques suprêmement incorrectes : en faveur des flics (fils du peuple) contre les étudiants révoltés de 1968 (fils de bourgeois), en faveur des mœurs traditionnelles (obstacles à franchir, réserve à maintenir) contre la permissivité envahissante. Le rebelle type, le héros romanesque par excellence. Plus que ses livres, écrits en hâte et souvent bâclés, plus que ses films, où l'amateur manque souvent de maîtrise, c'est sa vie qui m'a fasciné, cette course vers la mort commencée très tôt, dès la jeunesse, et qui a abouti à cette fin spectaculaire, à cet assassinat sur une plage désolée, à cette apothéose de tragédie grecque.

Il se peut qu'une telle conclusion – l'acceptation volontaire de la mort comme le couronnement d'une antique aspiration au sacrifice – soit un jour démentie par les faits. Le matin du 2 novembre 1975, j'étais à Paris, quand le téléphone sonna. Un ami italien, journaliste à *Paese sera*, qui savait que j'avais fréquenté Pasolini à Rome dans les années 1960, m'appelait. « Tu sais, me dit-il, on vient de retrouver le cadavre de Pasolini sur la plage d'Ostie. On ignore encore tout des circonstances de sa mort. Déclare-moi quelque chose pour mon journal. » Je répondis à peu près (la réponse a été imprimée) : « Cela ne m'étonne pas. Il a sûrement été tué par un gigolo de rencontre. Il aurait pu être tué dix ans plus tôt ou dix ans plus tard. » D'où me venait cette conviction ? Non seulement du genre de vie que menait Pasolini, lequel, depuis vingt-cinq ans qu'il habitait Rome, draguait presque tous les soirs à la gare centrale, là où opèrent les prostitués « durs », ceux qui volent, frappent ou, le cas échéant, tuent. En Afrique, m'avait confié Moravia, Pier Paolo rentrait à trois heures du matin, couvert de bleus. Il se faisait tabasser par les Noirs. Mais surtout, j'étais certain que Pasolini, catholique par éducation et par attachement à la *mamma*, et, malgré ses professions d'athéisme, pénétré d'un intense sentiment de culpabilité, cherchait obscurément à être puni de son éros interdit (à l'époque). Devenu richissime après le succès du *Decamerone*, il possédait un magnifique appartement, tout en marbre (je l'ai visité), dans la banlieue la plus chic de Rome, l'EUR. Trois chambres avec chacune sa salle de bains, jardin suspendu. Mais il n'y amenait jamais les garçons de passe, par égard pour sa mère avec qui il vivait, sans doute aussi pour un motif plus profond. Faire l'amour dans le luxe ? Impossible. Il fallait associer le châtiment à la jouissance. Eviter même de prendre une chambre à l'hôtel. Aller, par exemple, sur une plage nue – et particulièrement sordide –, un 1er novembre, en pleine nuit, jour et heure qui ne sont pas, même à Rome, d'une douceur voluptueuse. Le garçon qu'il avait levé ce soir-là, Pino Pelosi, s'enfuit avec sa voiture, une puissante Alfa Romeo 2000 GT, en le laissant mort sur la plage. Rixe qui avait mal tourné ? Pour l'argent ? Pour le sexe ? Pasolini était vigoureux, fort d'une ardente vitalité, adepte du karaté, Pelosi un gringalet de dix-sept ans, mais, dans ce terrain vague planté de cabanes et de masures, il y avait des planches hérissées de clous. Un coup est vite porté et suffit à étourdir. Pelosi, dans son affolement, passa avec la voiture sur le corps de Pasolini, qui mourut écrasé.

En 2005, coup de tonnerre. Pelosi, libéré depuis longtemps, déclare qu'il n'était pas seul sur les lieux du crime. S'il s'est tu jusqu'à présent, c'est parce qu'il craignait que ses parents n'eussent à subir des représailles. Ils sont morts maintenant, il peut parler. Pasolini a été victime d'un complot : un groupe de fascistes s'est servi de lui, Pelosi, comme appât, pour attirer l'écrivain dans un guet-apens. Si cette version est vraie, ruine-t-elle l'hypothèse du suicide par acceptation d'un genre particulier de mort depuis longtemps convoité ? Dès 1975, de nombreux amis de Pasolini s'étaient élevés contre cette hypothèse : la rumeur du complot fasciste avait tout de suite couru. Pour eux, il était tombé dans un piège, contre sa volonté. Pruderie italienne : un « grand homme » ne peut pas avoir été la victime d'un crime sordide (même réaction au sujet de Caravage). Une des proches de Pasolini, actrice dans ses films, prétendait même qu'il n'était pas si homosexuel que cela.

Qu'en est-il donc au juste ? Jamais ne s'est présentée une meilleure occasion de distinguer la réalité et la vérité. Il y a peut-être eu complot fasciste : ce serait la réalité. Trois ou quatre types qui liquident un adversaire redoutable. Reste à reconnaître la vérité : et la vérité de Pasolini, le but même de toute son existence, c'était le désir de trouver une mort sordide, de la main du garçon aimé. Eros et Thanatos unis dans le même geste. Peu importe alors la cause de ce geste : complot fasciste ou rixe individuelle avec un prostitué. La vérité de Pasolini, c'était de mourir en pleine jouissance et à la fois en pleine abjection. Tué par un gamin minable dans une sorte de décharge publique. On le prive de ce qui lui tenait le plus à cœur, en réduisant la tragédie du 1er novembre à un meurtre politique. Il y a peut-être eu meurtre politique : mais ce meurtre politique rejoignait, recouvrait l'antique aspiration à mourir dans ces circonstances ignobles.

Le parallèle Caravage/Pasolini est désormais classique, un topos de la psychologie des profondeurs. Même fin obscure et immonde, sur une plage déserte. Le plus étonnant, c'est que tous les deux ont eu, bien avant leur mort, le pressentiment de leur mort et de la façon dont ils mourraient. Caravage est mort en 1610. En 1600, il peignait pour Saint-Louis-des-Français le *Martyre de saint Matthieu* : une jeune brute, splendide et nue, s'apprête à transpercer de son épée Matthieu étendu à terre, les bras en croix, geste de consentement à son supplice. Il ne cherche même pas à se protéger le visage. En 1610, un des derniers tableaux est encore plus éloquent. David, beau jeune homme à la poitrine nue, tient à la main la tête de Goliath qu'il vient de trancher, et cette tête n'est autre qu'un autoportrait du peintre. Pasolini, de même, avait écrit un poème racontant l'assassinat d'un homme tué à coups de brique sur une plage par un gigolo. J'ai retrouvé un poster du film *Ostia*, réalisé par son ami Sergio Citti sur un scénario qu'il avait lui-même révisé : on voit, sur cette affiche, un homme tué à coups de bâton sur la plage d'Ostie. Voilà, pour le romancier que je suis, les vraies preuves de la vérité de son personnage.

Il arrive que l'imagination, non seulement supplée au manque de documents, mais corrige une documentation dite sûre bien que totalement erronée. Il a longtemps été affirmé que Tchaïkovski était mort du choléra, après avoir bu, dans un grand restaurant de la perspective Nevski, un verre d'eau contaminée. Cette mort ne correspondait pas à l'idée que mon imagination (*Tribunal d'honneur*, 1997) se faisait de l'auteur de la *Symphonie pathétique.* Quelques vagues indices me confortaient dans ma fronde : dans un grand restaurant de Saint-Pétersbourg (le Leitner), on ne servait pas de l'eau du robinet, mais minérale ou bouillie, surtout en période d'épidémie. En Russie, l'usage est de ne fermer le cercueil qu'au dernier moment, pour permettre aux parents, aux amis, de baiser sur le front le cadavre, lequel reste exposé dans la maison mortuaire, et jusqu'à l'intérieur de l'église. En cas de choléra seulement, on s'empressait de clouer la bière, pour ne pas montrer le visage couvert de pustules noires. Or, le corps de Tchaïkovski fut régulièrement exposé, dans la maison où il était mort, et ses amis, ses admirateurs vinrent lui rendre l'hommage habituel. Parmi eux se trouvait un jeune homme de vingt ans, Serge Diaghilev, qui écrivit le soir dans son journal : la rumeur du suicide de Tchaïkovski court Saint-Pétersbourg.

Suicide ? Tchaïkovski n'était pas suicidaire. Tout de suite j'ai supposé le suicide par ordre. En feuilletant dans une librairie italienne le livre d'une musicologue russe paru aux Etats-Unis, j'appris que cette hypothèse avait déjà été formulée. Un tribunal d'honneur, réuni sur l'initiative d'Alexandre III ou d'un de ses ministres, se serait réuni pour décider du sort de Tchaïkovski, coupable d'avoir séduit un mineur dont l'oncle était bien placé à la cour. Pas de document écrit sur l'affaire, bien entendu, pas de minutes rédigées par un greffier, puisqu'il s'agissait d'étouffer un scandale et que l'arrêt fut pris oralement : ordre au compositeur d'avaler une dose mortelle de poison. Sur quels fondements repose cette hypothèse ? Un des juges, bien des années plus tard, était sur le point de mourir, quand il confia le secret à sa femme. Celle-ci resta longtemps silencieuse, jusqu'à ce que, à son tour, elle le trouvât trop lourd à porter toute seule. Elle le communiqua à un professeur russe, qui, à son tour, vers 1940, le communiqua à l'auteur de cette biographie. Rien de tout cela ne constitue des « preuves » : la veuve du juge peut très bien avoir fabulé, et, quelque cinquante ans après la mort de Tchaïkovski, comment vérifier chaque étape de la transmission du secret ? Peu importe, cette hypothèse concordait si bien à l'idée que je me faisais de Tchaïkovski, que je l'ai adoptée, exploitée, retournée dans tous les sens, et que par l'imagination j'ai transformé la simple conjecture en indubitable vérité. Aujourd'hui, dans les dictionnaires, encyclopédies, pochettes de disques, etc., dans tout cet attirail biographique qui divulguait naguère la vérité/mensonge du choléra, on donne pour certain le mensonge/vérité développé dans les cinq cents pages de *Tribunal d'honneur*.

Objection : le bulletin de décès, établi par les médecins, ne mentionnait-il pas le choléra ? Eh bien ! voilà encore une fausse preuve, car le tsar qui avait donné l'ordre de condamner Tchaïkovski à mort, a pu très bien aussi interdire aux médecins de dévoiler la vraie cause de la disparition subite du compositeur. La famille, ensuite, puis le régime communiste eurent tout intérêt à falsifier les faits et à avaliser la supercherie, pour garder intacte l'image du « grand homme », promu au rang d'idole nationale (et source de revenus pour la famille), idéalisation impossible si on révélait que l'auteur du *Lac des cygnes* était homosexuel et pédophile.

Puissance de l'empathie : j'eus la surprise, quelque temps après la sortie du roman, de recevoir une lettre signée Alexis R. Apraxine. Surprise, car ayant dû « inventer » le nombre et l'identité des juges (la veuve n'ayant parlé que de son mari), je m'étais décidé pour sept juges, auxquels j'avais attribué au hasard des noms de mon cru. Pour présider le tribunal, j'avais choisi un général, je l'avais appelé : Sosthène Apraxine et fait naître en 1838. Apraxine n'était pas tout à fait de mon invention, puisqu'il y a une rue Apraxine à Saint-Pétersbourg et que ce nom m'avait plu. Le fils que je donnais au général, je l'avais appelé Igor et fait naître en 1875. « J'ai lu avec beaucoup d'intérêt votre livre, m'écrivait ce correspondant, d'autant plus que deux personnages : le général Apraxine (1817-1899) était mon arrière-grand-père et Igor (en réalité Stepan) Apraxine (1869-1930) était mon grand-père, chambellan et conseiller d'Etat. » Les prénoms étaient différents, il est vrai, ainsi que les dates de naissance, à quelques années près. Cette lettre m'invitait, sans doute, à corriger ces inexactitudes. Mais son auteur ne semblait pas mettre en doute la véracité de mon roman. J'avais donc, par une sorte d'instinct mystérieux, retrouvé par la pure imagination le nom « réel » d'un des juges. Qui sait si un jour on ne découvrira pas que les noms des autres juges, inventés eux aussi, ne sont pas les noms « réels » de ceux qui ont condamné à mort Tchaïkovski ?

J'ai placé toute l'histoire dans la bouche d'un Français de ma pure invention, Basile de Sainte-Foy, représentant d'une société métallurgique, envoyé en Russie pour construire un pont sur la Neva. Un autre correspondant m'a écrit de Moscou : « Je suis le descendant direct (arrière-petit-fils) du personnage de votre roman, de celui qui est le narrateur. Ou plutôt de son prototype réel : de l'ingénieur français qui était le représentant officiel de la Société de construction Batignolles et qui était arrivé à Saint-Pétersbourg pour diriger la construction du pont Trotsky *(en 1893, évidemment, le pont ne s'appelait pas ainsi, mais de la Trinité).* Son nom était Jean-Jacques Landau. Ma maman Simone Landau est toujours en vie (elle a maintenant 88 ans). Elle se souvient très bien et de son grand-père et de nombreux documents, dessins techniques et esquisses du pont Trotsky conservés par la famille. Mais, malheureusement, tout cela a été perdu dans les entrailles du KGB. »

Le roman sauve ce que la police a détruit. Mieux encore : il peut modifier l'histoire des lieux eux-mêmes. Dans un autre roman, *Porporino ou les Mystères de Naples* (1974), j'ai raconté la vie d'un castrat au XVIIIe siècle. Mes héros se rencontrent dans une petite pâtisserie située place S. Domenico Maggiore, que j'ai baptisée « Startuffo », d'après le nom « Scaturchio » d'une pâtisserie réelle qui se trouve au même endroit, et qui date de 1920. Quand la propriétaire de Scaturchio, l'exquise signora Ivanca Scaturchio, eut lu le roman, et reconnu en Startuffo sa propre boutique, décrite fidèlement, elle s'est écriée : « Je ne savais pas que cette pâtisserie existait depuis le XVIIIe siècle. » Je me suis empressé de corroborer son « erreur », parce que cette erreur était devenue « vérité ». Dorénavant, dans le quartier, c'est une opinion bien assise que Scaturchio remonte au siècle des castrats. La vérité du roman se révèle supérieure à la vérité « historique », l'imagination étant capable du mentir/vrai dans tous les domaines, y compris le domaine des choses les plus concrètes. Qui sait si des certitudes établies par des historiens au sujet de faits anciens ne sont pas des fantaisies de romanciers devenues vraies au fil des ans ? Un historien de Naples rangera peut-être un jour la pâtisserie Scaturchio parmi les vestiges les plus « sûrs » de l'époque baroque, et il aura raison.

DEUXIÈME PARTIE

Roman et opéra

Roman et opéra

Dans les années 1950, alors que j'étais étudiant et découvrais la musique – pendant mon enfance, je n'en avais jamais entendu une seule note, ma famille étant indifférente à cet art : aucun disque chez nous, pas de phonographe, la radio ne servait qu'à prendre les nouvelles –, dans les années 1950, donc, les jeunes Français nourrissaient le plus grand mépris pour l'opéra, surtout l'opéra italien; adoptant d'ailleurs, sans le savoir, le point de vue des Allemands, qui tenaient les Rossini, Bellini, Donizetti, Verdi, Puccini, plus tous les véristes, pour des compositeurs bruyants et superficiels, sans technique sérieuse, dépourvus d'ambitions, coupables d'avoir abâtardi l'art du chant. A partir de Mozart, le sceptre de la suprématie musicale était passé d'Italie en Allemagne : c'était là pour nous un article de foi. *Barbier de Séville* et *Norma, Rigoletto* et *Bohème* ? Œuvres privées de toute dignité artistique, *buffonate* bonnes à divertir les Arlequins et les Polichinelles de la péninsule, mais qu'une personne chérissant quelque idéal devait rejeter sans appel. Nous les condamnions en bloc – sans les connaître, bien entendu. Les seuls opéras que nous consentions à entendre et que nous apprenions à aimer, c'étaient ceux que nous jugions appartenir à la « grande musique », et que nous mettions sur le même plan que les Passions de Bach ou les Quatuors de Beethoven :

soit l'*Orfeo* de Monteverdi, seul rescapé du cirque transalpin, les opéras de Mozart, *Fidelio, Boris Godounov, Pelléas, Wozzeck.* Tel fut, longtemps, tout mon bagage en matière de théâtre lyrique.

Je me rends compte aujourd'hui que j'obéissais inconsciemment, que nous obéissions tous, à un préjugé qui, si j'avais continué à le suivre, m'aurait empêché d'écrire des romans. Que signifie en effet porter aux nues Monteverdi, Moussorgski, Alban Berg, et dénigrer Verdi et Puccini ? C'est faire une distinction entre la « haute musique », la musique de « recherche », la musique exploratoire, savante, réfléchie, et la « basse musique », spontanée, vitale, plus immédiatement acclamée, plus facilement destinée à devenir populaire. Je ne dis pas que la « haute musique » ne puisse pas devenir populaire, ni qu'un Verdi ou un Puccini ne se soient pas livrés, eux aussi, à des expériences formelles audacieuses, je dis que, en gros, on peut distinguer deux familles de compositeurs d'opéras, selon qu'ils attachent plus d'importance à la théorie de leur art – ce sont les « réformateurs », de Monteverdi à Berg en passant par Gluck et Wagner – ou qu'ils se fient davantage à leur instinct, à leur vitalité – ce sont les « tempéraments », de Tchaïkovski à Darius Milhaud et à Benjamin Britten, avec, au premier plan, il va sans dire, les Italiens du XIXe siècle.

Or – pour continuer cette classification, si sommaire soit-elle – comment ne pas être tenté d'appliquer une telle distinction à la littérature elle-même ? Parmi les écrivains, on reconnaîtra d'un côté ceux qui privilégient la recherche formelle, l'innovation dans l'écriture – et ce seront avant tout les poètes, les auteurs de proses courtes et rares – et d'un autre côté ceux qui préfèrent raconter des histoires sans trop se torturer sur la question de savoir comment les raconter – et ce seront les romanciers. J'entends par là non la descendance de Flaubert et de Joyce, race plus intellectuelle, soucieuse de purifier le texte de toute scorie étrangère à la littérature, mais les romanciers à la vitalité immédiate, puissante, presque sanguine, les Daniel Defoe, les Dickens, les Tolstoï, les Dostoïevski, les Balzac, les Dumas, les Hugo. Encore une fois, je ne dis pas que ces derniers ne se soient pas interrogés sur leur art, mais que l'art, la forme, l'écriture passaient au second rang de leurs préoccupations, emportés qu'ils étaient par le mouvement de la fiction. Pour clarifier les choses, prenons deux contemporains en France, comme Gide et Simenon, et deux autres en Amérique du Sud, comme Borges et Amado, et l'on conviendra que voici deux sortes de créateurs, séparés par une ligne de démarcation éclatante, l'espèce des spéculateurs et l'espèce des fonceurs, ceux qui se tiennent à distance de la vie, dans une aristocratique réserve, et ceux qui l'empoignent à bras-le-corps, les martyrs de la littérature et les champions du roman.

J'établis la même différence entre « littérature » et « roman » qu'entre « musique » et « opéra ». La littérature – entendue comme recherche et spéculation – et la musique – entendue comme travail sur les moyens d'expression – représentent la partie « noble » de l'art, alors que le roman et l'opéra en sont la partie impure, non noble, compromise avec la réalité, souillée par le contact avec la vie. Les gens, et ils sont encore nombreux aujourd'hui, qui disent aimer la musique mais détester l'opéra italien, exercent le même genre de discrimination que les amateurs de lecture pour qui un Balzac, un Zola, une George Sand font à peine partie de la littérature, et un Alexandre Dumas, un Jules Verne, un Traven pas du tout. Jeune, avant de commencer à écrire, je pratiquais une semblable dichotomie entre ce qui me paraissait « valable », digne d'appartenir au monde de l'art, et ce que je tenais pour simple divertissement, amusement sans valeur – quitte, d'ailleurs, à me sentir parfois incertain et déchiré, car mon roman préféré était déjà *L'Ile au trésor*, et j'en avais un peu honte, convaincu qu'il ne pouvait s'agir là de « haute » littérature, puisque ce n'était, me disais-je avec dédain et en contradiction avec mon violent plaisir intérieur, qu'un roman d'aventures.

En musique, je faisais un départ encore plus rigoureux. J'allais écouter à la salle Gaveau l'intégrale des Quatuors de Beethoven par le Quatuor hongrois, mais n'aurais jamais consenti à entendre une note de Rossini ou de Bellini. Ce parti pris était poussé si loin que, contrairement à ce qui m'arrivait pour Stevenson et Dumas, j'en venais à nier mon plaisir, ou, plus exactement, à me rendre sourd à ce que je ne voulais pas qui me causât du plaisir. Ainsi, me trouvant à Venise au mois de septembre 1951, de retour de Salzbourg où j'avais découvert, ébloui, *Wozzeck* dirigé par Karl Böhm, je pris un billet pour la Fenice, en pestant contre la nécessité de devoir écouter, pour avoir le droit de visiter le théâtre, une œuvre aussi calamiteuse et dégénérée que le *Requiem* de Verdi. Or, comme je l'ai appris par la suite, j'eus la chance inouïe d'assister à une exécution magnifique, une des plus belles de l'après-guerre. Chef : Vittorio de Sabata. Ténor : Giuseppe di Stefano. Basse : Cesare Siepi. Soprano : Elisabeth Schwartzkopf. Eh bien ! j'étais si enfoncé dans mes préventions que je me rappelle fort bien m'être dit, en sortant : « Ce n'est pas de la musique religieuse, c'est de l'opéra ! », jugement empreint d'un profond mépris, comme si, au lieu d'avoir entendu un chef-d'œuvre de vocalité effusive, j'étais allé au cirque. Même Venise, même la magie d'un concert à la Fenice, n'avait pu me délivrer de mon préjugé.

*

Il fallut Naples, la vigueur et la gaillardise de Naples, pour m'amener à résipiscence. Ayant été envoyé dans cette ville, pour un long séjour, je m'aperçus que la seule activité culturelle y était l'opéra. Peu de librairies, presque aucune salle de concert, de rares cinémas ; on ne s'intéressait ni aux livres ni aux films, en revanche le San Carlo faisait salle comble. Une première tous les dix jours à peu près, en séance de gala, suivie de deux représentations ordinaires, à six heures de l'après-midi. Et presque uniquement des opéras italiens, de Cherubini à Zandonaï. Maugréant contre mon destin, je pris moi aussi l'habitude de me rendre au San Carlo, poussant le dépit jusqu'à me faire confectionner un smoking, qui était alors obligatoire pour le parterre et les trois premiers rangs de loges. Les six premiers mois passèrent sans que la grâce me visitât. Par exemple, dans *Norma*, qui fut chantée, je crois, par Anita Cerquetti, trop bref météore dans le firmament des étoiles, je ne fus pas sensible à la beauté de la mélodie, mais seulement au ridicule des druides et des processions. Raillerie étriquée de Français ricaneur. Enfin – c'était le 15 mars 1958, je n'oublierai jamais ce jour – on programma *La Forza del destino*. Encore du Verdi ! protestai-je *in petto*. Et, au vu du livret et de l'intrigue, du plus mélodramatique et mirlitonesque Verdi ! Pourtant, je fus vite subjugué. Je ne connaissais pas le nom des chanteurs, j'ignorais absolument à quel point ils étaient célèbres, aucun d'eux ne me disait rien. Mon impression, mon émotion furent immédiates, pures ; je fus converti d'emblée, à ce qui me parut être l'art suprême du chant, bouleversé en particulier par le duo entre Carlo et Alvaro, par la phrase si lyrique, si poignante d'Alvaro *Or muoio tranquillo, vi stringo al cor mio*, quelque chose d'équivalent au *Lasciatemi morire* de Monteverdi, par les deux airs de Leonora, par son duo avec le Père gardien. Il faut dire que des intercesseurs exceptionnels avaient présidé à mon baptême. Je sus plus tard qui avaient été pour moi les messagers du *bel canto* italien. Il serait impossible aujourd'hui de réunir de pareils artistes : tout simplement, chacun était le meilleur au monde, à cette époque, dans son rôle. Franco Corelli, jeune alors, éclatant, en Alvaro ; Ettore Bastianini, le plus grand baryton de son temps, en Carlo ; Renata Tebaldi, à l'apogée de sa carrière, en Leonora ; Boris Christoff en Père gardien. Il n'y avait pas jusqu'aux rôles secondaires qui ne fussent tenus par des chanteurs de premier plan, Renato Capecchi pour Melitone, Oralia Dominguez pour Preziosilla.

Non seulement je fus converti à l'opéra, mais à une certaine manière de concevoir la représentation d'opéra. En effet, le San Carlo ne ressemble pas aux autres salles de théâtre. C'est Alexandre Dumas, le plus napolitain des écrivains français, qui l'a dit : « En France, on va au théâtre pour se montrer ; à Naples, on va à l'opéra pour jouir. » De nos jours, certes, les spectateurs du San Carlo ne se font plus apporter des glaces dans leurs loges pendant les airs jugés ennuyeux, appelés autrefois *arie del sorbetto* ; on a d'ailleurs supprimé les rideaux qu'on tirait devant sa loge quand l'opéra était décidément trop mauvais et qu'on voulait s'isoler de la salle pour jouer aux cartes, causer ou faire l'amour. Le public napolitain, néanmoins, reste exigeant sur son plaisir, c'est-à-dire irrespectueux des conventions ; il bavarde en pleine représentation si celle-ci l'embête ; il chantonne avec une demi-seconde d'avance les airs qu'il préfère ; il s'enthousiasme au-delà de toute mesure. Quand Renata Tebaldi eut achevé l'air du dernier acte *Pace, pace, mio Dio*, un tonnerre d'applaudissements se déchaîna ; puis, dans la brève minute de silence qui précéda la reprise, on entendit une voix crier, du poulailler : *Sei un angelo !* Nouveau délire d'ovations. Voilà ce que j'ai appris ce soir-là : non seulement à aimer et à placer Verdi au premier rang des compositeurs, mais à chercher dans l'opéra autre chose qu'un sujet de dévote et culturelle admiration. Oui, c'est par une sorte de plaisir physique que j'ai adhéré pour la première fois à un opéra, et, depuis ce temps, il n'y a pas d'opéra que j'aime où je n'aie retrouvé ce plaisir physique, cette liberté du corps – qui commence, si le spectacle me barbe, par la liberté de quitter la salle au premier entracte.

Voilà une des raisons pour lesquelles j'éprouve une répugnance invincible contre Wagner, le wagnérisme et le culte de Wagner, caractérisés par la prétention de transformer le spectacle en messe, par la componction imposée au spectateur, de qui on exige une idolâtrie religieuse, par la sacralisation du théâtre en temple, toutes choses où je vois la négation du véritable esprit de l'opéra, qui est espiègle et frondeur. Où sont le jeu, le plaisir, l'humour, dans la représentation d'un opéra de Wagner ? Le public, que cela lui plaise ou non, est sommé de garder un mortel sérieux. Certes, il est facile de comprendre pourquoi Wagner a voulu cette réforme dans l'opéra. En bon Allemand, il n'aurait dû comme Bach, comme Beethoven, comme Schumann, comme Brahms avant lui, comme Bruckner et Mahler après lui, n'écrire que des concertos, des sonates, des symphonies et des quatuors, se tenant au large de ce genre impur qu'est le théâtre lyrique, laissant l'opéra à ces *buffoni* d'Italiens. Mais comme ses dons le portaient vers le théâtre et la musique vocale, il crut résoudre la contradiction en transformant ce genre impur en genre pur, ce passe-temps vulgaire en musique, par la magie d'un cérémonial pompeux autant que par le choix de sujets nobles. Pour moi, il n'a fait que dévoyer l'opéra. Je note aussi que la réputation de musiciens « inférieurs » faite aux Rossini, Donizetti, Verdi, ce que j'ai appelé plus haut le point de vue des Allemands, date justement de Wagner et des wagnériens, qui ont essayé de discréditer la conception ludique, familière, chaleureuse de l'opéra pour imposer la leur, affreusement lourde et ennuyeuse. Distinguer un opéra de nature inférieure, qui serait l'opéra italien, et un opéra de nature supérieure, qui serait l'opéra wagnérien, c'était tenter une opération politique, une opération de racisme musical, qui a en général fort bien réussi.

*

Sauf à Naples. Naples, qui m'a non seulement initié à l'opéra italien mais conforté dans mon intention, vague encore et encombrée de réticences, de remords, d'écrire des romans. En effet, j'avais été élevé dans l'atmosphère littéraire de *La Nouvelle Revue française*, et cette chapelle, comme on sait, tolérait à peine le roman. Albert Thibaudet, une des consciences critiques de la Revue, avait fort bien établi l'origine impure du roman, né au XVIIe siècle comme fourre-tout où les écrivains pouvaient mettre tout ce qui ne tenait pas dans les genres considérés alors comme nobles, la poésie, la tragédie, l'éloquence. Il faut être un peu pauvre d'esprit pour écrire des romans, suggérait Valéry, s'il est vrai, comme André Breton le rapporte, qu'il se proposait de réunir en anthologie un grand nombre de débuts de romans, « de l'insanité desquels il attendait beaucoup ».

En ce qui le concerne, rappelons-le, Valéry se refuserait toujours à écrire *La marquise sortit à cinq heures*[1]. Aucun interdit littéraire n'a fait plus de dégâts que cet oukase prononcé par une bouche si auguste. On ne voit pas où serait le génie du roman, sinon dans l'audace d'écrire *La marquise sortit à cinq heures*, dans l'arbitraire héroïque qui consiste à poser sur le papier une phrase bête de tous les jours, qui devient, par la magie de l'écriture romanesque, le moteur de l'action et le port d'embarquement pour un nouveau monde. André Gide, peut-être sous l'influence de son ami, n'écrivit pas de romans, mais des « récits », des « soties », des « traités » ; il ne consentit, non sans beaucoup d'hésitations et de chichis, à appeler « roman » qu'un seul de ses nombreux livres, *Les Faux-Monnayeurs*. Jean Paulhan, directeur de la *NRF* avant et après la guerre, éminence grise des lettres françaises pendant plus de quarante ans, ne se serait jamais abaissé à écrire un roman. Marcel Arland, codirecteur de la Revue après la guerre, n'écrivait, lui, que des romans et des nouvelles, mais il donnait l'impression d'en avoir un peu honte. Or, c'est dans la *NRF* justement, et sous la direction de Paulhan et d'Arland, que j'ai publié mes premiers articles, que j'ai fait mes premiers pas officiels dans la littérature ; décidé déjà à écrire un jour des romans, certes, mais persuadé, par tous ces mentors illustres, Jacques Rivière, Valéry, Valery Larbaud, Gide, Paulhan, que c'est là une besogne de second rang, une récréation dont il ne faut pas trop se vanter. L'essai, la note, la notule, la chronique, le fragment de journal, le « propos » à la manière d'Alain, le « rhumb » ou la « pièce » à la manière de Valéry, le poème bien sûr, tels étaient

---

1. Cité dans le *Manifeste du surréalisme*, et confirmé par un fragment des *Cahiers* de Paul Valéry lui-même (Pléiade, II, p. 1162).

les genres tenus en honneur à *La Nouvelle Revue française*; on avait le droit de s'aventurer dans le roman, mais un fort sentiment de culpabilité vous accompagnait dans cette entreprise. On a peine à s'imaginer aujourd'hui le pouvoir d'intimidation qu'exerçait, dans les années 1950 encore, la rue Sébastien-Bottin sur un apprenti écrivain. Moi, c'est Naples, la vitalité puissante et colorée de Naples, le caractère naturellement romanesque de cette ville, qui me délivra du puritanisme parisien. Je continuai, pendant mon séjour napolitain, à envoyer des articles et des chroniques à la revue de Paulhan et Arland, mais non sans commencer à douter de la validité de ses critères esthétiques. De même que je découvrais en Verdi le contraire du cabotin pour auditeurs sous-développés qu'on m'avait présenté à Paris, de même il m'apparut qu'exclure le roman de la littérature était un ostracisme décidé par des esprits affectés de rétention littéraire, dépourvus de générosité, frileux, repliés sur eux-mêmes et pour tout dire moins admirables que je ne l'avais cru.

Le hasard avait donc voulu que me fussent révélées en même temps et la qualité musicale de l'opéra italien et la nécessité littéraire du genre romanesque. Rien d'étonnant, dans ces conditions, si mon premier roman a pris pour sujet le monde de l'opéra italien et pour personnages des chanteurs d'opéra, et si, pour rendre hommage à la ville qui m'avait apporté cette double révélation, j'ai situé ce roman à Naples. En vérité, j'en avais écrit trois auparavant, mais tous trois assez gauches, il me semble, enveloppés, hésitants, marqués de cette culpabilité que j'ai dite à l'égard du genre romanesque; manqués pour d'autres raisons aussi, bien sûr, tenant à mes problèmes psychologiques et sexuels personnels; mais l'influence, même lointaine et discrète, d'une esthétique entêtée à maintenir l'œuvre d'art à l'écart et au-dessus de la vie avait eu sa part dans le manque de confiance et d'entrain avec lequel j'avais écrit ces premiers romans. Pour souligner le changement survenu, je donnai à *Porporino* un sous-titre exprès provocateur, en cette époque – c'était l'année 1974 – où le Nouveau Roman, surgeon exténué de l'arbre *NRF*, quintessence du jansénisme et de l'élitisme littéraires, sévissait encore. *Porporino ou les Mystères de Naples*. Allusion au roman d'aventures, clin d'œil au roman-feuilleton du XIXe siècle. Hélas ! je n'aurais pas été capable d'écrire un vrai roman d'aventures, à la Dumas, à la Eugène Sue ; je crois que notre siècle ne possède plus la naïveté nécessaire à ce genre d'entreprise ; nous avons trop lu ; la confiance dans l'homme, l'optimisme étaient la première condition du roman à la Dickens, à la Hugo. Proust, Kafka, Faulkner nous feraient honte de croire qu'on peut échapper à la fatalité de l'échec ; les événements politiques, les guerres, les tyrannies, les horreurs de notre siècle ne leur ont donné que trop raison. *Porporino* se termine par une catastrophe, par la mort rituelle du héros, selon l'idéologie pessimiste à laquelle nul n'échappe aujourd'hui. D'ailleurs, pour être sincère, ce n'est pas un roman d'aventures que je voulais écrire ; le sous-titre n'était qu'une indication polémique, et une incitation que je me donnais à moi-même pour mettre de l'action dans mon livre, pour le guérir du virus de l'analyse psychologique, de l'introspection. Mon vrai modèle, c'était l'opéra ; l'opéra italien ; et, plus particulièrement, l'opéra napolitain. Oui, j'ai voulu, avec *Porporino*, rivaliser avec l'opéra, écrire un opéra en mots ; non pas, selon la formule des symbolistes, reprendre à la musique son bien, c'est-à-dire, comme ils l'entendaient, épurer le langage jusqu'à en faire l'équivalent, immatériel et impalpable, de la musique (pour eux la musique de chambre ou symphonique, évidemment), mais au contraire plonger le roman dans la même réalité chaleureuse, pulpeuse, chatoyante, joyeuse que j'avais découverte au San Carlo.

D'abord, le sujet. L'éducation et les débuts de deux chanteurs d'opéra napolitains, au XVIIIe siècle. Pourquoi au XVIIIe siècle ? Parce que ce fut l'âge d'or de l'opéra napolitain. En passant, j'avais envie de réhabiliter une époque féconde en compositeurs aujourd'hui injustement oubliés, tels que Porpora, Jomelli, Traetta, Durante, ou même le Pergolese et le Cimarosa de l'*opera seria*, escamotés au profit de la *Serva padrona* et du *Matrimonio segreto*. Le XVIIIe siècle est aussi l'époque où une représentation d'opéra était le plus libre, où le roi Ferdinando, Re Nasone, donnait l'exemple en se faisant servir dans sa loge un plat de macaronis fumants. J'ai indiqué en Wagner le responsable de la sacralisation de l'opéra ; à vrai dire, il faudrait remonter plus haut, aux années 30 du XIXe siècle, lorsque l'esprit romantique commença à supplanter l'insolence et la désinvolture propres au siècle précédent. Les romantiques étaient terriblement sérieux ; ils croyaient au progrès, à l'émancipation de l'humanité ; ils voulaient que dans les opéras aussi l'auteur lançât un « message », fraternel et contagieux ; en Italie, par la plume de Mazzini, ils sommèrent les compositeurs de renoncer aux comédies de mœurs et aux sujets d'amour, et de prendre en compte qu'ils avaient une mission, politique et éducative, à remplir. Le mépris du jeune Berlioz, pensionnaire à la Villa Médicis, pour la musique italienne de son temps, n'a pas d'autre origine que la maturation en lui d'une conscience romantique de cette sorte. Et quant à Rossini, typique survivant du XVIIIe siècle, homme de jeu et de plaisir, son retrait des scènes à partir de 1829 n'a rien d'énigmatique, mais s'explique fort bien par l'avènement des grandes machines politico-historiques à la Meyerbeer. Rossini pouvait faire aussi bien, dans le genre sérieux et grandiose, il l'avait prouvé avec *Guillaume Tell*; mais si la musique devait se mettre dorénavant au service d'une cause, devenir propagandiste et oraculaire, il préférait se retirer de la musique et se consacrer au tournedos.

Cette romantisation de l'opéra eut une influence profonde, qui me paraît assez peu étudiée jusqu'ici, sur la forme même de l'opéra. Un rapide examen comparatif de la structure de l'opéra au XVIIIe siècle et au XIXe siècle me ramènera à *Porporino* et à ma propre conception du roman. Pendant tout le XVIIIe siècle, Rossini compris, deux catégories de formes musicales entraient dans la composition d'un opéra : il y avait d'une part le récitatif, sec (soutenu uniquement au clavecin) ou accompagné (par l'ensemble de l'orchestre) ; d'autre part les airs, duos, trios ou ensembles vocaux plus importants. Le récitatif était récité, c'est-à-dire simplement dit, comme au théâtre ; alors que les airs étaient chantés. Le récitatif appartenait au genre de la prose et du théâtre ; les airs au genre de la poésie et de l'opéra. Ces deux catégories de formes, et j'en viens au point important, avaient des fonctions très différentes. Le récitatif, dont chaque syllabe était distinctement perçue par le public, servait à l'informer sur le déroulement de l'action, à faire le point dans l'enchevêtrement de l'intrigue, à établir la continuité et la cohérence de l'œuvre. Les airs au contraire, duos, trios, etc., dont le public ne saisissait que quelques mots dans l'enrobage musical, n'avaient pas trait au sens ; c'étaient les moments réservés à l'émotion. L'action s'arrêtait ; et, pendant cette pause de l'action, le ou les chanteurs exhalaient leur chagrin ou leur joie, leur déception ou leur surprise, leurs peines ou leurs bonheurs. Peu importait le contenu de ce qu'ils exprimaient ; seule comptait l'intonation générale, le climat affectif de l'air, donné par la mélodie, et qui permettait au public de s'identifier au héros, d'être triste ou gai avec lui. Les romantiques condamnèrent ce système, le jugeant artificiel et contraire à la vérité profonde de l'être humain, lequel, lorsqu'il est en proie à un sentiment, s'y livre tout entier. S'arrêter soudain de chanter pour reprendre la conversation parut aux partisans de l'opéra total une incongruité de l'ancien régime : d'où leur volonté de supprimer les récitatifs, d'abord le sec, puis l'accompagné, et de faire du spectacle lyrique un *continuum* chanté, doctrine qui aboutit au *durchcomponiert* allemand : tout pour l'émotion, rien pour la raison.

Il me semble que pour un romancier l'ancienne conception de l'opéra est plus riche d'enseignements. Si l'on peut admettre que dans un spectacle musical l'histoire racontée est tout à fait secondaire, dans un roman, qui fait appel bien plus à la raison et à l'intelligence du lecteur, comment garder la place nécessaire à l'information, sans nuire à l'unité esthétique de l'œuvre ? Comment faire avancer l'histoire, sans renoncer à la qualité poétique de l'ensemble ? Comment dire ce qu'il importe de dire, sans tomber dans le didactisme ? Balzac n'a pas toujours trouvé la solution ; ses livres renferment comme des plages mortes, où l'excès de renseignements fournis au lecteur l'empêche d'être ému. Même dans un roman aussi réussi que *Les Illusions perdues*, on regrette de voir tant de pages purement didactiques sur le fonctionnement d'une imprimerie.

De cette difficulté, inhérente au genre romanesque, un autre romancier s'est tiré avec beaucoup plus de bonheur, parce qu'il connaissait beaucoup mieux et aimait beaucoup plus l'opéra : Stendhal, le grand admirateur, justement, de Rossini. Je crois qu'on pourrait relire Stendhal à la lumière de Rossini et découvrir dans *Le Rouge et le Noir*, dans *La Chartreuse de Parme*, dans *Armance*, une alternance entre récitatifs et airs, entre moments d'action et moments de rêve, comme dans *Le Barbier de Séville* ou *Tancredi*. Le récitatif informe le lecteur de ce qui se passe, mais en même temps il ne cesse pas d'être musique, il fait partie de la musique de l'œuvre ; c'est de la musique plus articulée, plus raisonnée, mais c'est encore de la musique. Découpés eux aussi en récitatifs et en airs, les opéras de Mozart offrent l'exemple insurpassé d'harmonie, de fusion entre l'intelligible et l'affectif, satisfaisant l'esprit autant qu'ils touchent le cœur. Rossini, Mozart : tels sont quelques-uns des modèles auxquels je me suis référé en écrivant *Porporino* et les romans qui ont suivi. La distribution entre action et émotion, principe fondamental et pierre d'achoppement de tout roman, s'est faite selon l'alternance entre passages plus parlés et passages plus chantés – mais je ne voudrais pas faire croire à une organisation systématique de mon travail. Ennemi de toute théorie, me guidant plutôt sur un instinct musical de la mesure et du contrepoint, j'ai d'abord obéi à mon oreille : tantôt accélérant le rythme quand il ne s'agissait que de tenir le lecteur au courant des événements, tantôt le ralentissant pour laisser le temps aux personnages d'épuiser la valeur émotive d'un moment donné.

*

Porporino et Feliciano ne sont pas seulement deux chanteurs d'opéra : ce sont aussi, ce sont d'abord, deux castrats. Pourquoi ce choix de personnages dits « anormaux » ? Il y a une première raison, historique. Quand j'ai pensé à écrire un roman sur le monde de l'opéra napolitain au XVIIIe siècle, je me suis heurté à un obstacle en apparence infranchissable : m'étant aperçu que l'opéra à cette époque était dominé par les castrats, que les *divas* du XVIIIe siècle n'étaient ni les femmes, cantonnées dans des rôles secondaires, ni les ténors, encore plus insignifiants, mais bien les castrats, qu'à beaucoup d'entre eux étaient échues des carrières fabuleuses, je découvris en même temps que ces monstres de légende appelés Farinelli, Caffarelli, Senesino, Crescentini, Siface, Velluti, Aprile et tant d'autres avaient disparu soudain de la mémoire des hommes, que de ces superstars il ne restait aucune trace dans l'histoire, qu'il était impossible de trouver le moindre document, ni sur leurs performances vocales ni sur leurs désordres amoureux. Ils s'étaient purement et simplement volatilisés, victimes de la censure, autour de l'année 1800. L'Europe, soumise à l'influence des nouvelles idées révolutionnaires sur les droits de l'homme et la liberté, eut tout à coup honte d'avoir applaudi pendant deux siècles des garçons qu'on avait mutilés pour leur conserver leur voix d'enfant. Non seulement on cessa de châtrer, mais on cessa de parler des castrats, on cacha ou détruisit les documents qui auraient pu témoigner de leur gloire, leur souvenir fut refoulé pour toujours. J'étais sur le point d'abandonner mon projet d'écrire un roman sur les castrats napolitains, lorsque je m'avisai que cette absence de témoignages constituait au contraire une chance inouïe pour le romancier, lequel n'aurait pas à reproduire la réalité, mais à la réinventer ; et c'est ce que j'ai fait, imaginant de toutes pièces, d'après mon expérience de la Naples contemporaine, des rues, des bruits, des odeurs, des mœurs de la Naples contemporaine, la vie des castrats d'autrefois : non pas une reconstitution, donc, mais une recréation, selon la conviction, qui devint mienne alors, que seuls les romanciers peuvent écrire l'histoire, car la vérité réside non pas dans les faits, mais dans l'imagination des faits.

J'avais un autre motif, évidemment, pour m'intéresser aux castrats ; un motif puissant, un motif personnel. Qui étaient-ils, ces chanteurs, lorsque, étant sortis du théâtre, ils se retrouvaient seuls avec eux-mêmes, loin des feux de la rampe et du fracas des acclamations ? Se sentaient-ils hommes ? Se sentaient-ils femmes ? A quel sexe pensaient-ils appartenir ? Peut-être aux deux ? Passionnant problème d'identité sexuelle et d'identité tout court, qui a été le vrai moteur de mon travail. Il m'est apparu que le monde de l'opéra avait gardé bien plus vives que dans les romans la conscience et la nostalgie de l'indifférenciation sexuelle, de cette indétermination des origines à laquelle se rattachent les plus vieux mythes de l'humanité, de la Bible à Platon, des mythes orphiques de la création du monde aux rites d'initiation dans les sociétés primitives.

L'opéra et le roman sont nés en Europe à la même époque, au même moment, au début du XVIIe siècle. 1607, par exemple, est la date à la fois de *L'Orfeo* de Monteverdi et de la première partie de *L'Astrée* d'Honoré d'Urfé. Je ne sais si cette liaison a été assez remarquée, et si l'on a souligné les points de ressemblance et de divergence entre ces deux genres rigoureusement contemporains. En simplifiant beaucoup, disons qu'au XVIIe siècle, surtout en France et en Angleterre, prend son essor une nouvelle classe, la bourgeoisie ; que cette nouvelle classe cherche à imposer peu à peu une nouvelle morale, fondée sur l'ordre, le rendement, l'efficacité dans le travail, et sur la discipline dans la vie privée ; et que l'instrument de cette nouvelle idéologie sera justement le roman. Que racontent les romans, en effet, dès la naissance du genre romanesque ? Des histoires d'amour, des histoires d'hommes et de femmes qui s'aiment et cherchent à se rejoindre à travers mille obstacles. Simple truisme, objectera-t-on, que de décrire ainsi l'art du roman ? Non, car ce qu'on oublie trop souvent, c'est qu'une telle façon de raconter des histoires suppose comme une donnée évidente, dont on ne discute même pas, le fait qu'il y a d'un côté les hommes et de l'autre côté les femmes. Lorsque je définis la morale bourgeoise par le souci d'introduire la discipline dans la vie privée, je n'entends nullement dire que le roman est né avec l'intention de raconter des histoires édifiantes, à l'eau de rose ; c'est plutôt le contraire qui s'est produit, et surtout au siècle suivant, le XVIIIe, fertile en récits d'aventures dissolues et « immorales ». La morale, la solide morale bourgeoise, était pourtant là, bien présente au cœur du dévergondage ; elle était dans l'affirmation, inlassablement répétée par les romanciers, qu'ils fussent chastes ou libertins, décents ou coquins, puritains ou débauchés, que l'un s'appelât Rousseau et l'autre Sade, qu'hommes et femmes appartiennent à deux camps distincts. Voilà la discipline, voilà l'ordre que la nouvelle classe, classe d'affaires, classe réaliste, imposa par le truchement de ses romanciers : une stricte répartition des rôles sexuels, l'établissement d'une ligne de démarcation bien précise entre la virilité et la féminité. D'un côté les hommes, de l'autre côté les femmes, sans confusion possible. Pendant tout le XVIIIe et le XIXe siècle, jusqu'à Proust et Thomas Mann, le roman n'a eu qu'une mission, qu'une fonction, de proclamer, de célébrer, d'orner de mille détails piquants ou graves, lyriques ou graveleux, le principe sacro-saint de la division des sexes, nécessaire au développement de l'économie. Rares furent les auteurs, comme Casanova, qui osèrent contester un tel postulat.

L'opéra, au contraire, malgré une apparente ressemblance (histoires d'amour, et uniquement histoires d'amour), garda intacte la tradition de l'androgynie mythique ; d'abord en choisissant pour héros types des personnages de l'Antiquité qui furent notoirement des hommes-femmes, Hercule, Achille, Alexandre, César et, premier d'entre eux, Orphée, élu par les pionniers du genre (Jacopo Peri, 1600 ; Giulio Caccini, 1602 ; Monteverdi, 1607) et plus tard par le champion de la réforme, Gluck (1762) ; ensuite et surtout, en employant, en valorisant, en exaltant les castrats, ces créatures à la sexualité ambiguë et légendaire. Des castrats interprétèrent le rôle d'Orphée (on connaît leur nom : Giovanni Gualberto pour Monteverdi, Gaetano Guadagni pour Gluck), les rôles d'Hercule, Achille, Alexandre, César, puis, peu à peu, tous les premiers rôles du répertoire. La vogue des castrats, jusqu'à la fin du XVIIIe siècle, peut être considérée comme le symptôme le plus éclatant de la résistance contre le progrès de l'esprit bourgeois. La France, où cet esprit bourgeois était le plus fort, fut le seul pays où les castrats ne furent ni appréciés ni invités. Gluck, pour les représentations parisiennes, dut adapter le rôle d'Orphée à la voix de ténor. Partout ailleurs en Europe l'opéra, par le moyen des sopranistes, comme on les appelait élégamment, sut préserver le mythe des hommes-femmes, non sans braver les exigences du capitalisme naissant. Tandis que le roman se mettait au service de la pensée rationnelle et obéissait à Descartes, l'opéra, royaume de l'utopie et de la chimère, demeurait fidèle à Platon.

On pourrait objecter, ici, que la vogue des castrats ne fut affaire que de mode musicale, et qu'il ne faut pas attribuer une importance symbolique excessive à un usage commandé par le goût des belles voix. Je crois au contraire posséder de solides arguments pour prouver qu'il est dans la nature de l'opéra de rejeter la division bourgeoise des sexes et de tendre à perpétuer le paradis originel de l'indifférenciation. Quand, sous l'effet de la censure, les castrats eurent disparu, les compositeurs trouvèrent aussitôt la parade, chacun avec son tempérament particulier. Rossini inventa le contralto féminin, la femme à voix masculine. Bellini confia le rôle de Roméo à un mezzo féminin, en sorte que Roméo et Juliette, dans son opéra *I Capuleti e i Montecchi*, sont chantés par deux personnes du même sexe. De nos jours, Britten, pour suggérer l'union des sexes dans une seule voix, a employé soit des hautes-contre, soit des garçons avant la mue, les fameux *trebles* anglais. Le procédé le plus fréquent reste celui des baroques, de Händel, de Mozart. Rinaldo, le preux guerrier de la croisade, chanté par une femme. Chérubin, le jeune polisson, chanté par une femme. Richard Strauss développa toutes les implications ambiguës du travesti dans le personnage d'Octavian, du *Rosenkavalier*, jeune garçon chanté par une femme, puis quittant ses habits d'homme pour se déguiser en femme, et cru femme par le baron Ochs, devant le public qui sait qu'elle est censée être un garçon. Quiproquos en chaîne, comédie d'une transsexualité troublante.

Mieux encore : chez les compositeurs qu'on peut le moins soupçonner de complaisance pour l'homosexualité, on trouve des personnages de travestis. Glinka confie à un contralto féminin le rôle de Vania, fils adoptif du paysan Ivan Soussanine, dans *La Vie pour le tsar*, opéra de la terre et de la fidélité à la terre et à la patrie, œuvre dépourvue de toute inclination esthétisante. Verdi, le rude et sévère prophète du *Risorgimento* national, confie le rôle du page à un soprano féminin, dans *Un ballo in maschera*. Smetana, lui aussi un patriote et l'artisan de la renaissance de la musique tchèque, attribue le rôle du neveu Zavis à un contralto féminin, dans *Le Mur du Diable*. Janacek, le solitaire de Brno, le provincial à l'abri de toutes les tentations de la « décadence » fin de siècle, assigne à un soprano féminin le rôle du jeune bagnard, Alieia, dans *De la maison des morts*, ce qui colore d'une indiscutable tendresse particulière la relation du jouvenceau et de son compagnon de chaîne Petrovitch. Je pourrais multiplier les exemples. A quoi bon ? Il me paraît clair que l'opéra, grâce aux privilèges de la vocalité équivoque, détient des pouvoirs refusés au roman, lequel n'a le choix qu'entre deux solutions également brutales, hétérosexualité ou homosexualité. *Le Banquet*, avec le discours d'Aristophane sur les sphères originelles qui réalisaient, avant la malédiction de la coupure, la fusion parfaite du masculin et du féminin, nous avait ouvert d'autres horizons.

Pourquoi l'opéra ?

Il y a quarante ans, le mélomane n'allait guère à l'opéra, sauf si on donnait du Mozart ou du Wagner, *Boris Godounov, Pelléas et Mélisande* ou *Wozzeck* : répertoire considéré comme de la « haute musique », c'est-à-dire sans les incongruités, extravagances, facilités et autres scories qui encombrent les œuvres de *bel canto* et discréditaient sans appel l'opéra italien. Aujourd'hui, le même mélomane se rue à l'opéra, en particulier pour un de ces ouvrages naguère si décriés, et dans l'espoir non seulement d'écouter une musique qui ne lui paraît plus du tout frivole ni superficielle, mais d'assister à un spectacle complet, où la musique tient la part principale, entre dix autres sources de plaisir. Dire, comme certains avec condescendance, qu'il s'agit d'une mode est absurde, car si un public snob se presse en effet aux premières et aux soirées de gala, la vogue actuelle de l'opéra est un mouvement profond qui touche les spectateurs de tout âge et de toute condition.

A chacun d'avancer ses explications. Pour moi, je croirais volontiers qu'il faut mettre cet appétit de théâtre lyrique en rapport avec le déclin du théâtre et du roman traditionnels. Depuis quelque quarante ans, il est admis que le mode traditionnel d'exposition et de narration des événements est périmé, ne restant licite (voire obligatoire, mais pour des raisons plus financières qu'artistiques) qu'au cinéma. La fermeté du sens, la plénitude sans faille de la réalité, les assurances chronologiques et causales, la non-contradiction sans le plus petit écart, la lisibilité de l'intrigue, voilà ce que notre époque sensible aux trous et aux vides du réel dénonce dans le roman et le théâtre du XIXe siècle, et ce qu'Alain Robbe-Grillet, presque en ces termes exacts, reproche à Balzac, dans *Le Miroir qui revient*, sorte d'autobiographie intellectuelle où l'auteur nous confie que l'opéra a joué un grand rôle dans sa formation, mais seulement *Tristan* et *Pelléas*, bien entendu !

Or, la vogue actuelle de l'opéra me semble être la revanche du public contre ce qui a été le long « terrorisme » (voulu ou non, et entretenu surtout par les épigones) des Robbe-Grillet et des Sarraute, des Barthes et des Beckett, la vengeance du « sens » et du « plein » contre l'esthétique du manque, de la faille, de l'esquive. Où retrouver, aujourd'hui, des hommes et des femmes en proie à des passions violentes sinon à l'opéra (et au cinéma, mais cet art étant aux mains des producteurs n'inspire pas la même confiance) ? Quel écrivain, sinon un auteur de romans de gare, oserait décrire l'agonie d'une lorette minée par une maladie mortelle et expirant sur le grabat d'une mansarde ? Ni Mimi ni Violetta ne seraient possibles aujourd'hui au théâtre ou dans un livre. L'opéra offre un répertoire inépuisable de situations fortes – duos d'amour sous la lune, départs pour la guerre, serments d'amitié éternelle, empoisonnements et crimes de toute espèce, morts spectaculaires – évacuées de la culture du XXe siècle par l'affinement de nos moyens de connaissance qui nous les représentent comme une grossière mascarade. Mais, grossières ou non, ces situations fortes ont gardé intacte leur puissance d'envoûtement, et, puisqu'il n'y a plus de romancier capable d'enfoncer un poignard dans le cœur de son héroïne, on ira, en applaudissant *Carmen*, exorciser son goût du sang et de la mort.

Les livrets d'opéra (notons que, dans la vogue actuelle de l'opéra, l'intérêt ne se porte pas seulement sur la musique, mais aussi sur les livrets : on découvre la dramaturgie de Verdi, on psychanalyse Puccini) fournissent des histoires complètes, des drames typiques, des caractères énergiquement accentués, tout ce qui a disparu du théâtre et du roman contemporains, où ce serait faire injure à l'auteur que de le soupçonner d'avoir voulu bâtir une intrigue ou suivre un fil logique. Les opéras regorgent de sens, de ce sens honni par la mauvaise conscience moderne, et voilà pourquoi l'homme du XXe et du XXIe siècle, qui n'ose plus lire Dickens et Victor Hugo, se précipite à *Don Carlo* et à *La Traviata*.

Cependant, si Verdi et Puccini étaient l'équivalent exact de Dickens et de Hugo, il est probable qu'ils ne passeraient plus la scène et que nous les rejetterions en trouvant que leur trame est vraiment trop épaisse et ne répond plus à notre expérience moderne de l'illogique et de l'absurde. Il faut donc qu'il y ait dans les opéras du XIXe siècle un élément qui n'existait pas dans les romans et dans les drames du XIXe siècle, et qui est resté (ou devenu) moderne : et cet élément, qui fait la spécificité de l'opéra, des opéras de tous les temps, c'est cette petite fêlure dans la vraisemblance, cette faille dans le sens, qui aujourd'hui nous permettent de nous pâmer devant Norma ou Lucia sans adhérer pleinement à leur histoire. Druides qui défilent pompeusement dans la forêt, châtelains qui errent entre les tombes, soldats qui chantent « Partons ! Partons ! » en piétinant sur place, tout ce dont on s'est moqué si longtemps pour discréditer le théâtre lyrique, entre aujourd'hui comme une composante essentielle dans notre plaisir.

Le pathos de l'opéra, que nous ne supporterions plus tel quel, est corrigé par l'humour involontaire des situations, quelquefois l'humour du décor lui-même, par les incidents de la mise en scène, et notre jubilation ne connaît plus de bornes quand la toile qui représente une solide forteresse se met à onduler sous un courant d'air lâché imprudemment de la coulisse, ou lorsque Tosca qui s'est jetée du haut du château Saint-Ange rebondit sous les yeux du spectateur, parce que le matelas sur lequel elle a sauté derrière le décor était trop élastique, ou quand le tabouret s'effondre sous le poids d'un ténor corpulent, comme il est arrivé à Pavarotti (qui, lui, adhérant trop pleinement au « sens », a très mal pris cet incident) lors d'une autre *Tosca*, à l'Opéra de Paris.

Le dessèchement, l'étiolement, l'atrophie du théâtre et du roman contemporains nous ont redonné soif de vérisme ; mais le vérisme seul ferait honte à notre éducation d'hommes modernes. Nous ne l'acceptons que rectifié. L'opéra nous offre une synthèse idéale entre le sens et le non-sens, entre le récit fidèle d'un événement et une série de trous mystérieux dans la continuité des significations, entre la plénitude d'une histoire et la loufoquerie des détails.

Quel autre art, aujourd'hui, en faisant d'aussi impertinents crocs-en-jambe à la réalité, pourrait combler au même point notre besoin d'émotions et notre refus d'être dupes ? Le cinéma ? Mais les auteurs de films sont toujours suspects : n'ont-ils pas été contraints de céder à des impératifs commerciaux ? L'opéra, qui n'est pas soumis aux lois de la rentabilité (il est en déficit permanent et ne vit que de subventions), reste exempt de ce soupçon.

C'est dans l'opéra baroque, redécouverte de notre temps, que l'illusion lyrique, le raisonnable tiré vers la folie, le concret dérapant dans le surnaturel, manifestent avec le plus d'éclat une incohérence bienvenue, un démenti salutaire de ce qu'il y a de trop plein dans une narration. Des héros empanachés descendent d'une colline au son de la trompette ou deviennent fous au fond de ténébreux souterrains. D'autres s'endorment et une divinité vient les chercher pour les soulever dans les nuages. Le récit est suivi, l'histoire de Rinaldo ou d'Orlando, d'Atys ou d'Alcina, mais il fait une large place au fantastique et au merveilleux. Voilà le meilleur moyen pour nous de participer, sans mauvaise conscience ni impression d'être intellectuellement retardés, à la fête de l'esprit et des sens qui a déserté les autres arts.

Le bel canto de Michel Leiris

Naguère, ceux qui estiment Julien Gracq furent consternés par son petit livre sur Rome *(Autour des sept collines)*, où il parlait des Italiens et de la langue italienne avec une niaiserie tranquille et péremptoire indigne de son talent. Avant lui, Michel Leiris avait donné l'exemple d'une certaine stupidité de l'intelligentsia française en traitant Puccini d'« ordure », dans un livre, *L'Age d'homme*, qui est par ailleurs un chef-d'œuvre. Les Français reconnaissent volontiers aux Italiens le génie des beaux-arts mais, pour ce qui est de la musique et surtout de l'opéra, même les plus cultivés traitent le grand siècle qui va de Rossini à Puccini avec une sotte arrogance. C'est un lieu commun, en France, de dire qu'après Monteverdi, Scarlatti et Vivaldi la musique italienne a perdu toute dignité. Aussi redoutais-je d'ouvrir *Operratiques*, ces notes posthumes de Michel Leiris sur l'art lyrique.

Fameuse surprise : non seulement il s'y avoue « gêné plus que jamais » par « l'impair » commis autrefois sur Puccini, mais rend une justice éclatante à ce compositeur si méprisé des prétendus mélomanes. Dans *Turandot*, les personnages mythiques de Lucrèce la froide et de Judith la tueuse sont fondus dans une seule héroïne. Tout Puccini est d'une densité et d'une violence fabuleuses, et c'est l'auteur de *Tosca* qui est à l'origine de cette lignée véhémente continuée par l'*Elektra* et la *Salomé* de Richard Strauss, le *Wozzeck* et la *Lulu* d'Alban Berg. Puccini, père et champion de la modernité, voilà qui nous change des idioties habituelles sur la « vulgarité » de *La Bohème* ou « l'exotisme de pacotille » de *Madame Butterfly*.

Puccini est le plus abondamment et le mieux traité dans ces notes ; mais l'opéra italien tout entier y est à la fête. Ceux qui ont vu à l'Opéra-Bastille *Un ballo in maschera* ont pu deviner, malgré la piètre qualité du spectacle que la présence du robot Pavarotti ne rehaussait guère, l'art avec lequel Verdi a combiné le style tragique et la « commedia dell'arte ». Alliance que Richard Strauss a essayée à son tour dans *Ariadne auf Naxos*, sur un livret de Hofmannsthal que Leiris juge voulu, artificiel et d'une « indigence » insigne. Trouver Verdi plus intéressant, plus profond que Strauss, encore un coup d'Etat qui bouscule la hiérarchie des valeurs établie par les ignorants. Admirable liberté de cet esprit, qui ne se gêne pas pour souligner les côtés « ignobles » de *Parsifal* ou « racistes » de *La Flûte enchantée*.

Je note encore, parmi les actes de réparation : l'hommage à Donizetti, lequel, dans *Lucia di Lammermoor*, atteint « purement et simplement à la poésie de Shakespeare » ; à Rossini, dont la gaieté reste étrangement mystérieuse, etc. Ces réflexions prennent d'autant plus de poids qu'elles émanent d'un homme qui avait Sartre et Picasso pour amis, et qui passait pour un des représentants les plus audacieux du Tout-Paris littéraire. On est émerveillé de l'entendre reprocher à Antonin Artaud d'avoir invoqué, pour illustrer son idée de « spectacle total », les théâtres balinais ou chinois. Pourquoi chercher si loin ce que nous avons à notre portée ? « Je pense ici à l'opéra, si terriblement discrédité auprès, précisément, de ces esprits d'avant-garde qui se tournent vers l'Orient pour y puiser, en cette matière, un enseignement. » Tout ce que préconisait Artaud sous le nom de « théâtre de la cruauté » est réalisé depuis longtemps dans les pays occidentaux – et non seulement par les opéras « intellectuels » (Monteverdi, Wagner, Debussy, Berg), mais surtout par les opéras italiens les plus italiens et les plus populaires.

L'inventaire de plusieurs thèmes récurrents (les travestis, le fantastique, l'érotisme, l'engagement, l'exotisme) prouve une connaissance étendue du répertoire lyrique. Leiris passe avec aisance de Weber à Offenbach, de Mozart à Gounod, de Britten à Moussorgski, de Verdi à Gershwin, pour suggérer que, même entre les compositeurs les plus éloignés par les siècles ou les origines nationales, il y a un territoire commun, un fonds commun de symboles et de conventions. Chérubin, Oktavian, Oscar, Fidelio, tous les rôles d'hommes chantés par des femmes n'ont d'autre but que de nous dévoiler « l'essence même du théâtre : des êtres vivants mués en autre chose que ce qu'ils sont ».

Si l'on avait encore quelque hésitation à accepter la repentance de Leiris, il suffirait de lire le dernier chapitre, *Ce que je trouve dans l'opéra*, et l'aveu qu'une œuvre légère, un bon Rossini apporte un plaisir plus pur qu'une œuvre grave. Une fois refermé l'ouvrage, on se dit que le programme affiché au début : « Pour l'amélioration de la race opérine », a été pleinement réalisé. Grâce à la caution d'un écrivain si illustre, les aficionados de l'arène lyrique, n'étant plus retenus par la crainte de déchoir en applaudissant au *Barbier de Séville*, à *Rigoletto* ou à *Tosca*, vont pouvoir s'abandonner en toute liberté aux délices du *bel canto*.

Le torero et la diva

Où étudier le mieux les mœurs latines ? A l'opéra en Italie, à la corrida en Espagne. Comme le théâtre à l'italienne, l'arène est un lieu clos, arrondi, resserré sur une liturgie collective qui sert à purger la communauté du bouillonnement de ses passions. Comme à l'opéra, il y a dans l'arène les comparses – serviteurs, picadors, banderillos – et le premier rôle, le torero follement acclamé ou hué, celui qu'en l'appelant « toréador » la plupart des Français confondent avec le fanfaron de Bizet, sans soupçonner à quel rituel précis, aussi difficile à exécuter qu'une partition de musique, obéit chacun de ses gestes.

La mise à mort de l'animal se fait selon un code esthétique rigoureux, de même que dans le *bel canto* romantique la cabalette (rapide, brillante) suit obligatoirement la cavatine (lente, élégiaque) – ce qui n'exclut pas, dans les deux cas, la variation libre, mouvements du corps et passes pour le matador, fioritures pour la cantatrice. Toute faute est sanctionnée par les sifflets du public, mais, si l'artiste se surpasse dans son numéro, la température monte de plusieurs degrés dans l'assistance, et les traits virtuoses déclenchent une véritable hystérie. L'épée enfoncée d'un seul coup est l'équivalent assez exact du contre-*ré* victorieusement décoché. Dans les deux cas, il s'agit de l'exploit attendu, mais dont la difficulté technique tient jusqu'au dernier moment le public dans une anxiété délicieuse qui transforme en orgasme voluptueux le soulagement de la tension.

Si les analogies sont évidentes – recherche d'une jouissance érotique sous le déguisement d'une cérémonie minutieusement codifiée –, non moins manifestes apparaissent les différences. En Espagne, pays de révoltes et d'insurrections populaires, terre d'insoumis et de résistants, on demande au geste (la musique jouée par la fanfare n'étant qu'accessoire) la libération de la libido refoulée ; en Italie, toujours conquise et spoliée par les armées étrangères, et qui s'est couchée devant Mussolini quand l'Espagne s'est dressée contre Franco, on demande ce service (la gestuelle des acteurs comptant peu) à la voix.

Une autre divergence essentielle concerne le sexe de l'idole : mâle en Espagne, féminin en Italie. Très peu de chanteurs hommes réussissent à concentrer sur leurs personnes ces ondes de désir fluctuant qui expliquent le délire des foules. Lorsque le ténor Roberto Alagna se fait acclamer, c'est, en toute objectivité, pour la qualité de sa voix. La diva féminine, au contraire, si beau que soit son chant, provoque des réactions (comme le seul Caruso, peut-être) qui n'ont rien à voir avec la perfection de son art. Les compositeurs italiens d'opéras le savent bien, qui confient toujours le premier rôle à une femme.

Dans la grande variété des livrets italiens, on distingue une situation type : la femme malheureuse, dolente, occupée à se plaindre parce qu'elle est trahie ou incomprise ou persécutée. De Norma à Lucia, de Desdemona à Tosca, de Violetta à Mimi, les héroïnes de l'opéra italien offrent une longue galerie de victimes offertes à la compassion du spectateur.

L'homme qui tue en Espagne, la femme qui gémit en Italie, chaque peuple se révèle par le divertissement qu'il préfère. Si le geste du torero plantant son épée dans le garrot de la bête est la mimique à peine stylisée de l'acte sexuel auquel participe par ses cris, par son excitation, l'arène tout entière, après quels détours plus complexes la voix de la diva parvient-elle à libérer le spectateur de son énergie érotique ?

Derrière l'affligée qui clame son malheur sur la scène, il perçoit trois figures de femmes différentes.

1. La mère, la mère dolente et gémissante. Tout ce pathos des héroïnes qui se lamentent sur leur sort rappelle au spectateur le vécu quotidien de la *mamma* sacrifiée sur l'autel des tâches domestiques, avec ses soupirs inutiles et ses vaines récriminations.

2. La madone, la *mater dolorosa*. La coupure entre la scène et la salle, l'isolement du plateau sous le flot des projecteurs, accentuent le caractère sacré du drame. Les gestes stylisés des acteurs, le ralentissement de l'action dû aux contraintes du discours musical, contribuent à la solennité hiératique du spectacle. Dans les opéras romantiques, qui sont toujours les préférés du public, il est courant qu'un détail de costume, de mise en scène ou d'éclairage souligne la sainteté de l'héroïne. Ainsi Norma apparaît-elle vêtue d'une robe blanche, dans laquelle elle descend quelques marches avant d'entonner *« Casta diva »* ; ainsi la Somnambule ou Lucia chantent-elles le grand air de l'égarement isolées au milieu du plateau dans un halo de lumière blanche. La mort de la Traviata ou de Mimi, couchées sur leur petit lit, évoque la fin édifiante des martyres.

3. Nimbée de cette double aura maternelle et religieuse, la diva est par excellence la femme inaccessible : la perfection de l'idéal féminin, mais à jamais hors de portée. La beauté même de son chant l'éloigne

dans une sphère où il est impossible à celui qui l'écoute d'espérer la rejoindre. Elle plane, emportée vers le ciel des anges sur les ailes de la mélodie. Métamorphosée elle-même en *angelo*, comme l'un ou l'autre des spectateurs ne manque pas de lui crier.

Occasion de rectifier les idées fausses qu'on se fait du « machisme » italien. Si l'obsession brutale du sexe qu'on prête au mâle de Rome ou de Naples d'après son comportement dans la rue était vraiment sa préoccupation dominante, on ne comprendrait pas que la vision de femmes éthérées et irrémédiablement hors d'atteinte le plonge dans une telle extase – alors que la vendeuse de poissons ou l'employée des postes du cinéma néoréaliste n'ont jamais emballé le spectateur italien.

L'opéra italien ne touche pas seulement les cœurs et les sens italiens. En dehors d'Italie, on compte dans le public d'opéra une proportion élevée d'hommes que les femmes n'attirent guère, sauf quand la magie du théâtre lyrique les métamorphose en stars qui semblent descendre d'une autre planète. Quel est donc le plaisir qu'un gay trouve à l'opéra ? La confirmation que la femme est un pur objet de rêve, un fantasme splendide qui ne correspond à rien dans la réalité. Il ressort du théâtre avec l'intime persuasion que le monde des hommes est celui de la vie réelle, de la vraie vie, et que c'est entre hommes qu'il faut rester. L'opéra aide les gays à ne plus s'étonner, à ne plus s'attrister de n'avoir aucun échange avec les femmes – puisque les seules femmes intéressantes appartiennent à une région inabordable.

Seule leur voix, la partie la plus immatérielle de leur être, est mise à la portée de celui qui peut alors en jouir à fond, les yeux fermés et le corps abandonné dans son fauteuil, selon le rituel d'un acte d'amour enfin vécu dans sa plénitude, puisque tout ce qui est sexe, réalisation matérielle de l'amour, obligation pénible de se conduire « en homme », application exécrée du code viril, tout cela se voit dévalorisé, discrédité, rabaissé à des gestes misérables que ne pareront jamais ni les faisceaux colorés des projecteurs, ni l'envolée harmonieuse de la mélodie, ni aucun de ces sublimes artifices d'où l'opéra tire son prestige.

La dissociation entre la personne physique de la cantatrice et sa voix est le thème d'un des plus curieux romans de Jules Verne, *Le Château des Carpates*. Stilla est une brillante cantatrice du San Carlo. En l'entendant chanter, de passage à Naples, le comte Franz de Télek éprouve un entraînement irrésistible. Il la demande en mariage, elle accepte et décide de donner sa dernière soirée, dans le rôle d'une héroïne qui meurt en scène. Au moment où elle lance :

> *Innamorata, mio cuore tremante,*
> *Voglio morire...*

la voilà qui chancelle, tombe et meurt pour de bon. Chercher à posséder une voix est une entreprise absurde, presque criminelle, tel est le sens de cette histoire. Franz a commis la faute de confondre l'enchantement musical et le corps qui le produit. Un autre adorateur de Stilla, le vieux baron Rodolphe de Gortz, qui vient l'écouter tous les soirs, tapi au fond de sa loge, a pris soin d'enregistrer sa voix sur un disque. Plus tard, dans son château des Carpates, Rodolphe écoute sans fin ce disque et en fait retentir les accents dans les ravins et les montagnes. Une femme qui chante dans un théâtre n'est pas une femme, ce n'est qu'une voix, et le vieux baron est aussi heureux de l'entendre dans son donjon, loin de Naples, que jadis il se sentait comblé dans sa loge du San Carlo. Franz de Télek, inconsolable de la mort de Stilla, en voyage dans les Carpates, reconnaît la voix divine qui jaillit du château où s'est réfugié Rodolphe de Gortz. « Sa voix, murmure-t-il. Oui !… c'était bien sa voix… sa voix que j'ai tant aimée ! » Ignorant l'invention du phonographe, le jeune homme pense avoir rêvé. Il ne se trompe pas, si le rapport avec une voix qu'on aime s'apparente plus au rêve qu'à la réalité.

Pourquoi Jules Verne a-t-il si bien compris la nature particulière de la voix d'opéra féminine ? Peut-être parce qu'il a transposé dans ce thème ses propres pulsions homosexuelles (voir à ce sujet *Le Très Curieux Jules Verne*, de Marcel Moré).

De Shakespeare à Verdi

L'opéra peut d'autant plus légitimement prêter main-forte au roman et au théâtre que plusieurs romans et beaucoup de pièces de théâtre ont reçu de leur transposition sur une scène lyrique un regain de jeunesse et de force. On sait le parti qu'ont tiré Händel de Racine, Mozart et Rossini de Beaumarchais, Bellini et Donizetti de Walter Scott, Bizet de Mérimée, Massenet de Goethe et d'Anatole France, Moussorgski et Tchaïkovski de Pouchkine, Mascagni de Verga, Debussy de Maeterlinck, Alban Berg de Büchner, Richard Strauss d'Oscar Wilde, Prokofiev de Dostoïevski et de Tolstoï, Chostakovitch de Gogol et de Leskov, Britten de Henry James et de Thomas Mann. Une des réussites les plus éclatantes a été l'*Otello* de Verdi, supérieur pour la concentration et la vigueur dramatiques à la pièce de Shakespeare.

*

Rien, dans toute l'œuvre de Verdi, n'a été plus nuisible à son image auprès des mélomanes, que le fracas des trompettes d'*Aïda* et l'énorme succès populaire que ce morceau tonitruant de musique a remporté aussitôt dans le monde. On a identifié l'auteur de cette pétarade à une sorte de matamore ou de pompier, ne se complaisant que dans le grandiloquent et le tapageur.

L'idéalisation de Verdi en héros national a fait le reste : voilà, croit-on souvent, le type même de l'artiste *officiel*, un ami des puissants de ce monde, un soutien du pouvoir, le porte-parole des pharaons passés, présents et futurs. Opinion on ne peut plus inique, et qui fait au compositeur le même tort que lorsqu'on assimile Victor Hugo au barde des légendes patriotiques, en oubliant qu'il est également, et peut-être avant tout, le rebelle aux lois qui a combattu la peine de mort dans *Le Dernier Jour d'un condamné*, le redresseur de torts qui a stigmatisé dans *Claude Gueux* la justice de classe. Je ne cite pas ces deux œuvres au hasard : comme pour Hugo, le meilleur de Verdi ne se trouve pas dans le pathos de ses envolées héroïques, mais dans sa solidarité avec les marginaux, ceux que le système social rejette et écrase sans pitié.

Après *Aïda* (1871), Verdi ne voulait plus écrire d'opéra. A cinquante-huit ans, il commençait à se sentir vieux. Jouissant d'une célébrité mondiale, que désirer de plus ? Le contraire est aussi possible : à savoir que le triomphe même de son opéra égyptien l'ait dégoûté. A quoi bon poursuivre une carrière où l'image qu'il donnait de soi devenait de plus en plus fausse ? Il fallut toute l'insistance du jeune Arrigo Boito, et son génie de librettiste, pour le faire revenir sur sa décision et le convaincre de se mettre à écrire l'*Otello*, travail qui lui prit six ans, de 1881 à 1887, et montrerait que sa force créatrice était intacte. Est-ce seulement l'idée de se mesurer à Shakespeare qui le stimula ? Ne peut-on se demander si la condition et le caractère mêmes du Maure de Venise n'en faisaient pas le personnage idéal qu'il attendait en secret ? Un Africain, un Noir, un nègre, comme on disait alors plus brutalement, issu de ce qu'on considérait encore comme une terre « barbare », confronté à la civilisation la plus brillante, la plus raffinée de l'univers ! Quel sujet pour un homme dont les héros préférés, si on savait lire derrière la façade rutilante et un tantinet fanfaronne de ses opéras à succès, avaient toujours été le maudit et l'exclu !

*

Le maudit : par l'analyse psychobiographique on n'a pas de mal à trouver l'origine de ce thème dans un épisode de l'enfance de Verdi. Agé de dix ans, il sert la messe dans l'église des Roncole, son village natal, lorsque, distrait par le flot d'harmonies déversé par l'orgue, il oublie de tendre au curé, qui les lui réclame à plusieurs reprises, les burettes pour l'offertoire. Enervé, le prêtre décoche un coup de pied au gamin, qui roule au bas des marches de l'autel et, meurtri et furieux de cette violence, s'enfuit en criant : « Que Dieu t'envoie sa foudre ! » Incident qui serait resté anodin, si, cinq ans plus tard, le vœu ne s'était trouvé réalisé, par une sorte de miracle inversé. A quinze ans, l'adolescent se rend à l'église de la Madonna dei Prati, près de Busseto. Il doit monter dans la tribune pour chanter aux vêpres de l'après-midi, mais, comme il arrive en retard, il reste au fond de l'église. Un orage éclate ; la foudre s'abat sur l'église, tue trois des chanteurs dans la tribune et deux des prêtres qui officiaient à l'autel. Un de ces deux prêtres était celui qui, jadis, avait rudoyé l'enfant. On voit encore, aujourd'hui, sur le mur intérieur de l'église, la trace noire de la décharge électrique. Ainsi, la malédiction lancée par dépit s'était accomplie ; et littéralement : Dieu avait envoyé sa foudre pour punir le coupable et rendre coupable à son tour l'auteur de l'anathème rendu terrible par son effet.

Marcel Moré, le critique musical (mais il était bien plus que cela : ses recherches sur Jules Verne ont fait date) qui a écrit sur Verdi l'essai le plus pénétrant (*La Foudre de Dieu*, Gallimard, 1969), insiste sur le retentissement que cette scène primitive a eu sur le jeune garçon pétri de culture religieuse et élevé dans la crainte de Dieu, comme les autres Italiens de cette époque, mais pourvu d'une sensibilité plus vive et d'une imagination plus ardente. Certes, le sentiment d'être des maudits habitait la plupart des romantiques. « Oh ! je porte malheur à tout ce qui m'entoure ! », ce vers de Victor Hugo était comme leur étendard. Mais ce qui n'était chez eux qu'une attitude esthétique avait pris pour Verdi le caractère d'une vérité matérielle, prouvée par la mort de cinq personnes et d'autant plus formidable qu'elle était liée à la musique, à son amour pour la musique. Le son de l'orgue l'avait distrait, d'où la brutalité du curé, d'où la malédiction jetée par l'enfant, d'où la foudre et le massacre. Rien d'étonnant, donc, si on trouve le thème de la malédiction, bien avant *Otello*, dans de nombreux opéras, comme si Verdi les avait écrits pour se libérer du trauma initial.

Nabucco, 1842 : « Que le maudit prenne la fuite – La terre et le ciel le crieront ! » *Ernani*, 1844, tiré de la pièce qui contient le fameux vers. Les sorcières de *Macbeth*, 1847. *Rigoletto*, 1851 : malédiction sur les courtisans, qui se retourne sur celui qui l'a lancée. *Un ballo in maschera*, 1859 : le thème est confié à Ulrica, la sorcière. *La Forza del destino* (1862), où il prend un relief particulièrement saisissant, car il éclate, dans le finale de l'acte II, au moment où Leonora, cachée sous des habits d'homme, est agenouillée devant le Père gardien. Comme à la Madonna dei Prati, les moines chantent dans la tribune ; tout le couvent est présent à la cérémonie. Soudain, dans les ténèbres qui s'abattent sur la nef, s'élève le cri d'imprécation contre le profanateur qui oserait violer la retraite de la jeune femme :

Malédiction ! Malédiction !
Que le ciel foudroie, réduise en cendres
Le mortel impie qui aurait cette audace !

Enfin le *Requiem* (1874), et l'affreuse menace du *Dies Irae*. Avec une maîtrise suprême dans l'art du récit indirect, Verdi n'a cessé de raconter et de mettre en scène le choc subi à l'âge de quinze ans.

*

L'exclu. Un autre événement a déclenché ou réactivé ce thème. Vers 1848-49, avec celle qui partage sa vie, la cantatrice Giuseppina Strepponi, Verdi cherche à acheter une maison de campagne. Où s'installer ? A proximité, bien sûr, de Busseto, la petite ville où, grâce à Antonio Barezzi, distillateur d'alcool et mécène, le fils du pauvre cabaretier des Roncole avait pu faire ses études musicales. Un dimanche, il se rend à la messe dans l'église de Busseto, en compagnie de sa maîtresse. Scandale ! ils ne sont pas mariés, l'église se vide à l'instant. Sous le coup de cet affront, Verdi se décide pour un domaine, Sant'Agata, situé non dans la province de Parme, où se trouve Busseto, mais dans la province limitrophe de Piacenza. A peine quatre kilomètres de distance entre Busseto et Sant'Agata, mais un mince affluent du Pô, l'Ongina, pour marquer la frontière symbolique. On l'a exclu, il en a pris bonne note. On ne veut pas de lui ? Il ne veut plus d'eux. Il se met lui-même à part de ceux qui l'ont mis au ban. Et, quand les citoyens de Busseto construiront en son honneur un théâtre et lui réserveront une loge pour son usage personnel et exclusif, il se gardera d'y mettre jamais le pied.

La réponse musicale à l'outrage subi est foudroyante : c'est la fameuse « trilogie » écrite très peu de temps après. *Rigoletto*, 1851, *Il Trovatore*, 1853, *La Traviata*, 1853. Trois figures du paria : le bouffon bossu, raillé et persécuté à la cour du duc de Mantoue, la bohémienne condamnée à une vie errante, la courtisane victime des préjugés bourgeois. Le personnage principal du *Trovatore* n'est pas Manrico, en effet, ni Leonora, mais Azucena, la gitane, héroïne de la nuit et du feu, dont la dérive existentielle s'exprime en fantasmes oniriques. Verdi tenait tellement à cette figure, à laquelle il a donné beaucoup plus d'épaisseur que dans la pièce d'A. García Gutiérrez, *El Trovador*, d'où l'opéra est tiré, qu'il voulait rebaptiser son ouvrage *La Gitana*.

Ainsi, celui qu'on présente trop souvent comme l'incarnation statufiée de la nation italienne prenait parti, avec un farouche entêtement, pour les déclassés contre les serviteurs du pouvoir, pour les prostituées contre les familles, pour les nomades contre les gens installés.

*

Imaginons maintenant ce que Verdi a pu éprouver quand Arrigo Boito lui a proposé l'*Othello* de Shakespeare. Le Maure de Venise, c'était la conjonction de ses deux thèmes secrets, le maudit et l'exclu. Exclu de la société européenne, et encore plus de la société de Venise – Venise qui est le résumé et la quintessence de l'Europe, la vitrine du racisme mondial –, Othello l'est par la couleur même de sa peau ; il a beau être un brillant général et s'illustrer par des victoires, il porte sur lui, bien visible, la tare originelle dont rien ne peut le laver. Maudit, il l'est également, car le sentiment de son infériorité l'empêche de jouir du bien dont il est le plus fier, la belle et douce Desdémone, en le prédisposant à cette jalousie féroce qui fera leur perte à tous les deux.

Peut-être parce que je descends
Dans la vallée de l'âge,
Peut-être parce que j'ai sur le visage
Cette noire obscurité,
- -
Je vois mon songe d'or
S'écrouler dans la fange.

Eh ! lui aurait dit un ami sincère, s'il en avait eu un, ce n'est pas parce que tu commences à vieillir que tu as à craindre que Desdémone ne te trompe ; c'est uniquement à cause de ce péché d'être né différent, radicalement différent de ce qu'il faut être pour mériter l'amour, le respect, la fidélité de ton épouse. Othello, ou le marginal par excellence, l'emblème de la marginalité. Un bouffon peut rentrer dans le rang, une prostituée se « racheter », une bohémienne déballer ses paquets et se fixer quelque part, mais à un Noir ne s'offre aucune possibilité de salut. Il habite, par fatalité de naissance, un monde à part. *« Otello ha le sue leggi supreme »*, dit-il de lui-même après la scène où Iago le torture de ses insinuations. Et ces « lois suprêmes », c'est qu'*Amore* et *Gelosia*, comme il le dit encore, sont liés si intimement dans son esprit, qu'il ne lui est pas permis d'aimer sans être mordu de l'horrible soupçon.

Dans la scène suivante, quand Iago lui a révélé qu'il a vu entre les mains de Cassio le mouchoir qu'Otello avait donné à sa femme en gage de leur amour, celui-ci, déjà possédé par le démon de la vengeance, s'écrie :

« Ah ! sangue ! sangue ! sangue ! » Le premier désir de la tuer passe par le désir de faire couler son sang, de l'inonder de la couleur rouge de son sang. Dans Shakespeare, il songe d'abord à l'empoisonner, et c'est Iago qui le persuade de l'étrangler « dans son lit, le lit même qu'elle a contaminé ». Le rêve du sang trahit mieux les profondeurs de son âme. Le Maure est obsédé par la peau blanche, par la blancheur de la Vénitienne. Cette violence colorée qu'il lui infligera en lui enfonçant l'épée dans la chair le rapprochera, pense-t-il, lui, le Noir, de la Blanche. Le sang, rouge, d'abord, vire au noir à peine répandu. En la saignant, il l'identifiera à lui, leurs deux peaux n'auront qu'une seule couleur.

En fin de compte, suivant le conseil de Iago, il étouffe sa victime. Les derniers mots que l'assassin lui adresse soulignent la persistance de son obsession. Devant la morte, il s'exclame :

Et toi... comme tu es pâle !...
Pieuse créature née sous une maligne étoile,
Froide comme ta chaste vie...

Pallida, fredda, casta : autant de variations sur la couleur blanche, qui le renvoient, lui, à sa noircitude sans appel, à son irrémédiable condition de marginal pour lequel il n'est point de rédemption.

Otello passe à juste titre pour le chef-d'œuvre de Verdi : une telle réussite n'est pas due seulement à l'extraordinaire renouveau du langage musical. Si Verdi s'est surpassé dans cette œuvre de vieillesse, c'est parce qu'il y a concentré ce qui l'occupait depuis toujours, le besoin de manifester de quel côté se trouvait celui dont la gloire faisait un monument national, mais qui n'avait cessé de pactiser avec les parias.

L'opéra reçut un accueil triomphal, que Verdi ressentit comme une sorte de viol ; il s'était trop livré, pensa-t-il ; il avait fait ce que Stendhal s'interdisait de faire : lever le secret sur sa « doctrine intérieure ». L'enthousiasme populaire blessa le compositeur, qui confia le lendemain son désarroi : « Le public a déchiré, je peux bien le dire, avec violence le voile de mes derniers mystères. Il ne me reste plus rien. »

D'Henri Murger
à Giacomo Puccini

A la différence de Verdi, qui puisait dans les dramaturges, Shakespeare pour *Macbeth, Otello* et *Falstaff*, Victor Hugo pour *Ernani* et *Rigoletto*, Schiller pour *Luisa Miller* et *Don Carlo*, Byron pour *I Due Foscari*, Dumas fils pour *La Traviata*, Puccini ne dédaignait pas les romanciers : l'abbé Prévost pour *Manon Lescaut*, Pierre Loti pour *Madame Butterfly. La Bohème* ne serait pas l'opéra le plus joué au monde si le livret, à la mise au point duquel le compositeur, selon son habitude, prêta une minutieuse attention, ne possédait pas une solide valeur littéraire. Les *Scènes de la vie de bohème*, d'Henri Murger, sans être un chef-d'œuvre, sont tombées injustement dans l'oubli. Le livre, publié en 1851, fixa une fois pour toutes les traits de cette jeunesse parisienne, pauvre, insouciante et créatrice, dont l'existence précaire était comme « la préface de l'Académie, de l'Hôtel-Dieu ou de la Morgue ». Par ces paroles, Murger réactivait le mythe romantique, selon lequel un artiste n'a que deux voies ouvertes devant lui : ou s'embourgeoiser en faisant une carrière officielle, ou mourir jeune, fidèle à son idéal. Le dernier chapitre des *Scènes* montre Rodolphe et Marcel installés dans des appartements confortables. Ils ont « réussi »; les voilà « lancés ». *La jeunesse n'a qu'un temps*, s'intitule d'ailleurs ce dernier chapitre. La Mimi de Murger meurt à l'hôpital (« l'Hôtel-Dieu »). Avec elle, les quatre bohèmes enterrent leur jeunesse.

Puccini s'est bien gardé de conclure son opéra par une scène aussi désenchantée. Les spectateurs ne doivent pas imaginer que les quatre amis, après la mort de la jeune fille, puissent vieillir et rentrer dans le rang. Comme tous les chefs-d'œuvre, *La Bohème* se définit par l'effort d'arracher au temps un morceau d'immortalité et de le cristalliser dans un moment de jeunesse éternelle.

En la faisant mourir à l'hôpital, en marge de leur vie quotidienne, Murger autorisait en quelque sorte les bohèmes à oublier la grisette et à reprendre leur course allègre vers le succès. Chez Puccini, Mimi agonise dans la mansarde de Rodolfo : la Mort s'inscrit dans l'épaisseur, dans la chair de l'Amour. Amour et Mort se trouvent à nouveau associés : les aventures, modestement réalistes, de Mimi et Rodolfo rejoignent les amours légendaires de Tristan et Iseut, de Roméo et Juliette. Entre la mansarde du quartier Latin et le palais de Vérone se tisse la continuité du mythe. Telle est la principale modification apportée par Puccini, et le trait le plus éclatant de son génie dramatique.

Tout, dans l'opéra, concourt à l'exaltation du couple Eros/Thanatos. Et d'abord le caractère de Mimi, laquelle, en passant du roman à la scène, est devenue une autre personne. Mimi, dans le roman, n'apparaît qu'au chapitre XIV, à la moitié du volume. Elle n'est qu'une entre dix de ces demoiselles légères qui circulent sur les trottoirs de Paris et changent d'amants comme de robes. « Son visage semblait l'ébauche d'une figure aristocratique; mais ses traits, d'une extrême finesse et comme doucement éclairés par les lueurs de ses yeux bleus et limpides, prenaient en de certains moments d'ennui ou d'humeur un caractère de brutalité presque fauve, où un physiologiste aurait peut-être reconnu l'indice d'un profond égoïsme ou d'une grande insensibilité. » Un physiologiste : l'allusion à Balzac et à ses théories tirées de Lavater est manifeste. Puccini, conscient qu'un personnage d'opéra ne peut avoir la complexité d'un personnage de Balzac et doit rester tout d'une pièce, n'a gardé que le premier aspect de l'héroïne : finesse, douceur, lumière intérieure. Il a gommé l'envers de ce délicat angélisme. Richard Strauss, qui ne visait pas au mythe mais à la variété psychologique, eût exploité le côté pervers de Mimi. Une Mimi « égoïste », une Mimi « insensible » : le mythe était par terre. Pour la même raison, dès qu'il la voit apparaître, le spectateur est averti qu'elle est minée par un mal inexorable. Mimi n'est rien d'autre qu'un ange de la mort, grâce à qui, dans l'univers bon enfant des bohèmes, font irruption la tragédie et le deuil.

Les quatre amis, dans le roman, avaient une importance égale. Pour achever la transformation de Mimi en Juliette, Puccini a privilégié son amant. Il a donné à Rodolfo une place primordiale, non sans le magnifier jusque dans ses traits physiques. Plus d'« énorme buisson de barbe multicolore », ni de « calvitie précoce », comme chez Murger. Un héros de la passion amoureuse, un prince du cœur, un Roméo du boulevard Saint-Michel pourrait-il se présenter hirsute et avec un crâne semblable à un genou ? Il lui faut une longue chevelure, corollaire symbolique des sanglots toujours prêts à jaillir de son élégiaque poitrine.

Toutefois *La Bohème* n'est pas *La Traviata* : le tour de force de Puccini, c'est d'avoir écrit un hymne à la mort sous les couleurs chatoyantes de la vie. Pas de prélude funèbre, comme chez Verdi. L'acte de la mansarde, au début, avec l'attaque *allegro con fuoco*, puis l'acte du quartier Latin, sont des chefs-d'œuvre d'impressionnisme musical, qui trompent sur les intentions profondes du compositeur. Puccini a enveloppé son message romantique dans le manteau du réalisme terre à terre.

Le vieux paletot élimé de Colline, la célèbre *vecchia zimarra* du dernier acte, pourrait fournir, à cet égard, un autre symbole à l'opéra. L'art d'insuffler une vie poétique aux objets inanimés caractérise le génie de Puccini. De multiples détails dans la partition soulignent tel ou tel moment de l'action scénique. Des accords de sixte ajoutée suggèrent la danse joyeuse des flammes dévorant le manuscrit de Rodolfo ; au contraire, dans l'acte III, un trémolo frissonnant de quintes à vide aux violoncelles, superposé aux arpèges de la harpe et aux plaintes de la flûte, évoque la chute des flocons de neige à la barrière de Paris, par un matin blafard de février. Le rythme des saisons revêt une grande importance dans *La Bohème* : le petit monde des poètes faméliques et des rapins sans le sou est plus sensible aux variations du climat que la société installée des bourgeois. Une mansarde est exposée aux courants d'air, et il arrive que le vent éteigne réellement les bougies, sans quoi le subterfuge de Rodolfo pour retenir Mimi serait inimaginable. L'illustre *manina gelida* est bien une menotte de lorette rougie et engourdie par le froid.

Puccini et ses librettistes ont laissé passer une seule invraisemblance : leurs personnages s'attablent, par une nuit glacée de Noël, à la terrasse du café Momus ! Peut-être songeaient-ils, en écrivant cette scène, aux galeries couvertes d'une verrière, comme il y en a à Milan, à Rome ou à Naples. A Paris, quel cafetier laisserait ses chaises dehors un 25 décembre ?

Plus de cent cinquante ans après le roman, plus de cent ans après l'opéra, pourquoi les jeunes gens de

Murger et de Puccini gardent-ils une dimension universelle et la même présence qu'autrefois ? Typiques d'une certaine ville à une certaine époque, ils ont échappé à leur milieu originel pour devenir les représentants légendaires de la jeunesse de tous les temps. Les éditeurs aujourd'hui se disputent les moindres bribes de manuscrits, et Rodolfo ne serait plus condamné à brûler ses feuillets dans son poêle. Il n'y a d'ailleurs plus de poêle, à charbon, à bois ou à papier, de même que la tuberculose ne fauche plus les jeunes personnes. Et cependant Mimi, Rodolfo, Marcello, Colline, Schaunard sont nos contemporains. Si les bohèmes ne hantent plus le Capoulade (disparu et remplacé par un fast-food), l'aspiration qui les guidait est plus vivante que jamais. Sous le nom de hippies, on les a vus resurgir dans les années 1960, et, de nos jours, d'innombrables variétés de marginaux ont pris la relève. Schaunard, qui écrivait une symphonie initiatique intitulée *De l'influence du bleu dans les arts*, serait un adepte de l'écologie ; Colline, dans le groupe, serait l'objecteur de conscience ; et Rodolfo et Marcello, toujours en train de déménager, se rallieraient à l'évangile des nomades sans frontières.

Le vrai miracle de *La Bohème*, c'est que Puccini, un homme foncièrement petit-bourgeois, casanier et conservateur, ait su capter avec un tel bonheur le frémissement de la jeunesse vagabonde.

TROISIÈME PARTIE

Aventuriers

L'Ile au trésor

Le roman d'aventures est la forme première du roman. L'*Odyssée* est le premier roman : c'est par ce livre qu'il faudrait commencer une étude sur l'art de raconter. Ouvrons le chant VI, celui où Ulysse a été jeté nu par la tempête sur l'île des Phéaciens. La jeune Nausicaa est venue de bon matin laver son linge à l'embouchure du fleuve. Le héros l'implore : qu'elle prenne pitié de lui, qu'elle lui apporte des vêtements et le secoure.

« Mes yeux n'ont jamais vu ton pareil, homme ou femme ! ton aspect me confond ! A Délos autrefois, à l'autel d'Apollon, j'ai vu même beauté : le rejet d'un palmier qui montait vers le ciel. Car je fus en cette île aussi, et quelle armée m'accompagnait alors sur cette route, où tant d'angoisses m'attendaient ! Tout comme, en le voyant, je restai dans l'extase, car jamais fût pareil n'était monté du sol, aujourd'hui, dans l'extase, ô femme, je t'admire ; mais je tremble : j'ai peur de prendre tes genoux. Vois mon cruel chagrin ! » (Trad. Victor Bérard.)

D'emblée vient à Homère l'image la plus poétique pour résumer toutes les scènes de premier amour à venir. L'extase du coup de foudre tient en exactement dix vers (160 à 169). Coup de foudre ? On s'y tromperait en effet. Ulysse est un rusé ; son discours est d'abord politique ; le naufragé ne sait pas à qui il a affaire ; peut-être est-il sincère en se disant frappé de stupeur devant la beauté de la jeune fille ; à coup sûr il entre de la flatterie et du calcul dans sa louange. Homère a pris soin de préciser, au moment où il lui donne la parole : « L'habile homme aussitôt trouva ces mots touchants. » Ainsi, deux des ressorts romanesques les plus courants, l'amour comme sentiment qui paralyse et fait trembler, et l'amour comme moyen étudié d'arriver à ses fins, la double psychologie de l'amour-raptus et de l'amour-stratégie, innervent ce qui n'a l'air que d'une suite d'épisodes enfilés au petit bonheur.

Le roman d'aventures n'est pas une forme inférieure de roman, mais la forme originelle, la forme naturelle, et, pour cette raison qu'elle est la plus naturelle, la plus difficile à réussir. Je débuterai donc (les autres suivant par ordre alphabétique) par celui qui a écrit, non seulement le plus beau roman d'aventures, mais l'archétype même du roman ; au reste, lui aussi, comme Homère, romancier de la mer et des îles.

Jules Verne, qualifié longtemps, avec le dédain attaché à la formule, d'auteur pour adolescents, a été réhabilité, depuis qu'on a découvert que les *Voyages extraordinaires* étaient des parcours initiatiques. Mais deux autres écrivains, de non moins grande stature, attendent toujours d'être tirés du purgatoire réservé aux « amuseurs ». L'un d'eux n'est autre que Robert Louis Stevenson. Il suffit de lire ses essais[1] pour reconnaître l'acuité de son intelligence et la hauteur de ses vues. Mon plaisir a redoublé en découvrant la place qu'il réserve au second, justement, de ces auteurs dédaignés, Alexandre Dumas. Il déclare que *Le Vicomte de*

---

1. *Essais sur l'art de la fiction*, textes choisis et présentés par Michel Le Bris, La Table Ronde, 1988.

Bragelonne figure parmi ses six livres favoris, à côté de Walter Scott, Shakespeare, Molière, Montaigne et Meredith. Excusez du peu ! « Quel autre roman offre une telle variété épique, une telle noblesse dans les rebondissements souvent invraisemblables, je vous l'accorde, parfois dans le style d'un conte arabe, et pourtant toujours basés sur la nature humaine ? Car si l'on en vient là, quel roman a plus d'humanité ? » D'Artagnan dans sa vieillesse lui semble un des héros de roman les plus attachants qu'il lui ait été donné de connaître. « Je ne dis pas qu'il n'y a pas de personnage aussi bien campé dans Shakespeare, je dis simplement qu'il n'y en a aucun que j'aime aussi complètement. » Et, pour qualifier le style de Dumas, « léger comme une crème fouettée, résistant comme de la soie, prolixe comme un conte villageois, concis comme la dépêche d'un général », il a des formules aussi justes que savoureuses.

Riches de surprises sont ces essais. Qui a le premier mis en garde les jeunes gens contre les aléas d'une vocation littéraire ? Non pas Rilke, dans les *Lettres à un jeune poète*, mais Stevenson, dans la *Lettre à un jeune homme qui se propose d'embrasser la carrière artistique*. Les deux dangers à éviter : « Si vous voulez continuer à être à vous-même votre propre loi, prenez garde aux premiers signes de paresse ! Cet idéalisme dans la franchise ne peut se maintenir que par un perpétuel effort, l'exigence peut facilement s'abaisser, et l'artiste qui dit “c'est assez bon” est déjà sur la pente descendante. » Mais l'autre péril n'est pas moindre. « La conscience de ce que l'artiste est (et doit être) sa propre loi débauche parfois les esprits faibles. Comprenant que l'art révèle des zones obscures difficiles à atteindre, imaginant, ou assimilant des techniques artistiques, tombant peut-être même amoureux de leur propre talent, beaucoup d'artistes oublient la fin de tout art : plaire. »

« On ne peut guère espérer faire de bonne littérature avec de bons sentiments. » Oui, c'est Stevenson qui a le premier soutenu cette opinion, dans *De la littérature considérée comme un art*, et non Gide, dont la maxime rabâchée n'est qu'un plagiat. Sartre dit que le style, c'est l'art de faire tenir dans une seule page, dans une seule phrase, l'ensemble du livre ; mais Stevenson l'a devancé, en affirmant que « chaque chapitre, chaque page, chaque phrase d'un roman bien écrit est l'écho de la pensée créatrice qui le guide ; chaque incident, chaque personnage doit y contribuer ; le style aura été choisi en conséquence ; et si, quelque part, un mot tire dans une autre direction, le livre sera plus fort, plus clair et pour un peu, dirais-je, plus plein sans lui ».

Jugement impeccable, réfutation de l'opinion étourdie selon laquelle le roman d'aventures ne serait qu'une auberge espagnole, et point de départ d'une théorie littéraire propre à rallier ceux qui ne daignent prendre en considération un auteur ancien que s'il peut exhiber un certificat de modernité. Le vrai roman, dit Stevenson, n'a rien à voir avec le réalisme ; il poursuit une visée autonome et créatrice ; il existe, non par ses ressemblances avec la vie, inévitables et matérielles comme une chaussure est faite de cuir, mais par son incommensurable différence avec elle, « différence délibérée et significative, constitutive de la méthode et du sens de l'œuvre ». Quelques années avant Oscar Wilde, a-t-on jamais proclamé plus haut le pouvoir menteur de toute fiction ? « La vie est monstrueuse, infinie, illogique, abrupte et poignante ; une œuvre d'art, en comparaison, est nette, limitée, autonome, rationnelle, fluide et émasculée. » Ce qui n'est pas une raison, ajoute Stevenson, pour supprimer du roman tout événement. Il remarque avec humour que les Anglais d'aujourd'hui (1882) réservent leur admiration « pour le tintement des cuillers à thé, ou les défauts de langage du vicaire ». Allusion à Henry James, un de ses meilleurs amis pourtant, avec qui il a échangé une belle correspondance littéraire ? Prémonition de James Joyce ? « On trouve habile d'écrire un roman sans histoire du tout, ou du moins la plus ennuyeuse possible. »

Quiconque a lu *Le Maître de Ballantrae* ou *Olalla des montagnes* sait que le roman d'aventures ne représente qu'une partie dans la riche production de Stevenson. Mais, comme le succès de *L'Ile au trésor* a éclipsé la réputation de ses autres livres, je voudrais montrer que, même à ne s'en tenir qu'à ce seul ouvrage, Stevenson a droit à d'autres titres qu'à celui d'auteur pour la Bibliothèque Verte. A travers les aventures de Jim Hawkins, il a établi l'exemple et le modèle le plus accompli du genre romanesque tout entier. Il y a dans ce livre, réunis par le génie d'un homme, tous les éléments dont on trouve l'un ou l'autre chez les différents romanciers ; et si cette somme du genre romanesque continue à être rangée dédaigneusement dans la catégorie de la littérature pour la jeunesse, c'est qu'il est difficile d'accepter qu'un écrivain ait traité dans un seul livre les divers thèmes du roman universel, tout en restant accessible à un public adolescent ou modérément cultivé.

*

D'abord le don de raconter, chichement accordé à ceux qu'on appelle les « grands écrivains », a été sans réserve départi à Stevenson ; et la communauté intellectuelle lui pardonne mal ce privilège exorbitant. Songeons à la peine que doit se donner un Balzac pour mettre en train ses histoires, et comme il doit les soutenir, chemin faisant, par des digressions (souvent plus intéressantes que l'histoire elle-même) ; au labeur que s'impose un Flaubert ; aux chapitres d'histoire et de réflexions politiques qu'un Tolstoï introduit dans *Guerre et Paix* ; aux discussions philosophiques qui encombrent les romans d'un Dostoïevski ; aux curiosités scientifiques qui émaillent et font scintiller *Moby Dick* ; aux continuelles embardées en dehors du romanesque qui secourent Proust dans la *Recherche* : et l'on conviendra que le seul Stevenson (avec Stendhal), dans cette famille illustre, se meut sans bagages, avec une légèreté qui paraît de l'insolence. Il raconte, se contente de raconter, et n'a besoin que de raconter pour faire tenir dans son livre tout ce que les autres y mettent en recourant à d'autres moyens que le pur romanesque. Ni digressions ni analyses psychologiques ni approfondissements philosophiques dans *L'Ile au trésor* : psychologie, sociologie et philosophie se trouvant pour ainsi dire naturellement dans la trame du récit, comme les parcelles d'or dans le tamis du mineur.

L'enfant. Quel âge a Jim Hawkins ? Nulle part cela n'est dit. Mais le lecteur devine sans peine qu'il a entre treize et quatorze ans. Suffisamment affranchi de la petite enfance pour être autonome, libre de ses gestes et prêt pour l'aventure ; encore trop jeune pour avoir perdu la capacité de surprise et d'émerveillement. Là est le premier coup de génie : si le roman type est bien l'histoire de la découverte du monde, la promenade d'un œil neuf dans un univers inconnu, alors le héros type doit être un préadolescent. Tout surprend, tout intrigue, tout charme Jim : il décrit ce qu'il découvre, ou plutôt il découvre ce qu'il décrit. L'optimisme bavard de Monsieur Trelawney, la pondération raisonneuse du docteur Livesey, la perversité roublarde de John Silver, l'autorité bourrue du capitaine Smollett, la férocité des pirates, le décor de l'île, la variété des paysages, le bruit du ressac : chaque chose, pour lui, a la saveur de « la première fois ». Il ne porte pas de jugement, il se meut au milieu de la canaille avec l'innocence de celui qui n'a aucune idée du mal et n'éprouve que le désir de connaître, d'amasser des impressions. Stevenson réinvente le monde à travers les yeux d'un enfant. Si l'on songe que, pour obtenir le même résultat, le même effet de nouveauté et de fraîcheur, Daniel Defoe, premier patron du roman, a dû transporter son héros dans une île lointaine et déserte, où tout était inconnu à Robinson, on mesure l'avantage que s'est assuré Stevenson en choisissant un héros de quatorze ans. Pas besoin d'île déserte pour que tout lui paraisse neuf et succulent : il ouvre les yeux et les oreilles sur le monde et tout lui semble jamais vu, inouï, prodigieux. Dès les premières pages, sur les côtes d'Ecosse, dans l'auberge tenue par sa mère, au contact de l'énigmatique capitaine Bill et de son coffre non moins mystérieux, le voilà en pleine aventure : qui n'est pas seulement l'aventure de se trouver mêlé malgré soi au milieu de la flibuste, mais d'abord l'aventure d'avoir quatorze ans et d'écarquiller les prunelles sur ce qui l'entoure.

Le heurt de la canne de l'aveugle sur le sol gelé rend un son que j'appellerais « fondamental » : qui nous fait vibrer, nous, d'une émotion extraordinaire, et que nous n'oublierons jamais ; pas tellement parce que cette canne est celle d'un criminel endurci et que la vie du jeune héros se trouve soudain en danger, mais parce que le son de cette canne est le premier son qui s'imprime dans la mémoire de Jim ; il l'accompagnera toute sa vie, comme il nous accompagne, nous, les lecteurs ; Stevenson en fait le leitmotiv de son roman ; non pas, encore une fois, en raison de la relation de ce bruit avec le mal ; mais parce que ce bruit, cette petite musique du mal, est le premier bruit important perçu par l'oreille de Jim ; et, comme toutes les premières impressions, celle-ci le poursuivra toujours, comme elle nous hante, nous autres, encore aujourd'hui.

Quiconque commence un roman désire communiquer à ses lecteurs cette impression de « la première fois ». Pourquoi écrirait-on sinon pour rendre au monde une virginité perdue par l'habitude, l'éducation – et la lecture des romans précédents ? S'essayer à rajeunir les gens et les choses par un regard neuf : c'est ce qu'on appelle le talent, l'originalité. Original, il n'est qu'une façon de l'être absolument, et Stevenson l'a trouvée d'instinct : en montrant les gens et les choses par l'intermédiaire d'un œil qui les découvre en même temps qu'il les voit. Coïncidence exacte de l'acte sensoriel et de l'émotion. Naître et connaître d'un seul mouvement. Naïveté et gloire des origines. A ce compte, il n'y aurait de vrais romanciers que les auteurs de quatorze ans. Si un jeune garçon pouvait ajouter à la fraîcheur de son regard la technique de l'adulte, nul écrivain, assurément, ne le surpasserait. Stevenson est un des très rares romanciers qui aient su garder, une fois acquise la technique de l'adulte, la fraîcheur du jeune garçon. Exploit presque unique si l'on en juge par la rareté des héros préadolescents dans la littérature mondiale. Spécialité anglaise, dirait-on, en pensant au Dickens des *Grandes Espérances*, au Kipling de *Kim* et de *Capitaines courageux*, si l'Italie, plus récemment, n'avait donné deux exemples éclatants, avec *Le Baron perché* d'Italo Calvino et *L'Ile d'Arturo* d'Elsa Morante. Tous ces livres ont une qualité homérienne et accomplissent le rêve de tout écrivain : voir le monde pour la première fois, le faire voir comme si personne ne l'avait vu auparavant, comme s'il n'existait pas avant d'avoir été écrit dans le livre, susciter les êtres et les choses dans la stupeur originelle de la première aube sur la terre. L'écriture comme genèse.

Femmes. Mais un roman sans femmes peut-il être dit archétypique ? La plupart des romanciers qui choisissent un héros jeune garçon l'amènent jusqu'à la découverte de la femme et de l'amour : tels Colette, Radiguet ou Moravia ; comme si la préadolescence n'était qu'une antichambre de la « vraie vie » caractérisée par la dépense sexuelle. A ce piège, Stevenson lui-même n'a pas toujours échappé. A preuve les deux volumes de son second roman « d'aventures », *Les Aventures de David Balfour*. David aussi aura quatorze ans et, dans le premier volume, *Enlevé !*, histoire d'un rapt en mer puis d'une fuite dans les landes en compagnie d'Alan Breck, patriote écossais, revit l'esprit de jeunesse et d'audace de *L'Ile au trésor*. Mais dans le second volume, *Catriona*, David rencontre une jeune fille, en tombe amoureux et entreprend de la sauver des dangers qui la menacent. Le livre est un échec. A un certain moment, David s'embarque pour la Hollande ; on croit qu'il va se retrouver enfin seul et recommencer sa vie d'aventures. Hélas ! Catriona monte au dernier instant sur le navire, et l'histoire, lestée de ce poids importun, coule définitivement. On pourrait dire, évidemment, que Stevenson n'avait aucun don pour mettre en scène des femmes ; qu'il a, d'instinct, éliminé les femmes de ses meilleurs romans ; et qu'il ne s'est risqué à les représenter, çà et là, que pour faire comme les autres. Je vois une raison plus profonde à ce parti pris d'un univers exclusivement masculin ; une raison qui tient à un choix et non à une absence de don. La femme, selon la Bible, est apparue *en second lieu* dans le monde ; et Stevenson, en ferme puritain d'Ecosse, n'oublie pas qu'Eve a aussitôt corrompu la terre. Corruption non pas morale, bien sûr, pour l'écrivain, mais philosophique et esthétique. L'homme n'a pu voir les choses « pour la première fois » qu'avant la création de la femme. La femme une fois créée, tout regard a été celui de la « seconde fois ». Genèse oblige. Le monde vierge du romancier idéal est un monde sans femmes. David Balfour, exaspéré d'avoir à aider sans cesse la jeune Catriona (elle a besoin d'argent : lui-même s'en passe aisément, l'argent étant le signe de la chute, de la « seconde fois »), furieux de devoir imaginer à nouveau un moyen de la sauver (et pourquoi doit-il la « sauver », sinon parce que son existence même est un « péché » contre la nature ?), se fait cette réflexion – que Stevenson, constatant le ratage de son livre, a dû s'adresser à lui-même : « Voilà une bonne leçon qui doit m'apprendre à n'avoir rien à faire avec ce maudit sexe qui a causé la perte de l'homme au commencement et qui en fera autant jusqu'à la fin. Dieu sait que je n'étais pas trop malheureux avant de la connaître ; Dieu sait que je serai peut-être de nouveau heureux quand je ne la verrai plus. »

Le navire. On peut classer les écrivains selon leur conception spatiale du roman. Les uns ont besoin d'un espace large, ils font bouger et voyager leurs personnages, à pied, à cheval ou en voiture, sur des distances parfois considérables : Cervantès, Tolstoï, Dickens, Balzac, Dumas, même Flaubert appartiennent à cette famille. Les autres enferment leurs personnages entre quatre murs, les scènes se déroulent dans un lieu clos ; ce sont des tempéraments plus violents, plus dramatiques, qui préfèrent une action resserrée, convulsive, tels Dostoïevski ou Thomas Hardy. Stendhal, qui définissait le roman comme un miroir qui se promène sur une grande route, place pourtant les scènes cruciales de ses livres à l'intérieur d'un espace étroit et fermé : la prison de Julien Sorel, la cellule de Fabrice, la tour de Lamiel. Une autre solution de compromis consiste à embarquer les personnages sur un navire : il s'agit d'un voyage, mais d'un voyage immobile. Le navire bouge, non les personnages, condamnés à tourner en rond sur les quelques mètres carrés du pont ou dans les profondeurs étouffantes de la cale. Beaucoup de romanciers anglo-saxons ont marqué leur prédilection pour l'espace-navire, le huis clos flottant : Melville, Conrad, Kipling. En France il n'y a guère que Jules Verne qui ait suivi ce modèle – indiqué, une fois de plus, par Defoe. Dans *L'Ile au trésor*, on remarque une succession de lieux clos comme cadres des scènes principales : l'auberge, la goélette, l'île, le camp retranché. Quel est l'avantage du navire sur une chambre de la terre ferme ? Le navire constitue un champ d'expérience idéal pour un romancier : c'est un résumé du monde, un microcosme délimité par l'étendue vide de la mer, un lieu comme abstrait, où tout nouveau problème né de l'affrontement entre les personnages doit trouver sur place une solution, sans échappatoire possible. En outre (ce point sera bientôt développé), c'est un abrégé de la société, où la hiérarchie des classes est reproduite, du capitaine aux officiers, du maître d'équipage aux matelots, du cuisinier au mousse. A la moindre perturbation dans la discipline, à la première ébauche de mutinerie, les effets sont semblables à ceux d'une révolution politique. L'étroitesse du milieu amplifie les plus légères secousses. Même sans tempêtes sur la mer, chaque minute est grosse de dangers.

L'île. L'île est aussi un lieu clos, un champ d'observation privilégié. La liberté de mouvement y est plus grande, mais l'isolement plus absolu. Si l'on ne dispose pas d'un bateau, l'île devient une prison. L'île a été de tout temps la plus grande machine à rêves : depuis l'île des Phéaciens, où Ulysse échappé au naufrage découvre émerveillé la jeune Nausicaa, jusqu'à l'île d'Arturo, en passant par l'île de Robinson Crusoé, l'île au scarabée d'or d'Edgar Poe, l'île mystérieuse de Jules Verne, l'île de Monte-Cristo d'Alexandre Dumas. Dans une île, c'est comme si le monde recommençait à neuf; surtout si l'île est inhabitée. Une île déserte, rêve absolu de tous les enfants; reconstruire la vie à partir de rien ! On y manque des objets de première nécessité, on ne dispose ni d'outils ni de vivres, mais peut-être, dans cette âpreté rocheuse, découvrira-t-on un trésor ! Autrement dit, tout ce qui est habitudes, conventions, facilités de la vie quotidienne, train-train routinier, disparaît comme par enchantement au contact de l'île. Et quelque chose de bien plus excitant emporte les regrets du confort perdu : la prescience d'une richesse fabuleuse enfouie sous la terre, cachée par quelque naufragé précédent, le miroitement mythique de l'or invisible. Plus l'île est inhospitalière, désolée, cruelle, plus augmentent les possibilités qu'elle recèle un trésor : telle est une loi fondamentale de l'imaginaire, admirablement exploitée par Stevenson. Et qui signifie ceci : que l'engluement dans la vie sociale (notre lot à tous), la poisse (inévitable) des rapports humains qui nous enserrent de toutes parts, rendent impossible le retournement subit et magique de notre condition, le changement de la pauvreté en opulence, de la morosité en allégresse, de la grisaille en féerie. Nous savons tous (sauf ceux qui achètent chaque semaine, consciencieusement, autre routine ! un billet de Loto) que la vie « normale », c'est-à-dire entre nos semblables, ne réserve aucune surprise, ne promet aucune métamorphose de la citrouille en carrosse. Pour qu'il y ait trésor, possibilité de renaître à une existence radieuse, il faut qu'il y ait île sans habitants. L'Ile participe, comme l'Enfant, au mythe de l'homme nouveau.

La société. A la différence de Daniel Defoe et de Jules Verne, Stevenson reste un homme de société ; bien qu'il ait fui lui-même l'Angleterre pour les îles du Pacifique, c'est, jusqu'au bout des ongles, un Britannique, avec un sens pointilleux des classes sociales, des castes et de leur hiérarchie. Dans son île déserte, il transporte et réinstalle la société d'Edimbourg. La nature, les paysages ne l'intéressent guère : pas de descriptions de l'île, aucun pittoresque, aucun exotisme. On apprend seulement que la côte est plate, les escarpements rocheux, le sable jaune, les bois de pins gris et mélancoliques. Quelques rares notations plus personnelles – alors inoubliables, il est vrai – évoquent la silhouette d'un arbre, le ressac dans une crique. De même que ses personnages ont hâte de débarquer et d'aborder sur cette terre inconnue, de même Stevenson se dépêche de la peupler de figures humaines reliées entre elles par le code britannique du savoir-vivre. Le navire et l'île de son roman reproduisent fidèlement la réalité sociale anglaise, avec d'un côté la « bonne » société, constituée par les gens policés et fréquentables (l'armateur, le docteur, le capitaine), de l'autre côté les hommes sans foi ni loi, c'est-à-dire sans statut social avouable, sans état civil reconnu (marins, nomades, flibustiers). Ceux-ci, bien entendu, exercent une fascination énorme sur les premiers, mais la ligne de démarcation entre les deux groupes reste rigoureuse. Relation ambivalente entre classes opposées, qui semble un signe distinctif du roman anglais. On la retrouve chez Dickens, qui montre beaucoup de complaisance à décrire les bas-fonds de Londres qu'il condamne, chez D. H. Lawrence (le garde-chasse exploite sa condition inférieure pour séduire lady Chatterley), chez Edward Morgan Forster (un autre garde-chasse joue un rôle décisif dans la vie de Maurice, jeune homme de la haute société) ; le modèle de cette attirance ténébreuse pour les marges de l'*establishment* ayant été donné, une fois de plus, par Defoe, dans *Moll Flanders*, portrait d'une voleuse et prostituée.

Les deux groupes sociaux de *L'Ile au trésor* sont eux-mêmes très fortement structurés. Autour du capitaine Smollett et de l'armateur Trelawney, plusieurs hommes de l'équipage sont restés fidèles à la morale, aux bonnes manières de la société comme il faut : Gray, matelot-charpentier, Hunter et Joyce, serviteurs de l'armateur, Thomas Redruth, garde-chasse (encore un ! le garde-chasse semble un personnage emblématique du roman anglais). Imaginons la situation de ces hommes, assiégés dans le camp retranché par un nombre plus élevé de pirates, promis selon toute vraisemblance à la mort, unis par le besoin de se défendre, ne pouvant compter sur aucun secours extérieur : eh bien ! même dans cette position désespérée, ni les uns ni les autres n'oublient les rapports de dépendance qui fondent la bonne société anglaise. L'imminence du danger n'abolit nullement les distances entre classes ; et même à l'heure de la mort, le code social reste en vigueur. Lors de l'attaque du camp retranché, Thomas Redruth reçoit une balle mortelle. Trelawney, appelé toujours « le châtelain », pour montrer qu'il est le plus élevé en grade dans la hiérarchie, tombe à genoux à côté du blessé.

« — Tom, dit le châtelain, vous me pardonnez, n'est-ce pas ?

— Il ne serait pas respectueux de ma part de vous dire une chose pareille, Monsieur, répliqua le garde-chasse. Cependant, qu'il en soit comme vous le voulez, amen !...

Après un petit silence, il demanda que quelqu'un lût une prière.

— ... C'est la coutume, Monsieur, ajouta-t-il comme pour s'excuser. Et, sans une autre parole, il rendit l'âme peu après. »

Plus tard, alors que les représentants de la société comme il faut ont abandonné le camp et que les mutins ont pris possession de la petite forteresse, le docteur Livesey se fait un point d'honneur d'aller visiter les bandits malades ou blessés. A l'un d'eux il demande s'il a bien pris son remède.

« — Parce que, comprenez-vous, depuis que je suis un médecin de mutins, ou plutôt un médecin de prison, dit le docteur Livesey de son ton le plus aimable, je mets un point d'honneur à ne pas faire perdre un seul homme au roi George (Dieu le bénisse !) ni à la potence. »

Il faut que les criminels soient exécutés en bonne et due forme, et ne meurent pas d'une simple fièvre – sort réservé aux gentlemen.

Chez les pirates eux-mêmes, une stricte hiérarchie règle les rapports. Il y a les chefs et ceux qui leur obéissent. Une mystérieuse « marque noire », qu'on se transmet selon un rite aussi obscur que rigoureux, désigne ceux qui doivent commander. La réélection de John Silver ressemble à une nomination à la pairie. L'ombre du légendaire capitaine Flint plane sur le monde des hors-la-loi, comme les fantômes des rois d'Angleterre sur la société convenable ; et, même si la hiérarchie et la discipline qui régissent l'univers crapuleux de la flibuste ne sont que des parodies de la hiérarchie et de la discipline anglaises, le souci des règles, des convenances est identique aux deux extrémités du corps social. Les pirates ne se pensent d'ailleurs pas comme pirates, mais comme « gentilshommes de fortune ».

Jim, il faut le remarquer, est le seul qui passe (ou semble passer) d'un groupe à l'autre. S'étant absenté du camp retranché lorsque celui-ci a été abandonné par ses amis puis occupé par les pirates, il ignore le changement survenu ; et, quand il saute de nouveau à l'intérieur de la palissade, il a la surprise de se retrouver du côté de John Silver et de ses acolytes. Le docteur Livesey n'est pas moins étonné d'apercevoir le jeune garçon en compagnie des forbans ; le soupçon le traverse qu'il pourrait bien avoir trahi les siens pour se joindre de son plein gré à la société des hors-la-loi. Le lecteur sait, bien sûr, qu'il n'en est rien, que la bonne foi de Jim est totale, qu'il s'agit d'une simple méprise. Pourquoi donc ce moment de doute chez le docteur Livesey ? Pourquoi Stevenson suggère-t-il l'hypothèse d'une trahison ? La rectitude morale de Jim n'est pas en cause ; mais, de par son âge, il est le seul dans le roman qui ne soit pas encore figé dans l'appartenance à tel ou tel groupe. Il peut circuler de l'un à l'autre, sauter les palissades (les barrières) ; il a le droit de se tromper de camp. La mobilité sociale apparaît comme une grâce supplémentaire de l'enfance.

Les marginaux. Malgré tout le respect qu'ils doivent à l'armateur, au docteur et au capitaine, il est évident que Stevenson et son jeune héros éprouvent bien plus d'attirance pour John Silver et ses criminels associés. Là réside le secret du succès ininterrompu remporté par *L'Ile au trésor* : les méchants y sont dépeints sous des couleurs plus attrayantes que les bons, c'est à eux que va la sympathie de l'auteur et donc du lecteur. En apparence manichéen, comme tous les livres d'aventures, ce roman a un goût de subversion. Comme la « bonne » société semble pâle et convenue auprès des puissantes figures de forbans ! Quels sont les personnages qui s'impriment dans la mémoire ? Ni le crédule Trelawney, ni l'honnête capitaine Smollett, ni l'efficace docteur Livesey, assurément ; il faut bien que de tels hommes existent ; le bon fonctionnement des institutions repose sur leur compétence, leur loyauté, leur dévouement. Mais, à rester dans leur compagnie, on finirait par s'ennuyer. Ils n'ont ni l'originalité ni la poésie qui sont l'apanage du mal. De même que les bons sentiments ne font pas de la bonne littérature, de même on n'attrape pas un public, si juvénile soit-il, avec du miel. Le capitaine Bill avec sa voix éraillée, son habit bleu défraîchi et son coffre de marin ; Chien-Noir avec sa main mutilée ; l'aveugle avec sa canne et sa houppelande à capuchon ; le cuisinier avec son unique jambe, sa béquille et son perroquet : à peine deux ou trois détails, et les voilà saisis à jamais, dans leur force ténébreuse, leur chatoyante difformité. « Oh hisse ! Et une bouteille de rhum ! » L'armateur, le docteur, le capitaine raisonnent, tandis qu'aux autres il ne faut qu'un refrain pour claironner la suprématie du crime.

N'oublions pas cependant qu'ils rêvent tous de « se ranger », une fois le trésor découvert. Etrangers au romantisme du mal, c'est le hasard de la naissance, le caprice du destin qui les a poussés sur la voie de la délinquance. « Je parierais », dit Jim, en conclusion, de John Silver, « qu'il a retrouvé sa vieille négresse et qu'il vit confortablement avec elle. » Loin d'être des criminels par essence, comme les héros de Jean Genet, ce ne sont que des criminels d'occasion. Marginaux, non parias : la différence est capitale, car autant le paria peut sembler un monstre et indisposer ou rebuter le lecteur, autant le marginal attire sa sympathie. Il s'identifie avec le malchanceux en quête de reconnaissance sociale ou d'un meilleur statut. Les flibustiers de Stevenson ont la même vocation légitimement centripète que les ambitieux de Stendhal, les arrivistes de Balzac, les mousquetaires de Dumas, les frénétiques de Dostoïevski, les snobs de Proust.

La solitude. Un des passages les plus saisissants de *L'Ile au trésor* est la révolte des mutins contre leur chef, John Silver. Le « capitaine Silver » est mis en accusation par ceux-là mêmes qui ont reçu jusqu'à présent ses ordres. Le motif de cette rébellion ? La protection que Silver accorde au jeune Jim. Silver, à la différence des autres pirates, n'est pas tout d'une pièce ; rejeté par la « bonne » société, il devient également suspect aux bandits. Figure complexe, mélange de courage, de roublardise, de férocité et de tendresse, il se situe à part des autres, des bons comme des méchants. C'est lui le vrai protagoniste ; sa jambe de bois le signale comme un être hors du commun. Comme tout vrai héros de roman, il est de la race des grands solitaires. Robinson Crusoé est isolé par son île – celle-ci n'étant que la réalisation matérielle de l'insularité propre au héros romanesque ; don Quichotte par sa folie ; l'Idiot par sa maladie ; Madame Bovary par son bovarysme ; le capitaine Achab par sa monomanie. Rien de tel pour John Silver – à part sa jambe de bois. Aucune circonstance géographique ou pathologique n'explique sa solitude ; en ce sens, il est plus « normal » que les autres – donc plus universel.

Vertu et virtù. Machiavel appelle *virtù* la capacité d'action d'un individu, en dehors de toute considération morale. La *virtù* se situe au-delà du bien et du mal – et en particulier aux antipodes de la plate et bourgeoise « vertu ». Stendhal lui aussi conçoit la *virtù* comme la plus haute qualité d'un homme. Nulle part ailleurs n'éclate mieux que dans *L'Ile au trésor* l'opposition entre « vertu » et *virtù*. Trelawney, Livesey et Smollett sont les représentants de la « vertu » ; John Silver et ses acolytes de la *virtù*. Pourquoi Stevenson a-t-il éprouvé le besoin d'incarner la *virtù* dans des pirates ? C'est une des énigmes du roman, explicable par l'époque où il fut écrit. 1880 : le siècle, commencé en fanfare dans les guerres et l'épopée, est devenu plat, utilitaire, stupide. Pendant la première moitié du XIXe siècle, le culte de la *virtù* s'était alimenté au mythe de Napoléon. Balzac déclarait qu'il voulait faire avec la plume ce que Bonaparte avait fait avec l'épée. Julien Sorel s'inspirait du héros de Sainte-Hélène, tout comme Raskolnikov. Dans la seconde moitié du XIXe siècle, la démocratisation générale, la banalisation des coutumes rendent de plus en plus difficile le déploiement de l'énergie particulière. Les romanciers se mettent à décrire l'impossibilité d'agir, l'enlisement, l'échec. *L'Education sentimentale* de Flaubert (1869), *Une vie* de Maupassant (1883), les livres de Thomas Hardy ou de Giovanni Verga (les *Novelle rusticane* paraissent aussi en 1883), les nouvelles de Tchekhov enregistrent ce désenchantement. Il n'y aura plus qu'un seul moyen, désormais, de célébrer l'audace aventurière d'un individu : en le faisant évader de la société civile, trop uniformisée, où ses dons ne trouvent pas de champ à leur mesure. D'où la vogue, en cette fin de siècle, du roman de navigation (Conrad), de voyages lointains (Jules Verne), d'expéditions coloniales (Kipling) – ou de pirates : Stevenson. Il faut désormais, pour réaliser son potentiel d'énergie, s'échapper de l'Occident trop civilisé, trop policé. D'Artagnan doit troquer son cheval contre une goélette, Julien Sorel ne peut plus se contenter de conquérir une jeune fille de l'aristocratie, cette forme de piraterie n'est plus suffisante, il doit hisser pour de bon le drapeau noir.

Un roman familial. Je n'ai aucune envie d'alourdir un roman aussi merveilleusement pur de tout didactisme, de toute intention édifiante, par des considérations tirées de la psychanalyse, mais enfin, force est de reconnaître que *L'Ile au trésor* a tous les papiers en règle pour figurer parmi les plus « profonds » *romans familiaux*, dans le sens qu'on donne à cette formule depuis la révolution freudienne.

Cet enfant de quatorze ans, encore dans un âge bien tendre malgré la précocité de son courage et de son esprit d'entreprise, il est surprenant de constater avec quelle désinvolture Stevenson l'affranchit de ses parents. « Mon pauvre père mourut subitement dans la soirée », déclare Jim dès le chapitre III. Ce père, malade, incapable de tenir tête à l'inquiétant pensionnaire de son auberge, n'a jamais compté beaucoup, à vrai dire, dans l'imaginaire du garçon. A peine Bill est-il apparu au seuil de *L'Amiral Benbow*, avec sa grande balafre blanchâtre, son coffre et son habit bleu, à peine a-t-il entonné sa chanson sur le rhum, qu'il accapare entièrement les facultés affectives de Jim : crainte et tremblement, sans doute, mais aussi admiration sans bornes. Bill est le premier des « mauvais pères » qui vont s'imposer à son inconscient, comme Trelawney, Livesey et Smollett seront les « bons pères » auxquels il s'attachera avec l'avidité de celui qui a perdu son géniteur.

A peine moins expéditive la façon dont on le débarrasse de sa mère ; dépeinte comme une femme courageuse, mais sèche et d'une honnêteté avaricieuse qui révèle un caractère borné, il la quitte sans regret ni émotion le jour où il part pour Bristol s'embarquer à

refusent de se joindre à la mutinerie. Enfin, et surtout, le long épisode de « Mon aventure en mer » constitue la troisième et plus évidente occasion pour Jim de se replonger dans le bain des origines.

Il est dommage d'abîmer une des séquences les plus poétiques du roman par un déchiffrage qui sent trop son école, mais enfin, n'est-ce pas le devoir du critique que de reconnaître, dans cette navigation solitaire du jeune garçon, sur le canot primitif qu'il a déniché sous le rocher de Ben Gunn, le fantasme de la vie prénatale ? On s'étonne que Bachelard, dans *L'Eau et les Rêves*, ait oublié de citer ces pages pour étayer ses considérations sur « l'eau élémentaire » et la « barque-mère ». « Il s'agissait d'une embarcation minuscule », observe Jim. « Je peux difficilement croire qu'elle aurait flotté avec un passager d'une taille normale », précise-t-il émerveillé. Il ne cesse de revenir sur cette particularité du petit format de l'esquif.

« Le minuscule canot de Ben Gunn, ainsi que j'eus de nombreuses occasions de m'en apercevoir tant que je l'eus à mon service, était un moyen de navigation très sûr pour une personne de ma taille et de mon poids, à la fois ingénieux et tenant bien la mer. »

Pas besoin d'être sorcier – ni docteur viennois – pour comprendre l'intérêt de cette remarque. Si le canot est impropre à transporter un adulte « de taille normale » mais tout à fait propice à la navigation d'un jeune garçon, c'est que, image à peine déguisée du ventre maternel, il n'est bon qu'à abriter un enfant. Ce n'est pas tout. Jim, sous peine de chavirer, doit se garder de tout mouvement intempestif au fond de son canot, qu'il ne réussit pas à diriger.

« Je n'étais pourtant pas spécialement maladroit, mais j'avais beau faire, il dérivait constamment, et tourner en rond était la manœuvre pour laquelle il se sentait le plus d'aptitudes. » « Fréquemment, pendant que j'étais étendu au fond de l'embarcation en surveillant d'un œil le plat-bord, je distinguais une grosse montagne bleue qui menaçait de m'engloutir ; et cependant le canot se bornait à effectuer un petit bond, à danser comme s'il reposait sur des ressorts, et à se poser avec la légèreté d'un oiseau dans le creux suivant. » « La plus petite modification dans l'équilibre du poids entraînait des conséquences terribles dans le comportement du canot. »

Le canot est décrit comme « livré à lui-même », et toute manœuvre décidée par Jim risquerait de le faire couler. « Bon ! me dis-je. Il est évident que je dois rester dans cette position horizontale et ne pas détruire l'équilibre. » L'esquif réussit tout seul à se frayer son chemin « à travers les vallées » de l'océan, à éviter les rampes élevées, « à plus forte raison les sommets écumants des vagues ». Toutes ces indications vont dans le même sens : le jeune garçon doit garder une attitude passive au fond du canot, qui n'est pas un instrument à sa disposition, mais au contraire une force qui dispose de lui, un réceptacle qui le prend en charge, une matrice à laquelle il devra sa survie à condition de bouger le moins possible, d'attendre docilement l'issue du périple. Il serait non seulement inutile, mais périlleux, de brusquer le temps de la gestation. Plus transparent ne pourrait être le symbolisme.

Un roman initiatique. Du sous-sol de la psychanalyse, gagnons sans transition les hauteurs de la mythologie. Jim ballotté sur les flots par un canot qui le sauve *malgré lui*, c'est la reviviscence de Moïse « exposé » sur le Nil. Le mythe de l'Enfant trouvé est le fil rouge qui court à travers *L'Ile au trésor* – comme dans les contes de fées, encore une fois. Jim, grâce au tonneau, grâce au canot, renaît à une nouvelle vie – une vie infiniment plus belle, plus riche et plus excitante que celle à laquelle son état civil le destinait. Le modeste fils d'aubergiste contribue à la découverte et reçoit sa part du trésor. Beaucoup de grands romans décrivent un cheminement analogue. Au lieu d'or, le but de la quête est le plus souvent une femme ou des femmes (ainsi en est-il pour Fabrice del Dongo, pour Rastignac), mais ce peut être aussi une baleine *(Moby Dick)*, une fleur *(Heinrich von Ofterdingen)*, à moins que ce ne soit un but immatériel, intemporel, l'inaccessible beauté (pour l'Aschenbach de *La Mort à Venise)* ou le temps perdu (pour le narrateur de la *Recherche*), ou même, pourquoi pas, c'est le cas le plus fréquent, la mort en personne, clef de toute énigme, passeport pour l'absolu (*Madame Bovary, Anna Karénine, L'Idiot*, etc.).

Combien de morts violentes, d'ailleurs, dans le roman de Stevenson, depuis l'apoplexie de Bill jusqu'à l'exécution de Merry ! Morts rituelles, qu'il faut se garder d'interpréter comme de simples rebondissements nécessaires dans un roman d'aventures. Les victimes sont toutes des victimes expiatoires, dont le sacrifice est indispensable au déroulement et à la réussite de la quête. *L'Ile au trésor* est un roman d'initiation. Le rôle important qu'y joue la Bible suffirait à nous indiquer la dimension religieuse du livre. Jim, grâce au tonneau et au canot, sauve ses protecteurs en même temps qu'il se sauve lui-même. « Sauver » : un verbe qui ne veut pas seulement dire : « soustraire au danger », mais auquel il faut rendre son sens plein et fort de « salut » métaphysique. Et l'instrument de ce salut, est-il besoin de le souligner, le mystagogue qui mène la quête à bon port, n'est autre qu'un enfant. Sans Jim, Lancelot d'un nouveau Graal, les « bons » et les « méchants » se seraient entre-tués, peut-être aucun n'aurait échappé au massacre. Au-dessus de l'opposition du bien et du mal, au-dessus du droit des « bons » à venir à bout des « méchants », au-dessus de la morale, règne le don de la clairvoyance, le génie de la voyance, don et génie refusés, comme on sait, aux adultes. Dès le début du roman, lorsque Jim, par un mouvement instinctif, emporte sous son bras le paquet trouvé dans le coffre de Bill, dont il ignore le contenu et qui, une fois ouvert, dévoilera la carte de l'île et l'emplacement du trésor, Stevenson nous indique que ni ses compétences ni sa maturité ne désignent le Sauveur, mais une mystérieuse élection qui n'a rien à voir avec ses qualités individuelles.

Si Kafka avait écrit *L'Ile au trésor*, soyons sûrs que le trésor n'aurait jamais été trouvé. Une des raisons qui expliquent le dédain de l'intelligentsia contemporaine pour ce roman tient sans doute à ce que la quête se termine positivement, par la découverte de ce qui était cherché. Etre « moderne », c'est croire à la fatalité de l'échec : ce cliché encombre encore plus d'un esprit. Jorge Luis Borges, qu'on ne peut cependant pas qualifier de passéiste et rétrograde, met plaisamment en garde contre un tel lieu commun. *Moby Dick*, estime-t-il, est un livre « merveilleux ». « Pourtant, ajoute-t-il (dans ses *Entretiens sur la poésie et la littérature*), il y a un point à souligner, c'est celui-ci : dans la littérature antique, la quête était couronnée de succès. Les Argonautes ont trouvé la Toison d'or et Ulysse est retourné à son île. Mais dans la littérature contemporaine, depuis Cervantès peut-être, on sait que la quête se termine par une défaite. On sait que l'homme ne sera jamais vainqueur. On a ça dans *Don Quichotte*, on a ça – pas dans *L'Ile au trésor*, dans *L'Ile au trésor*, le trésor est découvert, bravo pour Stevenson ! mais dans *Moby Dick* on sait que toute l'aventure est vouée à l'échec. On sait qu'Achab ne trouvera pas la baleine ou que, s'il la trouve, évidemment, il sera vaincu par la baleine. Et je crois que c'est un signe de notre temps, nous sommes trop lâches pour penser en termes de victoire. Nous pensons en termes d'échec, et nous ne pouvons qu'échouer, bien entendu. »

Oui, bravo pour Stevenson ! Quand la mode de l'échec en littérature aura passé, il n'aura pas pris une ride, lui. *L'Ile au trésor* reste le modèle de la quête qui se termine par la victoire de l'astuce et du courage : synthèse des deux courants romanesques en apparence incompatibles, la « haute » littérature initiatique et la « basse » littérature de divertissement ; archétype contenant tous les types de roman.

*

L'Ile au trésor parut en 1882 ; quatre ans plus tard, *Docteur Jekyll et M. Hyde*, apologue devenu classique de la lutte des tendances contradictoires qui peuvent cohabiter dans le même cœur, livre écrit non plus à l'intention des adolescents et du point de vue d'un adolescent, mais par un auteur avide de se mesurer aux « grands » historiens de la condition humaine. Après ce diptyque aux deux volets bien tranchés, Stevenson éprouva une nouvelle fois le désir d'exposer les deux faces de son être : le pur romancier d'aventures et le psychologue des abîmes. Ce furent *Enlevé !* (1886) et *Le Maître de Ballantrae* (1889). On ne saurait concevoir deux romans de sujet et de ton plus opposés, tout en restant unis par cette transparence qui est la marque propre de Stevenson. Mystère de cet auteur insaisissable, aussi inspiré pour raconter les aventures d'un jeune garçon ignare que les machinations d'un pervers sadique. Il est incroyable que le même écrivain se soit montré non moins habile à évoquer les émois d'un adolescent exposé précocement à de redoutables épreuves, qu'à décrire la haine et la vengeance mûries dans un esprit infernal.

Le narrateur d'*Enlevé !*, orphelin de quatorze ans, a l'âme candide, la volonté trempée, le pied agile. Heureusement pour lui, car, victime d'un oncle qui veut capter son héritage, il est embarqué de force sur un navire pour être vendu comme esclave dans les colonies américaines (nous sommes en 1751). Le navire fait naufrage sur les côtes d'Ecosse, David rencontre un partisan des Stuarts, âgé d'une trentaine d'années, compromis dans la guerre civile qui ravage le pays. Alan, en fuite devant les Anglais, prend le jeune garçon sous son aile. L'essentiel du roman relate la cavale des deux amis à travers les collines et les landes, et comment ils déjouent toutes les embuscades que leur tendent les « tuniques rouges ». Jamais l'art de raconter n'a été plus immédiat, plus frais, plus brillant. Stevenson était en état de grâce lorsqu'il a écrit ce livre : roman d'une action qui ne s'arrête jamais, court, halète, rebondit à chaque page, les deux caractères étant fortement marqués, et les figures de rencontre pareillement inoubliables. L'esprit d'enfance – oreilles grandes ouvertes, yeux écarquillés, corps prêt à détaler, mépris des obstacles, curiosité sans cesse à l'affût – serpente comme du vif-argent au long de ces pages merveilleuses. Prose aussi ailée que la musique de Mozart : grave dans son insouciance, profonde sous sa légèreté. Imaginez un Dumas, mais un Dumas dégraissé, où l'on se contenterait d'une poignée de myrtilles au lieu d'un chapon rôti, ou un Jules Verne, mais allégé du souci pédagogique comme de la manie digressive. L'auteur file droit au but, avec l'insolence de celui qui ne songe qu'à se faire et à faire plaisir.

Aux lecteurs qui n'ont pas cette liberté mentale et refusent de se laisser emporter par ce qui ne leur semble pas assez « sérieux », on conseillera *Le Maître de Ballantrae*, encore un roman d'aventures (pendant la même guerre civile), mais lesté d'un poids de tragédie antique. Deux frères, comme chez Eschyle, s'affrontent. James, l'aîné, a pris le parti des Stuarts, Henry, le cadet, celui du roi George. Les premiers sont défaits à la bataille de Culloden, et James, ayant perdu son droit d'aînesse, doit céder ses privilèges, sa fiancée et le manoir de Ballantrae à son frère. Mais, loin de se tenir pour battu, il revient s'installer au domaine, persécutant de ses sarcasmes son cadet, lui extorquant des sommes extravagantes, entreprenant de séduire sa femme, mû par une énergie proprement diabolique, qui en fait un personnage aussi fort que le Iago de Shakespeare, le Satan de Byron ou le serpent de la Bible.

A bout de résistance, Henry provoque son frère en duel. Scène épique : les deux hommes se défient à l'épée, dans la nuit glacée de l'hiver écossais, à la lueur des chandelles. Henry croit avoir tué son frère. Le lendemain, il s'aperçoit que le cadavre, abandonné dans la forêt, a disparu. Des amis ont emporté le blessé en lieu sûr. La lutte fratricide reprend, avec un luxe d'aventures où l'on retrouve le Stevenson plus connu : course de pirates, recherche d'un trésor, détour par l'Inde, embardée vers l'Amérique et le désert infesté d'Indiens ; mais toujours, derrière ces péripéties, le rayonnement sinistre de James, qui exerce ses maléfices démoniaques.

Thème de la lutte du Bien contre le Mal, le Mal qui séduit et enjôle, le Bien qui se défend comme il peut, avec les piètres armes de la bonne conscience et de l'honnêteté bafouée ; thème du double, car James et Henry pourraient bien incarner les deux faces du même être (à remarquer, sans en tirer de conclusion, qu'Henry James était un des meilleurs amis de Stevenson) ; dérision de tout sentiment familial : on s'étonne que ce livre, un des chefs-d'œuvre du roman noir, ne soit pas plus célèbre. Il y circule une force, une tension fabuleuses. L'intimidation hautaine, l'ironie féroce, le mépris insultant, le plaisir de terroriser, la virtuosité dans la nuisance, tantôt sous une forme brutale, tantôt par le persiflage et le quolibet, n'ont jamais été exprimés avec plus de subtilité corrosive. De quoi faire mûrir précocement des lecteurs adolescents. Ceux-ci auraient pourtant leur mot à dire. Par exemple, ils pourraient lui reprocher, comme le fit Marcel Schwob, de montrer la femme de Henry enfoncer l'épée de son mari, jusqu'à la garde, dans le sol gelé. Stevenson convint que c'était une invraisemblance « à renverser Hugo » et pria son ami français de corriger cette bévue, s'il traduisait le livre (ce qui n'eut pas lieu). Antonin Artaud déposa en 1929 un scénario tiré du roman. Le film ne fut jamais tourné. « Sonorisez le vent, les arbres cassés, et, si vous le pouvez, le silence sonore du désert. » Aucune glose ne rendrait mieux l'atmosphère magique du roman.

Aimard (Gustave)

En 1940 encore, la librairie Arthème Fayard republiait, tous les quinze jours, pour trois francs, des fascicules de 96 pages in-4° imprimés sur deux colonnes, sans illustrations (l'époque était des mots, non des images), à part un dessin très coloré sur la couverture : un Indien nu sur son cheval, coiffé de plumes et brandissant une lance, un chef peau-rouge en grand attirail de guerre à côté d'une jeune fille prostrée sur un tronc d'arbre contre laquelle il lève son tomahawk. Chacun de ces fascicules contenait un roman complet d'un écrivain qui, dans les années 1860-70, avait partagé la gloire d'Alexandre Dumas et de Jules Verne, et, jusqu'à la Seconde Guerre mondiale, conservé une certaine popularité. Gustave Aimard est l'auteur d'une centaine de livres – on n'en a jamais fait le compte exact. Tombé après la guerre dans le plus profond oubli, il a enchanté mon enfance. A onze ans, à douze ans, il est le premier écrivain que j'aie aimé. Je dévorais ces histoires de coureurs des bois et d'Indiens, ces aventures rapides et violentes qui avaient pour cadre les paysages grandioses et sauvages de l'Amérique latine, du Mexique, du Texas avant son annexion par les Etats-Unis. « Le voyageur qui, pour la première fois, débarque dans l'Amérique du Sud, éprouve malgré lui un sentiment indéfinissable de tristesse. » Pour le gamin triste que j'étais, confiné dans le Paris sombre et oppressant de l'Occupation, quelle entrée en matière fascinante ! Il s'agissait d'une tristesse en grand, aux dimensions de la prairie et de la forêt américaines, d'une tristesse vaste, immense, comme ce continent que je découvrais avec d'autant plus d'enthousiasme que mon père, dont je vivais séparé, était mexicain. Il me semblait que c'était une façon de me montrer solidaire de ce géniteur absent et donc mythique, que de me passionner pour un pays d'où nous tirions tous deux nos origines.

Gustave Aimard a fait si complètement naufrage, qu'il serait vain de chercher aucun de ces fascicules. Je n'ai que peu à peu réussi à trouver chez des bouquinistes les éditions originales de ses livres, publiés par Amyot, Cadot ou Dentu, éditeurs eux aussi depuis longtemps disparus. Aucune étude sur cet auteur, avant la substantielle préface de Matthieu Letourneux à quatre romans réunis par Bouquins / Laffont en 2001 (*Les Trappeurs de l'Arkansas* « et autres romans de l'Ouest »), et, enfin, la première monographie, *Sur la piste de Gustave Aimard*, par Jean Bastaire (Encrage, 2003).

Jean Bastaire expose avec quelle peine il est parvenu à rassembler les éléments d'une biographie qui reste lacunaire. Gustave Aimard n'était pas seulement un auteur de romans d'aventures, il avait été, lui, un authentique aventurier, et à plusieurs titres. Sa naissance d'abord, en 1818 : illégitime et clandestine. Venu au monde chez un médecin du faubourg Saint-Honoré, le nouveau-né est aussitôt déposé aux Enfants-Trouvés, comme Jean Genet, puis placé chez un jeune ménage qui s'en débarrasse après que la femme, encouragée par le mari, s'est trouvé un riche protecteur. Le père de Gustave aurait été (l'écrivain en était lui-même persuadé) le général d'Empire Horace Sébastiani, qui habitait la rue très chic du Faubourg-Saint-Honoré, fut ensuite ambassadeur à Londres et élevé à la dignité de maréchal de France sous la monarchie de Juillet.

Le petit bâtard, non reconnu, se dresse vite en rebelle. Il manque tuer le directeur de la pension où on l'a mis. Chassé, il tourne le dos à l'école, et, à l'âge de neuf ans moins deux mois, s'embarque comme mousse sur un caboteur qui fait la pêche au hareng dans la mer du Nord et la Baltique. En 1830, il a douze ans : promu novice, il monte sur un autre bateau qui aborde à Rio de Janeiro, puis navigue entre la Nouvelle-Zélande, Tahiti, la Polynésie, l'Australie. En 1831, lors d'une escale près du cap Horn, il tombe aux mains de Patagons qui le retiennent captif quatorze mois (voir le roman *Le Guaranis*, en partie autobiographique). Revenu en France, il s'engage, à dix-sept ans, dans la marine royale, où il sert pendant quatre ans, avant de déserter, le 9 mars 1839, sur la côte du Chili, près de Concepcíon. Vagabondages dans l'Amérique du Sud, puis, à vingt-cinq ans, découverte du Mexique, et changement radical d'activité : décidé à s'affranchir de toute discipline, il se fait, de marin, coureur des bois. Pendant près de cinq ans, il partage la vie d'une tribu de Comanches qui l'a adopté. Chasses au bison, expéditions contre des clans rivaux, épreuves et bonheurs d'une existence errante. De cette complète indianisation, il nourrira le meilleur de son œuvre.

En 1847, le revoilà en Europe. Il se précipite au Caucase, pour soutenir la lutte du Tchétchène Shamyl contre l'armée russe, résistance qui ne lui paraît pas sans analogie avec le combat des Indiens contre les soldats mexicains ou les pionniers américains. Le bâtard, l'exclu se retrouve d'instinct du côté des minorités persécutées. Les lecteurs d'*Hadji Mourat* connaissent ce Shamyl. Gustave Aimard précéda de peu dans le Caucase Léon Tolstoï, qui y arriverait en 1851 et, tout militaire russe qu'il était lui-même, regarderait avec non moins de sympathie la rébellion des montagnards contre la brutalité autocratique de Nicolas Ier.

1847, c'est également l'année d'un scandale parisien, qui touche de près Gustave Aimard. Le maréchal Sébastiani a marié sa fille, qui est son unique enfant légitime, au duc de Choiseul-Praslin. Celui-ci assassine sa femme et se suicide. Le haut dignitaire de Louis-Philippe paye dans la personne de sa fille le crime qu'il a commis autrefois en abandonnant son fils. Les démêlés entre père et fils tiendront une grande part dans les romans de Gustave Aimard. Le premier cycle, et le plus réussi, qui comprend quatre volumes, publiés entre 1858 et 1861, *Les Trappeurs de l'Arkansas, Les Rôdeurs de frontières, Les Francs-Tireurs, Le Cœur loyal*, commence par l'histoire d'un garçon que son père bannit de leur hacienda mexicaine et exile dans la forêt, pour une faute commise à quatorze ans. Anxieux de reconquérir l'estime de son père, il devient coureur des bois et chasseur, de courage et de mœurs si exemplaires qu'on lui donne le surnom de « Cœur loyal » et qu'on le respecte comme un modèle de probité et de dévouement. Comment ne pas voir, dans ce parcours et dans cette volonté de réhabilitation, à la fois les griefs et le ressentiment de « l'enfant trouvé », et la revanche romanesque que le fils autrefois exclu prend sur le père qui lui a volé sa jeunesse ?

L'autre cycle principal de romans, publié entre 1858 et 1862, tourne autour de la figure de Valentin Guillois, chef de bande anarchiste, défenseur des Indiens, héros emblématique de la liberté. Huit titres (je les donne, après tout le mal que je me suis donné à en établir la liste) : *Le Grand Chef des Aucas, Le Chercheur de pistes, Les Pirates des prairies, La Loi de Lynch,*

La Grande Flibuste, La Fièvre d'or, Curumilla, Valentin Guillois.

En 1849, Gustave Aimard repart pour le Mexique et la Californie. En 1852, il participe à l'équipée du comte de Raousset-Boulbon, qui, avec deux cent cinquante Français « déguenillés et à demi morts de faim et de fatigue » (voir *La Fièvre d'or* et *Curumilla*), enlève d'assaut la ville de Hermosillo et y entre à la tête de ses soldats « qui n'osaient eux-mêmes croire à leur héroïsme ». Le comte, qui se prenait pour un *libertador*, voulait créer l'Etat indépendant de la Sonora, entre le Mexique et les Etats-Unis. L'aventure, bien entendu, tourna au fiasco complet. En 1854, retour définitif de Gustave Aimard en France, où il s'apprête à commencer une carrière littéraire. Aucune information sur les circonstances mystérieuses de sa fin, sinon qu'il fut interné à Sainte-Anne, chez les fous, où il mourut en 1883.

« C'est seulement au désert que l'homme se sent vivre, qu'il prend la mesure de sa force et que le secret de sa puissance lui est révélé. » Attention : par « désert », Gustave Aimard n'entend pas : étendue désertique de sable, mais : forêt, forêt vierge, là où la civilisation n'est pas encore arrivée, ni les routes, ni les maisons, ni la police, ni les tribunaux. « Le silence du désert était traversé par mille souffles mélodieux et animés ; des lueurs filtrant à travers l'ombrage couraient sur l'herbe fine à la manière des feux follets. Sur le rivage opposé de la rivière, de vieux chênes desséchés et moussus se dressaient comme des fantômes et agitaient à la brise leurs longues branches couvertes de lichens et de lianes, mille rumeurs couraient dans l'air, des cris sans nom sortaient des tanières invisibles de la forêt, on entendait les soupirs étouffés du vent dans le feuillage, le murmure de l'eau sur les cailloux de la plage, enfin, ce bruit inexplicable et inexpliqué du flot de la vie qui vient de Dieu et que la majestueuse solitude des savanes américaines rend plus imposant. »

Le Chateaubriand du *Voyage en Amérique* a sans doute influencé de telles lignes ; on y trouve aussi des réminiscences du credo écologique et panthéiste de Jean-Jacques Rousseau. Une ardente protestation contre le monde étriqué et faux des villes, caractérisé par « l'abrutissement des masses » et « l'air vicié qui stagne dans les rues boueuses et trop étroites », traverse le roman aimardien. Les héros de cette épopée américaine, qu'ils soient coureurs des bois, rôdeurs de frontières, pirates des prairies, flibustiers (mais non chercheurs d'or : Gustave Aimard les stigmatise pour leur cupidité), ont en commun un amour forcené de leur indépendance. « Chacun se sent d'autant plus près de Dieu qu'il est plus loin des hommes. » C'est seulement au contact de la nature, dans les immensités de la forêt vierge, que le cœur n'étouffe pas. « Alors, animé par l'air pur, respirant à pleins poumons, attiré et fasciné malgré soi par les perspectives mobiles et infinies qui s'ouvrent de tous côtés, les allures deviennent plus libres, les regards plus perçants, la main plus ferme. Les hommes habitués à la vie du désert ne veulent plus le quitter, car ils en comprennent toutes les voix, en ont sondé tous les mystères. »

Dans *Les Rôdeurs de frontières*, le chasseur canadien (l'écrivain a un faible pour les Canadiens) surnommé Tranquille aide un esclave noir à s'enfuir et à se libérer de son maître américain, puis lui souhaite bonne chance quand il aura repris le « chemin des habitations ». Le Noir le supplie alors de le garder auprès de lui. « Je ne suis qu'un pauvre nègre dont l'esprit borné et l'intelligence étroite ne sauraient le guider convenablement dans les villes, où l'homme n'est prisé, non pour ce qu'il vaut, mais seulement pour ce qu'il paraît. A quoi me servirait cette liberté dont je suis si fier, dans une ville où pour manger et me vêtir, je serais immédiatement forcé de l'aliéner au profit du premier venu qui me donnerait ces premières ressources dont je suis complètement dénué ? Je n'aurais reconquis ma liberté que pour me rendre moi-même esclave. C'est donc dans le désert seul que je puis profiter de ce bienfait que je vous dois, sans craindre d'être jamais poussé par la misère à des actions indignes d'un homme qui a le sentiment de sa valeur. Aussi est-ce dans le désert que je veux vivre désormais, sans plus approcher des villes, que pour échanger les peaux des animaux que j'aurais tués contre de la poudre, des balles et des vêtements. Je suis jeune, vigoureux, Dieu qui m'a protégé jusqu'à présent ne m'abandonnera pas. »

Telle est la philosophie de Gustave Aimard : confiance en Dieu, en la nature, en la bonté native de l'homme. Philosophie « enfantine », sans doute, mais propre, justement, à plaire aux enfants, d'autant plus qu'elle est liée à la seule poésie qui leur soit accessible, la poésie de l'obscurité, du silence, de l'espace. « C'est surtout la nuit, lorsque les bruits du jour s'éteignent pour faire place aux rumeurs mystérieuses des ténèbres, que le désert revêt un aspect grandiose et imposant, qui saisit l'âme et la porte à ces douces et mélancoliques rêveries si pleines de charmes. L'air plus pur de la nuit rafraîchi par la brise qui passe à travers les feuilles qu'elle agite doucement, les murmures de l'eau parmi les nénuphars, les rumeurs confuses de mille insectes invisibles… plongent malgré lui l'homme au cœur fort dans un recueillement religieux d'une douceur étrange que ceux auxquels les grands spectacles de la nature sont inconnus ne sauront se figurer. »

Cependant, les moments de « recueillement religieux » sont rares chez Gustave Aimard, pour la simple raison que la nature et Dieu ne sont pas les seuls à entourer le chasseur des bois. Il doit compter avec les « Longs Couteaux de l'Est » (les Américains du Nord qui s'infiltrent dans le Texas pour le détacher du Mexique) et les Yoris (les soldats réguliers de l'armée mexicaine), mais surtout avec les Peaux-Rouges, les rusés Peaux-Rouges, toujours aux aguets bien qu'invisibles ; distinguer ceux à la loyauté desquels il peut se fier (en général, les Comanches) de ceux dont la vocation est de trahir (les Apaches) ; s'appuyer sur les uns pour combattre les autres. Les romans de Gustave Aimard présentent une valeur anthropologique certaine. Il sait de quoi il parle, quand il décrit les mœurs de la forêt, le rituel des repas, du tatouage, du calumet, les cérémonies de bienvenue ou d'adieu, les gestes pour déclarer la guerre ou signer la paix, le supplice du scalp ou la mimique des sorciers, et introduit dans le discours des Indiens des tournures et des mots de leur langage.

Sans doute aussi, lorsqu'il met en scène, avec d'innombrables rebondissements, les aventures de la vie des Blancs dans les profondeurs de la forêt, ne fait-il que broder sur ses propres expériences. Il les transpose avec un instinct si sûr de la narration, que les histoires les plus embrouillées deviennent claires. Souvent, il abandonne un personnage pour passer à un autre, qu'on a perdu de vue depuis plusieurs chapitres ; immédiatement, ce qu'on avait lu cinquante pages plus haut revient à la mémoire. Et, lorsqu'on quitte à nouveau ce personnage pour participer aux aventures d'un autre, on a hâte de retrouver celui qui a été mis momentanément de côté. Les multiples actions parallèles, menées à toute allure, forment une fresque colorée et vivante qui s'imprime dans l'esprit.

Complots autour du feu de camp, départs silencieux sur la piste de la guerre, embuscades, enlèvements, galopades, assauts de fortins, voilà sans doute ce qui me fascinait autrefois. Mais aujourd'hui, quand je relis ces livres, je comprends à quel point ils pouvaient être formateurs pour l'imaginaire d'un enfant. Je ne savais pas que l'auteur était un bâtard et un insoumis, mais quelque chose qui courait dans sa prose me signalait que derrière ces héros « positifs », toujours jeunes, vigoureux, valeureux et venant à bout des plus terribles épreuves, se cachaient des blessures secrètes, des douleurs inavouées. Je n'avais pas à faire à des boy-scouts obéissant à des codes simplistes, mais à des hommes en butte à quelque fatalité hostile et condamnés à vivre en parias. Ces chasseurs, toujours solitaires, campaient en marge de la loi. Ils étaient désignés comme des *outlaws*. Le terme de « réprouvés » était même prononcé. Sous la menace permanente des Peaux-Rouges, ils avaient aussi contre eux l'armée mexicaine, les colons américains. « Mis au ban de la société, traqués comme des bêtes fauves… » Or, quoi de plus excitant pour un enfant qui étouffe dans sa famille que de se rêver libéré de toute attache et forcé de se mesurer à des dangers qui éprouveront sa valeur ? « Aujourd'hui, nous sommes des bandits hors la loi, des rôdeurs de frontières, que sais-je encore ; demain peut-être serons-nous des héros et les sauveurs d'un peuple. » La fierté de ces déclassés ne me troublait pas moins que leur manque de scrupules. « Jetés par la volonté divine en dehors de la loi commune, leur existence n'est qu'une suite de péripéties étranges, d'enivrements fiévreux, qui les fait vivre un siècle en quelques minutes. » Je pressentais, grâce à de telles phrases, que la vie ne réserve pas ses plus grandes joies à ceux qui restent dans le rang, soumis aux règles en vigueur, dociles à l'opinion dominante, mais au petit nombre qui osent marcher hors des sentiers battus, le long des pistes qu'ils ont eux-mêmes tracées.

Le mythe de la Prairie, associé au rêve d'une liberté illimitée, le mythe du Chevalier errant, qui déambule dans les plaines à la recherche d'exploits, le mythe du Franc-Tireur, qui est à la fois bandit et héros, scélérat mais élu, le mythe du Proscrit, du Marginal, du Clandestin, qui brave la société « civilisée », Gustave Aimard leur a insufflé une vie magnifique. Ce qui le sépare d'un Kipling, d'un Melville, d'un Hemingway, c'est seulement l'écriture, à laquelle un enfant ne s'intéresse pas. Il va trop vite, il bâcle, à coups de lieux communs et de ce qui nous paraît aujourd'hui des clichés. Les ennemis sont toujours « cruels », les Peaux-Rouges « impassibles », les rayons de soleil « éblouissants », les chevaux d'une docilité « extraordinaire », les fatigues d'une rudesse « extrême », les attaques menées « vigoureusement ». Amputée par un bon éditeur de cette pléthore d'adjectifs et d'adverbes, sa prose paraîtrait bien meilleure. Il excelle dans les dialogues où deux adversaires se défient en termes courtois tout en guettant le piège qui leur serait fatal. Au chapitre XVI des *Francs-Tireurs*, l'affrontement entre le « Jaguar », chef des francs-tireurs, et le général mexicain chargé de mettre fin à leurs agissements est un modèle d'astuce et de raillerie politiques.

Les Américains ont réédité Gustave Aimard avant les Français. Ils considèrent son œuvre comme un témoignage fondamental sur le Sud-Ouest américain dans la première moitié du XIXe siècle. En France même, malgré le dédain de l'intelligentsia, une coterie de fidèles n'a jamais cessé de se nourrir de ses livres. Lautréamont les a lus entre quatorze et dix-neuf ans, quand, débarqué de Montevideo, il était interne aux lycées de Tarbes et de

Pau. Pierre Mac Orlan les mentionne. Blaise Cendrars félicite son ami le romancier Gustave Le Rouge d'avoir « par ses tableaux de la nature exotique, son amour des aventures, son goût policier de l'intrigue, son penchant métaphysique, son don de visionnaire scientifique » établi « la somme du roman du XIXe siècle, de Bernardin de Saint-Pierre à Wells, en passant par Poe, Gustave Aymard, le Balzac de *Seraphîta*, le Villiers de l'Isle-Adam de *L'Eve future*, l'école naturaliste russe et le théâtre d'épouvante ». On aura noté l'orthographe incertaine du patronyme de l'auteur, aussi douteuse que sa naissance. Marcel Pagnol cite Valentin Guillois et le Cœur loyal parmi les héros de son enfance. Mais le plus bel hommage est venu, sous l'Occupation allemande, d'un écrivain de la clandestinité, dont parut, le 1er mai 1944, dans le second volume de *L'Honneur des poètes* publié par les Editions de Minuit, un long poème, *Le Veilleur du Pont-au-Change*, signé d'un pseudonyme qui n'était autre que le nom d'un des principaux coureurs des bois : Valentin Guillois.

Je suis le veilleur du Pont-au-Change
Et je vous salue, au seuil du jour promis

....

Américains de toutes races et de tous drapeaux,
Au-delà des espaces atlantiques,
Du Canada au Mexique, du Brésil à Cuba

....

J'entends vos voix et je vous appelle,
Je vous appelle dans ma langue connue de tous
Une langue qui n'a qu'un mot :
Liberté !

L'auteur de ce poème ? Le poète surréaliste Robert Desnos. Il avait été arrêté à Paris le 22 février précédent, incarcéré à Fresnes puis déporté dans le camp de Terezín, où il mourrait le 8 juin 1945.

Gustave Aimard n'est pas un « grand » écrivain. Mais, pour ce qui est d'éveiller le goût de l'évasion hors des limites étroites de la famille et de la ville, de stimuler l'amour de la liberté, d'inciter à résister à toutes les formes de contrainte, l'auteur des *Trappeurs de l'Arkansas* n'a pas son pareil. Mieux encore : l'enfant trouvé qu'il fut, le bâtard exclu du VIIIe arrondissement et recueilli par des Comanches à l'autre bout du globe, a montré comment prendre sa revanche sur le sort, en s'inventant un continent, une race, des parents de rechange. La centaine de livres qu'il a écrits constitue un immense « roman des origines », qui permet au lecteur de croire qu'il est possible de renaître sous une nouvelle identité, comme dans les contes de fées, où le garçon élevé dans la pauvre cabane d'un pêcheur découvre qu'il est fils de roi.

Ariosto (Ludovico)

« Je fus frappé de… voir ces paysans un luth à la main, et de leur côté les bergères ayant l'Arioste dans la bouche. » Que dirait Montaigne aujourd'hui ? Non seulement l'Arioste n'est plus dans la bouche, mais sous la main de personne. Cet immense romancier en vers, dont Mme de Staël entendait encore les gondoliers de Venise réciter par cœur les strophes, avait disparu des librairies. Le voilà enfin de retour, dans une édition bilingue, traduit en décasyllabes (le vers du *Cimetière marin*) par Michel Orcel, lui-même romancier et poète (Seuil).

Pour mesurer l'importance de l'Arioste (*l'*, comme *la* Callas, article d'excellence) et de son *Orlando furioso (Roland furieux)* de quelque 39 000 vers, où chevaliers et brigands errent en quête de merveilleuses aventures, qu'il suffise de dire que, sans lui, Cervantès n'aurait pas écrit *Don Quichotte*, ou l'aurait écrit d'une autre façon ; que les plus beaux opéras de Händel, *Alcina, Orlando, Ariodante*, n'existeraient pas ; ni l'*Orlando Furioso* de Vivaldi, son chef-d'œuvre ; ni plusieurs tableaux de Poussin, de Tiepolo ou de Delacroix ; ni tel ou tel conte de La Fontaine ; ni certains des vers les plus réussis de Hugo ; ni les meilleurs romans d'Italo Calvino. L'imaginaire européen a été nourri de l'Arioste pendant quatre siècles : avec le Tasse, auteur de *La Jérusalem délivrée*, œuvre non moins injustement délaissée, le poète de Ferrare a fourni à la peinture, à la musique, au théâtre, à l'opéra, à la poésie lyrique non seulement des thèmes et des personnages, mais un ton, une sensibilité, une sorte d'héroïsme du cœur et de naïveté flamboyante. Cette élégance bravache, qui continue à alimenter, en Sicile, le petit théâtre des *pupi* : à Palerme, chaque soir, des marionnettes cuirassées et casquées jouent un épisode de *Roland furieux*. Les glaives étincellent, les corps s'entrechoquent, les têtes tombent, tranchées d'un coup. Et, il n'y a pas si longtemps encore, le jour où c'était au tour de Roland, le preux par excellence, de rendre son âme, la moitié de la ville prenait le deuil.

La campagne militaire de Charlemagne contre les Sarrasins, et la mort de Roland à Roncevaux donnèrent lieu, trois siècles après, à *La Chanson de Roland* française (env. 1100). Mais très vite l'Italie s'empara de la légende, et c'est en Italie qu'elle trouva à s'épanouir, parce qu'elle mettait en scène la lutte de la Chrétienté contre l'Islam, sujet sensible entre tous pour les habitants de la péninsule. Pourtant, lorsque l'Arioste écrit son poème (de 1504 à 1532), ce sujet est passé d'actualité. Nous sommes alors en pleine Renaissance, et particulièrement à Ferrare, cour brillante entre toutes. Si *Roland furieux* reste aujourd'hui d'une lecture si entraînante, c'est parce que les quarante-six chants et les milliers de vers reflètent l'idéal chevaleresque, la passion militaire, la gaillardise sensuelle, la frénésie amoureuse et le raffinement formel de ce siècle d'or, qui a donné Machiavel et l'Arétin, Titien et Michel-Ange, Jules II et Léon X, les Este de Ferrare et les Gonzague de Mantoue.

Roland furieux combine la majesté de la chanson de geste et la gaieté du roman d'aventures. Imaginez Alexandre Dumas mis en vers : même brio, même richesse d'intrigues et de rebondissements, même entrain, même humour – le tout ciselé par un orfèvre du rythme et de la rime, et orchestré par un harmoniste de génie. Certains des personnages de l'Arioste sont devenus d'ailleurs, comme ceux de Dumas, presque des noms communs : Angélique, Médor, Sacripant, Rodomont, Agramant, Griffon, le cheval Hippogriffe. Le foisonnement d'épisodes est tel, mêlant le réalisme des joutes et des caresses au fantastique des palais enchantés, des bagues qui rendent invisible et des potions qui rendent invulnérable, qu'il est malaisé de distinguer un fil conducteur. Au premier plan, voici Roland, fleur des paladins français, son amour malchanceux pour Angélique et les courses-poursuites qui le précipitent à travers l'Europe sur les pas de la belle infidèle. Ce surhomme ne fait rien à moitié : de même qu'il surpasse tous ses pairs en vaillance combative et rapidité meurtrière, de même l'échec de sa passion le jette littéralement hors de lui. Ayant découvert, d'après les inscriptions qu'ils ont gravées sur l'écorce des arbres, qu'Angélique le trompe avec Médor, il devient raide fou. Quelle splendeur dans la démence ! Quelle héroïque démesure !

Il hurle, et pleure, et jamais ne s'arrête,
Ni nuit ni jour il ne trouve la paix.
Il fuit cités et bourgs et, en forêt,
Sur le sol dur, il gît à ciel ouvert.
Il s'émerveille fort d'avoir en tête
Une fontaine d'eau qui soit si vive
Et comme il peut avoir tant de soupirs,
Et souvent il se dit dans son gémir :

« D'une veine si large, de mes yeux
Ce ne sont plus des larmes que je verse.

Les pleurs n'ont pas suffi à ma douleur :
Ell'se sont épuisées à mi-chemin.
Or, sous mon feu, c'est la vitale humeur
Qui fuit par cette voie menant aux yeux,
Et ce qui coule ensemble emportera
Douleur et vie au moment du trépas. »

Avec le peu d'essence vitale qui lui reste, il commence par arracher ses vêtements et se mettre tout nu (« Il déchire sa robe, et met son ventre/ Poilu, son dos, son torse à découvert »), puis il déracine les arbres, chênes et sapins, comme si c'était du fenouil ou de l'aneth, dans un vacarme épouvantable de troncs fracassés. Or, s'il est vrai que la Renaissance a exalté une image rationnelle et harmonieuse de l'homme maître de soi et de sa volonté, on mesure mieux l'originalité de l'Arioste, qui oppose à cet idéal apollinien et sécurisant une vision dionysiaque et tragique : rien de plus fragile que cette fameuse maîtrise, sans cesse menacée par une fatalité mystérieuse, en laquelle, de nos jours, nous reconnaissons les forces secrètes de l'inconscient.

Mais comme l'Arioste est le contraire d'un cuistre, il invente une psychanalyse concrète, tout en métaphores savoureuses. La présence de Roland à la tête des armées de Charlemagne étant nécessaire au succès des chrétiens, Astolphe se charge d'aller lui récupérer son bon sens. Grâce aux pouvoirs magiques dont il dispose, il s'envole pour la lune, là où des ampoules scellées conservent la raison des aliénés. Dans ce musée de l'égarement, quelle surprise de voir, enfermé dans des fioles, le bon sens de

Tant et tant qui croyaient n'en pas manquer
D'un gramme seul et dont fort clairement

On apprenait qu'ils en avaient fort peu,
Car presque tout se trouvait en ce lieu.

Délicieux humour, qui imprègne chaque épisode : les amours tumultueuses de Roger et Bradamante ; l'île enchantée de la fée Alcina ; les duels, bien sûr, occasions d'exploits fantastiques, surtout quand l'adversaire est le géant Horrile, si invulnérable que si on lui coupe un bras il le remet en place comme s'il n'avait fait que perdre une chaussure, et si on lui tranche la tête et qu'on la jette dans le fleuve, il plonge et la rattrape. Un seul moyen d'en venir à bout : découvrir le *cheveu fatal* d'où il tire sa puissance. Mais comment le dénicher, dans une crinière si touffue ? En rasant cette tignasse, de la nuque au front. Sitôt dit, sitôt fait.

Renaud, autre chevalier des armées franques, vole au secours d'une princesse accusée d'avoir reçu un amant et condamnée à mort pour ce crime. Non moins ardent féministe que valeureux champion, Renaud s'indigne d'une telle loi.

Si même ardeur, si semblable désir
Incline et force l'un et l'autre sexe
A cette fin suave de l'amour
Que le peuple ignorant juge un péché,
Pourquoi punir ou blâmer une femme
Qui, avec un ou plusieurs, a commis
Ce que, selon son appétit, fait l'homme
Et, loin de le punir, on l'en renomme !

D'autres épisodes ressortissent à la plus pure poésie : ainsi en est-il des trêves, pendant lesquelles, si acharnés soient-ils, deux ennemis trouvent le moyen de se souvenir qu'ils sont hommes. Ferragus et Renaud s'empoignent pour les beaux yeux d'Angélique. S'étant aperçus que la perfide en a profité pour s'enfuir, ils se disent que, au lieu de s'entre-tuer, ils feraient mieux de la poursuivre.

Oh, la vertu des chevaliers jadis !
Ils avaient beau être rivaux, de foi
Diverse, ils avaient beau sentir encore
De ces grands coups leur corps endolori,
Par les bois noirs, les obliques chemins,
Ensemble ils vont tous deux sans défiance.

Roland, pour sauver la même Angélique, affronte pendant une nuit et un jour Agrican, roi de Tartarie. En plein combat, ils se couchent sur l'herbe, épuisés ; et les voilà, sans transition, plongés dans la contemplation des étoiles. Ils discutent de Dieu ; le païen confesse son ignorance ; mortellement blessé après la reprise du duel, il demande à son adversaire le baptême chrétien.

Enfin, voici Rodomont, le personnage le plus baroque du poème, à la fois fanfaron et susceptible, d'une gaieté exubérante et sujet à dépression. Roi d'Alger, il a fait le serment, après avoir été humilié par Roland, de se terrer en ermite pendant un an, un mois et un jour, sans plus monter à cheval ni endosser armure. A peine est-il revenu à la vie active, qu'il défie le paladin Roger, et trouve la mort du brave, bizarrement chantée dans les quatre vers qui terminent, sur une note énigmatique d'ironie désinvolte, cette trépidante, burlesque, romantique et lumineuse saga :

Aux rivages sinistres d'Achéron,
Libérée de son corps plus froid que glace
En blasphémant s'enfuit l'âme indignée
Qui fut si fière au monde et si enflée.

Contes de fées

Changer, tel est le but, telle est la mission du roman. Changer la vie. Pour l'auteur comme pour le lecteur, changer d'identité, se projeter dans des doubles en qui il peut se vivre mieux et plus pleinement qu'il ne se vit en réalité. Stendhal gros et attelé à des tâches ingrates se mue et mue le lecteur en un Fabrice ailé et brillant. Tolstoï se livre à la même opération avec le prince André, Oscar Wilde avec Dorian Gray, André Gide avec Lafcadio. Elsa Morante s'évade de sa condition de femme et de citadine en devenant le jeune et robuste Arturo dans l'île solaire de Procida. L'illusion peut être encore plus radicale, quand le personnage lui-même, à l'intérieur du roman, se transforme, ou essaye de se transformer, en un autre qu'il n'était. Le plus souvent il échoue ; mais il existe des textes qui offrent l'exemple d'une métamorphose réussie.

Ce sont les contes de fées. Ils nous disent, à leur manière gracieuse et symbolique, que la seule méthode pour ne plus traîner son moi, c'est de bénéficier d'une intervention magique. Cendrillon serait toujours restée à s'affairer autour de l'âtre, réduite à la condition de servante et d'esclave, humiliée par sa marâtre et ses demi-sœurs, si une bonne fée n'était venue à son secours, l'habillant d'atours neufs et somptueux, transformant la citrouille en carrosse, le rat en cocher, et envoyant, dans cet appareil irrésistible, la jeune fille au bal, à la rencontre du prince charmant.

Que peut la créature sans l'aide d'une puissance surnaturelle ? Si ce n'est pas une fée bienfaitrice, ce sera le diable en personne. Un autre mythe tiré de la tradition populaire désigne dans le personnage de Faust le héros du changement absolu. Rajeunir, se réincarner dans un double séduisant, satisfaire tous ses désirs, échapper aux limitations qu'imposent la nature, la physiologie, les lois humaines, les règles sociales : voilà le rêve qui tourmente chacun, et que Faust n'aurait pu assouvir sans l'assistance du démon. Le thème de la métamorphose et du renouvellement d'existence est resté longtemps du ressort de la littérature fantastique : si profondément est imprimée en tout homme la crainte que, Dieu ne nous ayant donné qu'une vie, il ne soit vain de compter sortir de l'ornière qu'il nous a assignée.

Est-ce un hasard si le premier romancier moderne à traiter ce thème comme une possibilité concrète est aussi celui qui entendait rivaliser avec Dieu et refaire le monde à sa façon ? Balzac a osé imaginer que quelqu'un puisse recommencer sa vie de zéro : ainsi Lucien de Rubempré, à la fin des *Illusions perdues*. Avili, désespéré, le jeune homme, seul au bord d'une route, songe à se jeter dans la rivière : de tous les moyens de changer, le suicide est en effet l'unique à être sûr, quoique le prix à payer soit exorbitant. Mais voilà que passe une calèche ; le voyageur s'enquiert auprès du jeune homme de ce qui le chagrine si fort ; il le fait monter dans la voiture, le réconforte, le cajole, le sermonne, lui promet de le sauver, à condition qu'il accepte de se laisser emmener à Paris. Carlos Herrera – ou plutôt Vautrin, puisque c'est lui, l'ancien bagnard, déguisé en ecclésiastique – introduit Lucien dans la capitale et le lance dans le grand monde : nouveau pacte de Faust et de Méphisto, pacte laïcisé, version réaliste de la vieille chimère des contes.

Au même moment où Balzac lâchait la bride à cette utopie, quitte à la conclure par le suicide de Rubempré, cette fois exécuté pour de bon, Alexandre Dumas la reprenait à son compte. Edmond Dantès, matelot marseillais victime d'un complot de scélérats, est emprisonné au château d'If ; il s'évade en se faisant coudre dans un linceul qu'on jette à la mer. Mourir pour renaître : le symbole ne pourrait être plus clair. Tout le monde croyant Dantès au fond de la mer, il peut accéder à une autre vie, sous une autre identité. Devenu le comte de Monte-Cristo et entré en possession d'un trésor, le voilà en mesure d'assouvir sa vengeance. Que ce subterfuge ait réussi, que le changement de vie se soit soldé pour son héros par un triomphe, qu'il soit parvenu sous sa nouvelle identité à effacer les avanies subies dans sa première vie, prouve que Dumas était resté, en plein XIXe siècle, un naïf qui croyait encore aux coups de baguette des enchanteurs, aux retournements magiques du destin, comme dans les fables de Perrault ou de Grimm.

Gogol n'était pas si confiant. Akaki Akakievitch, le protagoniste du *Manteau*, fait l'amère expérience de ce qu'il en coûte de gober une chimère. Ce petit employé a patiemment économisé pour s'acheter une pelisse. Le jour même où, à force d'économies, il sort en ville habillé de son nouveau vêtement, des malandrins se jettent sur lui et l'en dépouillent. Au siècle suivant, le pessimisme sera de règle. Des écrivains prêteront à leur personnage le désir de secouer ses habitudes, de larguer ses amarres, de prendre le large, de faire peau neuve, mais avec l'arrière-pensée de le conduire à l'échec et de montrer l'inanité d'une telle aspiration. Le Flaubert de *Madame Bovary* et de *L'Education sentimentale* leur aura donné l'exemple.

L'aspiration à changer de vie, sans cesser d'être aussi impérieuse, aboutit désormais au fiasco. Se faire passer pour mort et profiter de cette fuite hors de l'état civil pour revêtir une autre identité est le moyen qu'utilise le héros d'un curieux roman de Pirandello, *Feu Mathias Pascal*. Mathias abandonne un jour le foyer conjugal et se rend à Monte-Carlo, où il gagne de fortes sommes ; mais ni la fugue (ruse employée par les jeunes garçons des romans d'aventures) ni l'appropriation d'une fortune (comme Dantès) ne suffiraient à changer sa vie, s'il n'avait lu dans un journal la nouvelle qu'il était mort, le cadavre retiré d'un puits ayant passé pour être le sien. Aussitôt, il décide de profiter de cette aubaine, de se faire appeler Adrien Meis, de revenir en Italie et d'y revivre à neuf : jusqu'à s'apercevoir – et le désenchantement n'est pas long à venir – que rien n'a changé vraiment, qu'il s'est laissé reprendre dans un réseau étouffant de relations sociales et sentimentales, que la vie quotidienne d'Adrien Meis est tout aussi asservissante et déprimante que la vie quotidienne de Mathias Pascal.

De ce thème de l'impossibilité de changer, Simenon fait un motif récurrent. Son ironie et sa compassion s'exercent à mettre en scène des personnages très moyens, un peu lamentables, mais qui, tels des héros de chevalerie ou de contes de fées, rêvent d'échapper à leur sort, sans soupçonner le moins du monde que leur médiocrité existentielle les condamne à mourir comme ils sont nés. Emile enlève Juliette à son père, qui réprouve leur liaison, et, de Nevers, l'emmène clandestinement à Paris. Le couple en fuite descend dans un petit hôtel de la capitale. Au lieu de la nouvelle vie promise, au lieu de la splendeur d'une passion conquise sur les préjugés de la province, au lieu de l'épanouissement de leur amour dans le souffle enivrant de la liberté, les deux jeunes gens découvrent la misère des chambres garnies, avec le lavabo dans un coin et du linoléum par terre, l'ennui du tête-à-tête et de l'isolement, l'engluement dans le triste et le sordide. Bientôt ils ne voient plus d'issue que dans le suicide ; mais, suprême dérision, ils ratent jusqu'à leur mort.

Jamais comme dans ces *Suicidés* Simenon n'a peint aussi noire la vanité de toute révolte. On ne change pas, on ne change jamais. Il n'a pas choisi pour rien de situer ses romans dans la petite bourgeoisie, parmi les minables enfermés entre quatre murs au papier peint défraîchi : ce monde routinier et mesquin est pour lui le résumé de l'humanité tout entière, qui, du haut en bas de l'échelle sociale, est astreinte à tourner en rond sans répit ni échappée vers la lumière, comme les mules aux yeux bandés d'une noria.

On ne change pas. Il n'y a que Pasolini, esprit fantastique dans un corps vériste, pour penser le contraire. A la fin de *Théorème*, l'industriel milanais quitte famille et usine pour s'enfoncer dans le désert, métaphore du renouveau. Mais sous l'inspiration d'un ange qui l'a visité : un ange, synthèse de la fée et du diable, ultime preuve que le changement n'est pas dans les possibilités de l'homme.

Corbière (Édouard)

De ses quatorze romans ou recueils de nouvelles, on ne réédite que *Le Négrier* et *Les Pilotes de l'Iroise*, deux romans publiés en 1832. Doublement enterré, sous la gloire de son fils le poète Tristan Corbière, et sous l'appellation mortifiante d'« auteur de romans maritimes », Edouard Corbière (1793-1875), natif de Brest, puisait dans son expérience de marin. Si le Fenimore Cooper du *Pilote*, du *Corsaire rouge*, de *L'Ecumeur de mer* l'a influencé, il n'en est pas moins, à son tour, un précurseur. Non seulement par la poésie de l'aventure, mais aussi par la fraîcheur et l'allant de ses récits, il a devancé Stevenson ou Kipling.

Le Négrier, presque autobiographique, raconte l'histoire de Léonard, mousse pendant les guerres de l'Empire, prisonnier des Anglais (extraordinaire description du milieu carcéral et des rites sodomites à Plymouth), puis, après son évasion, corsaire pour le compte de Napoléon, enfin, sous la monarchie, trafiquant d'esclaves entre l'Afrique et la Martinique. Au cours d'un engagement contre un brick de la marine royale (les négriers ayant été mis hors-la-loi par le traité de Vienne), il tue le capitaine ennemi en lequel il reconnaît, trop tard, le frère jumeau dont, séparé depuis des années, il n'avait plus de nouvelles. Deux mois après ce fratricide, il expire de douleur et de remords. Ce thème des frères séparés qui se retrouvent par hasard dans des circonstances dramatiques hante aussi *Les Pilotes de l'Iroise* : il y a donc chez Corbière d'autres préoccupations que le souci de divertir par un récit bien conduit.

Le style, classique par la tenue, avec des dérapages vers ce qui devenait à la mode vers 1830 et un abus d'épithètes indiquant un paroxysme de sensations, est beaucoup plus littéraire que dans les romans populaires de la même époque. *Le Négrier* ne fut tiré qu'à 700 exemplaires, chiffre alors courant pour les livres destinés au public cultivé. « Après avoir essuyé quelques heures de cape et reçu deux ou trois coups de mer, nous éprouvâmes ce qu'on appelle une accalmie, un de ces moments de pénible transition entre la tempête qui expire et le beau temps qui veut renaître… Il n'est peut-être pas de position plus fatigante à la mer que celle dans laquelle on tombe à la suite d'un coup de vent… Tout se brise… La mâture plie avec effort… Les pièces d'arrimage s'ébranlent sourdement dans la cale bouleversée… Le bâtiment enfin, harassé dans toutes ses parties, devient l'objet de la fureur dernière des flots démontés par le fléau de la tourmente. Il faut, après l'accalmie qui lui succède, qu'une brise régulière s'élève sur le sommet des vagues entassées pour le niveler et rendre à la mer encore si terriblement ébranlée ce mouvement uniformément onduleux qu'a détruit le délire de la tempête. »

Un matelot sans instruction mais non sans forte personnalité ni savoureux bagout, chargé de distribuer les rations, sert de mentor au jeune Léonard, auquel il explique, dans son langage particulier, les choses de la vie : entre autres ruses, l'art de filouter ses camarades, bien qu'il n'y ait pas meilleur cœur que cet homme. Encore un signe, cette façon de faire raisonner et parler chacun selon sa condition sociale et son éducation, auquel on reconnaît le véritable écrivain. « Vois-tu toutes ces canailles-là ? me disait-il souvent ; eh bien ! si je m'avisais de ne pas leur rogner un peu la portion, nous serions misérables comme elles, sans qu'elles fussent plus contentes de nous ou plus reconnaissantes de la bêtise que j'aurais de ne pas les flibuster un petit brin. Au contraire, même, ils iraient tous tant qu'ils sont jusqu'à me mépriser par la raison toute simple que je ne les volerais pas assez pour faire figure au milieu d'eux. Au lieu, comprends-tu bien ceci, qu'en rabiotant honnêtement sur chacun, je ne fais crier personne et je me donne les moyens de me faire, à coups de quartes de bière, des amis de tous ceux qui paient sans trop s'en douter les frais de la guerre. Nous nous portons bien ; nous ne vivons pas trop mal, et nous faisons envie à tout ce gibier-là, ce qui vaut mieux que de lui faire pitié ; car je ne connais rien de plus chamberdant au monde que d'être plaint par la crapule. »

Le commandant du navire corsaire à bord duquel Léonard s'est engagé paraît au jeune homme de manières trop rudes et de ton trop brutal. Au reproche qu'il lui en fait, il s'entend répondre : « C'est vrai et c'est justement ainsi qu'il faut leur parler, si l'on veut assaisonner à leur goût les petites faveurs qu'on leur accorde ; sans avoir l'air de les traiter avec une bonté trop niaise et une attention trop délicate. En un mot, c'est donner du montant et ajouter avec générosité un peu de mordant à ce qu'on leur doit en toute justice. Dans les commencements, j'ai essayé, faute d'expérience, de leur parler comme à d'autres humains, et ils me regardaient comme une demoiselle ou un Parisien qui prenait ridiculement des gants. » Une telle épaisseur de sens, contenue dans une seule phrase, ne fait-elle pas penser à Balzac ? Pour les descriptions de la Martinique, c'est un écho de Chateaubriand qui passe dans nos souvenirs : « Presque au-dessus de notre mâture, s'élevaient à pic des pitons décharnés… Le long de ces rivages plaintifs, que la mer ne caresse plus, mais qu'elle mine plutôt avec colère, notre pauvre petite Gazelle glissait comme humiliée de la grandeur et de la splendeur austère des objets qu'une nature nouvelle offrait à notre étonnement muet. Quel sombre mystère paraissait régner dans ces ravins profonds où les nuages allaient s'engouffrer ! »

Le poète se double d'un moraliste. En quittant son amie pour s'embarquer à nouveau, Léonard craignait d'essuyer une scène : c'était compter sans le courage d'une âme énergique. « Elle avait pris son parti, avec une résolution dont l'amour le plus sincère, et l'habitude des sacrifices que l'on a déjà offerts à cet amour, peuvent seuls donner l'exemple, car il n'y a que les grands sentiments qui sachent s'immoler avec cette forte résignation qui ressemble tant à de l'indifférence. »

Tout aurait donc désigné ce roman, la richesse des aventures racontées comme la variété et la sûreté de l'écriture, pour échapper au sort des œuvres dites mineures. L'abondance des détails et des termes techniques, qui fut jugée sévèrement par la presse à la sortie du livre, nous paraît au contraire un gage supplémentaire d'authenticité, comme elle le serait pour *Moby Dick* de Melville ou *Capitaines courageux* de Kipling. Les critiques ne condamnèrent pas le seul aspect du livre qui discrédite quelque peu à nos yeux *Le Négrier* : la manière de considérer la traite des esclaves comme un commerce absolument naturel, le mépris non dissimulé des nègres, le manque, non seulement de remords, mais même du plus petit examen de conscience. Aux scènes de négoce avec les roitelets africains ne font défaut ni le pittoresque ni sans doute la justesse, mais l'incorrection politique et, tout simplement, l'absence de compassion sont trop flagrantes pour ne pas avoir envoyé ce superbe roman dans les oubliettes de la littérature. Bien que l'attirance de Corbière pour la geste des corsaires et des écumeurs de mer contienne une réserve implicite sur la société organisée, les institutions officielles, cette sympathie pour les marginaux ne l'a pas empêché de rester insensible au sort des parias qu'on transportait à fond de cale dans des conditions abominables.

Que ses « romans maritimes » soient animés d'une secrète polémique contre les structures sociales et politiques de l'Etat, que derrière le marin il idéalise le héros fièrement étranger aux arrangements du pouvoir, son autre roman, *Les Pilotes de l'Iroise*, en donne une preuve plus certaine. Cavet, rescapé à deux ans d'un naufrage, en compagnie de sa sœur plus jeune, est non seulement orphelin, mais enfant trouvé, sans nom ni nationalité, *Cavet* (en bas-breton : trouvé ; mais aussi, par un jeu de mots volontaire ou involontaire, celui auquel il manque quelque chose, de *cavus*, qui signifie, en latin, « creux ») n'étant que le surnom que lui ont donné ses sauveteurs. Tout jeune, encore apprenti matelot, mais désireux de montrer sa reconnaissance à ceux qui l'ont recueilli, il apprend à lire et à écrire et étudie avec passion. Plongé dans les textes d'Helvétius et de Jean-Jacques Rousseau, il se sent en accord avec des auteurs qui ont dénigré la civilisation. « Les jeunes gens élevés dans l'austérité de l'étude ne sont que trop disposés à se nourrir l'esprit de ces productions éloquentes, dans lesquelles la misanthropie de plusieurs moralistes ardents offre de bonne heure un aliment à des âmes qui détestent la société avant de l'avoir connue. »

A quinze ans, à la tête de quelques camarades du même âge, il arraisonne un navire espagnol. Quand il veut faire reconnaître ses droits sur cette prise, selon l'usage de l'époque, les autorités brestoises ne lui accordent qu'une part dérisoire. De même, lorsqu'il souhaite se faire naturaliser français, lui qui n'est d'aucun pays, les magistrats s'appuient sur le Code civil pour rejeter sa requête. Ses tentatives pour se normaliser par l'adhésion à une communauté ayant échoué, il choisit d'être corsaire, puis pirate, enfin renégat, en se mettant au service des Anglais. Les femmes auraient-elles pu lui apporter ce qui lui manque ? Dans l'univers de Corbière, non plus que dans celui de Stevenson ou de Melville, il n'y a pas à compter sur l'autre sexe pour s'intégrer à la société des humains. « Ah ! dit-il, en ouvrant une fenêtre qui donne sur les flots, c'est là qu'est ma vocation, ma vie ! La terre m'a trompé, elle m'a toujours repoussé. Les hommes, là, sont trop méprisables, leur existence trop fade. J'ai éprouvé déjà leur injustice, leur égoïsme. J'ai voulu goûter de leurs plaisirs. Les femmes auraient peut-être consenti à jeter un regard de bienveillance sur ma figure ; mais sur mon sort aucune d'elles n'aurait gémi... Je me suis livré aux dernières de ces créatures qui tiennent une si grande place dans l'existence des hommes ; elles ne m'ont inspiré qu'une passion sans fièvre, qu'a bientôt suivie le dégoût. C'est à la mer qu'il faut aller oublier ces impressions pénibles. La lame de l'Océan effacera tout cela. Ce n'est que loin d'ici que je puis respirer à l'aise. Un corsaire, un corsaire encore, pour celui qu'ils appellent l'orphelin ! Des combats, du fracas et du carnage pour l'enfant qui n'a pas eu le courage d'être bas, rampant et méprisé. A l'eau ! à l'eau ! »

Simples clichés romantiques ? Petite monnaie du hugolisme naissant ? Cette invocation à l'eau régénératrice, l'eau lustrale, l'eau d'un baptême indéfiniment renouvelé pour celui qui a été repêché anonyme dans la mer, ne contient-elle pas un sens plus personnel ? La réapparition du thème gémellaire, à la fin du livre, est une autre marque spécifique de Corbière, même si dans le roman noir des années 1830 les reconnaissances miraculeuses et les tragiques coïncidences faisaient partie des ingrédients. Outre le ressentiment contre la société civile, l'enlèvement de sa sœur, autrefois, par un navire anglais, la disparition de celle qui constitue sa seule famille naturelle, la douleur de ce qu'il a subi comme une amputation expliquent la férocité de Cavet. Devenu pirate, il est sans pitié pour ses prisonniers, qu'il fait égorger ou jeter aux requins. Animé d'une sombre rage, il en veut au monde entier, depuis qu'il a été privé de son double.

Au cours de nouvelles aventures dont le caractère rocambolesque affaiblit pour nous l'intérêt, Cavet part pour l'Inde en compagnie d'un colonel anglais et de sa femme Sofia. Il tue en duel à Calcutta le colonel, viole sa veuve et lui fait un enfant. « Je m'abandonne à cette destinée infernale qui m'entraîne vers toi », lui dit-il, dans un langage emprunté cette fois directement à *Hernani*. Il est dommage que l'exagération mélodramatique des derniers chapitres (« Il pleure avec amertume sur cette destinée fatale qui l'a conduit au crime malgré lui ») et le motif conventionnel de la « malédiction » nous fassent sourire de « l'affreux mystère » qui nous est enfin révélé. Cavet découvre que celle dont il a abusé n'est autre que sa sœur chérie autrefois perdue. Sofia, qui a compris tout de suite, elle, le secret, meurt de chagrin. Il ramène son corps à Ouessant, dans l'île de leur enfance, condamné désormais à expier, errant sur les rochers du rivage, « dans les grottes profondes où la mer et les vents viennent s'engouffrer », les yeux égarés, à moitié fou, un rire « infernal » sur les lèvres.

Sans doute fallait-il cette enflure, cette exaspération forcenée des sentiments et du langage pour introduire dans la littérature française et faire accepter des lecteurs le thème jusqu'alors inconnu de l'inceste. Il eût été impossible d'en parler sur le ton détaché, avec l'aplomb tranquille qui font la force du style de Corbière. Après l'homosexualité étudiée par Stendhal dans *Armance* (1827), le travestissement par Henri de Latouche dans *Fragoletta* (1829), la castration par Balzac dans *Sarrasine* (1830), ce roman explorait une autre variété de « perversion ». Dans la seconde édition, publiée en 1865, Corbière a changé le dénouement : les deux enfants trouvés, y apprend-on, n'étaient nullement frère et sœur. L'inceste était un thème trop scandaleux pour la France de Napoléon III.

Quoi qu'il en soit, ses romans valent surtout et méritent de rester par l'art de raconter les émotions de jeunes garçons partis courir l'aventure sur les mers, par la simplicité, le charme et la poésie de ces voyages initiatiques.

Curwood (James Oliver)

Décrire le monde à son origine est une ambition de poète. Le cueillir, le saisir dans ses nuances inaugurales, quand toute chose en est encore à la première fois, avant l'apparition de l'homme, avant les modifications que l'homme apporte aussitôt autour de lui. Quand l'œil se pose là où aucun œil ne s'est posé avant. Un roman paru en 1918 évoque merveilleusement cette aurore de l'univers, ce commencement absolu. Un ourson noir, Nioua, sort pour la première fois, vers la fin du mois de mars, après le long hiver canadien, de la caverne où il est né, et découvre, en même temps que la lumière et la chaleur, l'éveil du printemps dans la vallée. Il hume, il flaire, il respire stupéfait le parfum des plantes, l'odeur de la terre. « Son jeune corps étonné tremblait et vibrait pour la première fois sous l'excitation de la vie. »

Ainsi débute *Nomades du Nord*, où James Oliver Curwood a réussi ce tour de force de nous faire sentir comment le monde apparaît à celui qui ne l'a jamais vu, qui n'a aucune idée de ce qu'il est. Comme héros de cette aventure, il fallait choisir un innocent complet, qui ne pouvait être qu'un animal. *Nomades du Nord* est avec *Le Livre de la jungle* le plus beau texte jamais inspiré par les bêtes. Mais si Kipling l'emporte sur Curwood par la complexité, la profondeur, l'ambition philosophique, la malice de l'homme « supérieur » qui garde une certaine distance par rapport à ce qu'il raconte, il y a chez Curwood une fraîcheur inégalée, faite de l'émerveillement devant l'inconnu. L'Inde, surpeuplée et riche d'une antique culture, ne procure pas les mêmes émotions et ne provoque pas les mêmes réactions que le Canada vierge et désertique.

Description du lever de soleil, vu pour la première fois par l'ourson, le deuxième jour de sa sortie au monde. « En s'éveillant il fut ébloui : ses yeux s'ouvraient en plein flamboiement d'un vaste brasier. Hier il avait vu le soleil, doré, brillant et lointain : mais c'était la première fois qu'il le voyait surgir au bord de l'univers par un matin de printemps dans le pays du Nord. Rouge comme du sang, l'astre monta d'une ascension régulière et rapide, puis son bord plat s'arrondit et il se transforma en une grosse boule de *quelque chose*. Tout d'abord Nioua pensa que c'était de la vie, qu'une créature monstrueuse planait sur la forêt et volait vers eux ; il se tourna vers sa mère avec un gémissement interrogateur. Mais l'ourse n'avait pas peur : sa grosse tête tournée vers la chose mystérieuse, elle clignait des yeux avec un air de suprême béatitude. Ce fut alors que Nioua commença à sentir l'agréable chaleur de l'objet, et, en dépit de son inquiétude, il se mit à ronronner. De rouge, le soleil devint doré, et bientôt la vallée entière fut transfigurée de nouveau en une splendeur tiède et vivante. »

La prose de Curwood unit au don d'observation un sens plastique qui saisit immédiatement les quelques traits essentiels d'un paysage. Ce *quelque chose* mis en italiques par l'auteur, au lieu de suggérer un objet vague, indéfini, cerne avec une précision d'orfèvre le cœur féerique du mystère. Un prélude symphonique de Sibelius, quelques notes dont la dilution apparente et le tremblement dans l'espace retracent exactement les métamorphoses rapides du jour levant, produisent le même effet en musique.

La rencontre de Nioua et de son premier scarabée est la version humoristique de cette poésie de la « première fois ». L'insecte est un coléoptère géant. Ses deux pinces de combat, d'un noir de jais, se recourbent comme des crochets de fer, tandis que le reste du corps, mordoré d'un riche brun métallique, resplendit comme une armure. « Nioua, aplati sur le ventre, le regardait, et son cœur battait vite. Le scarabée n'était qu'à un pied de distance, *et il avançait !* C'est là ce qu'il y avait de curieux et presque de choquant dans l'affaire. » En progressant lentement sur ses deux rangées de pattes, l'insecte émet un léger cliquetis. L'ourson allonge le museau, et instantanément l'impudent assume un aspect des plus terribles. « Ses ailes commencèrent à bourdonner comme une scie mécanique, ses pinces s'ouvrirent assez largement pour saisir le doigt d'un homme, et il se mit à vibrer sur ses pieds comme s'il accomplissait une sorte de danse. »

Après la version drôle, la version épique : c'est le récit du combat mené par l'ourson et son ami le chien Miki contre les hiboux géants. Ils se sont enfoncés dans une forêt si sombre que pas un rayon de soleil ne pénètre l'épaisseur des sapins et des cèdres suspendus comme un dôme sur leur tête. Sous leurs pieds, pas une fleur, pas un brin d'herbe : « rien qu'un tapis mou d'aiguilles brunes et veloutées dont l'amoncellement étouffait toute vie ». Dans cette crypte sauvage, note le romancier, le loup eût rebroussé chemin ; le renard se serait esquivé en rasant la terre ; même l'hermine au petit cœur féroce aurait sondé les alentours de ses minuscules yeux ronds puis regagné un couvert moins épais. Les deux amis avancent bravement, tout en devinant qu'en dépit du silence et de l'obscurité « il y a de la vie » dans ce sépulcre glauque, une vie menaçante qui palpite, embusquée dans ces abîmes d'ombre. Un feu verdâtre commence à s'allumer dans des yeux ronds comme des boules. Et voilà qu'un spectre volant se détache et fonce sur les imprudents, accompagné du claquement rude d'un bec puissant. Le combat s'engage. Renversé sur le dos, l'ourson plante ses griffes dans une telle épaisseur de plumes molles qu'il semble n'y avoir dessous ni cœur ni chair. Le chien, avant de s'élancer à l'attaque, demeure quelques instants « paralysé par le tonnerre de ces ailes gigantesques ». Toujours ce choix de mots précis, qui peignent sans emphase les péripéties de la lutte pour la survie dans les solitudes démesurées du Grand Nord. Le chapitre (*Oiseaux de nuit*) est aussi beau que celui des *Travailleurs de la mer* où Gilliat affronte la pieuvre, rhétorique hugolienne et frissons romantiques en moins.

Qui était donc ce James Oliver Curwood, dont de nombreux titres figuraient avant la guerre dans la Bibliothèque Verte de Hachette, aujourd'hui complètement oublié ? Le Petit Robert des noms propres l'ignore. Il était né en 1878, deux ans après son compatriote Jack London, à qui il ressemble par tant d'aspects : la passion de l'aventure, l'attrait du Canada, la sympathie pour les animaux, spécialement les chiens et les loups, l'art de s'exprimer simplement dans un style accessible à un public jeune, le don de restituer les épisodes de la guerre incessante que l'homme doit mener contre la nature dans les forêts épaisses ou les déserts glacés. Mais, là encore, Curwood l'emporte par la fraîcheur de son regard et la spontanéité de ses réactions : pas de pathos moralisant, comme chez London, pas de prédication socialiste. L'homme et la bête dressés, nus, face à la violence boréale. C'est un monde d'une brutalité et d'une cruauté épouvantables, qui aiguise les instincts élémentaires dans une peur permanente de la mort.

Originaire de l'Etat du Michigan, Curwood écrivait à huit ans, nous dit-il dans son autobiographie, *Fils des forêts*, ses premiers romans, animé d'une haine vengeresse contre les Indiens qu'il faisait périr par centaines. Ces mêmes Indiens qui deviendraient plus tard sa seule société et en compagnie desquels il parcourrait les pistes du Grand Désert Blanc. Chassé de l'école à cause de ses fugues répétées, il se fit trappeur pour payer ses études à l'université du Michigan. Puis sept ans de journalisme à Detroit, en qualité de rédacteur en chef de la *News Tribune*. Après quoi il quitta la ville de l'automobile et de Ford, tourna le dos à la civilisation et s'établit, non loin de la baie d'Hudson, dans l'extrême nord du Canada, dont il ne cesserait, dans les vingt-cinq romans qu'il écrivit jusqu'à sa mort, en 1927, de décrire les forêts, les lacs, les rivières, les étendues désertiques, la farouche grandeur, les étés brefs et lumineux suivis d'hivers interminables, entouré d'animaux dont il raconterait la vie sans mièvrerie ni fausse sentimentalité ni anthropomorphisme, animé de cet optimisme américain qui lui faisait concevoir la vie comme une lutte de tous les moments contre un environnement hostile qu'on peut vaincre par le courage et l'énergie. Chaque année, il passait plusieurs mois à vagabonder jusqu'à la côte arctique. Tout le captivait, tout l'enchantait : le sourd tonnerre des courants sous-marins livrant bataille aux glaces pour s'ouvrir un chemin jusqu'à l'océan, le glapissement des renards, le hurlement des loups, les bonds du caribou dans la neige, mais, le plus souvent, le vide, le désert, « ce monde de silence et de néant », où il ne rencontrait que quelques trappeurs rendus fous par la solitude ou des bandits enfouis avec leur crime au fond d'une retraite impénétrable. Curwood fut le seul citoyen américain que le gouvernement canadien envoya en mission officielle explorer les confins habités par les Esquimaux.

Alors, n'était-ce qu'un amoureux de la nature, un militant écologiste, un troubadour de poésie naïve, incapable de saisir la complexité psychologique des relations humaines ? Des êtres humains, il y en a, dans ses romans : de sexe masculin surtout (comme dans ce type de « livres pour la jeunesse », la femme se trouvant cantonnée dans le rôle fadement maternel de consolatrice), trappeurs, chercheurs d'or, éleveurs de chiens, hors-la-loi : des hommes seuls, donc, habitués à la vie dure de la tente, de la nuit polaire, du feu de broussailles. Il y a pourtant chez Curwood des thèmes très curieux, qui écartent de lui l'accusation de simplisme. Comme certains westerns nous révèlent, derrière les galopades dans la Prairie et les coups de feu dans la Sierra, un arrière-monde de passions ambiguës, quelques-uns des romans de Curwood jettent une lumière trouble sur les secrets de l'âme humaine.

Dans *Le Piège d'or*, on voit un agent de la police montée du Royal North-West lancé sur les traces d'un assassin qui a choisi le Grand Désert Blanc pour s'y cacher et y faire perdre ses traces. Philip, l'agent, rejoint Bram, le meurtrier ; mais, alors qu'il le tient à portée de son revolver, au lieu de tirer sur lui, il hésite, saisi par « la fascination diabolique du hors-la-loi ». Bram s'est mis au ban de l'humanité, il ne mérite aucune pitié, surtout de la part d'un représentant de l'ordre, et pourtant Philip, malgré lui, se sent pris « de compassion pour ce paria de la vie ». Tant et si bien que Bram se rend maître de Philip et le fait prisonnier. Les deux hommes montent sur le traîneau de Bram, unis désormais par un étrange rapport qui abolit la frontière entre le bien et le mal, entre le crime et la loi.

Le thème de la fascination réciproque entre deux hommes que tout devrait opposer réapparaît comme le leitmotiv de ce livre magistral qu'est *Le Bout du fleuve*, chef-d'œuvre de roman policier comme *Nomades du Nord* est un chef-d'œuvre de roman poétique. Dès l'attaque, on sait à quoi s'en tenir :

« Il y avait entre Conniston, un des meilleurs agents de la Police royale montée du Nord-Ouest canadien, et Keith, le hors-la-loi, une ressemblance physique surprenante. Ils l'avaient, cela va de soi, constaté l'un et l'autre. Et il en était résulté entre eux deux, si étrange que cela parût au premier abord, une sorte d'intimité et de confiance, passablement anormales. »

Conniston, au bout de vingt-sept mois de traque à travers les solitudes désolées du Grand Nord, a réussi à capturer Keith et à passer les menottes au criminel accusé d'avoir tué le juge de Prince-Albert, petite ville à huit cents milles plus au sud. Mais, moins habitué au froid que le bandit, il a un poumon gelé et sait qu'il n'a plus que quelques jours à vivre. Et voici l'idée, étrange, vraiment « anormale », qui lui vient à l'esprit. Puisque Keith est son sosie, pourquoi ne pas lui permettre de revenir dans le monde des vivants ? Il prendra l'uniforme de Conniston, ses papiers, Conniston lui fera lui-même la balafre qui rendra l'identification complète, et Keith, sous le nom de Conniston, regagnera Prince-Albert et reprendra les fonctions que Conniston occupait à la caserne.

« Vainement Conniston s'efforçait de lutter contre cette emprise morale, contre cette subtile et indéfinissable sympathie qu'il éprouvait, malgré lui, pour un bandit qualifié. A tout moment il lui prenait des envies, aussitôt refrénées, de trahir pour cet homme, qu'il tenait en son pouvoir, ses serments et son devoir. »

Après un mois de lutte contre lui-même, vaincu par la fascination qu'exerce sur lui le criminel, il lui propose le marché, ne lui demandant qu'une chose, de l'enterrer sous le plancher de la cabane après sa mort, pour soustraire son corps à l'avidité prédatrice des renards ; en échange de quoi, habillé en policier, muni de renseignements que lui livre le moribond, dûment pourvu d'une fausse cicatrice, il sera libre de recommencer sa vie. Keith, pris lui aussi d'un attrait inexplicable pour celui qu'il devrait haïr, s'évertue à soigner le malade. Ce qui pousse celui-ci à déclarer : « Il y a, dans cette aventure, un humour étourdissant… Donc, je t'avais capturé, ligoté, ficelé dans les règles, et tu étais bon pour la pendaison, quand – bing ! – un coup de froid survient, qui me mord le poumon. Patatras ! Voilà tous les rôles renversés. C'est moi qui tombe, pieds et poings liés, à ta discrétion. Et, au lieu de me faire subir le traitement auquel je te destinais, au lieu de me tuer et de déguerpir ensuite, ne voilà-t-il pas, Keith, vieux camarade, que tu te mets en tête de me soigner et de me rendre à la vie ! Peut-on, je le demande à quiconque, imaginer situation plus comique et plus risible ? »

Curwood essaye de déguiser sous le rire le rapport déconcertant qui s'est établi entre le chasseur et le chassé : pruderie américaine oblige, mais sans rien ôter de sa force et de son mystère à l'hérésie de cette inversion. Le renversement des rôles, le troc des personnalités, l'arrière-plan sexuel d'un tel échange, c'est un rêve récurrent de l'humanité, la protestation contre le devoir moral de distinguer nettement le bien du mal, la victime du bourreau, l'amitié virile du penchant homosexuel. Il y a à Ferrare, en Italie, une fresque elle aussi « anormale », qui représente la décapitation de saint Jean-Baptiste. Celui qui tue et celui qui est tué ont exactement la même tête, les mêmes traits, la même barbe, les mêmes cheveux. L'un est le sosie de l'autre. C'est la seule fois, à ma connaissance, qu'un peintre a traité ce sujet si rabâché sous une forme si originale, en confondant le bourreau et la victime. Et nul, en dehors de Curwood, n'a imaginé un échange de rôles aussi complet et surprenant que dans le pacte conclu entre Conniston et Keith.

Keith devenu Conniston, le forban métamorphosé en gardien de la loi, réussira-t-il à tromper les collègues et les amis du mort ? Supportera-t-il l'épreuve de la réalité ? Le prendra-t-on pour le policier Conniston ? Ou sera-t-il reconnu, démasqué ? Ne révélons pas les aventures du faux Conniston à Prince-Albert, ses démêlés avec le trop perspicace Chinois, disons seulement que Curwood conduit admirablement son histoire, au point que nous nous demandons : ce pseudo-Conniston est-il si faux que cela ? En prenant le nom du mort, Keith ne s'est-il pas emparé du reste de son identité ? Où est la frontière entre deux êtres ? Qu'est-ce qui distingue véritablement deux hommes ? Chacun ne contient-il pas son contraire ? Thèmes, inépuisables, du double, du miroir, de la gémellité, de la fragilité identitaire, traités non dans le cadre étroit de l'analyse psychologique, mais projetés sur l'immense écran de la nature polaire.

Perdu dans le Grand Nord au cours de ses errances solitaires, peut-être Curwood se disait-il : au fond, qui suis-je ? Que signifie : être soi, dans ces immensités glacées ? Suis-je quelqu'un ou personne ? Question que toute personne se pose un jour ou l'autre, et qui assure à l'auteur de *Rapide Eclair, Les Chasseurs de loups, La Piste dangereuse, Les Cœurs les plus farouches, Kazan, Le Grizzly, Bari chien-loup, Un gentleman courageux, Les Chasseurs d'or*, parmi tant d'autres romans que leurs titres semblent destiner à un public de boy-scouts, une place de choix dans notre imaginaire.

Defoe (Daniel)

Avant la quarantaine, nul ne peut savoir s'il sera romancier. Schubert et Rimbaud révèlent leur génie à dix-sept ans, mais Stendhal en a quarante-quatre quand il débute dans le roman par *Armance. Crime et Châtiment* est le premier chef-d'œuvre d'un homme de quarante-cinq ans. La poésie et la musique sont une grâce, il faut une longue expérience et beaucoup de travail pour devenir romancier. D'où peut-être le discrédit permanent qui pèse sur un genre soupçonné d'être plus laborieux qu'inspiré. Tout grand roman est le résultat d'une vie. Daniel Defoe, qui a quarante ans au moment où le XVIIe siècle s'achève, et qui n'a pas encore écrit une seule ligne de fiction, est à juste titre considéré comme le père du roman moderne. Et père, il l'est, sans doute, par l'antériorité chronologique ; mais aussi, on ne le dit pas assez, la sagesse, la patience, la modestie dont il fit preuve en attendant d'avoir presque soixante ans pour écrire son premier roman, le désignent comme modèle à toute la profession. Né à Londres en 1660, il publie en 1719 *Robinson Crusoé*. Suivent, en 1720, les *Mémoires d'un cavalier* et la *Vie du capitaine Singleton* ; en 1721, *Moll Flanders, L'Histoire du colonel Jacque* et le *Journal de l'année de la peste* ; en 1724, enfin, *Lady Roxane*. Avis à tous les éditeurs d'aujourd'hui, qui hésitent à publier un premier manuscrit si l'auteur a dépassé trente ans !

Daniel Defoe a beaucoup vécu avant de devenir écrivain. Il a pratiqué beaucoup de métiers, accumulant les expériences et les aventures qui nourriraient son œuvre : grande leçon, là aussi, dont peu d'auteurs français donnent l'exemple, mais qui est à l'origine d'une certaine tradition anglo-saxonne, illustrée en particulier par les romanciers américains du XXe siècle. En France – et cette maladie est devenue incurable depuis l'exemple de Flaubert – on se fait une conception sacrée de la littérature et du roman. Celui qui n'a pas consacré chacun de ses jours à écrire suscite la méfiance, le dédain. On le toise comme un amateur, on ne le juge pas digne d'entrer dans le panthéon. Pour être reconnu comme écrivain français, il faut montrer une vocation exclusive. Daniel Defoe, avec ses soixante ans d'incurie et de vagabondages, fait scandale. On le lui a fait payer assez cher, et on continue à le punir de sa désinvolture, en reléguant *Robinson Crusoé* parmi les « livres pour enfants », et en tenant dans l'ombre, sur le deuxième rayon des bibliothèques, des chefs-d'œuvre aussi éclatants que *Moll Flanders* et le *Journal de l'année de la peste*.

A ce premier scandale, de n'être pas entré tout de suite en religion, s'en ajoute un second, peut-être pire. Daniel Defoe non seulement ne s'est pas dédié à l'écriture avec l'enthousiasme immédiat et dévot distinctif des élus, mais il a profané, en quelque sorte, sa plume, cet instrument sacré, en la plongeant dans l'encre impure du journalisme. Car, avant d'écrire ses romans, il a beaucoup barbouillé : libelles, chroniques, articles, entrefilets, échos. Loin de se recueillir dans une pieuse continence, avant de commencer son œuvre littéraire, il a déployé une intense activité de publiciste. Quatre cents titres recensés, selon la *Cambridge Bibliography of English Literature* de 1940 ; sans compter les innombrables billets anonymes éparpillés au fil des jours. Pour reprendre un des lieux communs de la critique actuelle (brillante suggestion de Roland Barthes devenue tarte à la crème), Defoe, tournant le dos pendant soixante ans à ses devoirs d'*écrivain*, s'est vautré dans les basses besognes de l'*écrivant* : utilisant le langage à des fins utilitaires, dévoyant « l'écriture » jusqu'à la faire servir à des buts pratiques.

Voyons plus en détail la carrière de cet insolent, de ce traître, de ce sacrilège. Tout ce qu'il a fait et écrit avant l'époque des romans aura contribué, n'en déplaise à nos cuistres officiels, à les mûrir et à les enrichir. Des mille détails qui remplissent la vie de Moll Flanders, beaucoup viennent droit de la vie du romancier. Comme son héroïne, qu'il montre sans cesse aux prises avec les problèmes d'argent et avec le manque d'argent, Daniel Defoe, cent cinquante ans avant Balzac, a toujours eu à vif le nerf pécuniaire. Il était le fils d'un boucher aisé : double chance pour lui, d'être né dans le quartier populaire de Cripplegate, hors de la classe intellectuelle, au contact des choses – on pourrait même dire des aliments, de la viande, avec le gras et les déchets –, à l'école du manuel et du concret, et dans une famille assez prospère cependant pour lui permettre de faire ses études. En l'occurrence, à l'académie presbytérienne de Charles Morton. Ses parents appartenaient à la secte non conformiste, c'est-à-dire protestante de stricte observance, dissidente de l'Eglise anglicane : nouvel avantage pour l'enfant, qui, membre d'une minorité religieuse, souvent persécutée, à laquelle il demeura fidèle, acquit très tôt le sens de la différence et des obstacles à combattre pour rester soi-même. Moll Flanders, autant que Robinson, tirera profit de cet apprentissage.

Deux passions agitent le jeune Defoe : les affaires et la politique. A vingt-quatre ans, il administre déjà une fabrique de chaussettes. L'année suivante, en 1685, il l'abandonne, pour soutenir le duc de Monmouth, protestant, contre le catholique Jacques II, prétendant légitime au trône. Monmouth est vaincu et décapité ; Defoe échappe de peu au châtiment. Le rebelle politique revient aux plaisirs moins violents des affaires : le voilà important de l'huile et du vin, d'Espagne et du Portugal. Quand Guillaume d'Orange, appelé par les opposants à Jacques II, monte sur le trône, Defoe est de ses partisans. Il le restera jusqu'à la mort du prince, en 1702. Pour le jeune homme, c'est un souverain idéal en effet, tant à cause de sa foi protestante qu'en raison de son intérêt pour le commerce et l'industrie. Defoe se lance dans le journalisme politique ; il en néglige ses affaires ; sa maison d'importation fait banqueroute, pour la somme considérable de 17000 sterling ; seul l'appui du roi sauve le failli de la prison. Quelques années plus tard, il reprend à son compte une manufacture de briques abandonnée, la remet sur pied. En 1700, elle lui donne un revenu de plus de 1 000 sterling.

A la mort de Guillaume d'Orange, couronnement d'Anne, fille de Jacques II, et renversement de la politique du trône, en faveur de l'Eglise anglicane. Defoe réplique par un pamphlet anonyme, *Le Moyen le plus expéditif contre les dissidents*, dans lequel il suggère ironiquement d'exercer une persécution rigoureuse, jusqu'à la suppression physique des non-conformistes. Une partie du haut clergé anglican souscrit à ce libelle ; mais lorsque l'auteur en fut découvert, ainsi que ses véritables intentions, la colère de ceux qu'il avait persiflés se retourna contre lui. Sa tête est mise à prix (300 sterling), il est capturé, jeté dans la prison de Newgate (là même où il fera naître Moll Flanders) et condamné au pilori. La peine consistait à être exposé, sur une place de marché, aux moqueries, aux injures, voire aux coups de la foule. On ne coupait plus, comme autrefois, les oreilles aux condamnés, mais on les bombardait de choux-fleurs et d'œufs pourris. Pour Defoe, cependant, l'épreuve tourne au triomphe : le peuple l'acclame, le couvre de fleurs sans choux, trois jours de suite. (Mais, de son vivant, le seul hommage qu'il recevra des milieux de la haute culture anglaise, méprisante à l'égard de ce marginal de la littérature, sera le vers, malveillant et d'ailleurs mensonger, du poète catholique officiel Alexander Pope : « celui sans oreilles, qui fut au pilori ».) Defoe garde ses oreilles, mais reste un an en prison, le temps pour sa manufacture de briques de faire faillite, avec un passif de 3 000 sterling.

Libéré sur l'intervention d'un ministre, et sans doute sur la promesse de ne plus attaquer trop violemment ni le gouvernement ni la religion d'Etat, il met toute son énergie et son imagination au service du journalisme, inventant des formes nouvelles de chroniques et de reportages. Il voyage en Ecosse, pour sonder l'opinion publique au sujet de l'union avec l'Angleterre, un des graves problèmes politiques du moment. A la suite d'une tempête désastreuse dans le Kent, il interviewe les rescapés et consulte les météorologues. Un cas de spiritisme s'étant présenté à Canterbury, il accourt sur les lieux et mène l'enquête. Walter Scott, qui sera plus tard le grand découvreur et réhabiliteur de l'œuvre littéraire de Defoe, soupçonnera celui-ci d'avoir inventé de toutes pièces cette affaire de fantômes, pour le seul plaisir d'en tirer un récit. Vrai ou faux ? Le romancier commence à percer sous le journaliste. Ayant appris qu'un marin, Alexander Selkirk, avait fait naufrage dans les mers du Sud et était resté deux ans, seul, sur une île déserte, il se fait raconter de vive voix l'aventure : cette fois, il n'y puise pas un reportage pour le *Review*, mais le matériel de *Robinson Crusoé*. A l'essor de la grande presse, il contribue encore par une trouvaille géniale : en lançant un supplément hebdomadaire de quatre pages, intitulé « Mercure des scandales », revue des « sottises, impertinences, vices et débauches » de la semaine. Tout cela sans renoncer ni aux affaires ni à la politique ; et ne répugnant pas, au besoin, au rôle d'agent secret, voire d'agent provocateur, pour le compte de tel ou tel ministre ou parti. Ce qui lui vaut, au gré des changements de régime, ou selon l'humeur de ses créanciers, d'autres séjours en prison : trois ou quatre, on ne sait au juste. Ce qui est sûr, c'est qu'une longue habitude de Newgate et du peuple des prisons l'aura abondamment documenté sur les usages, les ruses et les tours, décrits avec tant de précision dans *Moll Flanders*, des voleurs, malfaiteurs et criminels londoniens de tout poil.

Dans cette vie prodigieuse, il manque un grand voyage. Lui, qui a fait rêver des millions de lecteurs sur les aventures exotiques de son héros insulaire, n'a jamais fait qu'une courte visite en Europe. Moll Flanders circule fréquemment en Angleterre ; on la voit courant la poste en voiture ; descendant dans des auberges de province. Pourtant, le livre refermé, on garde l'impression d'un roman londonien, d'un périple dans les bas-fonds de la capitale. C'est le Defoe réel, réaliste, balzacien, celui du trottoir et de la rue, qui s'exprime ici, non le Defoe imaginaire, celui de la mer, de la nature vierge et des fantasmes tropicaux. Le livre est circonscrit, clos, citadin. Chose d'autant plus étrange, que par deux fois l'héroïne traverse l'océan : une première fois pour suivre un de ses maris en Virginie, une seconde fois parce que, condamnée à la déportation, on l'embarque pour cette même colonie. Le premier séjour ne donne lieu à aucune description, ni du voyage, ni de la campagne américaine, ni de la plantation. Pas un détail pittoresque, pas une touche de couleur. Moll Flanders ne pense qu'à raconter l'aventure (assez extraordinaire, il est vrai) de son mariage avec un homme qu'elle découvre être son propre frère : récit tout intérieur, tout moral, dans une Virginie tout abstraite, qui pourrait être la banlieue de Londres. Le second séjour, en Virginie puis en Caroline, rappellera davantage au lecteur quelques souvenirs de *Robinson Crusoé*. La déportée s'installe dans un coin désert qu'elle entreprend de faire fructifier. Chevaux, cochons, vaches, armes, provisions, outils, vêtements : la prospérité croissante de la plantation ouvre le roman à une sorte de joie. Mais ce sont les dernières pages du livre ; et, là encore, il s'agit plus d'énumération arithmétique, de plaisir intellectuel de l'accumulation, que de vraie jouissance des choses.

En fait, Moll Flanders, catin puis voleuse, est tout le contraire d'une sensuelle. Sur ses pratiques amoureuses, sur celles de ses clients, amants ou maris, elle jette un voile pudique. L'Angleterre calviniste n'est pas l'Italie catholique : pays, celui-ci, de luxure et de dévergondage, selon les *Mémoires d'un cavalier*, dont l'auteur fictif, un autre des doubles de Defoe, raconte son aventure avec une courtisane italienne. « Mais je rougis de rapporter la confusion où je fus lorsqu'en venant à son rôle de femme dépravée elle fit certain mouvement par quoi je compris que je pouvais user d'elle comme dame ou comme... » Aucun de ces détails dans *Moll Flanders*. Le lecteur, avide de récits complets sans points de suspension, et désireux de se renseigner sur la vie érotique d'une prostituée, devra se reporter à un roman écrit sur le modèle avoué de *Moll Flanders*, mais plus de deux cents ans après, par un Italien justement, *La Belle Romaine* d'Alberto Moravia.

Comment, étant orpheline, née pauvre, sans appui dans le monde, femme par surcroît, arriver à gagner sa subsistance ? Tel est le problème qui a passionné Defoe. Problème pratique avant tout. Ce n'est pas que la jeune Moll n'ait un cœur et des sentiments comme chacun ; mais très vite, elle a appris, bien avant Marx, avec un bon sens et un pragmatisme tout britanniques, que la liberté d'aimer repose sur une solide base financière. Recueillie dans une famille de la bourgeoisie aisée, elle est séduite par le fils aîné, qui lui donne, en même temps que son premier baiser, cinq guinées dans la main. « Je fus plus confondue de l'argent que je ne l'avais été auparavant de l'amour, et commençai de me sentir si élevée que je savais à peine si je touchais la terre », note-t-elle, surprise la première de découvrir dans son cœur, à côté de l'inclination sincère que lui inspire le jeune homme, le plaisir de se savoir estimée à si bon prix. Mais elle n'est pas née cynique. Quand son séducteur, qui n'entend que s'amuser avec elle et voudrait la garder comme maîtresse clandestine, lui conseille d'épouser son frère cadet, qui, lui, la demande en mariage, la jeune fille, éprise pour de bon de son premier amant, se révolte de ce marché infâme. « Allez-vous me transférer à votre frère ? Pouvez-vous transférer mon affection ? Pouvez-vous m'ordonner de cesser de vous aimer et m'ordonner de l'aimer ? Est-il en mon pouvoir, croyez-vous, de faire un tel changement sur commande ? » Et de conclure, indignée : « J'aime encore bien mieux être votre catin que la femme de votre frère », sublime mot du cœur, puisque c'était miser sur le sentiment contre la position sociale, choisir les aléas de la liaison contre les conforts de la sécurité. Defoe indique ici avec vigueur que le destin ultérieur de Moll Flanders ne sera pas dû seulement au système économique qui broie les faibles et les pauvres : la muflerie des mâles a des responsabilités bien précises. La femme-objet, la femme-marchandise : ce personnage moderne est né en 1721, sous la plume du premier féministe.

Moll Flanders, pour finir, est contrainte d'épouser le cadet, sinon on la jetterait à la rue. La voilà mariée ; puis, au bout de quelques années, veuve ; et seule, cette fois, non sans quelque argent en poche ; et décidée, après avoir été le jouet d'un homme, à se servir des hommes à son tour. « J'avais été prise une fois à cette piperie nommée amour, mais le jeu était fini ; j'étais résolue maintenant à ce qu'on m'épousât, sinon rien, et à être bien mariée ou point du tout. »

La scène avec le fils aîné fait ainsi fonction de scène « primitive », de trauma, au sens contemporain du mot. Moll Flanders, sous ses allures fières et décidées, appartient à la « psychologie des profondeurs » par le souvenir ineffaçable de cette blessure initiale : même si, héroïne bien plus stendhalienne que dostoïevskienne, et ennemie résolue de tout masochisme, elle convertit aussitôt ses chagrins d'amour en maximes de vie. « Je restais fidèle à cette règle qu'une femme ne doit jamais se laisser entretenir comme maîtresse, si elle a assez d'argent pour se faire épouser. » Un deuxième mariage tourne mal, par la fuite de l'époux en butte aux poursuites de ses créanciers. C'est alors que l'héroïne prend son pseudonyme de Moll Flanders : encore un trait stendhalien, ou même beylien. S'avancer sous un masque : telle est l'unique issue laissée aux âmes sensibles par la cruauté, la sottise, la perfidie des gens. (On notera aussi, pour justifier le rapprochement avec Stendhal, que *Moll Flanders* et *Lamiel* sont les deux plus grands romans où un auteur se soit identifié à une femme, métamorphosé en femme, où il ait vu et décrit le monde avec les yeux d'une femme.)

Nous ne raconterons pas ici l'histoire des nombreux mariages de Moll, des ruses qu'elle emploie pour donner le change sur ses ressources et se présenter comme un parti avantageux, des déconvenues qu'elle subit, de ses grossesses et de ses veuvages. Episodes toujours amusants, parfois touchants, racontés d'une voix intrépide ; parmi lesquels se détache, comme une étrangeté inquiétante même au milieu de cette société d'aventuriers et de filous, le récit de l'inceste involontaire avec un homme qu'elle reconnaît pour son frère seulement après avoir eu de lui plusieurs enfants. Là encore, peut-être, un psychanalyste trouverait pâture à commentaire ; bien que, à notre sens, ce livre ne gagne rien à être éclairé de cette façon. Auprès de son cinquième ou sixième mari (sait-elle elle-même le nombre exact ?), elle croit avoir trouvé enfin le repos et la sécurité. Chimère ! Cet homme de banque, tué soudain par le chagrin d'une faillite, la laisse sans un sou. Moll Flanders, pour la première fois, s'abandonne au désespoir. Elle est ruinée, et, surtout, elle a quarante-huit ans. Réaliste, elle a toujours tenu un compte minutieux, aussi bien de ses années que de ses biens. A présent, c'est fini ; elle est trop vieille ; personne ne la courtisera jamais plus. Sans amis, sans aide, son capital de jeunesse épuisé, elle se retrouve abandonnée et perdue, absolument misérable.

« Ce fut un soir, qu'étant arrivée, comme je puis dire, au dernier soupir, je crois que je puis vraiment dire que j'étais folle et que j'extravaguais, lorsque, poussée par je ne sais quel esprit, et comme il était, faisant je ne sais quoi, ou pourquoi, je m'habillai et sortis. » L'ébranlement mental, le désespoir, sont admirablement marqués par la défaillance du récit, le fléchissement du contrôle langagier : Moll, qui s'exprime d'habitude en choisissant avec soin les mots, et dans la grande syntaxe du XVIIIe siècle (saluons au passage l'exploit de Marcel Schwob, auteur d'une traduction « historique »), se laisse aller ici à une intempérance de répétitions. Les formules : « je ne sais », « je ne savais », reviennent plusieurs fois dans la même page ; et l'une derrière l'autre, comme dans un esprit égaré. « Je ne savais ni où j'allais ni ce que je faisais. Errant ainsi çà et là, je ne savais où, je passai près de la boutique d'un apothicaire… » Commence ainsi la seconde partie du roman, la plus belle, celle où l'héroïne, ayant perdu l'espoir d'être choisie comme catin ou comme épouse, se décide (est poussée : l'urgence vitale, traduite par la dérive du langage, remplaçant la volonté) à devenir voleuse. La plus belle partie, parce que la plus directe, la plus sincère, la plus franche. L'obsession majeure de Moll, depuis sa petite enfance, qui est de mettre quelques guinées dans sa poche, se donne ici pour la première fois libre cours. Entre la main qui les convoite, et les biens dont elle s'empare, le vol établit la plus courte ligne ; plus besoin de passer par l'intermédiaire d'un mari ; plus besoin d'attendre, ni de donner, des sentiments, en cet échange des cœurs qui sert de masque au commerce de l'argent. Voilà Moll Flanders au faîte de son génie, la voilà enfin elle-même, faisant main basse sur l'argent ou sur les objets à revendre ; courageuse, rusée, patiente, téméraire, obstinée.

Cette partie du roman est aussi la plus excitante, parce que la vie d'une voleuse, à Londres au XVIIIe siècle, exposait à autant de périls qu'un naufrage sur une île solitaire. Prise sur le fait, on l'envoyait à Newgate, dans une cellule de prison ; d'où elle ne ressortait que pour être pendue, selon le jugement le plus ordinaire ; à moins que, par une grâce exceptionnelle, on ne lui concédât la déportation, dans une des colonies d'Amérique. Ce qui arrive à Moll, au terme d'une carrière particulièrement fournie en épisodes plus savoureux l'un que l'autre. Pièces d'étoffe subtilisées sur le comptoir d'un marchand distrait, montres en or arrachées dans la bousculade à la sortie de la messe, pots de bière en argent escamotés dans la pénombre d'un tripot : elle connaît tous les tours, saute sur toutes les occasions, brave tous les dangers. Le cœur froid, l'œil ouvert, la main prompte ; craignant autant ses complices, toujours capables de trahir, que ses victimes ; et terrifiée, quand l'un d'eux est pris et jeté à Newgate, qu'il ne soit pas pendu assez tôt.

Ne parlons ni de dureté ni de cruauté : Defoe a réussi, comme personne avant ou après lui, le portrait d'une existence réduite à son état économique. Lorsque Moll sera prise à son tour et attendra la mort dans son cachot, on ne la verra point verser de fades larmes de repentir ; non, elle n'aura pas un retour écœurant de « sentiments » ; sur cette âme droite et lisse, sur cette volonté tendue superbement vers son but, la catastrophe ne peut produire qu'un seul effet ; non moral, mais physique ; comme un effondrement subit de l'énergie, une rupture dynamique. D'où cette page admirable, d'une vérité psychologique et d'une hauteur philosophique rarement égalées dans un roman. « J'étais possédée par une étrange léthargie d'âme ; je n'avais en moi ni trouble, ni appréhensions, ni douleur ; la première surprise était passée ; j'étais, je puis bien dire, je ne sais comme ; mes sens, ma raison, bien plus, ma conscience, étaient tout endormis : mon cours de vie pendant quarante ans avait été une horrible complication de vice, de prostitution, d'adultère, d'inceste, de mensonge, de vol et en un mot, j'avais pratiqué tout, sauf l'assassinat et la trahison, depuis l'âge de dix-huit ans ou environ jusqu'à soixante et maintenant j'étais engloutie dans la misère de la punition, et j'avais devant ma porte une mort infâme ; et pourtant je n'avais point de sens de ma condition, ni de pensée du ciel ni de l'enfer, du moins qui allât plus loin qu'un simple effleurement passager, comme le point ou aiguillon de douleur qui avertit et puis s'en va ; je n'avais ni le cœur de demander la merci de Dieu, ni en vérité d'y penser. Et je crois avoir donné ici une brève description de la plus complète misère sur terre. »

Misère : ce mot prononcé au fond de la prison, dernière étape de la descente aux enfers, donne la clef des deux lectures possibles du roman. La première lecture, la plus évidente, est la lecture sociologique, économique, marxiste. Marx et Joyce distinguaient dans les héros de Defoe, Robinson ou Moll, l'image du moderne *homo œconomicus*, de l'aride affairiste, qui tient la comptabilité de lui-même et identifie son destin à la consistance de ses ressources. *Moll Flanders*, comme *Robinson Crusoé*, coïncide avec la naissance du capitalisme industriel. Si le héros insulaire nous fait participer à toutes les phases du processus d'accumulation, l'héroïne londonienne nous découvre l'envers du système, le sous-prolétariat en formation, la sous-société des vaincus rejetés en marge de la bourgeoisie ascendante. Mais, dans l'un et l'autre cas, c'est toujours le même calcul minutieux des profits et des pertes. Moll Flanders, bien avant les personnages de Balzac et avec une méticulosité qu'aucun de ceux-ci ne montrera, nous tient exactement informés, au fur et à mesure de son récit, des sommes d'argent dont elle dispose, des pièces d'étoffe ou de vaisselle qu'elle revend ou garde en réserve. L'argent, celui qu'elle possède ou celui dont elle manque, est le véritable protagoniste du roman ; c'est lui qui détermine les sentiments de Moll ; lui qui règle ses rapports avec ses amants, avec ses maris, avec ses enfants, avec ses amies ; lui qui inspire à la narratrice ce sens aigu des détails, cette passion dans l'énumération et la description des objets. Jamais, sans doute, on n'aura montré avec cette précision et cet entêtement que les sentiments, amoureux, maternels, amicaux, les opinions sur le monde et sur la vie, ne sont qu'une superstructure, qu'une efflorescence de la situation financière. Dis-moi combien tu as dans ta poche, et je te dirai ce que tu penses. Pour un romancier, dont le métier est ordinairement de duper ses lecteurs en leur faisant croire que l'imaginaire est plus important que le réel, quel courage il fallait pour leur rappeler cette loi prosaïque de base, dont une conséquence, entre autres, est d'abolir la littérature, ou du moins de la ravaler à un rang subalterne.

Mais s'en tenir à cette seule lecture ferait manquer un autre aspect du livre, et un autre aspect du capitalisme lui-même. L'essor de l'industrie et du commerce modernes a été le fait des protestants, comme on le sait par les exemples hollandais et anglais. Defoe, on s'en souvient, homme d'affaires lui-même, a été à l'école du puritanisme le plus rigoureux, et toujours il est resté fidèle à la foi non conformiste. Or, le protestantisme est une religion et une exaltation de l'individu ; qui a permis à l'aventure capitaliste de se développer franchement et hardiment, en dehors des anciens liens de famille et de clan, avec l'égoïsme impétueux du « chacun pour soi » ; mais qui a, en même temps, laissé chacun seul avec lui-même, n'ayant à puiser réconfort que dans la lecture de la Bible ou dans le sentiment de sa propre valeur.

Cesare Pavese, qui a traduit en italien *Moll Flanders*, a bien vu la dimension religieuse des personnages de Defoe. « Les successives et quasi bibliques désolations dans lesquelles ils se retrouvent nus et seuls devant le monde et devant Dieu, prennent la figure de pauses tragiques d'où sortira intacte et même renforcée leur énergie. » La solitude de la voleuse dans les bas-fonds londoniens devient ainsi le mythe de la solitude de chacun de nous. La prison, la déportation figurent le délaissement primordial, métaphysique, la « misère », vraiment « complète », au ciel comme sur terre, de la créature abandonnée à elle-même. On est bien loin, à vrai dire, du climat aimablement folklorique d'un quelconque *Opéra de quat'sous*. *Moll Flanders*, tout autant que *Robinson Crusoé*, mérite de figurer parmi les grands classiques de la solitude, à côté de *Don Quichotte*, de *L'Idiot*. Comme le dit encore Pavese : « Defoe a réduit à sa forme la plus élémentaire le tragique de l'existence. "Donnez-nous aujourd'hui notre pain quotidien" est bien la plus insistante prière qui se lève de chaque page de ces autobiographies. » Que le personnage chargé d'incarner cette situation limite de la condition humaine soit une femme, qu'une femme ait à porter sur ses épaules le poids de la solitude universelle, voilà qui hausse le roman de la voleuse à une place unique parmi les chefs-d'œuvre. Epopée de l'argent et de la loi économique ; mais aussi voyage au bout de la nuit intérieure : et tout cela à travers un être de chair et de sang, qui respire, marche, mange, s'agite, souffre et vieillit devant nous, avec une présence, une couleur, une palpitation merveilleuses.

Dumas (Alexandre)

On l'appelle Dumas père pour le distinguer de son fils, le romancier et comédiographe (nullement méprisable : il a créé un mythe) de *La Dame aux camélias*, mais le droit de revendiquer ce nom lui est acquis d'emblée, par la fertilité de son génie, l'abondance de ses livres et l'aisance inouïe avec laquelle il créa ou recréa des milliers de personnages. Réginald Hamel et Pierre Méthé (*Dictionnaire Dumas*, 1990) ont compté 4056 protagonistes, 8872 comparses, 24339 figurants, en tout 37267 acteurs. Non moins généreux de son temps que de sa plume, il changeait de maîtresse comme d'habit, entretenait une ménagerie d'animaux exotiques, invitait jusqu'à six cents personnes à dîner et n'eut d'autres enfants que naturels, et chacun d'une mère différente. Ses livres aussi, à vrai dire, sont souvent un peu bâtards : sur les quatre-vingt-onze pièces de théâtre et la centaine de romans qu'il a écrits, sans compter ses *Mémoires*, ses *Impressions de voyage*, ses volumes d'essais, il y en a peu, paraît-il, qui ne doivent quelque chose à l'un ou l'autre (en premier lieu Auguste Maquet) des collaborateurs qu'il employait, en les récompensant généreusement.

Quelquefois, il se contentait de récrire à sa façon le livre d'un autre : il pilla ainsi Walter Scott, Hoffmann, le Russe Marlinski-Bestouev. En invoquant, pour se justifier, les plus hautes autorités : « Quant à la création complète d'une chose, je la crois impossible. Dieu lui-même, lorsqu'il créa l'homme, ne put ou n'osa point l'inventer ; il le fit à son image. C'est ce qui faisait dire à Shakespeare, lorsqu'un critique stupide l'accusait d'avoir pris parfois une scène tout entière dans quelques auteurs contemporains : c'est une fille que j'ai tirée de la mauvaise société pour la faire entrer dans la bonne. C'est ce qui faisait dire encore plus naïvement à Molière : je prends mon bien où je le trouve. Et Shakespeare et Molière avaient raison, car l'homme de génie ne vole pas, il conquiert. »

Il aurait pu citer Bach s'appropriant les concertos de Vivaldi ou Liszt étoffant son catalogue par les sublimes transcriptions pour piano des airs de Bellini ou de Schubert. Tout ce que touchait Dumas, il le transfigurait par son style. Maquet a écrit tout seul des romans : nuls. Il fournissait la documentation, les plans à Dumas, celui-ci apportait le ton, l'esprit, la vie, cette marque personnelle qui fait un écrivain et qui se reconnaît aussitôt.

Emprunter, piller, « conquérir » : voilà des circonstances, certes, qui contribuent à expliquer le peu d'estime dont l'œuvre de Dumas jouit auprès du public lettré. On lui reprocherait moins d'avoir dirigé un atelier de romans si, au lieu de vivre au XIXe siècle, au moment où l'individualisme hautain et la solitude orgueilleuse devenaient la règle du bon écrivain, il était né à Florence au temps de Benvenuto Cellini, à Venise à l'époque de Titien ou à Anvers à celle de Rubens. Et puis, notre siècle se représente les créateurs comme des fils, des Fils en lutte obscure contre un pouvoir qui les accable, des Fils blessés et frustrés qui se vengent par la création. Un écrivain qui se pose lui-même en père, qui se conduit en Père absolu, éveille inévitablement nos soupçons.

La fécondité ! Quelle horrible tare, si la littérature doit n'être qu'un effort pour s'arracher à ses fantômes, une discipline qui tient plus de l'ascèse religieuse que de l'exubérance vitale, le sacrifice de ses plaisirs à une idole inexorable ! 1844 : *Les Trois Mousquetaires*. Dès 1845, *Vingt ans après* est écrit. Les livraisons se suivent quotidiennement dans les pages du *Siècle*, un des premiers journaux à grand tirage qui apportent à leurs rédacteurs une audience populaire. La même année 1845, Dumas, toujours en feuilletons, donne *Le Comte de Monte-Cristo* au *Journal des débats, La Reine Margot* à *La Presse, Le Chevalier de Maison-Rouge* à *La Démocratie pacifique, Une fille du Régent* au *Commerce*.

D'où, peut-être, l'opinion dénigrante qu'il ne « construisait » pas, qu'il n'en avait pas le temps. Y a-t-il, au contraire, plus parfait modèle d'exposition que les cinquante premières pages des *Trois Mousquetaires* ? Le caractère des quatre protagonistes, leur origine sociale, leurs traits physiques et psychologiques, l'époque et le milieu où ils vont évoluer, l'arrière-plan historique, les éléments de l'intrigue que la suite du roman se contentera de dérouler, tout est mis sous les yeux du lecteur, avec une précision et une clarté admirables. Je ne connais pas, dans toute l'histoire du roman, de début aussi adroitement agencé. Et quoi de plus « construit », par ailleurs, que l'ensemble formé par *Les Trois Mousquetaires* et *Vingt ans après* ? Le deuxième volet correspond symétriquement au premier, avec un sens des proportions qui aurait dû plaire à Proust. A la place de Richelieu, un autre cardinal, Mazarin. A la place des deux faits historiques célèbres, le siège de La Rochelle et l'assassinat de Buckingham, les deux faits non moins historiques ni moins célèbres de 1648 : la Fronde de Paris, le procès et l'exécution de Charles Ier. La France et l'Angleterre, toujours, et toujours les quatre amis escortés de leurs quatre valets, mais vingt ans plus tard, justement. Le temps qui s'est écoulé ne figure pas seulement dans le titre : on le sent qui a passé. Les mousquetaires perdus deviennent des mousquetaires retrouvés. Dumas, parmi les romanciers de la durée et de la mélancolie, peut revendiquer un tabouret au pied des trônes de Chateaubriand et de Proust. Et même plus qu'un tabouret, si l'on songe au troisième volet de la trilogie, *Le Vicomte de Bragelonne*, à la vieillesse et à la mort des mousquetaires.

*

La grand-mère était une esclave noire de Saint-Domingue, et le père, connu pour sa force herculéenne (il pouvait, en s'accrochant à une poutre, soulever du sol un cheval coincé entre ses cuisses), un général des armées révolutionnaires, tombé en disgrâce auprès de Bonaparte, qui brisa sa carrière et le ruina, simplement parce que ce brillant officier avait accusé le chef de l'expédition d'Egypte d'agir plus par ambition personnelle que dans l'intérêt de la patrie. « Qu'on ne me parle plus du nègre Dumas ! » déclara Bonaparte. Doublement humilié, une fois par la couleur de sa peau, une autre fois par l'arbitraire du despote, le général transmit à son fils un sentiment amer de frustration. On en retrouve toute la secrète violence dans deux romans au moins, *Georges*, histoire d'un mulâtre de l'île Maurice, et le fameux *Comte de Monte-Cristo*, épopée d'une vengeance. Mais dans *Les Trois Mousquetaires* aussi et dans *Vingt ans après*, le souvenir des injustices subies et le besoin d'une revanche à prendre ne sont pas étrangers à l'énergie chevaleresque qui anime d'Artagnan.

Dumas arriva dans la République des Lettres, française et bourgeoise, avec un sang mêlé et la fougue réunie du primitif et du militaire. Ce que Victor Hugo, né la même année que lui, et comme lui fils de général, dut aller chercher en Espagne, en Italie et jusque chez les sombres Burgraves, Dumas le portait en lui-même. D'où le caractère moins littéraire et moins enflé de sa « barbarie ». Jamais de chantage au sentiment chez lui, jamais de pathos. Cette économie de moyens fait de lui notre seul romantique sec, maigre et véloce. Car romantique, il l'était ! On oublie que ses pièces faisaient autant scandale que celles de Hugo, que le tumulte d'*Antony* fit pendant à la bataille d'*Hernani*, et que dans les années 1830 il était considéré comme un des porte-parole de la nouvelle école.

Il disputa Marie Dorval à Alfred de Vigny et demanda à Chateaubriand d'être témoin à son mariage.

Romantique, oui, mais sans larmes, sans tremblements dans la voix, romantique avec esprit. La belle duchesse de Chevreuse, dit-il, « avait toujours ses beaux cheveux blonds, ses grands yeux vifs et intelligents que l'intrigue avait si souvent ouverts et l'amour si souvent fermés ». Combien de fois, ainsi, est-on surpris (mais on ne devrait plus l'être) de trouver une alacrité, une nervosité d'Ancien Régime qui rapproche Dumas de Stendhal plus que de Balzac.

Qu'il s'intéressait au langage, on en a maintes preuves. Par exemple, il s'amuse à faire estropier les mots par le duc de Beaufort, ignare qui n'a reçu que la non-éducation des nobles : donnant à entendre par là que le langage universel est un mythe, et que la façon dont chacun parle reflète sa condition sociale et culturelle. Dans un autre passage, il évoque « ce bruit que les poètes anglais appellent *splass*, les poètes arabes *gasgachau*, et que nous autres Français, qui voudrions bien être poètes, nous ne pouvons traduire que par une périphrase : *le bruit de l'eau tombant dans l'eau* ».

*

S'il est vrai qu'il a hérité, de sa grand-mère haïtienne, une certaine naïveté, et, de son père général, la simplicité du militaire, Dumas trahit cette double ascendance dans la manière dont il considère les femmes. Tantôt, comme Diane de Méridor, l'héroïne de *La Dame de Monsoreau*, ou Constance Bonacieux, la maîtresse du jeune d'Artagnan, ce sont d'innocentes victimes, plus pâles que l'albâtre, palpitantes d'un grand amour, sans défense contre les brigands, blanches agnelles bêlantes créées pour le repos du bretteur. Tantôt, comme l'immortelle Milady, ce sont des esprits du mal, des stryges échappées de l'enfer, des monstres d'ambition et de cruauté, des cœurs de marbre sous l'enveloppe d'une beauté satanique.

Cette division manichéenne entre les purs anges et les purs démons, on peut en sourire, encore que Balzac l'ait lui-même adoptée (voir, dans *Le Lys dans la vallée*, le jeune Félix partagé entre l'angélique comtesse de Mortsauf et la perverse lady Dudley), et que notre époque ne fasse nullement la fine bouche lorsque les femmes fatales qu'elle admire s'appellent Hérodiade, Salomé ou Méduse. Seulement, au lieu de sortir de l'imagination saine et robuste d'Alexandre Dumas, elles bénéficient du prestige attaché à l'esprit fin de siècle. Telle est la séduction de la mode décadente, qu'on trouve simpliste et primaire, ou suggestif et mystérieux, le même fantasme féminin, selon qu'il émane d'un quarteron obèse ou de tempéraments réputés délicats, Mallarmé, Oscar Wilde, Gustave Moreau.

La division du monde entre des femmes entièrement bonnes et des femmes entièrement mauvaises exprime assez bien ce mélange de fascination et d'effroi qui saisit le jeune garçon devant ce qui est encore pour lui l'« énigme » de l'autre sexe. Diane de Méridor et Milady représentent, pour quiconque a été élevé dans la religion judéo-chrétienne du péché, les deux pôles du Bien et du Mal féminins, la Mère et la Prostituée, celle qu'on vénère sans la toucher et celle qu'on s'approprie en la méprisant.

Et voici d'autres signes d'une profonde intuition, qui n'a rien à voir avec les tâtonnements de quelque superficielle et anecdotique « psychologie », mais touche aux grandes structures du comportement.

Pendant les huit cents pages de *La Dame de Monsoreau*, Alexandre Dumas raconte les innombrables ruses et violences par lequelles le duc d'Anjou tente de s'emparer de Diane de Méridor, toujours contrecarré par Bussy d'Amboise, l'autre prétendant. On croit vraiment que le duc aime passionnément la jeune femme. Puis, tout à coup, dans les dernières pages, après que Bussy a été tué dans l'embuscade que le duc lui a tendue, alors que le chemin vers Diane est enfin libre, l'auteur déclare, comme par inadvertance, que le duc regarda à peine sa conquête et cessa aussitôt de s'y intéresser. « Et Diane ? demanda Aurilly. — Ma foi, je ne suis plus amoureux. »

Cinq mots jetés en passant pour hasarder une prodigieuse découverte. « *Je ne suis plus amoureux.* » Aucun commentaire, aucune analyse. Pourtant, dire que le duc se désintéresse de Diane depuis qu'il n'a plus à la ravir à Bussy, c'est énoncer cette loi fondamentale de l'amour, qu'il naît de l'excitation de se mesurer à un tiers. La situation triangulaire est à l'origine de tout désir. Voilà pourquoi tant de jeunes gens font une cour gaie et brillante pour conquérir leur fiancée, puis deviennent des maris éteints. Voilà pourquoi, si elles veulent les ranimer, les épouses doivent provoquer leur jalousie. La fascination du tiers dans la relation amoureuse est un des thèmes préférés de Dostoïevski. On sait aussi que n'importe quel objet de commerce ne devient désirable que par rapport aux personnes qui le possèdent déjà : je n'ai envie de cette voiture que parce que je vois qu'elle appartient à d'autres, que parce que je vois qu'elle plaît à d'autres. La publicité moderne et l'exploitation de la mode reposent sur des connaissances de ce genre-là.

Freud donne une explication globale du phénomène triangulaire. L'amant qui a besoin de disputer la femme aimée à un tiers ne fait que reproduire le petit garçon qui était dans la nécessité de disputer sa mère à son père. La relation à trois perpétue dans l'âge adulte le schéma enfantin de l'œdipe. Freud ! Œdipe ! Ne me suis-je pas éloigné un peu trop de Dumas ?

Deux chapitres de *Vingt ans après* viennent fournir à point nommé une réponse. Athos et la duchesse de Chevreuse s'étaient rencontrés quinze ans auparavant, par le plus grand des hasards, dans un presbytère du Limousin, elle déguisée en lingère et fuyant sous le nom de Marie Michon les sbires du cardinal de Richelieu, lui cavalier chargé d'une mission en province et voyageant incognito. De leur liaison d'une nuit était né un fils, le futur vicomte de Bragelonne. Au chapitre XXII, Athos apprend tout à la duchesse, y compris l'existence de cet enfant qu'elle avait abandonné nouveau-né et perdu de vue. Mais le jeune homme, lui, ne sait toujours rien. Tel Œdipe, il ignore le secret de ses origines. Nous voici maintenant au chapitre XCVI. La duchesse et Athos se demandent ce qu'ils vont faire de ce Raoul, au milieu des troubles de la Fronde. Ce garçon de quinze ans est fort beau, et la duchesse encore des plus séduisantes.

« M. de Bragelonne reste-t-il à Paris ? dit-elle. — Qu'en pensez-vous ? demanda Athos. — Laissez-le-moi, reprit la duchesse. — Non pas, Madame ; si vous avez oublié l'histoire d'Œdipe, moi, je m'en souviens. »

Freud avait quatorze ans lorsqu'Alexandre Dumas mourut. Le petit-fils de l'esclave nègre avait devancé le professeur viennois dans la relecture de Sophocle. Et que dire de la modestie avec laquelle, là encore, loin de faire étalage de sa découverte, il l'a glissée négligemment ?

*

Pour manier les hommes, les faire parler, boire, chevaucher, se poursuivre, s'entre-tuer, Dumas est incomparable ; et les résistances qu'il soulève chez ses lecteurs « cultivés » sont plus révélatrices de leurs préjugés que de ses insuffisances. On ne lui pardonne pas d'avoir avec les gens, avec les choses, avec le réel, un rapport simple et immédiat. Dumas ne se pose jamais le problème du pourquoi de l'existence. Il attrape tout ce qui passe à portée de sa main, il s'en empare avec une avidité dévorante. D'où cet entrain endiablé, cette fureur de mouvement et ce choix de héros qui ne tiennent pas en place, bretteurs comme Bussy d'Amboise, mousquetaires comme les trois ou quatre légendaires amis, aventuriers comme Joseph Balsamo, détectives improvisés comme François, le garde-chasse de *Catherine Blum*, le premier roman policier français. Avec Dumas, on n'est jamais en repos, on court plus vite que le temps. C'est tout le contraire de l'écrivain moderne qui, affligé d'une sorte de myopie mentale, ne réussit à rejoindre le réel qu'à la suite de pénibles accommodations. Dumas a mis en scène, dans *Joseph Balsamo*, le type même de « l'intellectuel » (Jean-Jacques Rousseau), qu'il a dépeint, non sans malice ni ironie, seul, malade et coupé du monde dans sa mansarde parisienne : l'anti-d'Artagnan.

Il y aurait donc, sous le simplisme apparent de Dumas, le propos délibéré de contester un certain style de vie et de pensée qui allait s'imposer à toute l'intelligentsia occidentale. Ce n'est pas un hasard, s'il est l'auteur, aussi, d'un *Grand Dictionnaire de cuisine.* Gourmand de faits et de mots, boulimique de la vie, il ignore cette anorexie contemplative, cette rumination impuissante, cet aveu d'incapacité et cette résignation à l'échec qui sont notre mal du siècle. Devant une pomme, au lieu de s'abîmer dans une stupeur masochiste, il étend la main, s'en saisit et l'avale. Ce qui ne veut pas dire qu'il n'ait point soupçonné le caractère relatif de toute chose et les mille facettes de la réalité. La scène où Chicot, dans *La Dame de Monsoreau*, persuade le gros et gras moine Gorenflot de manger le vendredi une poularde en lui disant qu'il suffit de la baptiser carpe, voilà non seulement une grande scène comique, mais aussi un morceau d'acrobatie pyrrhonienne. A quoi servent Athos, Porthos et Aramis, sinon à nous montrer les choses par d'autres yeux que ceux du trop candide d'Artagnan et à nous donner sur un même événement quatre points de vue dissemblables ? Si Dumas par certains côtés peut apparaître comme un petit cousin de Dostoïevski, on le verra plus volontiers encore en grand frère de Pirandello.

Dostoïevski, Proust, Pirandello, Freud : on s'en veut presque de justifier l'intérêt qu'on porte à Dumas par des références auxquelles on ne recourt que par une inconsciente soumission au dédain dont il est encore l'objet.

*

Quel historien, aussi ! Son tempérament le portait à avoir une intelligence particulière du phénomène baroque. Deux de ses personnages sont des archétypes de la mentalité et du comportement baroques. Un personnage imaginaire, Porthos, avec son baudrier qui a l'air magnifique, mais dissimule l'impécuniosité de son propriétaire. « Comme la plupart des choses de ce monde, qui n'ont pour elles que l'apparence, le baudrier était d'or par-devant et de simple buffle par-derrière. Porthos, en vrai glorieux qu'il était, ne pouvant avoir un baudrier d'or tout entier, en avait au moins la moitié. » Le mot « glorieux » est lui-même de saveur baroque. Dumas l'emploie dans le même sens où l'employait Corneille, le contemporain de Porthos. La gloire : le sentiment exacerbé qu'on a de sa propre valeur, en dépit de tout ce qui la dément. Qu'est-ce qu'un palais ou une église baroques, comme on en voit à Naples ou en Sicile ? Une façade somptueuse, derrière laquelle il n'y a le plus souvent qu'un intérieur nu, des pièces mal meublées. Art tout d'ostentation, de parade, comme le baudrier de Porthos, dont la partie en buffle est recouverte par la cape.

Et un personnage historique, Nicolas Fouquet, la seule figure baroque de l'histoire de France. Son château de Vaux-le-Vicomte, les fêtes splendides qui s'y déroulaient, son mécénat fastueux : autant de manifestations baroques, car, s'il déployait tant d'éclat et de générosité, c'était pour son seul plaisir et sa « gloire », alors que Versailles et la pompe étalée par Louis XIV ne furent dictés que par la raison d'Etat et la volonté d'affirmer le pouvoir du souverain.

L'affrontement de Fouquet et de Louis XIV fait justement un des axes du *Vicomte de Bragelonne*. Nul, je crois, n'a montré aussi bien que Dumas en quoi la défaite du premier a signifié le rejet, pour la France tout entière, de la mentalité et de l'art baroques. Il n'y a comme on sait quasiment aucun monument baroque en France, la France a été le seul pays catholique à refuser de se baroquiser pour faire pièce à la Réforme, et, aujourd'hui encore, la majorité des Français restent hostiles à ce qu'ils tiennent pour du « mauvais goût », de la « boursouflure », de « l'outrance », de « l'emphase ». Mais, s'ils voulaient comprendre pourquoi ils ont accepté une telle amputation de leur sensibilité, ils ne trouveraient pas de meilleure explication qu'au chapitre CCLIX du *Vicomte de Bragelonne*. Le jeune Louis XIV et le vieux d'Artagnan sont en présence. Le monarque expose au capitaine de ses mousquetaires ce que sera désormais sa politique : utiliser toutes les énergies individuelles du royaume pour la construction d'un Etat uni et puissant. Finie donc l'époque des duels homicides, de la gloire improductive, du vain panache, de la dépense ostentatoire – de tout ce qui était encore « baroque » dans la France de Louis XIII. A présent, il ne faut plus que des routes, des fabriques, des ports, des moulins, l'équipement industriel et commercial d'une nation forte – l'armature de la France « classique ».

Le désordre mis au pas, la fantaisie canalisée, le principe du plaisir subordonné au principe de réalité : c'est toute l'histoire de France condensée en une heure de conversation. Si Dumas a ressuscité avec tant de brio l'épopée des mousquetaires, c'est que, personnage lui-même baroque – par sa munificence, par l'anarchie de sa vie privée, par le débordement de sa verve –, il regrettait plus que quiconque l'étatisation de la France opérée par Louis XIV, cette ossification de la joie de vivre qui avait abouti à l'embourgeoisement des Français sous Louis-Philippe. Il adorait l'argent, mais pour le jeter par les fenêtres. Se faisait construire un château, mais devait le revendre très peu de temps après, à cause des fêtes ruineuses qu'il y donnait. *Le Vicomte de Bragelonne* est un roman si nostalgique, non seulement à cause de la vieillesse des mousquetaires et parce que la conscience du temps perdu et l'approche de la mort les tourmentent, mais parce qu'y est évoqué le grand tournant historique qui a fait basculer la France : au culte insolent de la gloire s'est substitué le respect docile de la loi, l'individualisme libertaire et prodigue a fait place au souci du rendement, la turbulence héroïque a dû capituler devant l'ordre économique.

En pleine monarchie de Juillet, période de matérialisme, de lucre et d'épargne, Dumas aurait pu, comme son très cher ami Gérard de Nerval avec qui il voyageait en Allemagne, combattre la laideur bourgeoise en se réfugiant dans la tour d'ivoire de l'élu. Refusant cette alternative, il revitalisa un idéal chevaleresque désormais révolu. Quelque dix ans plus tard, ce serait *Madame Bovary*, la même protestation contre l'abaissement du monde moderne, mais avec cette énorme différence que Flaubert tourne en dérision ce qui fait vibrer les héros de Dumas. Après 1850, la partie est définitivement perdue, l'idéologie du jeu, de la gratuité brillante en déroute, le triomphe de la platitude avéré, l'illusion désormais impossible.

Kipling (Rudyard)

Le purgatoire a été long pour Kipling. On l'accuse d'avoir été le porte-parole de l'impérialisme et du colonialisme britanniques. Seconde malchance, les *Livres de la jungle* sont tombés dans la sous-catégorie des « livres pour enfants », à peine un degré au-dessus de la série des *Tarzan*. Voilà un auteur dont toute l'œuvre reste à décrypter derrière la façade un peu fanfaronne qui la dissimule. A relire *Kim*, par exemple, on s'aperçoit que Kipling a été un précurseur éclatant d'un courant fécond dans la littérature contemporaine. Kim est un garçon de quatorze ans, d'origine anglaise, qui rencontre à Lahore un moine bouddhiste et décide, par goût de l'aventure, de le suivre dans ses errances à travers l'Inde. Jamais on n'a décrit avec un pouvoir d'évocation plus intense « le facile et nonchalant désordre asiatique », cet immense flux de piétons, de chariots et de buffles qui parcourt sans trêve la péninsule, « le monde entier qui vient et s'en va ».

Le lama est à la recherche de la mythique Rivière dont l'eau purifie les péchés et le délivrerait de la Roue du Temps, mais, chaque fois qu'il veut expliquer au jeune garçon les mystères abyssaux de sa philosophie, la fatigue du voyage les plonge tous deux dans le sommeil. Telle est la malice de Kipling, et sa supériorité sur les écrivains occidentaux qui, après lui, ont exalté le mode de vie indien. Nul plus que lui, qui était né à Bombay et avait passé une grande partie de son adolescence à Lahore (mais, à vingt-quatre ans, il quitta l'Inde pour toujours : exemple d'une œuvre tirée tout entière de la mémoire ; confirmation du fait qu'on ne peint bien que ce qu'on n'a pas sous les yeux ; preuve que le réalisme en apparence le plus minutieux doit être soutenu par une vision intérieure), nul plus que lui n'a été sensible à l'Inde et à l'esprit nomade qui entraîne sur les routes poudreuses des milliers de pèlerins ; jamais cependant il n'a jugé nécessaire de renier son héritage occidental et de se prosterner devant Bouddha avec une admiration béate.

Il faudrait s'interroger sur ce subit « sommeil » qui couche l'un à côté de l'autre le maître et son disciple, au moment même où ils s'entretiennent des avantages de la chasteté et cherchent à se libérer des servitudes imposées aux humains. Occidental, Kipling voulait le rester : ne cherchant en Orient (comme Thomas Edward Lawrence en Arabie) que la possibilité d'essayer une autre morale, de tâter d'une autre philosophie, que cette morale et cette philosophie encombrées du puritanisme et des tabous qui étouffaient l'Europe et particulièrement le Royaume-Uni.

Kim date de 1901. Dès 1922, Hermann Hesse, dans *Siddhartha*, lançait le culte idolâtrique de l'Inde, laquelle servirait de refuge, dans les années 1960, aux hippies et aux beatniks. Le vagabondage et les nuits à la belle étoile comme antidote à la civilisation industrielle et aux interdits sexuels judéo-chrétiens deviendraient une règle de vie, le mot d'ordre des babas cool et un lieu commun littéraire. « Lâchez tout ! » Les Allan Ginsberg d'abord, puis les Kenneth White, entretiendraient pieusement le mythe de la dérive orientale salvatrice. Quels que soient leurs mérites et leur talent, il leur manque à tous le sens critique devant l'Inde, dont la religion n'est pas plus une panacée que ne l'est le christianisme. La dimension de l'humour leur fait défaut, et c'est pourquoi Kipling non seulement les précède mais les domine. Sa vision de l'Inde résulte d'un croisement savoureux entre l'appréciation de la beauté et de la magie exotiques, et l'attachement aux valeurs européennes. Comme beaucoup de grandes œuvres (et comment ne pas penser à son contemporain et demi-compatriote Joseph Conrad), la sienne est le point de rencontre, d'affrontement et d'émerveillement réciproque entre deux civilisations complémentaires, dont aucune n'a à s'incliner devant l'autre. Le rêve de Kipling n'a pas été de mourir à un monde pour renaître à un autre, mais d'épanouir ailleurs ce qu'il était défendu de pratiquer ici.

La nouvelle qui rend compte le mieux du choc des cultures et de l'enrichissement que peut en retirer un esprit non prévenu et libre, qui ne tient ni à abdiquer sa propre éducation ni à s'interdire des expériences nouvelles, est intitulée *Les Bâtisseurs de ponts* et fait partie du recueil *Monseigneur l'Eléphant* (1892). Findlayson, ingénieur civil anglais, a été chargé de bâtir un grand pont sur le Gange : intrusion de la civilisation industrielle sur les rives mythiques du fleuve que les Indiens féminisent et révèrent sous le nom de Mère Gunga. Le travail de construction est décrit avec ce luxe de vocabulaire qui fait de Kipling un des plus grands stylistes anglais, et le place bien au-dessus, évidemment, des simples conteurs d'aventures. Poutres de fer et piles de briques, grues, palans, échafaudages, trains de ballast qui sifflent à grand bruit le long des remblais, trucks chargés de pierres, glissements de chaînes, grincements de poulies, c'est un chantier en pleine effervescence. Il ne manque plus que quelques semaines pour l'achèvement de l'ouvrage. Findlayson a engagé son honneur dans la réussite du pont, avec une sorte de morgue aristocratique qu'il justifie par l'excellence de ses calculs et la conscience de la supériorité technique de sa nation. Cependant, tout au fond de lui, veille la crainte d'avoir offensé Mère Gunga. Il a enserré le fleuve dans des môles, il l'a fait courir entre deux murs de pierre, il a endigué et restreint sa magnifique indépendance. Que pensera Mère Gunga du pont qui l'enjambe ?

La réponse ne se fait pas attendre. Des bruits inquiétants commencent à circuler. On signale en amont un début de crue. Findlayson aussitôt donne l'alarme, frappant à grands coups sur le gong de sa maison, de manière à faire rendre au métal son plein tonnerre. « Le dernier grondement n'était pas éteint que depuis longtemps tous les gongs de nuit du village avaient repris le tocsin. A cela vint s'ajouter le rauquement des conques dans les petits temples, le battement des tambours et des tomtoms, tandis que du quartier européen où habitaient les riveurs le clairon de Mac Cartney, instrument de persécution les dimanches et jours de fête, brayait un boute-selle désespéré. Les machines qui rentraient l'une après l'autre le long des môles après leur journée, se mirent à siffler ensemble jusqu'à ce qu'on répondît à leurs sifflets de la rive opposée. Puis le gros gong sonna trois fois pour dire qu'il s'agissait d'inondation et non d'incendie ; conques, tambours et sifflets répétèrent l'avertissement, et le village tout entier frémit au bruit mat de pieds nus courant sur la terre molle. » (Traduction de Louis Fabulet et Robert d'Humières.)

Chacun de se précipiter à son poste, pour renforcer les piles du pont, en éloigner les objets flottants qui pourraient l'endommager, faire descendre en aval et mettre à l'abri les bateaux, les grues, les pontons. « Un flot d'équipes se rua dans le crépuscule ; des hommes s'arrêtaient pour nouer un pagne ou rattacher une sandale ; des contremaîtres criaient des ordres à leurs subordonnés comme ceux-ci couraient ou s'arrêtaient auprès des hangars d'outils pour y prendre des barres ou des pioches ; des locomotives rampaient sur leurs rails jusqu'au moyeu dans la cohue dont le torrent cuivré se déversait dans le lit noir de la rivière, des formes couraient sur les pilotis, grouillaient en essaim le long des treillages, pendaient en grappe autour des grues ; puis tout resta là sans bouger, chaque homme à sa place. » Rien n'est plus difficile que de peindre une foule en caractérisant le rôle de chacun dans cette foule : ici, pas de fresque indistincte à la Hugo, à la Zola, mais une accumulation de détails qui laissent dans la mémoire des traits aussi nets que les dessins des tombes étrusques. Le bruit mat des pieds nus courant sur la terre molle, on croit l'entendre ; l'homme qui s'arrête de courir pour nouer son pagne se détache avec la précision du plongeur de Paestum.

Il était temps de déclencher ce branle-bas. « Elle bouge ! dit Peroo *(le principal contremaître indien)*. La Mère Gunga se réveille ! Ecoutez ! Il trempa sa main dans l'eau, par-dessus le bordage d'un chaland, et le flot gémit contre l'obstacle. Une petite vague heurta d'une claque sèche une pile en passant. » Un peu plus tard, « une plainte perçante courut le long de la ligne, achevée en hurlement, un cri mêlé de surprise et d'effroi ; la surface du fleuve blanchit d'une rive à l'autre entre les revêtements de pierre, et dans le lointain les môles disparurent sous des panaches d'écume. La Mère Gunga d'un coup montait à fleur de rives, et un mur d'eau couleur chocolat l'annonçait en avant. »

Puis, c'est la stupeur, la consternation. « Aucune autre muraille d'eau ne suivit le premier mascaret ; la rivière se souleva d'un seul coup, comme un serpent qui boit en été, rognant et tripotant tout le long des digues, et gonflé en arrière des piles à tel point que Findlayson lui-même se mit à recalculer mentalement la résistance de son œuvre. »

L'ingénieur et son contremaître, pour inspecter les lieux, se retrouvent dans une barque qui les jette, loin en aval, sur un îlot sablonneux. Pour réconforter Findlayson, Peroo lui fait absorber des pilules d'opium. Lui-même avale sa dose de drogue. Et voici que les deux hommes assistent au plus étrange des spectacles. Des animaux prennent pied un à un sur l'îlot et se mettent à discuter, non seulement du pont et de l'outrage fait à la Mère Gunga, mais de la présence des Européens, de leur religion, de leur impiété. Car ces animaux – le crocodile, le taureau, le singe, le daim, la tigresse, l'éléphant, le perroquet – ne sont autres que les divinités de la mythologie hindoue. Par l'opium s'est opéré le glissement de la civilisation industrielle aux fantasmes de l'Inde profonde. Krishna, le dieu de la jeunesse et de la beauté, est le dernier à se joindre au conseil. Il apparaît, en jeune pâtre, au milieu d'un cercle blanc de lune, et, avant de prendre la parole, se baisse pour ramasser sa longue chevelure mouillée. Tranquille, souverain, sûr de sa prédominance sur l'assemblée. « Les vieilles femmes rêvent de moi, en se tournant dans leur sommeil ; les jeunes filles épient mon visage et guettent mes pas en allant remplir les cruches au fleuve. Je marche avec les jeunes hommes qui attendent aux portes quand la nuit tombe, et je hèle les barbes blanches par-dessus mon épaule. Vous le savez bien, Immortels, que seul de nous tous j'erre continuellement sur la terre et ne prends nul plaisir dans nos cieux tant qu'une tige verte croît ici, ou que deux voix au crépuscule murmurent dans les moissons hautes. »

Toute cette longue scène n'est qu'un rêve, bien entendu, le rêve anglais de se fondre dans l'expérience spirituelle d'une autre culture, tout en gardant le contrôle de soi-même et en refusant de s'aliéner dans la béatitude passive d'une crise identitaire sans avenir. L'ingénieur et le contremaître finissent par se réveiller de leur engourdissement halluciné. Le pont, pendant qu'ils étaient transportés dans le panthéon hindou, a tenu. L'orgueil britannique est sauf, après cette embardée roborative hors des frontières de la raison occidentale.

Bien qu'il ait évoqué avec force, dans *Le Miracle de Purun Bhagat*, le parcours spirituel d'un ascète retiré du monde, Kipling place l'action avant la contemplation : et c'est bien un des signes de ce qui importe pour lui. La catastrophe du pont, si elle avait eu lieu, aurait, pour Findlayson, emporté tout – « tout ce qui vaut d'être vécu d'une vie énergique ». Kim, récupéré par les services secrets anglais, finira comme agent britannique. Cette profession d'« infiltrateur » a peut-être un autre sens que le seul auquel on pense d'abord : elle marque le noyautage du chaos asiatique par une pensée individuelle. Les *Livres de la jungle*, tout en étant un des plus admirables hymnes à la nature jamais écrits, racontent l'apprentissage viril de Mowgli et comment, auprès de ses amis la panthère, l'ours et les loups, le jeune garçon devient un homme. L'éducation de la volonté, du courage et de la vigueur physique, voilà le thème fondamental de ces romans, ce qui ne contribue pas, évidemment, à les faire revenir en faveur, d'autant plus qu'ils finissent sur une conclusion positive et dégagent un robuste optimisme, contraire à notre religion de l'échec.

Les héros de Kipling sont souvent de jeunes garçons, exempts des troubles de la sexualité bien que remarquablement beaux, bien bâtis et charmants, et qui se frayent bravement leur chemin vers l'âge adulte, non à travers les femmes, qu'ils ignorent, mais par l'intermédiaire de bêtes sauvages, de soldats, de moines ou d'hommes rompus de quelque façon à la dure expérience de la vie. Tel encore Harvey Cheyne, fils pourri d'un milliardaire américain, qui, au cours d'une traversée en paquebot vers l'Europe, tombe à la mer, puis, recueilli par l'équipage d'une goélette de pêche, découvre au contact des rudes marins les vertus régénératrices du travail, de l'effort et de la camaraderie. *Capitaines courageux*, roman de la mer et du grand large : certes, mais en filigrane, court une critique de la société moderne, qui a retiré aux hommes l'éducation des jeunes mâles pour la confier aux femmes. Harvey, miraculeusement, échappe à ce destin. Des éducateurs masculins vont le conduire vers l'âge adulte. On peut reprocher à Kipling, comme une sorte de lâcheté, d'avoir choisi ses héros au seuil de la puberté. Evoquer l'aspect sexuel de ces fratries errantes était sans doute impossible dans l'Angleterre victorienne.

Kipling, comme on sait, excelle surtout dans le genre bref. *Namgay Doola*, extrait du recueil *Les Handicaps de la vie* (1891), est une des nouvelles les plus fortes, non seulement de Kipling, mais de toute la littérature de *short stories*. En moins de dix pages, on découvre un royaume perdu dans l'Himalaya, un roi qui dispose d'un éléphant et d'une armée permanente de cinq hommes, un sujet aux cheveux roux qui refuse de payer l'impôt, et l'auteur lui-même, qui conseille au roi, atterré par cette rébellion, de pactiser avec l'insoumis. Celui-ci n'est autre que le descendant d'un militaire irlandais. Se soustraire aux obligations fiscales : n'est-ce pas une métaphore pour signifier la mutinerie absolue, le refus radical d'obéir à des lois jugées comme injustement répressives ? « Une flamme rouge est dans son sang, qui sort par le sommet de sa tête, dans ses cheveux rutilants », selon la traduction de Théo Varlet (Bouquins/Laffont, *Œuvres*, 1987). L'érotisme de cette image est beaucoup mieux rendu par l'ancienne traduction de Robert d'Humières et Louis Fabulet (Mercure de France, 1902, repris par « Folio », dans le recueil *Les Bâtisseurs de ponts*, 1976) : « Il a dans le sang une flamme rouge qui lui sort du sommet de la tête en forme de chevelure éclatante. »

Une autre nouvelle, *L'Homme qui voulut être roi*, raconte l'aventure misérable de deux vagabonds anglais qui croyaient, en se déguisant en moines, pouvoir se tailler un royaume quelque part du côté du Tibet. La satire, ici, de l'impérialisme, est patente. Mais qu'importent ces polémiques désuètes. L'éveil du printemps dans la jungle ou le simple bâillement de Bagheera la panthère noire donnent lieu à des descriptions magnifiques qui placent Kipling au rang des poètes. Pour évoquer les ravages de la grande sécheresse (dans l'admirable *Comment vint la crainte* qui ouvre *Le Second Livre de la jungle*), Kipling se contente de quelques notations précises. Qui le surpasse pour l'acuité descriptive, le sens plastique et musical de la phrase ? « Les verdures, aux flancs des ravins, furent grillées, réduites en fils de fer brisés et en pellicules racornies de végétation morte ; les mares cachées baissèrent entre leurs berges cuites qui gardaient la dernière et la moindre empreinte de patte, comme si on l'eût moulée dans du fer ; les lianes aux tiges juteuses tombèrent des arbres qu'elles embrassaient et moururent à leurs pieds ; les bambous dépérirent, cliquetant au souffle des vents de feu, et la mousse pela sur les rochers au profond de la jungle, jusqu'à ce qu'ils restassent nus et brûlants comme les galets bleus qui miroitaient dans le lit du torrent. »

Certains des leitmotive de Kipling – la supériorité de la nature sur la ville et du voyage sur la sédentarité – sont devenus des clichés de notre temps. En fait, comme je l'ai suggéré, sa pensée était plus malicieuse : il y aurait une autre manière de lire celui qui n'a développé ce thème de l'écologie vagabonde que pour indiquer le moyen de soustraire les jeunes hommes à l'influence et au contact des femmes.

Mac Orlan (Pierre)

Ceux qui ont lu *Le Quai des brumes* (avec l'article) se seront aperçus qu'il n'y a ni quai ni brumes dans le roman, que l'action, au lieu de se passer au Havre, se déroule à Paris, entre Blanche et Pigalle, et qu'entre le livre et le film ne se trouve presque aucun point commun. Ils auront jugé, au reste, le livre bien inférieur au film : ce n'est pas, et de loin, le meilleur de Mac Orlan. D'où peut-être l'espèce de discrédit où est tombé cet auteur : le succès universel d'un titre qui est un de ses moins bons aura porté ombrage au reste d'une œuvre abondante, riche, absolument originale dans le panorama littéraire du siècle.

Capitaine Alcidor, le dernier des recueils de nouvelles tirés de l'oubli, ne contient que des textes secondaires, sans doute, mais non indignes de servir de portique à l'univers si particulier de Mac Orlan. En raison des personnages présentés : capitaines (de flibuste, bien entendu) et gentilshommes d'aventure, soldats (en mal de désertion) et filles publiques, marins, vagabonds, cochers, aubergistes, chômeurs ; à cause également des lieux visités : hôtels garnis, ports de mer, déserts de sable, îles lointaines ; enfin, pour les distractions choisies : promenades sur la lande, orgies de cidre doux et de tabac blond.

La géographie romanesque de Mac Orlan correspond à ses propres expériences de voyage. Contemporain de Blaise Cendrars, il a beaucoup bourlingué lui aussi, avec une attirance pour les havres embrumés du Nord, Brest, Rouen, Hambourg, Londres, ou les ports colorés et pittoresques du Sud, Marseille, Barcelone, Naples, Palerme. Nourri de lectures anglo-saxonnes et en particulier de *L'Ile au trésor* (car un écrivain, même d'origine non bourgeoise comme lui, ayant connu la misère du nomadisme sans métier et resté un marginal de la société, n'est jamais un « primitif » de la plume), il est le seul romancier français auquel on puisse faire une place, petite mais certaine, dans la famille des Stevenson, des Melville, des Jack London, des Conrad, des Kipling. Compliment immense, si l'on songe que, né en 1882, il est d'une génération (ou de plusieurs) plus jeune que ces grands modèles et a vécu à une époque où l'évolution du monde avait presque tué les possibilités d'aventures.

L'Ancre de miséricorde (1941, l'auteur avait cinquante-neuf ans) est celui de ses romans qui ressemble le plus à *L'Ile au trésor* et montre par conséquent le mieux ce qui sépare le génie du simple don d'évocation. Epoque, décor, milieu social, personnages, tout est semblable ou presque semblable : 1777, le siècle des corsaires et des hors-la-loi maritimes, un port sur la Manche, une auberge, un jeune héros de seize ans, des forçats, des pirates. Mais le récit de Mac Orlan est plus lent, plus raisonneur ; il manque au livre des traits qui se gravent dans l'esprit, comme le bruit de la canne de l'aveugle. Tout est plus plan-plan, en quelque sorte, moins agile, moins aventureux. Et surtout, le lecteur devine le secret de l'histoire bien avant qu'Yves-Marie (le jeune garçon) n'en conçoive le moindre soupçon. Le fameux Petit-Radet, pirate des mers recherché en vain par la force publique, n'est autre que le respectable M. Burns qui fait croire qu'il vit retiré dans une tour. Il a tous les dehors d'un gentleman, se trouve être le plus digne des clients qui fréquentent l'auberge, prend en affection le fils de l'aubergiste (Yves-Marie) et veille sur lui avec l'affection paternelle d'un tuteur. Ce dédoublement du même homme en figure du Bien et en figure du Mal – thème éminemment stevensonien – n'est guère crédible ici. Le bandit se déguise en gentilhomme : le déguisement est visible, trop visible, sauf aux yeux de l'ignare garçon. Il y a imposture, il n'y a pas scission intime de l'être. Ce M. Burns parle par sentences et paraît bien ennuyeux pour un écumeur des mers. « Le mystère est cependant dans ces sortes de carrefours que la vie présente sous nos pas. On choisit une route, et quand on s'aperçoit qu'elle est dangereuse, il est souvent trop tard pour revenir en arrière. » « L'Aventure est belle dans les livres ; dans la réalité, c'est un mirage dangereux. » « La jeunesse est parfois difficile à porter quand elle revient surprendre l'homme à son déclin. Ne contracte pas de dettes trop onéreuses. Il arrive un temps où on ne peut plus s'acquitter. » Jim aurait mis à la porte un tel donneur de leçons.

Le personnage de Jean de la Sorgue (dans l'argot de la pègre : Jean de la Nuit) a plus de caractère : c'est un bagnard, en liberté surveillée, qui profite de ses loisirs pour confectionner des statuettes coloriées. Renfermé sur lui-même, énigmatique, violent, il meurt assassiné dans un guet-apens. Sur Yves-Marie, il exerce une indéniable séduction : le fils de l'aubergiste ne peut pas ne pas éprouver une secrète envie pour un homme qui s'est mis en marge de la société. L'excès de vitalité et d'indépendance, qui aurait pu faire de lui un artiste, l'a jeté dans la délinquance et le crime : quoi de plus fascinant pour une jeune tête encore capable d'enthousiasmes ?

Surtout en comparaison de M. Burns, qui ne cesse, lui, de mettre en garde son pupille contre les dangers qui guettent les coureurs d'aventures. Jamais, du reste, le trop sage Yves-Marie ne sortira du rang ; il entre, à la fin du roman, le plus régulièrement du monde, dans une école d'artillerie. Il a frôlé le monde de la piraterie, il ne s'y est pas engagé. Il aurait pu se laisser embarquer dans une aventure, il est resté à terre. L'espace ouvert par la présence des forçats, des forbans, dans les ruelles du port, se referme sur la perspective étroite d'une carrière militaire.

La date de publication du roman explique en partie cette fin décevante : en 1941, sous l'occupation allemande, il importait de dire au public que la vraie liberté ne consiste pas à s'évader hors de notre milieu, de notre univers, mais à prendre conscience de notre courage et à en mesurer les limites. Notre sort dépend de nous, non de folles équipées en mer. Notre liberté est en nous, non dans les vaines rêveries du « n'importe où ailleurs ». *Le Chant de l'équipage* et *A bord de l'Etoile matutine*, qui figurent parmi les premières œuvres de Mac Orlan, entreprenaient déjà de dissocier le roman d'aventures de la réalité vécue pour en faire le pur produit de l'imagination. L'idée est-elle si bonne que cela ? Une telle solution est-elle viable ?

Roman d'aventures sans véritable aventure, *L'Ancre de miséricorde* est plus un pastiche qu'une œuvre originale ; mais il y a peut-être une autre raison au semi-échec d'un roman qui tantôt entraîne et captive, et tantôt piétine dans l'attente de quelque chose qui ne se produira jamais. Autant Stevenson se trouvait à l'aise dans un roman sans femme et avait besoin d'éliminer la femme de son imaginaire intérieur, autant il faut à Mac Orlan l'élément féminin pour être tout à fait lui-même.

Dans le *Petit Manuel du parfait aventurier* (1920), après avoir marqué son dédain pour l'œuvre de Jules Verne (« Un immense jardin des Plantes où chaque animal porte une étiquette à son cou »), il constate que les Anglo-Saxons mentionnés ci-dessus, écrivant pour un public juvénile, ne mettaient pas de femmes dans leurs livres et se distinguaient « par une sorte de chasteté incompréhensible en notre temps ». Introduire non seulement des femmes mais des prostituées dans le roman classique d'aventures, mêler aux spahis et aux matelots des tenancières de bar, des « Cavalière Elsa » et des « Vénus internationales », insuffler au trivial des coucheries passagères la magie des horizons lointains, ou inversement, si l'on préfère, épicer d'érotisme vénal le vent asexué du grand large, tel est le coup d'Etat parfaitement réussi par Mac Orlan, et qui lui assure une place unique dans l'histoire du roman. N'a-t-il pas, dans ses romans et ses récits les plus célèbres, *La Cavalière Elsa, La Bandera, Mademoiselle Bambù, Sous la lumière froide*, enrichi de personnages féminins un monde jusque-là exclusivement viril ? Tout en justifiant, par ce qu'il dit des femmes, la misogynie de ses devanciers. Elles ne peuvent être, selon lui, que des puissances maléfiques, destinées par vocation à provoquer les mâles, les pousser au meurtre et les entraîner à leur perdition.

Aujourd'hui où l'on déguste à nouveau Paul Morand et où son cosmopolitisme élégant revient à la mode, les livres de Mac Orlan devraient rentrer en faveur. Ils reflètent la même fièvre d'évasion, la même inquiétude devant la dégringolade de la vieille Europe, le même désir d'aller explorer l'inconnu au-delà des frontières conventionnelles. Mais là où Morand nous offre la version aristocratique, argentée et chic du désarroi moderne, Mac Orlan nous en livre la version populaire, pauvre et fraternelle.

Cependant, il y a un autre grand contemporain à qui Mac Orlan fait penser plus souvent : rapprochement justifié par la différence qu'il a établie lui-même entre aventurier actif et aventurier passif. Tandis que le premier s'embarque pour de bon, le second peut fort bien remplacer le pittoresque des voyages par le vagabondage intérieur et le fantastique sentimental. Nul besoin de courir le monde pour atteindre aux bas-fonds de l'humanité. « Les vrais voyages sont ceux que les enfants seuls peuvent entreprendre. » « Il n'est pas absolument nécessaire d'aller plus loin que Suez pour confondre le mal avec le bien. » Ouvrons les deux meilleurs livres, à mon avis, de Mac Orlan : *Sous la lumière froide*, quatre histoires de ports, avec en particulier *Docks*, qui se passe à Londres en compagnie de l'inoubliable Tess, petite prostituée aveugle d'une pureté enfantine dans la débauche, et *Mademoiselle Bambù*, roman d'une espionne rencontrée à Naples. Dans ces deux livres on relève un ton à la fois amer, canaille et élégiaque, une timidité orgueilleuse, une complicité lyrique avec le crime et la trahison, qui rappellent Jean Genet et son univers, où l'abjection se pare de ronsardiennes gracieusetés.

« J'étais enclin à m'épanouir dans les milieux où l'on vit du vol et de l'escroquerie. » « Je fuyais devant la police mais je l'admirais. » « On ne peut rien rêver de plus décoratif qu'une auto de police bourrée de shupos, de silence et de projecteurs qui fouillent l'ombre la plus dense. » Toutes ces phrases ne sont pas de Genet mais de Mac Orlan. D'un assassin il est dit, avec regret et mépris, que rien dans son personnage trop falot ne manifeste sa secrète gloire. Poésie des bouges, célébration de la vie crapuleuse, hymnes au prestige des mauvais garçons, mais sans la boursouflure qui gâte certaines pages de l'auteur de *Notre-Dame-des-Fleurs*, et qui tient peut-être à l'infatuation homosexuelle. Les images, chez Mac Orlan, sont aussi belles et tendres, mais sans tomber dans l'emphase. « Dans ce milieu candide et dépravé, l'alcool apportait la lumière divine, rose et bleue, des vitraux d'église. » C'est la même religion du cloaque, la même infamie rayonnante, le même mysticisme à rebours, avec moins de complaisance. Un croiseur, dans la rade de Brest, sommeille « comme un congre piqué à la morphine ».

Melville (Herman)

Un des plus grands romans jamais écrits, *Moby Dick*, commence par un florilège de citations au sujet de la baleine et continue truffé d'allusions, à la Bible comme à Homère, à Shakespeare comme à Edgar Poe, à Montaigne comme à Goethe. Le capitaine Achab a été amputé autrefois d'une jambe par une baleine blanche appelée Moby Dick. Il cherche depuis à se venger du monstre en le traquant sur les mers au cours d'une poursuite forcenée qui finira en apocalypse. Quête métaphysique plus qu'expédition professionnelle. L'appareil gigantesque de références transforme un simple récit maritime en épopée du Bien et du Mal. Le cas de cet auteur est si unique dans l'histoire de la littérature, son art de raconter si lié aux épreuves qu'il a lui-même vécues, qu'on ne peut entendre pleinement son chef-d'œuvre sans connaître d'abord ce qui lui a servi de laboratoire.

Engagé à vingt et un ans sur le baleinier trois-mâts l'*Acushnet*, ayant vagabondé pendant quatre ans dans les mers du Sud d'où il rapporta ses deux premiers livres, Herman Melville est le plus magnifique exemple d'écrivain formé par l'aventure et par l'aventure uniquement. S'il ne s'était pas embarqué si jeune, s'il n'avait pas navigué si longtemps sur les océans, peut-être n'aurait-il jamais mis la main à la plume. Rien ne le disposait en effet à ce métier et, sans l'envie de raconter ce qui lui était arrivé pendant ses séjours aux îles Marquises (*Taïpi*, 1846) et à Tahiti (*Omoo*, 1847), il est probable que l'aiguillon pour écrire lui aurait manqué.

Il était né en 1819 à New York, ville de cent vingt mille habitants. Un demi-million lorsque l'*Acushnet* appareille de New Bedford, le 3 janvier 1841. C'était l'époque d'une Amérique encore jeune et « barbare », et Melville en est le parfait représentant. Grand-père héros de la guerre d'Indépendance, père négociant mais incapable de faire face à la formidable spéculation consécutive à la poussée démographique. Faillite en 1830 : le jeune Herman a onze ans. A treize ans, après la mort du père, la famille, faute de ressources, le retire de l'école. Le voilà tour à tour employé de banque, garçon de ferme, chemineau errant sur les routes, mousse à bord d'un cargo à destination de Liverpool, puis instituteur jusqu'au grand départ pour la chasse à la baleine. Pas d'études, donc ; pas de culture ; il n'a guère lu à vingt ans que les romans de Fenimore Cooper, qui lui ont ouvert, dit-il, l'imagination. La Prairie des romans d'Indiens, espace mythique de la jeune Amérique, s'étendra chez Melville aux dimensions de l'océan. La baleinière fut son Yale, son Harvard ; l'horizon marin et les péripéties de la rude vie à bord furent ses seules universités. Mais il avait en lui, inné, le don du récit. *Taïpi* et *Omoo*, simples comptes rendus à peine romancés de ses déboires dans les îles du Pacifique, remportèrent un succès immédiat, par leur fraîcheur, leur vivacité, leur naïveté intellectuelle.

Le voilà donc promu, à vingt-huit ans, écrivain ; mais bien embarrassé en même temps. Car le succès est allé davantage aux aventures racontées, à l'exotisme du sujet, qu'à l'art du récit lui-même. Plus qu'un auteur littéraire, Melville est devenu un spécialiste en lagons, en mers du Sud, en cannibales. Mais justement, avec le succès, est née en lui l'ambition de s'affirmer comme un écrivain à part entière, d'entrer vraiment en littérature. Il sent qu'il appartient à cette génération que l'historien américain F. O. Matthiessen a baptisée « American Renaissance » : moment où la vitalité encore « sauvage » de la jeune nation aspire à se transformer en quelque chose de plus mûr et de plus réfléchi ; où le désir de fonder une culture, une tradition, entre en conflit avec la pure liberté de l'instinct. Emerson, le philosophe et père spirituel des Etats-Unis, avait proclamé : « L'alacre géant qui détruira le vieux et créera le nouveau ne naîtra pas parmi ceux sur lesquels les systèmes d'éducation ont reversé leur culture, il proviendra d'une nature vierge et sauvage. » Eh bien ! en matière de « virginité » et de « sauvagerie » le jeune Melville était bien pourvu ; mais il devinait aussi que pour devenir un véritable « créateur de nouveau » il lui fallait aller au-delà de ses expériences de marin et de vagabond.

En outre, la morale professée dans *Taïpi* et dans *Omoo* devait lui paraître bien courte, maintenant. Comme tous les Américains, il avait été élevé dans la pratique et le respect de la Bible, et le problème du mal le hantait. Dans les îles Marquises et à Tahiti il avait cru découvrir le paradis perdu, et attribué à la « civilisation » propagée par les missionnaires la corruption de la bonté primitive.

« La rançon du péché originel pèse très légèrement sur la vallée de Taïpi ; car, à la seule exception de l'allumage du feu par friction, je n'y vis exécuter nul travail qui fît venir la sueur sur aucun front. Quant à bêcher la terre et lui demander sa subsistance, la chose y est complètement inconnue. La nature a planté l'arbre à pain et le bananier, et lorsqu'elle le juge bon elle en porte les fruits à maturité ; le sauvage paresseux n'a plus alors qu'à étendre la main pour satisfaire son appétit.

« Infortuné peuple ! Je frémis quand je songe à la transformation qu'un petit nombre d'années amènera dans leur séjour paradisiaque ; et probablement lorsque les vices les plus destructeurs et les pires apanages de la civilisation auront chassé de la vallée la paix et le bonheur, les généreux Français proclameront à l'univers que les îles Marquises ont été converties au christianisme ! Et ce sera là sans doute pour le monde catholique un glorieux événement... Que le ciel protège les “îles de la mer” ! La sollicitude que leur témoigne la chrétienté a trop souvent, hélas ! amené leur perte. » (Trad. Charles Cestre, GF-Flammarion, 1990.)

Rousseauisme ingénu, dont le jeune auteur devenu célèbre aperçut vite l'insuffisance. L'éden cannibale ne peut être une solution aux malheurs dont souffre l'humanité « civilisée ». La conscience d'avoir été un peu léger dans sa philosophie, le désir de s'élever au rang de grand écrivain, voire de maître à penser, l'impatience de doter son pays d'un livre qui ne serait pas seulement un pittoresque bilan de voyages mais un bréviaire pour les nouvelles générations, une sorte de Bible laïque, tous ces motifs incitèrent le jeune homme à entreprendre en 1847 la rédaction de *Mardi*, gros roman symbolique qui exposerait la somme de ses croyances et de ses doutes. Le public, qui attendait la suite de *Taïpi* et d'*Omoo*, fut consterné. « Une ratatouille transcendantalo-pseudo-philosophique de Carlyle et d'Emerson », déclara le *Knickerbocker Magazine*. « Galimatias déclamatoire », selon un autre critique. De cet échec initial, on peut dire que le livre ne s'est jamais relevé. Aujourd'hui encore, ce riche et admirable fourre-tout, ce viatique du barbare en quête de reconnaissance littéraire fait figure de parent pauvre dans l'œuvre de Melville. Et pourtant, rien n'est plus intéressant que d'étudier comment l'aimable conteur des récits polynésiens a forgé les armes qui lui permettraient d'écrire deux ans plus tard ce chef-d'œuvre absolu qu'est *Moby Dick*. *Mardi* est l'étape décisive dans la métamorphose d'un gracieux dilettante en rival de Hawthorne et de Shakespeare.

Le roman, néanmoins, commence comme une simple aventure de mer. Cette partie plut d'ailleurs beaucoup : on retrouvait le Melville matelot qu'on aimait. Le narrateur, à bord (une fois de plus) d'un baleinier, raconte comment, pour échapper à l'ennui d'une navigation fastidieuse, il s'est enfui du navire dans une chaloupe, avec un compagnon, l'Ecossais Jarl d'origine viking. Tous deux espèrent gagner, à force de rames et de voile, des îles qu'ils estiment à portée de leur embarcation. Les aléas de l'expédition, la faune marine, les préoccupations pour les vivres et l'eau potable, les dangers encourus, puis la rencontre d'un vaisseau fantôme où ne survivent, d'un équipage mystérieusement exterminé, que deux pittoresques sauvages, fournissent une série d'épisodes de lecture facile et plaisante. Pourtant, dès le chapitre III, le lecteur averti voit poindre, sous le Melville touriste, le Melville écrivain. Premier dérapage vers la haute littérature, qu'il vaut la peine de citer en entier, car perce ici toute l'ambition du jeune auteur.

« Cependant, Jarl, descendant de héros et de rois, était un matelot solitaire, sans amis, ne se montrant fidèle à ses origines que pour avoir embrassé la profession de marin. Il en est, il en sera toujours ainsi. Quel paysan peut jurer qu'il ne descend pas du roi Alfred ? Quel nigaud est sûr de ne pas avoir le vieil Homère parmi ses ancêtres ? Ne sommes-nous pas tous fils de Noé ? Redressez donc la tête, élites, qui pouvez avoir du sang royal dans les veines. Nous tous, nous avons des monarques et des sages parmi nos ascendants ; que dis-je, des anges et des archanges comme cousins, puisque, avant le déluge, les fils du Ciel épousaient nos mères, les irrésistibles filles d'Eve ! Ainsi, toutes les générations s'interpénètrent ; le ciel et la terre ne forment qu'une famille : hiérarchies de séraphins dans les sphères d'en haut, trônes et principautés dans le zodiaque, fantômes qui rôdent sur la terre, nations et familles, tous sont de la même essence, tous sont frères ! Les choses qui existent forment un tout. L'univers est une Judée, dont Jéhovah est le Dieu. Plus de crainte ! Dans une théocratie, nous sommes protégés. Attendons tranquillement la mort, comme des cavaliers fatigués qui s'endorment sur leur selle. Accueillons les ombres, lorsqu'elles reviennent parmi nous. Plus d'étonnement, plus de grimaces ! Les tatouages des Néo-Zélandais ne sont pas un prodige ; les mœurs des Chinois ne sont pas une énigme. Aucune coutume n'est étrange, aucune croyance n'est absurde ; aucun ennemi ne peut manquer, en fin de compte, de devenir un ami. Au ciel, nous serons reçus par Adam, notre père commun, et la bonne entente régnera. Le chrétien serrera la main du païen et du juif ; l'austère Dante oubliera son Inferno, et rira avec Rabelais ; le parpaillot Luther choquera une coupe de vieux nectar avec le pape Léon. Nous siégerons à côté des sages qui ont autrefois rédigé les codes des Mèdes et des Perses ; à côté des cavaliers que la trompette a appelés à leur dernière charge ; à côté des chasseurs qui, il y a des siècles, chassaient l'élan dans Orion ; à côté des ménestrels qui chantaient leurs chants dans la Voie lactée, à l'époque où naquit Jésus. On ne parlera plus alors des Magellan et des Drake, mais des navigateurs qui ont fait le périple de l'écliptique ou qui ont fait le tour de l'étoile Polaire, comme nous doublons le cap Horn. On oubliera le Stagirite et Kant, pour feuilleter de nouveaux in-folio de sagesse, contenant des horoscopes non encore déchiffrés, révélant les cieux des cieux dans l'immensité. »

Quel langage nouveau ! Quel torrent insolite de personnages et de notions disparates ! Quel tohu-bohu dans la tête de l'apprenti philosophe ! Essayons de voir un peu clair dans cet amalgame surprenant, et dégageons quelques traits qui sont déjà du *Moby Dick* :

1) le goût des noms propres, jetés pêle-mêle, Homère et Noé, Dante et Rabelais, Magellan et Kant, Luther et le pape Léon, les Chinois et les Perses : typique défoulement de l'autodidacte qui s'ébroue dans une culture pas encore assimilée ;

2) l'envolée vers le mythe : que l'honnête matelot Jarl puisse descendre des Vikings, cette hypothèse suffit à jeter Melville dans les plus extravagantes spéculations sur la filiation angélique de chaque homme ;

3) une pensée totalisante et universaliste, dont l'expression la plus frappante se trouve dans cette phrase : « Aucune coutume n'est étrange, aucune croyance n'est absurde. » Comme on est loin du manichéisme boy-scout de *Taïpi* !

Il fallait bien que quelque lecture eût marqué entretemps Melville ; pas encore Shakespeare (dont l'influence sera décisive sur le style flamboyant de *Moby Dick*), mais un auteur aujourd'hui obscur, le médecin anglais Thomas Browne, dont la *Religio Medici*, classique de la tolérance paru en 1642, tomba sous les yeux du néophyte tandis qu'il commençait *Mardi*. Poussé par le désir de réconcilier le scientifique et l'imaginaire, le divin et le rationnel, Browne écrivait par exemple : « Je n'ai jamais pu apaiser ma contemplation avec ces objets communs d'émerveillement, tels le flux et le reflux de la mer, les crues du Nil, la conversion de l'Aiguille vers le Nord ; et j'ai essayé de trouver leurs équivalents dans les œuvres les plus évidentes et les plus négligées de la Nature, entreprise que, sans voyager plus loin, je peux mener à bien dans la Cosmographie de moi-même. Nous portons en nous les merveilles que nous cherchons au-dehors de nous ; il y a toute l'Afrique et ses prodiges en nous ; nous sommes cette audacieuse et aventureuse œuvre de la Nature, et celui qui l'étudie sagement apprend dans un résumé ce autour de quoi les autres s'évertuent en ouvrages divers et volumes infinis. »

Texte étrange, par la pensée et par la tournure, et qui dut faire une impression profonde sur le jeune Melville à qui il apprit, révélation capitale pour le bourlingueur des mers, la supériorité du voyage intérieur sur le voyage extérieur, de la « cosmographie » intime sur le périple concret. Par l'esprit, en effet, on transcende aisément sa misérable identité particulière, par l'esprit le matelot singulier s'élève au rang d'écrivain universel. Dans un chapitre de *Mardi* explose cette nouvelle conscience brownienne de l'être indéfiniment dilatable.

« Il y a des vérités de portée universelle auxquelles l'humanité ne croit pas. Croyez-vous que vous viviez il y a trois mille ans ? Que vous étiez à la prise de Tyr et que vous fûtes annihilés à Gomorrhe ? Non. Moi, j'ai vu la fin du déluge, j'ai aidé à niveler le terrain et à construire la première demeure. Avec les Hébreux, j'ai peiné dans le désert. J'étais présent lorsque Salomon se montra plus sage que tous les juges. C'est moi qui ai détruit l'ouvrage de Manétho sur la théologie égyptienne, parce qu'il révélait des mystères qui ne devaient pas être transmis à la postérité, et des choses contraires à l'Ecriture canonique. C'est moi qui ai suscité la conspiration contre l'assassin aux mains rouges, Domitien ; moi qui, au Sénat, ai proposé que le grand et bon Aurélien fût nommé empereur. J'ai été l'instigateur de l'abdication de Dioclétien et de Charles Quint. J'ai touché le cœur d'Isabelle, lui suggérant d'écouter la demande de Colomb. C'est moi qui ai caché aux favoris du roi la charte, au cœur du vieux chêne de Hartford. C'est moi qui, suggérant de prendre des masques de Mohawks, ai jeté par-dessus bord les caisses de thé de la Compagnie des Indes orientales, à l'origine de la République américaine. Je suis le Prophète persan volé. Je suis l'homme au masque de fer. Je suis Junius. »

Dans *Mardi*, on observe l'effort constant pour transformer l'instinct vagabond en esprit du monde, le voyage extérieur en voyage intérieur, le document touristique en œuvre de création ; effort souvent maladroit et nuisible à la crédibilité romanesque, car Melville n'atteindra que dans *Moby Dick* à la maturité littéraire ; effort qui aboutit à un compromis laborieux quoique attachant, le voyage allégorique, à la fois vécu du dehors et réinventé du dedans, où l'observation réaliste ne sert que d'alibi à la descente aux abîmes spirituels.

A partir du chapitre XL, le livre change complètement de nature, la piquante dérive à la surface de la mer cédant la place à une aventure initiatique. Le narrateur et son compagnon rencontrent sur les flots un canot monté par un vieux prêtre et ses sept fils. Le prêtre conduit au sacrifice dans une île prochaine une jeune fille aux cheveux d'or nommée Yillah. Le narrateur tue le prêtre, délivre la captive et aborde avec elle à l'île d'Odo, dans l'archipel de Mardi où le roi Média le reçoit, sous le nom de Taji, comme un demi-dieu. Amours heureuses de Taji et de la merveilleuse Yillah ; mais celle-ci disparaît soudain. Taji se lance à sa poursuite ; en compagnie de Média, sage et bon roi, il parcourt l'archipel, rendant visite aux divers souverains des îles. La description du climat, de la faune, de la flore, des habitations, des mœurs des indigènes, des différents régimes politiques fournit encore à Melville maintes occasions de faire étalage de ses expériences directes ; l'imaginaire se taille néanmoins un grand rôle ; plus grand encore la spéculation, le raisonnement, voire la dissertation. Car Média emmène pour accompagner et conforter son hôte plusieurs des personnages marquants de sa cour : Mohi, l'historiographe de l'archipel, fertile en renseignements utiles ; Yoomy, le poète, en qui Melville projette ses propres aspirations au lyrisme ; et Babbalanja, le philosophe, nom dont l'étymologie, plaisamment humoristique, remonterait à *babbling angel* (ange bavard) ou à *babbling on* (qui bavarde sans répit). Le philosophe n'est pas le seul qu'affecte ce travers. Tout le monde discute et ratiocine à perdre haleine dans ce livre, qui a servi de banc d'étude et de pupitre à Melville, de lanterne pour se guider dans le labyrinthe de ses perplexités et de ses contradictions.

Déchiffrer les symboles de *Mardi* est un vain exercice auquel on s'est plusieurs fois livré. Yillah, beauté fuyante et inaccessible, personnifierait l'idéal, le rêve éternel des hommes ; Mohi, la mémoire ; Babbalanja, l'intellect ; Yoomy, la fantaisie créatrice. Dans les îles de l'archipel, on a voulu reconnaître en Vivenza les Etats-Unis, en Dominora la Grande-Bretagne, en Franko la France. Maramma représenterait le catholicisme romain, et Serenia le christianisme sans dogme ni clergé du Sermon sur la Montagne. Quant à Taji, il est selon toute vraisemblance le chevalier en quête de l'idéal, parcourant le monde à la recherche de la perfection impossible. N'a-t-il pas d'ailleurs conquis Yillah au prix d'un meurtre ? Ses pérégrinations sont vouées à l'échec, puisqu'il s'est souillé d'un crime originel. « Le mal est la maladie chronique de l'univers ; repoussez-le quelque part, il éclate ailleurs », déclare l'auteur dans une phrase qui semble le dernier mot de sa philosophie.

Cependant, aussi infructueuse que la tentative de trouver des clefs aux nombreux personnages et épisodes de *Mardi*, se révélerait la prétention de faire le point sur la « pensée » de Melville. Politique, religion, justice, esthétique, il n'y a aucun domaine intellectuel dans lequel il n'intervienne, à travers l'un ou l'autre de ses doubles. Mais c'est plutôt l'incohérence et le manque de culture qui nous frappent, dans ce gigantesque patchwork d'hypothèses et de digressions. L'esthétique de Melville ? « Les plus vrais poètes ne sont que des porte-parole. » Chaque homme peut arriver à l'inspiration s'il écoute l'unique et suprême autocrate : « son propre instinct avec sceptre et couronne ». Aucune œuvre d'art, si élaborée soit-elle, n'est plus qu'« un pauvre brouillon de quelque chose qui est à l'intérieur ». Le génie charrie des scories mêlées à l'élément plus pur, étant donné que « la voie qui mène au ciel passe par l'enfer ». Rien que de très banal, on le voit. Melville ramasse les idées de son temps. Il se montre beaucoup plus personnel quand il révoque en doute ses propres dons poétiques. Ainsi, au chapitre CIII, après que Yoomy a mis en vers un décor idyllique, vrai pays de rêves où chacun voudrait s'assoupir, Mohi le félicite et le prie de lui rechanter ce poème à l'heure du coucher. « C'est un parfait soporifique », ajoute l'historien. Aussitôt le poète de se rebiffer : « Voulez-vous dire, vieillard, que mes vers, évoquant le repos dont nous jouirons dans l'au-delà, sont si bien composés, que la description suggère la réalité ; ou laissez-vous entendre ironiquement que c'est le poème lui-même qui est endormant ? » Malice de la part de

Melville, mais aussi aveu d'un intime scepticisme. Le romantisme apparent de ses idées esthétiques cache une insécurité profonde au sujet de son talent.

Ses idées politiques ? Elles paraissent incertaines et fluctuantes. En quelle mesure l'homme peut-il être libre ? Telle est la question fondamentale pour ce citoyen de la jeune République. Vivenza (allégorie des Etats-Unis) a commencé une histoire autonome du jour où elle s'est émancipée de Dominora (la Grande-Bretagne). Mais, prévoit l'auteur, les plaines occidentales de Vivenza finiront par être colonisées, « et alors on aura la réaction ». Autrement dit, des forces de violence et de domination démontreront l'instabilité intrinsèque du gouvernement républicain, qui ne restera pas indéfiniment libéral. « Celui qui a haï l'oppresseur est devenu oppresseur à son tour. » Autre limite à l'optimisme américain : la liberté n'est rien si le peuple végète dans la misère. « Etre politiquement libre n'est pas le but ultime ni la bénédiction suprême. » Toutes ces réflexions, peu originales, n'ont que l'intérêt de nous montrer les débats de conscience qui pouvaient agiter le jeune écrivain, conscient que l'orgueilleuse façade de la démocratie américaine recouvrait peut-être des abus et des turpitudes inavouables. « Mieux vaut vivre en sécurité sous un seul roi, qu'exposés à la violence de vingt millions de monarques, fissions-nous partie nous-mêmes de ce nombre. » Curieuse remarque, sous la plume d'un contemporain de Lincoln ! On le voit aussi tourner en dérision la notion de jury populaire (chap. LX). A ses sujets qui lui demandent de faire juger les criminels de l'Etat par un tribunal de douze honnêtes hommes, le roi répond par un sarcasme : « Quoi ! douze hommes sages seraient plus avisés qu'un seul ? ou douze sots feraient un sage ? Douze honnêtes gens sont-ils plus honnêtes qu'un seul ? Ou douze coquins moins coquins qu'un seul ? », jusqu'à la sortie finale : « Je suis roi, vous êtes esclaves. C'est à moi de commander, à vous d'obéir », paradoxe où il ne faut pas chercher, bien évidemment, le point de vue propre à Melville, mais seulement un écho de ses lectures (Carlyle : « Si neuf hommes sur dix sont des fous, comment pêcher la sagesse dans une urne ? ») et son souci de ne pas verser dans la bonne conscience qu'il critique chez trop de ses compatriotes imbus de la supériorité du régime américain.

Sur la religion, Melville apparaît tout aussi tâtonnant. Babbalanja semble trouver le repos dans l'idéal chrétien de Serenia, mais Taji ne renonce pas à la quête de Yillah. Alma (allégorie du Christ) n'a pas empêché que les guerres, les crimes, la misère existent comme autrefois. « Si on enlevait des chroniques l'histoire des horreurs qui, d'une façon ou d'une autre, résultent des actes de ceux qui se disent les disciples d'Alma, il ne serait pas si souvent fait mention de violences et de sang versé. » Plus forte que toute conviction religieuse, perce chez Melville une attirance mystérieuse pour le néant, qui lui arrache cette apostrophe épique (chap. CLXIX) : « Lecteur, écoute ! J'ai entrepris un voyage sans carte. Avec une boussole, nous n'aurions pas trouvé ces îles de Mardi. Ceux qui se lancent hardiment, en coupant tous les câbles et se détournent de la commune brise (bonne pour les navigateurs ordinaires), ceux-là gonflent leurs voiles de leur propre souffle. Suivez de près le rivage, vous ne voyez rien. Mais si vous cherchez un monde nouveau, "Ohé, la terre !" tel est le cri que vous entendez.

« Le voyageur que je suis a dirigé sa barque vers des mers non explorées ; il a tracé son sillage malgré les quolibets, bien qu'oppressé parfois à la pensée qu'il était trop hardi et qu'il allait à tâtons là où il n'y avait rien à trouver.

« M'étant mis en route pour me divertir, j'ai été entraîné par une rafale irrésistible. Jeune, sans expérience, forcé de bonne heure à mener la vie dure, je continue à me laisser porter par le vent. J'essaie de conserver tout mon courage. – Et s'il est plus difficile, maintenant que les mers ont été parcourues tant de fois par tant de navigateurs, de trouver des pays nouveaux, la gloire n'en sera que plus grande !

« Mais le monde nouveau que nous cherchons est plus étrange que celui du voyageur qui partit de Palos ; car c'est le monde de l'esprit, où l'errant peut avoir plus de raisons de s'étonner que la troupe de Balboa parcourant les vallées d'or du pays des Aztèques.

« Le désir fougueux crée le fantôme de son avenir et le croit présent. Donc, si après mille efforts pénibles, le lecteur décrète qu'on n'a pas atteint le port, cependant il vaut mieux sombrer dans les profondeurs en cherchant avec ardeur, que flotter sur un banc de sable.

« Dieux, conduisez-moi au naufrage, si naufrage il doit y avoir ! »

Naufrage où sombrera, entraîné par ses obsessions et ses délires, le capitaine Achab, mais que le jeune Melville, encore trop « sain » d'esprit et de corps, encore trop « matelot », n'envisage ici que comme une hypothèse, une hypothèse de plus parmi les mille conjectures où roule son esprit affolé.

Si la fiction romanesque, dans *Mardi*, est artificielle, si la pensée y est chaotique et faible, à quoi tient donc la vitalité, malgré tout extraordinaire, de ce livre ? « Je veux atteindre l'essence des choses », est-il dit au chapitre CXIV : « Le mystère qui se cache derrière les apparences ; les causes de la larme que provoque un rire prolongé ; la perle précieuse qui se cache dans la coquille d'huître. Je sonde le centre du cercle. Je cherche à faire apparaître l'impénétrable. » La contradiction suprême de Melville, ce qui fait l'originalité, la saveur et la force de *Mardi*, éclate dans ces lignes. D'une part, il nourrit une ambition encyclopédique, la volonté de percer les arcanes de la création ; mais, d'autre part, ce projet rationnel s'effrite sous la poussée continuelle d'une frénésie baroquisante. Melville savait-il que *barroco*, en portugais, désigne justement la perle, précieuse et irrégulière, qui se cache dans la coquille d'huître ? Il nous apparaît aujourd'hui comme un des plus grands irréguliers de toute l'histoire de la littérature, un de ceux dont l'esprit bouscule toutes les frontières reconnues ; en un mot, comme un rêveur ; mais non un rêveur doux, à la manière de Nerval ou des romantiques allemands ; plutôt comme un puissant et tumultueux onirique, dans la lignée de Rabelais, de Shakespeare, de Victor Hugo, qui sera reprise par les grands baroques sud-américains de notre siècle.

Dreams, s'intitule le chapitre le plus étonnant de *Mardi*, situé, non par hasard, exactement au milieu du roman.

« Rêves ! rêves ! rêves d'or, innombrables ; aux teintes d'or, comme les prairies parsemées de fleurs du rio Sacramento où s'est formée la pluie de Danaé. Sur les prairies éternelles, mes rêves s'assemblent comme des buffles, foulant les jonquilles, broutant jusqu'à l'horizon, broutant jusqu'au bout du monde. Je me précipite avec ma lance, et j'en transperce un, avant qu'ils ne disparaissent.

« Rêves ! rêves ! passant et repassant comme les empires d'Orient dans l'histoire. Des sceptres s'agitent, serrés comme les piques de Bruce à Bannockbum ; les couronnes sont aussi nombreuses que les marguerites au printemps. Dans le lointain, brumeuses et bleues, leurs pentes descendant du ciel ressemblent à des Andes empilées sur des Alpes ; et autour de moi se soulèvent des océans, roulent des Amazones et des Orénoques ; des vagues fuient, comme des Parthes à cheval ; des forêts immenses ondulent. Le monde est comme un élan, dont les forêts sont les andouillers. »

Rêves-buffles (la note américaine !), sceptres-piques, marguerites-couronnes, vagues-Parthes, arbres-andouillers : ce fracas d'images traduit l'état dionysiaque qui soulève Melville tandis qu'il écrit ; sorte de somnambulisme mental, qui le pousse jusqu'aux limites de la conscience ; et lui impose la recherche d'un langage nouveau et plus riche qu'il emprunte à la musique et à la mer.

« Comme une longue houle, l'orgue d'Homère fait onduler ses vagues puissantes sous les légères crêtes blanches d'Anacréon et de Hafiz. Au-dessus de mon océan, le mélodieux Shakespeare prend son essor, comme toutes les alouettes du printemps. Sur un trône dressé près du rivage, Ossian à la barbe blanche fait vibrer sa harpe chenue, tout ornée de fleurs sauvages. Milton aveugle chante la basse, Pétrarque et Prior font les ténors et on me couronne de laurier.

« J'accueille les grandes figures du passé, qui conversent en moi. Saint Paul discute les doutes de Montaigne ; Julien l'Apostat questionne saint Augustin ; Thomas a Kempis offre son grimoire gothique à qui pourra le déchiffrer. Zénon murmure ses maximes sous la voix tonitruante de Démocrite. Et bien que Démocrite fasse éclater son rire et que Pyrrhon plisse ironiquement ses lèvres, cependant le divin Platon et Proclus et Vérulam sont là pour leur tenir tête. Zoroastre m'a parlé tout bas avant que je ne sois né. Je vis dans un monde à moi. Je visite de nombreuses nations, comme Mungo Park est entré dans de nombreuses cases en Afrique. Je suis servi comme Bajazet : Bacchus est mon sommelier, Virgile mon ménestrel, Philip Sidney mon page. Ma mémoire remonte aux faits antérieurs à ma naissance ; elle est ma bibliothèque du Vatican, ses travées forment des perspectives infinies, teintées des couleurs du couchant par des rayons qui ont traversé les vitraux du Moyen Age.

« Et comme le puissant Mississippi rassemble ses tributaires : l'Ohio avec son bataillon de cours d'eau ; le Missouri à la tête des clans des hautes terres ; l'Arkansas avec ses fleuves tartares des plaines – de même, rassemblant en moi le passé et le présent, je fais rouler au loin mes vagues.

« Cependant, ce n'est pas moi ; c'est un autre. Dieu est mon maître. »

On pense ici à l'expérience d'un Rimbaud. « Je est un autre. » Melville, cherchant à rendre l'élan de sa vie intérieure, décrit ce que les mystiques connaissent sous le nom d'extase, ex-stase, sortie de soi, fusion avec l'être. Mais, nouveau sujet de surprise et d'émerveillement pour nous, cette expérience tout intime s'accompagne d'un impressionnant appareil livresque. Melville, qui aurait pu être un mystique brut, est hanté par la culture qu'il n'a pas ; il intègre les grands monuments de la pensée dans ses rêves ; ce barbare veut être aussi un érudit ; ses fureurs oniriques ramassent en passant les trésors des bibliothèques. La bibliothèque ! Voilà le mot clef sans doute, celui qui rapproche le plus de nous l'auteur de *Mardi*, qui en fait un contemporain de Borges, d'Alejo Carpentier, d'Umberto Eco – avec en plus le génie explosif d'un « primitif » qui a eu pour premier catalogue les vagues de l'océan.

Oublions donc la trame un peu lourde du roman, oublions les intentions didactiques dont il est bourré ; c'est un livre qu'il vaut mieux ouvrir au hasard, comme une succession d'illuminations reliées tant bien que mal par un discours précaire. J'indique maintenant les séquences qui me touchent le plus ; chaque lecteur fera son choix.

Chapitre XXIV. Samoa le sauvage doit être amputé d'un bras que, par crainte superstitieuse de le jeter dans la mer, il accroche au sommet du grand mât. Aussitôt Melville de fantasmer sur les héros mutilés de l'histoire.

« Désormais, qui était Samoa ? Le membre mort se balançant là-haut, ou l'homme amputé qui était sur le pont ? Etait-ce le bras qui avait été séparé du corps, ou le corps du bras ? Ce qui restait de Samoa était vivant, et, en conséquence, nous disons que c'était lui. Mais quand on coupe un ver en morceaux, lequel des morceaux est le ver ? Pour moi, je ne considérai jamais Samoa que comme un fragment d'être humain. Après Ténériffe, le grand Nelson lui-même, physiologiquement parlant, n'était plus que les trois quarts d'un homme. De même pour Anglesca, une fois dispersée la fumée de Waterloo. De même Arnold, après Saratoga. Sans compter Mucius Scaevola privé d'une main, le général Knox privé d'un pouce, Annibal privé d'un œil, et le légionnaire romain Dentatus, qui n'était plus qu'un tronc haché, d'où il n'y avait plus rien à retrancher. »

L'érudition peut ouvrir la voie à l'ironie – ainsi à propos de Berkeley, le philosophe spiritualiste qui soutenait la théorie que tous les objets sont pures illusions de nos sens, sans toutefois rien sacrifier des avantages matériels de la vie quotidienne : « c'était en particulier un parfait connaisseur en matière de plum-pudding » – ou à la satire politique – voir le chapitre XXVIII sur les noms de bateaux, où Melville se moque des nations qui tentent le diable en baptisant leurs navires le *Conquérant*, le *Défi*, le *Vengeur*, le *Tonnant*, le *Terrible*, « sans oublier l'*Etna* qui, dans le détroit de Corfou, fut frappé par la foudre et faillit brûler » –, mais les plus belles réussites semblent naître par hasard, d'une brusque accélération de la pensée. Ainsi, au chapitre LXXV, *Le Temps et les Temples*, Melville commence par remarquer posément qu'il a fallu beaucoup de temps pour élever les grands édifices. Le ton est plat. « Il est absurde de vouloir quelque chose de neuf et de durable à la fois. » Le soleil lui-même doit puiser à la source du feu. Et puis soudain, sous la double poussée des souvenirs historiques et de l'échauffement poétique, le moteur s'emballe. Nulle part comme ici, où de simples considérations sur l'architecture conduisent à des vues cosmiques et jusqu'à une vision de l'âme immortelle, non sans une embardée surréaliste vers la congélation du palais moscovite, on ne saisit le mécanisme du génie melvillien.

« Passons du feu à la pierre. Nul édifice en vérité ne pousse tel un champignon. La Maison d'Or de Néron n'est pas sortie du sol en un jour : ni la Maison du Soleil au Mexique ; ni l'Alhambra ; ni l'Escurial ; ni l'amphithéâtre de Titus ; ni les grandes colonnes de Diane à Ephèse ; ni le Pilier de Pompée ; ni le Parthénon ; ni l'autel de Bélus ; ni Stonehenge ; ni le temple de Salomon ; ni les tours de Tadmor ; ni les bastions de Suse ; ni les fondations de Persépolis. La tour de Séville n'est pas montée vers le ciel en vingt-quatre heures ; il a fallu cinq cents ans pour que la flèche de Strasbourg s'élève de cinq cents pieds dans l'air. Non. Ce n'est pas en une heure qu'ont été creusées les grottes d'Elephanta. Ce n'est pas en une révolution du soleil que les Troglodytes ont achevé la Mammoth Cave dans le Kentucky, ni la grotte de Trophonius, ni celle d'Antiparos, ni la Chaussée des Géants. Combien de temps n'a-t-il pas fallu pour faire les égouts voûtés d'Etrurie et les aqueducs de Nerva ! Combien de temps n'a-t-il pas fallu pour que s'use le grès du pont naturel de la Virginie et pour que s'entassent les Grampians ! Qui comptera les cycles qui se sont écoulés avant que les sédiments de la terre se cristallisent en pierre ! Le pic de Ténériffe ne s'est pas ciselé en une décade, pas plus que les obélisques. Il aurait fallu plus que cela pour faire du mont Athos une statue d'Alexandre. Il fallut tout un été de Perse pour faire pousser la tonnelle d'Artaxerxès et tout un hiver moscovite pour congeler le palais de Glace du tsar. Non, non. Ce n'est pas en un mois qu'on a maçonné la pyramide de Chéops, bien que, une fois construite, les sables déposés par le déluge n'eussent pas pu la recouvrir. Ce n'est pas en un printemps qu'ont poussé les vastes branches du chêne de Charles, qui a survécu aux dynasties des Tudors et des Stuarts. Il aurait été impossible de construire l'Iliade en hâte. L'homme lui-même vit plusieurs mois avant que le Créateur lui permette de naître, et, avant que sa taille fière ne se dresse de toute sa hauteur, il faut vingt et une longues années de Julien. Sa vie mortelle ne suffit pas pour faire mûrir son âme immortelle ; l'éternité même n'y suffira pas. »

Dans cette épistémê subjective, l'humour, comme chez les très grands écrivains, joue un rôle capital. A preuve les discussions, au chapitre CXXI *(On fume la pipe avec délices)*, sur l'origine de l'ambre. Sève des pins, selon Pline l'Ancien ; cristallisation de l'huile des fougères aromatiques, selon Borhave ; écume durcie de la Céphioris, selon Berzilli ; pour Vondendo, sorte d'or bitumineux qui s'est formé dans les cavernes des contrebandiers antédiluviens. Toutes ces explications, si fantaisistes soient-elles, ne contentent pas encore la malice visionnaire de Melville. « L'ambre vient des pleurs congelés de naïades en mal d'amour. » On comprend l'effroi des contemporains devant de telles extravagances, assenées avec l'innocence tranquille du voyant. « Le Temps, qui résout toutes les énigmes, résoudra *Mardi* », affirmait Melville pour se consoler de l'échec. Le Temps, en l'occurrence, n'est rien d'autre que les générations d'écrivains qui ont succédé à Melville et peuvent le saluer, aujourd'hui, comme un précurseur.

Potocki (Jan)

Né en 1761 en Ukraine, issu d'une des plus illustres familles de l'aristocratie polonaise, Jan Potocki fut élevé en Suisse, s'imprégna de la philosophie des Encyclopédistes, voyagea en Europe, parcourut la Turquie, l'Egypte et le Maroc, combattit en Hongrie dans l'armée impériale, navigua sur les galères de Malte, poussa jusqu'au Caucase et en Mongolie, fonda à Varsovie un club politique progressiste, offrit ses services au tsar, en 1804, après le troisième partage de la Pologne, en conseillant à l'empereur d'entreprendre la conquête de territoires en Asie, à commencer par l'Afghanistan.

Ses livres, il choisit de les écrire en français, par suite de son éducation et aussi par sympathie philosophique pour les athées et les francs-maçons. Outre ses *Voyages en Turquie et en Egypte* et ses *Voyages au Caucase et en Chine* (republiés par Phébus), des travaux ethnologiques sur la Sarmatie et une *Histoire primitive des peuples de la Russie* (non rééditée, où il affirmait le caractère autochtone des peuples slaves, thèse alors révolutionnaire), il a écrit un roman de huit cents pages, auquel il travailla pendant vingt ans, avant de se suicider, en 1815, en se tirant une balle d'argent qu'il avait fait bénir, « pour le cas où Dieu existerait ».

Ce *Manuscrit trouvé à Saragosse*, terminé mais non publié de son vivant, connut une fortune hasardeuse. Il parut pour la première fois en 1847 à Leipzig dans une traduction polonaise. Le texte original, mais très tronqué (un quart du roman), ne parut qu'en 1958, par les soins de Roger Caillois (Gallimard). Il a fallu attendre 1989 pour disposer de la version intégrale (librairie José Corti) et découvrir le chef-d'œuvre dans sa nouveauté excitante et sa fraîcheur intacte.

On peut se contenter de le lire comme un roman d'aventures, ou plutôt comme une suite de romans d'aventures, car autour du protagoniste, un capitaine des Gardes wallonnes envoyé en mission à travers les montagnes d'Andalousie infestées de brigands et de fantômes, gravitent des dizaines de comparses, dont certains deviennent plus importants que le premier narrateur. Une des originalités de ce texte, c'est de donner la parole tour à tour à chacun des personnages, qui racontent eux-mêmes leur histoire, et dont les récits s'emboîtent les uns dans les autres, avec une virtuosité exceptionnelle dans la mise en abyme et les jeux de miroirs. X raconte sa rencontre avec Y qui raconte ses amours avec Z qui raconte son duel avec W. Tissu si embrouillé qu'un des personnages, le Géomètre – qui représente peut-être, selon René Radrizzani, qui a établi l'édition, le rationalisme du siècle des Lumières –, se plaint de ne plus savoir qui parle et qui écoute. Il sort à tout moment ses tablettes pour tracer des colonnes, établir des équations, comparer, vérifier et s'y reconnaître dans cette prolifération narrative. L'humour exercé envers ses propres procédés romanesques est un des traits les plus attachants de Potocki.

Avant d'essayer de démêler un sens dans cet enchevêtrement d'épisodes, goûtons le pur plaisir de lire des histoires de duels, d'enlèvements, de spectres, de pendus, d'échelles appliquées à des fenêtres, de déguisements, de vengeances, de polissonneries d'alcôve, de substitutions de cadavres, d'auberges hantées, de châteaux magiques, de souterrains mystérieux, de cavernes enchantées, dans un ton qui rappelle le roman noir du XVIIIe siècle et annonce Alexandre Dumas, magnificence baroque en plus. L'épilogue évoque une descente dans les entrailles de la terre, la découverte d'un trésor et une explosion volcanique, de quoi ouvrir la voie à Jules Verne. Le *Manuscrit* est d'abord un ouvrage extraordinairement amusant, même si, à y regarder de plus près, on peut lui trouver des « niveaux de lecture » en strates épaisses et une quantité de signes « initiatiques » qui l'apparenteraient à la *Recherche du temps perdu* ou à *L'Homme sans qualités*. Une carte postale, glissée par l'éditeur dans le volume de 1989, représente le monde, avec, appliquée sur chaque pays, l'indication de son chef-d'œuvre littéraire. Potocki campe ainsi sur la Pologne comme Selma Lagerlöf sur la Suède, Musil sur l'Autriche, Melville sur l'Amérique du Nord, García Márquez sur l'Amérique du Sud. Je crains que ces rapprochements, utiles pour indiquer le caractère de « livre total » que possède le *Manuscrit*, ne compliquent encore la question. Mieux vaut, si l'on veut éclairer sa lanterne par des analogies, s'en tenir aux grands romans à tiroirs, tels que *Les Mille et Une Nuits*, le *Décaméron, Jacques le Fataliste, Gil Blas*, ou ce prodigieux mélange de souvenirs et de fiction qu'est l'*Histoire de ma vie* de Casanova.

Et surtout *Don Quichotte*, d'abord parce que l'action se déroule aussi en Espagne, ensuite parce que Potocki fait du point d'honneur un des ressorts psychologiques de son livre. A tout moment on dégaine son poignard et on le plante dans le cœur de son compagnon de route ou de table, sur le simple soupçon d'une offense ou pour une légère divergence d'opinion. Un jeune homme qui a promis à son père de ne jamais tirer l'épée a toutes les peines du monde à ne pas se mettre dans des situations qui le forceraient au parjure. Le capitaine des Gardes wallonnes lui-même a été élevé par son père à jurer qu'il n'aurait jamais peur, fût-ce en voyant des morts sortir de leur tombeau, ou le squelette d'une femme entrer dans son lit, un rictus aguichant aux mâchoires. Cette manière de tourner en dérision le travers le plus connu des Espagnols ne pourrait être qu'une satire fort drôle. Je crois que Potocki a choisi ce détail de caractère pour sa valeur emblématique : au-delà de la religion de l'honneur, absurde à force d'être pointilleuse, c'est contre tous les fanatismes que ce patricien éclairé cherche à mettre en garde son lecteur.

Dans la foule des jeunes seigneurs, des princesses à marier, des dames galantes, des ruffians, maquerelles, bohémiens, bandits, espions, travestis, ermites vrais ou faux, marauds et aventuriers de tout poil, se détachent en effet quatre figures auxquelles l'auteur attache plus d'importance : le Scheik mahométan, le Cabaliste, le Juif errant, lequel poursuit sa dérive depuis mille huit cents ans, ne peut s'arrêter une minute et marche, encore et toujours, même quand il raconte son histoire, enfin le Géomètre. Chacun de ces personnages donne lieu à des variations savoureuses : il n'y a pas de plus belle page dans le livre que celle où Rebecca, la sœur du Cabaliste, expose comment, à la suite de leurs connivences avec les esprits infernaux, elle a vu apparaître dans son miroir les angéliques images des Gémeaux célestes, vêtus de leurs seules ailes et destinés à être ses époux mystiques. Mais, outre la couleur délicieuse de ces pages, ce n'est pas un hasard si le *Manuscrit* met en présence du très chrétien capitaine des Gardes un chef de tribu musulman, un héros de la foi juive, un adepte de l'ésotérisme et un champion du rationalisme, sans compter de menus survivants des cultes égyptiens, ainsi que quelques païens d'Amérique. Nous avons vu comment le Juif errant et l'esprit libre sont moqués ; les chrétiens, avec leur lubie de l'honneur, n'ont pas droit à plus de ménagements ; et quant à la religion du Prophète, elle semble consister surtout à prodiguer au capitaine tout étourdi de ces bonnes fortunes les grâces lascives de deux odalisques du sérail.

Tout n'est que superstition, tout n'est que mystification, jeu de masques et marché de dupes : telle semblerait la « leçon » d'un *Manuscrit* aussi peu pédagogique que possible, qui s'inscrit dans le droit-fil des contes de Voltaire et de Diderot, mais avec une imagination luxuriante qui tiendra à l'origine orientale de l'auteur. Voltaire et Diderot lui ont appris que l'ironie est plus éloquente que le prêche, les anecdotes piquantes plus efficaces qu'un message explicite. La Pologne, elle, lui a enseigné que le mélange et la confusion des identités, l'incertitude des frontières (les quatre partages eurent lieu du vivant de Potocki) et les mauvais tours du destin sont moins un obstacle qu'un stimulant. Seul le Scheik, descendant des Maures implantés en Espagne et synthèse de deux civilisations différentes, paraît dans son discours conclusif un peu raisonneur. Il tire les fils de l'écheveau avec trop de logique et met de l'ordre là où l'on préférerait le mystère. C'est peut-être que, après des centaines de pages de feux d'artifice, commençait à fléchir la puissance inventive du comte.

Formidable hymne à la vie et au plaisir de vivre, palais baroque agencé par un architecte rigoureux, combinaison étourdissante de tous les genres littéraires connus ou à venir – le roman gothique (thème du gibet et des revenants), le récit de brigands siciliens, le roman picaresque, le conte libertin, le drame d'amour, le catalogue scientifique, l'épopée coloniale (l'intermède mexicain), le roman dans le roman – le

Manuscrit trouvé à Saragosse, par une malice du hasard qui complète la liste des procédés, a mis près de deux siècles pour arriver sous nos yeux. Espérons que le goût que nous avons aujourd'hui des théories sur le roman et des sous-entendus symboliques ne le fera pas prendre pour un *Ulysse* polonais, au détriment de sa qualité la plus enthousiasmante et de sa vertu la plus irremplaçable : le pur talent de bien raconter.

Traven

Le roman d'aventures semble être ce qu'il y a de plus étranger au génie allemand. Une seule exception : Traven. Longtemps on a cru qu'il était américain, ou mexicain. On tient pour assuré, aujourd'hui, qu'il était né en Posnanie prussienne – à présent polonaise – en 1882, et qu'il s'appelait de son vrai nom Otto Wienecke. Son existence est entourée de mystère, car il a toujours, jusqu'à sa mort en 1969, refusé de se confier à la presse. Pas d'interviews, pas de photographies. L'homme avait à cœur de rester dans l'ombre, malgré le succès immense de l'écrivain. Je n'ai de biographie que celle de mes livres, disait-il, ne me cherchez pas ailleurs que dans ceux-ci. Apprenti serrurier à ses débuts, cireur de chaussures, vendeur de journaux – tout, plutôt que l'école –, il milita en Allemagne comme syndicaliste de gauche et révolutionnaire clandestin. Obligé de s'enfuir, il passa en Suisse, aux Pays-Bas, au Canada d'où il fut refoulé, en Angleterre où on l'incarcéra, aux Etats-Unis qui l'expulsèrent, enfin au Mexique, où il s'installa en 1925 sous le nom de Traven. Il ne retourna jamais plus en Allemagne, tout en écrivant ses livres en allemand, qui furent traduits en trente langues et se vendaient à des millions d'exemplaires. Son lecteur le plus passionné fut Einstein, qui, pressé de dire quel livre il emporterait dans l'île déserte, répondit : n'importe lequel, pourvu qu'il soit de Traven. Homme sans visage, sans nom sûr, sans nationalité bien définie, l'auteur du *Trésor de la Sierra Madre* n'était pas intéressé à son succès personnel, mais seulement à la défense des pauvres et des opprimés. De sa jeunesse militante il avait gardé une sorte d'anarchisme bienveillant et de combativité non violente, en lutte contre la police, l'armée, la bureaucratie et toutes les manifestations du pouvoir étatique. Comme les paladins du Moyen Age qui chevauchaient invisibles sous leur armure, il se fit le champion des individus persécutés. Par un côté il touche à Stevenson et à Jack London, par un autre côté à Koestler et à Kafka.

Son premier roman, *Le Vaisseau des morts* (1926), l'imposa d'emblée. C'est l'histoire d'un marin américain, ou qui se dit tel. Lors d'une escale à Anvers, il retourne trop tard à son bateau, quand celui-ci a déjà levé l'ancre avec son paquetage. Le voilà sans livret de marin, sans papiers, sans aucune preuve de ce qu'il est, donc sans possibilité d'engagement sur un autre navire. On le renvoie de bureau en bureau, de consulat en consulat, de frontière en frontière. Ni la Belgique ni les Pays-Bas ni les Etats-Unis ni l'Allemagne ni la Pologne ne peuvent ou ne veulent le tirer d'affaire. Ce n'est plus qu'un homme seul, un individu sans identité, donc personne. « En ces temps de démocratie idéale, les hérétiques, ce sont les types comme moi, qui n'ont pas de passeport. Toute époque a son Inquisition. »

Nous sommes au lendemain de la Grande Guerre. Evocation de « la fameuse bataille de Skagerrak où les deux ennemis en présence, Anglais et Allemands, remportèrent tous deux la victoire, les Anglais avec plus de pertes que les Allemands et ces derniers avec plus de pertes que les Anglais. » Cet humour l'aide à supporter sa condition. Le « Filez et plus vite que ça ! » qui l'accueille chaque fois qu'il tente de se réinsérer dans la société finit par ne plus l'étonner. « Au fond, soit dit sans plaisanter, il y avait longtemps que j'étais mort. Je n'étais pas né, je n'avais ni livret de marin ni passeport ; le premier venu pouvait faire de moi ce qu'il voulait, puisque je n'étais personne, que je n'étais pas de ce monde et que je ne pouvais donc manquer à personne. On ne peut pas tuer un mort. » Tous les pouvoirs se valent, tous sont ligués pour étrangler l'individu. « Quand, à l'entrée du port d'un grand pays, je vois se dresser quelque gigantesque statue de la Liberté, je me doute bien que toute sa liberté est là et que derrière il n'y en aura plus. »

Cependant, Pippip, sobriquet dérisoire dont il se fait appeler, réussit à s'embarquer sur la *Yorikke*, un rafiot si vieux et déglingué que seuls des repris de justice ou des candidats au suicide acceptent de naviguer sur sa carcasse pourrie. Les conditions de vie à bord sont effroyables : couchettes de bois sans matelas ni couvertures, saleté répugnante, nourriture infecte, danger permanent d'explosion, les chaudières étant à bout de souffle et les tôles trop rouillées pour résister à la pression de la vapeur. Traven prend sciemment le contrepied de la littérature maritime d'aventures. Stevenson ? Kipling ? Conrad ? Mensonges que leurs histoires. La navigation sur un cargo est un enfer, que ne rachète aucun parfum d'épopée. « *Morituri te salutant !* Les modernes gladiateurs te saluent, nouveau César, ô Capitalisme ! Nous sommes prêts à mourir pour toi, pour la très sainte et glorieuse Compagnie d'assurances. O temps ! ô mœurs ! Jadis, quand les gladiateurs, la cuirasse étincelante, entraient dans l'arène, fanfares et cymbales éclataient. Des beautés, du haut des gradins, leur faisaient signe et laissaient tomber dans l'arène quelque mouchoir brodé d'or. Les gladiateurs le ramassaient, le portaient à leurs lèvres, respirant ce parfum enivrant, et un doux sourire les remerciait. Ils mouraient sous les huées de la foule, dans les éclats d'une sombre musique. Mais nous, les gladiateurs modernes, nous crevons dans la crasse, trop fatigués pour nous laver. Nous qui mourons de faim, nous tombons de sommeil devant les plats. Nous mourons de faim, parce que la Compagnie doit économiser pour soutenir la concurrence. Nous mourons en haillons, muets, au fond de la chaufferie… Nous mourons sans fanfare, sans beautés souriantes, sans applaudissements. Nous mourons dans le silence et la misère pour toi, César ! »

Cette page se ressent encore du passé politique de Traven. L'accusation est implacable. Aucune lueur ne filtre dans la description de ce bagne. Tout est sordide, abject, complètement déshumanisé. Force incroyable de ce livre, nourri de quantité de détails sans doute autobiographiques. Force étouffante, à la longue. Il faudra la découverte du Mexique, des vastes étendues désertiques, de la mélancolie indienne, pour détendre l'humeur de Traven, lui faire changer de ton et l'aider à passer de la polémique à la poésie.

Le Mexique, certes, réveille en lui la fibre révolutionnaire. « Trois siècles d'esclavage, de soumission aux Espagnols, à l'Eglise et aux tortionnaires n'ont pu venir à bout du peuple le plus fier de la terre. » *(La Route du bétail.)* Par ses livres, Traven prendra une part active à la lutte des paysans indiens contre tous ceux qui cherchent à les spolier de leurs terres. Mais, pour lui, le Mexique est d'abord la patrie du soleil et des fables par lesquelles il se laisse enchanter. « Tout était vert dans ce pays de l'été éternel, dans ce merveilleux pays du printemps sans fin, riche de légendes, de danses et de chansons, sans égal sur toute la terre. »

La meilleure introduction à l'œuvre de Traven me semble être le recueil de nouvelles intitulé *Le Visiteur du soir* (Stock, 1991). Dans celle qui porte ce titre, le narrateur, un Blanc installé au milieu de la jungle (Traven lui-même ?) et grand lecteur d'ouvrages sur les civilisations qui se sont épanouies en Amérique latine avant l'arrivée de Christophe Colomb, voit un soir entrer dans sa hutte un Indien qui lui adresse un étrange salut, la main contre son front et la paume tournée vers lui. Ce visiteur revient plusieurs soirs de suite, toujours aussi discret, poli, énigmatique. (Traven insiste partout sur cette politesse des Indiens : même les bandits observent une réserve courtoise, et ne posent leurs exigences qu'en respectant les formes.) Le Blanc découvre, dissimulé sous un tertre, un ancien tombeau, dans lequel il trouve le corps momifié d'un prince indien mort depuis des siècles, en qui il croit reconnaître son visiteur. Confusion et stupeur dans sa tête : il ne sait plus s'il rêve ou s'il est dans la réalité, si aucun visiteur est jamais venu le voir, si l'homme entré dans sa hutte a existé ou s'il n'est qu'un produit de son imagination surexcitée par les mythes et les légendes d'autrefois. Récit de la fusion entre un homme et le pays qu'il aime, ce texte restitue pleinement la magie du désert mexicain.

Traven se garde d'idéaliser les Indiens. Il les montre faisant de leur simplicité même une arme terriblement rusée. Le même Blanc *(Un remède efficace)* reçoit un jour la visite d'un paysan, de lui parfaitement inconnu. Muni d'une machette dont il fait briller l'acier, cet homme le met en demeure de lui retrouver sa femme, laquelle a disparu et ne lui prépare donc plus son plat de haricots et ses *tortillas*, à son grand détriment. Longues négociations, l'infaillibilité et la toute-puissance de l'homme blanc étant un dogme pour les Indiens, qui lui font un devoir de venir à leur aide, sous peine de représailles sanglantes. Le narrateur essaye de plaisanter sur la machette : « Je vois que vous avez envie de couper les poteaux de ma clôture et de les emporter », tout en sachant très bien le sort qui l'attend s'il ne trouve pas une astuce qui confirmera ses pouvoirs de sorcier. Le dialogue est tout en allusions, en menaces voilées, en facéties grinçantes. « Je n'ai pas besoin de vos poteaux, *señor*. — Alors, que voulez-vous au juste ? Dépêchez-vous de me le dire, car il faut que j'aille m'occuper de mes tomates avant qu'il ne fasse trop chaud. — Je vous l'ai déjà dit mil fois, *señor* : je veux ma femme, et je veux que vous me disiez où elle est. — Et moi, je vous ai dit mil fois aussi que je n'en ai aucune idée. — Vous continuez à prétendre que vous ne pouvez pas me la retrouver ? — Oui, et alors ? — C'est possible, que vous ne le sachiez pas… Mais ce que je sais moi, c'est que vous pouvez la retrouver si vous le voulez. Je ne peux pas vous donner mil pesos d'or, car je ne les ai pas, mais je vais être franc, *señor* : si vous ne me dites pas tout de suite où est ma *mujer*, ce sera très dommage pour vous, car je serai obligé de trancher une tête, et cette tête pourrait bien être la vôtre. »

Mil, précise le Blanc, désigne pour les Mexicains, qui n'ont à manipuler que quelques pièces de monnaie, n'importe quel nombre entre cent et mille milliards. Traven s'entend comme personne à nous rendre sensible ce que nous appelons aujourd'hui, pompeusement, le choc des cultures. Un Blanc et un Indien peuvent palabrer des heures sans jamais se dire les choses directement. *Appel de nuit* raconte une autre aventure arrivée au même narrateur, que des bandits viennent réveiller en pleine nuit, car ils considèrent que parmi ses talents il possède aussi celui de médecin. Ils ont besoin de ses services pour soigner un camarade blessé au cours de l'attaque d'une *hacienda*. Là encore, assaut de paroles aimables sur fond de sauvagerie cachée, valse lente de faux-fuyants orchestrés avec un art suprême. Obéir à ces bandits et faire en sorte que le blessé puisse s'enfuir, c'est s'exposer à être plus tard fusillé par la police. Ne pas leur obéir, c'est être certain d'être tué immédiatement. Mais toujours avec le même regret désolé pour le sort malheureux de la victime.

Pauvres cultivateurs de maïs ou *bandoleros* armés de carabines, ces Indiens gardent en toute circonstance une distinction extraordinaire, et cette façon de les décrire est pour nous parfaitement crédible. Le peuple mexicain n'est pas moins féroce que les Européens, toute la différence est dans le style. Autant les marins de la *Yorikke* étaient des brutes écrasées par la misère, autant les Indiens ont su résister, par leurs qualités intérieures, par leur dignité, par leur maintien plein de réserve, par leur façon respectueuse de s'exprimer, par leurs silences mêmes, aux agressions qu'ils ont subies au cours de leur histoire et dont ils continuent à être l'objet.

La plus belle de ces nouvelles, *Chaîne de montage*, illustre admirablement cette résistance. Mr Winthrop, de New York, en voyage dans le Mexique et fâché de constater comment ce beau pays n'a pas encore été exploité de manière satisfaisante, tombe un jour sur un Indien accroupi sur le seuil en terre battue de sa hutte de palmes, en train de confectionner de petits paniers au moyen de toutes sortes de fibres qu'il a ramassées dans l'immense forêt entourant le village, soigneusement préparées puis colorées en extrayant des teintures de diverses plantes, écorces et racines, voire de certains insectes, selon un procédé connu de lui seul. Il vend ces petites merveilles au marché pour vingt centavos, une misère, l'équivalent de dix anciens centimes. « S'il avait eu la moindre connaissance du monde, il aurait su que ce qui lui arrivait, arrivait chaque jour à chaque artiste de chaque pays, et cela lui eût peut-être donné la fierté de savoir qu'il appartenait à cette petite armée qui est le sel de la terre et qui empêche la culture, la civilisation et la beauté de disparaître de ce monde. »

L'Américain sursaute en apprenant le prix demandé par l'Indien : il avait évalué les paniers à une valeur six fois supérieure. Et, aussitôt, de comprendre quelles possibilités ce miteux village indien offre à un promoteur aussi dynamique que lui. « Mon ami », lui dit-il, quel prix me feriez-vous si je vous achetais dix de ces paniers ?... ou cent ?... ou mille ? L'Indien hoche la tête, comme s'il acceptait de fabriquer à la chaîne ces bijoux dont chacun, en réalité, lui coûte des soins minutieux. Mr Winthrop rentre à New York, persuade un confiseur de passer une commande de dix mille paniers pour ses friandises, revient trouver l'Indien, lui propose le marché, certain de pouvoir rafler cette marchandise à un prix dérisoire. « Alors, avez-vous calculé votre prix pour dix mille paniers ? — Si, patroncito. Si je dois vous faire mille canastitas, je vous les vendrai trois pesos chacun. Si je dois vous en faire cinq mille, ce sera neuf pesos. Et si vous en voulez dix mille, je ne pourrai vous les laisser à moins de quinze pesos la pièce. » Mr Winthrop croit perdre la raison. Le plus calmement du monde, l'autre lui explique quel surcroît de travail entraînerait une telle commande, et ce qui en résulterait pour la vie du village. « Il ne suffit pas d'aller dans la forêt et de se baisser, croyez-moi : il me faut parfois marcher quatre ou cinq jours avant de trouver une racine qui me donne le bleu-violet que je désire. Et puis, si je dois faire autant de paniers, qui s'occupera de mon maïs, de mes haricots, de mes chèvres ? Qui me tuera un lapin de temps en temps, pour agrémenter mon repas du dimanche ? Si je n'ai pas de maïs, je n'aurai pas de tortillas à manger, et si je ne soigne pas mes haricots, comment aurai-je des *frijoles* ? » Vos parents, rétorque l'Américain, pourraient vous donner un coup de main, et même aller dans la forêt récolter à votre place les fibres et vous aider à les préparer. « S'ils m'aidaient comme vous le dites, plus personne ne travaillerait la terre, et le prix du maïs et des haricots monterait au point qu'aucun de nous ne pourrait en acheter, et nous mourrions tous de faim ! »

Mr Winthrop, oubliant sa propre cupidité, a beau lui proposer une somme énorme, qui ferait de lui l'homme le plus riche du district, jusqu'à cinq mille pesos, l'Indien, pour qui une telle quantité d'argent n'a aucune signification, ne l'écoute même pas. Et, devant l'exaspération de son visiteur, livre enfin le secret de son refus. « Il y a d'ailleurs autre chose que vous ne savez peut-être pas, señor : ces canastitas, voyez-vous, il faut que je les fasse à ma manière, en y mettant ma chanson et en y tressant de petits morceaux de mon âme. Si je devais en faire autant que vous en voulez, je ne pourrais plus mettre mon âme et mes chansons dans chacun d'eux. Chacun ressemblerait exactement aux autres, et cela me briserait peu à peu le cœur. Il faut que chacun de mes paniers soit une chanson différente, que j'entends le matin lorsque le soleil se lève, lorsque les oiseaux s'éveillent et lorsque les papillons viennent se poser sur eux. Il le faut, parce que ces papillons aiment mes paniers et leurs jolies couleurs, et c'est pour cela qu'ils viennent se poser sur eux, et c'est en les regardant que j'imagine de nouvelles canastitas... Là-dessus, *señor jefecito*, si vous voulez bien m'excuser, je vais me remettre au travail. J'ai déjà perdu beaucoup de temps, même si c'est un plaisir et un grand honneur pour moi d'écouter parler un caballero de votre qualité.

Mais après-demain, c'est jour de marché à la ville, et il faut que j'aie des paniers à vendre. Merci de votre visite, señor, et adios… »

Jamais on n'a aussi bien indiqué, me semble-t-il (sinon dans l'anecdote du pêcheur napolitain en loques qui refuse d'aller pêcher en mer pour s'enrichir et jouir ensuite de son repos avec l'argent gagné, puisque, couché sur la plage, sans rien faire, sans avoir tout ce mal à se donner, il se repose déjà, parfaitement heureux, la seule différence entre les deux histoires étant à la faveur de l'Indien qui a, lui, la religion du travail bien fait), comment la soif d'accumulation, principe du système capitaliste, reste étrangère à un cœur pur. Les civilisations traditionnelles se ressemblent : les Indiens de Traven me rappellent les paysans de la Basilicate décrits par Carlo Levi dans *Le Christ s'est arrêté à Eboli*. Même univers de pauvreté digne, de stoïcisme impassible, de fidélité aux traditions, de croyances magiques, même supériorité, pour la qualité humaine, sur les pays qui se vantent de leur « développement ».

La plupart des romans mexicains de Traven sont des plaidoyers passionnés en défense des Indiens. Il les montre opprimés par la dictature politique *(Indios)* ou les sociétés de commerce espagnoles *(La Charrette)*, exploités par les compagnies pétrolières américaines *(Rosa Blanca)*, pressurés par les grands propriétaires *(La Révolte des pendus)*. Ces livres nous renseignent sur les mœurs et les traditions les plus anciennes du Mexique. L'ethnologue épaule souvent l'écrivain, sans alourdir sa main. Parmi ces romans il en est cependant un qui se détache par la nudité et la force du récit, parce que c'est un pur roman d'aventures, racontées sans intervention du jugement. *Le Trésor de la Sierra Madre* (qui a rendu célèbre son auteur, à cause du film de John Huston, avec Humphrey Bogart dans un de ses meilleurs rôles) met en scène trois aventuriers américains saisis par la fièvre de l'or. Après avoir découvert un gisement dans le désert mexicain, creusé pendant plusieurs mois dans des conditions excessivement difficiles, soutenu un siège contre des bandits, surmonté la chaleur et la soif, ils finissent par s'entre-tuer pour la possession du butin.

Très peu de notations de paysages, mais alors efficaces : « La forêt était maigre ; les arbres semblaient s'être arrêtés de croître. On aurait dit qu'ils se demandaient s'il valait la peine de pousser ou s'il ne valait pas mieux rester ainsi. La sécheresse est tellement longue et elle peut tuer si on a besoin de trop d'eau. » Les rapports entre les trois hommes sont admirablement décrits : solidarité forcée, feinte amitié, haine cachée, absence totale de sentiments. Tout est action, rapidité, pauvreté de pensées, sobriété de gestes. Aucun problème de conscience, dans la tête de ces forbans. « La conscience parle seulement si la prison vous guette, ou le bourreau et sa corde. » Les métis qu'ils rencontrent ne sont pas présentés sous un jour moins féroce : eux aussi lapident, assassinent, coupent les têtes, dans ce pays dominé par la religion espagnole, où il suffit de regarder dans les églises les sanglants martyres des saints, les corps transpercés de flèches, les langues arrachées, les pieds cloués, pour trouver un encouragement à pratiquer les plus cruels supplices. « Les Indiens de la Sierra Madre, à Oaxaca, Chiapas et Yucatea, qui sont païens, ignorent de pareilles brutalités. Mais les métis et les Mexicains sont capables de tous les crimes et des pires horreurs. » Forts des images qu'ils ont vues dans les églises dès leur tendre enfance, « ils ont toujours la conscience légère ; ils se déchargent du fardeau de leur faute sur les saints qui, dans leur esprit, ont été créés à cette fin ».

L'Ile au trésor est de 1883, *Le Trésor de la Sierra Madre* de 1927. En moins de cinquante ans, la chasse au trésor a changé de sens. Chez Stevenson, il y avait encore les bons et les méchants, le bien et le mal. Le monde de Traven est fermé, opaque, sans espoir. Les Indiens restent purs, mais sans influence, exclus, réduits à une survie précaire. L'or ne peut plus nourrir le rêve et favoriser l'héroïsme : il ne peut, désormais, que corrompre et tuer. Le roman d'aventures reposait sur la distinction entre le bien et le mal, l'aventure consistant, justement, à lutter contre le mal et à faire triompher le bien (Dumas, Gustave Aimard, Jules Verne, Stevenson, Jack London, Curwood, Kipling). *Le Trésor de la Sierra Madre* conclut cette longue tradition d'optimisme par un pessimisme absolu. L'or n'est plus un libérateur d'énergies positives ; idole de notre époque, il ne mène qu'à la destruction et à la mort.

QUATRIÈME PARTIE

Narrateurs

Amado (Jorge)

Chaque année on l'attendait pour le prix Nobel, qu'aucun Brésilien n'a jamais obtenu. L'académie suédoise a réussi un des plus retentissants fiascos de sa longue histoire de ratages (Zola, Tolstoï, Graham Greene…), en laissant filer dans la mort celui que tout destinait à cette distinction, le génie littéraire aussi bien que les engagements politiques. Député de gauche après la guerre, il avait milité du côté des « humiliés et offensés ». Cet écrivain du peuple n'était pas né dans le peuple, mais, issu d'une famille de planteurs de cacao, dans le sud de l'Etat de Bahia, il avait regimbé très jeune contre son milieu. A treize ans, en 1925, évasion de l'école religieuse, à quinze ans, débuts dans le journalisme. Ses vrais éducateurs n'ont pas été les pères en soutane, mais les nourrices noires, les conteurs d'histoires de son enfance champêtre, les faits divers captés dans la rue.

Cette source orale a marqué toute son œuvre. Ses romans ont pour cadre la ville du Brésil où il s'était fixé, et où il ne pouvait se promener sans être entouré d'hommes et de femmes qui se mettaient à genoux devant lui et lui baisaient la main. Il tenait du médecin, du mage, du prophète, par le rayonnement d'une générosité qui exerçait un charisme immédiat. Rien n'était plus émouvant que de le voir au centre d'une dévotion qu'il ne faisait rien pour s'attirer, et que je n'imaginais plus possible depuis l'époque des Dickens et des Hugo. Ces deux écrivains, il les rappelle par le nombre et l'ampleur de ses livres, la force et la couleur de son écriture, le choix d'une ville comme microcosme des passions morales et sociales. Identifié complètement à ce Salvador de Bahia où il habitait, il a porté à l'existence et à la splendeur romanesques la foule métissée, capiteuse et violente des marins, voleurs, prostituées, vagabonds, enfants perdus, matrones au grand cœur qui grouille dans cette ancienne capitale du Brésil, magnifique et déchue, Naples des tropiques.

Sur la gent plumitive, comme il tranchait ! Une force lente et cachée, qui vient du fond des siècles et des profondeurs de la terre, le rendait lourd, ligneux, rocailleux, semblable à un dinosaure ou à un lamantin. Je n'ai connu qu'un seul autre écrivain qui m'ait donné cette impression d'être accordé au temps immémorial d'avant l'histoire, et c'était Carlo Levi, lui aussi un peu sorcier et thaumaturge, dons qui lui ont permis de comprendre comme aucun Italien avant lui la vie secrète et magique des troglodytes du Sud. Entre Naples et Salvador de Bahia, que de ressemblances, décidément !

« Mon climat n'est pas la solitude. Je suis convivial, j'aime être avec les gens, bavarder et rire, je suis d'une nature communicative. » Et Zélia Gattai, sa femme et compagne d'aventures : « Où qu'il soit, où qu'il aille pour travailler, Jorge ne se sent vraiment bien que dans la pièce principale, celle où il y a le plus de passage, de préférence la salle à manger (pourquoi pas ?), en y occupant la table des repas sur laquelle il s'installe avec machine à écrire et papier. » Quand on pense que même Simenon s'enfermait dans son bureau pour se mettre à un roman, en placardant sur la porte un écriteau avec « *Défense d'entrer* », on mesure quelle place originale Jorge Amado occupe dans le siècle de Kafka et de Proust. Voilà un grand écrivain qui non seulement participe à la vie du monde mais fait de cette communication et communion son credo esthétique. Ni tour d'ivoire ni chambre tapissée de liège ni affres de la création. Ses romans coulent de source, tel le jaillissement d'une nature exceptionnellement chaleureuse.

Impatients de recevoir la prochaine livraison des *Misérables*, les habitants de Boston se rendaient au devant du bateau qui arrivait d'Europe avec un nouvel épisode. Les lecteurs de Dickens se précipitaient à la rencontre du facteur qui leur apportait un chapitre de *Nicolas Nickleby* ou de *David Copperfield*. Ce type d'auteurs a disparu, ce type de lecteurs aussi. Ce roman semi-oral, ce public populaire qui était moins attentif à la qualité du style qu'aux rebondissements de l'histoire (mais le style était là, et comment ! sans style, ces livres n'auraient pas été lus avec autant de passion) n'existent plus. Les séries télévisées ont remplacé les suites romanesques, et la littérature, outrée d'avoir perdu toute audience, s'est retirée sur des cimes escarpées où seuls quelques courageux alpinistes peuvent espérer la rejoindre. Jorge Amado était le survivant d'une espèce en voie d'extinction : un écrivain de haut vol, non indigne des grands feuilletonistes du siècle précédent, un artisan du verbe, un magicien des mots, proche de son peuple, dont il se voulait le porte-parole, le chroniqueur, l'amuseur, le guide.

Bien entendu, il est regardé par les « connaisseurs » avec dédain. Même au Brésil, on ne l'estime pas plus que cela. On l'accuse d'avoir propagé l'image folklorique et misérabiliste d'un Brésil qui ne veut plus être réduit à ces clichés : procès aussi injuste que si on incriminait Gorki d'avoir montré des Russes se roulant dans la boue des bas-fonds, ou Zola d'avoir dépeint les ravages de l'alcoolisme. Antonio, un intellectuel de Recife, à qui je citais Amado comme un de ces merveilleux baroques de l'Amérique du Sud, me rétorqua : « Baroque, Amado ? Non, car il n'y a chez lui aucune recherche formelle, aucun artifice. C'est un écrivain spontané. » Spontané : voilà le mot lâché. Sa cote est faible auprès de celle d'un Vargas Llosa, d'un Carpentier, d'un Sabato. On ne lui pardonne pas d'avoir l'air d'écrire sans effort, de raconter des histoires sans s'appuyer sur une « théorie » du roman, d'avoir produit une œuvre énorme comme au fil de la plume.

On lui en veut également pour la vigueur de son optimisme. Malgré la misère de Bahia, malgré les conditions désespérées d'un sous-prolétariat qui ne s'en tire que par la délinquance et le meurtre, il garde une foi héroïque dans la vitalité de son peuple. Communiste au temps de Staline et des Congrès de la paix, il a dit quelle atroce désillusion fut la découverte des crimes de Moscou. N'importe, l'étiquette d'écrivain « engagé » lui colle encore après, et on a tendance à le confondre avec les écrivains sectaires du réalisme socialiste. Rien de plus inique, car si quelques-uns de ses livres (ceux de la période 1942-1954, *Terres sans fin, La Terre aux fruits d'or, Les Chemins de la faim, Les Souterrains de la liberté)* véhiculent un discours politique orienté, ses œuvres majeures, *Bahia de tous les saints* (d'où Rossellini envisageait de tirer un film), *Capitaines des sables* et les gros et grands romans tels que *Dona Flor et ses deux maris, La Boutique aux miracles, Tereza Batista, Gabriela, girofle et cannelle* ne sont « engagés » que dans l'amour de la vie et la moite turbulence bahianaise, aux antipodes de tout parti pris manichéen.

C'est si vrai qu'une des premières mesures qu'il fit adopter, député communiste en 1946, fut d'accorder la liberté aux cultes afro-brésiliens. Ces condomblés, cérémonies au cours desquelles l'assistance entre en transe, jouent un rôle capital, expliquait Amado, pour les Noirs et les métis : loin de ressortir à la superstition, ils préservent leur identité sociale et morale et restent une force importante dans la lutte contre le racisme. Le racisme, importé au Brésil par Gobineau, qui fut ambassadeur de France à Rio, détesta le pays et propagea sa doctrine de l'infériorité naturelle des Africains. Jusqu'en 1946, le monopole de la religion appartenait aux catholiques, les autres cultes étant persécutés. C'est donc grâce à un athée que les fêtes noires reçurent droit de cité, et que l'énorme population de sang-mêlé retrouva son identité – non sans que ce marxiste de principe eût à combattre les préjugés de son propre parti contre « l'opium du peuple ».

De tous ses romans, il déclarait préférer *La Boutique aux miracles* (1969), évocation historique, ou biographie romancée, du mulâtre Pedro Archanjo, qui aurait réhabilité, dans les années 1900, les notions de métissage, de miscigénation, contre les théories racistes défendues par la Faculté de médecine sous l'influence du sinistre Gobineau. Les professeurs, alors, considéraient tout ce qui venait d'Afrique (musique, danse, arts martiaux, religion) comme pure barbarie. La misère et l'ignorance du peuple bahianais sont si profondes, rétorquait Archanjo, que « vivre dans de telles conditions représente en soi seul une extraordinaire démonstration de force et de vitalité ». A la thèse du philosophe français (« C'est une population inepte, vicieuse jusqu'à la moelle et dont il est impossible de rien faire ; pas plus de force au physique qu'au moral », écrivait l'ambassadeur à sa femme, le 29 juin 1869, dans une de ses *Lettres brésiliennes* où l'on relève aussi ce jugement perspicace sur *L'Education sentimentale* fraîchement parue : « livre ignoble et inepte »), pas de meilleure réponse que la capacité de résistance des Noirs et des mulâtres, « si puissante qu'elle dépasse la misère et le désespoir dans la création quotidienne de la beauté et de la vie ».

Archanjo n'eût-il été qu'un théoricien opposé à un autre théoricien, le roman se fût réduit à un froid débat d'idées. Le génie d'Amado, c'est d'avoir présenté le mulâtre, non comme un savant armé des armes de la raison, mais comme un pauvre type, véritable enfant des quartiers populaires. Clochard, ivrogne, polygame, irresponsable, il se retire, vieux, dans un bordel, avant de finir, ivre, dans un ruisseau. Sa vie scandaleuse semble donc justifier les thèses racistes. Mais voilà où le mystère commence : la « raison » des gobinistes, la pensée juste et sage de ceux qui défendent la supériorité des valeurs « occidentales » sur tant de complaisance dans la débauche et l'abjection n'atteignent pas les profondeurs de l'être. C'est une raison purement sociale, une sagesse étroitement policière ; et, comme dans les romans de Dostoïevski, où la vérité n'est pas du côté des bien-pensants mais des idiots et des illuminés, nul autre que le mulâtre Archanjo, ce vagabond, ce réprouvé, ce paria, ce saint François des trottoirs, ne détient le secret ultime, la clef de la vraie vie.

Tereza Batista (1972) retrace le destin d'une femme tour à tour esclave sexuelle d'un riche et brutal propriétaire à qui sa famille l'a vendue, amoureuse naïve d'un gigolo qui la berne, soigneuse de pestiférés avec les putains, enfin maîtresse d'un vieux docteur qui l'aime et l'éduque, mais après la mort duquel elle retourne au bordel, pure et digne dans son avilissement, image de l'indépendance et du courage. *Tocaia Grande* (1984) est au contraire un roman choral et polyphonique, l'histoire de la fondation et du développement d'un village en pleine brousse, sous l'action de baroudeurs, de truands et de prostituées.

Le chef-d'œuvre d'Amado reste *Dona Flor et ses deux maris* (1966). Dona Flor est une cuisinière, experte en saveurs, en aromates et en épices. Les beignets de haricots, la tortue en cocotte, le moqueca de crabe tendre, le vatapa de poisson, plats riches et parfumés, à base d'huile de palme et de lait de coco, l'ont instruite de certaines douceurs et délices ; mais c'est seulement de Vadinho, son premier mari, qu'elle apprend la plénitude de l'existence. Sans ce condiment suprême qu'est le tumulte d'une volupté orageuse, la vie resterait plate et insignifiante, terne comme un jour sans piment.

Vadinho est une canaille désopilante, un chenapan qui propage autour de lui la joie de vivre. Libertin, joueur, sans le sou, luttant pour sa survie, il se vautre dans une « anarchie irraisonnée ». Chaque moment de ses journées est une surprise, pour lui et pour les autres ; heure après heure, il s'invente, dans un vertige continu de tromperies, de mensonges, d'esbroufe et de gaieté. Dona Flor découvre avec lui l'amour, dans un lit de tempête et d'ouragan ; ni calme ni sécurité en compagnie de ce vaurien ; pas même ce que les gens recherchent sous le nom de bonheur ; mais une fête permanente, une exquise épouvante, une périlleuse exaltation, qui la transporte à la pointe d'elle-même, dans un fabuleux gaspillage d'énergie.

Veuve, elle épouse le docteur Teodoro, pharmacien en règle, contrepartie exacte du premier mari. Bon, tranquille, sûr, mais ennuyeux ; de caractère noble, mais de tempérament insipide ; contenant son désir dans les limites de la discrétion et de la dignité ; correct et prudent jusque dans le lit. Le récit de la nuit de noces est une merveille de drôlerie : elle, attendant le moment du déchaînement et de l'extase ; lui, impeccablement prude et réservé. Mais pas seulement de drôlerie : car il n'y a pas de plus profonde et poétique métaphore de Bahia que l'histoire de ce couple. Le brave, aimant et vertueux docteur Teodoro n'est pas mieux assorti à la plébéienne, savoureuse et mordante Dona Flor, que la morale bourgeoise ne convient à l'univers chaotique d'une ville sous-développée. De même que ce n'est pas un mari décent qui peut satisfaire les appétits de l'exubérante cuisinière, de même Bahia n'a que faire d'un régime d'ordre et de raison; seul sauvera de la mort cette cité damnée le tohu-bohu d'une gaieté animale, symbolisée par un voyou.

L'œuvre d'Amado est universelle, en ce sens que tout lecteur, qu'il soit cultivé ou sans lettres, instruit ou sans diplôme, peut y avoir accès et y prendre son plaisir. Littérature imaginative, pittoresque au bon sens du mot, sensuelle, répétitive comme l'art de la chanson, proche du conte et de la fable, romans qu'on peut colporter à haute voix, et qui peuvent toucher, amuser et faire rêver des non-lecteurs, des gens chez qui il n'y a pas de bibliothèque. Amado est un des très rares écrivains du XXe siècle, avec Gabriel García Márquez, qui ait réussi à nier la division de la culture en « haute » culture réservée aux initiés et « basse » culture de consommation, et à écrire des livres de grande valeur littéraire qui restent de plain-pied avec les curiosités, les expériences et les émotions de chacun.

A ceux qui, rendus anorexiques par l'anémie du roman contemporain, renâcleraient devant les débordantes, sanguines, épiques et drolatiques aventures qui remplissent plus de cinq cents pages de chacun de ces romans, on recommandera une nouvelle, *Les Deux Morts de Quinquin-la-Flotte* (1961), dont le titre portugais est plus juste et plus beau : *A morte e a morte de Quincas Berro Dagua*. Non pas une double mort, mais deux morts, séparées et successives, « la mort et la mort », selon l'idée centrale d'Amado, pour qui, entre l'idéal bourgeois de bienséance et de correction et l'idéal populaire de désordre et de gaieté, le fossé ne peut être qu'abyssal. Celui dont le vrai nom est Joaquim Soares da Cunha a toujours vécu en fonctionnaire honorable, jusqu'à ce que, la cinquantaine venue, il abandonne soudain femme, fille, gendre, frère, maison, habitudes, pour aller vagabonder dans les rues, s'encanailler dans les tavernes, coucher avec les putains, habiter un taudis et dormir sur un grabat, vêtu de haillons et affublé d'un sobriquet ridicule. Aussi, à peine trépassé de sa première mort, sa famille veut-elle le ramener à la décence et au respect, en l'habillant de neuf et en le plaçant dans un cercueil convenable. Comment il échappe à cette violence posthume, par quelles ruses il déjoue les pieuses intentions de son entourage pour aller mourir de sa seconde et vraie mort, libre et imprévue, en pleine mer, dans un linceul fourni non plus par les pompes funèbres mais tissé par l'onde et l'écume, c'est une nouvelle métaphore de Bahia, suggérée d'une main légère et magique.

Balzac dans son laboratoire

« On a remarqué que les gens riches ou puissants entraient toujours la tête haute partout où ils vont » : la première phrase du premier roman de Balzac, publié sous le pseudonyme de Lord R'Hoon – *L'Héritière de Birague*, janvier 1822, l'auteur a vingt-deux ans –, contiendrait-elle en noyau *La Comédie humaine ?* On le croirait, tant les motifs de la grande œuvre – la puissance, l'argent –, le snobisme de l'auteur et l'art de caractériser les personnages par un trait de comportement physique sont déjà présents dans l'incipit du débutant. Pourtant, il faudra encore du temps – sept autres « premiers romans » – avant que Balzac ne trouve son vrai ton et ne signe de son vrai nom. Entre 1822 et 1825, sa production déjà foisonnante se distingue par un extraordinaire désordre et tohu-bohu d'idées, de fantasmes, d'obsessions. Dans ces sept romans (réédités en deux volumes, Bouquins/Laffont, 1999), on tient non seulement le laboratoire d'un grand écrivain, mais le fouillis émotionnel d'un fils mal aimé, qui essaye de régler ses comptes.

Le jeune homme en veut avec rage à sa mère : il la remplace par Mme de Berny, qui a le double de son âge quand il en devient l'amant. Ces deux passions servent de fil rouge aux intrigues de ses premiers textes. Qu'on peut lire à plusieurs niveaux : car si la vie intime de l'auteur s'y reflète, ils révèlent avant tout dans quelle pagaille intellectuelle l'apprenti écrivain se débat. Il a tout lu, et regurgite les modes littéraires, du roman historique à la Walter Scott au roman noir à la Mary Shelley *(Frankenstein)*, du roman fantastique à la Cazotte *(Le Diable amoureux)* au roman terrifiant à la Matthew Lewis *(Le Moine)* ou à la Maturin *(Melmoth ou l'Homme errant*, paru en 1820). Ajoutez à ces noms ceux de Sterne, de Rabelais, de Shakespeare, de Chateaubriand, et vous obtiendrez le cocktail détonant qui enflamme d'une ivresse vertigineuse les pages du jeune écrivain.

Ce ne sont que vieillards spectraux, qui tiennent du Juif errant et du Père éternel, et hantent les donjons et les caves des châteaux de province, héritières consumées d'amour, pétulants chevaliers, fourbes et traîtres (de préférence des Italiens, décrits invariablement comme des fripons et des menteurs, avec un sens politique nettement incorrect), de vieux serviteurs dépositaires de précieux secrets de famille, tout un monde de fantômes, d'amants, de preux, de bandits, situé tantôt au Moyen Age, tantôt à la Renaissance, tantôt sous la Révolution française et l'Empire, mais toujours fortement coloré de rocambolesque et de surnaturel. Pourvu qu'il y ait des enfants trouvés, des crimes impunis, des coups d'épée à distribuer, des souterrains à explorer, Balzac est à son aise. Son imagination galope. Il y a de l'Alexandre Dumas chez lui, mais en moins intelligent, en moins nerveux. Il est trop empêtré dans ses tourments d'adolescence pour arriver à la rapidité, à l'alacrité des mousquetaires. Ou, tout simplement, il n'a pas le talent du roman d'aventures.

Croit-il tout à fait aux histoires qu'il raconte ? Non, et si son ironie freine l'adhésion du lecteur, elle l'amuse lui-même, ancêtre ici de Borges. « Depuis longtemps

Villani ne l'écoutait plus, par cinq raisons : la première, parce qu'il soupçonna le bonhomme d'avoir la tête timbrée, vu son grand âge ; la seconde, parce qu'il réfléchit que Geronimo lui donnerait des renseignements plus sûrs ; quant aux autres, elles nous manquent : le marquis pensa trop bas. » Au plus fort d'une situation pathétique, Balzac lâche une impertinence pour nous montrer qu'il n'est pas dupe. Procédé littéraire, sans doute, mais aussi moyen de se libérer de ses propres fantasmes, qu'il exorcise par le double moyen du mélodrame flamboyant et de la ricanante dérision. « Il attira la svelte jeune fille sur son sein, la pressa avec force, déposa un baiser sur ses lèvres, et lui disant *adieu !* il versa un torrent de larmes sur ses joues parées de l'incarnat de l'espérance. » Emphase ridicule ? Ou parodie volontaire, qui délivre le jeune écrivain de son excès de sentimentalisme ?

Dans un seul domaine, il est déjà, à vingt-deux ans, ce qu'il sera dans *La Comédie humaine* : le philosophe de l'énergie intellectuelle et de la volonté. Qu'on puisse exercer une sorte de toute-puissance, pour le bien ou pour le mal, par la seule force de la pensée, il a puisé cette conviction chez un autre de ses maîtres, le médecin allemand Mesmer, apôtre du magnétisme. *Le Centenaire, ou les Deux Béringheld* met en scène un surhomme qui traverse les temps historiques et agit par les fluides et l'hypnose. Encore bien naïf, ce roman n'en préfigure pas moins l'idée motrice de *La Comédie humaine*, à savoir qu'un certain nombre d'individus exceptionnels (dont Vautrin sera le plus parfait représentant) cherchent à s'assurer, au moyen de techniques appropriées, la domination du monde. Ils y réussissent parfois, le plus souvent ils se détruisent eux-mêmes par un abus d'énergie.

Le mythe de Napoléon est ici à l'œuvre – comme on le retrouvera chez Stendhal ou Hugo. Et le fabuleux dynamisme intellectuel et littéraire qui permet à un débutant à peine sevré du lait maternel d'écrire des romans encore embarrassés, sans doute, de tics d'époque et de bric-à-brac romantique, mais animés d'une telle fougue, jetés sur le papier avec un punch si magistral, que le lecteur de l'an 2000 s'y replonge avec intérêt.

Quitte à retrouver le Balzac qui lui est plus familier et plus cher, dans une autre chambre de son laboratoire, le recueil de ses *Nouvelles et Contes*, qui couvrent trente ans d'activité parallèle à l'activité romanesque (deux gros volumes Quarto Gallimard). Prodigieux ! Certaines nouvelles de Balzac sont célèbres – *Le Chef-d'œuvre inconnu, Sarrasine, Gobseck, L'Illustre Gaudissart, La Grande Bretèche, Un épisode sous la Terreur* – mais la plupart ont pâti de l'ombre formidable portée par les grands romans. L'édition Quarto a le mérite de présenter dans l'ordre chronologique tous les textes de fiction courts : on voit ainsi Balzac au travail, sur le vif, avant qu'il n'ait pensé à organiser *La Comédie humaine*. Quel chantier ! Quelle effervescence d'imagination, de formules, de trouvailles, d'éclairs ! Avec parfois des lourdeurs, des clichés, tels ce « visage pâli par de secrets supplices », ce « naïf amour de jeune fille », cette « ravissante pudeur de sentiment », mais l'héritage littéraire du romantisme noir n'est pas le seul responsable de ces lieux communs. Balzac n'a pas le temps de fignoler, il faut qu'il aille de l'avant, qu'il fonce, emporté par le génie de la création. Les raccourcis fulgurants sont bien plus nombreux que les tournures de convention. Par exemple, au sujet de la cupidité et de la jalousie, il parle des « deux passions qui ne se réjouissent jamais ». C'est jeté en passant, là où un écrivain moins surabondant d'inventions ferait une page. La mère de Gaston, digne douairière, lui remontre le tort qu'il se fait en s'affichant avec Mme de Beauséant, une femme déclassée. Cette liaison empêche le jeune homme de faire un beau mariage avec une riche héritière. En trois mots Balzac résume la situation. Mme de Nueil, dit-il, cherche « à embaucher son fils pour la Vertu ».

Dans ce foisonnement de textes, comment tracer quelques pistes ? Deux sujets semblent convenir particulièrement à Balzac : la guerre et le couple. Le premier écrit qu'il ait signé de son nom, *El Verdugo* (1830), raconte un épisode féroce de la guerre d'Espagne, avec une économie de moyens digne de Mérimée. A la geste napoléonienne se rattache également *La Vendetta*, nouvelle aussi implacable que son titre. *Adieu* contient quinze pages sur le passage de la Bérézina parmi les plus fortes qu'ait jamais inspirées le spectacle d'une déroute militaire. Le désespoir des soldats volant des chevaux pour les dépecer et les dévorer, les tourmentes de neige, l'angoisse mortelle de l'hiver russe, les incendies, les pillages, l'épuisement de ceux qui se laissent brûler dans les flammes du feu de camp par une subite indifférence à la vie, tout est décrit avec l'œil froid du clinicien et un cœur pénétré de compassion. La littérature mondiale est riche de témoignages analogues : Balzac, qui n'a pas été témoin et tire de sa propre imagination le tableau du désastre, l'emporte en véracité et en puissance sur tous les peintres de guerres.

Nouvelle militaire également peut se dire *Une passion dans le désert*, les dix pages les plus hardies de Balzac. Un soldat de l'expédition d'Egypte, fait prisonnier des Arabes, réussit à s'évader de leur campement. Il se réfugie dans une grotte où il a la surprise, au réveil, de se voir observé par les pupilles jaunes d'une panthère. Va-t-il lui tirer un coup de fusil ? Non. Il la prend par les caresses, par la volupté. Entre l'homme et la bête commence une histoire d'amour propre à nous faire réviser tous nos préjugés contre la zoophilie. Peu de textes suggèrent avec autant de poésie comment la solitude du désert exacerbe la puissance du désir.

Tous les types de relations possibles entre un homme et une femme, Balzac les explore avec un bonheur égal. En voilà un qui n'avait pas besoin de recourir à l'autofiction, cette béquille des tempéraments pauvres. *Le Bal de Sceaux, La Bourse, La Femme abandonnée* (que Proust mettait au-dessus des autres nouvelles), *Etude de femme, Le Message*, il imagine toutes les combinaisons entre raison sociale et pulsion érotique, tous les conflits entre intérêt et sentiment, tous les dosages d'argent et de sexe.

L'homosexualité elle-même attira l'attention de Balzac. Mais sans doute retenait-il ce sujet trop complexe et délicat pour être traité dans le cadre étroit d'une nouvelle. Il lui faudra plus de cent pages pour décrire l'homosexualité féminine – *La Fille aux yeux d'or* – et, quant à l'homosexualité masculine, thème encore plus scandaleux et difficile à *représenter*, il ne l'abordera que de biais, en prenant mille précautions, de manière à ce que le lecteur peu perspicace n'y voie que du feu. Trois de ses plus gros romans – le cycle de Vautrin – ne seront pas de trop pour répartir, diluer, dissimuler une matière sur laquelle il avait une énorme avance par rapport à la plupart de ses contemporains.

Le Rendez-vous est l'histoire d'un mari et d'une femme qui ne se sont jamais aimés. Le mari, « nullité profonde », a une maîtresse. Julie, sa femme, le sait. Ce qui ne les empêche pas de se retrouver chaque soir dans leur salon. « Elle resta plongée dans une rêverie engourdissante, regardant le feu, muette, immobile. Victor faisait tourner l'écran dans ses doigts, avec l'air ennuyé d'un homme qui a été heureux ailleurs, et qui se trouve, chez lui, presque las de son bonheur. Après un ou deux bâillements, il prit un flambeau d'une main, et de l'autre alla chercher languissamment le cou de sa femme, et voulut l'embrasser ; mais Julie se baissa, lui présenta son front, et y reçut le baiser du soir, ce baiser machinal, sans amour, espèce de grimace qu'alors elle trouva odieuse. »

Avant Tolstoï, Balzac a diagnostiqué que les tragédies conjugales commencent dans le lit. Julie se demande pourquoi elle résisterait à un bel Anglais qui lui plaît, puisqu'elle se donne, contre son cœur, à un mari qu'elle n'aime pas, situation bien plus amorale que l'adultère. Le génie de Balzac est d'isoler un geste, comme ce baiser raté de l'époux à l'épouse, pour résumer la faillite d'une relation. Mais il ne faudrait pas pour autant réduire cet écrivain à un psychologue réaliste. Baudelaire s'étonnait déjà qu'on ne reconnût pas en lui « un visionnaire passionné ». En dehors même des textes qui présentent un aspect ouvertement fantastique (*Le Dôme des Invalides*, stupéfiant, *Les Proscrits* ou *Jésus-Christ en Flandre*, plus faibles), chacune de ces nouvelles ouvre une porte sur l'infini.

Barbey d'Aurevilly

La marquise Bérangère de Gesvres, pressée par le marquis Raimbaud de Maulévrier de lui dire qu'elle l'aime, avoue sa congénitale froideur *(L'Amour impossible)*. La jeune Hermangarde de Polastron dispute en vain à une brûlante Andalouse son beau Ryno de Marigny *(Une vieille maîtresse)*. Le noble sang de Madeleine de Feuardent, mésalliée par son mariage avec un rustre normand, se rallume et la consume d'amour pour l'abbé Jéhoël de la Croix-Jugan, ancien Chouan resté royaliste et aristocrate dans l'âme *(L'Ensorcelée)*. Barbe-Pétronille de Percy raconte aux demoiselles Sainte et Ursule de Touffedys et au baron Hylas de Fierdrap comment elle a sauvé un Chouan de l'échafaud (*Le Chevalier des Touches)*. Le vicomte Néel de Néhou a l'audace de préférer la fille d'un paysan, ancien prêtre, à l'héritière du seigneur Bernard de Lieusaint *(Un prêtre marié)*.

Un snob

Ces prénoms et ces patronymes ne sont pas fortuits. Jules Amédée Barbey (qui reprit d'Aurevilly à son grand-père) fut un snob. Il divisait le monde en deux catégories : ceux qui comptent et ceux qui ne comptent pas. Il aurait pu n'être que le plus brillant des romanciers parisiens et mondains, sans la profondeur même de son snobisme. Etre snob, en effet, ce n'est pas seulement croire qu'il faut être « né » pour être quelqu'un, c'est penser qu'il y a des élus, des créatures marquées d'un signe du ciel pour remplir sur terre quelque surnaturelle mission. Barbey eut d'abord le snobisme court du faubourg Saint-Germain : d'où le marivaudage emberlificoté de son premier roman, *L'Amour impossible*.

Puis, le milieu de la rue de Varenne lui parut trop restreint : il se rappela qu'il était normand, qu'il avait passé son enfance dans le Cotentin, et, du coup, les gens dignes d'intérêt ne lui parurent plus seulement ceux qui portaient un titre mais tous ceux qui appartenaient d'une façon ou d'une autre à son passé et à sa terre natale. Snob, il ne cessa pas de l'être, puisqu'il continua à privilégier certains êtres ; mais au lieu des marquis et des comtesses, ce fut la petite société rustico-provinciale de l'Ouest, avec ses hobereaux, bien sûr, mais aussi avec ses pêcheurs *(Une vieille maîtresse)*, avec ses bergers jeteurs de sorts *(L'Ensorcelée)*, avec ses mendiantes prophétiques *(Un prêtre marié)*. Il resta snob, mais snob de Valognes et de la Normandie, snob de folklore plutôt que de titres, snob des Chouans plutôt que des aristocrates, snob de lui-même et de son enfance. S'il plut tant à Proust, c'est à cause de cette prééminence mystique accordée au passé. Snobisme qui finit par être le contraire du culte de l'artificiel et devient la contemplation de l'éternité. Evoquer indéfiniment Valognes, ses six mille habitants et ses cinquante carrosses armoriés : il ne s'agissait de rien de moins que de sauver le temps perdu.

Certes, Barbey garda de son premier travers des convictions chimériques : qu'il suffisait, par exemple, de mettre en scène un noble qui se mésallie, un prêtre qui se défroque ou une duchesse qui se prostitue pour transir le lecteur d'un frisson d'épouvante. Ces pétards-là ont fait long feu. Il en conserva aussi des habitudes fâcheuses : le bavardage, avant tout. La plupart de ses romans et nouvelles ne sont pas racontés directement, mais à travers une bouche, aristocratique presque toujours – qui est supposée tenir en haleine l'auditoire choisi d'un salon. Je sais bien qu'à cette époque – le milieu du XIXe siècle – la conversation était encore un art : tout de même, Barbey semble croire que du moment qu'il fait parler un comte devant un parterre de comtesses, il peut lui prêter n'importe quelle verbosité, en vertu du droit divin dont la caste est imbue. Heureusement, Barbey, conteur endiablé, ne manquait pas d'imagination. Ses ouvrages les plus snobs, *L'Amour impossible*, la deuxième, la quatrième et la sixième des *Diaboliques*, sont encore d'assez prodigieux feuilletons sur le beau monde.

Un dandy

Barbey fit son droit à Caen au moment même où Brummell y était consul d'Angleterre. Un de ses premiers livres fut un traité *Du dandysme et de George Brummell*. Anglomane, féru de Walter Scott et de Byron, dont il se vantait de connaître par cœur tous les vers, « à une virgule près », Barbey posa au dandy : il expédia son patrimoine en toilettes extravagantes, pantalons de satin et gants couleur sang (que Brummell, sans doute, partisan de la véritable élégance, eût désavoués). Il se targuait d'une vie érotique intense, qui l'eût porté même aux vices contre nature si, disait-il, la laideur de ses contemporains ne l'en avait préservé.

Dandy, surtout, il le fut dans ses œuvres. Première nouvelle, *Le Cachet d'onyx* (1831) : un jeune homme à la mode, fou de rage le soir d'un grand bal de voir sa maîtresse, qu'il n'aime pourtant plus, danser avec un autre, la rejoint à son domicile et lui imprime sur la peau, en un point très intime, une marque à la cire brûlante. Plus de quarante ans après, Barbey imagina le même châtiment pour la maîtresse infidèle du colonel Ydow *(A un dîner d'athées)*. Réminiscences sadistes ? Non point : coups de théâtre.

Deuxième nouvelle, *Léa* (1832) : Réginald de Beaugency s'éprend de Léa de Saint-Séverin, jeune fille promise à la mort par une maladie de consomption. Bien qu'il sache que toute émotion forte pourrait la tuer et qu'il doive se contenter d'un amour platonique, il l'embrasse une nuit avec fougue, sous un ciel étoilé. Elle meurt dans un flot de sang dont il a les lèvres teintées. Intuition poesque ? Non point : bizarrerie provocante.

Tout doit être objet de surprise et de scandale : la préférence que Ryno de Marigny donne à une vieille maîtresse sur sa jeune épouse, l'assassinat de l'abbé de la Croix-Jugan au moment où il dit sa messe, les suicides et la violation de tombe dans *Un prêtre marié*, les monstruosités (ou présumées telles) de chacune des *Diaboliques*.

Et sans doute, si ce dandysme avait permis à Barbey de continuer l'œuvre de Sade ou de préfigurer celle de Poe, il n'y aurait rien à dire. Malheureusement, Barbey n'est ni Sade ni Poe ni Jouve (bien que le thème de la chambre nocturne dans *Le Rideau cramoisi* annonce un des thèmes de *Paulina)* ni Balzac (bien qu'en Jean Sombreval, le prêtre défroqué, chimiste et marié, symbole de l'orgueil et du crime, Barbey, manifestement, ait cru condenser les deux figures de Vautrin et de Balthazar Claës) ni Dostoïevski (malgré les suicides ou tentatives de suicide spectaculaires de Jéhoël, de Néel, de Sombreval). Pour être Sade ou Poe ou Balzac ou Dostoïevski ou Jouve, il faut l'être du dedans, il faut l'être avec la conviction qu'on ne saurait être quelqu'un d'autre : le contraire, justement, de la position du dandy. Et toutes les situations que dépeint Barbey, si intéressantes et modernes soient-elles, pèchent par une exagération ici, là une invraisemblance, qui révèlent le dilettante. Son satanisme n'est guère qu'une pose, comme ses « diaboliques » ne sont guère que des excentriques.

Barbey eut à peine l'occasion d'être Barbey. Une anthologie de ses écrits montrerait un extraordinaire éclectisme : il réussissait, un peu au hasard, tantôt dans le registre de la passion brûlante, tantôt dans le registre du mystère froid, tantôt dans les descriptions réalistes, tantôt dans les évocations magiques. Peut-être son seul naturel était un naturel à la Dumas : le tableau de la foule qui lapide une sorcière aux funérailles de Madelaine de Feuardent, le récit de l'évasion du Chevalier des Touches, voilà qui se lit d'une traite sans agacement.

Un frénétique et un décadent

Essayons pourtant de découvrir quelques accents plus personnels. « Si autrefois un homme ne se comptait que par le nombre de femmes écrites sur sa liste, les femmes d'aujourd'hui ne se comptent que par l'hécatombe de sots cotés en amoureux sur leurs chastes albums, et c'est ainsi que d'un siècle à l'autre les rôles ont été intervertis. » Cette idée, formulée dès 1841, donne son sens à l'œuvre de Barbey. En 1841, toujours, dans *L'Amour impossible*, il campe le personnage de « la femme de glace ».

« Aussi son amant buvait-il à longs traits dans la coupe d'opale de ses épaules la cruelle ivresse des bonheurs non partagés – un grand délire qui finit par une grande angoisse –, tandis que sous l'impression de tous les égarements qu'elle faisait naître, là où les autres femmes se livrent ou se refusent d'ordinaire, elle restait toujours élégante, toujours convenable, toujours marquise. C'était réellement un abîme de glace, mais un abîme qui donnait le vertige. »

Le peintre de la Belle Dame sans merci en fait encore, à cette époque, un portrait snob : mais les traits en sont fixés et désormais, sans qu'il y ait plus besoin de les faire marquises pour expliquer leur cruauté, Barbey va employer le plus clair de son génie à décrire des femmes dominatrices foulant aux pieds des hommes esclaves, en vertu de cette loi du renversement des rôles dans les sexes.

La femme règne sur l'homme soit par sa force, soit par sa faiblesse. Dans le premier cas, c'est une mante religieuse qui absorbe le mâle qu'elle possède. Telle la Vellini, la « vieille maîtresse » de Ryno de Marigny. « J'eus la coquetterie de l'esclavage, dit Ryno. Je fus l'odalisque de notre liaison et elle en fut le sultan. » Phrase reprise plus de vingt ans après à propos de Rosalba, la prostituée du régiment : « Elle fut le sultan de ces redoutables odalisques » *(A un dîner d'athées)*.

Des deux partenaires du *Bonheur dans le crime*, « l'homme... ressemblait par sa tournure busquée, son air efféminé et hautain... à un mignon du temps de Henri III ; et pour que la ressemblance fût plus complète, il portait des cheveux courts, qui n'empêchaient nullement de voir briller à ses oreilles deux saphirs d'un bleu sombre ». Quant à la femme, « elle aussi tout en noir, elle faisait penser à la grande Isis noire du Musée Egyptien, par l'ampleur de ses formes, la fierté mystérieuse et la force. Chose étrange ! dans le rapprochement de ce beau couple, c'était la femme qui avait les muscles, et l'homme qui avait les nerfs ».

Dans l'univers de Barbey, une femme qui ne dévore pas est d'ailleurs dévorée, comme la comtesse d'Anglure dans *L'Amour impossible* et la comtesse de Mendoze dans *Une vieille maîtresse*, tuées par le désespoir d'avoir été abandonnées – à moins que, de sa faiblesse même, elle ne se fasse une arme. Ainsi Léa, dans la nouvelle homonyme, qui joue sur sa maladie pour tenir à distance son amoureux, ainsi Calixte Sombreval, la fille du prêtre marié. Elle aussi se consume d'une maladie de langueur et les vœux religieux qu'elle a secrètement prononcés pour racheter la faute de son père achèvent de la conserver chaste. Elle n'en écoute pas moins avec mille coquetteries les discours passionnés de Néel de Néhou : elle lui oppose sans cesse qu'ils ne peuvent être que frère et sœur, et elle répond à sa fougue par de vertueux soupirs, mais elle se garde de lui condamner sa porte et se trouve bien aise, à chacun de ses évanouissements, d'être recueillie dans les bras du jeune homme : si bien que celui-ci, exaspéré à la fin de tant de duplicité, essaye d'abord de se tuer en fracassant son attelage contre le perron de la belle, puis va chercher la mort sur un champ de bataille.

Sanguine ou chlorotique, vêtue de rouge comme la Vellini ou de blanc comme Calixte, frénétique ou décadente, Messaline ou Gorgone, qu'elle l'épuise sous ses étreintes ou le fasse sécher sur place, la Belle Dame de Barbey ne cesse de torturer son amant. Il faudrait maintenant se demander si l'idée de l'interversion des sexes était vraiment neuve vers 1850. Mario Praz, dans son grand ouvrage sur *La Chair, la Mort et le Diable*, a montré comment cette idée devint un lieu commun vers le milieu du XIXe siècle. Alors que sous l'influence de Byron c'était l'homme qui exerçait encore la fonction satanique de la flamme qui attire et brûle, peu à peu ce rôle passa à la femme. L'homme ne fut plus que le papillon destiné au sacrifice, tandis que le cannibalisme sexuel devenait le monopole de la femme. Entre Mérimée, Eugène Sue, Théophile Gautier, le jeune Flaubert, Swinburne, Huysmans, Villiers de L'Isle-Adam et Oscar Wilde, Barbey d'Aurevilly, justement, tint une place importante dans l'élaboration du mythe de la femme fatale, mythe qui aboutit dans sa forme supérieure à l'Hérodiade de Mallarmé, dans sa forme bizarre à la Salomé de Gustave Moreau et dans sa forme ridicule aux héroïnes de D'Annunzio.

La poularde et la panthère

S'il fallait désigner, non pas les dix, mais les trente ou quarante meilleurs romans français de tous les temps, nul doute qu'*Une vieille maîtresse* n'y dût trouver place. Œuvre imparfaite, elle aussi, mais dont les imperfections mêmes nous permettent non seulement de mieux connaître les contradictions de Barbey mais encore de suivre les vicissitudes du roman moderne dans une étape essentielle de son histoire.

Une vieille maîtresse, c'est le drame d'un homme partagé entre une épouse belle, bonne et dévouée, prise vierge au sortir de l'enfance, et une ancienne maîtresse qui est plus âgée que lui, qui a beaucoup vécu avant de le connaître et qui continue à le persécuter après son mariage. En apparence, les avantages sont du côté de l'épouse : elle est de la meilleure famille, cette Hermangarde de Polastron, elle a un château en Normandie, l'éclat de la jeunesse, la séduction de la beauté et la générosité du cœur. L'autre, une Espagnole, appelée par mépris dans la société parisienne la Vellini, a plus près de quarante ans que de trente, elle n'est pas belle, elle est maigre et jaune, capricieuse et violente, inconstante et égoïste. Mais c'est une « panthère », avec le génie de la séduction.

Ce génie, c'est de savoir que pour s'attacher un homme il importe moins d'être jeune, belle et bonne que de l'intéresser, de l'amuser et de l'inquiéter. La supériorité d'Hermangarde – la régularité de sa figure, la pureté de son cœur, l'étendue de son dévouement, le confort de son château – est en même temps un obstacle formidable à l'amour. La grand-mère de la jeune épouse, la vieille marquise de Flers, femme d'expérience et d'esprit, a beau lui dire : « Nous ne sommes point à Constantinople, ma chère enfant. Quelque tendre qu'on soit, il faut rester personnelle. Il ne faut pas être uniquement une chose ornée de dentelles, comme l'oreiller sur lequel on est heureuse », Hermangarde conserve tous les défauts de celles qui n'ont pas vécu.

Barbey, qui truffe son roman d'italianismes (*morbidezze* pour douceurs, *affondé* pour enfoncé), pouvait-il ignorer que « Polastron » rappelait l'italien *pollastra*, poularde ? Hermangarde reste une poularde, non point qu'elle soit sotte (ce qui serait affaiblir le propos), mais tout simplement parce qu'une femme inconditionnellement fidèle et dont les sentiments sont exclusivement altruistes et généreux procure à la longue la même satiété que la chair trop grasse d'une volaille.

Avec la Vellini, la bête fauve, c'est autre chose ! A Paris elle exige le luxe le plus insensé mais après que Ryno s'est établi avec Hermangarde dans leur château normand elle s'installe, pour rester près de lui, dans une cabane de pêcheurs. « Sang mêlé de Goth et de

Sarrasin, née dans les Alcazars, mais vivant sans effort avec les poissonniers et les mendiants », elle n'a pas les préjugés sociaux, elle, du faubourg Saint-Germain. Elle ne craint ni la dure ni le froid, contrairement à Hermangarde, qui manque de mourir des suites d'une maladie contractée une nuit où, saisie de soupçons, elle a suivi son mari vers la cabane de l'étrangère. Contrairement à Hermangarde encore, à qui Ryno ne peut rien dire du drame qui le déchire, la Vellini accepte de discuter sur tout. Toujours différente, toujours nouvelle, elle ne cesse d'être pour son amant un sujet de curiosité et d'inquiétude et par conséquent d'amour. Enfin, privilège suprême, elle réalise le mythe de l'Androgyne, permettant à Ryno d'être lui-même homme et femme avec elle, et d'oublier l'ennuyeux rôle de chef de famille où Hermangarde le cantonne.

Un miroir du siècle

Barbey a-t-il donc écrit le grand roman (peut-être le premier) sur l'amour moderne, entendu comme besoin de s'intéresser à l'autre, d'être curieux de l'autre, et non plus comme besoin de se rassurer par l'autre ? Hélas non, ou pas tout à fait. Au lieu d'expliquer la supériorité de la Vellini par les traits que je viens de dire, il l'attribue à une sorte de charme sorcier, à un pacte diabolique conclu entre les deux amants. L'Espagnole et le comte ont bu chacun quelques gouttes du sang de l'autre. Et quand Ryno demande à sa maîtresse le secret du pouvoir qu'elle exerce sur lui, elle répond : « Ce n'est pas moi, Ryno ; c'est le sort, c'est le sang ! », phrase qui ôterait tout intérêt à l'histoire si l'on ne se disait que le catholique Barbey avait dû recourir à ce subterfuge pour se faire pardonner la peinture d'une aussi « coupable » liaison.

Au vrai, il y a deux romans contradictoires dans *Une vieille maîtresse.* Un roman psychologique moderne et un roman magique archaïque. A quoi servent, dans la deuxième partie, la partie normande du livre, ces rappels de superstitions locales, ces évocations de fantômes, ces notations de cris nocturnes mystérieux, sinon à plonger le lecteur dans l'atmosphère irrationnelle des vieilles légendes celtiques ? Et pourquoi l'y plonger, sinon pour le convaincre que Ryno est enchaîné à la Vellini par un destin plus fort que sa volonté ? La rhétorique de la passion fatale, peu s'en faut qu'elle ne détruise l'originalité du roman : nous espérions du Stendhal et nous avons à peine du Hugo.

Voilà bien Barbey : le plus irritant des bons romanciers, le plus fascinant des mauvais ; miroir des inventions et des clichés de son siècle, plutôt que vrai créateur ; catalogue des rêves et des obsessions d'une époque qui n'a pas fini d'en nourrir la nôtre.

Caldwell (Erskine)

C'est le parent pauvre, dans l'illustre génération des romanciers américains nés autour de 1900. A côté de Faulkner, Dos Passos, Hemingway, Steinbeck, il ne fait guère le poids, dit-on. Deux livres l'ont rendu célèbre, en son temps : *La Route au tabac* (1932) et *Le Petit Arpent du bon Dieu* (1933). Ils rendent un son unique, sans équivalent dans la littérature européenne. « Pauvres Blancs » du Sud, aussi misérables que les Noirs qu'ils exploitent, réduits à une sorte d'animalité sauvage où seuls comptent la nourriture et le sexe, dont ils sont pareillement affamés, les personnages de Caldwell vivotent sans espoir, sans avenir, sans morale. Les uns abrutis, les autres dégénérés, les petits fermiers de *La Route au tabac* ne connaissent d'autre règle que celle de leur instinct. Caldwell aurait pu s'en tenir à une vision tragique de leur décadence ; ce qui fait son originalité, c'est la note joviale, cocasse, souvent burlesque, qu'il introduit dans la description de ce désastre.

Veuve mûre d'un prédicateur, « sœur » Bessie, analphabète fanatique qui chante des cantiques à tue-tête, évangélise ces campagnes sinistrées, en marmottant des prêches qui servent de paravent à une nymphomanie effrénée. Elle se fait épouser par un garçon de seize ans, en lui promettant de lui acheter une automobile. Le couple s'embarque dans une Ford « toute neuve » qui, aux mains de ce chauffeur inexpérimenté, « si occupé à faire marcher son klaxon qu'il oubliait de tenir sa droite », renverse une charrette, tue le Noir qui la conduisait puis écrase la grand-mère du nouveau marié, dans l'indifférence générale, et avec la bénédiction de « sœur » Bessie, plus enthousiaste que jamais des grâces répandues par Dieu. Au bout de huit jours, la voiture est en bouillie. Il y a du Pétrone, du Rabelais et du Jérôme Bosch dans cette galerie d'idiots saisis par la fièvre lubrique. Si l'on croyait, en ouvrant le livre, avoir affaire à un roman réaliste, on s'aperçoit vite que les acteurs de ce théâtre grotesque ressemblent moins aux mineurs de fond de Zola qu'aux nains, bossus et autres monstres baroques qui grimacent sur le mur de la villa Palagonia en Sicile.

Le thème du *Petit Arpent du bon Dieu* est lui-même bouffon. Ty Ty Walden, planteur de coton, a délaissé la culture de ses champs pour creuser des trous autour de sa ferme à la recherche de l'or. Depuis quinze ans, assisté de deux de ses fils, il fait d'énormes trous, gêné par la présence du « petit arpent du bon Dieu », un lopin de terre qu'il a consacré (en promettant à l'Eglise de lui donner tous les ans ce qui a poussé dessus) et qu'il déplace sans cesse pour ne pas être arrêté dans ses travaux. Une nouvelle chasse au trésor, donc, comme chez Stevenson, une nouvelle fièvre de l'or, comme chez Traven, mais l'aspect comique de ces fouilles est une nouveauté absolue. « La fièvre de l'or me tient jusque dans la moelle des os », dit Ty Ty Walden, un pitre grandiose dans son aveuglement absurde. Sans écouter personne, il ruine sa famille par son projet chimérique de l'enrichir. Chez Stevenson, le trésor est au loin, caché dans une île mystérieuse; chez Traven, il est enfoui au milieu du désert mexicain. Caldwell, lui, abolit les distances : l'or, d'après les calculs de Ty Ty Walden, est tout près de sa maison, à portée de sa main. C'est un trésor domestique : ne pas réussir à le trouver est d'autant plus risible. Concourt à cette démythification de la chasse au trésor l'emploi de tournures populaires. « On n'est guère mieux loti qu'une boule de neige en enfer. » Au sujet d'un bavard : « Si tu le laissais faire, il parlerait que les bras t'en tomberaient du corps… J'ai les mâchoires tellement fatiguées d'avoir parlé avec lui que j'peux quasiment plus les fermer. » Le langage de Caldwell est dru, savoureux, en même temps économe, presque minimaliste : autre manière de ramener l'aventure à la divagation d'un esprit dérangé.

Les femmes jouent un rôle important dans ce livre : les filles et belles-filles de Ty Ty Walden, objets de la convoitise des mâles, y compris de la part de leur père, de leurs frères et beaux-frères. Ils se battent ensemble et s'entre-tuent, comme dans *Le Trésor de la Sierra Madre*. Retour du tragique. Mais ils ne se battent pas pour la possession de l'or, ils s'entre-tuent pour la possession des femmes. Pendant que le père creuse ses trous, les fils couchent avec les femmes de leurs frères et payent de leur vie cette transgression. Le thème de la chasse au trésor est dissocié du thème de la sexualité : contre-épreuve qui confirme qu'un vrai roman d'aventures est un roman sans femmes. Caldwell n'est pas un aventurier mais un narrateur, qui ne voit dans la « fièvre de l'or » qu'un dérivatif aux pulsions érotiques.

C'est aussi un écrivain « engagé » dans la défense des Noirs, comme on le découvre dans des romans moins connus mais très forts, tels que *Près de la maison* ou *Bagarre de juillet. Bagarre de juillet* (1940) raconte le lynchage d'un jeune Noir accusé – à tort – d'avoir violé une jeune fille blanche. Le plus beau chapitre est celui où Sonny – le Noir –, acculé par ses poursuivants, se réfugie chez un jeune cultivateur de coton moins borné.

Celui-ci, persuadé de l'innocence de Sonny mais soumis à la pression des voisins, est forcé de leur livrer le jeune homme. « Si je t'amène pas aux hommes blancs qui te traquent tout partout depuis avant-hier soir, ils iront dire que je suis un dorloteur de nègres quand ils découvriront que je t'ai relâché… Ils seraient même capables de me chasser du pays. Ces hommes-là, ça s'est fourré dans le crâne qu'il fallait t'enfiler au bout d'une corde, et je sais rien dans tout le vaste monde qui puisse les retenir à présent. » Réponse de Sonny : « Mr. Harvey, si vous jugez pas pouvoir faire autrement que comme vous avez dit, je vous serais bien, bien obligé de me tirer un coup de fusil au lieu de me remettre à tous ces hommes blancs. » Le dialogue entre la victime programmée et celui qui malgré sa bienveillance doit se résigner au « train des choses » est d'une tenue « classique », tout en restant, par la simplicité du langage et les tournures populaires, parfaitement crédible. La noblesse qui s'en dégage tranche avec la psychologie sommaire des romans plus célèbres.

Près de la maison (1962) donne une des clefs du racisme américain : les Blancs sont jaloux de la puissance sexuelle qu'ils prêtent aux Noirs. Natif, un « pauvre Blanc » de Palmyra (Géorgie), toujours affamé, toujours en quête de bons repas, réussit à se faire épouser par une riche veuve, Maebelle. Il continue cependant à coucher avec la domestique noire. Maebelle surprend les amants en pleine activité érotique. « Tout ce que tu voulais de moi, c'était me prendre mon argent pour entretenir Josene Maddox toute nue dans cette cabane ! » (La Ford est « toute neuve », la fille « toute nue » : Caldwell use admirablement de ces superlatifs qui rendent bien l'étroitesse d'un esprit accaparé par une seule qualité de l'objet ou de la personne qui l'obsède.) Pourquoi Natif reste-t-il attaché à Josene ?

Parce que les femmes blanches sont « incapables de donner à leur mari le même plaisir qu'une négresse ».

Maebelle veut faire emprisonner Josene pour prostitution. Le policier blanc envoyé pour l'arrêter, ne l'ayant pas trouvée, s'en prend au jeune homme qui vit avec elle. « Sale nègre », lui répète-t-il, en essayant de lui faire avouer où elle se cache. Protestation du garçon. « Mettez-moi en prison si vous voulez, Monsieur Hefflin, mais ne m'appelez pas comme vous venez de le faire. — Je te donnerai tous les noms qui me plaisent. Pour qui tu te prends, mon garçon ? On dirait que tu te crois aussi bien qu'un blanc, à t'entendre. — N'essayez plus de m'appeler comme tout à l'heure ! Je ne plaisante pas du tout, je ne supporte ça de personne ! Je suis noir exactement comme vous êtes blanc, et je supporte seulement qu'on me dise que je suis noir. — Et pour qui te prends-tu, sinon pour un sale nègre, hein, salaud ? — Je suis tout simplement un homme comme les autres. Il se trouve que je suis né noir comme vous êtes né blanc, c'est la seule différence entre nous et je ne tolérerai pas qu'on dise autre chose. » On pourrait estimer que le Caldwell vieillissant (il était né en 1903) avait perdu le ton percutant de ses débuts pour se faire un rien prédicateur. En 1962, de telles paroles étaient encore neuves et courageuses, et nul ne saurait nier qu'elles sonnent juste, bien que la verdeur argotique de *La Route au tabac* et du *Petit Arpent du bon Dieu* aient fait place à un langage articulé, posé, presque châtié.

Le policier, rendu fou furieux par le sang-froid et par l'aptitude à raisonner du jeune homme, finit par le tuer à coups de couteau, puis il lui coupe les testicules et les lui enfonce dans la bouche. Double vengeance : contre la maîtrise langagière et contre la supériorité sexuelle du Noir.

La grand-mère Maddox appartient, elle, à la génération de ceux qui se soumettaient docilement à la tyrannie des Blancs. On mesure le talent de Caldwell à sa capacité de donner de l'épaisseur et de l'humanité à des personnages dont il ne peut que désapprouver l'absence de sens politique. Autant d'épaisseur et d'humanité qu'aux figures de Noirs révoltés. « Nous tous, les gens de couleur, nous serons bien mieux quand nous serons tous morts et enterrés, dit la grand-mère Maddox en gémissant plus fort. Il n'y a jamais eu d'autre sorte de paix pour nous. Je sais ce que je dis. Qu'on ne me dise pas le contraire. Il y a toujours quelque chose de mal prêt à nous arriver. J'ai vu ça toute ma vie, et ça n'est pas mieux maintenant qu'avant. Quand je serai morte et enterrée, je voudrais que vous soyez tous heureux et que vous dansiez de joie, parce que j'aurais laissé toute ma misère derrière moi sur la terre. Et je voudrais être enterrée la face contre terre, comme ça je n'aurai pas envie de regarder en haut pour voir tout le malheur qui reste aux autres et contre lequel on ne peut rien. »

Caldwell fut aussi l'auteur de reportages sur la misère rurale des paysans de Géorgie et un militant nourri de critique sociale : *Dites, c'est ça, les Etats-Unis ?* (1941) Mais, lorsqu'il écrivait un roman, il mettait de côté ses convictions politiques et redevenait un pur romancier.

Carpentier (Alejo)

Le hasard alphabétique place Alejo Carpentier à la suite d'Erskine Caldwell, comme le roman latino-américain a conquis vers la fin des années 1960 la première place dans le roman mondial, occupée précédemment par le roman nord-américain. Aux Caldwell, Faulkner, Hemingway, Steinbeck, Dos Passos, John Fante, Saroyan, Chester Himes, James Cain, Horace McCoy, ont succédé, au premier rang des écrivains de fiction, les Carpentier (Cuba), Asturias (Guatemala), García Márquez (Colombie), Vargas Llosa (Pérou), José Donoso (Chili), Roa Bastos (Paraguay), Onetti (Uruguay), Ernesto Sabato (Argentine), Fuentes (Mexique), Amado (Brésil). Je cite ces noms pêle-mêle, sans prétendre que ces écrivains « représentent » leur pays ni qu'ils appartiennent tous au « réalisme magique », cette tarte à la crème des manuels, ni qu'il n'y en ait pas, pour chaque pays, d'aussi captivants, même s'ils sont moins connus, comme Cabrera Infante ou Lezama Lima pour Cuba, Alvaro Mutis pour la Colombie, José Maria Arguedas, Julio Ramón Ribeyro ou Manuel Scorza pour le Pérou, Juan Rulfo pour le Mexique, Guimarães Rosa pour le Brésil.

Le seul aperçu général qu'on puisse tirer à partir de talents aussi divers, c'est que le réalisme direct et brutal des Etats-Unis a été supplanté par une manière plus fantaisiste et ludique de représenter la sombre réalité du monde. L'esthétique de l'ornement, de l'embardée enjôleuse, de la pléthore lyrique, de la prolifération exotique a pris le relais de l'art fondé sur le coup de gueule et le coup de poing.

L'inventeur de la formule « le réalisme magique » (ou « le réel merveilleux ») semble avoir été Alejo Carpentier lui-même. Il est de toute façon le plus baroque de ces écrivains, et son chef-d'œuvre, *Concert baroque* (1974), permet de comprendre et de définir ce qu'est un art baroque de raconter. La première page suffira presque à la démonstration.

Nous sommes dans la première moitié du XVIIIe siècle. Un riche seigneur mexicain fait emballer sa magnifique vaisselle avant de partir pour l'Europe. Attaque du roman : « En argent la fine coutellerie, les belles fourchettes ; en argent les plats où un arbre ouvré dans la concavité du métal recueillait le jus des rôtis ; en argent les compotiers à trois coupes, couronnés par une grenade en argent ; en argent les cruches à vin martelées par les orfèvres… » En argent les plats à poisson, en argent les salières, en argent les casse-noisettes, en argent les gobelets, en argent les petites cuillers gravées d'initiales… « Et tout cela était emporté lentement, d'un geste toujours égal, soigneusement, afin que l'argent ne heurtât pas l'argent, vers les sourdes pénombres de caisses de bois, de corbeilles en attente, de coffres aux solides ferrures… »

Qu'y a-t-il de baroque dans une telle description ? 1) Le goût des objets précieux et un rien bizarres (de même que, dans les églises baroques, sont employés de préférence le marbre, le porphyre, l'or, la volute, la torsade, la colonne salomonique). 2) Le goût de l'accumulation, de la surcharge, de l'excès, de la saturation (comme sur les autels et les retables baroques :

le baroque a horreur du vide, chaque pouce d'espace doit être rempli). 3) Cependant, baroque ne signifie pas arbitraire ni manque de soin : au contraire, il faut prendre garde « que l'argent ne heurt*(e)* pas l'argent » : nécessité d'un ordre, le plus souvent enfoui dans « les sourdes pénombres » de caisses et de coffres, c'est-à-dire secret.

Le seigneur mexicain commence par faire escale dans un port cubain aux rues étroites et aux maisons basses, « dont la laideur rehaussait dans le souvenir le prestige de la cité que l'on avait quittée (*Mexico*), et qui s'élevait, avec le scintillement de ses coupoles, l'architecture somptueuse de ses églises, l'immensité de ses palais, et les floralies de ses façades, les pampres de ses autels, les joyaux de ses ostensoirs, la polychromie de ses lustres, telle une fabuleuse Jérusalem ». Faste décoratif, le même que celui avec lequel Alejo Carpentier a construit ses propres romans : *Le Royaume de ce monde, Le Partage des eaux, Le Siècle des Lumières, Le Recours de la méthode, La Harpe et l'ombre*. Le héros de *Concert baroque* trouve Madrid triste, terne, pauvre, tout comme l'auteur aurait pu avoir quelque raison, sans l'amour qu'il avait pour les cultures étrangères, d'estimer sans saveur la littérature « classique ». « Tout ici était étroit, crasseux, rabougri, quand on pensait à la largeur et à l'ornementation des rues de l'autre capitale, avec leurs arcades en azulejos et leurs balcons soutenus par des ailes de chérubins, les cornes d'abondance taillées dans la pierre d'où jaillissaient des fruits, et les lettres enlacées par des pampres et des feuilles de lierre qui, sur les enseignes délicatement peintes, proclamaient les mérites des joailleries. »

Même contraste dans la cuisine : les boulettes de viande et les filets de merluche qu'on lui sert en Espagne le font soupirer après « les pompes de la dinde enrobée de sauces sombres au parfum de chocolat et brûlant du feu de mille piments ». Avec Amado, Carpentier est le plus gourmand des écrivains latino-américains : on respire dans ses livres le parfum des rôtis, la fragrance des liaisons, l'arôme des épices. On y entend aussi éclater les trompettes, retentir les cymbales et gémir les violons de la musique baroque. Surtout, évidemment, dans *Concert baroque*, où le seigneur mexicain, arrivé à Venise, noue amitié avec Antonio Vivaldi, Georg Friedrich Händel et Domenico Scarlatti, réunis comme par hasard dans la Cité des Doges, pour le carnaval. Le goût de la musique baroque va de pair, chez Carpentier, avec le goût de la pratique baroque de la musique : une pratique libre, aux antipodes de l'attitude respectueuse qui prévaut, aujourd'hui, dans les salles de concert européennes. Comme musicologue, Carpentier a écrit en 1946 un livre, *La Musique à Cuba*, où il célèbre les formes cubaines d'écoute musicale, primesautières et impulsives, dans la rue, au cours des danses populaires, lors des fêtes et des réjouissances, là où les torrents de force musculaire et d'impétuosité spirituelle bousculent toutes les manières professorales de faire de la musique.

A Venise, son héros retrouve, à la faveur du carnaval, l'anarchie jubilatoire de l'Amérique latine. Pendant une représentation d'opéra, il constate ravi que les spectateurs vont et viennent, grignotent des oranges, éjectent en éternuant le tabac qu'ils ont prisé, jouent aux cartes, font l'amour dans les loges. Au grand scandale de Händel, qui maugrée que personne ici ne prend rien au sérieux. Le Saxon, lui, préfère son pays, où les gens écoutent la musique « aussi religieusement que s'ils assistaient à la messe, émus par le noble dessin d'une aria ou appréciant d'un jugement sûr le magistral développement d'une fugue ». Carpentier a bien vu que l'Europe se divise elle-même en deux courants : un penchant au baroque et au festif, contrecarré par la tendance dominante qui exige qu'on garde en face de l'œuvre d'art un maintien grave et sévère.

Concert baroque exploite à fond les ressources qu'offre à une plume inventive le carnaval vénitien : Vivaldi entraîne ses compagnons dans le conservatoire où il a pour élèves de ravissantes jeunes filles, et là, bombances, travestissements, orgies érotiques dissolvent les règles de la morale dans un joyeux tohu-bohu qui favorise la confusion des identités et la subversion des sexes. Et voici qu'une des lois majeures de tout récit qui n'est pas baroque, la vraisemblance chronologique, vole en éclats sous la pression de l'ivresse ludique. Au petit matin, les quatre compères rescapés de leur débauche nocturne vont pique-niquer au cimetière de San Michele ; et, tandis que Vivaldi savoure une tranche de hure de sanglier marinée dans le vinaigre, l'origan et le poivron (nourriture plus caraïbe que vénitienne !), il aperçoit soudain une tombe qui retient son attention par un nom d'une sonorité inhabituelle en ces contrées : Igor Stravinski.

Egalement critique littéraire, Carpentier a réfléchi sur son art, notamment dans l'essai *Problématique du roman latino-américain actuel* écrit en 1967. Il y pose les conditions auxquelles l'écrivain du Nouveau Continent doit obéir, s'il veut véritablement innover. D'abord renoncer au folklore, au style régional et pittoresque, au document typique. Ensuite, prendre en compte ce que Sartre appelle les « contextes ». On ne peut pas écrire le même genre de roman dans deux mondes aussi différents que l'Europe et l'Amérique. Et le style, surtout ! Le style ne peut pas être le même dans le Vieux et le Nouveau Monde. Si un écrivain européen nous parle d'un pin ou d'un palmier, arbres riches d'un long passé littéraire, « le mot pin suffit à nous montrer un pin ; le mot palmier suffit à définir, à peindre et à montrer un palmier ». Mais le mot kapokier, par exemple, ne suffit pas à montrer cet arbre « gigantesque, austère et solitaire, comme venu d'un autre âge, avec son lignage sacré ». D'où la nécessité, pour les écrivains latino-américains, de surcharger leur style par des ornementations qui compensent la pauvreté d'un objet sans histoire. Jamais, je crois, on n'a mieux dit pourquoi non seulement lui-même, Alejo Carpentier, mais les Fuentes, les García Márquez, les Amado, les Guimarães Rosa, les Lezama Lima ont baroquisé l'art de raconter. Bardé d'adjectifs, enrubanné de métaphores, « l'objet se met soudain à vivre, il se laisse contempler et soupeser. Mais la prose, qui lui donne vie, consistance, poids et taille, est une prose baroque, forcément baroque, comme toute prose qui presse le détail, le rapetisse, lui donne de la couleur, le détache du reste, pour lui donner du relief et mieux le définir ».

Autre essai important : *Le Déclin de l'Europe* (1941), qui aide à situer Carpentier dans le panorama de la littérature mondiale et à comprendre pourquoi l'étiquette de « roman latino-américain », dénoncée également par Vargas Llosa et par Fuentes, pèche peut-être par eurocentrisme. Selon Fuentes, la notion d'« Amérique latine » a été inventée au XIXe siècle par les Français « de façon à s'inclure dans l'ensemble américain ». Carpentier, lui, qui était né à La Havane d'une mère russe et d'un père breton, ne s'est pas montré moins acerbe contre la France (où pourtant, comme Fuentes, il fit une partie de sa carrière de diplomate). Tirant prétexte, en 1941, de l'asservissement de l'Europe aux nazis, il affirma qu'il était temps pour l'Amérique de s'apercevoir que le Vieux Continent avait perdu depuis belle lurette son magistère intellectuel. D'où les sarcasmes contre l'intelligentsia parisienne et la prétention affichée par Paris de rester la capitale littéraire du monde, rôle dont elle était, selon lui, déchue depuis les années 1920. Prenons cette leçon de modestie, non sans remarquer les naïvetés du Grand Inquisiteur, qui place Eugène Brieux au même rang que Proust et Claudel. Relevons aussi, dans ses *Essais littéraires*, quelques palinodies. Après avoir fait en 1928 un portrait ébloui et éblouissant de Paul Morand, Carpentier stigmatise en 1941 son « parisianisme ». Céline, porté aux nues en 1933, est traité ensuite de « pourriture dissolue ». Et que dire de ces jugements hasardeux ? Jouhandeau, « mort à sa naissance » ; Sartre, « cet être adulé et retors » (article de 1947), « espèce de philosophe » coupable de propager « une certaine littérature misérabiliste et ordurière ».

Allons, Alejo Carpentier, vous qui vous indignez d'avoir été traité de « métèque » à Paris ! La conclusion à tirer de tout cela, c'est qu'on s'entend aussi mal d'un côté et de l'autre de l'Atlantique, car il y a incompatibilité culturelle entre le continent marqué et unifié par Descartes et Voltaire, Spinoza et Kant, Galilée et Newton, et la pluralité de pays disparates où la réalité ne se sépare pas du rêve, la raison de la magie, l'histoire de la fable.

Chase (James Hadley)

Pourquoi avoir inclus *La Chair de l'orchidée* (bien supérieur, selon moi, au plus vanté *Pas d'orchidées pour Miss Blandish*) dans le nombre des romans exemplaires ? Parce qu'il est impossible d'éluder le problème que pose le roman policier ou de « série noire ». D'une part, il semble que l'art de raconter doive être d'autant plus manifeste et briller d'autant mieux qu'il y a plus de choses à raconter : dans un polar, les événements se succèdent à toute allure, sans ménager ni ralentissement ni pause, et « l'art » consiste, justement, à organiser ce tumulte avec précision et clarté, à enchaîner les épisodes avec assez d'habileté pour que le lecteur soit sans cesse surpris tout en trouvant vraisemblable ce qu'on lui raconte, à remettre de l'entrain dans un genre fatigué. D'autre part, n'est-il pas légitime de se demander si le mot d'« art » convient encore pour des livres qui valent presque exclusivement pour leur contenu ? S'ils portent à son apogée le genre romanesque, n'est-ce pas au détriment, voire au mépris de la qualité littéraire ?

L'émotion que procure leur lecture n'appartient pas à l'ordre de la jouissance esthétique, laquelle est par essence désintéressée. Ils ne tendent qu'à tenir en haleine, donner des battements de cœur, serrer la gorge, couper la respiration. Roger Caillois analyse ce phénomène dans un essai, *Puissances du roman*, paru en 1942. Un tiers des deux cents pages y est consacré au roman policier. On peut voir en celui-ci, dit-il, le point d'aboutissement du romanesque et en conclure que le romanesque est par nature d'une espèce inférieure. « Il est en effet remarquable que le vocabulaire qui sert couramment à définir les mérites de la littérature romanesque, les mots "palpitant" ou "sensationnel", fassent à tel point penser qu'elle vise à provoquer des réactions physiques élémentaires, larmes, chair de poule ou angoisses, ou même des sensations purement viscérales. On est transporté aux antipodes de cette sorte de sensualité contemplative, disciplinée et quasi abstraite que satisfait et développe la jouissance esthétique. Celle-ci repose plus sur le spectacle que sur la participation. »

Ainsi, plus il y a de choses à raconter et moins on a le loisir d'être artiste. Cette suspicion, justifiée en ce qui concerne le roman policier, s'étend au genre romanesque tout entier, si on le compare à la poésie lyrique ou à la tragédie. Un roman mal écrit ou écrit à la hâte a plus de chances d'être efficace qu'un roman aux phrases trop polies. Stendhal ou Flaubert ? On en revient à la question posée au début de ce livre. Est-ce un hasard si les deux grands romanciers qui passent pour avoir introduit le roman policier dans la littérature romanesque, Balzac et Dostoïevski, sont régulièrement accusés d'écrire « mal » ? Pour mieux empoigner leur public, ils auraient négligé de l'intéresser à leur style. Une écriture soignée détourne le lecteur de l'action et le force d'admirer au lieu d'être pendu au déroulement du récit.

Roger Caillois avait été formé dans le sérail surréaliste puis était passé à *La Nouvelle Revue française*, deux écoles hostiles dans leur ensemble, et pour les mêmes raisons, au genre romanesque qualifié d'impur. En 1942, réfugié à Buenos Aires, il y découvrait l'œuvre de Borges (qu'il s'appliquerait à faire connaître en France, dans la collection « La Croix du Sud » fondée après la guerre aux éditions Gallimard). Borges ne pouvait que le conforter dans l'idée que le romanesque est par essence totalement antiartistique. « Dans le roman, le sens immédiat des mots se suffit, la science de les assembler bien est déplacée. Elle risque en effet de faire préférer à la chose dite la façon dont on a su la dire » : péché capital, dont se charge en tout cas le roman policier, qui non seulement ne se soucie pas de se faire apprécier pour ses qualités littéraires, mais considère comme une faute tout ce qui ne concourt pas à maintenir le lecteur haletant.

L'attaque de *La Chair de l'orchidée* semble donner pleinement raison à la méfiance des beaux esprits. « Quelque part dans la maison, dominant le déchaînement de la tempête qui secouait et faisait vibrer toutes les portes et les fenêtres du bâtiment, un hurlement de femme perça les murs capitonnés. » Une riche héritière qui a l'air d'une folle mais ne l'est peut-être pas, des tueurs habillés de noir, un journaliste, un shérif, un éleveur de renards, des femmes toujours très belles mais qui passent en coup de vent pour ne pas ralentir l'action, des camions qui versent dans le ravin, des pneus qui crissent sur le gravier, des coups de feu qui zèbrent la nuit, un rythme d'enfer : pari romanesque réussi, mais est-ce encore de l'art ? Les adjectifs comme « effroyable », « affreux » abondent, quelquefois dans la même page (comme chez Stendhal). Comment se fait-il, pourtant, que, le livre refermé, on garde l'impression d'un chef-d'œuvre ?

Roger Caillois reconnaît au roman policier un seul mérite, mais immense. Alors que le théâtre et la poésie se sont affranchis de toute règle, que les unités de temps et de lieu ont été abandonnées aux vieilles lunes, que les vers ne se distinguent plus de la prose que par leur disposition typographique et que le roman « littéraire », encore plus impatient de s'évader des cadres réguliers et de faire la nique aux canons préétablis, n'admet ni limite ni loi, le roman policier est le seul que l'auteur ne gouverne pas selon son arbitraire. « En contradiction avec cette tendance générale à l'anarchie, le roman policier attire l'attention pour s'inventer toujours des règles propres, de sorte qu'on chercherait en vain dans la production littéraire un autre genre qui obéisse à une législation déterminée et se plaise à la rendre plus étroite. »

Nul livre autant que *La Chair de l'orchidée* ne permet de définir le « code de bonne conduite » du polar : diviser le roman en scènes courtes et rapides, présenter dès le début les personnages par des traits physiques et psychologiques qui les distinguent fortement et qui ne subiront pas d'évolution, livrer d'emblée les données du problème à résoudre (ici, en l'occurrence : comment rattraper la folle ou pseudo-folle échappée de la clinique avant qu'elle ne rentre en possession de sa fortune), isoler du reste du monde le milieu étudié (médecine, police, tueurs) en sorte qu'il soit possible de déduire des prémices tout le reste de l'action, s'interdire de faire intervenir en cours de route de nouveaux éléments, encore moins quelque *deus ex machina*. En ceci le roman policier se distingue radicalement du roman d'aventures. Il explore un monde clos, qui contient à l'état virtuel les événements en apparence les plus imprévus. Il va droit à son but, ce qui le différencie également du roman picaresque. Les événements se bousculent dans *La Chair de l'orchidée*, mais jamais au hasard d'une inspiration vagabonde, toujours selon une logique d'acier. James Hadley Chase ayant dûment rempli les conditions du genre, son roman s'apparente à un problème mathématique, ou encore à un puzzle, chaque séquence étant comme une pièce qu'il faut ajuster à la précédente et dans laquelle la suivante s'emboîtera.

L'auteur s'est-il donc adonné à un pur exercice de l'esprit ? Evidemment non. Si la conception et la construction sont rigoureusement rationnelles, l'intrigue abonde en épisodes spectaculaires, en péripéties horribles, en rebondissements sauvages, autrement le livre n'attirerait pas des millions de lecteurs. Un polar réussi est l'alliance du jeu intellectuel et de la réalité saignante. Il faut des accidents de voiture homicides, des poursuites dans la montagne, des spadassins cachés derrière des troncs d'arbre, des revolvers braqués dans l'ombre, des villas assiégées, des meurtres, des enlèvements, pour compenser et dissimuler la rigidité de l'architecture.

L'enjeu n'est autre que de réintroduire « la vie » dans le puzzle. « Le camion commença lentement à escalader la pente raide tandis que le moteur vrombissait. » Pourquoi souligner que le moteur vrombit ? Un camion peut-il monter une côte sans vrombir ? Ce qui paraît un cliché n'est en réalité qu'un moyen de créer une diversion : le lecteur se laisse absorber par le vacarme du moteur, sans soupçonner que le véhicule et son chauffeur qui lutte dans la tempête ont entamé une course vers la mort. La course est logique et fatale, le vacarme sensible et « vivant ».

James Hadley Chase parsème en virtuose son récit de petits détails qui n'ont d'autre but que de faire croire qu'il raconte une vraie histoire alors qu'il s'applique à résoudre un théorème. « Il fit prendre un tournant à sa vieille Cadillac avec tant de brusquerie que les pneus grincèrent affreusement avant de lancer sa voiture le long d'une allée sinueuse menant à la maison. »

Le grincement des pneus ne sert qu'à couvrir de son bruit « affreux » l'inéluctable progression de l'intrigue. Les gestes sont décrits avec une précision analytique (trait commun à tous les romans policiers) qui déroute par l'apparente insignifiance de l'information fournie. « Magarth revint avec la bouteille, lui donna une cigarette, but un verre et s'alluma une cigarette. » Une couleur qu'il remarque suffit à montrer que le personnage est aussi « humain » que n'importe quel héros de roman littéraire. « Il trouvait Veda vraiment ravissante dans sa robe de toile abricot et il se pencha pour lui caresser la main. »

Dans l'abondance des notations de ce genre, il s'en trouve aussi qui n'ont aucune signification particulière. Le lecteur, lui, ne peut s'empêcher d'en chercher une. Comme son attention suit l'histoire sans dévier de la ligne droite du récit, il accorde à chaque détail la même importance. La couleur abricot ne serait-elle pas un indice à retenir pour comprendre les chapitres suivants ? Ramon Fernandez, un autre critique formé à l'école de *La Nouvelle Revue française*, mais grand amateur de romans et donc défenseur du roman policier, voit, dans ce rôle joué par les détails, un avantage sur le roman littéraire. « Cette concentration (*de l'esprit du lecteur*) donne à chaque trait du roman un relief, une consistance, un éclat extraordinaires. Point n'est besoin ici des tours de force et des gentillesses de la peinture : en faisant naître une attention maximale d'une attente maximale, le roman policier donne au moindre objet le plus d'intérêt possible. Mais comme ce moindre objet ne vaut que par ce qu'il peut révéler de ce que nous cherchons, une très grande puissance de suggestion s'allie avec une très grande netteté de contours. On est étonné, lorsqu'on lit les chefs-d'œuvre de ce type, que nos romanciers ne songent pas davantage à s'inspirer d'un procédé si heureux. » (« Le roman policier », *La Nouvelle Revue française*, mars 1931, article repris dans la nouvelle édition de *Messages*, Grasset, 1981.)

Par sa mécanique implacable le roman policier flatte les ambitions de l'intelligence, autant qu'il satisfait les appétits de la sensation, non seulement en multipliant les surprises violentes, mais en aiguisant sur les parties les plus secondaires de l'histoire, sur les accessoires les plus infimes, la même curiosité. La couleur abricot d'une robe ne fait pas moins palpiter que les gants de l'étrangleur. C'est un théorème, mais habillé en conte de fées. A la fois roué et naïf, c'est le roman par excellence.

Dekobra (Maurice)

On attaque notre époque en l'accusant de faire aux livres médiocres un succès qui étouffe la vraie littérature. Mais n'en a-t-il pas toujours été ainsi ? 1922 : en France paraissent *Le Baiser au lépreux* de Mauriac, *Charmes* de Valéry, *Siegfried et le Limousin* de Giraudoux, *Ouvert la nuit* de Paul Morand, *La Maison de Claudine* de Colette, le premier volume des *Thibault* de Martin du Gard. C'est aussi l'année d'*Ulysse* de Joyce, de *Felix Krull* de Thomas Mann, de *Siddhartha* de Hermann Hesse. Mais un livre écrase tous les autres. Vingt mille exemplaires dès le quatrième jour, puis dix mille par semaine. Les ventes atteignent trois cent mille exemplaires en décembre, six cent mille en 1926. Très mal écrit, vulgaire, démagogique, mais répertoire scabreux de tous les « vices » du temps et manifeste de l'émancipation féminine, *La Garçonne* (droguée, lesbienne, échangiste) de Victor Margueritte est le best-seller absolu.

1925 : en France, *Les Faux-Monnayeurs* de Gide, *Albertine disparue* de Proust, *Paulina 1880* de Pierre-Jean Jouve, entre des titres d'Aragon, de Cendrars, de Mauriac, de Montherlant. A l'étranger : *Manhattan Transfer* de Dos Passos, *La Maison Artamonov* de Gorki, *Le Procès* de Kafka, *Mrs Dalloway* de Virginia Woolf. Mais quel roman s'arrache-t-on ? *La Madone des sleepings* de Maurice Dekobra. Trois cent mille exemplaires dans l'année. Le titre ridicule, la réputation déplorable de l'auteur, l'éviction de son nom des histoires de la littérature et des dictionnaires, tout dissuaderait de rouvrir un tel livre.

Pourtant, ce n'est pas si mauvais. A la différence de Victor Margueritte, dont le succès n'a été que de scandale, Dekobra est un écrivain. On a beaucoup de plaisir et d'intérêt à le lire, et pas seulement à cause d'une intrigue bien faite. Diana, une lady écossaise, élevée dans le luxe, extravagante mais à présent ruinée, échafaude avec un agent des services secrets soviétiques, Varichkine, tombé sous son charme, un plan pour récupérer en Géorgie communiste une concession de pétrole. Peinture des milieux branchés de Londres, de Berlin, de Vienne, de Constantinople ; cosmopolitisme élégant des yachts et des wagons-lits. On dirait parfois une caricature de Paul Morand. Sauf que, dans la seconde partie, le roman prend un virage à quarante-cinq degrés, avec l'apparition d'une apparatchika, ancienne maîtresse de Varichkine, et le récit de sa vengeance.

Le secrétaire de lady Diana, envoyé en Géorgie pour régler l'affaire, est jeté en prison et subit l'arbitraire de la sinistre police d'Etat connue alors sous le nom de Tcheka. Aujourd'hui ces brutalités nous sont devenues familières, mais, en 1925, quand toute l'Europe sympathisait avec l'URSS, Dekobra semble avoir fait preuve d'une singulière perspicacité. Etait-il renseigné ? A-t-il inventé ? Sous sa frivolité apparente, cachait-il un sens politique ? Le portrait de cette Irina Mouravieff, toute raide et pétrie d'idéologie marxiste, impitoyable dans son argumentation contre le capitalisme (« sans mon intervention, vous vous enrichissiez aux dépens de nos prolétaires géorgiens, et recommenciez, grâce au pétrole russe, votre vie de luxe effréné, qui est un attentat à la misère du monde… »), et qui manie le revolver comme Catherine II maniait le knout, ce portrait donne froid dans le dos. « Une de ces illuminées qui rêvent le bonheur de l'Humanité à coups de mitrailleuses et qui envoient leurs contradicteurs méditer dans les glaces de Solovki. » La description des geôles soviétiques, des traitements infligés aux victimes du système, des exécutions sommaires, reste d'une force saisissante, même depuis qu'on a lu, sur les horreurs du totalitarisme, Koestler ou Soljenitsyne, Primo Levi ou Chalamov, et qu'on dispose d'une masse de témoignages accablants.

Ce qui est à mettre le plus au crédit de Dekobra, c'est le changement d'écriture dans cette seconde partie. Le voilà sobre, tout à coup, économe, comme s'il avait compris que sa virtuosité langagière serait ici déplacée. Car son style naturel, pour ainsi dire, c'est l'ornementation, la pointe, la préciosité, le chic mondain, qualités qui font mouche dans la première partie. « Un pékinois hargneux aux gros yeux de dorade morte, sous un petit crâne plat de crétin. » Les cyprès, « ces quenouilles vespérales que tissent les sirènes sur les bords de l'Adriatique ». « Aux temps bienheureux de l'Hellade païenne, aux temps bénis où l'Y.M.C.A. ne distribuait point encore aux disciples de Socrate des tablettes de chocolat enroulées dans des maximes évangéliques. » Un palais à Berlin, flanqué de bouquets d'arbres « comme un carré de viande froide entre deux touffes de persil ». Au sujet du marché conclu entre lady Diana et Varichkine (une nuit d'amour contre les puits de pétrole) : « Je connais d'innombrables femmes pour lesquelles je ne donnerais pas un arpent de terre arable à Gennevilliers. J'en ai rencontré d'autres dont les faveurs vaudraient à la Bourse d'Eros cinq hectares de pins dans les Landes… L'équivalence agronomique d'une femme n'est pas codifiée avec précision. Il y a tant de créatures dont le cœur est un terrain vague et dont le giron exigerait d'être bien phosphaté. » Johann Strauss, « dont la musique voluptueuse fait fondre les vertus rétives et hâte la chute des Allemandes dans les bras des touristes désœuvrés ». Détachées de leur contexte, ces formules, il est vrai, paraissent des mots d'auteur, des facilités de journaliste. Dekobra cite Alexandre Blok et Vladimir Maïakovski, mais ses références sont plutôt du côté du *Paris-Match* de l'époque. Sauf qu'il est capable de soutenir au fil des pages ce style brillant et persifleur, qu'on admire quand on le trouve chez un Aldous Huxley, un Paul Morand.

« J'avoue ne m'être jamais trouvé dans un cas plus baroque », dit le narrateur (qui est ce malchanceux secrétaire de lady Diana). Le mot et la notion de « baroque » étaient alors en plein discrédit, rappelons-le. L'esthétique puritaine de *La Nouvelle Revue française* proscrivait les fanfreluches et les paillettes. Il est possible que Dekobra n'ait pas été mû seulement par la recherche du succès populaire, et qu'il ait voulu réagir contre cette sorte de grisaille qui menaçait le roman français et le condamnerait quand il serait tombé aux mains d'épigones moins doués qu'André Gide. Seulement, il s'est trompé en croyant écrire un roman « baroque ». Amusant, scintillant, tant qu'on veut, mais ne ressortissant, comme les châteaux de Louis II en Bavière, qu'à ce genre inférieur qu'est le kitsch. Il y flotte comme un écho de toutes les choses drôles, piquantes et tarabiscotées qu'on échange dans les salons entre gens d'esprit. Reste que, dans cette branche secondaire de l'art de raconter, on ne peut dénier à Dekobra le talent.

Dickens

Dickens, dès ses débuts, redoutait tellement de n'être pas assez clair et instantanément compréhensible, identifiait si exactement l'art romanesque à l'art de bien raconter et de se faire bien entendre, qu'après avoir écrit quelques chapitres d'un nouveau roman, il avait besoin de les lire devant un cercle d'amis, afin de vérifier s'ils étaient émus. Dans leur réaction il trouvait non seulement un encouragement à continuer mais une indication sur la manière dont il devait orienter son histoire pour ne pas décevoir leur attente. Son besoin d'approbation, dit André Maurois dans son excellent livre (*Un essai sur Dickens*, Grasset, 1927), allait « jusqu'à sentir la nécessité de ce frémissement immédiat que peut produire la lecture à haute voix ». Besoin dangereux, parce qu'il le poussait « à chercher l'effet, et l'effet dramatique ».

Tout est dit dans ces lignes : et la raison du succès prodigieux remporté longtemps par Dickens, et celle du discrédit qui le frappe aujourd'hui. La gloire venue, il organisait des lectures publiques, devant de vastes auditoires, à qui il lisait des passages de ses romans les plus célèbres, non sans les modifier, le cas échéant, surtout dans la chute d'un chapitre, pour la rendre plus spectaculaire et en retirer plus d'applaudissements. Le chantage à l'émotion, qui marche à fond auprès des foules, déplaît au lecteur solitaire. « Quel peu d'amour de l'art ! s'exclame Flaubert. Il n'en parle pas une fois… Ignorant comme une cruche… Un immense bonhomme, mais de second ordre. »

Jusqu'à la Seconde Guerre mondiale, dans les music-halls populaires de la banlieue londonienne, se produisait un curieux artiste, le *Dickens Impersonator*, chargé d'imiter, à la demande du public, tel ou tel personnage du romancier. On lui criait, de l'assistance : « Mr Pickwick ! Oliver Twist ! La petite Nell ! Pecksniff ! Pip ! », et l'homme, tirant d'une malle les vêtements et les accessoires appropriés, se grimait selon le besoin et incarnait le héros désiré. De tels numéros auraient été impossibles en France – imagine-t-on le public du samedi soir réclamer : « Julien Sorel ! Rastignac ! Madame Bovary ! » – et même en Russie, où un Pouchkine, un Gogol, un Tolstoï, tout en étant plus proches de leurs lecteurs que les romanciers français, n'essayaient pas de rivaliser avec l'art du bateleur.

Pour déclencher les applaudissements du public, Dickens force sans cesse le trait, avec l'avantage de le graver dans les esprits, et l'inconvénient de friser la caricature. Doué d'une verve fertile, il la pousse trop souvent à la charge. Portrait d'un fesse-mathieu : « Ah ! ce Scrooge, avec quelle poigne il tournait la meule des affaires ! Comme il s'entendait, le vieux ladre, à saisir, pressurer, arracher et tondre ! Dur et tranchant comme une pierre à feu dont jamais acier n'avait tiré une étincelle généreuse, il se montrait solitaire, taciturne et renfermé comme une huître. Un froid intérieur gelait ses vieux traits, pinçait son nez pointu, ridait ses joues, raidissait sa démarche, rougissait ses yeux, bleuissait ses lèvres minces et se faisait sentir jusque dans sa voix grinçante. Une gelée blanche couvrait sa tête, ses sourcils et son menton en pointe. Cette basse température, il la transportait avec lui partout où il allait, si bien que son bureau était glacé pendant la canicule et ne s'adoucissait pas d'un degré à Noël. »

Portrait qu'on n'oublie pas (dans le premier « couplet » du *Cantique de Noël*), mais en même temps on se demande si l'auteur n'en a pas trop fait, si on ne s'est pas laissé avoir par cette accumulation de détails, de métaphores tendant tous à un but unique, sans accorder de place à aucune nuance qui affaiblirait l'effet recherché mais donnerait de la complexité au personnage. Dickens emprunte à la comédie cette rapidité réductrice que nous approuvons au théâtre, parce que la pièce ne dispose que d'un temps et d'un espace restreints et qu'Harpagon doit frapper fort et vite pour nous faire rire, mais la différence entre le théâtre et le roman, c'est justement que celui-ci, délivré du souci de l'efficacité immédiate, nous charme d'autant plus qu'il ménage à notre imagination une plus grande part de mystère.

Les romans de Dickens sont démesurés – souvent un millier de pages – mais il les écrit en homme pressé de marquer des points, d'être admiré *hic et nunc* (la publication en feuilletons y était pour quelque chose), acclamé le plus vite possible par de bruyantes ovations. Ses meilleurs livres peuvent être gâtés par cette hâte d'ancien enfant malheureux avide de reconnaissance publique. *Oliver Twist*, par exemple, qui gagnerait à être lu à haute voix et fournit des films passables, parce qu'on accepte plus facilement que tout soit un peu gros à l'écran, résiste moins à la lecture silencieuse. Même dans *Les Grandes Espérances*, passé le premier émerveillement, on regrette le peu de champ alloué à l'espace intérieur, celui où les livres s'installent définitivement dans notre mémoire.

Ce premier défaut – la recherche de l'oralité théâtrale – en entraîne d'autres qui, sans rompre le charme des meilleures pages de Dickens ni empêcher celui-ci d'être un des meilleurs romanciers du monde, interdisent l'adhésion totale au roman qu'on vient de terminer.

1) La tendance à façonner le caractère d'un personnage et à décider ce qui va lui arriver d'après ce que l'auteur suppose être la demande de ses lecteurs. Auprès de son ami Forster, Dickens s'enquiert si ce serait une bonne ou une mauvaise idée que de transformer le sympathique Walter Gay de *Dombey & Fils* : pourquoi ne pas essayer de pousser au noir sa nature, en sorte qu'à force de négligence, de paresse et de dissipation il perde ses qualités natives et devienne méchant par degrés ? « Croyez-vous que cela pourrait être fait sans fâcher les gens ? » La demande est en elle-même extraordinaire ; extraordinaire aussi le choix final adopté par Dickens : Walter Gay resta un brave et honnête garçon, crainte de désappointer « les gens ». Le véritable artiste, pensons-nous, devance son temps et son public. Il impose sa vision à celui-ci, il l'entraîne où il veut l'entraîner. Dickens, lui, a l'air de se mettre à sa remorque et à la remorque des idées reçues à leur époque. Ne choquons pas mes lecteurs ! Ne les chagrinons pas ! A-t-il inauguré ce que nous méprisons sous le nom de littérature de consommation ? Il avait eu l'intention de donner aux *Grandes Espérances* une fin mélancolique. Edward Bulwer-Lytton (l'auteur des *Derniers Jours de Pompéi*, un des premiers romans programmé pour être un best-seller) lui conseilla de la modifier, sous peine de dérouter ses lecteurs habitués à une conclusion optimiste. Dickens obéit à la recommandation et opta pour le *happy end*. Mr Scrooge lui-même, le grippe-sou du *Cantique de Noël*, fut converti à la bonté et à la générosité. Et, si on le trouvait excessivement avare et dur au début du roman, on n'est pas moins déçu qu'il se métamorphose dans les

dernières pages en un bienfaiteur au cœur tendre que si Balzac avait terminé *Eugénie Grandet* sur la vision du bonhomme devenu subitement charitable.

2) La tendance à figer les caractères, une fois que leur dessin est arrêté, dans quelques traits stéréotypés. Tel personnage ne fait qu'éternuer, tel autre que de boucher et de déboucher son oreille, tel autre de se plaindre que si le commerce de l'indigo n'avait pas ruiné ses parents, il serait à la tête d'une fortune considérable. Chacun est pétrifié dans un cliché immuable, qui permet de le reconnaître immédiatement, mais au détriment de l'intérêt psychologique. Le gros valet de Mr Wardle (dans *Pickwick*) s'endort à tout moment, on ne sait rien d'autre de lui. Ce procédé est excellent pour décrire les objets, comme la bouilloire du *Grillon du foyer*, d'abord revêche et crachant sur le charbon d'un air hargneux, puis tout à coup de meilleure humeur. « C'est alors que, devenant tendre et musicale, d'irrésistibles glouglous lui montèrent à la gorge et qu'elle se permit de brefs ronflements mélodieux qu'elle arrêtait aussitôt comme si elle n'était pas très sûre qu'ils fussent de bonne compagnie. Après deux ou trois essais pour réprimer ses joyeuses effusions, elle rejeta au loin toute maussaderie, toute réserve, et se lança dans un flot de vocalises si agréables et réjouissantes que jamais rossignol larmoyant ne sut en composer de pareilles. »

Mais réduire un homme ou une femme à quelques tics de comportement ou de langage aboutit à la création de marionnettes, très drôles grâce au don prodigieux de Dickens pour l'humour, mais qui nous paraissent bien vite manquer de vérité. La pauvreté intérieure des personnages a été souvent relevée. La plupart d'ailleurs sont des « types » (le Bon, le Méchant, le Grigou, l'Orgueilleux, l'Hypocrite), voire des « originaux » ou carrément des maniaques, qu'on applaudirait au théâtre mais qui, répétons-le, manquent de la nécessaire complexité et épaisseur romanesques. A-t-on jamais vu des nouveaux riches aussi exclusivement nouveaux riches que dans *Notre ami commun* ? « Mr et Mrs Veneering étaient des gens tout neufs, qui vivaient dans une maison toute neuve, dans un quartier tout neuf de Londres. Tout ce qui touchait aux Veneering était rigoureusement neuf ; tous leurs meubles étaient neufs, tous leurs amis étaient neufs, tous leurs domestiques étaient neufs. Leur vaisselle était neuve, leurs voitures étaient neuves, leurs harnais étaient neufs, leurs chevaux étaient neufs, leurs peintures étaient neuves, eux-mêmes étaient neufs. Ils étaient aussi nouvellement mariés que cela était légalement compatible avec l'existence d'un bébé tout neuf. » Beaucoup de portraits de Dickens sont inoubliables ; la charge en abîme beaucoup d'autres, faute d'ombres portées.

3) La tendance à bâtir l'intrigue tel un mélodrame, en multipliant les surprises, les rebondissements, les volte-face, les malentendus et autres coups de théâtre peu crédibles. On est agacé, non ému, de voir le jeune Oliver Twist rencontrer « par hasard » dans les rues de Londres le vieux monsieur qu'il recherchait depuis des années. L'abus de coïncidences heureuses gâche le finale des *Grandes Espérances* comme celui de *Nicholas Nickleby*. D'une manière générale, les romans de Dickens donnent l'impression d'être construits au petit bonheur, sans que la direction ait été fixée au préalable. Autant les caractères sont rigides, autant la structure est molle. « Quelle composition défectueuse ! Tous les écrivains anglais en sont là. Walter Scott excepté, ils manquent de plan. Cela est insupportable pour nous autres latins. » On aura reconnu Flaubert, le méticuleux janséniste, qui s'oppose au musard Dickens comme Pascal à Montaigne.

Ces griefs sont justes, mais le plus important qu'on fait aujourd'hui à Dickens l'est peut-être moins. Oubliant que c'est grâce à l'action de ses romans – alors que *Madame Bovary* n'a en rien contribué à amender la condition de la femme dans la province française – que d'importantes réformes ont été introduites en Angleterre pour remédier aux scandales trop criants, adoucir le régime des prisons, alléger les peines pour dettes, améliorer l'hébergement des pauvres, humaniser la discipline des écoles, interdire l'exploitation des enfants, on lui reproche d'avoir cru dans la possibilité de réformer non seulement les institutions, mais la nature humaine elle-même. L'optimisme : le péché majeur pour un écrivain, après le passage dans la littérature de Flaubert, de Proust, de Kafka, de Faulkner, de Céline, de Günter Grass. Qui pis est : l'optimisme de Dickens n'est pas celui de Dumas, pure énergie indifférente au bien et au mal, gaieté de vivre à l'état brut, appétit de jouissance, tension musculaire, mais optimisme vertueux, combat pour la morale, activisme humanitaire. Il me semble que c'est un mauvais procès. Nul plus que Dickens n'a été sensible au malheur, à l'injustice, à la cruauté, parce qu'il les avait éprouvés tout enfant. Ce n'était pas un boy-scout croyant stupidement au progrès de l'humanité, mais un homme qui avait durement souffert : petit garçon, après la faillite de son père, quand on l'avait placé à dix ans dans la vitrine d'un magasin pour coller des étiquettes sur des pots de cirage devant ses camarades qui se moquaient de lui ; plus tard, lorsqu'il se fut marié avec une femme qu'il n'aimait pas et que la jeune fille qu'il aimait eut été emportée en quelques heures par un mal mystérieux.

Connut-il la douleur des trahisons ? Dans *Le Grillon du foyer*, il brosse un admirable tableau, non de la jalousie avide de vengeance, mais de la résignation blessée d'un mari qui se croit trompé par un rival plus jeune. « C'était un cœur si droit et si fervent dans sa loyauté que, tout d'abord, il ne put nourrir ni courroux ni ressentiment, car il n'y avait de place en lui que pour l'image brisée de son idole. » Peu à peu, cependant, des pensées plus sombres assaillent John. Il songe au meurtre, puis en vient à se convaincre qu'il est vain de lutter contre le pouvoir de la jeunesse. Que sa femme rejoigne l'amant qu'elle s'est choisi, si tel doit être son destin ! « Il ne pouvait supporter de la voir affaissée à ses pieds sur ce petit tabouret où il l'avait contemplée si souvent, joyeuse et innocente, avec une tendre fierté. Aussi, lorsqu'elle se leva et s'éloigna en pleurant, éprouva-t-il un soulagement, préférant voir sa place vide que de sentir près de lui cette présence si longtemps chère à son cœur. Que d'amertume dans cette impression qui lui montrait dans quelle solitude il était tombé maintenant et comment le nœud suprême de sa vie était tranché en deux ! » Il déclare à un voisin qu'il n'a plus ni colère ni méfiance, qu'il ne lui reste que son chagrin. « Dans un moment critique elle a vu reparaître un ancien amoureux, mieux assorti que moi à ses goûts et à son âge, que peut-être elle avait abandonné pour moi contre son gré… Qu'elle parte et trouve la paix du cœur que je lui souhaite. Elle ne peut me haïr. Elle aura plus d'affection pour moi lorsque je ne serai plus le boulet qui la retient et que j'aurai transformé en un lien plus léger la chaîne à laquelle je l'ai rivée. » Pourra-t-on dire encore que les bons sentiments font de la mauvaise littérature ? La générosité, la magnanimité de John feraient mentir le mot de Gide, si Dickens n'avait ensuite gâché ce beau thème par une de ces malencontreuses ficelles dont il était coutumier : « l'ancien amoureux », comme on le découvre *in extremis*, est un frère de la jeune épouse, disparu depuis longtemps et qui a resurgi à l'improviste. Tout finit donc bien, comme d'habitude.

Une des meilleures raisons d'aimer Dickens est sa foi dans le courage, le courage consistant pour lui à rester de bonne humeur au milieu des circonstances les plus pénibles. Mark Tapley, le valet d'auberge du Dragon dans *Martin Chuzzlewit*, pousse à l'absurde ce comportement. Persuadé qu'il n'y a pas de mérite à être gai si l'on vit dans de bonnes conditions, il souhaite rencontrer le plus de malheurs possible, pour montrer de quelle trempe est son caractère. « — Mark, étant donné vos idées sur les choses, le mieux serait d'épouser une femme que vous n'aimeriez pas et qui serait très désagréable. — Certainement, monsieur, mais ce serait peut-être pousser le principe un peu loin. » L'auberge du Dragon lui semblant un endroit trop délectable, il songe à se faire fossoyeur, ou geôlier, ou collecteur d'impôts, à prendre n'importe quel emploi pourvu qu'il soit difficile d'y rester gai. « Oh ! il y a beaucoup de métiers où j'aurais des occasions, je crois… » Sous la caricature perce la leçon d'énergie, qu'incarnent de façon moins outrée et plus crédible les jeunes héros de Dickens, que l'adversité broierait s'ils n'étaient pas d'une fibre aussi vigoureuse.

Jamais de rébellions dans cette œuvre, ni d'engagements politiques. Dickens a subi lui-même les pires violences, partagé les misères les plus noires. Ses tableaux nocturnes de la Londres des voleurs, des prostituées, des criminels, montrent une connaissance approfondie des bas-fonds, qui n'est pourtant jamais amère ni récriminante ; et on lui en voudrait d'avoir cru aux seules vertus de la bonne volonté pour rendre l'existence vivable si, au XXIe siècle, après l'échec des révolutions et l'écroulement des idéologies, des religions, on ne trouvait que le Pip des *Grandes Espérances* ou

Oliver Twist n'étaient, par leur vaillance toute personnelle au milieu des épreuves, les meilleurs garants contre la morosité, la paresse mentale, la lâcheté de conclure, du désordre et de l'injustice du monde, à l'inutilité de la résistance individuelle.

Pip, Oliver et, bien entendu, le merveilleux David. Quand on a fait toutes les réserves possibles sur Dickens, reste à dire non seulement que *David Copperfield* ne présente aucun des défauts susnommés, mais encore que c'est un des plus beaux romans jamais écrits. Dickens y applique sur plus de mille pages ses procédés habituels, mais avec une légèreté, une grâce, un génie qui ne faiblissent que vers la fin. On a prouvé l'origine autobiographique de mainte scène, dont aucune, pourtant, ne raconte directement la réalité vécue. Par exemple, Charles n'était pas, comme David, orphelin de père à sa naissance. La figure de John Dickens, chargé d'une femme et de huit enfants (Charles étant l'aîné), jovial et bon à rien, si incapable de gérer ses affaires qu'il fut emprisonné pour dettes, a été transposée dans le personnage secondaire mais inoubliable de Mr Micawber, poétique et calamiteux écervelé conduisant sa famille à la ruine. Comme Tolstoï dans *Enfance*, Dickens a réinventé son passé en imaginant ce que celui-ci aurait pu être si les événements de son enfance s'étaient composés autrement.

Jamais, je crois, on n'a dépeint la société des hommes avec moins de préjugés, telle qu'elle se dévoile aux yeux d'un gamin à l'esprit par force candide. Jeté très tôt dans une suite de malheurs affreux, David, médusé par la surprise qui l'empêche de les juger, les subit sans révolte. Sa bonne (si on peut appeler ainsi celle qui était l'âme de la maison), la non moins inoubliable Peggotty, lui a parlé souvent de l'enterrement de son père et de l'assistance vêtue de noir qui s'était réunie là. C'est elle aussi qui lui apprend que sa mère, la douce Clara, se remarie. « Devinez ce qui vous arrive… Vous avez un papa ! » Réaction de David : « Je frémis et devins tout pâle. Quelque chose d'indéfinissable qui se rattachait à la tombe du cimetière et à la résurrection des morts semblait m'envelopper d'un souffle glacé. » M. Murdstone, le beau-père, fait son apparition, distant, hautain, odieux. « Je me tournai vers la fenêtre et contemplai quelques arbustes du jardin auxquels le froid faisait pencher la tête. » C'est admirablement évoqué et dit. Pas de larmes, pas de cris, un simple élan de solidarité résignée avec ses frères en malheur.

Les appréhensions de David étaient fondées. M. Murdstone vient s'installer avec sa sœur, encore plus autoritaire et revêche. Tous deux haïssent l'enfant. « Un mot d'encouragement, un souhait de bienvenue, l'assurance que cette maison était toujours ma maison, et M. Murdstone aurait pu gagner mon cœur au lieu de s'assurer une obéissance hypocrite ; conquérir mon respect au lieu de s'attirer ma haine. » Quant à Miss Murdstone, elle arrive avec une escorte de malles rigides et noires marquées par des clous de cuivre, paye le cocher en tirant l'argent d'une bourse d'acier et porte un sac à main suspendu à son bras par une chaîne et qui se ferme comme une mâchoire. « Je n'avais jamais vu de dame aussi métallique que Miss Murdstone. » Les baisers qu'elle donne, du bout des lèvres, ressemblent à des coups de bec. Quand elle dit bonjour à David, au petit déjeuner, elle ne lui tend pas ses doigts mais la pince à sucre. A l'église, elle roule des yeux noirs autour d'elle et marmotte, au cours des prières, le répons « misérables pécheurs » avec l'air de proférer des injures à l'adresse de tous les paroissiens.

Aucune caricature dans l'évocation de ce couple hideux, mais une grandeur biblique. « La sombre théologie des Murdstone leur faisait considérer les enfants comme autant de jeunes vipères. » D'où leur principe pédagogique cardinal : la fermeté. Dickens abuse souvent d'un mot bien choisi qu'il martèle à satiété avec l'assurance de plaire à un public peu lettré qui serait insensible aux nuances et préfère se bercer d'un refrain. Ici, il joue de la « fermeté » des Murdstone comme d'un motif musical qu'il assouplit par une série de variations. « La fermeté était la qualité maîtresse sur laquelle M. Murdstone et sa sœur faisaient tout reposer. Si on m'avait demandé alors en quoi consistait cette qualité, je ne sais si j'aurais pu l'expliquer clairement ; mais je comprenais à ma manière que c'était, sous un autre nom, de la tyrannie combinée avec l'humeur sombre, impérieuse et diabolique qui était commune au frère et à la sœur. Voici quelle était leur manière de voir : M. Murdstone était ferme ; personne au monde n'était aussi ferme que M. Murdstone. Miss Murdstone faisait exception ; elle avait le droit d'être ferme en vertu de sa parenté avec M. Murdstone, mais à un degré inférieur et tributaire. Ma mère était une autre exception ; elle pouvait être ferme, elle devait l'être, mais seulement pour seconder la fermeté des Murdstone, et avec la ferme conviction qu'il n'y avait pas sur terre de fermeté comparable à la leur. » Pas de meilleur exemple de la virtuosité stylistique de Dickens : l'humour, le goût ludique de la modulation investissent ce qui n'aurait pu être qu'un stéréotype et tissent une chatoyante polyphonie où le retour de la même note est indispensable à l'équilibre général.

Dans la suite du chapitre, « ferme » et « fermeté » reviennent à plusieurs reprises. Jamais on n'a l'impression que c'est parce que répéter constitue le plus facile moyen d'imprimer dans le cerveau du lecteur le caractère du personnage. « Voyons, Clara, dit M. Murdstone, soyez ferme avec cet enfant. Ne dites pas : “Oh ! Davy !” c’est enfantin. Il sait sa leçon ou il ne la sait pas. » Lorsque l’enfant, terrorisé par la sévérité de son beau-père, bafouille de plus belle ses exercices, M. Murdstone se décide à le fouetter, en déclarant qu’il ne peut s’attendre à ce que sa mère « supporte avec une fermeté parfaite » (c’est-à-dire renonce à pardonner) l’égarement momentané du gamin. Et quand celui-ci, enfermé à double tour dans sa chambre après la punition corporelle, reçoit des mains de Miss Murdstone un morceau de pain et un verre de lait, on n’est nullement agacé, mais au contraire satisfait et comme soulagé d’entendre à nouveau mentionner la fameuse qualité maîtresse des Murdstone. « Elle les posa sur la table sans mot dire, en fixant sur moi un regard d’une fermeté exemplaire, puis se retira en fermant la porte à clef. » Telle est la magie dickensienne : ressasser un détail d’une manière si heureuse qu’il cesse de paraître une commodité de romancier pour devenir à la fois un élément nécessaire et un ornement musical du récit.

Beaucoup plus tard, à la suite ou au cours de nombreuses aventures (l’école sous la férule du tyrannique maître Creakle, les besognes serviles dans un magasin de Londres – écho du collage des étiquettes sur des pots de cirage par le jeune Charles –, un voyage à pied de Londres à Douvres, le séjour chez une tante excentrique obsédée par les ânes qui piétinent sa pelouse, l’apprentissage dans l’étude de Mr Spenlow, deux mariages, etc.), David retrouve Mr Micawber, l’ineffable raté, qui se qualifie lui-même d’épave, sans se départir de son air enjoué. Aussi nul que charmant, il confectionne des punchs en attendant que quelque chose arrive, sans lever le petit doigt pour sauver sa femme et ses enfants de la misère. Dans cette variété souriante de l’échec, je vois le meilleur appui pour confondre ceux des détracteurs de Dickens qui lui reprochent son excès de confiance dans la nature humaine.

« Je crois que la tendresse et la fidélité finissent toujours par triompher de tous les dangers et de tous les maux. » Cet acte de foi, placé dans la bouche de la « douce » et « lumineuse » Agnès (trop douce, trop lumineuse, trop « ange tutélaire »), pourrait jeter une lumière fade sur toute l'œuvre de Dickens et ôter de la crédibilité à son art de raconter en le réduisant à une course d'obstacles toujours victorieuse se concluant par un finale trop prévisible, sans la caution apportée, justement, par Mr Micawber.

Invariablement sûr que la « fertilité de ses ressources » et « la facilité de son élocution » l'amèneront à « prendre son essor » vers les sommets de la réussite sociale, il est non moins invariablement démenti par le désastre de ses finances. Acculé sans cesse à de nouvelles faillites et obligé de décamper avec sa nombreuse famille des logements dont il ne peut plus payer le loyer, il réapparaît à plusieurs détours du roman avec son allure impavide de bravache impénitent et d'ahuri pompeux. La redondance fleurie de son langage (« Tout ce qui me reste à dire sur ce point, c'est que le nuage a disparu du sombre horizon, et que le dieu du jour éclaire de nouveau la cime des montagnes », ou, parlant du minable galetas où il entasse ses enfants : « C'est une humble demeure, mais elle peut servir de point de départ à des aménagements domiciliaires plus ambitieux ») fait le plus comique des contrastes avec sa criante déchéance. Délicieux, ridicule, toujours ruiné, toujours d'attaque, jamais à se plaindre, il rendrait courage au plus suicidaire.

Le conseil qu'il donne au jeune David et le geste dont il accompagne ce conseil montrent en quoi l'optimisme dickensien contient en lui-même sa critique et sa négation. Le conseil : « Revenu annuel : vingt livres. Dépense annuelle : dix-neuf livres, dix-neuf shillings, six pence. Résultat : bonheur. Revenu annuel : vingt livres. Dépense annuelle : vingt livres, six pence. Résultat : misère. Le bourgeon se flétrit, la feuille se fane, la fortune vous déserte, le dieu du jour se couche sur la scène désolée, et… et… en un mot, vous restez pour toujours sur le carreau. C'est ce qui m'est arrivé. » (Il a le tic, lui, de finir ses longues phrases entortillées par un immanquable « et… et… en un mot », qui souligne son incontinence verbale.) Le geste : « Pour rendre son exemple plus frappant, Mr Micawber but un verre de punch d'un air de grande satisfaction et se mit à siffler un refrain connu. »

Plus loin, le voyant au bord de l'abîme et prostré, David lui demande de lui confectionner un de ces breuvages qui l'ont rendu fameux. « Sa tristesse, pour ne pas dire son désespoir, s'évanouit en un clin d'œil. Je n'ai jamais vu un homme jouir du parfum des citrons, de l'odeur du rhum en train de brûler et des vapeurs de l'eau bouillante comme Mr Micawber ce jour-là. C'était merveilleux de voir son visage rayonner à travers un léger nuage de ces fumées délicates, tandis qu'il remuait, mêlait et goûtait avec autant de sérieux que s'il était en train de faire, non pas un bol de punch, mais une fortune pour sa famille jusqu'aux plus lointaines générations. » Quel que soit le gouffre près de l'engloutir, Mr Micawber trouve chaque fois, dans l'acte de boire ou de manger, le ressort nécessaire pour surmonter son abattement. « — Copperfield, dit-il en me serrant la main, vous êtes un véritable ami : mais quand il est à la dernière extrémité, un homme qui possède un rasoir n'est point sans ami ! A cette allusion sinistre, Mme Micawber se jeta au cou de son mari et le supplia de se calmer. Il pleura, mais se ressaisit assez vite pour sonner le garçon et lui commander un pudding aux rognons et une assiette de crevettes pour le petit déjeuner du lendemain. »

On songe au chapitre XXVI des *Trois Mousquetaires*. Aramis, resté en province, s'apprête à entrer dans les ordres. D'Artagnan à cause d'une blessure le trouve occupé à écrire une thèse de théologie. Son repas se compose « de tétragones cuits et de fruits », auxquels il consent à ajouter des œufs en l'honneur de son hôte. « Vous êtes mon ami aujourd'hui, dit-il à d'Artagnan consterné, demain vous ne serez plus pour moi qu'une ombre ; ou plutôt même, vous n'existerez plus. Quant au monde, c'est un sépulcre et pas autre chose. » D'Artagnan se souvient à ce moment qu'il a dans son pourpoint une lettre pour le futur jésuite. Elle est de la duchesse de Chevreuse, la maîtresse dont il se croyait délaissé. Aussitôt, Aramis de sauter sur ses deux pieds. « — Viens, mon ami, viens que je t'embrasse ; le bonheur m'étouffe ! Et les deux amis se mirent à danser autour du vénérable saint Chrysostome, piétinant bravement les feuillets de la thèse, qui avaient roulé sur le parquet. En ce moment, Bazin entrait avec les épinards et l'omelette. — Fuis, malheureux ! s'écria Aramis en lui jetant sa calotte au visage ; retourne d'où tu viens, remporte ces horribles légumes et cet affreux entremets ! demande un lièvre piqué, un chapon gras, un gigot à l'ail et quatre bouteilles de vieux bourgogne. »

La nourriture : ce recours des vrais braves, ceux qui ne veulent pas se laisser abattre, ne serait-ce que par égard pour les autres qu'un visage lugubre déprimerait. Dumas et Dickens : deux faux optimistes, qui, au lieu d'étaler leur pessimisme dans une autofiction geignarde, préfèrent indiquer le remède pour se remettre d'aplomb, tout en sachant fort bien que ce n'est qu'un palliatif précaire. *Les Trois Mousquetaires* datent de

1844, *David Copperfield* de 1850. En Mr Micawber, Dickens a figuré le salut par la vitalité – et peu importe que le rhum ne soit qu'un moyen dérisoire, si, permettant de faire face avec cran, il épargne à l'entourage le pénible spectacle du découragement. L'art de raconter, quand il est porté à son point suprême, coïncide avec une allègre et roborative morale du rebondissement.

Il a été souvent observé que Dickens se montre bien meilleur romancier de l'enfance que de l'âge adulte. La seconde partie de *Nicholas Nickleby*, des *Grandes Espérances* ne vaut pas la première. Amoureux et marié, David Copperfield devient sentimental, presque convenu. On lui pardonne moins ses larmes d'attendrissement sur Dora et sur Agnès (sa première et sa seconde femme), même si elles sont contrebalancées par une ironie de plus en plus mordante, que les pleurs versés par le jeune garçon quand il était en butte à la cruauté de son beau-père. Or, n'est-ce pas dans l'enfance qu'on possède la capacité la plus grande de réagir au malheur, de se ressaisir, de repartir en avant ? N'est-ce pas dans l'enfance également (du moins d'un enfant anglais) qu'un pudding aux rognons suffit à remonter le moral ? N'est-ce pas dans l'enfance enfin qu'on aime le plus raconter et entendre raconter ? Les Anglais qui savent le mieux raconter sont des romanciers de l'enfance : Dickens, Stevenson, Kipling. David Copperfield, Jim Hawkins, Kim : le punch, ils l'ont en eux-mêmes, sans adjuvant extérieur, par la grâce de leur jeunesse devant laquelle s'ouvre un horizon illimité[1].

1. J'ai cité *David Copperfield* dans la traduction de Charlotte et Marie-Louise Pressoir parue en 1934 aux éditions Nelson, en deux volumes. Ces délicieux petits livres jaunes, bien reliés, le poche d'avant guerre, offrent le support idéal pour ce genre de romans.

Eliot (George)

Le 19 octobre 1896, Marcel Proust, qui s'ennuyait en villégiature à Fontainebleau, demanda à sa mère de lui expédier sept livres de toute urgence, quatre romans de Balzac, *Wilhelm Meister* de Goethe, *Jules César* de Shakespeare et *Middlemarch* de George Eliot. Telle était alors l'éminente situation de la romancière anglaise. Elle a influencé Henry James comme Virginia Woolf, laquelle reconnaissait, dans le même *Middlemarch*, « un des rares romans anglais écrits pour des adultes », mais le temps et les nouvelles modes ont éloigné de nous celle qui, typique représentante de l'ère victorienne, ne concevait pas la littérature autrement que comme un service moral et religieux. Elle traduisit la *Vie de Jésus* de David Friedrich Strauss, critique historique des Evangiles, et *L'Essence du christianisme* de Ludwig Feuerbach, livre qui renouvelait à travers Hegel la théologie protestante. En 1857, à trente-huit ans, elle publia des *Scènes de la vie du clergé*, premier de ses textes de fiction, affaibli par un ton didactique et moralisateur, sauf la nouvelle qui met en scène le vicaire de campagne anglican Amos Barton, sot et médiocre, mais grandi, après avoir perdu sa femme, par l'immensité de sa douleur. Elle prit des cours d'hébreu avec un talmudiste et afficha sa sympathie pour une cause aussi nouvelle que le sionisme. Avec cela, femme vraiment moderne, qui vécut conjugalement avec un homme déjà marié, au grand scandale de la société victorienne, et, de son vrai nom Mary Ann Evans, signa ses livres George Eliot, pour manifester, comme George Sand, la trempe masculine de son âme.

En 1860, elle publia *Le Moulin sur la Floss*, gros roman dont Tom et sa sœur Maggie sont les héros. Enfants du meunier Tulliver, ils s'opposent par le caractère. Autant le garçon est solide, posé, respectueux des règles établies, autant la fille cède aux impulsions d'un tempérament fantasque. Tom tient plus de sa mère Dodson, issue elle-même d'une race de gens économes et prudents, consciencieuse dans l'observation des rites, Maggie plus des Tulliver, chaleureux et exubérants, parfois jusqu'à une exagération qui peut se révéler fatale. Deux héritages psychologiques entrent ainsi en conflit à travers le frère et la sœur, selon un déterminisme qui préfigure la thématique de Zola, et donne un peu de raideur à ce livre par ailleurs d'une grande subtilité dans l'analyse des jeunes héros.

Un tiers du roman dépeint leur enfance, et c'est la meilleure partie. Puis, Maggie éprouve des emballements amoureux voués à l'échec et à l'opprobre. Réprouvée par son frère, chassée du moulin familial, abandonnée de tous, elle se réfugie dans une petite maison au bord de la rivière. Une nuit, réveillée par une crue et s'apercevant du danger, elle saute dans une barque, brave le courant et ses remous tumultueux pour se porter au secours de son frère dans le moulin encerclé par les eaux. Au prix d'efforts héroïques, elle réussit à le sauver de l'inondation, mais la barque chavire, et Tom et Maggie disparaissent dans les tourbillons en se tenant embrassés.

La parabole est peut-être trop claire : la fille avait un tempérament plus original, un cœur plus généreux, des dispositions plus brillantes que le garçon, mais ces dispositions deviennent pernicieuses si elles ne sont pas soumises au bon sens, plus terne mais plus sûr. Inversement, la volonté et la ténacité dépourvues d'amour qui règlent les sentiments de Tom ne résolvent pas les problèmes de la vie : il y faut plus d'ouverture d'esprit et de chaleur. La scène finale signifie que, si on ne possède que la moitié des qualités nécessaires à faire un être complet, on court forcément à la mort. Mais cette conclusion est trop mélodramatique pour convaincre, et George Eliot, trop fine pour ne pas s'en apercevoir, s'aventura ensuite dans une voie où deux âmes jumelles n'auraient plus besoin de périr ensemble pour se réconcilier.

Middlemarch, publié en 1872 et sous-titré *Etude de la vie de province*, est encore un énorme roman qui raconte, sur fond d'intrigues campagnardes, l'histoire de deux mariages que l'inégalité des partenaires conduit au fiasco. Une jeune fille idéaliste épouse un vieux pédant, tandis qu'un médecin ambitieux voit ses espérances ruinées par le plat matérialisme de sa femme. Dorothée Brooke, la jeune idéaliste, qui figure un peu le double de l'auteur, est une héritière à qui son énergie puritaine insuffle un anticonformisme permanent. Malgré sa richesse et sa haute naissance, elle est fille à s'agenouiller brusquement sur le carreau près d'un paysan malade ou à se lever la nuit pour potasser de vieux livres de théologie. « Une telle épouse serait capable de vous réveiller un beau matin avec le projet d'un nouveau placement de son revenu plutôt contraire à l'économie politique et à l'entretien des chevaux de selle. » Voilà le ton : un humour toujours prêt à soulever la matière épaisse du train-train prosaïque et bourgeois de la vie provinciale anglaise, dépeinte avec un sens aigu de l'observation. Aucun mari ne pourrait rendre heureuse une femme de ce caractère, même s'il était moins rance et mesquin que le vieux Casaubon. Mais, chez George Eliot, et c'est en quoi elle appartient à une autre époque que la nôtre, l'échec est traité comme un accident de parcours, non comme une fatalité métaphysique. Portraitiste assez féroce des personnages secondaires, à la manière de son contemporain Dickens dont elle a la plume savoureuse et la caustique acidité, elle n'en garde pas moins une confiance inébranlable dans les possibilités de rachat du cœur humain.

A preuve deux autres de ses romans, plus courts, *Adam Bede* (1859), histoire d'un infanticide racontée à la lumière apaisante des croyances évangéliques, et le texte que je tiens pour son chef-d'œuvre, *Silas Marner* (1861). Le tisserand Silas Marner, trompé par son meilleur ami et accusé d'un vol dont il est innocent, se réfugie dans un petit village. La population regarde ce solitaire et ce sauvage, terré dans une cabane à l'écart des maisons, comme un sorcier dangereux. Excellente peinture du marginal en proie à une opinion publique défiante et hostile. C'est tout à fait l'atmosphère de *Peter Grimes*, le magnifique opéra de Benjamin Britten. La séquence à l'auberge où les gros paysans attablés devant leur pot de bière échangent des sarcasmes codifiés par l'usage est une grande scène de comédie.

Rejeté par tous, Silas Marner se recroqueville sur une seule passion : l'or, qu'il accumule dans une cachette de son plancher. Un soir, il trouve la cachette vide : un voleur est passé. Désespoir. L'innocent sera-t-il donc toujours persécuté ? Non, la rédemption arrive sous les traits d'un bébé endormi que Silas découvre devant son feu : c'est Eppie, une fillette de deux ans, abandonnée par sa mère, une vagabonde sans feu ni lieu. Le vieux garçon recueille l'enfant, l'élève, l'aime comme sa propre fille. Il y a un chapitre admirable (XIV) qui décrit la transformation de l'avarice en amour paternel : les cheveux blonds d'Eppie ont pris la place des monnaies d'or. « A l'encontre de l'or qui n'avait besoin de rien et qu'il fallait adorer dans un isolement absolu, qui était soustrait à la lumière du jour et sourd au chant des oiseaux comme indifférent aux voix humaines, Eppie était une créature dont l'existence réclamait sans cesse quelque chose et dont les désirs renaissaient à chaque minute. »

Tout le village, désormais, entraîné par ce nouveau courant de bonté, entoure de sollicitude le couple singulier. Renonçant à leur animosité, les commères viennent appuyer Silas d'une pédagogique affection. Le solitaire, le maudit, le paria retrouve sa place dans la société.

Une lecture étroite de la Bible alimente la bassesse de ces êtres que l'intrusion d'un poupon attendrit jusqu'à réveiller en eux la part d'humanité enfouie sous l'égoïsme. Cette vision peut prêter à sourire. Plus tard, le père naturel d'Eppie, le riche hobereau du village, essaye de récupérer sa fille, laquelle, magnanime, se blottit contre le pauvre tisserand dont elle déclare vouloir continuer à partager le sort. La phrase de Gide sur les bons sentiments qui font de la mauvaise littérature est devenue un lieu commun si despotique, qu'on ose à peine saluer en George Eliot une splendide romancière, à l'écriture riche et intelligente. Elle est tombée dans le même discrédit que Dickens ou Tolstoï, et par un décret de l'opinion aussi sot et inique.

Fuentes (Carlos)

Dans son essai *Le Sourire d'Erasme* (Gallimard, 1992, titre original : *Valiente mundo nuevo*, 1990), le Mexicain Carlos Fuentes nous invite à nous demander si la fameuse formule de « réalisme magique » n'est pas d'une simplicité dangereuse et d'une élasticité coupable (il parle des « plaies saignantes » qu'elle a ouvertes) pour caractériser des livres où la composante historique est toujours très forte. Par son origine et sa formation – fils de diplomates et diplomate –, cet écrivain se montre particulièrement sensible aux rapports de la littérature et de la politique; il est un de ceux qui ont le plus réfléchi sur les grandeurs et les misères non seulement du Mexique mais de toute l'Amérique latine, qu'il préférerait, d'ailleurs, appeler Indo-Afro-Ibéro-Amérique, pour n'oublier aucun des éléments qui la constituent. Contrairement à la tendance (surtout française!) qui cherche à exalter la pureté du substrat précolombien et précortésien en rabaissant et dénigrant l'apport espagnol, Fuentes affirme hautement que, dans l'ensemble multiracial et polyculturel que forme l'Amérique latine, la part ibérique est capitale. Et même la part européenne : parmi les livres qui ont eu le plus d'influence, non seulement sur la formation de l'esprit hispano-américain, mais sur la construction même de l'Amérique en tant qu'utopie, il mentionne le *Don*

Quichotte de Cervantès, l'*Eloge de la folie* d'Erasme, l'*Utopie* de Thomas More, *Le Prince* de Machiavel. Richesse culturelle de l'Amérique ibérique, faite de traditions diverses et d'interférences transocéaniques, en contraste avec la fragmentation politique de ses terres, l'échec ou le désastre dans la vie des citoyens.

Irritante défaite de la raison, mais qui explique sans doute la vitalité du roman latino-américain (face à la relative anémie du roman européen, conséquence d'une certaine stabilité sociale et économique). On n'a pas oublié les gigantesques et tumultueux romans où Fuentes, naguère, s'est efforcé de rendre compte de la totalité des phénomènes contradictoires en action dans son pays : utopie et réalité, optimisme et tragédie, flammes et ténèbres. *Terra nostra* et *Christophe et son œuf*, ses deux livres les plus ambitieux, ont été salués par les uns de chefs-d'œuvre, tandis que d'autres les déclaraient illisibles. Même sort a échu, dans d'autres pays, à chacun des romans qui a essayé de saisir, au prix de hardiesses langagières et d'hystéries lexicales, la chaotique complexité du Nouveau Monde, tels *Diadorim* du Brésilien João Guimarães Rosa ou *Paradiso* du Cubain José Lezama Lima. La tentation du livre total pousse les auteurs de l'Indo-Afro-Ibéro-Amérique à des entreprises folles qui laissent le lecteur pantelant, et, selon ses propres capacités mentales, ébloui, fasciné, ou gavé, saturé, cloué au pilori d'une virtuosité trop vertigineuse pour ne pas retourner l'estomac.

Mais pas toujours : il arrive que Fuentes lui-même se livre à des exercices moins ardus, comme dans *Constancia et autres histoires pour vierges*, un gros livre encore, composé de cinq nouvelles qu'un art plus traditionnel de raconter rend d'une lecture moins indigeste. Certes, Fuentes ne serait pas Fuentes, s'il ne continuait à brouiller la chronologie et à jouer à cache-cache avec le temps – héritage, sans doute, de sa jeunesse, quand il pratiquait les romanciers nord-américains, Faulkner, Dos Passos. Il reste ici éminemment baroque, s'il est licite d'employer encore ce mot qui, lui aussi, a servi trop longtemps d'étiquette paresseuse. Peut-être faudrait-il dire « surréaliste ». *La Desdichada* raconte l'aventure de deux étudiants qui repèrent dans une vitrine un mannequin de femme et l'installent chez eux. Après de nombreuses péripéties derrière lesquelles se laisse deviner l'ombre de Hoffmann, la poupée se noie dans la baignoire, ils l'enterrent, elle reparaît vingt-cinq ans plus tard dans la cathédrale de Mexico, sous la forme d'une Vierge en majesté. Comme le remarque un des deux amis : « Le surréalisme mexicain n'a jamais eu besoin de l'aval européen ; nous sommes surréalistes par nature, de naissance, comme le prouvent tous les tours que nous avons joués au christianisme, mélangeant les sacrifices humains et l'hostie, déguisant les prostituées en déesses, nous promenant à l'aise entre l'étable et le bordel, l'origine et le calendrier, le mythe et l'histoire, le passé et le futur, le cercle et la ligne, le masque et le visage, la couronne d'épines et la couronne de plumes, la mère et la vierge, la mort et le rire. »

Surréaliste aussi la nouvelle intitulée *Le Prisonnier de Las Lomas*, qui aurait pu servir de scénario à Buñuel. Un avocat emménage dans une villa des années 1940, dont la description – à l'extérieur, surcharge d'ornements, reliefs, courbes, anges, madones, cornes d'abondance, colonnes de plâtre strié, vitraux ; à l'intérieur, escalier de dalles bleues, fausses bougies dans le lustre dégoulinant de fausse cire en matière plastique pétrifiée – forme une plaisante caricature. Il s'aperçoit un jour que ses domestiques l'ont séquestré. Non seulement ils l'empêchent de sortir, mais, pour mieux le surveiller, ils installent dans son jardin leurs familles :

femmes qui font la cuisine en plein air, enfants piailleurs et vieillards pisseurs, une foire, un pandémonium, dans la fumée des braseros, le bruit des guitares, le cliquetis des billes, le tintamarre des casseroles. Mélange de fable intellectuelle et de pittoresque méditerranéen, voilà mise en mots avec une habileté spectaculaire une image inversée de la société coloniale.

Autre leitmotiv de ces nouvelles : la sexualité, particulièrement impérieuse chez les apprentis toreros *(Vive ma renommée)*. On commence par se familiariser, enfant, avec les monstres à cornes homicides. Une page magnifique exalte ces nuits andalouses où les jeunes garçons, après s'être dénudés au bord du fleuve et avoir senti « le premier plaisir glacé de l'eau nocturne, coulant, caressante, sur les couilles », se faufilent entre les haies et sautent les barrières, à la recherche du corps à corps avec les taureaux. Il faut qu'ils se soudent à la bête, sous peine de se faire piétiner et encorner. Chacun doit entrer en communion avec « les palpitations velues de l'animal ». Et le jeune Rubén d'évoquer « la vapeur qui sortait de sa gueule toute proche et la sueur noire de sa peau qui me frôlait les tétons, le ventre, mêlant mes premiers poils d'homme au manteau de soie humide du taurillon, poil contre poil, mon pénis et mes testicules enduits, caressés, menacés, barbouillés par l'amour ennemi de la bête que je dois maintenir collée contre mon corps de quinze ans, non seulement pour jouir, mais pour survivre ».

Dans les cinq nouvelles de *L'Oranger* (1993), le surréalisme tourne à la plus gaie des mystifications. Devant Christophe Colomb, qui a su garder intact depuis cinq siècles son royaume des Antilles (qu'il prenait, comme on sait, pour le Japon), surgissent tout à coup des représentants d'une agence de tourisme nippone *(Les Deux Amériques)*. De dynamiques managers, qui commencent par le féliciter d'avoir sauvé de la contamination moderne un coin d'éden impollué, puis lui extorquent des contrats pour la construction d'hôtels et d'équipements balnéaires. « Vous auriez dû savoir qu'en préservant un paradis vous ne faisiez qu'attiser le désir universel de l'envahir pour en profiter. Il est temps de vous en convaincre : il n'y a pas de paradis sans jacuzzi, sans champagne, Porsche et discothèques. Il n'y a pas de paradis sans frites, hamburgers, boissons gazeuses et pizzas napolitaines. Il en faut pour tous les goûts. Cessez de vous raconter des histoires sur la symbolique de votre nom, porteur de Christ, colombe du Saint-Esprit. Bon, ça va, rentrez chez vous, à tire-d'aile colombine, et apportez le message : Sayonara, Christ ; Paradis, Banzaï ! Wa ! Wa ! Wa ! Accord conclu. Le clou qui dépasse sera bien vite enfoncé à coups de marteau. »

Trop facile, cette satire ? C'est le danger de la baroquisation à outrance : distraire par un crépitement de pétards, pour cacher un fond plat, convenu. Dans *Apollon et les putains*, nous voici à Acapulco, où vient d'atterrir, en provenance de Californie, un acteur de cinéma américain. Avec sept danseuses, aussi naines que nues, racolées dans une boîte de nuit, sept « putanautes » ou « argoputes », il s'embarque pour une partie de pêche délirante, au terme de laquelle, à bout de sperme et de souffle, l'Apollon de pacotille trépasse dans un éclatement de volupté, après avoir exploré « sept culs sept ». Il y a le « cul intérieur de papaye qu'on vient d'ouvrir, chair rose, intouchée telle une perle carnivore et parfumée », le « cul palpitant de jeune louve blessée », le « cul de source pure », le « cul de nuit à l'affût en plein soleil », le cul semblable à une chambre meublée, chaude, accueillante, « en attente de son hôte parfait », le « cul métallique de veine qui résiste à la pénétration », le « cul glorieux des libations eucharistiques » et le septième enfin, « sans attributs, le purgatoire sexuel sans paradis ni enfer ».

On s'amuse, on rit de cette jonglerie verbale, non sans se demander si elle ne confine pas à la pitrerie et s'il n'y a pas dans ce besoin d'accumuler les surprises, les bizarreries, les provocations, un danger majeur pour le genre baroquo-surréaliste, lequel, en attirant la surenchère et l'excès, aboutit à une sorte de kitsch bien-pensant. Il existe, au Mexique même, une autre manière d'être magique, qui s'inscrit plus profondément dans nos esprits, la manière dépouillée et tragique de Juan Rulfo *(Le Llano en flammes* et *Pedro Paramo)*, la manière incantatoire et funèbre de José Revueltas *(Le Deuil humain)*. Le *llano* est cette terre nue, stérile, que le gouvernement fédéral, par une perfidie meurtrière, distribue aux paysans et où ceux-ci marchent, marchent sans répit, à la recherche improbable d'un lopin de terre moins aride. Dans son autre livre, que les Mexicains considèrent comme leur seul roman vraiment révolutionnaire, Juan Rulfo reconstitue en séquences éclatées la figure d'un père despotique. Il y a plus de simplicité chez Revueltas, lui aussi chroniqueur de la misère du monde rural, de ces « étendues de chaux dure et sans miséricorde où fleurissaient des crânes de chevaux dans la rumeur sèche des serpents assoiffés ». Autour du cadavre d'une petite fille, dans une des régions les plus déshéritées du Mexique, se réunissent, en même temps que les parents et le prêtre qu'on est allé chercher en barque de l'autre côté du fleuve en crue, les quelques voisins restés accrochés à ce désert. L'eau monte, monte, les personnages se réfugient sur le toit de la maison. Commence alors une sorte de huis clos aquatique (on pense une fois de plus à Buñuel), où chacun évoque son passé de détresse et d'horreur, tandis que les vieilles passions, charnelles et politiques, se rallument dans les vapeurs du mescal, le sauvage alcool d'agave. Nul n'a su rendre avec un pathétique aussi poignant la vie silencieuse et humiliée de ces Indiens pour qui la révolution a été une variété supplémentaire de nostalgie, de soumission et d'abandon à la mort. Semblables aux animaux dont leur religion avait fait des totems, au coyote, à la couleuvre, au petit chien précolombien sans poils et sans voix, ils passent sur la terre comme des ombres arrachées à la nuit.

Magie et féerie encore, mais sans ces dérives burlesques, ce brio narcissique, ce ludisme exaspéré qui marquent les limites du « réel merveilleux ».

Gide (André)

Quand Gide eut-il connaissance de l'article où Albert Thibaudet énonçait la fameuse règle du roman (citée dans le premier chapitre du présent livre) : « Le romancier authentique crée ses personnages avec les directions infinies de sa vie possible, le romancier factice les crée avec la ligne unique de sa vie réelle » ? Cette question n'est pas subsidiaire, car nul plus que Gide ne semble avoir fait, de pareille règle, plus studieuse application. Mais l'a-t-il vraiment *appliquée* ? Ou, de lui-même, spontanément, en a-t-il suivi le principe ? Dans la dernière page du *Journal des Faux-Monnayeurs*, en 1925, alors que son roman est déjà terminé, il exprime sa reconnaissance envers son ami Roger Martin du Gard qui vient de mettre sous ses yeux ces *Réflexions sur le roman* du grand critique. Elles avaient paru en volume, la même année, aux éditions G. Crès et Cie, comme chapitre liminaire d'un recueil intitulé *Le Liseur de romans*. Mais ce n'était pas la première publication : elles avaient paru autrefois dans la livraison d'août 1912 de *La Nouvelle Revue française*, et il est difficile de croire que Gide, qui était un des fondateurs et le mentor de cette revue, ne les avait alors pas lues. Cela dit, il s'était conformé à cette règle depuis toujours, pour ainsi dire ; bien avant 1912 il obéissait au précepte selon lequel « le génie du roman fait vivre le possible, il ne fait pas revivre le réel. De chaque coulée, il exige qu'elle soit de source, et vierge ». Sans doute, en lisant de telles phrases, que ce fût en 1925 ou treize ans plus tôt, Gide n'a-t-il fait que reconnaître, clairement formulée, une vérité qu'il portait déjà en lui.

Peu de livres comme les siens épousent plus étroitement les expériences et les préoccupations intimes de leur auteur : il n'y a pas un de ses romans, récits ou soties qu'on ne puisse considérer comme autobiographique, à condition de s'entendre sur le sens de ce mot. Gide n'a pas consigné dans ses écrits ce qui lui est réellement arrivé, mais, éprouvant en lui plusieurs tendances ou tentations diverses et souvent contradictoires, il les a isolées chacune tour à tour dans ses ouvrages, créant ainsi une série de doubles successifs dont aucun n'est lui tout à fait et qui pourtant tirent tous de lui leur substance.

Né à Paris, fils unique, il conjuguait en lui deux ascendances très diverses. Son père, professeur de droit romain et frère de l'économiste Charles Gide, était de souche languedocienne et huguenote ; sa mère, très pieuse, d'une famille catholique de Rouen. On sait comment, dès son enfance, jouant sur cette première contradiction, Gide prétendit secouer le joug d'une éducation trop austère : d'abord en se montrant au collège un élève médiocre et rebelle, puis en se donnant à la littérature. Libre de tout souci matériel, il mena l'existence d'un grand bourgeois, aisé mais toujours inquiet, insatisfait, vagabond. Après l'échec de son premier livre, *Les Cahiers d'André Walter* (1891), et sous l'influence de Mallarmé, son premier maître, et des cénacles symbolistes qu'il fréquentait, il décida qu'il écrirait sans aucun souci d'efficacité immédiate. Ce mépris du succès joint à la préoccupation exclusive de composer une œuvre durable fait de Gide un des francs-tireurs les plus séduisants de toute la littérature française. Il publia souvent à compte d'auteur, ou sous couverture anonyme. Ni prix littéraires (sauf le tardif et non convoité Nobel, en 1947), ni académie d'aucune sorte, ni fonctions officielles, rien de ce qui, en constituant une carrière, limite l'indépendance. Selon l'éthique intransigeante qui rallia plus tard le groupe de *La Nouvelle Revue française*, il pensait que l'art ne devait se mettre au service d'aucune cause. Lui-même s'interdisait de tirer, en argent ou en gloire, aucun avantage direct de son œuvre, à l'ombre de laquelle il s'avancerait caché. Caché, mais omniprésent et n'écrivant que pour se raconter.

Cette conception de l'œuvre comme autobiographie virtuelle explique le curieux mouvement pendulaire qui la gouverne : à un livre qui prône une certaine notion de l'existence s'oppose un second qui vante l'idéal contraire. *Les Cahiers d'André Walter* racontent, dans un climat romantique et presque mystique, les chastes amours d'un jeune homme pour sa cousine : transports d'où tout désir charnel est rigoureusement exclu – quitte à reparaître sous forme d'étreintes furtives avec des prostituées ou d'attirance vers les enfants qui se baignent nus dans la rivière. Il y a dans ces aventures une part d'autobiographie réelle – l'exaltation du jeune André Gide pour sa cousine Madeleine Rondeaux qu'il reléguait dans le ciel des idoles intouchables et finit par épouser mais dans un mariage qui resta blanc – et une part d'autobiographie imaginaire, la littérature consistant justement à reculer les limites du réel, à vérifier jusqu'où peut aller tel sentiment, telle situation.

Six ans plus tard, Gide publiait *Les Nourritures terrestres*, palinodie complète du premier livre. S'il n'en vendit pas cinq cents exemplaires pendant dix ans, cet ouvrage eut ensuite, et tout soudain, un retentissement incroyable. Il donna à Gide sa réputation de libérateur ou – pour ses adversaires – de corrupteur de la jeunesse. Inventaire des sensations et des plaisirs du corps, manuel de paganisme déclamé avec un bizarre mélange d'esprit scientifique et d'emphase sirupeuse, on y trouve déjà le principal de la « philosophie » de Gide : refus de toute limitation (« Familles, je vous hais ») et de toute contrainte y compris celles du souvenir et de la fidélité, résolution de vivre dans l'instant présent et uniquement dans l'instant présent, souci de ne suivre que son désir immédiat et de se laisser flotter au gré de son humeur du moment, mépris des morales toutes faites, culte éperdu de la disponibilité et de l'irresponsabilité. On sort un peu lassé de ce festin trop abondant, avec l'impression en même temps d'avoir avalé un pensum, tant la volonté de pousser en avant un double exclusivement hédoniste a conduit l'auteur à écrire, sur les joies des sens, un ouvrage presque abstrait.

Le mouvement de pendule entre deux possibilités extrêmes, on le retrouve avec les deux récits les plus célèbres, *L'Immoraliste* (1902) et *La Porte étroite* (1909). Michel, « l'immoraliste », relevant d'une grave maladie, découvre, en même temps que la santé, l'imposture de son ancienne existence dédiée aux études et à la spéculation ; et, tournant le dos à ses livres et à ses travaux, il se jette dans ce qu'il appelle la vie avec une gourmandise ingénue. L'influence trop visible de Nietzsche ne diminue que peu le charme de ce texte qui célèbre la découverte enivrée du plaisir. *La Porte étroite*, dont le titre même indique la tonalité austère, prend le parti opposé. Beau récit également, encore que la résignation d'Alissa, qui repousse l'amour de son cousin Jérôme pour se consacrer à un pur idéal, ne laisse pas d'agacer par un excès artificiel de vertu.

Il est à noter que l'action de *L'Immoraliste* se déroule surtout en Italie et en Algérie, dans ces régions de soleil dont Gide eut très jeune la révélation et qu'il identifia, comme un D.H. Lawrence ou un E.M. Forster, avec les terres de la liberté et du plaisir ; tandis que le cadre de *La Porte étroite* est la Normandie, symbole des contraintes bourgeoises et lieu d'élection pour les exercices spirituels. Partage géographique entre un Sud tourné vers les sens et un Nord confit en esprit, division qui reflète les expériences de l'auteur, mais, ici encore, avec une sorte d'exagération voulue dans le contraste.

Jamais Gide n'est arrivé à se défaire d'aucune de ses deux tendances fondamentales : et, cédant tantôt à l'exigence rigoriste et paralysante de son enfance, tantôt à la poussée hédoniste et anticonformiste de sa jeunesse, il est resté toute sa vie, selon la formule de son *Journal*, « un petit garçon qui s'amuse – doublé d'un pasteur protestant qui l'ennuie ». Cette double postulation, il l'a exprimée dans *Le Retour de l'Enfant prodigue* (1909), parabole sur la double nécessité de fuir la maison, la tradition, et d'y revenir, ou dans le mot d'Edouard, des *Faux-Monnayeurs* : « Il faut suivre sa pente, pourvu que ce soit en montant », ou déjà dans le savoureux *Prométhée mal enchaîné* (1899), où l'on voit le héros grec nourrir d'abord son aigle – sa conscience – de ses remords, puis le faire rôtir et le manger tout gaiement.

Le thème central de Gide est celui du retour à la vie, de la convalescence physique et spirituelle, de la rééducation de l'homme avide de reconquérir contre les impostures de la morale sa totalité perdue. *La Symphonie pastorale* (1919), histoire parallèle d'une jeune fille aveugle qui recouvre la vue et d'un pasteur qui se réveille d'un long sommeil hypocrite, dans un montagneux paysage de neige qui se met lui-même à fondre, est à cet égard symbolique.

Déchiré sans cesse entre ses moi contradictoires ou plutôt, pour reprendre la terminologie freudienne, entre un « ça » foisonnant et un « surmoi » vigoureux, Gide n'est jamais si bon écrivain que lorsque, s'écartant de ses propres combats, il les observe en spectateur. Alors, la retenue ascétique de *La Porte étroite* comme le lyrisme sensuel de *L'Immoraliste* cèdent à un troisième ton peut-être unique dans la prose française : cette délicieuse, subtile et provocante ironie qui innerve ses meilleurs livres, à commencer par *Paludes*. Ce petit texte de 1895 reste la satire la plus vive, et toujours actuelle, des milieux littéraires de Paris. Outre cela, on peut le lire comme une protestation contre l'existence en tant que recommencement, contre la monotonie où la répétition de nos gestes, de nos habitudes nous enlise comme dans un marécage – *palus*, en latin. Outre cela encore, et c'est à ce titre qu'il nous touche par une modernité préborgésienne, *Paludes* est le livre du livre à écrire, le premier qui mette en doute l'acte d'écrire, et en fasse une aventure problématique ; et l'on sait comment cette voie a été battue et rebattue depuis. *Les Caves du Vatican*, avec une grimace un peu trop appuyée (1914), découlent de la même attitude distanciée, qui convainc davantage dans le tardif et unique « roman » de Gide, *Les Faux-Monnayeurs* (1925), antiroman qui précède de loin les tentatives ultérieures. Livre qui ne peut que désorienter l'amateur de romans traditionnels, lequel a besoin de s'identifier à un des personnages au moins, de vivre avec lui, au lieu que Gide, et son alter ego Edouard, qui tient le journal du roman qu'il veut écrire et qui s'appellera *Les Faux-Monnayeurs* (procédé du « roman dans le roman »), traitent leurs personnages moins comme des êtres réels que comme des possibilités romanesques, avec une sympathie répartie entre les divers héros mais d'autant plus prompte à se détacher de chacun qu'elle y a porté plus d'intérêt. D'où l'impression, pour le lecteur, d'un essai de roman futur que l'auteur a dédaigné d'écrire vraiment, ou d'une répétition avant le concert véritable. « Je me penche vertigineusement sur les possibilités de chaque être et pleure tout ce que le couvercle des mœurs atrophie », écrit Edouard, qui combine dans cette phrase l'avertissement critique de Thibaudet et les problèmes affectifs de Gide. Tout comme un chef d'orchestre qui prendrait plus de plaisir à écouter les sonorités de chaque instrument qu'à les fondre dans une construction symphonique, il préfère l'esquisse au tableau.

Chez Gide, les valeurs morales sont toujours incarnées par des femmes, tandis que l'art, le plaisir, le luxe appartiennent en propre aux hommes. Dichotomie à l'image de l'éducation reçue autrefois, d'une mère autoritaire et puritaine qui jetait l'interdit sur « la chair », donc sur les femmes, orientant l'érotisme de son fils vers les jeunes garçons. Les héroïnes de Gide se distinguent par leur esprit de résignation et de sacrifice, par leur humilité à s'occuper des tâches ménagères, par leur effacement devant leur fiancé ou leur mari : telles Alissa de *La Porte étroite*, Marceline de *L'Immoraliste*, laquelle paye de sa vie la résurrection de Michel, telles encore la femme du pasteur de *La Symphonie pastorale*, beaucoup plus lucide que son époux sur les motifs qui le poussent à s'occuper de la petite aveugle, mais silencieuse et soumise, ou, dans *Les Faux-Monnayeurs*, Rachel, Laura, Mme Molinier. Isabelle, l'héroïne du récit homonyme (1910), la seule de Gide qui montre une velléité d'indépendance, échoue comme une vulgaire aventurière. Les hommes au contraire se révoltent avec succès, et les plus hautes récompenses esthétiques et sensuelles couronnent leurs rébellions. C'est le vagabondage nocturne de Michel dans la nuit embaumée, c'est la fugue insolente du jeune Bernard Profitendieu au début des *Faux-Monnayeurs*, c'est le crime désinvolte de Lafcadio qui jette par la portière du train son vis-à-vis *(Les Caves du Vatican)*, sans autre raison que d'accomplir un geste gratuit et plaisant, apanage de son sexe. Tous ces personnages pourraient s'écrier, comme Gide lui-même en face du jeune Arabe dans le désert : « Dans la splendeur adorable du soir, de quels rayons se vêtait ma joie ! »

Pureté, musicalité, magie du style. Mais Gide peut-il être considéré comme un véritable romancier ? A-t-il *créé* des personnages indépendants de lui ? Les femmes comme les hommes de ses romans représentent des tendances de son caractère : d'un côté le moralisme hérité de la mère, de l'autre côté la sensualité découverte dans les pays méditerranéens. Dans les deux cas, une simple projection de ses inclinations psychologiques. Pousser en avant tous ses doubles, oui. Pourquoi alors doutons-nous de la validité *romanesque* de ses romans ? Pourquoi nous paraissent-ils seulement des variations novellisées de son *Journal ?* Parce qu'il n'a jamais réussi à détacher ses personnages de lui-même, à atteindre cet instant où le personnage, nourri du moi de l'auteur, commence à vivre d'une vie autonome.

« Faire vivre le possible, ne pas faire revivre le réel » : excellente formule, à condition que ce possible cesse à un certain moment d'être un simple déguisement du réel. Tous les grands romanciers les plus « objectifs », Balzac, Dickens, Tolstoï, ont puisé en eux-mêmes, dans leurs propres expériences, la substance de leurs livres, mais, cette matière première, ils l'ont peu à peu éloignée d'eux-mêmes, pour aborder à la *terra incognita* du roman. L'exemple le plus éclairant du romancier authentique nous est donné par le jeune Tolstoï. Il avait tenu à intituler (nous l'avons dit au début de cette étude) son premier récit : *Enfance*, et non *Histoire de mon enfance*, parce que, parti des données réelles de son enfance, il en avait tiré l'histoire possible de son enfance, avec des parents que lui, orphelin, n'avait pas eus, avec des épisodes qu'il n'avait pas vécus lui-même mais qu'il aurait aimé vivre. En somme, c'était déjà un roman. Tandis que tous les textes de fiction de Gide se présentent comme des fragments d'un livre unique qui pourrait s'intituler *Histoire de mon enfance et de mon adolescence*.

De la formule de Thibaudet, Gide a fait un usage trop ludique, jouant avec les virtualités de son moi sans essayer de transformer ces virtualités en êtres de chair et de sang qui auraient existé par eux-mêmes indépendamment de lui. Il s'en est tenu au stade expérimental, incapable de se lancer dans l'aventure qui consiste à se déprendre de soi pour entrer dans un autre.

Bien entendu, il reste de l'œuvre de Gide beaucoup plus que ce relatif échec comme romancier. Insistons sur le rôle important que celui qu'on a pu prendre pour un pur esthète et un égotiste impénitent a joué dans les grandes luttes de son temps. Qui, sinon lui, a publié la première défense et illustration de l'homosexualité, ce fameux *Corydon*, qui peut nous paraître mièvre aujourd'hui, mais qui témoignait, en 1911, d'une belle témérité? Il a mis la même hardiesse à critiquer les imperfections du système judiciaire (*Souvenirs de la cour d'assises*, 1912), à dénoncer les abus du colonialisme (*Voyage au Congo*, 1927, et *Le Retour du Tchad*, 1928). Croyant que l'URSS était en train de réaliser cette désaliénation de l'homme à quoi toute son œuvre avait tendu, il manifesta sa sympathie pour le communisme, quitte ensuite à avouer ses réserves et sa déception dans *Retour de l'URSS* (1936), un de ses livres les plus prophétiques (on ne connaissait pas encore les crimes de Staline) mais qui lui valut les attaques les plus haineuses, de la part des bonnes consciences de gauche. Celui à qui on a fait souvent le reproche de ne pas vouloir s'engager nous paraît au contraire, avec le recul du temps, être intervenu sur les problèmes les plus délicats de son époque (et toujours actuels) avec une lucidité intrépide. N'oublions pas non plus la part qui lui revient dans le renouveau de la culture française. Grâce à *La Nouvelle Revue française* dont il fut en 1909 un des fondateurs, le goût du public fixé alors sur les calamiteux Paul Bourget, Anatole France, Maurice Barrès s'ouvrit aux souffles vivifiants de la littérature étrangère. Gide traduisit lui-même du Conrad et du Pouchkine et contribua à introduire Dostoïevski en France par ses conférences du Vieux-Colombier. Il est curieux de constater comme son choix se porta sur des écrivains qui possédaient en surabondance le don romanesque dont il était lui-même dépourvu.

Gorki (Maxime)

On ne l'attendait pas, dans la Pléiade, collection de « classiques » qui, par souci d'être politiquement correcte, n'avait accueilli jusqu'à présent, parmi les Russes du XXe siècle, que des dissidents : Boulgakov, Nabokov, Pasternak. Apôtre du réalisme socialiste, dénoncé comme stalinien (ce qui n'est vrai qu'à partir des années 1930, et pour une brève période : il mourut en 1936, assassiné, selon toute probabilité, sur l'ordre de Staline qui ne tolérait plus ses critiques de plus en plus vives contre le régime), vilipendé à droite comme à gauche, Gorki semblait être tombé dans l'oubli méprisant réservé aux complices de la tyrannie soviétique. Il était né en 1868, et avait écrit le gros de son œuvre avant la Révolution. Tous les textes réunis dans ce volume de la Pléiade s'échelonnent entre 1894 et 1914 : occasion de redécouvrir, en dehors du débat politique, un admirable écrivain, un des plus grands prosateurs russes, singulier par plus d'un point.

Il faudrait commencer par le récit autobiographique *Enfance*, qui dépeint les conditions de vie du prolétariat provincial à la fin du XIXe siècle. Orphelin de père, élevé par un grand-père d'une brutalité inouïe qui le fouettait jusqu'au sang, entouré d'ivrognes, exclu de l'école, autodidacte, le jeune Gorki n'a pas eu l'enfance bourgeoise et protégée des écrivains occidentaux : premier trait distinctif de celui qui prendra comme personnages romanesques des vagabonds *(Mon compagnon)*, des mariniers *(Au fil du fleuve)*, des filous *(Tchelkach)*, toute cette faune pittoresque qui survivait comme elle pouvait, de petits métiers, de combines, de larcins, mais toujours habitée par un élan vital confinant à l'exaltation mystique. Les héros de Gorki – c'est un autre trait frappant de son œuvre – sont aussi raisonneurs et passionnés que ceux de Dostoïevski, bien qu'issus de milieux beaucoup plus défavorisés. Le plus typique à cet égard est Konovalov, protagoniste du récit homonyme, apprenti boulanger, mais surtout fainéant, instable et conscient de n'être bon à rien qu'à s'enivrer. « Ce grand gaillard au regard clair d'enfant se plaçait d'un cœur léger en marge de la vie, dans la catégorie de ceux qui ne servent à rien et méritent donc d'être exterminés, et cela avec une mélancolie si souriante que je fus littéralement abasourdi par cette volonté de se rabaisser que je n'avais encore jamais vue chez un gueux. »

Mais que les gueux prennent conscience de leur force, qu'on leur explique que leur malheur n'est pas une fatalité, et les voilà devenus les soldats de cette formidable armée qui s'apprête à renverser l'oppression tsariste. Le jeune Gorki, jeté à la rue dès l'âge de dix ans, a fait tous les métiers, ramasseur de chiffons, voleur de planches, commis de magasin, surveillant de chantier, garçon de cuisine, veilleur de nuit. Il a observé la classe des riches marchands, cupides, avares, brutaux, dont il a fait une description féroce dans *Foma Gordéïev*. Entre-temps mûrissaient en lui la conscience politique et les convictions révolutionnaires : cet immense peuple russe, abandonné à lui-même, il suffirait de lui ouvrir les yeux pour transformer sa veulerie stérile en force agissante. C'est tout le sujet de *La Mère*, son roman le plus célèbre, publié en 1907. La vieille Pélagie, battue par son mari toujours ivre, est persuadée qu'elle est condamnée à vivre dans la misère, jusqu'à ce que son fils Paul, rallié à la cause révolutionnaire, fasse naître en elle le désir de combattre l'ignorance et l'oppression. Quand Paul est arrêté et déporté, c'est elle qui le remplace, entre dans la lutte clandestine, distribue les tracts, tombe dans les griffes de la police et devient une martyre volontaire. Pour la première fois, la description de la misère et de l'abjection russes ne s'embourbait pas dans un *mea culpa* masochiste, pour la première fois, on ne se contentait pas de se frapper la poitrine en pleurant sur son sort, mais la prise de conscience débouchait sur la foi dans l'avenir : d'où l'immense succès de ce livre, sa valeur symbolique et prémonitoire. Malgré une certaine emphase, il n'a rien perdu de sa flamboyante véhémence.

« La culture ne nous enseigne pas l'homme, disait Malraux, elle nous enseigne tout modestement l'homme cultivé. » Le cas de Gorki est à part : cette œuvre considérable (trente volumes dans l'édition complète) est née de la non-culture et embrasse l'univers des analphabètes, des marginaux, des laissés-pour-compte de la société. La seule université de Gorki a été la rue, la Volga (il était originaire de Nijni-Novgorod), la vie sur le fleuve, dans les chantiers, dans les forêts, dans la steppe. Comme certains écrivains américains du XXe siècle, il a donné la parole à ceux à qui la littérature l'avait toujours refusée. Mais à la différence d'un Caldwell, d'un Steinbeck, minces, laconiques, rapides, Gorki reste large et lent, à l'image des fleuves russes. La nature, la contemplation de la nature, jouent d'ailleurs un rôle important pour ses personnages. Il est un extraordinaire paysagiste : le grand air de la Russie souffle en beauté dans ses livres.

Hrabal (Bohumil)

« L'incroyable mariage de l'humour plébéien et de l'imagination baroque » : ainsi Milan Kundera définissait le talent de celui qui était né, quinze ans avant lui, en 1914, dans la même ville de Brno, en Moravie. Brno, qui fut aussi la patrie du grand musicien Leos Janacek, autre expert en cocktails détonants de burlesque et de tragique. Hrabal n'a jamais quitté la Tchécoslovaquie, bien que certains de ses livres y fussent interdits. Il a continué à vivre à Prague, où ses lieux de prédilection étaient les cafés et les brasseries. *Trains étroitement surveillés* (1965), *Moi qui ai servi le roi d'Angleterre* (1975), *Une trop bruyante solitude* (1976), *La Chevelure sacrifiée* (1976), telles sont les œuvres les plus marquantes d'un écrivain qui repose de manière originale le problème des rapports entre roman et autobiographie.

La Chevelure sacrifiée a pour cadre une brasserie. Le livre s'ouvre par une formidable kermesse charcutière, où Bruegel l'Ancien, autre poète de la bière, aurait trouvé un sujet de tableau. C'est le jour où l'on tue le cochon. Maryska, la narratrice, est l'épouse du gérant de la brasserie, mais aussi la mère de Hrabal. Elle diffère de son mari, partisan de l'ordre et de la règle, par une « sauvage santé amoureuse du hasard et de l'imprévu ». Entre les deux éléments de ce couple, la jeune femme fantasque et gloutonne, et l'homme timoré et soucieux de la bienséance, il y a le même contraste qu'entre Dona Flor, l'héroïne de Jorge Amado, et son second mari, le pharmacien Teodoro. Maryska raconte comment tout le monde, patrons et ouvriers, s'est mis à se barbouiller le visage avec la farce préparée pour le boudin. Scène à la fois épique et grotesque, noyée sous les éclats de rire des acteurs, « un rire qui venait du fond des âges, du temps des païens où les gens croyaient au pouvoir du sang et de la salive ». Mais aujourd'hui, il faut renoncer à cette vitalité exubérante et se plier à la discipline et à la loi. Le roman se passe vers 1920 : la première radio qui arrive dans le village enseigne le raccourcissement des distances. Raccourcir ! Raccourcir ! Ce nouvel évangile saisit la jeune femme d'une frénésie mutilatrice. Elle s'empare d'une paire de ciseaux, taille le bas de ses jupes, coupe la queue de son chien et finit par immoler sa somptueuse chevelure.

Tel est le prix à payer pour entrer dans l'âge moderne. Fable historique (la Tchécoslovaquie est née du morcellement de l'Autriche-Hongrie), fable politique (la Bohême communiste n'était qu'un morceau amputé de l'Europe occidentale), fable médiatique (le raccourcissement des distances par la radio et la télévision a entraîné un affadissement de la vie), ce petit livre ne s'étend jamais sur ces graves sujets, traités seulement à travers quelques symboles aussi élémentaires que percutants. Hrabal cherche à provoquer le rire, et le portrait de l'oncle cordonnier, par exemple, qui injurie et maltraite les chaussures comme des créatures vivantes à qui il demande ensuite pardon, est désopilant. Mais, chez Hrabal comme chez tous les grands auteurs comiques, comme chez Molière, le rire n'est que l'envers du désenchantement.

Son chef-d'œuvre, sans doute : *Les Noces dans la maison, la Trilogie des souvenirs* (1986-87). La jeune

Eliska, caissière dans les cuisines de l'hôtel de Paris à Prague, assise toute la journée dans les vapeurs de cochonnailles et les relents de bière, va rendre visite un jour à des connaissances : et la voilà qui pénètre dans une cour, une de ces cours miraculeuses de Prague, poussiéreuse, délabrée, encombrée de gravats, peuplée de créatures étranges, dont « la dame férue de propreté », qui balance des seaux d'eau entre les jambes des visiteurs, pour essayer de sauvegarder le mythe de la ville « dorée », brillante et poétique. Plus étrange que tous, un homme qu'on nomme le Professeur, et qu'elle découvre agenouillé dans son rez-de-chaussée minuscule, en train de frotter le plancher avec une brosse en chiendent. Entre ces deux êtres, la caissière naïve et le Professeur qui la fascine par ses capacités illimitées d'ingurgiter de la bière, par l'énergie furieuse avec laquelle il malmène sa machine à écrire, par les embardées surréalistes d'une humeur tantôt mélancolique et suicidaire, tantôt exubérante et déchaînée, commence une histoire que partout ailleurs on appellerait d'amour mais qui, ici, sous le ciel torturé de Prague, parmi les effluves de brasserie, de folie, de décomposition du monde, se hisse au rang d'une épopée tragi-comique où Rabelais donne la main à L.-F. Céline et à James Joyce.

Le Professeur n'est autre que Bohumil Hrabal lui-même, dont le génie transfigure le réel en possible. Et d'abord, qui avait jamais eu l'idée de raconter sa vie, non pas à la première personne, mais à travers les yeux de sa compagne ? C'est Eliska qui parle, Eliska qui raconte leur vie, de fiancés puis d'époux. Invention qui donne à l'auteur le double avantage d'éviter les complaisances, les coquetteries, les faux-semblants de l'autobiographie, et de créer un personnage extraordinaire de femme. Car Eliska, en peignant cet hurluberlu époustouflant de mari, se peint d'abord elle-même : de petite bonne femme trempée dans les remugles de cochon et croyant qu'il n'y a rien de plus beau au monde qu'une paire de souliers rouges, promue par la grâce du hasard et des affinités électives assistante, muse et mère d'un grand homme-enfant, qu'elle aidera à devenir ce qu'elle appelle dans sa mythologie de quatre sous « numéro un » de la littérature, « champion du monde » du roman.

Le plus réussi dans ce livre, c'est le mélange continuel du trivial et du sublime, l'amalgame shakespearien des genres les plus opposés. Dans le train d'excursion bondé qui les emmène à la campagne, Eliska et Bohumil n'ont trouvé place que dans les toilettes : serrés l'un contre l'autre par la force des choses, ils échangent là leurs premières caresses. La première fois où ils font l'amour, c'est après avoir avalé six litres de bière. « J'entendais seulement mon cœur qui battait, mon parfum de bière et celui de mon amant, j'avais l'impression de nager dans une piscine pleine de bière. » Tableau qui n'est ni sordide ni grivois, qui est simplement héroïque, de cet héroïsme qui aide les fleurs à pousser en plein fumier. Beuveries, blagues et sarcasmes, c'était déjà le monde de Jaroslav Hašek, dont *Le Brave Soldat Chveïk* (1921-23) a inauguré cette veine de la dérision, si typiquement tchèque, renouvelée par Hrabal à la lumière sinistre de la dictature.

Le 1er mai, à la campagne, Bohumil verse la vidange des cabinets sur les légumes du potager, au grand scandale des voisins ; parce qu'il est « dans les nuages », dit sa mère au cours d'un long monologue où elle révèle involontairement les sous-entendus politiques des excentricités hrabaliennes. De monologues le livre est plein, et l'on pense une fois de plus à Shakespeare, en écoutant ces tirades (largement arrosées de bière, nectar philosophique des opprimés) où les personnages confient dans un flux de paroles fiévreuses l'amertume d'une vie brisée. Ainsi le préposé au pilon, ex-directeur de l'agence nationale de voyages, qui médite sur l'apocalypse des livres détruits, des « saints innocents » massacrés par le pouvoir ; ainsi le Professeur lui-même, à qui ses gueules de bois ouvrent des aperçus fulgurants. « Et donc, ce Sigismond Freud a pénétré sans sentiment de culpabilité dans les sphères où les chrétiens ont le sentiment du péché. Et ça, c'est la vengeance des juifs pour les pogroms et les tueries de chrétiens. »

Mariée, Eliska en perd toute ponctuation : la voilà, nouvelle Molly Bloom, qui se livre à un torrent verbal ininterrompu, comme si, courant après un mari insaisissable, elle n'avait pas le temps de reprendre souffle. La machine à écrire de Bohumil revêt les dimensions épiques d'un monstre issu de la préhistoire, qu'il rosse et brutalise de ses doigts furieux, « comme s'il voulait lui casser toutes ses dents ». Il choisit – toujours l'alliance du plus vulgaire et du plus élevé – le jour de la grande lessive domestique pour expliquer à sa femme médusée, au milieu des nuages de vapeur, du fracas de l'essoreuse et des jets d'eau brûlante, les mystères de la création littéraire. Il y a là des pages fortes sur les rapports du journal intime et du livre imprimé, sur le peu de différence qui sépare des lettres d'amour et un ouvrage publié, lequel n'est autre qu'une lettre d'amour envoyée au monde entier : vérité profonde sans doute, et en même temps moyen charitable de réduire l'écart entre l'ancienne caissière et le tumultueux romancier. Et d'ailleurs ces diverses réflexions ont d'autant plus de saveur et de beauté qu'elles ne sont pas professées *ex cathedra* mais éructées ex buanderie. Trempée, ébouillantée, éberluée, Eliska s'entend dire que « la véritable création est une relation amoureuse constante, une haine amoureuse de soi-même, la recherche de cette raie de lumière dans laquelle nous trouverions le sens et le but de ce pour quoi nous sommes venus au monde ».

Toute la fin du livre est secouée d'une frénésie de plus en plus désordonnée, de plus en plus haletante. Sa mère avait défini Bohumil comme un être de feu et d'eau, qui mettait le feu aux rideaux, brûlait sa casquette et jusqu'à ses cheveux dans les feux de joie, qui tombait à l'eau tout le temps et plusieurs fois a manqué de se noyer. (Hrabal, en fait, est mort en tombant de sa fenêtre, alors qu'il nourrissait ses oiseaux.) Eau et feu aussi pour la pauvre Eliska, déluge des éléments incarnés par son ténébreux mari en symbiose avec les forces cachées de l'univers. L'ancienne caissière lutte vaillamment pour suivre son royal et infernal époux sur les cimes de la littérature et dans les bas-fonds de l'ivrognerie, sans compter les démêlés avec les éditeurs, les chamailleries avec les voisins et tous les déboires rencontrés dans un pays et sous un régime où la langue est du même bois que les gueules. *Les Noces dans la maison* : gigantesque affrontement conjugal, littéraire et politique, d'où le lecteur sort chahuté, ahuri, mais convaincu qu'il vient de lire un ouvrage majeur.

Istrati (Panaït)

Il ne raconte pas, il conte : cas unique en Europe. Ton oral, bonhomie du récit parlé. Le contraire du style dense, concis de Cioran, bien qu'Istrati soit lui aussi roumain. Mais roumain de Moldavie, la plaine la plus orientale, aux confins de l'interminable Ukraine. A la Transylvanie de Cioran, resserrée dans un cercle de montagnes, s'oppose cette vallée du Danube, au bord duquel Panaït Istrati était né. A Braïla, en 1884. Panaït Istrati ! Quels noms, déjà, patronymique et de baptême ! Ils disent à eux seuls l'origine singulière de l'enfant. Son père était un contrebandier grec, qu'il n'a pas connu, sa mère une paysanne roumaine, qui faisait des lessives pour élever son fils unique. Ecole quittée à douze ans, vagabondages, petits métiers : garçon pâtissier, manœuvre, terrassier, chaudronnier, mécanicien, livreur, déblayeur de neige, planteur de poteaux télégraphiques, conducteur d'engins agricoles… On songe à la jeunesse de Gorki en Russie, à la jeunesse de Knut Hamsun en Norvège, de Jack London, de John Steinbeck en Amérique. Même réservoir d'expériences concrètes, qui distinguent ces auteurs de l'homme de lettres occidental. Rien à voir avec la vie dure et pauvre qui a marqué les débuts d'un Jules Vallès, d'un Jules Laforgue : la bohème où ceux-ci ont vécu était déjà un milieu littéraire.

Le contact géographique avec l'Orient a joué un rôle aussi important dans la formation du jeune Roumain que son origine sociale. Braïla surplombe le Danube ; en face, de l'autre côté du fleuve, comme à Nijni-Novgorod, la ville natale de Gorki, ou à Bénarès, en Inde, il n'y a aucune maison, aucune construction, aucune trace de l'homme. Une épaisse forêt ne laisse qu'un mince liséré de sable au bord de l'eau. On a l'impression d'être arrivé au bout du monde balisé, répertorié, connu. Au-delà commence une autre civilisation, celle de l'espace, de l'aventure, du *non finito*. La ville est cosmopolite. Les nations de l'Europe centrale et balkanique s'y côtoient, s'y mélangent, dans un désordre et un laisser-aller indifférents aux conditions de vie précaires. Aujourd'hui, après les épreuves qu'a traversées la Roumanie, l'habitat, la chaussée, les trottoirs sont délabrés. Mais de tout temps n'en a-t-il pas été ainsi ? N'est-ce pas depuis toujours un lieu déchu ? De retour en 1930 dans sa ville natale, Istrati retrouva le décor de son enfance, tel qu'il l'avait connu quarante ans plus tôt. « Les mêmes bourbiers, la même pierre anguleuse faite comme à dessein pour vous lacérer la plante des pieds et vous tordre la cheville, surtout la nuit en marchant à tâtons. La lumière électrique, toujours borgne. La canalisation toujours pestilentielle. Et l'eau, la nuit, on ne peut en avoir que si, par hasard, il y a le feu dans la ville. » L'écriture à vau-l'eau d'Istrati correspond, me semble-t-il, à cet environnement sans tenue : à déglingue urbaine, prose relâchée.

A Alexandrie d'Egypte, le jeune homme, devenu à vingt-trois ans apatride et routard, achète pour huit piastres (sur les douze qui lui restent, soit un quart d'euro) à un pauvre hère encore plus démuni que lui un gros livre de Tolstoï, *Résurrection*, qu'il lit dans la nuit et qui lui ouvre les portes de la littérature. Après avoir parcouru divers pays du Moyen-Orient, il échoue à Genève, sans le sou, apprend tout seul le français et, en 1919, écrit une lettre de vingt pages à Romain Rolland, l'auteur alors le plus admiré des prolétaires et des marginaux (il est l'ami de Gandhi et l'a été de Tolstoï). Le français d'Istrati est encore approximatif, mais Rolland, « saisi du tumulte du génie », s'intéresse au jeune homme qui entre-temps a essayé de se suicider. Il l'encourage à écrire. Et à écrire en français. En 1923 paraît *Kyra Kyralina*, succès international, premier volet du cycle de douze romans consacré aux aventures d'Adrien Zograffi.

Premier méandre d'un fleuve narratif dont on ne peut localiser ni la source ni l'embouchure, qui ne va nulle part et mène partout. Depuis *Les Mille et Une Nuits* on n'avait vu une telle nonchalance raconteuse. Evocation d'odalisques oisives renversées dans des poufs, de galants parfumés, de malabars imposant leur virilité à coups de poings et de bâton ; et, derrière cette peinture des anciennes mœurs orientales de la Roumanie moldave, le grouillement des marchés en plein air, la prolifération des petits métiers, la cohue des trimardeurs, des vauriens et des escrocs à la recherche d'expédients.

La morale de ces gens est aussi large que leur cœur, aussi élastique et mal définie que leurs habitudes et leurs ressources. Une mère lâche ses enfants dans la vie sur ce conseil : « Toi, Kyra, si – comme je le pense – tu ne te sens pas portée pour vivre dans la vertu, dans cette vertu qui vient de Dieu et s'exerce dans la joie – ne sois pas vertueuse, contrainte et sèche, ne te moque pas du Seigneur, et sois plutôt ce qu'il t'a faite : sois une jouisseuse, sois débauchée même, mais une débauchée qui ne manque pas de cœur ! C'est mieux comme ça. Et toi, Dragomir, si tu ne peux pas être un homme vertueux, sois comme ta sœur et ta mère, sois un voleur même, mais un voleur qui ait du cœur, car l'homme sans cœur, mes enfants, c'est un mort qui empêche les vivants de vivre. »

Aime et fais ce que tu veux, selon le mot de saint Augustin, qui n'est pas déplacé dans le tohu-bohu des bazars. Dragomir erre dans les rues d'Istanbul, se fait enlever par un riche Turc, dépouiller par un compagnon de nuitée, puis découvre un ami dans la personne d'un vendeur ambulant de boissons chaudes : mélange des milieux sociaux et confusion des sentiments. Y a-t-il une frontière entre l'amitié passionnée et le rapport physique ? Les jeunes garçons se caressent les cheveux, échangent leur sang. C'est l'amour turc, ou grec, âme et chair plus ou moins mélangées. « Ah ! petit frère Adrien ! C'est un grand miracle, l'amour de l'homme ! Quand, la première fois, je reçus un baiser d'ami, le monde changea de couleur. » Les femmes restant inaccessibles, l'homosensualité n'a rien d'extraordinaire ni de répréhensible dans cette société sans surmoi. 1923 : en France, ce sont les années de Proust et de Gide. Istrati a une troisième manière de représenter l'amour grec : ni comme l'enfer sulfureux de M. de Charlus, ni comme le paradis sucré de Corydon, mais comme une extension, naturelle et innocente, de l'amitié.

Le style reflète cette morale. Istrati introduit dans la littérature française le trouble de l'ambivalence, le lyrisme de la promiscuité. On se promène dans ses romans comme dans un souk, pour y faire provision d'anecdotes, d'odeurs, d'émotions. Aucun personnage n'a d'identité précise. Indifférents à l'argent et au bien-être, inaptes à la sédentarité, ils errent tous en nomades, se laissant modeler par le hasard des rencontres. La phrase est elle-même libre et souple. Loin de se laisser cerner dans les limites précises d'une pensée, elle reste ouverte aux sensations du dehors, aux suggestions du moment. Le catéchisme d'Adrien : « Aimer les lettres et les arts ; goûter les beautés terrestres ; ne pas prendre place dans le rang de ceux qui écrasent les hommes ; donc se contenter matériellement du strict nécessaire ; vivre dans la justice et la fraternité ; adorer un ami cher ; faire le plus de bien autour de soi… » Le seul devoir qu'il se fixe : être infidèle. « Plus on est infidèle, et plus on est généreux, car l'infidèle ne garde rien pour lui. Il féconde la vie et passe. En lui, rien n'est croupissement ; tout est orage, orage créateur. »

Istrati paya cher cette indépendance d'esprit. Etranger à la société et aux valeurs bourgeoises – étranger, non hostile, la haine étant inconnue à ce cœur –, il avait sympathisé avec la révolution russe. De 1927 à 1929, il visita l'URSS, trop honnête pour ne pas être atterré par ce qu'il découvrit. La tyrannie du Parti, les abus de pouvoir, les dénis de justice, l'écrasement des libertés, le bâillonnement des consciences, la dictature d'une caste d'oligarques, l'asservissement des prolétaires, il les dénonça dans les trois volumes de *Vers l'autre flamme*, publiés en 1929. *La Russie nue* brosse un tableau implacable de l'imposture soviétique. Avec bien plus de détails et de perspicacité que dans le fameux *Retour de l'URSS*, et sept ans avant Gide. Mais trop tôt, justement. Il a été le premier à crever l'illusion, lui qui avait mis sa foi, et avait eu tant de raisons de l'y mettre, dans le communisme. A l'homme qui ne faisait que dire la vérité, les « compagnons de route » ne pardonnèrent pas d'avoir « trahi » l'idéal révolutionnaire. Vous faites le jeu de la réaction, lui dit Romain Rolland, qui tourna le dos au seul juste de ces années-là. Insulté, vilipendé, traîné dans la boue, Istrati retourna en Roumanie, où il mourut, en 1935, à cinquante et un ans.

Tuberculose, accélérée par le désespoir. Sans Joseph Kessel, qui fit rééditer ses livres chez Gallimard en 1968, il serait peut-être tombé dans l'oubli. Phébus a réédité ses œuvres complètes en 2006. Il s'éclipse, resurgit, veillé par quelques fidèles, conscients qu'a disparu avec lui, dans la littérature française, cette manière unique d'être « un frère pour le monde », de laisser aller sa phrase (d'ailleurs parfaitement correcte) au gré de son humeur, par bonds, virages, embardées, rejaillissements imprévus. « La possession n'est pas dans le rassasiement ; elle est un peu dans la vibrante satisfaction pour laquelle on a durement bataillé, mais elle est toute, toute dans le plein désir, ce grand appel de la vie. » De même, aurait-il pu dire, s'il n'avait eu en horreur toute théorie, il y a dans la prose française une autre possibilité d'être belle que dans les formes accomplies, serrées, finies et définies, qui lui sont habituelles : dans la dérive enchantée d'un vagabondage sans commencement ni fin.

Kundera (Milan)

I

La Plaisanterie révéla en 1968 le nom de Milan Kundera. Sur le fond tragique de l'histoire tchèque, on voyait des personnages se débattre dans des situations privées ridicules. Très vite interdit en Tchécoslovaquie, le livre imposa son auteur comme le chef de file de la résistance littéraire au despotisme des régimes communistes en Europe orientale. Dès son deuxième roman, on s'aperçut que la lutte politique n'était pas son seul objectif. Le Printemps mort de Prague fournit bien le point de départ de *La vie est ailleurs* (1973), mais le chant acide et sarcastique qui s'en élève résonne comme une plainte corrosivement virile sur tous les printemps morts du monde, toutes les révolutions avortées, le printemps parisien de Mai, et aussi, d'une façon plus générale, le printemps universel qui soulève le cœur des jeunes gens sous le nom de foi, sous le nom de ferveur, sous le nom d'idéalisme, avant de se flétrir dans les compromissions de l'âge adulte.

Le livre commence en classique roman bourgeois. Comment sortir de l'enfance ? Comment devenir un homme, quand on est élevé par une mère jalouse et frustrée, qui vous tient en laisse comme un chien ? La difficile conquête de la maturité, à travers les expériences du sexe, aurait pu servir de sujet à Alberto Moravia. On n'en mesure que mieux l'originalité de l'écrivain tchèque. Il analyse lui aussi les rapports d'une mère et d'un fils pendant les années de l'adolescence. Mais nous sommes à Prague, au lendemain de la guerre. La jeunesse du héros, Jaromil, coïncide avec la jeunesse du nouvel Etat communiste né du coup de force de 1948. En outre, Jaromil est un poète, féru de Rimbaud, d'Eluard, de Breton.

« Le poète vient au monde », « Le poète se masturbe », « Le poète s'évade », « Le poète est jaloux », « Le poète agonise » : telles sont les étapes, marquées par le titre des chapitres, de cette triple éducation, sexuelle, politique, esthétique. Un dénominateur commun : la soif de liberté. Jaromil commence son apprentissage de la vie comme une sorte de Candide exalté par la lecture des surréalistes et jeté dans un monde que les forces du progrès, croit-il, viennent de libérer de l'odieuse exploitation de l'homme par l'homme.

Il lui faut bientôt déchanter. Ses camarades lui expliquent que l'art moderne est un art décadent : le seul qui corresponde aux aspirations des peuples libérés est le réalisme socialiste. Sa virginité lui pèse, et il comprend avec dépit que, tout comme Marx faisait commencer l'histoire de l'humanité au jour de la révolution communiste, sa préhistoire à lui ne prendra fin qu'à l'heure de son dépucelage. Kundera mêle ainsi le sérieux et le comique, dans l'idée, sans doute, que, la liberté étant une et indivisible, l'asservissement dans un seul domaine rend dérisoire la liberté dans tous les autres.

Et qui tient la chaîne, tout au bout, sinon la mère ? « Même quand tu passeras ton temps avec des femmes, même quand tu seras avec elles dans leur lit, il y aura une longue laisse à ton cou et quelque part au loin ta mère en tiendra l'extrémité et sentira aux mouvements saccadés de la corde les mouvements obscènes auxquels tu t'abandonnes ! » L'image du chien n'est pas fortuite : le mot « chien », en grec, a donné le mot « cynisme », et cette longue corde attachée au cou de Jaromil va expliquer le cynisme de son ralliement aux positions les plus dures du Parti, de même que l'impudence de sa nouvelle production poétique. Mais cette corde, à son tour, n'est qu'un symbole, et l'assujettissement du fils à la mère n'est qu'une métaphore de la condition humaine.

Peu de livres sont aussi amers et sinistres, malgré des pages très drôles, tel le débat poétique organisé par la police entre onze poètes et onze flics. On ne sait jamais si les échecs et les forfaitures de Jaromil sont à mettre au compte de sa maladresse à faire l'amour (motif classique de comédie, érigé ici en allégorie de l'impuissance et de la pusillanimité), ou de la hideur des gens au pouvoir, ou de la candeur excessive de son propre enthousiasme. Toujours est-il que, parti pour être un grand poète et un amant généreux, tels les modèles qu'il admire, le jeune homme se retrouve du côté des valets et des traîtres.

Kundera, pour montrer l'horreur d'un certain régime politique, aurait très bien pu faire de son héros un ange vaincu mais pur, victime de la répression, un Lorca tombé au champ d'honneur. Le livre aurait alors rendu le son victorieux du clairon romantique. « Hélas ! Nous sommes en Bohême, où la gloire des coups de feu se confond si souvent avec la dérision des coups de pied ! » (Toujours l'image du chien, lancée ici par une voix off, selon un procédé cher à l'écrivain.) Le vrai, c'est que Jaromil n'est que l'imitation de quelque chose de noble, à quoi il aurait voulu ressembler, la parodie de Byron ou de Maïakovski, et que son destin, comme le destin peut-être de tous les jeunes gens attachés à la laisse (de leur mère ? de leur gouvernement ? de leur propre sottise ?), est un destin grotesque, une farce sans grandeur.

On pense bien sûr à Kafka, l'autre K de Prague, lui aussi animateur de pantins qui révèlent l'horrible bouffonnerie du monde. Le ton est pourtant différent. Kundera intercale entre les chapitres descriptifs de brèves séquences oniriques, comme des arias entre les récitatifs d'un opéra. On voit passer Rimbaud et ses épouilleuses, Lermontov et son duel, Shelley et son bûcher. Le bûcher de Shelley renvoie à celui de Giordano Bruno, et l'étudiant qui, bien différent de Jaromil, s'est arrosé d'essence et incendié vivant sur une place de Prague, a repris la torche qui signale l'impérissable dignité de l'esprit.

II

La Valse aux adieux (1976) fait penser à une autre grande œuvre née à Prague : au *Don Giovanni* de Mozart, qui était aussi, dans l'esprit de son auteur, une *opera buffa*, une « plaisanterie ». Klima, le protagoniste, joueur de trompette et coureur de filles, a engrossé Ruzena, infirmière dans une ville d'eaux dont la spécialité est de rendre fécondes les femmes stériles. Le trompettiste est marié : d'où un projet d'avortement, compliqué d'une série d'intrigues, qui se déroulent en cinq « journées », comme les cinq actes d'un opéra-comique, avec entrées et sorties de personnages réglées au millimètre, quiproquos, surprises, un docteur qui rêve de fabriquer des bébés dans une éprouvette, et de grosses femmes clapotant dans la piscine en ricanant sur leur féminité déchue.

Puis arrive Jakub, venu saluer sa pupille Olga avant de s'expatrier. Le père d'Olga a été exécuté, il y a quelques années, puis réhabilité. Etait-il innocent ? Etait-il coupable ? Là n'est pas la question, pense Jakub, car, dans certaines circonstances de l'Histoire, les hommes se mettent à assassiner aussi naturellement qu'ils se rendent à leur bureau. Persécuteurs et persécutés se valent, la victime étant toujours prête à échanger son rôle avec celui du bourreau.

Convaincu de cette vérité sinistre, Jakub assiste alors à une des scènes les plus fortes du roman : de vieux messieurs armés de perches donnent la chasse aux chiens errants de la petite ville et les embarquent pour le four crématoire. Le désir d'ordre qui cherche à régenter le monde n'est autre, se dit-il, qu'un désir de mort. Ce qui le désespère surtout, c'est l'attitude complaisante de la foule, sa sympathie pour les argousins. « Parce que la chasse à l'homme est en notre siècle la chasse aux privilégiés : à ceux qui lisent des livres ou qui ont un chien. » Les allusions sont si transparentes qu'il faut mettre en garde le lecteur contre un éventuel contresens.

A cause des positions qu'il avait prises avant et pendant le printemps de Prague, Kundera n'était plus publié dans son pays depuis 1970. Il avait perdu son enseignement à la faculté de cinéma et dû s'exiler en France, où il s'établit en 1975 (et qu'il n'a plus quittée). Mais *La Valse aux adieux* n'est qu'accessoirement un pamphlet politique. Si Kafka est un grand écrivain, c'est parce qu'il a fait d'une certaine tournure d'esprit tracassière et inquisitrice, qui était peut-être une donnée concrète de la bureaucratie d'Europe centrale, une forme universelle de la psyché humaine. Si Pirandello est un grand écrivain, c'est parce qu'il a montré que la folie, observée dans sa Sicile natale, était une tentation permanente de la raison. De même, si Kundera nous fait avancer dans la connaissance de nous-mêmes, c'est parce qu'il ne dénonce pas un régime particulier, mais s'en prend à une constante de la nature humaine, cet instinct de persécution qui reçoit la possibilité de s'assouvir dans certaines circonstances, mais préexiste à ces circonstances et n'est pas lié à elles.

III

Connaissez-vous la *litost*? Ce mot tchèque désigne un sentiment fait de tristesse, de compassion, de remords et de nostalgie. Par exemple, un étudiant et son amie nagent dans la rivière. La jeune fille est sportive, mais, par délicatesse, elle s'efforce de rester à la hauteur de son compagnon. A dix mètres de la rive, elle n'y tient plus et, d'un crawl puissant, le laisse sur place. L'étudiant, à qui son infériorité physique est soudain révélée, se représente son enfance maladive sans exercices et sans camarades, sous le regard protecteur de sa mère. Le voilà en proie à cette forme particulière d'humiliation et de ressentiment qu'on ne peut appeler autrement que *litost*. Un sentiment « infini comme un accordéon grand ouvert », dont Milan Kundera, dans son quatrième roman, *Le Livre du rire et de l'oubli* (1979), joue comme un musicien tzigane de son violon.

La *litost* n'est pas une pure effusion masochiste. Elle fonctionne comme un moteur à deux temps. L'étudiant, sur le chemin du retour, gifle la jeune fille, sous prétexte qu'il lui avait défendu de nager du côté du courant. « Le but de la vengeance est d'obtenir que le partenaire se montre pareillement misérable. L'homme ne sait pas nager, mais la femme giflée pleure. Ils peuvent donc se sentir égaux et persévérer dans leur amour. »

Certes, on connaissait, par les premiers livres de Kundera, cette sorte de pessimisme vital, d'accablement tonique, de déprime gaie qui est sa marque. Pourtant, le lecteur s'aperçoit d'un changement notable, d'une progression dans le pessimisme et le désenchantement. *Le Livre du rire et de l'oubli* a été le premier ouvrage écrit en France, où Kundera a vécu d'abord en sursis, avec l'espoir de retourner à Prague. Puis est venue la conscience de l'exil, la douleur et la crispation de l'expatrié.

Litost : revenons à ce mot, car, avec sa sonorité magnifique et plaintive, il donne le ton du roman. L'histoire de la Bohême (pays de l'Ouest, appartenant au destin occidental par sa culture catholique et baroque, et que seule la mystification des traités internationaux a fait cataloguer après la guerre comme « pays de l'Est »), l'histoire de la Bohême n'est qu'une suite de révoltes suicidaires. En août 1968, lors de l'invasion des chars russes, Kundera a lu sur un mur la devise : « Nous ne voulons pas de compromis, nous voulons la victoire. » Or, à ce moment-là, il n'y avait de choix qu'entre plusieurs variantes de défaite. Commentaire : « Ce n'était pas la raison qui parlait, c'était la litost qui faisait une proclamation. » Qui lançait un dernier coup de clairon avant l'anéantissement final.

Un des personnages a beau dire : « Le tank est périssable, mais la poire est éternelle », l'idée qui sous-tend le livre est que même les choses qu'on croyait les plus sûres, même les acquisitions historiques d'un pays, même son patrimoine culturel, même les poires, en somme, sont périssables. Il n'y aura bientôt plus de passé tchèque. Tout aura été oublié, ou réinventé selon l'arbitraire des occupants. Le passé est devenu imprévisible. Ecrire retrouve alors sa signification première, monacale : sauver de l'oubli un fragment de vérité historique et culturelle pour le transmettre aux générations futures. Un acte à la foi grave (plein de foi) et dérisoire (pénétré de *litost*), qui accuse la condition malheureuse et contradictoire de l'écrivain à vocation « nationale ».

Le personnage féminin de Tamina incarne la destinée de son pays. Elle s'est expatriée autrefois, avec son mari ; son mari est mort, et la voilà maintenant réduite à servir dans un café, à dériver sur le radeau de l'oubli, le regard fixé en arrière pour essayer de ressaisir sa propre identité chaque jour un peu plus estompée par l'exil. Une idée fixe : récupérer les lettres d'amour échangées avec son mari et abandonnées dans un tiroir de Prague. Si elle prend des amants, c'est sur la promesse qu'ils feront le voyage pour lui rapporter ces lettres. Mais tous, au dernier moment, se dérobent. Et Tamina, payée seulement en bonnes paroles qui cachent à peine l'indifférence ou le mépris, ne rentrera jamais en possession de son passé.

La mort de Tamina inspire un chapitre au sens plus obscur. Un jeune homme inconnu l'emmène au bord d'un lac ; un gamin la fait passer dans une île où n'habitent que des enfants ; d'abord hospitaliers et bienveillants envers l'étrangère, puis hostiles et cruels ; au point de la pousser à s'enfuir, à la nage. Elle finit par couler d'épuisement et se noie, à quelques mètres de la barque d'où ils la regardent sans intervenir. Ambivalence de chaque symbole : l'île, refuge et prison ; l'enfance, innocence et perversité ; l'eau, protection et étouffement. Tamina est-elle sauvée ? Ou damnée définitivement ?

IV

A ceux qui attendaient un « tournant » dans l'œuvre de Kundera, parce que le romancier avait quitté définitivement la Tchécoslovaquie et même pris la nationalité française, *L'Insoutenable Légèreté de l'être* (1984) apporta la preuve qu'un écrivain écrit toujours le même livre. Son monde, il le porte en lui dès l'enfance, et ce n'est pas parce qu'il change de pays, ou même, comme dans ce cas, d'univers politique et culturel, qu'il change de thèmes ou d'écriture.

La musique : élément essentiel chez Kundera (dont le père était un grand pianiste). Non seulement parce qu'il la connaît très bien et en parle comme personne (Bach comparé à « une rose épanouie sur l'immense plaine neigeuse du silence »), mais parce qu'il construit ses livres comme une partition musicale.

Est-ce un roman que *L'Insoutenable Légèreté de l'être*? Plutôt une variation sur des thèmes. Par exemple : vaut-il mieux vivre libre et irresponsable ou lesté du fardeau d'un amour? Les événements de l'Histoire, doit-on les considérer comme une chaîne de tragédies ou comme une cascade de plaisanteries?

Les quatre personnages, Tomas, Tereza, Sabina et Franz, sont des personnages de roman, dans la mesure où chacun a une identité, un état civil, une histoire individuelle, mais, en même temps, ils se trouvent affranchis de l'intrigue par la volonté souveraine de l'auteur, qui les observe à distance, les fait bouger et manœuvrer à sa guise, et même tente des expériences à leur sujet – un peu comme Diderot dans *Jacques le Fataliste*, dont Kundera a fait d'ailleurs une adaptation pour la scène. Voilà un roman « expérimental » si on veut, qui pose le problème du roman et esquisse une théorie du roman, mais sans qu'en pâtissent ni la vérité romanesque des personnages ni la vivacité du récit.

A un élève qui lui devait cinquante florins, Beethoven, éternellement sans le sou, vint les réclamer. « *Muss es sein?* » (le faut-il?) soupira le débiteur. « *Es muss sein !* » répliqua le musicien, qui, ce jour-là d'humeur gaillarde, composa sur ces trois mots un petit canon humoristique. Un an plus tard, le motif du petit canon humoristique devint le noyau du quatrième mouvement du dernier quatuor, une des œuvres les plus profondes de Beethoven, où les trois notes fatidiques « *Es muss sein !* », dépouillées de toute coloration burlesque, prirent la tonalité solennelle du Destin. On devine ce qui a fasciné Kundera dans cette anecdote : le renversement du sarcasme en prophétie, le va-et-vient entre le grotesque et le sérieux, l'amalgame de ce qui a la gaieté de l'anodin et de ce qui possède la gravité de l'inéluctable, le troc que nous propose perpétuellement la vie entre le hasard et la nécessité, entre le rire et la tragédie.

Et certes, quand on est tchèque et qu'on a participé au Printemps de Prague, qu'on a vu sa patrie asservie à une puissance étrangère, ses amis mourir ou être contraints à l'exil, ses livres interdits, il faut, pour éviter le désespoir, prendre le contrepied de la philosophie « accablée » de Beethoven et se refuser à penser qu'un homme ou un pays porte son destin comme Atlas portait sur ses épaules la voûte du ciel. L'apologie du hasard par Kundera s'explique par ce besoin vital de considérer chaque événement de l'Histoire comme un coup de dés fortuit et absurde. En 1618, observe-t-il, Prague se révolta contre l'empereur d'Autriche : ce fut le début de la guerre de Trente Ans, qui aboutit à la destruction du peuple tchèque. Trois cent vingt ans plus tard, après que le monde eut décidé de sacrifier la Tchécoslovaquie à Hitler, Prague capitula sans résistance. La première fois on avait préféré le courage à la prudence, la seconde fois on préféra la prudence au courage. Avec, pour résultat identique dans les deux cas, la radiation de la Bohême en tant que nation libre.

Dans cette symphonie, on entend constamment, derrière les violoncelles élégiaques du motif politique, le pimpant hautbois du motif érotique. Tomas, coureur impénitent, a mis au point une méthode pour ne jamais tomber amoureux : ce qu'il appelle la règle de trois. Ou voir la même femme à des intervalles rapprochés, mais alors jamais plus de trois fois. Ou la fréquenter pendant de longues années mais à condition de mettre trois semaines entre deux rendez-vous. Hélas pour sa volonté d'échapper à la glu d'un lien sentimental, il recueille, au bout d'une suite de hasards, la jeune Tereza, qui s'installe chez lui et peu à peu le charge du poids de son amour. Le voilà contraint, pour la première fois, à ne plus dissocier sexe et cœur, à aimer dans la même femme la partenaire de lit et la compagne quotidienne. Une calamité pour lui, du moins au début, car, à la fin du roman, on ne sait plus (et le romancier lui-même ne sait plus) si le « grand amour » de Tereza, fait de jalousie, de maternage, de possessivité, de dévouement, a étiolé ou épanoui la personnalité de Tomas.

Pour le reste, il n'a eu droit qu'à une existence frustrée. Chirurgien promis à une belle carrière, on l'a démis de ses fonctions pour refus d'allégeance au parti communiste. Il se retrouve laveur de vitres, puis chauffeur de camion dans une coopérative agricole. C'est là qu'il finit sa vie, aux côtés de Tereza, sinon heureux, du moins apaisé par le renoncement, l'âge et la vie à la campagne. Il y découvre que « l'homme est le parasite de la vache » et que le chien, ignorant la distinction entre amour et sexualité aussi bien que l'alternative entre fidélité et trahison, vit dans un paradis interdit aux humains. Presque l'enfant du couple, ce chien (dans ce roman comme dans les autres éclate la répugnance de l'auteur pour tout ce qui est procréation et bébés) est un personnage en lui-même, que sa mort bouleversante (alors que celles de Tomas et de Tereza sont à peine mentionnées) range dans nos mémoires à côté de cet autre quadrupède exceptionnel, la chienne Bella dans *La Storia* d'Elsa Morante.

V

Milan Kundera est donc un conteur-né, qui a renouvelé avec brio l'art de mêler les genres. Balzac avait besoin de distinguer les *Scènes de la vie politique* et les *Scènes de la vie privée*. Stendhal et Tolstoï ouvraient des parenthèses historiques au milieu du récit des aventures privées de leurs personnages. Kundera a fait sauter, en quelque sorte, le mur qui sépare depuis l'origine du roman intérêts publics et intérêts privés, il a rendu leur distinction obsolète, par le simple fait de les montrer étroitement imbriqués, étroitement et grotesquement. Tragédie ou farce, il est impossible de qualifier avec netteté aucun de ses romans ; rien de moins involontaire, au reste, que ce dynamitage des vieilles catégories.

Car s'il est un conteur-né, Kundera est aussi, on l'a vu, quelqu'un qui réfléchit sur son art. Il a enseigné en France la littérature, et publié, en 1986, *L'Art du roman*, recueil d'articles où, aux trois quarts de son œuvre, il s'est retourné, a examiné le chemin parcouru et, par un coup d'œil plus vaste, reconnu ses ancêtres et choisi sa filiation. Remonter l'histoire du roman, c'était, pour cet expatrié, non pas se livrer à un exercice scolaire, mais établir le chemin qui a permis à l'homme d'affirmer son être unique et de sauver son identité menacée à chaque époque par de nouveaux dangers, dont il n'a triomphé, chaque fois, que par un nouvel art du roman.

Au XVIIe siècle, quand Dieu se retira de la scène du monde, quand l'unique vérité divine se décomposa en centaines de vérités relatives, apparut, avec Cervantès, le premier héraut des temps modernes, le premier romancier. Jusqu'à la fin du XVIIIe siècle, de Sterne à Diderot, prédominance de la libre aventure. Chez Balzac, les institutions sociales, police, justice, armée, Etat, commencent à borner l'horizon. Nouveau rétrécissement de l'univers, et nouvelle mutation du roman avec Flaubert et ses deux descendants, Proust et Joyce : l'examen intérieur remplace l'exploration du monde. Le sceptre passa ensuite aux romanciers centre-européens, Kafka, Musil, Broch, Hašek, lesquels seuls surent poser la question qui domine le XXe siècle : que reste-t-il à l'homme broyé par l'Histoire ? Quelles demeurent ses possibilités dans un monde où les déterminations extérieures sont devenues si écrasantes que les mobiles intérieurs ne pèsent plus rien ?

Raccourci insolite pour un esprit français, qui jugera qu'il est fait bon marché, et de tout le roman français post-proustien, et de la psychanalyse, et des Russes, et du roman baroque sud-américain (à part Fuentes). Je constate aussi, non sans surprise, que Kundera, bien qu'il se défende de faire une énième « théorie du roman », s'en tient, par goût ou par raison, aux mêmes œuvres que ceux qui voudraient enfermer la littérature dans une « science de la littérature » exaltent comme des repères obligés. A leur instar, il ne fait pas grand crédit à ces gêneurs absolus, ces génies inexplicables et miraculeux que sont un Stendhal, un Stevenson, un Gogol, un Conrad.

On serait tenté de contester le rôle exorbitant attribué à Vienne et à Prague, si on ne distinguait le motif d'un tel plaidoyer : non seulement la solidarité de l'exilé avec son milieu d'origine, mais, me semble-t-il, le désir de dissiper un malentendu. Une grande partie de sa réputation, Kundera le savait, venait de ce qu'on le considérait avant tout comme un dissident, c'est-à-dire comme une arme à brandir dans le combat de l'Occident contre les régimes de l'Est. Les sept chapitres de ce livre tendent tous à la même démonstration : quiconque renonce à découvrir, quiconque sert une vérité connue d'avance, qu'elle soit de droite ou de gauche, de l'Ouest ou de l'Est, celui-là faillit à sa mission d'explorateur, à sa mission de poète. Kundera, parce qu'il aurait été si facile de l'assimiler à une cause, se trouvait particulièrement qualifié pour affirmer que l'essence du roman réside dans sa capacité de décliner le service d'aucune cause. Dès 1947, le romancier communiste italien Elio Vittorini avait envoyé à Palmiro Togliatti, secrétaire général du PCI, une lettre proclamant l'autonomie de la culture par rapport à tout système politique. « Le droit d'écrire ne dérive pas pour les hommes du fait qu'ils possèdent la vérité, mais plutôt du fait qu'ils cherchent la vérité. » Kundera, quarante ans après, et parlant de l'autre bord, a-t-il été plus entendu ?

Le vrai roman, dit-il, ne décrit pas la réalité, il examine « tout ce que l'homme peut devenir, tout ce dont il est capable ». Mot qui renvoie, une fois de plus, à celui de Thibaudet que cite Gide : « Le génie du roman fait vivre le possible, il ne fait pas revivre le réel. » Comment Kafka a-t-il découvert les abominations qui séviraient après lui : le despotisme du pouvoir bureaucratique, la culpabilisation des citoyens, le viol de leur vie intime ? Non par expérience personnelle, mais en explorant les virtualités de l'action politique. L'énorme portée des romans de Kafka résulte de leur non-engagement absolu, de leur indépendance totale à l'égard de tous les programmes. Nouvelle occasion d'affirmer l'autonomie radicale du roman. Kafka n'était pas kafkaïen.

Cependant, aussi mortel que l'univers totalitaire, un autre danger menace cette autonomie : le « vacarme mass-médiatique » qui étouffe en Occident les possibilités de recherche et lamine la création sous le rouleau compresseur du conformisme. Le magnifique *Discours de Jérusalem* dénonce la montée des idées reçues. Inscrites dans les ordinateurs et propagées par la télévision, elles s'érigent en force qui écrasera bientôt toute pensée originale et individuelle. Kundera désigne sous le nom de kitsch le désir de plaire à tout prix, tout de suite et au plus grand nombre. « Etre moderne », parole bien dégradée depuis que Rimbaud la prononça, ne signifie plus aujourd'hui que céder à l'appel du succès immédiat. L'artiste devra fournir désormais un effort héroïque pour rester lui-même. Déjà les poètes, plus difficiles d'accès, ont été balayés. « La rivière, le rossignol, les chemins traversant les prés ont disparu de la tête des hommes. » Y aura-t-il encore des romans ? Des livres capables de dire autre chose que ce que tout le monde a envie d'entendre ?

VI

Après le fléchissement artistique de ses deux premiers romans écrits directement en français, *La Lenteur* et *L'Identité*, dont la sécheresse, la pauvreté de style tiennent sans doute à l'apprentissage du nouvel instrument, Milan Kundera a publié, dès l'année 2000 dans de nombreux pays étrangers, et seulement en 2003 dans sa langue originale, le français, un nouveau roman, *L'Ignorance*, son texte peut-être le plus personnel, le plus émouvant, traversé, comme autrefois, par le rire et l'ironie, mais avec la gravité d'un homme qui s'interroge sur le choix qu'il a fait de sa vie. Et, en même temps, aussi éloigné que les précédents de la simple autobiographie, aussi fidèle à l'esthétique définie dans la phrase, déjà citée au premier chapitre du présent livre, de *L'Insoutenable Légèreté de l'être* : « Les personnages de mes romans sont mes propres possibilités qui ne se sont pas réalisées. »

Roman ? Essai ? A la manière habituelle de Kundera, *L'Ignorance* est une longue méditation, coupée de séquences romanesques, sur le thème de l'exil et de la nostalgie. S'interrogeant sur les divers mots des langues étrangères qui signifient : nostalgie, il découvre qu'en espagnol on dit *anoranza*, et en conclut que la nostalgie peut être définie, non comme la simple aspiration douloureuse au retour, mais comme la souffrance causée par l'ignorance. « Tu es loin, et je ne sais ce qu'il en est de toi. Mon pays est loin, et je ne sais ce qui se passe là-bas. »

Irina se décide enfin à rentrer à Prague : car Prague n'est pas seulement la ville d'où Kundera est parti pour l'exil, c'est aussi la métaphore de toutes les patries perdues. Et peut-être perdues définitivement : le Grand Retour, symbolisé par le retour d'Ulysse à Ithaque après dix ans d'errance, est-il encore possible aujourd'hui, où le monde change à une vitesse vertigineuse, modifiant les paysages et les villes au point de les rendre méconnaissables ? Les gens aussi, qu'on a quittés autrefois, se sont mis, pour ainsi dire, hors d'atteinte. Irina fait bientôt l'expérience morale de cette impossibilité. Ayant convoqué dans un restaurant ses anciennes amies pour lesquelles elle a acheté une douzaine de bouteilles d'exquis bordeaux, elle constate qu'elles commandent des demi-litres de bière, pour marquer leur bohémitude, puis qu'elles se mettent à bavarder entre elles, sans aucune curiosité pour ce qu'elle a vécu au loin. Par cet affront, les vieilles copines lui font savoir qu'elles ne lui pardonnent pas d'avoir passé vingt ans à l'étranger, et qu'elle doit s'amputer de ces vingt ans si elle veut être réadmise dans leurs rangs.

De son côté, Josef rentre également d'exil et retrouve des parents devenus plus que des étrangers, une nation qui a cru recouvrer son indépendance mais sans être plus libre qu'avant, puisque son économie et sa politique étrangère ne lui appartiennent pas. Brève histoire d'amour avec Irina, plutôt ratée si l'on en juge d'après l'évocation du corps dénudé de la femme *post coïtum* : « Il regardait toujours son sexe, ce tout petit endroit qui, avec une admirable économie d'espace, assure quatre fonctions suprêmes : exciter ; copuler ; engendrer ; uriner. Longuement, il regarda ce pauvre endroit désenchanté, et fut saisi d'une immense, immense tristesse. »

Rien dans ce livre n'est vraiment gai. Avec Homère, Schönberg sert de fil rouge. Il avait prévu, le musicien autrichien, que la radio était l'ennemie de la musique. Et Kundera de se déchaîner : la multiplication des sources sonores, dans les autos, les restaurants, les ascenseurs, les salles d'attente, partout, ce flot obscène d'eau sale de la musique finira par tuer la musique. Schönberg et Stravinski, de leur vivant, rivalisaient entre eux pour s'assurer la conquête de l'avenir. « Mais l'avenir, ce fut le fleuve, le déluge des notes où les cadavres des compositeurs flottèrent parmi les feuilles mortes et les branches arrachées. Un jour, le corps mort de Schönberg, ballotté par les vagues démontées, heurta celui de Stravinski et tous les deux, dans une réconciliation tardive et coupable, continuèrent leur voyage vers le néant (vers le néant de la musique qu'est le vacarme absolu). »

Aux Etats-Unis où il s'était expatrié, un journaliste américain demanda à Schönberg : « Est-il vrai que les artistes en émigrant perdent leur force créatrice ? »

Cette question, on devine que Kundera ne cesse de se la poser à soi-même, conduit au soupçon par les critiques charitables qui ont tenté d'opposer au dissident inspiré de jadis celui dont ils prétendaient que le déracinement avait tari la sève et atrophié l'écriture. *L'Ignorance* prouve qu'il n'a rien perdu, ni de sa puissance de sarcasme, ni de sa virtuosité langagière, laquelle lui permet de changer de ton dans une même phrase, tel un musicien qui introduit des modulations dans un thème. Son laconisme antilyrique dégage toujours la même insidieuse poésie.

Larbaud (Valery)

« Oisif, moi qui consume ma vie dans la recherche de l'absolu ! »

De chaque écrivain, nous ne pouvons exiger qu'il soit descendu dans le souterrain. Mais Larbaud ! dont son biographe, Aubry, nous apprend qu'au retour de son premier voyage en Russie il a lu avec transport les *Mémoires écrits dans un sous-sol* de Dostoïevski ! Tout le monde n'a pas la chance de lire à dix-sept ans une œuvre comme celle-là, et de la comprendre et d'en être bouleversé pour le reste de sa vie. Quatorze ans après cette première lecture, Arnold Benett note dans son *Journal* que Larbaud lui avoue préférer ce texte à tout autre de l'écrivain russe. Il s'agit donc bien d'une rencontre exceptionnelle, de la fécondation d'un esprit par un autre esprit, et, dès la troisième page de *Barnabooth*, on lit en effet cette réflexion du jeune et fastueux milliardaire : « Oisif, moi qui consume ma vie dans la recherche de l'absolu ! C'est toi qui es un oisif, petit journaliste courbé toute la nuit sur une table. »

Le problème de Larbaud est un problème de richesse intellectuelle : était-il possible, à cet homme d'une intelligence et d'une culture raffinées, de recevoir, dans l'intime de son être, le choc et la révélation de l'Absolu ? Imaginons-le debout, à l'entrée du Souterrain : il sait que la vérité est au fond de cette ténèbre, et qu'elle n'est accessible qu'à travers une épreuve peu ordinaire ; mais il sait aussi que, de cette épreuve, il n'est pas, lui-même, capable ; et qu'il ne sera jamais un écrivain du Sous-Sol, un Ténébreux, un Veuf. Il manque du désespoir et du dénuement nécessaires. Il est trop riche de connaissances, de goûts et d'idées, et le Souterrain lui-même lui apparaît avec une auréole qui le transforme en riche Souterrain. Nul doute que Larbaud n'ait dû souffrir de cette impossibilité, et considérer avec envie son ami Charles-Louis Philippe, qui, lui, après avoir lu *L'Idiot* (à la même époque où Larbaud lisait le *Sous-Sol* dans son train), s'écriait : « Le temps de la douceur et du dilettantisme est passé. C'est aujourd'hui le commencement du temps de la passion… Voici l'œuvre d'un barbare. Toutes les questions humaines y sont agitées avec passion. »

Dans tous les livres de Larbaud on peut discerner le souffle de l'Esprit Souterrain et en même temps la résistance à ce souffle. Cette ouverture, ces replis sont d'ailleurs communs à une génération d'écrivains français qui, de Gide à Alain-Fournier, ont assisté au conflit de l'esprit dilettante et de l'esprit métaphysique, et se sont efforcés, chacun à sa manière, de les accommoder.

*

Depuis Nerval, l'enfance est le domaine préféré des écrivains de l'absolu. Larbaud romancier de l'enfance, dit-on. Soit, mais qu'on s'entende. Il y a deux façons de considérer l'enfance : comme un âge qui précède l'adolescence et la maturité, plein de fraîcheur, de grâce menue et de légèreté ; ou comme l'Age en dehors des âges, le Royaume aigu et déchirant, sans grâce mais plein de la grâce. Il y a la manière Maurice Genevoix et il y a la manière Alain-Fournier. La petite et la grande. Et selon qu'on suit l'une ou l'autre, on est celui qui croit dans la gentillesse comme vertu suprême, ou celui qui brise toute gentillesse pour sauver le monde. Joanny Léniot, le bon élève protagoniste de *Fermina Marquez*, a des moments d'enfant non gentil et souterrain : quand il se sent réduit à un point, et que « l'idée de son propre néant » l'épouvante ; quand il explique à Fermina qu'il aura du génie et sera persécuté ; quand il sent venir pour lui le temps de la fièvre et de la folie. Mais dans tous les cas Larbaud a bien soin de (son art consiste d'ailleurs à) faire voir qu'il s'agit de pensées puériles et qu'elles disparaîtront avec l'enfance. « Pendant qu'il parlait de persécution, il avait obscurément associé les idées suivantes : Jean-Jacques Rousseau, – la folie de la persécution, – le génie. La preuve était double : apparente, en ce qu'il se disait persécuté à cause de son génie ; et évidente, parce que l'homme de génie se croit souvent persécuté. Oh ! c'était très fort ! » (Cette exclamation est terrible pour Larbaud : elle puérilise le caractère de Léniot et en ôte toute dimension extratemporelle.) De même la fièvre et la folie de l'enfant ne sont que les signes de sa naissante sensualité. Et de sa haine de soi, enfin, que dire ? « Pendant plusieurs jours, il demeura au fond de l'abîme, vautré dans les marais pestilentiels du mépris de soi-même. » Ah ! quelle vaine apparence de parenté avec Alain-Fournier ! *Le Grand Meaulnes* est une coupe à vif dans l'Absolu, une aventure spirituelle. *Fermina* n'est qu'un divertissement psychologique. Larbaud a vu dans l'enfant seulement l'en-deçà de l'adulte, et jamais l'Autre que l'homme, le porteur et le garant d'une réalité transcendante. Le recueil des *Enfantines* est une merveilleuse miniature, la description minutieuse et raffinée de pensées et de sentiments *relatifs* à un âge et par là même déjà dépassés. Oui, un vrai Théâtre du Petit Monde. Une cruauté d'enfants qui ne survivra pas à l'enfance. Un masochisme d'enfants qui est sans génie et frivole. Que nous importent des sentiments qui sont liés à une condition éphémère ?

*

On retrouve l'image du Souterrain dans *Barnabooth* (« Encore une fois, j'ai triomphé de l'ombre, j'ai traversé le souterrain de la nuit ») et dans *Mon plus secret conseil* : « Il (Lucas Letheil, qui vient de rompre une liaison pourrissante) était comme un homme enfermé dans un souterrain, et qui en cherchait la sortie, et qui se traînait dans l'obscurité ; parfois désespéré et las, se couchant, renonçant à l'effort, essayant, puisqu'il avait des vivres pour longtemps, de s'accommoder de sa situation – et puis, tout à coup, après une nouvelle marche faite sans grand espoir : la lumière du jour ! le scintillement de la mer, des allées et venues d'hommes et de femmes, une gare et ses bruits, la vie libre, variée, riche, vagabonde ! » L'Esprit Souterrain passe encore dans les très belles pages de *Jaune Bleu Blanc* sur Recanati, la bourgade des Marches qui a inspiré à Leopardi ses plus sombres poèmes. Mais le souterrain de Lucas Letheil est psychologique, non métaphysique. Mais Larbaud diminue le désespoir de Leopardi, en le comparant au sentiment de tristesse et d'ennui qu'il a lui-même éprouvé, enfant, à Saint-Yorre, et que des causes trop précises expliquent trop facilement : « Ma mère et, en général, mes éducateurs ont cru avoir écrasé ma volonté ; alors qu'ils n'avaient fait que retarder la réalisation de mes désirs. » La morne vie de province, un entourage oppressant : oui, ce sont là des causes pour un petit pessimisme, un pessimisme d'humeur ;

mais la grandeur de Leopardi réside, elle, dans un pessimisme sans conditions, primordial, essentiel, dans un refus capital du bonheur, que Larbaud, semble-t-il, ne soupçonnait pas.

*

Il vitupère les Educateurs, les Surveillants généraux des Lettres, les auteurs de Manuels, mais parce qu'il a lui-même en lui une veine, pure et droite, d'Educateur, et la vocation d'enseigner, et les qualités : érudition, justesse, modestie, absence de passions personnelles et de foi combattante, requises pour le métier de *faire part* aux autres, le plus simplement possible, et avec le maximum d'effacement de soi-même. Il a la vocation de l'Enseignement, ne disons pas supérieur (l'épithète, hélas, ne convient pas), mais parfait, qu'il fait reproche, justement, d'avoir souillée, aux inspecteurs sommaires, aux préfets des Etudes, aux mauvais Pasteurs de l'Art. Ses *Domaines* sont des Manuels, plus fins et d'une autre race que les manuels scolaires, mais non d'un autre ordre. Chez aucun écrivain artiste, on ne trouverait, je pense, comme chez Larbaud, le soin de maintenir Faguet, et Brunetière, et Lanson, à un rang honorable, quelquefois plus qu'honorable. En revanche, sur Péguy critique, rien – sinon un mot de blâme. Et nous qui ouvrons Larbaud sachant qu'il est un artiste, et qui attendons de lui une critique vraiment créatrice, nous sommes renvoyés, un peu brutalement malgré l'exquise politesse des manières, à l'œuvre d'un Scolaire supérieur (dans ce cas l'épithète va encore).

*

On pourrait appliquer à lui, amateur d'écriture plutôt qu'écrivain, la définition qu'il a donnée de Racan : « C'est un poète religieux, mais non pas un poète mystique. » Comme critique il s'est attaché beaucoup aux Mineurs (trente pages pour Racan, cinq années pour Butler) – mais cela n'est point, en soi, un reproche à lui faire, car il y a des Majeurs mineurs (Scève), et surtout il peut y avoir une manière majeure de s'intéresser aux Mineurs, une manière aiguë, un souci, vivant et brûlant, de retrouver chez des écrivains secondaires un feu de premier ordre, une pureté et une intensité, une inquiétude et un besoin, qui n'appartiennent qu'aux Majeurs. Mais de Larbaud, peut-on dire qu'un tel souci le hantait ? « Poète mineur, certes, déclare-t-il tranquillement à propos de Jean de Lingendes, et tant qu'on voudra. Mais pour un poète mineur, combien de milliers de poètes minimes et minimissimes – c'est-à-dire qui n'auront jamais de poète que le nom, qu'ils s'attribuent – comptons-nous ? Je viens justement de feuilleter un recueil de poésies toutes récentes d'une vingtaine de poètes contemporains dont quelques-uns ont une certaine renommée, etc. » Qu'importe, répondons-nous à Larbaud, l'existence des Minimes et des Minimissimes ? Autorise-t-elle à prendre intérêt aux Mineurs ? Il est arrivé à Larbaud ceci : grand voyageur, grand délicat, cultivé jusqu'à l'érudition, il est devenu sensible à l'*habitus* littéraire, au côté mœurs (ou religion) dans la vie intellectuelle de son temps ; à l'encombrement produit par la foule des Minimes ; et, homme de goût, il s'en est offusqué. Il a vécu dans cet offusquement, et son goût pour les Mineurs est comparable au goût de l'amateur qui arrache, dans le fond des boutiques d'antiquaires, les dernières pièces de collection authentiques, à un monde envahi par les meubles Barbès.

Le grand écrivain ne se détermine pas, ne se situe point, par rapport au goût de son époque, mais par rapport à l'Absolu. Valery Larbaud s'est plu dans la compagnie des écrivains mineurs, parce qu'eux seuls, en vérité, et jamais les Grands, sont comparables à des objets de bon goût, à des pièces authentiques, eux seuls ont l'air faits d'une matière rare qui émerge du commun – pauvre émergement, triste jaillissement, sans flamme, sans urgence, émergement de bois précieux à préserver de la flamme.

*

Larbaud est l'exemple parfait de l'écrivain cultivé mineur, et son cas nous aide à comprendre ces notions contestées d'écrivain *mineur* ou *majeur*. Ce n'est pas la culture, ni même l'extrême raffinement de la culture, qui empêche un écrivain de s'enfoncer dans le souterrain de l'Absolu, dans cette barbarie d'au-delà la civilisation dont parlait Charles-Louis Philippe : voyez Melville, Nietzsche, Péguy, Proust, Thomas Mann – non, l'obstacle c'est une certaine attitude envers la culture. L'écrivain cultivé ne devient grand que lorsque la culture dont il est pourtant riche et fier lui devient à lui-même un objet d'inquiétude et d'insatisfaction et de scandale – lorsqu'il met en doute sa richesse et l'utilité de ses connaissances, et même l'utilité de son intelligence et de son art – lorsqu'il retrouve, au-delà de cette belle réussite d'homme cultivé, la pauvreté immédiate de l'esprit et du cœur.

Larbaud, malade toute sa vie dans son corps, et, déjà jeune, souffrant des migraines qui, pour le docteur Faustus, étaient le signe du dépassement nécessaire de la culture, aurait pu être un autre de ces malades flamboyants qui renversent la marche tranquille du progrès intellectuel. Mais non : il a laissé la maladie à la porte de son esprit, il a jugé, il a créé, en homme bien portant, bon connaisseur, fin entendeur. Et rien de moins, et rien de plus.

Levi (Primo)

Les Italiens n'ont pas le génie romanesque. Au XIXe siècle, âge d'or de l'art de raconter, le seul roman italien de quelque importance est un moralisant et indigeste pensum historique, *Les Fiancés* de Manzoni, modèle de la B.A. catholique. Lire est une occupation solitaire, qui requiert concentration et silence. Solitude et silence : les deux bêtes noires des Italiens. Il leur faut la compagnie des autres, les bruits, parler, rire, chanter, entendre chanter. Au lieu de Balzac, Hugo, Dumas, Dickens, Tolstoï, ils ont produit une autre sorte de génies, plus conforme à leur tempérament : des compositeurs d'opéras, Rossini, Bellini, Donizetti, Verdi, Puccini. Verdi a exercé en Italie le même magistère et joué un rôle politique aussi important que Hugo en France ou Tolstoï en Russie. *La Sonnambula* est *Le Lys dans la vallée* des Italiens, *Traviata* leur *Madame Bovary, Tosca* leur *Thérèse Raquin*. Une émotion qu'on ne partage pas et qu'on ne peut pas communiquer immédiatement n'a pas de valeur pour eux. Etre ensemble dans la pénombre et prendre ensemble un plaisir qui ne demande pas, comme la lecture, du recueillement et de la réflexion, mais se satisfait de la pure émotion et s'épanouit dans un frisson collectif, voilà le principe de leur bonheur. Pour la même raison, au XXe siècle, leurs grands créateurs ont été des hommes de théâtre ou de cinéma plutôt que des écrivains, malgré le nombre croissant et la valeur des romanciers après la Seconde Guerre mondiale.

Pourquoi avoir choisi Primo Levi, de préférence à Elsa Morante ou à Italo Calvino, les deux meilleurs raconteurs d'histoires? Parce que son statut d'écrivain n'est pas clair pour l'opinion. *Si c'est un homme*, le livre le plus fort jamais écrit sur les camps nazis, paru en 1947, passa d'abord inaperçu. Il fallut attendre dix ans pour le voir refaire surface en Italie puis s'imposer dans le monde comme un texte majeur de la littérature concentrationnaire, mais s'imposer à titre de témoignage, non d'œuvre littéraire. Toute sa vie, Primo Levi a été victime de ce malentendu, qui n'est pas encore dissipé. En Italie, il gênait ses confrères, qui lui reprochaient sourdement de disposer d'une expérience trop riche et d'une matière en elle-même trop spectaculaire en comparaison de leurs petits univers bornés par la routine provinciale. Quelle existence, en effet, que celle de ce juif turinois déporté à Auschwitz! Revenu en Italie, après un immense vagabondage à travers la Russie, l'Ukraine, la Roumanie, qu'il a raconté dans *La Trêve*, il reprit humblement son métier de chimiste jusqu'au jour où, quelque quarante ans plus tard, encore prisonnier de l'enfer dont il était rescapé par miracle, il se jeta dans la cage d'escalier de son immeuble.

Il n'y a aujourd'hui aucun être civilisé, je pense, qui n'ait lu et relu *Si c'est un homme* et *La Trêve*, deux livres qui ont fondé l'humanisme contemporain. Sans emphase, sans haine, avec l'objectivité, la neutralité du savant, plus implacables que toute accusation. Citons seulement, parmi les martyrs commémorés, le petit Hurbinek, cet « enfant de la mort », qui n'avait pas appris à parler, et dont les yeux, « perdus dans un visage triangulaire et émacié, étincelaient, terriblement vifs, suppliants, affirmatifs, pleins de la volonté de briser ses chaînes, de rompre les barrières mortelles de son mutisme ». Il mourut, n'ayant réussi à balbutier qu'un seul et d'ailleurs incompréhensible vocable, après avoir « combattu comme un homme, jusqu'au dernier souffle, pour entrer dans le monde des hommes dont une puissance bestiale l'avait exclu ». Hurbinek, le sans-mots, mort juste après la libération du camp par les Russes, « libre, mais non racheté ».

C'est pour que reste une trace des millions de victimes de l'holocauste que Primo Levi, dont la vocation première n'était pas d'être écrivain, a écrit ces deux livres, on le sait ; et ils sont si poignants, le premier, récit du séjour à Auschwitz, dans sa nudité atroce, le second, épopée du retour des survivants, dans sa drôlerie grinçante, qu'on pourrait croire – et on l'a cru – qu'ils tirent leur pouvoir de l'énormité même du sujet. Il avait beau protester, dire qu'il n'était pas seulement un ancien déporté, mais qu'il était devenu un écrivain à part entière, capable d'intéresser et d'émouvoir sur des thèmes qui n'avaient rien à voir avec la déportation, le public restait sceptique. Comme le *Boléro* pour Ravel ou la *Sixième Symphonie* pour Tchaïkovski, la puissance inouïe de ses deux premiers livres a occulté le reste de l'œuvre de Primo Levi, et faussé l'image de celui qui, tout en ayant appartenu à la glorieuse génération des Pavese, Vittorini, Moravia, Elsa Morante, Calvino, Sciascia, Pasolini, Bassani, les égale et peut-être en dépasse certains par la valeur purement littéraire de ses écrits.

Maintenant ou jamais, dont il disait que c'était son seul vrai roman, évoque la dérive d'un groupe de partisans russes et juifs, entre 1943 et 1945, en Europe centrale, derrière les lignes allemandes. On peut lire ce livre comme un simple roman de guerre, pour la couleur des aventures. L'aviateur ouzbek tombé avec son avion au milieu de la forêt et campant dans la carlingue restée suspendue aux arbres ; l'assaut d'un train en rase steppe ; le détournement d'un parachutage ; les embuscades : autant d'épisodes racontés avec une simplicité biblique. Pas de boursouflures à la Malraux, pas de postures héroïques, mais une dure, obstinée conquête, pour cette bande de nomades égarés dans les marécages polonais, de leur dignité d'hommes. S'il y a un autre texte dont on puisse rapprocher *Maintenant ou jamais*, pour le mélange de sobriété narrative et de profondeur philosophique, c'est bien la non moins admirable *Education européenne* de Romain Gary.

« Un juif parmi les Russes doit être deux fois plus brave qu'eux, sans ça ils le traitent tout de suite de lâche. » Avant d'être exterminés par les nazis, les juifs étaient en butte au traditionnel antisémitisme russe. Si les personnages de *Maintenant ou jamais*, issus de familles persécutées, se sont engagés dans la résistance, c'est précisément pour prouver que cette longue histoire de maltraitance et de souffrance n'a en rien entamé leurs ressources morales. Mendel, Gedal, qui occupe ses tours de garde en jouant du violon, instrument par excellence des errants, Pavel, Leonid, Line, Bella, ces hommes et ces femmes (il y a aussi de très belles histoires d'amour) ne cherchent pas seulement, au cours de leurs marches épuisantes sur des milliers de kilomètres de landes désertes et glacées, la victoire sur l'occupant allemand, ils veulent d'abord s'affranchir de leur propre passé de maudits et de parias. Le roman d'aventures se transforme peu à peu en épopée de la rédemption du peuple juif, mais, encore une fois, sans grandes phrases, sans ronflements oratoires ni envolées lyriques : en termes toujours mesurés, justes. Beaucoup d'humour et d'ironie, dans ce compagnonnage entre

Russes et juifs. La lumière de la vérité et de la justice émerge lentement d'une quantité de petits détails pittoresques.

Autres sujets abordés par Primo Levi : le travail en usine *(La Clef à molette)*, les secrets de la chimie *(Le Système périodique)*. Dans ce dernier livre, selon moi le plus accompli, il raconte sa vie de chimiste, sous un déguisement romanesque et symbolique qui eût enchanté Gaston Bachelard. Argon, zinc, fer, potassium, nickel, plomb, phosphore, etc. (vingt et une entrées) : un grand poème de la matière se déroule sous forme tantôt de souvenirs, tantôt d'historiettes, tantôt de récits d'expériences dont la technicité enrobée de beautés d'écriture ne rebute jamais. C'est que la chimie a été pour cet homme exceptionnel bien plus que la chimie. Alors que ses collègues, nous dit-il, ne cherchaient dans leur métier qu'un gagne-pain, lui, né en 1919 et entraîné déjà, par son enfance dans une famille juive pratiquante de Turin, à chercher dans la grisaille de l'existence quotidienne le passage du souffle divin, voyait dans le maniement des matériaux sensibles et le dosage méticuleux des substances un moyen de combattre les mensonges creux de la rhétorique fasciste, « un acte mûr et responsable d'où émanait une bonne odeur de choses sèches et propres ».

Bien mieux : à la différence de ses camarades qui entraient dans le laboratoire avec un esprit purement pragmatique, il se représentait la manipulation des corps malléables et transformables à merci comme « une nuée indéfinie de puissances futures qui enveloppait mon avenir dans de noires volutes déchirées de lueurs de feu, une nuée semblable à celle qui cachait le mont Sinaï. Comme Moïse, j'en attendais ma loi, l'ordre en moi, autour de moi et dans le monde ».

Forcer les choses à livrer leur noyau, « draguer le ventre du mystère » : le passage du physique au métaphysique est continuel dans ces pages inspirées qui nous rappellent un autre Turinois et un autre juif, Carlo Levi (aucun rapport de parenté), l'auteur du *Christ s'est arrêté à Eboli*, lui aussi antifasciste et lui aussi transmueur de la matière (pour lui, la misère économique et sociale du Sud italien) en or poétique. Turin a été le centre de la résistance au fascisme, avec des hommes et des femmes comme l'écrivain Cesare Pavese, l'éditeur Giulio Einaudi, la romancière Natalia Ginzburg, et l'on comprend mieux, en lisant *Le Système périodique*, où Primo Levi a puisé la force de résister au Lager. Les pages magnifiques sur la montagne toute proche, le récit d'une escalade dans des conditions périlleuses, d'un bivouac dans la glace, donnent une bonne idée de cette forteresse morale qu'a été la capitale du Piémont.

Mann (Thomas)

Thomas Mann a vingt-deux ans quand il commence, en 1897, *Les Buddenbrook*, énorme roman qui sera achevé en 1900. A vingt-cinq ans ! âge incroyable pour une entreprise aussi considérable, presque mille pages d'une fresque sociale que seuls des auteurs plus mûrs, pense-t-on, auraient eu quelque chance de mener à bien. Le jeune écrivain a tenté un pari quasi impossible, non seulement en s'attaquant à une œuvre aussi vaste à peine sorti de l'adolescence, mais par la nature même du sujet choisi : l'histoire d'une grande famille marchande de Lübeck. Y a-t-il matière plus antiromanesque que la culture et l'univers des riches bourgeois de la Hanse, où chacun est dominé par le destin de sa lignée, où personne n'a le droit de mener une existence indépendante, où il est interdit d'aimer, de rêver, de se singulariser, interdit d'être tant soit peu original et personnel ? En principe, aucune vie intérieure n'est autorisée, pour aucun membre de la famille, comme l'explique Johann, le chef des Buddenbrook, à sa fille Antonie. Celle-ci est tombée amoureuse d'un étudiant en médecine, jeune homme sans fortune qui ne saurait convenir à son rang social, d'autant plus qu'un homme d'affaires, du même milieu, lui a demandé sa main. Elle reçoit de son père la remontrance suivante :

« Nous ne sommes pas nés, ma chère fille, pour réaliser ce que notre courte vue considère comme notre petit bonheur personnel, car nous ne sommes pas des individus libres, indépendants, doués d'une existence propre ; nous sommes pour ainsi dire les anneaux d'une chaîne et, comme tels, nous ne saurions être imaginés sans la série de ceux qui nous ont précédés et nous ont frayé le chemin en suivant eux-mêmes avec rigueur et sans détourner leur regard du but, une tradition éprouvée et vénérable. Ta voie, me semble-t-il, s'ouvre devant toi depuis de longues semaines, claire et strictement tracée, et tu ne serais pas ma fille, ni la petite-fille de ton grand-père qui repose en Dieu, ni un membre véritable de notre famille, si toi seule songeais sérieusement à suivre, dans la révolte et l'inconstance, tes sentiers personnels et irréguliers » (trad. Geneviève Bianquis).

Un personnage privé de sentiments personnels ne nous semble pas pouvoir être un personnage romanesque. Le motif de l'effacement de l'individu devant la toute-puissance de la famille et du milieu court d'un bout à l'autre des *Buddenbrook*. Le cahier où sont consignés les événements de la lignée est écrit dans « un style de chroniqueur, instinctif et involontaire », où s'exprime « discrètement, mais avec d'autant plus de dignité, le respect d'une famille vis-à-vis d'elle-même, de ses traditions et de son histoire ». Johann a deux fils. Le cadet, Christian, introverti, esthète, instable, est le premier des Buddenbrook à dévier de la ligne droite dictée par leur statut de marchands. Il néglige ses affaires, ne se marie pas, vit en concubinage avec une femme comme il ne faut pas. Comment, pourquoi en est-il arrivé à se fourvoyer ainsi ? « Parce qu'il s'occupe beaucoup trop de sa propre personne et de tout ce qui se passe en lui. Parfois, il est pris d'une véritable manie de mettre en lumière et d'exprimer les sensations les plus menues et les plus intimes… des sensations dont un homme de bon sens ne se soucierait pas et qu'il préfère ignorer pour la simple raison qu'il aurait honte d'en faire part aux autres. » Tel est l'avis du frère aîné de Christian, Thomas, resté, lui, dans cette droite ligne, c'est-à-dire impersonnel, froid, sans vie intérieure. « J'ai moi-même réfléchi, dit-il à sa sœur Antonie, à cette préoccupation anxieuse, vaine et curieuse de soi-même ; autrefois, j'y étais aussi enclin. Mais j'ai remarqué que cette préoccupation vous rend distrait, incapable et inquiet ; et la tenue, l'équilibre, c'est, à mon avis, la chose essentielle. Il y aura toujours des gens autorisés à s'intéresser ainsi à eux-mêmes, à observer minutieusement leurs sensations ; ce sont les poètes, qui savent exprimer, de façon précise et harmonieuse, leur vie intérieure et enrichir, par là, la vie sentimentale des autres. Mais nous, nous ne sommes que de simples commerçants, mon enfant ; les observations que nous faisons sur nous-mêmes sont d'une insignifiance lamentable. Nous pouvons, à la rigueur, dire que l'accord de plusieurs instruments d'orchestre nous cause un plaisir bizarre et que, parfois, nous n'osons pas avaler… Mais ensuite, il faut nous mettre au travail, que diable, et produire quelque chose comme nos ancêtres l'ont fait. »

Cultiver ses sensations ? C'est le crime majeur, dans le monde du négoce. Il faut être pragmatique, efficace, sans états d'âme. Reproches de Thomas à Christian : « Toi qui n'as pas idée… pas la moindre idée de ce que c'est que le travail, toi qui remplis ta vie avec le théâtre, les flâneries, les folies, pour y chercher une série de sentiments, de sensations, d'états d'âme dont tu t'occupes, que tu observes, que tu cultives, pour en bavarder ensuite d'une manière éhontée… » Et Christian d'en convenir : « C'est vrai, tu as parfaitement défini la situation. C'est la différence qui existe entre nous deux, vois-tu. Toi aussi, tu aimes à voir une pièce de théâtre, et autrefois, entre nous soit dit, tu t'es passé aussi des fredaines et tu as lu, un moment, avec prédilection, des romans, des poésies et des choses de ce genre… Mais tu as toujours su si bien allier tout ceci avec un travail régulier, une vie sérieuse… Voilà ce qui me fait défaut, vois-tu. J'use toutes mes forces à tout ça, tu sais, à des bêtises, et il ne reste plus rien pour les choses sérieuses. »

Ni recherche du bonheur, ni complaisance pour ses propres sensations, ni possibilité d'être libre, ni espoir de tracer une voie nouvelle hors de la tradition, mais seulement le sens du devoir, le culte des morts de la famille, la dévotion aux affaires, la tyrannie des « choses sérieuses » : telle est la vie selon le code des Buddenbrook. Une vie sans imagination et par conséquent absolument impropre à faire l'objet d'un roman. Quelle que soit la virtuosité de Thomas Mann (ainsi ce repas solennel : « On parla bientôt affaires et l'on glissa insensiblement dans le dialecte, dans ce parler traînant et lourd, qui paraissait concilier un laconisme tout commercial et une désinvolture de gens bien rentés, et qu'ils outraient parfois, ironisant avec bonhomie à leurs propres dépens ») à peindre ce monde épais, opaque, quelles que soient les nuances qu'il apporte à son tableau, le livre se fût réduit à une chronique des mariages, des naissances, des enterrements, des fluctuations des cours, des achats et ventes de maisons, et enlisé dans une lourdeur insupportable, si le jeune écrivain, fils lui-même d'un grand négociant de Lübeck mais qui avait la chance d'avoir une mère brésilienne, n'avait réussi à allier au « sérieux » germanique puisé dans l'ascendance paternelle le « poétique » et le « fantaisiste » apportés dans la rigide famille hanséatique par le sang d'outre-mer. Avant tout, un sens mélancolique de la vie et une obsession de la mort hérités de ce pays qui, ancienne terre d'esclaves, reste hanté par des images funèbres, comme on le constate, encore aujourd'hui, dans la musique triste des *saudades* et des *modinhas*. Cette vision désabusée du monde (renforcée, chez le jeune Thomas Mann, par la lecture de philosophes allemands, en particulier le pessimiste Schopenhauer) sauve *Les Buddenbrook* de la grisaille et de l'échec romanesque.

Trois grandes mythologies minent l'épaisseur bourgeoise et marchande et introduisent dans ce déterminisme prosaïque des possibilités de liberté et d'autodestruction.

1) La décadence est une fatalité, à laquelle n'échappera pas la plus solide administration des affaires. Thomas, le sérieux et rassis Thomas, en apparence inexpugnable dans son commerce de céréales, le plus florissant de Lübeck, en est le premier conscient. « Je sais que souvent, au moment même où éclatent les signes extérieurs, visibles et tangibles, les symptômes du bonheur et de l'essor, tout déjà s'achemine en réalité vers son déclin. » Le sous-titre du roman est « Décadence d'une famille », et, en effet, de génération en génération, le pouvoir et le prestige des Buddenbrook s'affaiblissent, jusqu'à la vente symbolique de la grande demeure familiale.

2) Un homme est partagé entre des tendances viriles (avant tout le sens des affaires) et des pulsions féminines (avant tout le goût de l'art). Il se trouve que, dans sa vie privée, Thomas Mann était lui-même tiraillé – ou équilibré – entre ces deux penchants, incarnés respectivement par le père et la mère. Son génie de romancier est d'avoir projeté dans deux personnages différents, Thomas et Christian, les deux orientations de sa propre nature.

3) La musique est la forme d'art à la fois la plus élevée, la plus féminine et la plus pernicieuse. Le jeune Hanno, fils de Thomas, néglige ses études pour se consacrer au piano. Il compose lui-même, dès l'âge de huit ans, et joue ce qu'il a composé. Avec un luxe de dissonances dont il retarde le plus possible la résolution. Une des plus belles pages du livre décrit cette expérience musicale comme une tension de tout l'être vers une plénitude qu'on souhaite et redoute en même temps. « Qu'adviendrait-il alors ? que serait cette chute délicieuse, cette libération en *si* majeur ? Un bonheur sans pareil, une satisfaction débordante de suavité. Paix ! Béatitude ! Paradis !... Pas encore ! pas encore ! Différer, suspendre un instant de plus jusqu'à ce que la tension devienne intolérable, afin que la satisfaction en soit plus exquise. Oh ! épuiser encore une dernière, une toute dernière fois, la poussée, l'élan de cette nostalgie, cette soif de tout son être, cette hypertension convulsive de la volonté qui, pourtant, se refusait l'accomplissement, la délivrance, sachant que le bonheur ne dure qu'un moment. »

Pour apprécier pleinement cette page, il faut se rappeler que le sentiment d'amour comme la volupté érotique sont rigoureusement exclus de l'univers marchand et bourgeois. Antonie a été forcée par son père de renoncer à un mariage d'amour, Thomas a renoncé de lui-même à la petite fleuriste dont il était épris, pour faire un mariage de convenances et de raison. Il est remarquable que l'érotisme réapparaisse dans cette famille à travers la musique et à travers un enfant. « Hanno souleva lentement son buste, ses yeux se dilatèrent, un frémissement parcourut ses lèvres serrées, son nez aspira l'air d'une saccade, puis il ne lui fut plus possible de différer encore la volupté. Elle approchait, descendait sur lui, et il s'y abandonna irrésistiblement. » Un véritable orgasme.

Mais céder à une tentation aussi contraire à l'éthique des Buddenbrook, rechercher un plaisir qui tourne en dérision le pragmatisme austère des bourgeois de la Hanse attire fatalement une punition sur le transgresseur. Hanno est de constitution fragile, souvent malade ; à quinze ans, il meurt de la diphtérie. Christian, lui, moins atteint de la fièvre artistique, mais châtié pour son amateurisme en affaires, finit dans une maison de santé. Ainsi la cohérence du roman est sauvegardée. Thomas Mann n'aurait pu exalter sans réserve la liberté créatrice ; à Lübeck, la folie qui consiste à s'isoler de la communauté marchande pour jouir d'une félicité égoïste est par force condamnée ; la mort attend celui qui ne respecte pas la règle du jeu.

Sans les thèmes de la décadence, de l'antagonisme entre valeurs masculines et valeurs féminines, de la souveraineté de l'art musical, il n'y aurait pas eu d'espace pour la vie intérieure, donc pas de roman ; si les valeurs féminines, l'art, la musique, la vie intérieure avaient triomphé, le roman aurait dû se passer ailleurs qu'à Lübeck.

*

Comme s'il avait craint de s'identifier trop étroitement à son sujet en peignant le monde des Buddenbrook, Thomas Mann ne tarda pas à formuler un art de raconter très différent de celui qu'il venait de mettre si magistralement en œuvre. *Tonio Kröger*, une nouvelle publiée en 1903, semble le résultat d'une crise qui lui fit répudier tout naturalisme, tout désir d'écrire en adhérant à la matière de son livre. Le jeune écrivain Tonio Kröger expose à une amie peintre qu'on travaille mal au printemps parce que c'est la saison où l'on sent avec le plus d'intensité. « Il faut être un imbécile pour croire que celui qui crée a le droit de sentir. Tout artiste véritable sourit de cette erreur de naïf et d'incapable. » Quand on écrit ou quand on peint, on doit se garder de tenir trop à ce qu'on a à dire. « Si votre cœur bat trop vite pour votre sujet, vous pouvez être sûr d'un fiasco complet. Vous serez pathétique, vous serez sentimental, vous produirez une œuvre lourde, gauche, austère, dénuée de maîtrise, d'ironie et de sel, ennuyeuse, banale... » Il est nécessaire que l'artiste se tienne en dehors de l'humain s'il veut réussir à en donner une représentation vigoureuse. « C'en est fait de l'artiste dès qu'il devient homme, et commence à sentir. » Flaubert se tient dans le passé de ce credo, Nabokov et Borges dans son avenir. Et pourtant, avec le roman de sa maturité, Thomas Mann non seulement déjoua la séduction et échappa à l'emprise de Flaubert, mais encore se posa de façon à ne pouvoir être récupéré par les deux autres.

*

La Montagne magique (*Der Zauberberg*, 1924) est un livre encore plus volumineux que *Les Buddenbrook*. Il se distingue de ce dernier par la volonté de quitter le plan réaliste de la chronique familiale pour accéder au plan métaphorique d'une société idéale, presque abstraite. Dans le sanatorium de Davos se constitue en effet une sorte de supersociété, européenne (Allemands, Suisses, Français, Italiens, Russes se côtoient), hors du temps, que les deux mille mètres d'altitude qui la séparent de la « plaine », du monde d'en bas, isolent dans une atmosphère raréfiée. Les loisirs illimités dont ils disposent, leur contact permanent avec la mort, entretenu par les visites médicales et les radioscopies qui permettent au malade de « regarder dans sa propre tombe », l'irréalité de leur condition font des divers personnages des silhouettes plus que des êtres de chair et de sang : c'est à la fois la force et la faiblesse de ce gigantesque roman, dont les protagonistes sont très peu nombreux, trop peu nombreux pour soutenir l'intérêt pendant onze cents pages. Ils passent leur temps à disserter plus qu'à agir. Hans Castorp, le héros, jeune bourgeois de Hambourg venu faire un séjour de trois semaines en visiteur, et qui finit par rester sept ans dans le sanatorium pour une cure nécessaire, s'initie à toutes sortes de connaissances dont il n'avait pas la moindre notion (de l'anatomie à la pathologie, de la météorologie à la psychanalyse), comme un écolier qui avant d'entrer dans le monde essaye d'en sonder les mystères. Le principe est intéressant, mais d'une lourdeur pédagogique certaine.

Et développé avec une insistance qui éveille le soupçon. On a l'impression que, malgré la masse des idées remuées, l'important reste tu. L'intrigue amoureuse entre Hans et Mme Chauchat, une malade russe, forme le seul motif romanesque. Or il semble bien que cet « amour », si cérébral, si peu vécu, en cache un autre, bien plus profond. Pourquoi, se demande Hans, s'attacher à une femme qui, étant tuberculeuse, n'est « pas du tout faite pour la maternité » ? Pourquoi se vouer à un amour stérile par essence ? « Cela n'avait évidemment pas de sens, et cela eût dû, en somme, passer pour malséant et être interdit. Car s'intéresser à une femme malade, c'était au fond aussi peu raisonnable pour un homme que… mon Dieu, que jadis l'intérêt silencieux que Hans Castorp avait éprouvé pour Pribislav Hippe. Une comparaison stupide, un souvenir quelque peu pénible. Mais elle s'était présentée à son esprit sans qu'il fût intervenu et sans qu'il l'eût appelée » (traduction Maurice Betz).

Ce Pribislav Hippe est un garçon vers lequel, au collège, Hans s'était senti attiré par une mystérieuse affinité, qu'il ne pouvait s'expliquer à lui-même. Un garçon blond, aux yeux gris-bleu, né d'un alliage de sang germanique et de sang slave, surnommé par ses camarades « le Tartare », porteur d'un prénom « païen ». Autant de signes qui, pour le connaisseur de Thomas Mann, désignent « l'autre » par excellence, celui qui dérange l'ordre établi, et, en particulier, comme Tadzio de *La Mort à Venise*, apporte, dans la société bourgeoise, le ferment destructeur de l'homosexualité. Ce motif, dans *La Montagne magique*, reste très voilé (comme les regards, obliques et noyés dans une obscurité brumeuse, de Pribislav), et le jeune Hans n'a pas su reconnaître en lui-même plus qu'une admiration silencieuse pour cet « étranger » auquel un jour il a demandé de lui prêter un crayon, initiative qui lui semble chargée d'une « étrange audace ». Pribislav prête le crayon en recommandant de ne pas le casser, les deux garçons se regardent en souriant, puis s'éloignent chacun de son côté.

« Ce fut tout. Mais Hans Castorp, de sa vie, n'avait jamais été plus joyeux que pendant cette leçon de dessin, en dessinant avec le crayon de Pribislav Hippe, – ayant par surcroît la perspective de le remettre à nouveau à son possesseur, ce qui résultait naturellement de ce qui avait précédé, et était en quelque sorte un don supplémentaire et gracieux qui lui était fait. Il prit la liberté de tailler légèrement le crayon et il conserva trois ou quatre des rognures laquées de rouge qui tombèrent, durant presque toute une année, dans un tiroir intérieur de son pupitre, – personne, s'il les eût aperçues, n'eût soupçonné de quelle importance elles étaient. »

La restitution s'opère dans les formes les plus simples. « — Voilà, dit-il, merci bien ! » Pribislav ne dit rien du tout et glisse le crayon dans sa poche. « Ensuite ils ne parlèrent plus jamais l'un à l'autre, mais cette unique fois cela était quand même arrivé, grâce à l'esprit entreprenant de Hans Castorp. »

Cet incident survient à la page 200 à peu près du roman. Hans, au sanatorium, l'évoque à plusieurs reprises, comme un leitmotiv musical. Le lecteur ne peut s'empêcher de conclure que cet épisode du crayon et des rognures pieusement conservées, image de l'amour impossible, reste l'événement principal de la vie de Hans Castorp. C'est, en même temps, l'appel auquel il n'a pas répondu, la chance qu'il n'a pas saisie, le gouffre où il n'a pas eu le courage de se jeter, enfin l'origine de l'inépuisable soif de savoir qu'il manifeste dans la montagne. Pourquoi enquête-t-il sur tant de choses inutiles ? Parce qu'il n'a pas su ou voulu ni approfondir l'unique émotion vraie qu'il lui a été donné de ressentir, ni en tirer les conséquences qui auraient changé sa destinée.

Peut-on bâtir un roman d'une taille aussi considérable sur du non-dit ? Après *La Mort à Venise* (1912), récit direct et nu de la destruction d'un homme par la révélation d'une homosexualité qu'il ignorait, chef-d'œuvre de vérité (et de courage), *La Montagne magique* apparaît comme un immense détour amphigourique, un aveuglement plus ou moins volontaire, une dérobade masquée sous un luxe d'investigations superflues. Thomas Mann a traité ici, une fois de plus, le thème de la destruction – si omniprésent dans son œuvre –, mais en le déplaçant. De l'homosexualité, il l'a transféré à la tuberculose. Le prix à payer pour cette dissimulation a été un didactisme souvent accablant. Faute d'avouer le principal, le romancier a glosé indéfiniment pour tisser une interminable métaphore, comme les bavards qui parlent, parlent, pour cacher ce qu'ils ont à dire.

Martin du Gard (Roger)

Je ne sais quelle impression reçurent, il y a quelque quatre-vingts ans, les premiers lecteurs des *Thibault* : sans doute rangèrent-ils cet ouvrage parmi les cycles romanesques relatifs à l'histoire d'une famille et mis en honneur par les romanciers naturalistes de la fin du XIXe siècle. Naturalistes, *Les Thibault* ?... Aujourd'hui, pour qui, d'affilée, lit les dix volumes de l'édition ordinaire, ou les 1 800 pages de l'édition de la Pléiade, cette grande œuvre se dresse, seule, en face de celle de Proust, et non seulement en face, mais *contre* celle de Proust. Martin du Gard est la seule voix qui réponde à la voix de Proust, et qui non seulement apporte une réponse importante et capable de faire le poids, mais aussi, mais surtout, une réponse négative à l'appel du proustisme, une dénégation de la problématique même de l'art, telle que Proust l'a imposée, pendant des générations, à l'Europe.

Proust ou Martin du Gard ? Je crains que cette demande (qui fait pendant à la question de Georges Lukács sur la littérature allemande moderne : Kafka ou Thomas Mann ?) ne prête à sourire, tellement les esprits, en France, sont habitués à considérer Proust comme un sourcier, comme un initiateur de vérités profondes et mystérieuses, et Martin du Gard comme un simple historien de son époque, empruntant les moyens de son art à une solide tradition littéraire. Même si c'était vrai, il n'y aurait pas de quoi sourire, mais plutôt de quoi regretter amèrement que l'œuvre de Martin du Gard n'ait pas un rayonnement intérieur assez fort, une puissance artistique assez éclatante, pour contrebalancer les effets que le génie de Proust a provoqués dans les habitudes mentales de notre époque. L'Allemagne a eu Thomas Mann, dont la masse n'est pas offusquée par la grandeur de Kafka, la Russie continue à se nourrir de la tradition de Pouchkine et de Tolstoï. En France, pendant un demi-siècle, alors que le subjectivisme, la modernité, les recherches formelles se sont développés, à la suite de Proust (non toujours dans son obédience, mais toujours par rapport à lui) dans des proportions démesurées, Martin du Gard est resté isolé, sans disciples à ce qu'il semble, sans admirateurs parmi la gent intellectuelle, dans une ombre qui n'est pas seulement due à la modestie de l'homme, mais à la cécité de ses contemporains envers la signification de son œuvre.

Le jugement confus dont est faite la réaction du lecteur devant l'œuvre de Martin du Gard : « Ce n'est pas œuvre d'artiste, Martin du Gard n'est pas un grand artiste, etc. » (Gide disait déjà, après la lecture de *Jean Barois* : « Celui qui a écrit cela peut n'être pas un artiste, mais c'est un gaillard ! »), est le résultat de plusieurs préjugés intellectuels communs à ces générations qui ont, justement, subi l'influence de Proust. Avant Proust, le roman était la représentation littéraire des possibilités concrètes d'un être humain en relation avec d'autres êtres humains, aux prises avec un monde extérieur et résistant. Difficultés réelles, qu'il devait connaître, puis vaincre. Depuis Proust, le centre des recherches a été reculé dans une profondeur abyssale : on ne croit plus que l'être humain se révèle dans ses rapports concrets avec autrui, avec le monde. La personnalité véritable consiste dans une essence mystérieuse, inconnaissable et incommunicable, dont l'histoire se déroule souterrainement, en dehors des événements visibles. Il s'ensuit que le monde des hommes et des choses, qui était autrefois un objet de lutte et de souffrance et de joie, est maintenant traité avec dédain, ou du moins déprécié et dépouillé de toute importance, liquidé spirituellement, puisque la vérité de chaque être croît dans les profondeurs de son essence, indépendamment de ses rapports concrets avec le monde, devenu, précisément, avec la nuance de mépris que l'on sait, le monde *extérieur*. La distinction de l'*intérieur* et de l'*extérieur*, l'effacement progressif du monde, la contemplation tragique d'une solitude absolue sont les traits, grossièrement tracés, du subjectivisme moderne. Il tire d'ailleurs ses origines de plus loin que de Proust : de Kierkegaard, de Dostoïevski, etc. Et d'autres courants de la littérature, opposés au courant proustien, ont manifesté le même subjectivisme. Sartre, par exemple, qui s'élève violemment contre la littérature de l'approfondissement du « moi », se rattache pourtant au principe du dédoublement de la personnalité : d'une part, une essence inconnue et inconnaissable (et, pour Sartre, inintéressante), d'autre part, un comportement purement extérieur, des gestes privés de signification, depuis que les vrais motifs des actes ont été déclarés impénétrables. (A Proust, ce n'est pas Sartre, par ses polémiques retentissantes, qui a su répondre, mais Martin du Gard, par son œuvre.) Les écrivains contemporains, qu'ils se vouent à la recherche d'un moi caché et intemporel, ou que, par une démarche opposée et complémentaire, ils se limitent à décrire une condition humaine devenue absurde, ont tous ce trait en commun, qu'ils nient la possibilité pour les hommes de se construire dans une interaction vivante et concrète. Et c'est devenu une opinion généralement répandue, que seul est artiste celui qui a reconnu la solitude de l'homme moderne, la déréliction et l'angoisse de l'homme coupé du monde, épuisant en soi-même les possibilités de son être.

Ces précisions étaient nécessaires pour faire apparaître, en regard, l'originalité de Martin du Gard. Il est difficile de trouver dans *Les Thibault* une seule page qui apporte une révélation, comme chez Proust, une seule pensée neuve qui jette une lumière vive : mais cette uniformité, cette humilité, cette apparente pauvreté cachent une vue riche et profonde sur l'homme, considéré dans la totalité de sa dépendance envers les autres hommes et envers le monde. Martin du Gard conçoit le roman comme une attente, patiente, indéfinie, inlassable, de ce qui va arriver à chacun de ses personnages, dans chaque phase de leur développement, car il n'y a ni « essence » ni « condition » humaine, mais seulement une interaction vivante d'hommes et de choses, qui permet à chaque être de choisir, à mesure, entre les innombrables possibilités qui s'offrent à lui, celle qui sera réalisée, *hic et nunc*, concrètement. Le problème des possibilités humaines, et de la distinction entre les possibilités concrètes et les possibilités abstraites, marque la ligne de partage entre Martin du Gard et ses contemporains. Le monde des possibilités est toujours plus riche que le monde des réalités – mais c'est une richesse abstraite, subjective, une richesse apparente, qui ne peut être conservée qu'à l'abri de tout contact avec la réalité. Or ce monde des possibilités abstraites est devenu, aujourd'hui, le monde même de l'art (en peinture aussi), et les romanciers voient dans cette richesse apparente un champ d'expériences illimité. Le héros moderne se dissout dans une confusion de rêves, de fantaisies, d'hallucinations, dont aucun ne l'engage parce qu'il ne cherche à éprouver la vérité concrète d'aucun, et qu'il préfère sa petite sphère autonome, où tout est possible, à l'univers réel qui l'entoure. (De même l'acte gratuit de Gide est une pseudo-réalisation, abstraite et vide, d'une possibilité abstraite et vide.) Martin du Gard a choisi comme héros principal de son œuvre un homme dont tous les *moments* importants sont un choix entre plusieurs possibilités, et l'abandon d'une possibilité abstraite pour une réalisation particulière, laquelle, ajoutée aux autres réalisations de sa vie, fait de lui une personnalité construite, solide, bien définie, bien délimitée, bien limitée, sommes-nous tentés de dire, victimes de nos habitudes mentales.

Il serait trop long d'analyser chacun de ces *moments* d'Antoine Thibault. Qu'il suffise de rappeler un épisode, qui marque une étape décisive dans sa carrière de médecin : appelé au chevet d'un bébé moribond et condamné à mourir, il se refuse à faire, en cachette, la piqûre qui abrégerait la souffrance de l'enfant et celle de ses parents. Et, sur le chemin du retour, il ne cesse de s'interroger : comment, lui, si libre d'esprit, si affranchi de tout préjugé, il n'a point osé pratiquer l'euthanasie, alors que le cas était limpide ! « C'est incroyable à quel point l'action peut être dissociée, indépendante du raisonnement ! » se dit-il avec humeur. Mais, peu à peu, la vérité se fait jour en lui : telle action précise à accomplir modifie, justement, le raisonnement, qui contient la somme des possibilités non encore vérifiées. En refusant de pratiquer l'euthanasie, Antoine a arraché de soi un lambeau d'abstraction et purifié sa liberté intérieure, jusqu'à la prochaine occasion, qui sera un nouveau tremplin, pour atteindre cet idéal d'une liberté faite tout entière d'actes complètement réalisables.

Daniel de Fontanin possède la même faculté d'adhésion à la vie qu'Antoine, la même facilité, la même souplesse de contact avec le monde, mais non le même dynamisme du choix entre les possibilités. Chez Daniel, l'amour de la vie, la facilité d'être au monde sont devenus pure « mondanité » (avec les attributs habituels de la « mondanité » : grâce, élégance, nonchalance), sans la force intérieure qui permet à Antoine d'opérer, au moment nécessaire, l'indispensable sélection. Et Daniel, peu à peu, s'effrite. Seule la référence concrète à des réalités actuelles en face desquelles le sujet doit, à tout moment, se prononcer, évite à la personnalité une lente corruption. En revanche, le dynamisme du choix risque de se dégrader assez rapidement en esprit de réussite, petit-bourgeois et philistin, et Antoine n'échappe pas toujours au danger. Une liberté qui a besoin de s'éprouver sans cesse ne peut pas être cette liberté rayonnante des personnages tolstoïens.

Deux remarques, touchant le métier littéraire. Proust et Martin du Gard ont fait un usage opposé du roman-fleuve. Les personnages de Martin du Gard ont besoin *du* temps parce qu'ils ont besoin *de* temps. Si la vérité d'un être n'est autre que la somme de ses possibilités vérifiées, cette vérité ne peut apparaître que très lentement, au fur et à mesure des occasions successives. L'Histoire, formée de ce qui arrive dans la suite des jours, est donc nécessaire pour nous amener à la connaissance approfondie des Thibault, des Fontanin. Le temps qui importe à Proust est, au contraire, un temps qui se moque du temps historique et le méprise, un temps en dehors du temps, et si Proust a besoin du temps historique pour accomplir sa recherche, c'est parce que l'autre temps, le temps extra-temporel, ne se manifeste que très rarement, par de brusques illuminations, et qu'il faut attendre, dans l'ombre indéfinie de la durée, ces illuminations. Les pages essentielles de Proust peuvent se réduire à quelques fragments, analogues à des poèmes mystiques, qui révèlent d'un coup tout ce qu'il y avait d'important à savoir. L'élément esthétique dominant chez Proust est un élément statique, de contemplation, d'attente et d'extase, tandis que chez Martin du Gard le dynamisme de l'Histoire et des relations sociales est *également* une manifestation de beauté. Pour une fois, contrairement à tout le courant moderne, l'objet de l'art n'est pas l'absolu.

La deuxième remarque concerne le langage dans *Les Thibault*. On a reproché à Martin du Gard son écriture classique, sans hardiesse. Mais pouvait-il en être autrement ? Les recherches techniques de langue et de style sont concevables seulement quand la réalité extérieure du monde est dépréciée (la phrase longue de Proust exprime bien l'attente anxieuse d'une autre réalité, mystérieuse, transcendante), ou dissoute dans un flux d'associations qui n'apportent plus au lecteur que des bribes sans lien (Joyce, Faulkner, Beckett, etc.), ou encore décrite glacialement, comme un corps étranger (Robbe-Grillet, etc.). Mais pour Martin du Gard, qui ne doutait pas de l'épaisseur ni de la solidité du monde extérieur, le langage normal de son époque était le moyen de connaissance et d'expression le plus approprié. Un langage qui reste toujours un moyen, un instrument mis à la disposition de l'homme pour inventorier les différents aspects de la réalité concrète et agir dessus avec la pleine maîtrise de ses forces.

*

Jacques ? N'est-ce pas lui le personnage « moderne » des *Thibault* ? Le porte-parole du doute, de l'angoisse, du désespoir ? L'écho des obsessions qui rôdent sur nos têtes ? Longtemps, sans doute, ce jeune homme énigmatique et fiévreux, qui ne trouve son repos que dans la mort, aura plu davantage qu'Antoine : oui, ce cœur en proie à une révolte indomptable paraît le frère des héros de notre temps. Cependant, il faut renoncer aujourd'hui à ce mythe qui flatte nos habitudes mentales, et reconnaître la cohérence du génie de Martin du Gard. Jacques Thibault est un personnage solitaire, mais non pas un héros de la solitude. Le héros de la solitude est essentiellement, ontologiquement, éternellement solitaire, dégagé des rapports humains, et, à plus forte raison, des rapports sociaux, par une sorte de droit de naissance qui lui consent de n'avoir affaire qu'à lui-même. La solitude de Jacques, au contraire, dépend de certaines circonstances familiales et sociales bien précises, elle représente seulement un cas extrême parmi des cas plus ordinaires de difficulté d'adaptation au monde. C'est une solitude historique, non pas ontologique, et par là même elle est relativisée, elle perd le caractère de condition humaine angoissante et universelle, et prend la figure d'une destinée sociale particulière, sans signification privilégiée. La révolte de Jacques, sa brusque fuite à Lausanne et sa disparition pendant trois ans est, pareillement, une révolte relative à un certain ordre social et moral, une révolte contre la tyrannie bourgeoise du Père et, accessoirement, contre le puritanisme stérile de Jenny. Tout ce qu'il y a de problématique, d'insatisfait, d'insoumis dans le caractère de Jacques, tout ce qu'il y a de chaotique et d'absurde dans sa vie, est dû à un passé historique d'événements concrets. Martin du Gard a réussi dans ce dessein, extrêmement difficile, et si rarement projeté aujourd'hui, de faire une peinture *réaliste* de la solitude, de la révolte, de l'angoisse, en somme de tout ce que le subjectivisme moderne avait accaparé à son profit. Il s'est ainsi rapproché – timidement encore, il est vrai – des vues de Freud et surtout des fondateurs de la psychanalyse sociale, qui, pour l'attribuer à des causes sans mystère, ne croient pas le malheur de l'homme irrémédiable.

C'est ce trait que j'admire le plus chez Martin du Gard : d'avoir représenté, à côté d'un être qui est spontanément accordé à la vie et n'a point de difficulté particulière pour arracher des limbes de son moi subjectif une personnalité cohérente et vigoureuse – Antoine –, un autre être mis, par son enfance, dans l'incapacité d'arriver jamais à un tel résultat – Jacques –, et cela, sans changer de point de vue sur la nature humaine, sans faire de distinction entre les « essences », sans avouer aucune fatalité, en montrant simplement que la consistance d'un passé d'enfant est la plus importante des données concrètes pour la vie future de l'homme. Bouleversante est chacune des rencontres entre les deux frères, au pénitencier, puis à Lausanne, puis à Paris ; celui qui avait un passé, celui qui n'en avait pas… Lorsque Antoine pense à la mort, il la constate, comme un phénomène triste mais inévitable ; lorsqu'il aime une femme, c'est d'un amour qui respire et répand autour de lui la plénitude : voyez l'épisode de Rachel, ce caractère de rondeur et de santé (les paroles les plus significatives d'Antoine à Rachel sont les mots latins du Cantique, eux-mêmes pulpeux et abondants comme une chair de Renoir : *Umbilicus sicut crater eburneus, Quam pulchrœ sunt mammœ tuœ, soror mea, etc.*). Pour Jacques, l'amour, la mort sont des obsessions qui l'empêchent de se frayer un chemin à travers la forêt de leurs branches convulsées. Les héros « modernes » les plus typiques, en proie au « vertige » de l'amour, de la mort, lui ressemblent, apparemment. Mais, ici, une fois de plus, se révèle la pensée ferme et souveraine de Martin du Gard : il connaît l'angoisse de Jacques, il la comprend, mais il ne l'exalte pas comme une expérience de visionnaire – non, il la ramène, doucement, humblement, à une détresse d'homme qui n'a pas surmonté son enfance (juste avant de monter dans l'avion, pour cette mission périlleuse qu'il a voulu organiser – il sait qu'il a toutes les chances de périr –, quels spectres se dressent devant Jacques, avec une puissance hallucinatoire ? Le Père et M. Faîsme, l'ancien directeur du pénitencier. Comme si Jacques se jetait dans la mort pour leur échapper, enfin). Comprendre l'angoisse, et ne la comprendre point à demi, et tout en même temps la relativiser, en la maintenant dans les limites d'une situation concrète, quoi de plus beau, et quoi de plus difficile ? alors qu'il est si tentant d'exploiter la magie de ce nom, et d'en exprimer des harmonies philosophiques ou poétiques, et de parer un héros du prestige d'un désespoir absolu.

Relativiser l'angoisse : n'est-ce point encore le thème des trois volumes de *L'Eté 14*, si mal compris, si méconnus ? Il est assez beau que le romancier d'un monde épais et dense se soit donné pour tâche de rapporter avec minutie les quelques mois où l'Europe a basculé dans le chaos. Sans doute le souvenir de *Guerre et Paix* a compté pour beaucoup ; sans doute aussi Martin du Gard a choisi délibérément d'alourdir son œuvre de considérations, de digressions et de descriptions historiques et politiques, afin de l'opposer aux ouvrages sans poids et sans importance que nous avons accoutumé d'appeler « romans ». Mais il y a plus : Martin du Gard a entrepris de démontrer, preuves en main, que le malheur des peuples, non plus que le malheur individuel, n'arrive par une fatalité imprévisible et inéluctable. La guerre a pour causes les ambitions et les fautes des classes possédantes. La vision socialiste du monde est, chez Martin du Gard, le complément indispensable de la vision réaliste.

Le grand critique hongrois Georges Lukács, marxiste et membre du parti communiste de son pays, appelait, dans les années 1950, réalisme critique le réalisme des écrivains bourgeois qui décrivent la société capitaliste. Ce réalisme se distingue à la fois de l'avant-garde littéraire (qui rassemble les différents courants du subjectivisme moderne, de Proust à Kafka, de Joyce à Musil) et du réalisme socialiste, qui régnait dans les pays passés sous le régime communiste, là où le but de la littérature était de contribuer, en l'exaltant, à l'édification des nouvelles sociétés. Le réalisme critique (représenté exemplairement, aux yeux de Lukács, par Thomas Mann) n'implique nullement une profession de foi marxiste ni même socialiste. Il se distingue de l'avant-garde littéraire en ceci : tous les phénomènes apparus à notre époque – solipsisme, fuite hors du monde, sentiment de l'absurde, révolte, et leurs corollaires émotifs : angoisse, désespoir –, il les traite comme des manifestations concrètes et typiques des hommes d'aujourd'hui, contraints et meurtris par l'univers capitaliste – et ne voit rien là qui relève d'une essence ou d'un destin éternel de la nature humaine. Martin du Gard, que dédaigne Lukács, me semble bien être une figure éminente – y en a-t-il d'autres en France ? – du réalisme critique. *L'Eté 14* n'est pas plaqué sur le reste de l'œuvre, comme on l'a dit. Un des thèmes majeurs des *Thibault* est la double mise en question de la grande bourgeoisie capitaliste (incarnée par le Père Thibault) et du moralisme protestant (incarné par Mme de Fontanin et par sa fille Jenny). Je dis bien : mise en question, et non pas : mise en accusation. Et d'avoir joint, dans la critique de la société française, aux griefs contre la bourgeoisie capitaliste, des réserves sur la morale puritaine est le signe d'une grande modération politique en même temps que d'une intelligence très complète des problèmes humains. Le ralliement de Jacques au socialisme est la conséquence naturelle d'une prise de conscience qui a porté sur les deux aspects négatifs de la société française. Jacques s'est exilé en Suisse et mis à frayer avec les milieux révolutionnaires, pour fuir à la fois son père (dont l'oppressive tyrannie est une allégorie transparente des méfaits du grand capital) et Jenny, qui opposait à son amour tourmenté une insupportable raideur janséniste.

Mais la profession de foi de Jacques n'est pas seulement l'épanouissement d'une conscience individuelle. Tâchons de mieux comprendre pourquoi la reconnaissance explicite du socialisme était nécessaire à l'économie générale de l'œuvre. Retraçant les étapes du réalisme critique dans l'histoire de la littérature européenne, Lukács se demande au nom de quel espoir les écrivains du passé critiquaient la société de leur temps. Pour les Encyclopédistes français, la réponse est facile : ils visaient à l'abolition du régime féodal. La situation changea du tout au tout après la Révolution française. La première génération d'écrivains réalistes – Balzac, Stendhal – gardait encore l'espoir utopique que la société bourgeoise qu'ils vomissaient se transformerait d'elle-même. Flaubert, déjà, n'avait plus aucune illusion. Enfin, chez Dostoïevski, qui critique lui aussi la laideur et la férocité du monde contemporain, le manque d'espoir prend de telles proportions qu'il se mue en désespoir *(Mémoires du sous-sol)*, le premier désespoir absolu, le premier désespoir *moderne* de la littérature. Et pourquoi? Parce que, dit Lukács, Dostoïevski a refusé la voie du socialisme, et que « la peur du socialisme transforme la position de l'homme dans le capitalisme en un état de déréliction ». Le subjectivisme moderne, avec ses implications extrêmes touchant la solitude ontologique de l'homme, aurait donc pour origine historique une certaine prise de position à l'égard du mouvement socialiste. Et Lukács d'appliquer cette vue, qui nous paraît aujourd'hui bien naïve mais n'est peut-être pas à rejeter entièrement, à la littérature du XXe siècle : « Le refus explicite du socialisme comme perspective a la signification d'une porte fermée, d'un rideau qui tombe devant l'avenir : l'état universel d'angoisse et de chaos prend alors l'aspect d'un destin immuable, préparé depuis l'éternité. » Ainsi s'explique, si l'on passe sur le simplisme de ces affirmations, le personnage de Jacques, ainsi s'explique le *réalisme* (la relativisation) de la solitude, de l'angoisse chez Martin du Gard : grâce à la perspective révolutionnaire, il a trouvé le moyen de représenter le conflit de l'individu et de la société sans tirer un trait désespéré sur la condition humaine.

Que pensait-il au juste du marxisme, du communisme ? Sa vision du monde, qui repose sur un rapport actif entre l'homme et l'Histoire, est marxiste : l'attitude opposée est celle de Pasternak, pour qui l'Histoire est une fatalité subie par les peuples, et les événements semblables à l'herbe qui pousse dans la nuit. On peut, me semble-t-il, tenir pour le dernier mot politique de Martin du Gard cette réflexion d'Antoine gazé : « J'ai besoin de croire que, un jour, l'humanité saura établir l'ordre et la fraternité sur la planète… Mais, pour réaliser cette révolution, il ne suffira pas de la volonté ni du martyre de quelques sages : il y faudra des siècles d'évolution, des millénaires, peut-être… (Que peut-on espérer de vraiment grand d'un homme du XXe siècle ?…) Alors, j'ai beau me battre les flancs, je ne parviens pas à trouver, dans une si lointaine perspective, de quoi me consoler d'avoir à vivre dans la faune vorace du monde actuel… » Un effacement de l'espoir, sans doute, mais qui n'est pas une conclusion définitive, qui n'est pas un désespoir.

*

Proust ou Martin du Gard ? Il ne s'agit pas, bien entendu, de choisir, et encore moins d'exclure. Il faut seulement nous raidir un peu contre Proust, puisque les préférences *secrètes* vont à lui. Nous avons pris l'habitude d'attendre d'une œuvre d'art la révélation de vérités absolues, et nous sommes redevables à Proust d'une telle exigence. Mais celle-ci s'est trouvée renforcée en nous, à notre insu, par un instinct de défense contre un monde sot, laid et méchant où nous ne trouvons plus aucun motif de nous plaire, et où nous ne réussissons même plus à insérer une conduite personnelle.

Maupassant (Guy de)

A l'étranger un des auteurs français les plus lus, longtemps populaire en France, Maupassant n'a jamais eu la cote auprès des intellectuels, des amateurs de littérature. On trouve que, dans ses contes, écrits à toute vitesse pour les journaux, il n'a ni l'art de Flaubert, ni le mystère de Tchekhov, ni même le coup de poing de Hemingway. Et sa touche, d'abord ! « Jambes courtes, moustaches, grosse tête, tout en buste, physique français XIXe siècle », comme dit Morand. Ajoutons les cheveux en brosse, les joues pleines : un vrai mufle de taureau normand. C'est oublier qu'il a fini jeune ses jours, fou, interné dans un asile comme Van Gogh ou Antonin Artaud. Ah ! s'il avait eu un masque plus maigre, plus creusé par le démon…

Démon, ou « hôte noir », comme l'appelle celui qui a le mieux parlé de Maupassant, un étranger comme par hasard, sachant voir, derrière le petit peuple gaulois des ministères et boutiquier des foires, l'envers mystérieux de cet univers, le double inquiétant caché sous les moustaches de Bel-Ami. Alberto Savinio (le frère de Giorgio De Chirico, un des plus grands écrivains italiens du XXe siècle, en tout cas un expert, lui aussi, des choses tapies dans l'ombre, des secrets métaphysiques) a intitulé son livre : *Maupassant et l'autre*. L'autre étant ce dieu inconnu à l'affût sous le chapeau de paille du canotier d'Argenteuil, cette voix qui lui soufflait à l'oreille un autre credo que les articles bien sages et prévus du catéchisme naturaliste.

C'est vrai que ses nouvelles ont, comme la figure carrée et un rien bovine de leur auteur, un air borné, taillé à la serpe. Malgré le rôle de l'eau et des barques sur la Seine, Maupassant ne fait guère penser à ses contemporains les impressionnistes. Il élimine le flou, le vaporeux, les nuances, pour une vision précise et brutale : celle que donnaient les photographies d'alors, aux contours bien cernés. Tout ce qu'on ne voit pas ne compte pas. Maupassant fait poser devant lui ses personnages, leur demande de ne plus bouger, appuie sur la poire d'un coup sec. Tant pis s'ils avaient quelque chose d'autre à montrer que l'aspect unilatéral qui restera fixé sur la plaque. Ou, pour choisir une métaphore non moins d'époque, il les installe dans un compartiment de chemin de fer (comme c'est le cas dans nombre de ses contes) : les voilà enfermés entre quatre parois, réduits à l'instant présent, dépouillés de leur arrière-monde, condamnés à ne se connaître les uns les autres que par des propos de circonstance, et, de toute façon, obligés d'expédier la conversation en vitesse, car le train va entrer en gare. On a toujours l'impression, en finissant une nouvelle de Maupassant, qu'on est soi-même débarqué sur un quai par un employé en casquette. On n'a pas eu le temps de flâner, il fallait arriver : le souci majeur de ces quelques pages étant, semble-t-il, de ne pas être en retard au terminus. Précision photographique et hâte ferroviaire : Maupassant est bien le fils de son temps, des progrès technologiques du dernier tiers de ce siècle.

Dans un autre sens encore, ses nouvelles reflètent leur époque : les années 1880, une des plus horribles époques de l'histoire française. La guerre de 70 a été l'ultime école d'héroïsme, la dernière chance pour les caractères. La mère Sauvage, par exemple, dont le fils est au front, loge dans sa chaumière quatre soldats allemands. Ayant reçu la nouvelle que son garçon « a été tué par un boulet, qui l'a censément coupé en deux parts », elle met le feu au grenier où dorment les quatre occupants, « bons enfants, bien qu'en pays conquis ». Le tout sans un mot, avec la dignité des mères antiques. La concision de Maupassant s'élève ici jusqu'au sublime. Mais la France de M. Thiers ne laissera plus à aucun écrivain l'occasion de s'égaler à Sophocle.

Après le second Empire et l'écrasement de la Commune, la bourgeoisie s'est définitivement installée. Non plus la bourgeoisie aventureuse de Balzac, mais la petite bourgeoisie vaincue, avare, chicanant sur les héritages, bornant ses rêves au gueuleton et au jupon. Le monde lui-même s'est rapetissé, racorni au lendemain des grandes conquêtes industrielles. L'esprit d'initiative a disparu. Il n'y a plus rien à entreprendre, qu'à gérer ses épargnes. L'œuvre de Maupassant traduit le désespoir né de la découverte de cette soudaine finitude du monde. Elle le traduit d'abord dans la forme choisie : le récit bref, au lieu du roman. Le fragment, seul genre adapté à des hommes qui ont perdu le souffle, qui ont échangé leur âme contre des coupons.

Maupassant reprend tous les thèmes qui alimentent le romanesque depuis deux siècles, mais en les réduisant à la dimension lilliputienne de la nouvelle société. L'ambition ? Elle se borne, chez l'employé de ministère, à l'espoir d'avancer d'un cran dans la hiérarchie bureaucratique. L'amour ? Il se partage entre deux possibilités également exaltantes, le mariage, « qui n'est qu'un échange de mauvaises humeurs pendant le jour et de mauvaises odeurs pendant la nuit », et l'adultère, sordide compromis. Le voyage ? C'est dans la dérision du voyage que le génie de Maupassant invente avec le plus de bonheur. Le week-end à Bougival remplace l'aventure sur les mers. On découvre avec ivresse les parties de canotage sur la Seine, pimentées si possible d'une petite amourette champêtre et dans tous les cas d'une bonne cuite à la guinguette. « Dans le cœur de ces bourgeois privés d'herbe et affamés de promenades aux champs », Maupassant fustige « cet amour bête de la nature qui les hante toute l'année derrière le comptoir de leur boutique ».

Tiens ! Où avons-nous lu une phrase presque semblable ? « Ces deux besoins – voir la mer et se rouler dans l'herbe – le Parisien ne les satisfait guère que lorsqu'il a déjà de la fortune. » Dostoïevski ? Mais oui, dans les *Notes d'hiver sur des impressions d'été*, publiées en 1863, quelque dix ans avant les débuts de Maupassant. Dostoïevski, qui se demandait lors de son voyage à Paris : « Pourquoi ici tout se contracte-t-il, pourquoi veut-on se faire menu, se rétrécir, s'effacer ? » Entre Dostoïevski et Maupassant, il semble que tout rapprochement soit impossible. Autant l'un est infini, autant l'autre est circonscrit. Sans doute, mais cela ne signifie pas que Maupassant n'ait pas eu l'idée d'un autre monde, que l'autre aspect des choses ne lui soit pas apparu.

Si, justement, il avait fait exprès de se limiter à des histoires de notaires et de ronds-de-cuir ? Si, loin de prouver son insensibilité aux fantômes de la nuit, son programme de « tranches de vie » n'avait été qu'un moyen de les écarter, de les conjurer ? Si, petit frère honteux du grand Russe, il s'était châtré lui-même, par peur de ce qui était à découvrir ? Le « et » placé en tête d'une phrase est un de ses tics d'écriture les plus fréquents. Hommage à Flaubert ? Ou volonté secrète de boucher les trous, de mettre un couvercle sur la page, de relier les unes aux autres les parties de la description par un mastic si fort qu'on sera à l'abri des puissances ténébreuses frappant de l'autre côté du carreau ? La densité de Maupassant, qui passe pour un signe de myopie spirituelle, témoigne peut-être d'une lutte constante contre l'angoisse. Il n'avait pas la vue courte ; il voyait loin, au contraire, si loin qu'il organisa comme il put sa défense contre « l'hôte noir ». Là réside sa « limite », son « erreur », pour les hommes d'aujourd'hui : de vouloir à tout prix faire surface, maintenir la tête au-dessus de l'eau, au lieu de plonger, comme le commande la littérature « moderne », dans les remous de l'inconscient et dans les souterrains de l'infantile.

« Moderne », comme il l'est cependant, pour peu qu'on abandonne ce préjugé de la « profondeur » ! Derrière son érotomanie de parade et son arrogance de phallocrate, on décèlera aisément sa solitude sexuelle, affective, son immense détresse de minoritaire du sexe (lui qui ne s'est jamais marié) devant les affirmations triomphantes de l'ordre monogamique bourgeois. Misogynie ? Plutôt crainte viscérale, abyssale, devant celle qui semble sortir d'un cauchemar psychanalytique, à la fois « radieuse et infâme », mangeuse d'hommes, armée d'invisibles dents castratrices. Ici encore, le style carré et brutal dessert Maupassant. Car ce fonceur, qui manie la plume comme il maniait la rame, ce champion de nage qui sauva de la noyade à Etretat le grand poète anglais Swinburne, ce premier sportif de notre littérature fut la victime des mêmes hallucinations que les décadents de la fin du siècle, qui reviennent si fort en honneur, les Wilde, les Beardsley, les Gustave Moreau. Seulement, au lieu de voiles alanguis et de chevelures vaporeuses, il déguise ses Hérodiades, ses Gorgones en solides boutiquières corsetées. Voir *La Femme de Paul*, où le malheureux amant, canotier du dimanche, surprend sa compagne en saphique accouplement dans l'herbe grasse de Chatou, ni plus ni moins que dans le fameux tableau de Courbet.

Déchiré entre Asnières et Byzance, entre Bobonne et Salomé, entre la muse naturaliste et l'ange du bizarre, Maupassant est-il vraiment aussi simple qu'on le dit ?

Deux nouvelles semblent particulièrement dédiées au « dieu inconnu », à « l'autre ». *Garçon, un bock!* met en scène un habitué de brasserie, sale, chauve, précocement vieilli : il a trente-trois ans et en paraît quarante-cinq (retenons ces chiffres). Atteint d'aboulie et de dépression chronique, il ne croit plus à rien, ne fait plus rien, sinon passer toutes ses journées au café et vider verre sur verre, dans un hébétement masochiste. Un ancien camarade de collège, le narrateur, stupéfait de cette métamorphose, lui demande quel grand malheur l'a ainsi frappé. Pressé de questions, le comte Jean des Barrets répond enfin. Un souvenir d'enfance est responsable de sa dégradation. Il avait treize ans, il jouait dans le parc du château familial, quand il surprit sans le vouloir une dispute entre ses parents. Son père criait qu'il avait besoin de cet argent, sa mère résistait en disant qu'elle ne signerait pas. « C'est la fortune de Jean, cela. Je la garde pour lui et je ne veux pas que tu la manges encore avec des filles et des servantes, comme tu as fait de ton héritage. » Le père saisit alors sa femme par le cou et se mit à la frapper de l'autre main, en pleine figure. Elle roula par terre, cachant sa face dans ses deux bras. Il la renversa sur le dos pour la frapper encore. L'enfant s'enfuit et se dissimula dans le parc, où il resta en tremblant toute la nuit. « Eh bien, mon cher, c'était fini pour moi. J'avais vu l'autre face des choses, la mauvaise : je n'ai plus aperçu la bonne depuis ce jour-là. » D'où la mort de tout espoir dans son cœur, de tout désir, de toute ambition. Il ne lui est resté que la force de crier, comme il le fait une nouvelle fois devant son interlocuteur médusé : « Garçon, un bock ! »

Or, ce souvenir d'enfance n'est autre qu'un traumatisme arrivé au jeune Guy lui-même. L'âge, le château, les querelles d'argent, tout coïncide. Un écrivain aujourd'hui aurait exploité à fond cette « scène primitive ». Maupassant au contraire s'efforce de la mettre à distance, d'en minimiser le tremblement dévastateur. Une rencontre fortuite au café, un coin de table à la Degas, un cas de déchéance humaine et sociale : le décor et le thème sont d'époque, impersonnels. La répétition cocasse du cri : « Garçon, un bock ! » transforme l'enfant mutilé en personnage de comédie, la blessure incurable en tic de poivrot. Le lecteur, qui croyait entrer dans le cabinet de Freud et se trouve assis devant un sketch de Labiche, sourit, hausse les épaules et sort du théâtre. Sans s'apercevoir que l'âge donné au comte Jean des Barrets (barré, oui, bloqué à vie) est l'âge de Maupassant quand il a écrit cette nouvelle (publiée le 1er janvier 1884, donc rédigée en 1883, à trente-trois ans) ; sans penser que l'âge apparent du comte, quarante-cinq ans, Maupassant, mort en 1893, ne l'atteindra jamais ; sans être frappé par cette indication prophétique ; sans se douter en somme que, sous les traits de ce double déchu, Maupassant montre un mort qui lui ressemble comme un frère. Qui oserait identifier ce fainéant décavé avec le taureau normand, le tombeur de femmes, l'écrivain fécond et riche ? L'aveu est si dissimulé, qu'on persiste à voir en Maupassant un champion instinctif de la vie animale, ce qui l'exile au seuil du temple où les mystères de la littérature se célèbrent dans les transes de l'échec.

Un écrivain qui n'a pas le sens de l'échec ne nous intéresse pas, ne nous émeut pas, nous les fils de Flaubert et de Kafka. Maupassant paye cher d'avoir voulu passer pour un dur, pour un Hercule du papier. Lui, plus fragile que personne, fils de parents séparés, d'un père volage, évanescent, inconsistant, d'une mère névrosée, possessive, pathogène; coureur frénétique de « servantes » et de « filles », moins sans doute pour imiter le modèle paternel, que pour fuir ses propres penchants. Ce fonds admirable, il ne l'a pas exploité. Il a fallu que la folie vienne le saisir par-derrière pour le forcer à avouer sa défaite, pour le ranger dans la cohorte immature et suppliante des vaincus.

Ses plus belles inventions, il les cache, sous le double voile de l'impassibilité et de l'humour. Autre exemple, ce bref conte de sept pages intitulé : *Idylle*.

Nous sommes dans un train (encore), sur la ligne de Gênes à Marseille, en compagnie d'une forte paysanne piémontaise, « aux yeux noirs, à la poitrine volumineuse, aux joues charnues ». Vingt-cinq ans; mais, par rapport au jeune homme maigre et hâlé qui lui fait face, elle démontre une autorité physique, une maturité bien supérieures. Tous deux vont chercher du travail en France : elle comme nourrice, lui comme maçon. L'histoire commence donc comme un récit naturaliste, comme un document sur l'émigration italienne dans les années 1880. Etrange, pourtant, ce train qui tantôt rampe sur les plages de sable jaune et glisse « comme un serpent de fer entre la mer et la montagne », et tantôt disparaît, « entrant brusquement dans la gueule noire des tunnels ainsi qu'une bête en son trou ».

Si les symboles phalliques (voulus? involontaires?) abondent, ils ne submergent pas la nouvelle sous un nouveau naturalisme, érotique et sexuel. Car voici, déjà, une autre dimension : le soleil, et la pluie de feu qu'il verse sur la côte; les parfums des orangers et des citronniers en fleurs; le souffle des roses qui emplissent le pays « de leur arôme puissant et léger » et répandent dans l'air « quelque chose de plus savoureux que le vin et d'enivrant comme lui ». Du coup, le cadre du récit s'élargit une seconde fois : on entre dans le mythe. Le wagon de chemin de fer, hommage au siècle de la vapeur et de l'acier, se métamorphose en char antique. La côte ligurienne, modeste voie de passage pour les émigrés, se met à embaumer comme les pentes du Vésuve et à rayonner comme la Sicile en feu. La jeune femme, qui n'a pas allaité depuis la veille, commence à étouffer ; sa poitrine l'oppresse ; le lait lui fait comme un poids sur le cœur. Mais elle n'est plus seulement la nourrice en quête d'un travail, elle est la Mère nourricière en personne, la légendaire Cybèle apportant à ses enfants la nourriture primordiale.

Entre les deux occupants du compartiment, la péripétie se noue, très vite. Si vite que le lecteur note à peine sa triple signification, économique, érotique et mystique. La paysanne gémit. « Je ne peux plus tenir. Il me semble que je vais mourir. » Elle dégrafe sa robe. Les seins jaillissent, énormes, tendus. Le jeune homme, « troublé », balbutiant, propose de la soulager. Il se met à genoux devant elle, il saisit cette lourde mamelle entre ses lèvres, et le voilà, les deux bras passés autour de la taille de la nourrice, tétant « d'une façon goulue et régulière », à lentes gorgées pleines, « avec un mouvement du cou, pareil à celui des enfants ».

Confusion de la pulsion érotique et du sentiment maternel, de la faim sexuelle et du désir infantile, sur fond panique de nature en fête, dans l'antre utérin d'un tunnel : on nous saura gré de ne pas allonger le commentaire. Disons seulement notre regret que Freud, mal renseigné dans le domaine littéraire, ait analysé, comme fiction à l'appui de ses thèses, une œuvre comme les *Vingt-Quatre Heures de la vie d'une femme*, de Stefan Zweig, un peu démodée aujourd'hui, au lieu d'interroger cette *Idylle*, écrite quelque quarante ans plus tôt, et qui n'a pas pris une ride. Zweig aussi suggère l'amalgame de la mère et de l'amante ; lui aussi choisit la Riviera comme décor ; mais une Riviera de casino, mondaine et frivole ; et produit un texte mou, bavard. Maupassant, comme D.H. Lawrence à qui cette nouvelle fait penser également *(Amants et fils...)*, connaît le monde du travail. Plusieurs de ses contes dénoncent la malédiction de l'univers capitaliste, l'exploitation morale des enfants, l'exploitation physique des chiens, la cruauté envers les animaux. Ici, les servitudes de l'émigration. Cette référence constante aux nécessités économiques donne à son style ce grain dur et serré. A la paysanne qui rentre ses seins dans sa robe en le remerciant pour le « fameux service » qu'il vient de lui rendre, le jeune Italien répond simplement : « C'est moi qui vous remercie, madame, voilà deux jours que je n'avais rien mangé. »

Une fois encore, le lecteur pressé ne verra dans cette conclusion sublime qu'un « mot » de la fin. Marx pourtant y rejoint Freud, sous la plume d'un écrivain aussi ignorant de l'un que de l'autre, et qu'on dédaigne, parce qu'il n'a pas hissé le drapeau des sciences humaines sur la locomotive de son petit train. Il s'est contenté, l'ingénu, de comparer le convoi à un serpent, le tunnel à une gueule noire, l'arôme des roses à du vin, l'affamé à un orant. Sous le déluge solaire d'une canicule embaumée, une des plus belles scènes de désir de la littérature se trouve ainsi camouflée en « service » réciproque. Et le voyage prend fin, la paysanne et le maçon descendent sur le quai, sans que « l'hôte noir » en tiers dans le compartiment ait levé son masque, sans que nous ayons reconnu, dans cette rencontre entre deux victimes de la société industrielle, les noces de Cybèle et d'Atys.

A côté de l'Italienne, maternelle et généreuse, voici la Française, la Cora de *L'Héritage*, sèche, petite-bourgeoise, intéressée, sans cœur ; et puis, comme si Maupassant avait voulu compléter son tableau des tempéraments féminins classés d'après la spécialité nationale, voici, surprenante création, l'Anglaise, la Miss Harriet qui donne le titre à un de ses recueils. Maigre, disgraciée par la nature, exhalant une odeur de caoutchouc, marcheuse intrépide, protectrice des animaux, panthéiste adorant Dieu dans le paysage ; toutes les déveines, tous les ridicules ; un personnage qu'il aurait été si facile de tirer vers la caricature, et que Maupassant, au contraire, avec le génie du grand conteur, a peint en héroïne tragique, ensevelissant au fond d'un puits le secret d'un amour inavoué, muette et touchante Ophélie égarée sous la figure d'un hareng saur.

Morand (Paul)

« Au moment où la route atteignait le sommet de la butte et allait redescendre l'autre versant, l'homme sauta du taxi sans attendre le coup de frein du chauffeur. » Cette phrase qui commence *L'Homme pressé* a fixé la légende de Paul Morand. Un expéditif qui a horreur de traîner. Une démarche nerveuse. Un train d'enfer. Le snob impatient. L'amateur de voitures de sport, de plages au soleil, le chantre du luxe rapide et clinquant qui a déferlé sur l'Europe après la Première Guerre mondiale. L'inventeur d'une écriture éclair, qui emprunte au cinéma ses raccourcis, ses contre-plongées, ses changements de perspective, ses ruptures de plans. Celui dont Emmanuel Berl disait : « Il a été le premier écrivain français à avoir écrit en sautant de voiture », reste pour le public, quelque trente ans après sa mort, ce voltigeur des mots, qu'il tire de sa manche et dont il éclabousse la page pour laisser pantois le lecteur.

Maintenant qu'un seul volume (dans la collection de la Pléiade) réunit ses neuf romans, il est temps de réviser cette image et de se demander si, derrière l'homme du monde qui a fait les beaux jours des Années folles (et a privilégié, dans son œuvre littéraire, le genre court et rapide de la nouvelle), ne se dissimulait pas un moraliste, un analyste des mœurs, voire un sociologue plus sérieux que ce qu'on croyait. On blâme à juste titre les relents d'antisémitisme, d'homophobie, de racisme qui entachent certains textes et expliquent qu'après avoir été un voyageur cosmopolite aux idées larges, Morand ait pactisé avec la droite xénophobe et collaboratrice. Sans oublier de telles fautes contre l'esprit, examinons un peu ce qui doit demeurer de cette œuvre.

Alors qu'on accuse les Français d'ignorer la géographie, il trace, lui, au fil de ses livres, une carte du monde. S'il ne tient pas en place, c'est parce que sa curiosité le pousse sans cesse en avant et le lance au-dessus des frontières. La Sicile dans *Lewis et Irène*, l'Asie dans *Bouddha vivant*, les Etats-Unis dans *Champions du monde*, l'Inde dans *Montociel*, l'Espagne dans *Le Flagellant de Séville*, c'est une fringale de nouveaux horizons, qui ne se réduit nullement à la recherche de décors exotiques, mais nourrit une véritable réflexion sur la rencontre et le choc des cultures, sujet neuf à l'époque. Certes on relève, dans son premier roman déjà, quelques clichés, quelques préjugés, comme le portrait caricatural de ce Napolitain « au pantalon déboutonné », pourvu de « favoris en forme de coquille Saint-Jacques » et affublé par surcroît du nom grotesque de Pastafina. Pourtant, dans le même livre, *Lewis et Irène* (1924), Morand donne une idée juste et aiguë de l'Italie du Sud, qu'il résume dans cette formule brillante : « Et partout cette sauce tomate déployée comme un pavillon national ! »

Irène, c'est une femme d'affaires grecque, une bosseuse, pour qui « toute rêverie, toute pensée, doit prendre forme ». Lewis, c'est un dilettante, un pessimiste gai, « un vrai Parisien, d'un égoïsme et d'une serviabilité à toute épreuve ». Autoportrait ? Le roman d'amour file à toute allure, sur un ton amusé, détaché, et avec des procédés de distanciation qui rappellent le Diderot de *Jacques le Fataliste*, comme cette façon d'interrompre le récit par une voix off : « Lewis est-il amoureux d'Irène ? »

Dans *Bouddha vivant* (1927), la réflexion s'approfondit. La confrontation entre l'Est et l'Ouest donne lieu à une critique sévère de l'Occident. « Paris étouffe sous l'esprit critique et succombe à la peur d'être niais. Il lui faut une révélation par jour. » Autocritique ? En regard, l'Asie est présentée comme une école de sagesse, où l'on apprend à « rechercher ce qui est digne » au lieu d'enseigner « ce qui réussit ». En Europe, on va trop vite, poussé par une fièvre malsaine qu'on déguise sous le nom d'appétit de vivre, de soif de nouveauté : « Repas debout, ... nuits écourtées par les radio-concerts, ... matinées sans même avoir levé les yeux vers le ciel », Morand a tout deviné de ce qui commençait à empoisonner la vie occidentale, cette frénésie de morceler le temps en parcelles minuscules dont on n'a plus la possibilité de jouir – cette hâte qu'on lui reprochait à lui-même et à laquelle il oppose en contrepoint la haute et sereine figure d'un prince du Siam égaré dans les métropoles européennes.

Non moins prophétique apparaît, dans *Champions du monde* (1930), l'analyse des rapports entre l'Europe et les Etats-Unis. La France, qui n'est plus qu'une nation défaite mais continue à jouer à la grande puissance, agace son allié par ses prétentions à garder l'hégémonie culturelle tout en retardant le paiement de ses dettes. Il fallait du courage pour écrire de telles choses à cette époque. Si l'on ne s'en rend compte qu'à présent, c'est que Morand avait toujours l'air de se jouer de ce qu'il disait, aimant à tromper son lecteur par une légèreté qui masquait une mélancolie profonde. Il faudrait aussi étudier ce que nos pédants appellent intertextualité, le système de références que cache le romancier dans ses livres. Les Etats-Unis sont peints à travers quatre amis aux aventures multiples, clin d'œil aux mousquetaires de Dumas. Le goût d'opposer les civilisations est un hommage au conte philosophique à la Voltaire. Bref, il est impossible de traiter cet auteur avec la désinvolture dont il se plaisait à faire parade. Il a cultivé l'ellipse, le raccourci, la formule qui fait mouche, non seulement pour briller, mais par sentiment qu'il n'y avait plus de temps à perdre dans un monde marqué, selon la formule de Daniel Halévy, par « l'accélération de l'histoire ». L'humanité change à toute allure, et le lecteur piétine, si on ne l'enlève pas d'un vigoureux coup de reins. Le cheval de race (Morand était un excellent cavalier) ne s'attarde pas à contourner l'obstacle, il saute par-dessus. « Une malédiction veut que je sois lancé au galop dans un univers qui trottine. »

Perutz (Leo)

Qui connaît Leo Perutz ? Né à Prague en 1882, contemporain de Kafka, juif comme lui, comme lui écrivant en allemand, ayant travaillé dans la même compagnie d'assurances, il a modifié le panorama de l'Europe centrale, quand on l'a découvert (en France) vers la fin des années 1980. On s'attendait à trouver un nouveau témoin de l'empire austro-hongrois à son déclin, un nouvel écrivain de l'angoisse, du crépuscule, de l'absurde, à ranger entre Musil, Joseph Roth, Zweig et tant d'autres. Surprise ! *Turlupin* est un petit livre alerte, haut en couleur, mené tambour battant, aux antipodes des lenteurs mitteleuropéennes, et miraculeusement préservé, semble-t-il, de ce climat de fin du monde qui a accompagné la chute de la maison Habsbourg.

Par son nom même, le héros évoque quelque chose de léger et de funambulesque. C'est un enfant trouvé, commis barbier de son état, dans le Paris de 1642, à la fin du règne de Louis XIII. Il croit être le fils naturel d'une duchesse et réussit à s'introduire dans un château où se tient une assemblée de nobles en train de conspirer contre Richelieu. Celui-ci essaie de soulever le peuple contre l'aristocratie, l'auteur imaginant que la Révolution française aurait pu avoir lieu cent cinquante ans plus tôt, si Turlupin, justement, n'avait fait échouer le plan du machiavélique cardinal. Coïncidences, rebondissements, travestissements, Perutz mène grand train sa parodie de roman historique, où les clins d'œil à Alexandre Dumas ne semblent pas fortuits. Turlupin lui-même, qui tient de Don Quichotte par sa mythologie nobiliaire et du prince de conte de fées par sa quête de la mère perdue, est au fond un bon bougre, à qui suffit pour être heureux de « trouver un morceau de mouton au milieu des navets ». Comme le Chicot de *La Dame de Monsoreau*, tête chaude et pourtant bien plantée sur ses épaules, il révèle involontairement la bouffonnerie de l'Histoire.

Même brio de conteur, même aisance pour séduire et amuser, dans *La Neige de saint Pierre*, roman contemporain et d'un cran plus ambitieux. Le docteur Amberg est appelé comme médecin communal dans un petit village de Westphalie, par un baron qui poursuit une bien curieuse aventure. Il cherche à mettre au point une drogue tirée d'une moisissure des céréales (la « neige de saint Pierre »), qui ramènerait les paysans à la foi religieuse et les préparerait à recevoir, comme empereur du Saint Empire romain germanique ressuscité, son fils adoptif Federico. Une inquiétante jeune fille, qui devient la maîtresse du docteur, un prince russe en exil encore plus étrange collaborent à l'expérience, qui ne réussira qu'à moitié, avec une conséquence inattendue. La drogue, au lieu d'insuffler aux villageois le désir et l'ivresse de Dieu, les pousse à brandir le drapeau d'une autre religion, fraîchement surgie aux confins orientaux de l'Europe.

Parodie et dérision, encore, et qui se ressentent des années 1920. On admire le réalisme minutieux du récit, les descriptions précises du village et de ses habitants, et en même temps l'atmosphère mystérieuse, presque fantomatique, où toute chose baigne et se dissout comme dans un rêve. Kafka ? Lâchons le nom, qui nous talonne dès les premières pages. L'arrivée du docteur au village, les bizarreries, agencées avec une logique rigoureuse, qui président à son installation, ses rapports, à la fois tendres et irréels, avec Bibiche, l'assistante du baron, évoquent irrésistiblement le début du *Château*. Mais très vite, ensuite, s'affirme l'originalité de Perutz, qui est plus romancier d'aventures qu'évangéliste métaphysique. C'est plutôt du côté de Jules Verne qu'il faudrait chercher des comparaisons. Si château il y a, on pensera à celui des Carpates. Ou alors, disons que Perutz est un Kafka plus facile, un Kafka picaresque et populaire, qui n'est pas moins averti que son illustre contemporain de l'absurdité du monde mais à qui le plaisir de raconter tient lieu de remède et fournit une guérison provisoire.

Ainsi, sans aucun doute, les gloses qui ont alourdi Kafka et tiré vers le sombre et le douloureux un auteur fondamentalement comique, comme vous le diront les Tchèques surpris de cet embaumement dans la tragédie, seront-elles épargnées à Perutz. Goûtons en lui la version drôle, simple, entraînante, bon enfant et savoureuse, de l'angoisse moderne. Cet auteur nous prend par la main et nous conduit où il veut, sans nous laisser le temps de réfléchir, par la force de son talent. Après coup, seulement, on découvre, qui enveloppe tout le récit, l'ombre menaçante du Sphinx.

Roth (Joseph)

Vienne, si vide aujourd'hui, si triste, sorte de Pompéi du xxe siècle, dont ne restent que des ruines culturelles, après la double catastrophe volcanique de l'écroulement de la monarchie austro-hongroise et de l'extermination de l'élite juive par les nazis, Vienne a inspiré aux témoins de son agonie, entre les deux guerres mondiales, des romans d'une nostalgie poignante. Stefan Zweig, Hermann Broch, Hugo von Hofmannsthal, Robert Musil ont connu plus tôt la gloire ; mais c'est à Joseph Roth qu'on doit les livres les plus désespérés.

Il était né en 1894, de parents juifs, en Galicie, cette province située aux confins orientaux de l'empire des Habsbourg, elle-même melting-pot de populations et de cultures, polonaise, ukrainienne, allemande, juive. Etudiant puis journaliste à Vienne, où il commença à publier des romans, au début des années 1920. La maladie de sa femme aggrava son malaise de survivant d'un monde décomposé, déchu, et entraîna pour lui des conséquences dramatiques : pauvreté, alcoolisme, sentiment de culpabilité. En 1933, il s'exila à Paris, où il vivait à l'hôtel et écrivait aux tables des cafés, dans les parages de la rue de Tournon. Inconsolable de la disparition de l'Autriche multinationale de sa jeunesse, miné par une détresse aussi morale que matérielle, pratiquant une forme suicidaire d'éthylisme, réduit à l'état d'épave, il mourut à l'hôpital Necker, en 1939.

La Marche de Radetzky, son livre le plus célèbre (1932), raconte, à travers trois générations de la famille Trotta, la désintégration de la société autrichienne dans la seconde moitié du XIXe siècle jusqu'à la mort de l'empereur François-Joseph en 1916. Livre attendri jusqu'au lyrisme, grinçant jusqu'au sarcasme. *La Crypte des capucins* est d'un autre ton : plus grave, plus radical dans le pessimisme, sans être moins chatoyant. Un membre d'une autre branche des Trotta reprend l'histoire de Vienne et de l'empire à la veille de la Grande Guerre et la conduit jusqu'à l'Anschluss de 1938. Cette fois, il parle à la première personne, innovation chez Roth, qui confère à ce roman un air de confidence. Après la grande symphonie de *Radetzky*, voici la musique de chambre, douce, pénétrante, lancinante, avec des traits fulgurants d'ironie. Après la fanfare militaire, la cantate funèbre. Roth est passé d'un registre à l'autre avec autant d'aisance que Schubert écrivant le quintette pour deux violoncelles après la symphonie en *ut* majeur.

François-Ferdinand Trotta se décrit au milieu du cercle de ses amis, jeunes gens oisifs que la mort guette, en ce printemps de 1914, tapie au cœur de leurs bals, de leurs parties de campagne et de leurs amourettes. Un trait de leur narcissique frivolité : on a bien raison d'appeler « mondiale » la Grande Guerre, dit le narrateur, « non parce qu'elle a été faite par le monde entier, mais parce qu'elle nous a tous frustrés d'un monde, du monde qui précisément était le nôtre ». Et dont la poésie, aussi délicieuse que fragile, ne s'exhalait nulle part ailleurs plus fraîche et entêtante que dans les salles de café, avec la caissière, invariablement blonde et de formes généreuses, « espèce d'honnête déesse du vice », les murs enfumés, les jeux d'échecs, les becs de gaz, la servante en tablier bleu, le gendarme, « en casque mastic, qui faisait sa brève apparition, l'air aussi autoritaire qu'embarrassé, et qui appuyait presque timidement son fusil, baïonnette au canon, contre le porte-parapluies », les joueurs de tarot, pourvus de favoris à la François-Joseph : voilà l'atmosphère qui constituait la « patrie » de Joseph Roth, le domaine enchanté et périssable dont la perte ne lui laisse que les yeux pour le pleurer et l'humour pour en rire.

Le roman est parsemé de scènes fortes, telles les rencontres du jeune héros et de sa mère, dont il baise chaque fois cérémonieusement la main, seule effusion de tendresse permise dans ces familles gouvernées par une étiquette méticuleuse. Le jour où il lui annonce qu'il part pour la guerre, elle se contente de lui donner le menu du déjeuner, escalopes et beignets aux quetsches. « Cette irruption soudaine de *Zwetschenknödel* pacifiques dans mes préparatifs pour la mort m'apparut comme une manifestation merveilleuse de maternité. Je fus tellement ému que je faillis me mettre à genoux. Mais j'étais trop jeune pour que mon émotion ne me fît pas honte. Et je sais depuis ce moment-là qu'il faut avoir atteint la maturité complète ou posséder au moins une grande expérience pour montrer ses sentiments sans en être empêché par la fausse honte. »

Pour adoucir les derniers moments de son vieux domestique, François-Ferdinand renonce à sa nuit de noces, et la jeune épousée, lasse d'attendre dans la chambre d'hôtel un homme qui préfère les liens de la tradition familiale à ceux du sentiment individuel, repart pour Vienne tandis qu'il rejoint le front. De son côté, il est vrai, Elisabeth ne paraît pas très fixée sur ses préférences sexuelles ; et il y a dans l'évocation de sa liaison avec une certaine Yolande aux allures garçonnières comme un pendant féminin et lesbien de l'aventure racontée par Stefan Zweig dans *La Confusion des sentiments*, sauf que l'homosexualité féminine semble avoir été beaucoup plus franche, dans la Vienne de ces années-là, que la masculine, corsetée de honte et de tabous. Il en était de même dans le Paris de 1835, à en juger par *Mademoiselle de Maupin*, le roman de Théophile Gautier.

La Crypte des capucins, par sa lucidité toute pénétrée de mélancolie, dégage la même aura crépusculaire que *Le Guépard* du prince de Lampedusa ; et il ne sera pas difficile d'établir un parallèle entre le déclin de l'Autriche et la décadence de la Sicile, deux univers somptueux étouffés par leurs propres richesses. Il y a pourtant entre les deux livres une différence considérable, qui tient à la situation sociale respective des deux auteurs. Le prince Salina, aristocrate jusqu'au bout des ongles et clos sur lui-même, juge avec mépris le mariage de son neveu Tancrède avec la fille d'un notaire enrichi : mésalliance, déchéance, selon lui. On est surpris de voir avec quelle sympathie, au contraire, le jeune narrateur de Roth, issu de la grande bourgeoisie, accueille un de ses cousins, déclassé, prolétarisé, réduit à colporter des marrons et des pommes de terre à travers les territoires de l'ancienne monarchie. Le portrait de ce Joseph Branco, slovène, possesseur d'une peau de mouton, d'un mulet, d'une petite voiture, d'un réchaud et de cinq sacs pour sa marchandise, plus une moustache noir-bleu et une forte denture, est une merveille de saveur et de gaieté.

Aucune trace de morgue chez François-Ferdinand. Il se fait gruger de bon cœur par ce parent lointain qui lui vend, beaucoup plus cher que leur valeur, son gilet de peluche à fleurs et sa chaîne de montre. Le jeune bourgeois est enchanté de franchir les limites du monde futile de ses amis, pour se retremper, au contact de ce rustique marchand ambulant, dans un terroir plus authentique. De même, la rencontre de Manès Reisiger est un nouveau choc roboratif pour le fils de famille. Manès est un juif de Galicie, cocher de son métier, colossal et noir à faire peur, équipé de deux poings rouges « sortant comme deux marteaux des manches noires du caftan ». A nouveau, ce personnage inspire à François-Ferdinand une sorte de respect fasciné pour sa force physique, son étrangeté, son enracinement dans une réalité dont lui-même se sent douloureusement exclu.

Pourquoi cette ouverture à « l'autre », cette sensibilité à ce qui est différent de lui, si contraires à l'assurance hautaine du prince Salina ? Le fait d'être juif, d'abord, prédisposait Joseph Roth à une mobilité mentale inconnue d'un aristocrate sicilien figé dans l'orgueil de sa caste et l'immobilisme de son île. En Europe centrale, surtout, qui dit juif dit errance, persécution, fuite précipitée en emportant son violon, habitude du malheur chronique et compassion au malheur des autres. Second motif : la nature même de la monarchie austro-hongroise, bicéphale par Vienne et Budapest, mais multinationale et multiraciale par le corps. La grandeur de l'empire, selon Roth, ne tenait pas à sa capitale autrichienne, mais aux nombreuses provinces hétérogènes dont il était constitué : Slovénie (Joseph Branco), Galicie (Manès Reisiger), Bosnie, Moravie, Transylvanie, etc. « La quintessence de l'Autriche, on ne la découvre pas au centre de l'empire, mais à la périphérie. Ce n'est pas dans les Alpes qu'on trouve l'Autriche : on n'y trouve que des chamois, des edelweiss, des gentianes. »

Telle est la pensée constante de Roth. Du coup l'on comprend pourquoi l'effondrement et le démembrement de l'empire ont signifié la mort de Vienne, et pourquoi les écrivains autrichiens ultérieurs, Peter Handke ou Thomas Bernhard, ne sont que sarcasme, rancœur et sentiment de frustration. Privée de ses dépendances, leur patrie n'est plus qu'une dépouille vide. Vienne, l'Autriche, ne sont que peu de chose : toute la richesse était dans les marges.

Et même, note François-Ferdinand, tout ce qu'on appelle viennois et autrichien n'était qu'une imposture, une usurpation par le pouvoir central de la sève des peuples asservis. « Ainsi que mon père le disait souvent, la gaieté de Vienne, en sa diversité, se repaissait nettement de l'amour tragique voué à l'Autriche par les terres de la Couronne. Amour tragique parce que sans réciprocité. » Tziganes de la plaine hongroise, Houzoules subcarpatiques, cochers juifs de Galicie, marchands de marrons à Sipolje, planteurs de tabac de la Bacska, éleveurs de chevaux de la steppe, maquignons de Moravie, tisserands de l'Ersgebirg, meuniers de Podalie, tous nourrissaient généreusement l'Autriche sans être payés de retour. « Tant de souffrances, tant de maux, volontairement offerts comme une chose toute naturelle, avaient été nécessaires pour que le cœur de la monarchie pût sembler au reste du monde la patrie de la grâce, de la gaieté, du génie ! Et la grâce fleurissait, grandissait, mais sur un sol engraissé par la douleur et l'affliction. »

Page capitale, qui démonte le mythe stupide des « valses de Vienne », colore en noir le « beau Danube bleu » et fait de Joseph Roth, chroniqueur amer de ce mensonge colonial, le chantre et le prophète d'une modernité fondée non plus sur l'autocratie d'une minorité, mais sur le métissage des diverses ethnies.

Un autre roman, *Tarabas*, interroge l'énigme des rapports entre chrétiens et juifs. Jeune révolutionnaire ukrainien exilé à New York avant la Première Guerre mondiale pour échapper à la justice du tsar, Tarabas rentre dans son pays en 1917. Le voilà bientôt à la tête d'un régiment dans le nouvel Etat. Plus de lois, presque plus de discipline, le colonel improvisé et ses hommes règnent et s'enivrent dans la petite ville de Koropta, où la communauté juive est importante. Les soldats de Tarabas font un pogrom, et lui-même porte la main contre le vieux Schémariah qui allait enterrer au cimetière deux rouleaux de la Torah sauvés de l'incendie.

Pour l'aventurier ivrogne et sacrilège, le geste du pieux vieillard est une révélation. Il comprend soudain le néant de sa vie tumultueuse, l'absurdité de son héroïsme et la vilenie de son cœur. Ce juif à la barbe rousse, qui essaye à peine de résister, bouleverse son bourreau. « Car le peuple d'Israël ne connaît depuis deux mille ans qu'une seule honte face à laquelle toutes les injures et moqueries de ses ennemis deviennent dérisoires : la honte de savoir qu'il n'y a pas de temple à Jérusalem. »

Le roman, qui avait commencé sur le ton de l'épopée populaire, haut en couleur et en clameurs (genre où Roth n'est pas le plus à son aise), se poursuit comme un oratorio religieux (terrain d'élection pour son talent crépusculaire). Tarabas, brusquement, cherche à expier. Il quitte l'armée, se fait vagabond et mendiant, et va mourir, abandonné de tous et seul, dans un monastère.

Les intentions de Roth restent mystérieuses. La révolution russe ne sert que de prétexte à installer l'action dans un pays immense, désordonné et fiévreux, allégorie peut-être de l'âme humaine livrée à elle-même en dehors de toute autorité. Le fatalisme des juifs symbolise sans doute l'inévitabilité de la souffrance. Mais si *Tarabas* est un livre initiatique, le roman frappe d'abord et séduit par l'intense présence des personnages, et par l'art de faire se rencontrer ou s'affronter des hommes de races, de langues et de coutumes différentes. Plus qu'aucun autre écrivain de l'Europe centrale, Joseph Roth demeure le témoin inégalable de cette mosaïque de peuples qui constituait, dans le flamboiement et l'ironie de la décadence, l'ancien empire d'Autriche.

Russes

Il serait absurde de réunir sous une seule et même dénomination : « Russes », deux siècles de littérature d'une richesse et d'une variété inépuisables, si les romanciers et les conteurs russes, de Pouchkine à Soljenitsyne, ne présentaient des traits communs qui définissent, avec plus de clarté que dans aucun autre pays, ce que peut être l'art de raconter. Cet art, les Russes l'ont porté à son point d'excellence, et, ce qui est le plus remarquable, sans effort apparent, avec un naturel miraculeux.

En premier lieu, les écrivains russes sont d'accès facile. Il n'y a pas besoin d'être cultivé pour apprécier *La Dame de pique, Les Ames mortes, Guerre et Paix*, Tourgueniev, Tchekhov, Pasternak. Il suffit de savoir lire. Au contraire, un Saint-Simon, un Chateaubriand, un Proust restent inaccessibles à qui n'a pas déjà une solide formation intellectuelle. Ni Thomas Mann ni Kafka ni même Cervantès ne sont à la portée du premier venu. Parlez à n'importe quel Russe, en dehors des amateurs de littérature et des professeurs, de Pouchkine, il vous en citera par cœur des passages. Pouchkine est passé, pour ainsi dire, dans la vie quotidienne des Russes. Evguenia Guinzbourg, déportée en Sibérie dans un convoi de femmes juives, raconte comment elle amadoua les gardiens du train en leur récitant pendant une partie de la nuit *Eugène Onéguine*, roman en vers, mais d'une évidence narrative immédiate. Les militaires furent si enthousiasmés qu'ils permirent aux détenues de descendre du wagon à la prochaine étape, de prendre un bain, de se reposer. Imagine-t-on, en France ou en Angleterre, des gardes-chiourme reconnaître des chapitres de Flaubert ou de Joyce, les écouter sans se lasser et enfin se laisser attendrir par des pages de leurs romans ?

En second lieu, la littérature russe véhicule les sentiments les plus simples, les plus élémentaires, et elle les exprime sans chercher à les compliquer par des formes rares. Ce second caractère explique le premier. Le style de Pouchkine ou celui de Tolstoï sont magnifiques, mais ce ne sont pas des styles qui sentent le désir de se faire admirer. Gogol, Tourgueniev, Tchekhov traitent pour leur lecteur de sujets qui lui sont familiers, et dans un langage qui est le sien. Il n'y a aucune rupture entre le niveau littéraire et les choses racontées. L'écrivain russe ne se donne pas l'air d'être un écrivain, il ne prend pas la pose avant de saisir sa plume : c'est un homme parmi les hommes, qui leur parle de ce qui les intéresse, en prenant soin d'être immédiatement compris. Ce souci semble être pour lui plus important que l'ambition de briller par une recherche d'originalité. Peut-être aussi parce que, jusqu'à la chute du tsarisme, l'illettrisme était répandu et l'accès à la lecture rare et difficile, leur prose est aisée, limpide, transparente. Pas d'obstacles à franchir pour y aborder.

Quand elle raconte une histoire d'amour, chacun peut se reconnaître dans cette histoire. La mort d'Ivan Ilitch, c'est la mort de tout le monde. La sottise de la bureaucratie, la beauté de la chasse dans une forêt de printemps, les dangers du voyage par les routes enneigées du Caucase, le vide mélancolique de la steppe, l'activité d'un port sur la Volga, les rêves d'un jeune homme dans un jardin, les hasards de la pêche dans le Grand Nord, Gogol, Tourgueniev, Lermontov, Tchekhov, Gorki, Bounine, Iouri Kazakov ne les ont pas *inventés*, ils n'ont fait que retranscrire une expérience commune à des millions de leurs compatriotes. Plus près de nous, lorsque Vassili Grossman évoque la bataille de Stalingrad *(Vie et destin)* ou Vassili Axionov l'entassement des réfugiés dans le métro de Moscou bombardée *(Une saga moscovite)*, c'est à un travail de mémoire nationale qu'ils se livrent. Et dans *Sonietchka* (1992), Ludmila Oulitskaïa retrace le destin de toutes les femmes engluées dans la grisaille de la vie quotidienne. Ces écrivains diffèrent par l'art, non par la conception qu'ils se font de l'art. On n'entre pas en littérature quand on les lit, par un portique au fronton duquel est proclamé, comme aux premières pages d'un roman occidental : « Attention à ce que vous allez découvrir ! », non, on prolonge, parées des prestiges du style, des sensations, des émotions éprouvées déjà. Boulgakov lui-même, qui serait le plus porté à la parabole et au dérapage dans le fantastique, a donné dans ce court et parfait récit qu'est *Cœur de chien* le portrait type de l'*homo sovieticus*. Dostoïevski ? C'est l'unique exception à ce parti pris de ne pas imposer au lecteur une vision trop personnelle du monde, de ne pas le provoquer et le rudoyer par l'intrusion d'un moi trop encombrant. Dostoïevski plaît plus aux Occidentaux qu'aux Russes ; ceux-ci lui préfèrent infiniment Tolstoï.

Les écrivains russes restent à l'unisson de leur peuple, sans effort, par une sorte de grâce qui leur permet de recréer instantanément sous nos yeux un paysage, une atmosphère, l'ombre d'un sous-bois, l'intérieur d'une isba. Comparons *Si c'est un homme* de l'Italien Primo Levi et *Une journée d'Ivan Denissovitch* de

Soljenitsyne, deux livres, également admirables, qui traitent du même sujet, l'enfer de la condition carcérale sous un régime totalitaire, et nous verrons tout de suite ce qui sépare, de la pratique occidentale de la littérature, la pratique russe. Primo Levi raconte l'expérience du camp avec une précision et un détachement analytiques, Soljenitsyne en s'identifiant complètement à son héros. Le premier livre est l'œuvre d'un intellectuel, d'un *individu*, qui reste en dehors de ce qu'il raconte, le second est la caisse de résonance d'une souffrance chorale. La Russie parle à travers le livre de Soljenitsyne, alors que celui de Primo Levi ne parle que de Primo Levi confronté à l'horreur et à l'abjection du Lager.

Chez les Russes, aucun écran intellectuel entre les choses et le récit des choses : c'est pourquoi dans leurs livres on respire les parfums de la campagne, on entend grincer les roues de la télègue, on renifle l'odeur du foin à l'écurie, on se chauffe dans la maison à la chaleur du poêle, on voit reluire les flancs rebondis du samovar, on boit la tasse de thé en mettant le morceau de sucre dans sa bouche – *comme si on y était*. Qu'on se souvienne des laborieuses mises en train de Balzac, qui a besoin d'accumuler des notations de tous ordres et de convoquer l'histoire, la géographie, la sociologie, la phrénologie avant de commencer son récit, comme s'il n'était pas sûr de la réalité des gens et des choses qu'il s'apprête à mettre en scène, qu'on se rappelle quelles lentes et pénibles accommodations lui sont nécessaires avant d'appréhender son sujet, et on s'émerveillera d'autant plus de l'aisance et de la désinvolture avec lesquelles un romancier russe attaque directement le sien. C'est que le Russe ne sent et ne met aucune distance entre lui et le monde. Il ne s'enferme pas dans une tour d'ivoire pour écrire, il écrit en se promenant, en rendant visite à son voisin, en allant à la cueillette des champignons, en s'asseyant à l'auberge devant un pot de kvas. Tout s'offre spontanément à lui, tout se trouve à sa portée. Il est de plain-pied avec le chien qui ronge son os, avec la touffe de chèvrefeuille qui escalade le mur, avec le houblon qui s'enroule à des échalas, avec le vent qui siffle dans la cheminée.

Voici une petite calèche à ressorts à qui la porte cochère d'une hôtellerie livre passage ; le monsieur qui l'occupe n'est ni beau ni laid, ni gras ni maigre, ni jeune ni vieux. Un valet vif et remuant s'empresse pour l'accueillir, la serviette à la main, affublé d'un long surtout de futaine qui lui remonte sur la nuque. Le logis est banal, peint en jaune, les chambres tranquilles, les cafards gros comme des pruneaux. Le monsieur défait ses bagages, étale sur le cuir usé du divan une cassette en acajou marquetée de bouleau de Carélie, des embauchoirs de bottes, un poulet rôti enveloppé dans du papier bleu. Puis, tandis que le cocher va soigner les chevaux à l'écurie, il descend dans la salle à manger, dont les murs peints à l'huile sont noircis en haut par la fumée et encrassés en bas par le dos des clients de passage. Les pendeloques du lustre tintent chaque fois que le garçon court sur la toile cirée élimée du plancher. Ainsi commence, on l'aura reconnu, le chef-d'œuvre de Gogol, *Les Ames mortes*. Le lecteur est comme pris par la main et invité à partager avec le nouveau voyageur l'habituel menu des auberges, une soupe aux choux, de la cervelle aux petits pois, une poularde rôtie (si elle avait manqué ce soir-là, il aurait apporté sa volaille de sa chambre), un concombre salé et le sempiternel gâteau feuilleté bon à tous les usages. Rien de plus *commun* que cette description, qui sert de préambule à la plus extraordinaire des plongées au cœur de la vulgarité et de la bassesse de la province russe dans les années 1840. La faculté maîtresse de Gogol est de donner à la platitude des mœurs et des esprits un relief si saisissant que le plus infime détail saute tout de suite aux yeux.

Le livre est d'une lecture si amusante qu'on ne soupçonne pas que sa limpidité cache un travail forcené d'écriture. Ne pas chercher à compliquer son style ne signifie pas, en effet, se désintéresser de la manière dont on écrit. Tolstoï a recommencé sept fois *Guerre et Paix*, Tchekhov ciselait ses récits pour donner à la description de l'ennui une force envoûtante. *Les Ames mortes*, selon l'excellente traductrice professionnelle Anne Coldefy-Faucard qui vient d'en publier une nouvelle version (Cherche Midi), est, en dépit de sa fluidité apparente, un des livres russes les plus ardus à traduire. C'est aussi cela, le miracle de la littérature russe : de creuser sous la surface sans donner l'impression de creuser, de raconter tout uniment ce qui a coûté autant de peine que les phrases durement martelées de Flaubert ou minutieusement sinueuses de Proust. Elégance suprême : le style qui se moque du style, qui se défend d'être la marque individuelle de quelqu'un.

« Connaissez-vous l'enchantement de se mettre en route au printemps avant l'aube ? Vous sortez sur le perron… Au ciel, d'un gris sombre, scintillent encore quelques étoiles ; un souffle humide s'élève en ondes légères ; on perçoit le murmure vague et discret de la nuit ; les arbres, enveloppés d'ombre, bruissent doucement. On étend un tapis dans la télègue, on place à vos pieds une caisse et un samovar. Les chevaux de volée frissonnent, s'ébrouent, piaffent avec grâce ; lent et silencieux, un couple d'oies blanches, à peine éveillées, traverse le chemin. Dans le jardin, le gardien ronfle paisiblement derrière la haie ; le moindre bruit reste en suspens dans l'air alourdi. Vous vous installez ; les chevaux s'enlèvent d'un seul élan, la voiture roule avec fracas…

On passe devant l'église, on descend la côte, on prend à droite le long de la chaussée. Une brume légère flotte au-dessus de l'étang. La fraîcheur vous saisit ; vous relevez le col de votre manteau et vous vous laissez aller à une douce somnolence. Les chevaux pataugent dans les flaques d'eau, le cocher sifflote. Vous avez déjà fait trois ou quatre verstes… L'horizon s'enflamme ; dans les bouleaux, les choucas s'éveillent et voltigent doucement ; les moineaux piaillent autour des meules encore sombres. Le jour s'accentue, la route se précise, le ciel se fait plus serein, les nuages plus blancs, les champs plus verts. La flamme rouge des oribus s'allume dans les isbas, des voix ensommeillées montent derrière les portes cochères. Cependant, l'aurore s'avance ; voici déjà au ciel de longues traînées d'or ; des vapeurs flottent dans les ravins ; l'alouette chante à plein gosier, le vent précurseur du jour souffle, et le disque empourpré émerge doucement. La lumière se déverse en torrent ; le cœur bondit en vous comme un oiseau. Tout est frais, joyeux, plaisant ! »

Tel est l'épilogue des *Mémoires d'un chasseur* (ancienne et belle traduction d'Henri Mongault), où Tourgueniev (que détestait Dostoïevski, non seulement pour lui avoir emprunté de l'argent, mais parce qu'il était incapable d'une telle simplicité et préférait écrire : « la beauté sauvera le monde » plutôt que mettre sous nos yeux cette beauté) a porté à son apogée le talent de suggérer par petites touches la splendeur de l'univers.

Frais, joyeux, plaisant : pas de meilleures épithètes pour désigner l'art de raconter des Russes. Ce qui ne les empêche pas d'être aussi complexes, ambigus, « profonds », que ceux qui étalent de telles qualités. Si le public russe préfère Pouchkine à Dostoïevski, c'est parce que celui-ci, renonçant à être joyeux et plaisant, a chaussé de lourds sabots métaphysiques, au lieu de marcher sur la pointe des pieds. Il s'est voulu brutal, sombre, provocant. Il a choisi des caractères exceptionnels, des cas pathologiques, des névroses poussées au paroxysme. De la psychologie des abîmes, il a fait en quelque sorte profession. Il s'est installé dans le « sous-sol », avec la grossièreté voyante du clochard qui brandit son litron. A quoi bon, puisqu'on peut dire les mêmes choses sans avoir l'air d'y toucher?

Soit *La Fille du capitaine*, de Pouchkine, le premier roman russe (1836). En apparence, un simple roman d'aventures, qui raconte un épisode de la révolte du chef cosaque Pougatchov, en 1773. Griniov, un jeune officier russe, en garnison dans un fort, est fait prisonnier par les rebelles, lors d'une sortie. On le fait comparaître devant Pougatchov, qui s'est proclamé tsar sous le nom de Pierre III. Qu'on le pende, déclare l'usurpateur. Puis il se ravise et lui laisse la vie sauve. Griniov refuse de baiser la main qu'il lui tend. « Sa Noblesse, visiblement, est ahurie de joie. Relevez-le. » La scène est rapide, d'autant plus forte qu'elle est à peine esquissée. Plus tard, Pougatchov invite Griniov à son festin. Echauffés par le vin, la face rutilante, les chefs cosaques préparent l'assaut d'Orenbourg, la principale place forte russe. Dialogue surprenant entre les deux hommes, dont l'un est un jeune lieutenant d'origine noble, formé au sens de l'honneur et du devoir, de manières et de langage distingués, l'autre un paysan inculte à la barbe noire. Une troisième rencontre a lieu : Griniov, qui a été remis en liberté par Pougatchov et a regagné Orenbourg, sort de la ville assiégée pour aller demander à Pougatchov la grâce de la jeune fille qu'il aime (la « fille du capitaine »). Nouveau dialogue, qui oppose la rude jovialité du brigand à l'élégance aristocratique de l'officier. Pas de haine entre les deux hommes ; aucun mépris de l'un à l'autre ; tout au contraire, une mystérieuse attirance les rapproche ; mystérieuse, si l'on songe au fossé social et culturel qui les sépare.

Quand Griniov retourne chez les Russes, ses supérieurs le mettent en état d'arrestation. Que de soupçons sa conduite ne soulève-t-elle pas ! S'est-il mis secrètement au service de Pougatchov ? Pourquoi Pougatchov l'a-t-il traité avec tant de magnanimité ? Non seulement il lui a rendu sa fiancée, mais il l'a gratifié de plusieurs présents. Une commission d'enquête est constituée. Il est sommé de s'expliquer. « Comment se fait-il donc que ce noble, cet officier a été seul épargné par l'imposteur, alors que tous ses camarades ont été sauvagement massacrés ? Comment se fait-il que ce même officier, et noble, ait festoyé amicalement avec les rebelles, qu'il ait reçu du brigand en chef des cadeaux, une pelisse, un cheval et un demi-rouble ? D'où est venue une si étrange amitié et sur quoi était-elle fondée, sinon sur la trahison, ou du moins sur une vile et criminelle lâcheté ? » (Traduction de Brice Parain, annotée par Michel Aucouturier, Folio.)

La relation entre Griniov et Pougatchov est si étrange, en effet, que ses raisons ne peuvent qu'échapper au bon sens du tribunal militaire, lequel condamne Griniov comme un vulgaire espion. Que s'est-il passé au juste entre les deux hommes ? La vérité est glissée de façon si allusive, qu'il faut pour la saisir ne pas s'abandonner au pur plaisir de la lecture. Au temps de Pouchkine il y avait deux Russies (mais les choses ont-elles beaucoup changé ?) : la Russie « éclairée », faite de l'élite des esprits éduqués à l'européenne, et la Russie populaire, analphabète, enfoncée dans la misère et les superstitions. *La Fille du capitaine* met en face ces deux Russies. Griniov est fasciné par la puissance ténébreuse du bandit, son langage populaire, ses beuveries, ses mœurs qui l'enracinent dans un passé de glèbe et de boue. Il découvre ce que son origine sociale, son éducation lui avaient toujours caché. Pougatchov, de son côté, s'amuse de l'innocence du lieutenant, de son code d'honneur superficiel. Griniov est brave mais ne sait rien. Il ignore que la Russie n'est pas faite seulement de beaux uniformes et d'aimables usages, et que la plus grande partie du pays croupit dans un Moyen Age d'ignorance et de grossièreté. Le roman suggère avec un art suprême le drame de cette fracture. Les deux Russies, celle de l'élite européanisée et celle de la masse opprimée, se rencontrent, s'affrontent, se défient et finalement se laissent pénétrer l'une par l'autre – ou plutôt auraient pu se laisser pénétrer l'une par l'autre sans la défaite et l'exécution de Pougatchov, décapité en 1775. Victoire de Catherine II et du pouvoir autocratique, mais désastre pour la Russie, au fond. Griniov assiste au supplice de Pougatchov. « Celui-ci le reconnut dans la foule et lui fit un signe de la tête ; cette tête, une minute plus tard, morte et ensanglantée, fut montrée au peuple. » Pouchkine, lui-même fils des Lumières, bénéficiaire d'une éducation française et appartenant à la plus brillante société de Saint-Pétersbourg, découvrait en écrivant ce roman les limites de la Russie « éclairée » ; l'autre versant, obscur et menaçant, s'ouvrait devant lui. La sympathie qu'il imagine entre Griniov et Pougatchov esquisse le tableau d'une unification entre les deux moitiés de la société russe. Connivence inavouée du scélérat et de l'idéaliste, chimère de l'unité nationale, conscience tragique de l'occasion manquée, pressentiment du mythe révolutionnaire : thèmes immenses, qui affleurent dans le texte sans jamais l'alourdir. « Un signe », c'est tout ce que le lecteur reçoit, comme Griniov de la part de Pougatchov, à l'instant où la Russie est de nouveau coupée en deux.

Sainte-Beuve

Le tant loué Proust s'est rendu coupable d'une légèreté criminelle, en dénigrant avec férocité Sainte-Beuve et sa méthode critique. Je dis « légèreté », car en condamnant la méthode dont usait Sainte-Beuve avec ses contemporains (enquêter sur leur vie, recueillir des témoignages, confondre le moi social et le moi créateur), il ne pouvait viser que les *Causeries du lundi*. L'attitude sérieuse eût été de montrer les limites certaines du beuvisme appliqué aux écrivains du XIXe siècle, mais d'exalter en contrepartie le chef-d'œuvre de la prose française qu'est *Port-Royal*, histoire de ce monastère et de cet héroïsme religieux, d'où sont sortis Pascal et Racine.

Or, Proust n'avait pas lu *Port-Royal*, il ne connaissait pas ce versant, le plus important, et de loin, de l'œuvre beuvienne, mais il s'est gardé de dire qu'il ne le connaissait pas. Le crime majeur, cependant, n'a pas été commis par Proust, mais par les proustolâtres. Car eux ne pouvaient et ne peuvent ignorer l'existence de *Port-Royal* : ce sont eux qui ont fait les dégâts, en éliminant de la scène culturelle française ce qui est tout simplement une des productions majeures de notre littérature.

Cessons donc d'idolâtrer avec les moutons le *Contre Sainte-Beuve*, méchant ouvrage de polémique étriquée, et revenons à *Port-Royal*. L'énorme livre, dont la rédaction s'est étirée sur quelque trente-cinq ans, ne se peut comparer, pour la profondeur de vues, la souplesse de l'intelligence, la beauté du style, qu'à ces autres monuments que sont les *Essais* de Montaigne, les *Mémoires* de Retz ou de Saint-Simon, les *Mémoires d'outre-tombe* de Chateaubriand ou… la *Recherche* elle-même. Le rapprochement est d'autant plus fondé que Sainte-Beuve était plus proche de Montaigne que de Pascal, plus sceptique que croyant. Son ouvrage n'est pas d'un historien de la religion, mais d'un moraliste et d'un psychologue, fasciné par une aventure qui va bien au-delà du problème théologique et captive le lecteur mécréant aussi bien que le dévot chrétien.

Le monastère de femmes de Port-Royal était tombé en décadence, quand une jeune abbesse de seize ans, mère Angélique, décida de rétablir dans toute sa rigueur la règle de Cîteaux. Et d'abord : interdiction aux hommes de pénétrer dans la clôture. M. Arnauld, son père, avocat célèbre, habitué à se faire obéir, arrive un jour pour rendre visite à sa fille, comme il en avait l'habitude. Il trouve la porte fermée, le prend de haut, tempête. Enfin, elle lui ouvre le guichet dans le parloir. Il essaye alors de l'attendrir. « Tant que M. Arnauld avait été violent et en colère, elle avait pu rester ferme et maîtresse d'elle-même ; mais, dès ce moment où elle le vit dans toute l'affection et les larmes d'un père, elle se trouva plus faible, insuffisante à résister ; et, sentant qu'il ne fallait pas céder pourtant, dans cette lutte trop longtemps accablante elle perdit tout d'un coup connaissance, et tomba par terre évanouie. » Cet incident fit une impression si considérable que plusieurs hommes de haut mérite, qu'on appela les « solitaires » de Port-Royal, vinrent s'installer dans les parages et constituèrent avec les religieuses une communauté de contemplation et de pénitence, sous la direction de l'austère abbé de Saint-Cyran.

« Scène du guichet », comme le nom est resté à ce chapitre. L'évanouissement fondateur de la mère Angélique est décrit en effet comme une scène de roman. Dès le début du livre, le ton est donné : ce ne sera pas une discussion sur le jansénisme, sur la doctrine de la grâce et de la prédestination, sur la déchéance de la nature humaine et la nécessité d'y remédier par la contrition, mais un roman, peuplé de caractères si grands et hors du commun qu'ils ont laissé une trace profonde dans l'histoire de France, en osant s'opposer d'abord à Richelieu, puis à Louis XIV qui finit par ordonner la destruction du monastère, dont restent les ruines dans la vallée de Chevreuse.

Tout en peignant l'arrière-plan politique (lutte d'une poignée de dissidents contre l'absolutisme d'Etat), Sainte-Beuve s'intéresse surtout, bien entendu, aux répercussions littéraires de l'aventure. Et ce sont les pages merveilleuses (plus de trois cents !) sur Pascal (dont *Les Provinciales* furent une ardente défense de Port-Royal), l'étude sur Racine (qui fut élève, de seize à dix-neuf ans, des solitaires), les détours par Corneille, François de Sales, Bossuet, Fénelon. Sans compter les embardées en direction d'écrivains qui ne touchent par rien à Port-Royal, comme Molière ou Vauvenargues, mais que la culture immense, la curiosité prodigieuse de Sainte-Beuve pour toutes les créations de l'intelligence intègrent dans la famille de ceux qui cherchent, qui pensent et font avancer l'esprit humain.

On a reproché à Sainte-Beuve d'avoir introduit dans un récit historique ses goûts, ses passions : c'est tout le charme, au contraire, de son livre, et qui le garde si vivant, que d'être non la thèse d'un docteur mais le miroir d'un homme, non un travail universitaire mais un parcours romanesque.

Bruno Schulz

La communauté juive d'Europe centrale n'avait rien produit d'aussi fort depuis Kafka. La double œuvre, graphique et littéraire, de Bruno Schulz, professeur de dessin dans une petite ville de la Galicie polonaise, assassiné en 1942, à cinquante ans, par un SS, le met au tout premier rang des créateurs de notre temps. Publié dès 1961 en France par Maurice Nadeau, il était retombé dans l'oubli. L'édition de ses œuvres complètes et l'exposition de ses dessins et gravures au Musée d'art et d'histoire du judaïsme de Paris, en 2004, commémorée par un beau catalogue, *La République des rêves*, ont rendu enfin justice à ce génie foudroyé.

Il avait commencé par peindre (tous les tableaux, sauf un, ont été détruits), dessiner et graver. Univers d'une sombre et tragique bouffonnerie. Compositions qui forment une sorte de roman graphique, *Le Livre idolâtre*, ou, plus tard, illustrations pour ses nouvelles, ce sont de petits formats, mais immenses par la puissance émotive et érotique qui s'en dégage. Homoncules rampant aux pieds d'une Femme-Idole, fétichistes du soulier et du fouet, avortons masculins rendant un culte masochiste à des Vénus déshabillées, vieux juifs sous des chapeaux gigantesques absorbés dans des colloques sardoniques, autoportraits d'une cruauté atroce, où Schulz se représente en éternel enfant rongé par une immaturité burlesque, ce monde de larves torturées s'agite dans un clair-obscur mystérieux. Malgré le fouillis des lignes, le trait est précis, comme dans les eaux-fortes de Rembrandt, les visages burinés avec une obstination fanatique, la pénombre hantée de spectres terrifiants.

Les écrits, postérieurs, ne sont pas moins saisissants. Deux recueils de nouvelles, *Les Boutiques de cannelle* et *Le Sanatorium au croque-mort* (la traduction plus exacte serait « à la clepsydre »). Schulz avait la religion du Livre, avec un grand L. « Je l'appelle tout simplement le Livre, déclare-t-il dans le texte liminaire du *Sanatorium au croque-mort*, sans autres précisions ni épithètes, et il y a dans cette retenue un soupir d'impuissance, une silencieuse capitulation devant l'immensité du transcendant. » Littérature et idolâtrie, inséparables pour lui, selon le titre du *Livre idolâtre*, pour lequel, croit-on, il avait l'intention de faire un texte jamais écrit.

« Plus je lis Schulz, confiait Isaac Bashevis Singer, autre écrivain juif de Pologne, à Philip Roth, plus je le trouve meilleur que Kafka. » A Kafka on pense souvent en effet. Schulz et Kafka étaient issus de la même culture, ils avaient tous les deux un père marchand autoritaire, ils ont plié toute leur vie sous le joug d'une double Loi, religieuse et familiale, aucun des deux n'a réussi à se marier. Mais là s'arrête l'analogie. Kafka est plus tranchant, plus systématique, plus limpide, Schulz plus énigmatique et baroque. Mais Schulz connaissait si bien l'œuvre de Kafka, qu'il supervisa, en 1936, la traduction polonaise du *Procès*.

Le lecteur est plongé d'emblée dans une atmosphère envoûtante : une petite ville qui existe à peine, envahie d'herbes folles, toujours prête à sombrer « dans la grisaille chronique du crépuscule », à se garnir sur les bords « d'une lèpre obscure », « d'une moisissure duveteuse », à peine éclairée par « la sombre dartre des aurores », et parcourue de fiacres qui déambulent au gré de chevaux non attelés. Des meubles inutiles qui craquent et s'effritent, des miroirs ternis, des palmes artificielles encombrent un vaste appartement dépourvu du nécessaire ; et, dans ce capharnaüm, s'entassent des êtres à l'apparence falote mais porteurs en secret d'une névrose qui les éclaire par le dedans avec une intensité bouleversante.

Famille de ratés géniaux, que le Père domine de haut. Il s'absorbe en de longs monologues avec des créatures invisibles, s'enferme dans les armoires, grimpe sur les étagères, s'adonne aux plus étranges lubies. Par exemple, il manifeste un intérêt passionné pour les animaux, au point de remplir sa maison de toutes sortes d'oiseaux exotiques. Ou encore, il donne la chasse aux cafards avec une obstination démente qui trahit une répulsion fascinée. Horreur ! il se métamorphose même en cloporte, sous l'influence, directe ici, de Kafka.

Ce personnage hors du commun a toute une théorie sur les mannequins, selon laquelle il se passe bien plus de choses dans la matière inerte que dans les êtres dits vivants. La seule personne capable de le ramener à la réalité n'est pas sa femme, indolente et passive comme une héroïne de Tchekhov, mais la domestique, Adèle, toujours en train de balancer des seaux d'eau sur le plancher dans un grand remue-ménage de savates et de balais. Le Père, alors, médusé par cette exhibition bruyante et vulgaire de vitalité, s'humilie jusqu'à se prosterner aux pieds de la dondon impérieuse en une abdication complète de sa virilité : répétition écrite des scènes naguère dessinées ou gravées.

On peut privilégier dans ces nouvelles l'aspect fantastique, l'art avec lequel Schulz matérialise ses fantasmes de bourgeonnements, de proliférations, de métamorphoses – obsessions à la fois enfantines et profondes qui font penser, par la précision des détails et la vivacité des couleurs, à du Ionesco illustré par un Chagall. Mais il n'est pas moins intéressant de découvrir l'arrière-plan sociologique et psychologique de ces textes qui forment une autobiographie à peine transposée, et, à l'arrière-plan de cette autobiographie, l'histoire des rêves et des échecs d'une Europe centrale à la recherche d'un statut toujours précaire, toujours menacé. La Galicie a appartenu tour à tour à l'Autriche, à la Russie, à la Pologne.

Le Père, c'est Jacob Schulz, commerçant en tissus, fidèle aux pratiques antiques d'un négoce « nocturne et cérémonieux ». Une sorte de Noé en état permanent d'ivresse métaphysique, non seulement incapable de s'adapter à l'ère industrielle, mais farouchement décidé à l'ignorer. Toutes ses extravagances, ses élevages de volatiles, ses chasses aux insectes, ses inspections minutieuses des trous du parquet, ne sont que des moyens de protester contre la nouvelle idéologie du rendement, de l'efficacité, du progrès. A travers lui, l'ancienne civilisation patriarcale livre son dernier combat, sublime et dérisoire, contre les techniques « américaines » de vente. Une âme d'enfant, de poète, de fou loge dans ce corps de drapier. La ville qui se transforme sous ses yeux, avec le développement du quartier des affaires et l'extension concomitante de la prostitution, il la vomit de toutes ses forces. Quitte à capituler devant celle qui en personnifie le mieux l'horreur, la laideur, la trivialité, cette Adèle dont les seaux et les balais font place nette des oiseaux, cafards et autres fantaisies délirantes. Adèle, la femme moderne, la femme pratique, mais aussi le symbole même de l'impureté, du Mal. L'élément féminin, s'il est lié pour Schulz au monde nouveau, au monde des affaires, par opposition au patriarcat de l'ancien temps, est aussi l'élément de séduction et de tentation qui agit sournoisement sur le Père et le pousse dans une contradiction dont la folie est la seule issue.

Pas seulement sur le Père. L'unique tableau qui a survécu au naufrage, intitulé *La Rencontre*, illustre l'ensemble de ces thèmes et généralise le complexe d'infériorité sexuelle de la race masculine. Sur fond de paysage urbain, un jeune juif en robe noire louche sous son chapeau à large bord vers deux élégantes que la Loi lui interdit de regarder en face.

Dans le plus beau chapitre des *Boutiques de cannelle*, on voit le Père, au fond de son magasin, juché sur ses ballots d'étoffe qu'il se refuse à vendre, parce qu'il préfère le voluptueux plaisir de palper et contempler les tissus à la vile réalité du commerce. Enfin, supplié par ses commis et par la foule des clients, il se décide : mais, de lui, n'attendez pas qu'il se mette à vendre en marchand ! Il se transforme en Moïse, fustigeant du haut des valeurs spirituelles qu'il incarne la troupe veule des mercantis idolâtres. « Grandi par la colère, la tête enflée en un poing monstrueusement pourpre, tel un prophète et un lutteur il assaillit les retranchements et commença à se déchaîner contre eux. Il pesait de tout son poids sur les grandes balles de laine, les arrachait de leurs rayons, chargeait sur ses épaules d'immenses pièces de drap et les faisait choir avec un martèlement sourd sur le comptoir… Ainsi se vidèrent les armoires, et leurs provisions vigoureusement vomies s'écoulaient en de larges cours d'eau. »

De la sociologie et de la psychologie au mythe, de la banalité du décor à la majesté du sens, du réalisme méticuleux à l'épopée héroïque : c'est ce va-et-vient continuel entre le quotidien et le sublime, le commercial et le biblique, le provisoire et l'éternel, qui fait de Schulz un écrivain de la race des Melville, des Thomas Mann, des Gombrowicz – Gombrowicz, son compatriote et ami, sur lequel il a écrit un essai pénétrant. Comme de l'Achab de *Moby Dick*, comme des frères et fils Buddenbrook, comme du Grégoire de Kafka, comme du héros de *Ferdydurke*, on se dit du Père schulzien : est-il un vaincu misérable dans le triste combat pour la vie ? Ou le vainqueur glorieux de quelque lutte surnaturelle ? Fascinante ambiguïté, qui fait des stigmates les plus évidents de la déconfiture les signes mêmes d'une secrète élection : le chemin même, en somme, qu'a parcouru l'artiste et l'écrivain Bruno Schulz, englouti provisoirement dans le naufrage de sa nation et de sa communauté, ressuscité avec éclat aujourd'hui.

Simenon (Georges)

I. Le vestiaire

Tigy, c'est la première épouse. Il n'avait pas dix-huit ans quand il fit sa connaissance à Liège, lors d'un réveillon. Elle, presque trois ans de plus. Ce fut tout de suite l'amour fou, ponctué d'innombrables lettres. Ils habitaient la même ville, mais leurs parents désapprouvaient leur liaison et s'opposèrent plusieurs années à leur mariage. Dès le début, le ton est donné.

« Maintenant c'est une infinie nostalgie de toi, des frissons qui me secouent rien qu'à l'idée de ta bouche, de ton regard, du frôlement de ta robe ! Et j'en ai une soif de toi, dévorante, lancinante. J'ai des envies folles, furieuses, de rouler ma tête sur tout ton corps, de l'enfouir dans ta poitrine, de te serrer, de te briser. Ou plutôt non, je préférerais rester tout contre toi, sans bouger, à suivre tous deux la même pensée, en frissonner ensemble, rien qu'à la pensée de notre amour. Car je frissonne, je grelotte, sans raison, j'ai des sanglots plein la gorge… » (janvier 1921). Et ainsi de suite : jusqu'à la fin de cette correspondance, on relève la même boulimie sexuelle enrobée de caoutchouteuse emphase : « J'ai envie de coucher mon front sur le papier et de rester là, sans bouger… Je veux penser à toi, m'enivrer de toi, jusqu'à devenir fou, oui… » (janvier 1923).

Ces banalités, ce pathos méritaient-ils la publication[1] ? Ces fièvres et ces gémissements apportent-ils un élément nouveau à la connaissance de l'écrivain Simenon ? Un élément capital, car ce bouillonnement de transports enthousiastes, cette effervescence de mièvreries roucoulantes représentent exactement tout ce qui fera horreur au romancier, tout ce dont il se sera purgé avant de commencer son œuvre. Mais il fallait qu'il s'en purgeât, il fallait que ce romantisme conventionnel qui était en lui, dans son tempérament, trouvât un exutoire, il fallait qu'il se dépouillât de cette graisse émotive. Bénies soient donc ces lettres, où Simenon s'est libéré de ce qu'il y avait de banal et de mou dans sa nature, où il a exploité à fond sa veine sentimentale et bêlante, de manière à renaître purifié du mauvais style et pouvoir écrire ses romans avec ce laconisme, cette neutralité qui font sa gloire. La correspondance avec Tigy a été le vestiaire du romancier, il s'y est débarrassé des lieux communs qui encombraient sa plume, il y a lancé, comme un bon sportif avant l'épreuve, le cri bête du cœur qui, une fois poussé, laisse les muscles libres pour la course comme il a donné l'élan à l'écriture maigre du commissaire Maigret.

En décembre 1922, Georges arrive à Paris, dont il entreprend la conquête, armé de sa seule volonté. Le deuxième intérêt de ce volume, c'est de nous montrer les débuts du jeune Belge dans la capitale française. Sans un sou en poche, il entre dans le journalisme comme le taureau dans l'arène, fonçant sur le premier article à écrire, la première personnalité à rencontrer, galopant d'un patron à l'autre, avec le seul appui de Binet-Valmer, un écrivain assez connu à l'époque,

1. *A la conquête de Tigy. Lettres inédites 1921-1924* (Julliard, 1995).

auteur entre autres de *Lucien*, le premier roman paru en France (1910) dont le héros soit ouvertement homosexuel. Particularité remarquable : le cas de Lucien est présenté avec une certaine sympathie, le jeune homme n'est ni jugé ni condamné, et le livre se termine sur un *happy end* encore plus surprenant, le départ de Lucien et de son amant Reginald pour Naples.

Simenon n'a pas entendu cette leçon. Des homosexuels, plus tard, il fera la caricature (dans *Pedigree* notamment), les jugeant d'un point de vue moral qui tranche avec son universelle compréhension des êtres. Cette catégorie de marginaux lui reste complètement étrangère et soulève en lui une animosité violente. Avec non moins de hargne, il se bute contre les juifs, traitant son camarade de chambrée militaire de « youpin pur sang », épithète assortie d'un commentaire déplaisant. Erreur de jeunesse, selon Francis Lacassin, l'éditeur de ces lettres, qui se donne beaucoup de mal pour excuser une telle bévue. Embarrassé par ces marques de racisme, il les attribue à l'antisémitisme verbal propre à l'entre-deux-guerres. En réalité, Simenon, malgré sa sympathie pour les clochards ou les chômeurs, est demeuré toute sa vie le porte-parole de l'opinion moyenne, qui a de l'indulgence pour les déchus économiques, mais ne pardonne ni aux homosexuels ni aux juifs leur différence fondamentale.

On préfère l'entendre raconter sa découverte du Paris des garnis bon marché et des zincs à quatre sous. Disette chronique, bonne humeur et débrouillardise, avec des coups de cafard : un peu l'atmosphère des premiers films de René Clair. « C'est très émouvant, Paris. Il faut le voir en dessous. Et c'est très triste, infiniment triste. Ce n'est pas parce que l'on mange en musique que l'on mange à sa faim. Et l'on paie des manteaux de loutre en se nourrissant de croissants et de café crème. » En dessous : belle formule qui définit ce que sera l'art du romancier. Il décrira Paris dans la lumière rase des bistrots miteux et des chambres meublées au linoléum usé.

Le jeune Georges se refuse à visiter les musées, se rend une seule fois au concert. « Je vois tant de choses plus émouvantes… et vivantes. » « Paris, eh bien, on n'a pas le temps de le goûter – un quart d'heure par jour, quelquefois, par hasard !… On est poussé par la fièvre, par le travail. On ne regarde pas Paris, on ne peut le regarder parce qu'on est dans l'engrenage, comprends-tu ? Paris c'est beau pour les étrangers et les richards. Pour les autres, c'est une vie dont on a difficile de se passer *(belgisme)* quand on l'a goûtée, mais une vie éreintante, une vie de privations, d'économies, de travail forcené. »

Ici, nous tenons déjà le vrai Simenon, attentif au destin des paumés et des exclus, parce qu'il a commencé lui aussi par être paumé et se sentir exclu, mangeant de la vache enragée, comme il le répète à longueur de lettres. Il fait le récit de ses aventures et de ses déboires, le décompte minutieux de ses dépenses et de ses combinaisons de restaurant et de logement. Nous voyons vivre devant nous un personnage du romancier futur, énergie de caractère et volonté de réussir en plus. « Il y a en moi un sacré lutteur. » Faire la dînette avec deux grammes de rillette étalés sur trois croûtons n'entame en rien ses facultés combatives, tout en lui apprenant à être solidaire des détresses qu'il côtoie. C'est dans ses propres expériences de jeunesse, quand il était seul à Paris, qu'il a puisé les éléments pour élaborer le tableau le plus complet de la misère, sociale et psychologique, du XXe siècle.

II. De l'autobiographie au roman

Dans l'enfance de Simenon, les rasoirs de sûreté n'existaient pas. Devenu en 1923 secrétaire du marquis de Tracy, le jeune homme de vingt ans entendit raconter cette anecdote. Un paysan avait demandé au marquis : « Combien de fois par semaine vous rasez-vous ? » Et le marquis avait répondu : « Un gentleman se rase chaque matin. » Cet échange de phrases, dit Simenon dans une de ses *Dictées* (26 septembre 1976), ne lui est jamais sorti de la tête. Plus de cinquante ans après, il se souvenait de cette conversation, miroir de l'époque. En effet, jusqu'à l'invention du rasoir de sûreté, on se servait du rasoir-couteau, difficile et dangereux à manier, affaire de spécialistes. Deux seules solutions : soit mander chez soi un barbier, soit se rendre, le samedi après-midi ou le dimanche matin, dans la boutique du coiffeur. Les riches d'un côté, qui se faisaient raser à domicile, de l'autre les citoyens plus modestes, qui n'avaient les joues lisses que le dimanche. « Monsieur Gillette a abattu cette barrière entre deux parties de l'humanité en inventant son rasoir de sûreté. »

On pourrait gloser à l'infini sur cette partition de l'humanité entre glabres et barbus. Qu'est-ce qu'un gentleman ? se demandait Simenon. Il aurait pu remarquer aussi que la réponse du marquis n'était qu'approximative : un gentleman ne se rase pas chaque matin, il se fait raser, il paye quelqu'un pour le raser. Et que Gillette, l'auteur de cette révolution, ne figure dans aucun dictionnaire français, ni dans le Grand Larousse, ni dans le Robert : une omission qui aurait renforcé Simenon dans sa défiance contre la culture, les hommes de culture, les détenteurs du savoir. Après l'invention du rasoir de sûreté, il s'est rasé chaque jour. Tout en demeurant du côté de ceux qui ne se faisaient raser que le dimanche. « Au fond du cœur, je suis resté un manant. » Un manant, non un gentleman. Un manant richissime, un manant châtelain, mais un manant. Et, pouvons-nous ajouter, quelqu'un qui préfère la communauté, populaire et chaleureuse, de la boutique du coiffeur, à la solitude du rasage à domicile. De quelque manière qu'on exploite cette formule, Simenon nous apparaît, à travers la masse impressionnante de ses écrits autobiographiques, comme un homme d'avant Gillette. Fidèle à la classe sociale d'où il est issu (les « petites gens ») et aux goûts de cette classe (l'échoppe, la promiscuité, la rue, le marché).

De ce pur romancier, dont la force créatrice fascinait Gide, de cet extraverti-né, personne ne se serait attendu qu'il se muât en autobiographe. Premier essai en 1940, tenté à la suite d'une erreur de diagnostic, après que son médecin lui eut annoncé qu'il n'en avait plus que pour deux ans à vivre. Il voulait, nous dit-il, fixer à l'intention de son fils Marc, alors âgé de dix-huit mois, l'histoire de sa famille et de son enfance. D'où ce *Je me souviens*..., interrompu avant la fin, publié en 1945, et doublé, en quelque sorte, par un roman, *Pedigree* (1948), où il reprit le récit de son enfance, mais, sur les conseils de Gide, sous une forme objective, en supprimant le « je » et en se dépeignant sous le nom de Roger. Henriette, sa mère, est devenue Elise, Désiré, son père, gardant son vrai nom dans le roman. Cette différence dans le traitement des parents est en elle-même éloquente. On peut en conclure que le petit Georges (et même le Georges devenu grand) était beaucoup plus proche de sa mère que de son père, puisque, pour mettre à distance sa mère, il a dû la débaptiser et la rebaptiser, opération inutile pour le père, presque un « personnage » déjà, lointain et comme étranger.

Je me souviens… est un beau livre, une évocation, juste et sensible, de Liège au début du siècle, du conflit entre les Simenon wallons et les Brüll flamands, ceux-là sédentaires et solides dans leurs traditions et leurs humeurs, ceux-ci nomades et instables, ceux-là n'aimant que les viandes bien cuites, les pommes frites, les petits pois et les carottes au sucre, ceux-ci que les potées grasses, le chou rouge, les harengs saurs, les fromages forts et le lard gras. Une géographie savoureuse, un document qui émeut. *Pedigree*, cependant, débarrassé de la sentimentalité qui imprègne les souvenirs, est plus fort. Gide eut raison de pousser l'auteur à écrire un roman, un véritable roman. En objectivant son enfance, en prenant ses distances par rapport à l'expérience vécue, Simenon a brillamment démontré de quel « progrès » il était capable quand il transformait le matériau autobiographique en création romanesque.

Il serait passionnant de rapprocher, page par page, phrase par phrase, *Je me souviens…* et *Pedigree*. Certes, les chapitres ajoutés de toutes pièces, comme le récit de la grève et de la répression policière, frappent par leur puissance. Plus significative encore est la transmutation d'un même passage, qui, détaché du souvenir individuel, acquiert une valeur intemporelle, universelle. Ainsi, dès le début, la description de Liège, le soir de la naissance de Georges. Dans le souvenir (transmis par les parents) : « Il fait froid. Il pleut. Il fait gluant. Il fait cinq heures du soir et toutes les vitrines sont éclairées. » Dans la mise en scène romanesque : « Dehors, quelque part – c'est simplement dans la rue Léopold – une vie étrange coule, sombre parce que la nuit est tombée, bruyante, pressée parce qu'il est cinq heures de l'après-midi, mouillée, visqueuse parce qu'il pleut depuis plusieurs jours ; et les globes blêmes des lampes à arc clignotent devant les mannequins des magasins de confection, les trams passent en arrachant des étincelles bleues, aiguës comme des éclairs, du bout de leur trolley. »

Sombre, bruyant, visqueux, la foule, les magasins, les trams : le décor des romans de Simenon est là, dressé devant nous, avec leur atmosphère, leur éclairage, leurs couleurs. Une comparaison méticuleuse ne pourrait que confirmer notre première impression : *Je me souviens…* n'était qu'une ébauche de roman, un roman non dégrossi, qui n'a pris son ampleur, son épaisseur, sa vigueur que transposé sur un plan impersonnel. En 1940, Simenon n'avait que trente-sept ans, il n'était pas mûr pour l'autobiographie, il se faisait violence en se retournant sur lui-même, sur son passé. Il était encore, et il resterait pendant plus de trente ans, le pur romancier, le créateur de personnages extérieurs à son propre individu.

Un des avantages (pour nous, lecteurs) de l'autobiographie sur le roman, c'est la possibilité pour l'auteur de s'y livrer à des confidences. Le romancier de *Pedigree*, fidèle à la règle de l'impersonnalité, se garde d'intervenir dans son récit, s'interdit la moindre opinion, le moindre jugement, tandis que le narrateur de *Je me souviens…* égrène au fil des pages quelques articles de son credo. A la fin du chapitre 15, s'adressant à son fils Marc, il résume pour lui sa philosophie sociale. Sa mère, lui a-t-il raconté auparavant, avait pris des locataires pour arrondir ses revenus et échapper à la mesquine fatalité du « strict nécessaire ». Il y en avait trois, une jeune révolutionnaire russe, un Polonais de Cracovie et une juive de Varsovie ; tous trois pauvres, tous trois affamés, chacun muré pourtant dans son alvéole et refusant de communiquer avec les autres. « Les voilà réunis, méprisants et silencieux, autour d'une table, près du poêle aux quatre cafetières, avec les boîtes en fer-blanc qui contiennent les victuailles, et Henriette qui leur sourit parce que ce sont ses locataires et qu'ils paient. » Partagée entre le souci de sa dignité et l'obsession de la misère, elle ravaude les chaussettes tout en mendiant leurs sourires.

« Je ne sais pas, petit Marc, si heureux aujourd'hui dans tes jardins, si tu comprendras ces pages ou si tu souriras en les lisant. C'est pourtant un drame immense, sans cesse renouvelé au cours de l'Histoire, c'est la poussée inconsciente des humbles, la lutte instinctive contre la condition humaine, c'est l'épopée des petites gens. »

Et encore : « Et qu'importe le château où tu vis, qu'importent tes vêtements blancs que ta grand-mère aurait appelés des vêtements de petit prince, qu'importent ta gouvernante et tes jouets luxueux : de ces petites gens nous sommes, ta mère et moi, et toi. »

L'épopée des petites gens : n'est-ce pas la formule qui résumerait le mieux l'univers romanesque de Simenon ? Dans une des *Dictées* (14 octobre 1976), il a rappelé comment la Liège de son enfance était divisée en trois parties, correspondant aux trois classes de la société. Il y avait le quartier des hôtels particuliers, construits en pierre de taille, dont les occupants, propriétaires, administrateurs ou gros actionnaires des usines qui encerclaient la ville, vivaient calfeutrés chez eux, avec un nombreux personnel enfermé dans la cave-cuisine derrière un grillage. Puis les quartiers ouvriers, à la périphérie, noirs de charbon et de suie, où des esclaves au torse nu s'affairaient jour et nuit autour des fourneaux. Enfin, entre ces deux zones, les quartiers des « cols blancs », c'est-à-dire des petits employés, tel Désiré, le père de Georges, tirés à quatre épingles, pauvres mais dignes.

Le romancier, comme on sait, recrutera ses héros presque exclusivement dans cette troisième classe, la classe intermédiaire des « petites gens », employés, boutiquiers, fonctionnaires, retraités, paumés de toute espèce. Ni dans la haute société, ni parmi les prolétaires du charbon. Il restera toute sa vie fidèle au milieu de son enfance, de son père et de sa mère. Il aura beau posséder des châteaux, des Rolls et stipendier une domesticité nombreuse, il sera le romancier des humbles, l'entomologiste des fourmis, le chroniqueur de ceux qui luttent pour leur survie et bornent leur idéal à une honnête médiocrité. On ne comprend ce choix qu'à la lumière de l'autobiographie. Les drames de ses milliers de personnages ne sont que des variations sur le drame originel de ses parents. Ses couples de minables et de ratés ne sont que la projection sans cesse répétée, l'orchestration symphonique, l'amplification amoureuse du couple primitif d'Henriette Brüll et Désiré Simenon.

Henriette n'emmenait jamais son fils du côté des usines et des gueules noires. Elle l'éleva dans le préjugé petit-bourgeois que les ouvriers sont des gens mal élevés, des individus dangereux, des éponges à genièvre, des ivrognes, qu'ils ont la haine dans le cœur et l'injure à la bouche. C'est plus tard seulement, par lui-même, qu'il découvrit que la vérité ne correspondait pas à ce cliché façonné par l'ignorance et la peur ; trop tard pour éprouver autre chose devant ces forçats de la houille que la sympathie émue du sociologue ; trop tard pour les inclure dans son univers romanesque. Pas de *Germinal* dans cette œuvre immense, pas de Zola en cet enfant des mines. Il ne se sent solidaire que du monde qu'il a connu tout petit. Outremeuse, la rue Puits-en-Sock du grand-père Simenon, chapelier, les rues Léopold et Pasteur du ménage de Désiré, employé dans une compagnie d'assurances, et d'Henriette, ancienne vendeuse dans un grand magasin, puis tenancière d'une modeste pension de famille où ses trois locataires apportaient, par économie, leur manger dans une boîte en fer-blanc.

A l'autre bout de l'échelle sociale, on ne rencontre guère de riches, non plus, de hauts et puissants personnages chez le romancier Simenon. Au début de ses *Mémoires intimes*, il s'en explique, pour répondre à la question d'un journaliste. « Comment se fait-il qu'on ne trouve jamais de gens du monde, de personnages importants dans vos romans ? – J'ai été forcé de réfléchir. Chez mon marquis de patron, j'avais côtoyé l'aristocratie et la finance et les avais vues de près. Je répondis cependant : Je ne pourrai créer un personnage de banquier que lorsque j'aurai mangé l'œuf à la coque du matin avec un vrai banquier. »

Certes, Maigret, quelquefois, obligé de se mêler à tous les milieux, fréquente les hôtes du Bottin mondain et de l'Annuaire des châteaux. Mais il ne les aborde, précise Simenon, « qu'avec reluctance ». Tiens ! un anglicisme, si rare sous sa plume, et qui fait figure, ici, de mot savant, c'est-à-dire de ce qu'il avait en horreur. Plus qu'aucune déclaration explicite, ce *lapsus calami* montre à quel point il se sent mal à l'aise pour évoquer les grosses légumes de la politique et de la finance.

La recherche de « l'homme », dit-il en plus d'un endroit, a été sa constante préoccupation. Et cet homme, dans sa vérité, dans son authenticité, on a peu de chances de le trouver dans les salons, dans les banques, ni parmi ceux dont le portrait est affiché sur les murs des villes. Qui incarne le mieux l'homme ? « Les paysans, s'il y en a encore ? Les ouvriers ? Les savants ? Les intellectuels au langage sophistiqué ? » Réponse négative, évidemment, suivie de ce surprenant aveu : « Ma préférence va, pour être franc, à l'homme à peau noire et luisante que j'ai pu encore rencontrer dans sa tribu au cœur de la brousse ou de la forêt équatoriale et qui vivait, en ce temps-là, loin des Blancs, ignorant le sens du mot argent… Chez cet homme-là, chez ces femmes, j'ai découvert une dignité humaine que je n'ai rencontrée nulle part ailleurs. On les voyait, on les entendait à peine dans la nature avec laquelle ils se confondaient et vivaient au même rythme que celle-ci. »

Assurément, certains des plus beaux romans de Simenon ont pour cadre un pays noir ou d'anciens esclaves noirs. *Quartier nègre* se déroule à Panama, *Coup de lune* au Gabon, *L'Aîné des Ferchaux* au Congo. Mais ils sont en très petit nombre, et d'ailleurs dénués de tout pittoresque, de tout exotisme bon marché. Pour s'expliquer cette profession de foi déconcertante, il faut la replacer dans le contexte. Simenon a presque quatre-vingts ans. Sous le coup du suicide de sa fille Marie-Jo, il vient de commencer, en 1980, ses *Mémoires intimes*. En ce moment critique, il éprouve le besoin de se déculpabiliser, de se rejeter le plus loin possible du monde où Marie-Jo a été élevée, où il a élevé sa fille : argent, facilités, loisirs, dont il pense maintenant qu'ils ont fragilisé son enfant et favorisé la tragédie. Remords, volonté d'expiation, utopie d'une contrée soustraite à de tels cataclysmes : on s'étonne moins qu'il choisisse l'Afrique comme terre idéale, qu'il mythifie une société sans argent ni péché, qu'il cherche à se refaire une virginité sociale en s'imaginant de la même race que les hommes « à peau noire et luisante », sauvés de la faute d'Adam par le contact permanent avec la « nature ».

Le Simenon authentique, il faut le chercher un peu plus tôt, dans les années 1970, quand il entreprend ses *Dictées*. En 1972, par un double coup d'Etat, il arrête deux décisions capitales, presque sans précédent dans une vie d'écrivain : renoncer à écrire des romans, vendre son château d'Epalinges pour s'installer dans un appartement à Lausanne. Il n'écrira plus de romans, mais dictera au magnétophone vingt et un volumes de souvenirs, sans compter les *Mémoires intimes* écrits à la main et publiés en 1981. Or, dans ces vingt et un volumes de *Dictées*, un sentiment domine : le désir de renouer avec son passé de Liège, avec les impressions, avec les émotions de son enfance. De reprendre le rêve le plus constant de sa vie, même si sa fulgurante carrière semble l'y avoir rendu infidèle. « Le rêve de vivre à un premier étage, dans une rue populeuse, d'où je regarderais la foule des ménagères autour des petites charrettes des marchandes des quatre-saisons. » D'où la vente du château (qu'il avait pourtant fait lui-même construire, selon ses plans et ses goûts), d'où la vente des voitures, la retraite dans un appartement, le renoncement au luxe, le retour, dans la mesure du possible, à la vie des « petites gens », aux distractions simples, aux promenades à pied, aux visites du marché, où il choisit lui-même le poisson, les fruits.

Au soir de sa vie, on dirait (car, pudeur ou inhabileté à l'auto-analyse, à l'introspection, il ne parle qu'à mots couverts et il faut lire entre les lignes), on dirait qu'il découvre quel leurre, quel mensonge a été cette continuelle accumulation de gains, cette prodigieuse contrepartie commerciale de ses succès littéraires. En acceptant la richesse, il a en quelque sorte trahi son milieu d'origine, renié son enfance, désavoué ses parents. Il aspire désormais à redevenir pauvre, à feindre au moins d'être pauvre (puisque les incessantes réclamations financières de sa deuxième femme, dont il est séparé, l'empêchent de prendre la bure pour de bon), à faire comme s'il n'était pas un des auteurs les mieux payés de la planète.

Ce vœu d'humilité, ce franciscanisme qu'on veut croire sincères rendent si émouvantes les *Dictées*. Oui, semble-t-il nous dire, j'ai vécu une grande partie de ma vie dans les châteaux ou les palaces, à Paris je descendais au Claridge ou au George-V, j'avais des chauffeurs pour piloter mes Rolls et mes Jaguar, jusqu'à dix domestiques à Epalinges, j'ai fréquenté tous les grands, ou prétendus grands, de ce monde, mais ma vraie nature, que je ne veux pas mourir sans avoir retrouvée, mon vrai moi, avec lequel je veux me fondre à nouveau, le vrai Georges est autre. Je n'ai jamais cessé d'être, au fond, le petit garçon de la rue Léopold évoqué dans *Je me souviens*..., le saute-ruisseau « né chez Cession, au deuxième, chambre et cuisine sans eau ni gaz, d'une maman vendeuse à l'Innovation, rayon de la mercerie, et d'un papa qui a été toute sa vie employé d'assurances ».

Comme s'il n'y avait pas de paix, de réconciliation avec soi-même, sans la régression de l'adulte comblé vers l'enfant démuni, sans le dépouillement de tous les oripeaux de l'âge mûr et la récupération de l'identité première. Pas de salut en dehors des émotions inaugurales qui ont accompagné son entrée dans la vie.

Rôle de toute autobiographie d'écrivain : permettre de saisir l'unité de la vie et de l'œuvre, de rattacher les caractères de cette œuvre à l'expérience vécue de l'auteur, à sa manière de respirer, d'être au monde. Non seulement les sujets, les thèmes, les situations dramatiques, mais jusqu'aux procédés de composition et de style.

La conception même que Simenon se fait de l'autobiographie, la méthode (ou plutôt l'absence de méthode) dont il use pour la mener à bien ressemblent étrangement à sa conception du roman et à ses méthodes romanesques. Fragmentaires, décousues, éparpillées. L'autobiographe, d'habitude, rassemble en un livre unique et composé avec le soin du portrait (Rousseau,

Goethe, Chateaubriand) l'image qu'il entend laisser de lui-même. Il ne se lance dans cette entreprise que pour se ressaisir, se tendre un miroir où il se reconnaisse. Rien de tel pour Simenon : son image, il la dilue en pas moins de vingt-sept volumes, espacés à des années d'intervalle, les uns écrits, les autres parlés, et sans souci de continuité chronologique. Le premier rédigé, *Je me souviens*... (en 1940, publié en 1945) couvre la petite enfance à Liège, les trois cahiers de *Quand j'étais vieux* (écrits de 1960 à 1962, publiés en 1970) sont plutôt des notes à bâtons rompus, *Lettre à ma mère* (1974) marque un brusque resserrement du souvenir, les vingt et un volumes de *Dictées*, qu'il appelle aussi « bavardages », constituent un journal de vieillesse, enfin les *Mémoires intimes* manifestent *in extremis* la volonté de mettre un peu d'ordre dans ses souvenirs, de raconter plus continûment sa vie, à partir de la quinzième année.

Plutôt qu'un tout suivi, donc, vingt-sept fois des bribes de réminiscences, disséminées au gré des intermittences de la mémoire et des sautes d'humeur. Il ne veut pas, répète-t-il, être le personnage central d'un roman véridique. Répugnant aux souvenirs, trop conscients, il s'abandonne au flux irrégulier des images, préférées parce qu'inconscientes – semblable en cela aux peintres impressionnistes, qu'il a toujours admirés et qui procèdent par taches de couleur, sans structure contraignante, semblable même aux savants, qui, tel Charles Nicolle, l'auteur d'un de ses livres de chevet, *Physiologie de l'invention*, accordent la priorité au subconscient sur l'intelligence. A la différence du moi de la plupart des écrivains, fort, concentré, exigeant, l'ego de Simenon semble étrangement flou, incertain, délayé. Un grand invertébré sans charpente, spécimen unique dans le zoo littéraire.

On ne peut s'empêcher de rapprocher ce manque, ou cette faiblesse, du sentiment individuel et l'éparpillement géographique de cette vie : Belgique, France, Afrique, Floride, Arizona, Californie, Connecticut, Côte d'Azur, Suisse. Trente-deux maisons. Chaque fois, il pensait s'installer pour longtemps. Parfois, il bâtissait, pour être plus sûr de résider dans un lieu de son goût. Et puis, d'un jour à l'autre, sans raison valable, comme il le raconte dans une des *Dictées* (7 juillet 1978), il se sentait « étranger » chez lui. Il n'y avait plus de contact « entre moi et ce qui m'entourait ». Il s'apercevait qu'il n'avait été qu'un visiteur dans une maison qui n'avait aucun rapport avec lui. Retenons ce terme d'*étranger*, et notons que, avant le récit d'Albert Camus, le romancier Simenon a exprimé ce sentiment intime d'aliénation éprouvé par Georges, dans certains de ses meilleurs livres, *L'Homme qui regardait passer les trains* (1938) ou *La Veuve Couderc* (1942).

Moi dilué, décentré, éparpillé en dizaines de pays et de logis, éclaté, pulvérisé en milliers de relations féminines. Et, parallèlement, auteur dispersé en 215 romans (sans compter la multitude des œuvres signées Sim ou d'un autre pseudonyme). Je vois en outre une corrélation étroite entre l'écriture lâchée de Simenon, ce style à la va-vite, ces négligences qu'on lui a tant reprochés, et son organisation biologique et psychique.

A la lumière de l'autobiographie, on se rend compte qu'il ne pouvait pas écrire autrement. Soigner son style signifie contrôler sa vie. Sans contrôle de sa vie, comment espérer surveiller son écriture ? Comment avoir même l'idée de s'intéresser aux problèmes du style ? Le style lâché n'est qu'une conséquence du moi centrifuge. L'étonnant, dans le cas de Simenon, c'est qu'il est quasiment seul, dans l'histoire de la littérature, à présenter un moi aussi peu crispé sur lui-même. On devient écrivain, en général, par excès de moi, pour donner une issue à ce trop-plein. Egotisme, solipsisme, tour d'ivoire : de quelque nom qu'on appelle cet orgueil ou cette malédiction de l'écrivain, il semble que ce soit la condition nécessaire pour devenir auteur. Pour tous les autres, mais pas pour Simenon, toujours ailleurs qu'en lui-même, toujours prêt à repartir, à changer de maison, de roman, de femme, toujours en quête d'une identité à jamais fuyante et insaisissable.

Sans vie intérieure, semble-t-il, à l'instar de son plus célèbre personnage, le commissaire Maigret lui-même. Rien n'est plus fascinant que de constater comment cette fameuse « mollesse indéfinissable » du commissaire n'est qu'une transposition romanesque d'un trait autobiographique. Quelle est la méthode de Maigret ? Faire le vide en lui. Alors que ses collègues échafaudent des hypothèses, lui cherche la vérité dans l'absence de toute conjecture. Attendre, regarder, se vider de son moi. Rejoindre cette nullité de l'ego propre à Georges Simenon. « Qu'est-ce que vous pensez ? murmura enfin le policier de Groningen. — Voilà la question ! Et voilà bien la différence entre nous deux ! Vous, vous pensez quelque chose ! Vous pensez même des tas de choses ! Tandis que moi, je crois que je ne pense encore rien… » *(Un crime en Hollande.)* Plus loin : « Et Maigret regardait d'abord Jean Duclos, ensuite Pijpejamp, de ce regard lourd mais impénétrable qui le faisait passer auprès de certaines gens pour un imbécile. Car ce regard était si stagnant qu'il paraissait vide ! » Apologie de « l'imbécillité », pataugeage dans le rien, conviction que la lumière ne peut jaillir que dans un cerveau délesté : de même, le romancier tirait ses personnages d'une sorte de vacance intérieure, et leur force tient à ce que l'auteur ne pèse ni de près ni de loin sur leur destin. Pas question de leur prêter le moindre fragment de son ego, ni de les investir d'un message, ni de se servir d'eux pour sa propre satisfaction esthétique.

Cependant, les trois cahiers de *Quand j'étais vieux*, l'œuvre où il a mis le plus de pensée, le plus de réflexions, nous apprennent que l'écrivain n'était pas si indifférent au style. « Lorsque, la semaine dernière, le Congo a été à l'ordre du jour de l'actualité (quel style !), j'ai eu la curiosité de relire les articles écrits en 1932. J'ai eu la surprise, d'abord, de constater que mon style d'alors était plein de facettes, beaucoup plus brillant que mon style d'aujourd'hui, et cela m'a enchanté car, pendant des années, mon principal effort a été de simplifier, de feutrer, de rendre mon style aussi neutre que possible afin d'épouser plus adroitement les pensées de mes personnages » (22 juillet 1960). Autre passage, le 8 janvier 1961 : « Je n'essaie jamais, dans ces cahiers, d'aller au fond d'un sujet, ni de raconter complètement une anecdote. Par paresse ? Peut-être un peu. Surtout parce que je m'efforce de suivre aussi fidèlement que possible le fil de la pensée. Je voudrais que ce soit une sorte de sténo, ou d'enregistrement de la pensée, avec tout ce qu'elle a de capricieux et d'incomplet. C'est le seul moyen d'être sincère. Je ne me préoccupe pas du style. Au contraire. Si le mot juste me manque un instant, je n'attends pas de le trouver, ce qui serait à mes yeux un artifice. »

Même impatience quand il écrit ses romans, ce qui ne signifie pas mépris du moyen d'expression. Ces quelques lignes définissent assez bien le credo esthétique du romancier : recherche de la sincérité, quitte à recourir à la sténo, éloignement de tout ce qui dénature la pensée. Simenon ne se met pas en quête d'un autre mot que celui qui traduit immédiatement l'état d'esprit de son personnage. Dans *Un homme comme un autre*, première de ses *Dictées*, il raconte comment, pendant un temps, il avait essayé d'écrire ses romans à la main, au lieu de les taper directement à la machine. Mais, en tapant ensuite, il était obligé de beaucoup changer. « La machine à écrire ne permet guère les fioritures, les repentirs, les phrases bien coulées que je n'aime pas. J'ai abandonné cette méthode. Je sentais que, de plus en plus, j'avais tendance à faire de la littérature. »

Voilà le grand mot jeté, le mot honni : la littérature. Il faudra un jour étudier le style de Simenon, comme on étudie celui de Gide ou de Proust. Un style qui tourne le dos à la littérature, un style qui se moque de la littérature, mais qui n'en est pas moins un style, soutenu par une pensée du style. Bien que Simenon n'aborde que rarement ce sujet, on relève, çà et là, dans les *Dictées*, quelques idées directrices : la préférence pour ce qu'il appelle les mots « matière », et le souci d'éviter les mots abstraits, qui « ont rarement le même sens pour deux individus » (1er avril 1974) ; la chasse aux adjectifs, qui alourdissent et encombrent (13 avril 1978) ; le refus des métaphores du type « ses yeux couleur d'améthyste », car la comparaison consiste presque toujours à décrire une chose connue et familière en la comparant à la chose la plus rare possible qui nous oblige à ouvrir le dictionnaire (8 décembre 1978) ; le goût de la simplicité ; la méfiance des ornements, même des allitérations (il critique drôlement le vers de Racine sur les serpents qui sifflent) ; la décision, quand il veut dire il pleut, d'écrire il pleut (même date) : un précepte qui eût rallié les plus grands maîtres de la prose française, Pascal ou Molière.

Cela étant dit, la conscience du style reste précaire, fugitive chez le romancier Simenon. Pour commencer un roman, dit-il dans *Un homme comme un autre*, il faut qu'il entre en état de grâce, et l'état de grâce, c'est « une vacuité complète de soi-même ». De même qu'il est somnambule depuis l'enfance, de même ses romans procèdent d'une sorte d'écriture automatique. Un phénomène presque physiologique, s'il est vrai, comme il nous le rapporte, qu'après chaque chapitre écrit à la vitesse faramineuse que l'on sait, il devait changer sa chemise, bonne à tordre tant elle était trempée de sueur. Plus jeune, il vomissait même, après l'effort de la création.

Comment ne pas rattacher cette « vacuité » du moi écrivant à tous les thèmes de cette vie ? D'abord l'étendue sans fin, le paysage ouvert de la plaine belge. « Le plat pays, vois-tu, le Limbourg belge et le hollandais, c'est de là que je tire mes origines. Du côté maternel comme du côté paternel. Le ciel y est immense, faute de collines. Le lointain plus lointain qu'ailleurs… » (*Mémoires intimes*, 5.) La marche à pied : « Quand j'y pense, je me rends compte, à soixante-dix ans, qu'où que je me sois trouvé, j'ai marché toute ma vie. C'était pour moi une nécessité : aller droit devant moi, le nez au vent, à humer les odeurs, à écouter des bruits, à happer des bribes de conversations et à me remplir les yeux d'images. » *(Un homme comme un autre.)* L'errance, de pays en pays, de maison en maison, qui n'est que de la marche amplifiée, et qui à son tour se retrouve transposée dans le destin des personnages romanesques : eux aussi sont privés de repères, ils dérivent dans la plaine sans fin d'une vie quotidienne réduite au dénominateur commun le plus banal. Chacun est toujours en train de partir, de fuguer, de fuir, parce qu'il n'a aucun endroit à lui. La fameuse « vacuité » n'est donc pas seulement de l'écrivain, elle est de tout être humain, dans la typologie et la psychologie de Simenon. Elle est même, nous l'avons vu, du détective, l'homme qu'on s'imagine bourré d'idées, de notions, de principes.

Dernier thème autobiographique, enfin : le vagabondage sexuel, marqué de la même absence de contraintes, du même flottement, du même abandon au vent, bon ou mauvais, de l'aventure.

Ses aventures féminines, il en parle avec un naturel confondant. Il n'a rien à cacher; rien à exhiber non plus. Ni pudeur ni ostentation. Il signale ce qui arrive à son corps, un point c'est tout. Un repas, une cuite, un coït : aucune différence. Dans son grand âge, il remplira ses *Dictées* de notations sur les divers accidents de la vieillesse : maladies, infirmités, jusqu'aux occlusions intestinales. C'est toujours le même parti pris : débarrasser la vie physique de toute hypocrisie. Les *Mémoires intimes* racontent tout au long sa vie amoureuse pendant la période américaine. Encore l'adjectif « amoureuse » n'est-il pas le plus approprié. Simenon ne met pas l'amour n'importe où. Il pense même qu'on abuse de cette notion pour encombrer de faux-semblants, d'artifices et de chichis une fonction qui relève de la nature plus que du sentiment. Profession de foi affichée sans ambages dans *Quand j'étais vieux* (22 février 1961) : « J'ai besoin, pour ne pas me sentir prisonnier de la société, de caresser une cuisse au passage, de faire l'amour sans déclaration, sans passion, de traiter le sexe, d'un instant à l'autre, dans mon bureau, n'importe où, comme on le traitait, comme on le traite, dans la forêt équatoriale ou à Tahiti. »

Absence de morale? Non. Morale de la liberté, haine des tabous, des interdits, des conventions, des mensonges. En Amérique, il voyage avec sa femme, Tigy, avec sa secrétaire, D., qui deviendra plus tard sa deuxième épouse, et avec Boule, une jeune fille qu'il a recueillie autrefois. Il n'a plus de relations sexuelles avec Tigy, vit une ardente passion avec D., ce qui ne l'empêche pas de coucher aussi avec Boule, et occasionnellement de se rendre dans les bordels ou de suivre dans leur chambre les strip-teaseuses d'une boîte. Sans rien cacher à aucune de ces femmes de ce qu'il fait avec les autres. Voilà le trait le plus remarquable, sans doute. Chacune est au courant, chacune sait qu'elle n'est pas la seule. Il souhaite de ses partenaires la même simplicité, la même tolérance – qui n'est pas tolérance, mais acceptation d'autrui, dans les besoins de son corps. La jalousie de Tigy, qui lui avait déclaré qu'elle se tuerait si elle apprenait qu'il la trompait, est sans doute ce qui l'a détaché d'elle. Elle l'obligeait à la tromper, chose qu'il avait en horreur. Pour lui, il n'y avait pas tromperie quand, ayant couché le matin avec une femme, il couchait l'après-midi avec une autre. Est-ce que, parce qu'on a mangé une fois à déjeuner, il faut se priver de dîner ? Tempérament exceptionnel, assurément (l'amour tous les jours, et plusieurs fois par jour), mais surtout, attitude mentale, ouverture d'esprit peu commune, volonté extraordinaire d'être à chaque minute franc, direct, transparent, sans ombre ni secret. C'est l'« obscénité candide » que Jean Passerat-Monnoyeur pratique avec la veuve Couderc.

Ses partenaires préférées ? Les « filles » sans doute, parce qu'elles ne prétendent pas à l'exclusivité. Cannes, 1955 : « Je fréquente un meublé de la ville, fort élégant, où l'on peut obtenir un rendez-vous avec d'aimables compagnes. Il m'arrive, sans attendre la fermeture d'un des deux cabarets, d'obtenir du patron la permission d'emmener une des danseuses à condition de la ramener à temps pour son prochain passage sur piste. Tout cela est simple et détendu, sans façon, et je garde de ces femmes un amical et souvent affectueux souvenir. » *(Mémoires intimes.)*

Le plus étonnant est qu'en appliquant ces méthodes il a fini par découvrir, en 1962, le grand amour de sa vie. Non à travers le sentiment, mais à travers le sexe, et uniquement le sexe. Il avait engagé à Milan une nouvelle femme de chambre, Teresa, qu'au début, quand elle eut rejoint sa famille en Suisse, il remarqua à peine. Un beau jour, entre elle et lui, presque à leur insu, sans intervention de leur volonté, le courant passa, aussi beau, pur, mystérieux et innocent que l'arc électrique quand on rapproche les deux électrodes. Comme dans les cabarets de la Côte d'Azur, tout fut « simple et détendu, sans façon ».

Mais écoutons-le raconter l'épisode :

« Un matin que je trouve Teresa seule, penchée sur la coiffeuse du boudoir, un désir vif d'elle me saisit et je la trousse, sans qu'elle bouge ou proteste. Jamais de ma vie, je l'affirme, je n'ai forcé une femme, d'une façon ou d'une autre, à accepter mes avances [...]. Elle m'a entendu entrer, m'approcher, sent ma main sur ses hanches et ne réagit pas quand je relève sa robe. J'en garde le souvenir dans les moindres détails. A peine l'ai-je pénétrée que je sens sa jouissance et, la mienne proche, je me retire à temps. » *(Mémoires intimes.)*

Ce serait ne rien comprendre à Simenon que de s'étonner que, commencée ainsi, par hasard, entre deux portes, la relation avec Teresa ait pu se transformer vite en affection, en tendresse, en amour – l'Italienne prenant peu à peu le premier rôle dans sa vie, amante, compagne, confidente, soutien, garde-malade, la « femme » enfin trouvée, qui l'aiderait à mourir et disperserait ses cendres dans son jardin.

Je la trousse, coiffeuse, boudoir : ces mots tombés en désuétude nous renvoient au grand siècle du libertinage et au seul homme avant Simenon qui ait manifesté autant d'aisance sexuelle, je veux dire Casanova. A cette différence près que, le siècle de Casanova étant beaucoup plus libre que le siècle de Freud, Casanova put goûter aussi bien aux garçons qu'aux femmes. Simenon, exclusivement hétérosexuel, et ne parlant des « pédérastes » que rarement et avec un mépris ostentatoire, montre par ce préjugé que l'éducation judéo-chrétienne l'avait marqué, à son insu, d'une forte emprise.

Si son aventure avec Teresa est la plus touchante de ses histoires féminines, les péripéties de sa passion pour D. nous plongent en plein dans l'atmosphère d'un roman de Simenon. Arrivé à New York en 1945, il cherchait une secrétaire, quand on lui signala une petite Canadienne. Rendez-vous au « Brussel's », un bar de la 78e rue Est, où il trouva une brune, très maquillée, avec de hauts talons et un bibi blanc. « Petite et maigre, noiraude, tout l'opposé de ma belle rousse dont j'avais caressé les longues jambes soyeuses avec tant de plaisir. » Tout l'opposé aussi de cette Teresa, femme solide et sur qui on peut compter. D. est instable, nerveuse, toujours au bord de la crise de larmes. Elle a eu beaucoup d'amants, sans jamais être satisfaite. Elle jouit difficilement, mais alors à fond, comme une bête. Le premier soir, après la rencontre au « Brussel's » et avant de monter à l'hôtel, ils marchent ensemble, interminablement, dans les rues de New York. « Elle me conduisit dans des rues sombres et pauvres, très loin, avais-je l'impression, des grandes artères illuminées. Elle n'hésitait pas, descendait quelques marches d'un escalier de pierre, poussait une porte sur un univers de fumée, de vapeurs d'alcool, de bière aigre et de voix. “Tu n'as pas peur ?” lui demandai-je. Les hommes sifflaient en la regardant et j'avais l'impression qu'elle en avait l'habitude. Certains lui lançaient quelques mots en slang et elle souriait sans broncher en se dirigeant vers le bar. »

N'est-ce pas un décor de Simenon ? Et cette habituée des bas-fonds, qui se donne des airs malgré un profond sentiment de détresse intérieure, n'est-elle pas un personnage de Simenon ? Une fois de plus, la nature a imité l'art. Simenon se fût-il attaché à D., s'il n'avait vu en elle l'héroïne romanesque qu'il cherchait ? Gamine n'osant regarder la vie en face, grue montée en graine, peureuse des hommes qui ne lui ont apporté jusqu'à présent que déboires et avanies, quémandant la tendresse sans se risquer à la demander, « par crainte d'être prise pour une pensionnaire ». Ame perdue à la dérive, faisant partie de la plèbe innombrable et anonyme des humiliés et offensés, pour reprendre la formule de Dostoïevski, un des auteurs de prédilection de Simenon. Et toute l'histoire, orageuse et lamentable, de leurs relations, sera une histoire à la russe. Un mariage où il est entré, semble-t-il, de la part de Simenon, autant de compassion que de fureur érotique. Un compagnonnage ardu et accidenté, lui essayant de la sauver d'elle-même et de son passé, la comblant de cadeaux, en faisant sa secrétaire privée, s'efforçant de la valoriser par tous les moyens, elle se gonflant d'importance, sans réussir jamais à surmonter son complexe d'infériorité initial.

Et c'est justement de ce fossé entre ses ambitions et ses moyens, entre ce qu'elle voudrait être – une grande dame, riche, à la tête d'un château, couverte de bijoux et de luxe – et ce qu'elle est demeurée au fond d'elle – une épave déboussolée –, c'est de cette illusoire aspiration à la respectabilité et au bonheur, de cette impossible rédemption que naîtra le drame. Elle en voudra à Simenon d'être restée la fille des rues et des bars, de n'avoir pas su gérer la fortune et le prestige qu'il lui a apportés. Elle s'essoufflera à l'égaler, à le dépasser, jusqu'à ce que la conviction de son échec transforme son attachement en haine. Elle deviendra exigeante, arrogante, insupportable, avant de sombrer dans le désordre mental.

Du sentiment d'infériorité à la recherche d'une compensation par le succès et l'argent, de la conscience du fiasco à la vengeance par l'agressivité, il y a là un pathétique et admirable portrait de femme. Admirable, parce que D. avant d'exister en elle-même, avant qu'il ne l'eût rencontrée, existait pleinement dans l'imaginaire du romancier. Teresa, avec laquelle il a été heureux, n'est pas un personnage de Simenon. D., enfer et damnation de l'écrivain, était une création de son esprit avant d'avoir été incarnée. Une paumée, une ratée, un spécimen, étincelant dans sa banalité, du peuple obscur des « petites gens » au destin misérable.

Et, faisant de D. le modèle de Kay, Simenon écrit, dans la foulée, *Trois chambres à Manhattan* (1946), son premier roman, dit-il, « qui traite de la passion ». « Il ne la trouvait pas séduisante. Elle n'était pas belle. Elle n'était même pas jeune. Et sans doute avait-elle reçu la patine de multiples aventures. » Simenon, ou un de ses personnages, pourrait-il vivre une « passion » avec une femme qui ne présente pas ces qualités, en quelque sorte, négatives ?

De ce même peuple de victimes, de rescapés d'un obscur désastre, était issue sa mère. Henriette Brüll, l'héroïne de *Je me souviens*..., l'inoubliable Elise de *Pedigree*. Elise, dure à la tâche, pour se faire pardonner d'exister, Elise, gémissante et courageuse, humble mais sachant se faire respecter, craignant toujours de déranger, angoissée, scrupuleuse, fière du clan des Peters flamands, défiante du clan des Mamelin wallons, bouleversée par les minuscules larcins qu'elle commet aux dépens de ses locataires, astiquant, repassant, cuisinant, mettant son point d'honneur à apprendre les bonnes manières à son fils, ayant peur de mal faire, serrée, parcimonieuse, en quête d'une impossible sécurité, douloureusement impuissante devant le destin, capable aussi de mots terribles, comme celui qu'elle assène à son jeune fils : « Quand la maman est morte, il n'y a plus rien », et partagée, devant son mari toujours si taciturne, serein, routinier, qui ne lui a jamais dit : « Je t'aime », entre la piété conjugale, le découragement, la rancune.

En 1974, quelque trois ans après la mort de sa mère, jugeant trop dur et inexact le portrait d'Elise, Simenon a essayé de rendre justice plus équitablement à Henriette. D'où cette *Lettre à ma mère*, un texte assez étonnant, non par sa volonté d'analyse psychologique ou psychanalytique, mais au contraire par le ton calme, détaché, superficiel – effleurant à peine la surface des choses. Pas de remue-ménage de l'œdipe, pas de descente aux abîmes, pas de règlement de comptes comme chez le Kafka de la *Lettre au père*. Simenon, posant sur sa mère le regard de la compassion étonnée, se demande pourquoi, de leur vivant, ils se sont si peu compris, si mal aimés. Il croit deviner la raison de sa propre animosité – un mot trop fort, assurément, disons plutôt : de sa réserve, de sa froideur. En se plaignant sans cesse d'être réduite au « strict nécessaire » et en arguant de la pauvreté de son ménage pour installer chez eux des locataires, Henriette accusait implicitement son mari d'incapacité ou d'incurie, reproche que le petit Georges, solidaire de son père, ressentait comme une offense. Cette ostentation d'indigence, c'est ce qu'il supportait le moins chez sa mère – et que maintenant, la regardant mourir à l'hôpital, il s'efforce de lui pardonner. « Toute la vie, tu as trottiné comme une souris. »

Mais peut-être lui en voulait-il pour d'autres motifs. Par exemple, on apprend, dans cette *Lettre à ma mère*, qu'Henriette, jeune veuve, s'était remariée. Georges avait quelque vingt-cinq ans à l'époque, et, bien qu'il évoque sans aigreur cet événement, on lit entre les lignes un refus catégorique du beau-père.

Plus grave encore, l'épisode, survenu des années après, de la mort de Christian, le frère de Georges. « Lors d'un de mes rares voyages à Liège, tu m'as regardé longuement, avec une attention soutenue, et tu as prononcé cette phrase que je n'ai pas pu oublier : "Comme c'est dommage, Georges, que c'est Christian qui soit mort." Cela ne voulait-il pas dire que, dans ton esprit, selon ton cœur, c'est moi qui aurais dû partir le premier ? » Imaginons la scène : le fils qui accourt à Liège pour embrasser sa mère, rarement revue depuis qu'il a quitté, à dix-neuf ans, la Belgique, et qui, au lieu de recevoir un accueil un peu chaleureux, s'entend reprocher d'être resté en vie. On ne sait ce qui frappe le plus ici, de la cruauté inconsciente de cette mère, ou de l'extrême économie de moyens avec laquelle ce fils raconte un événement qui lui a révélé, soudain, combien l'affection maternelle n'avait été, pendant toute son enfance, que façade et faux-semblant. Rien de plus saisissant que ce contraste entre l'intensité du choc subi et la sobriété du constat.

Bref passage, d'allure anodine, écrit sur le même ton posé, neutre, que le reste, mais il n'y a pas besoin d'être grand clerc en freudisme pour déceler ici la vraie source du conflit entre le fils et la mère. Un indice nous permet de supposer que Simenon savait depuis longtemps à quoi s'en tenir sur la réalité des sentiments de sa mère à son égard. Le mot, si dur, de Liège, ne lui aura pas « révélé » quel rang subalterne il tenait dans le cœur d'Henriette, mais seulement confirmé ce qu'il soupçonnait enfant. Il est probable que leur mère ne se cachait pas de préférer Christian, le cadet, au point de souhaiter la mort de l'aîné, si le destin (le dieu caché d'Henriette) avait décidé qu'un des frères devait être sacrifié.

Simenon n'a jamais pardonné ce choix à sa mère, et la preuve de son ressentiment, l'indice accusateur, c'est que, dans *Pedigree*, il a supprimé complètement la figure de Christian. Roger est le fils unique d'Elise et de Désiré. Meurtre symbolique, par lequel il a tué le rival et s'est assuré la place qu'on voulait lui ôter. Proust, on le sait, n'a pas commis un assassinat moins rituel, en excluant de la *Recherche* son frère Robert, en se présentant comme fils unique, en obligeant sa mère à n'aimer que lui.

Proust, Freud : est-il hors de propos de déranger d'aussi illustres cautions au sujet d'un auteur qu'on traite dédaigneusement de « populaire » ? Un feuilletoniste, à sec de culture intellectuelle ! Simenon s'est lui-même plu à se dire tel. Ayant quitté le collège avant la fin de ses études, pour gagner sa vie, il s'avouait autodidacte. Les bourdes ne manquent pas dans ses journaux et souvenirs. La plus solennelle entache le début des *Mémoires intimes*.

« Un imbécile prétentieux nommé Boileau, si je ne me trompe, a dit gravement que le moi est haïssable. » On a rarement accumulé autant de sottises en si peu de mots. Boileau, le premier critique de son temps, n'était ni imbécile ni prétentieux. A Louis XIV, qui lui demandait quel était le plus grand écrivain du royaume, il répondit : « Molière », réponse aussi courageuse que juste, l'auteur de *Tartuffe* n'étant guère en faveur à la cour. Quant au célèbre aphorisme, tout le monde sait qu'il est de Pascal ; prononcé non pas « gravement » d'ailleurs, mais dans la fièvre et la passion métaphysique ; et n'ayant aucunement la signification petite-bourgeoise que lui prête Simenon.

Quoi de plus étranger à son esprit que les moralistes du Grand Siècle ? Dans un volume des *Dictées* (7 juillet 1974), il nous donne la clef de sa défiance contre toute tentative d'universalisation psychologique. « J'ai découvert que j'ai passé ma vie à courir après quelque chose qui n'existe pas. Je parle de l'homme. Je ne crois pas que l'homme existe, mais je crois qu'il existe des milliards d'individus qui n'ont à peu près rien de commun entre eux, sinon certains organes. » Et, plus loin (8 juillet), il déclare que la science la plus importante est d'essayer de comprendre « ce qui fait qu'un homme n'en est pas un autre ». Les moralistes, comme La Bruyère ou La Rochefoucauld, s'intéressent à *l'homme*, à ce qu'on trouve d'universel, d'intemporel dans la « nature humaine », ils cherchent à dégager le type, un Pascal, un Bossuet ignorent résolument les contingences où se débat le commun des mortels, alors que seuls *les hommes*, dans leur infinie diversité, chacun façonné par son milieu, sa famille, son éducation, ses habitudes, sa santé, son métier, retiennent l'attention de Simenon. Il n'est pas moraliste, il est romancier. Il ne cherche jamais à tirer une « leçon » de l'histoire qu'il raconte. On s'efforcerait en vain d'extraire de ses romans des « pensées » ou des « maximes » à commenter dans les classes de lycée.

Sa vraie école, répète-t-il, a été les femmes, qui ne se peuvent connaître que dans l'intimité physique. Il revendait ses livres pour se procurer l'argent du bordel. Il a même sacrifié des éditions originales d'auteurs prestigieux pour accéder à une de ces chambres ouvertes au rez-de-chaussée par une porte-fenêtre. La pensionnaire tirait le rideau rouge chaque fois qu'entrait un client.

Car des livres, il en a eu, et lu, beaucoup. A quinze ans, tout *Rocambole*, à seize ans, tout Dumas, si l'on en croit Roger, son double autobiographique de *Pedigree*, qui était capable de réciter par cœur, dans l'ordre alphabétique, les titres de Dumas. Ponson du Terrail, Dumas, Jules Verne, on pouvait se douter qu'il les connaissait.

Mais Freud et Jung ? Il se dit un de leurs premiers admirateurs, ce qui ne surprend guère, au fond, à cause du rôle qu'ils accordent à l'instinct. Mais Proust ? « J'ai toujours eu une grande admiration pour Proust et j'ai été un de ses premiers lecteurs. » (*Dictées*, 21 novembre 1976.)

Dans *Quand j'étais vieux*, à la date du 5 décembre 1960, on trouve la liste la plus complète de ses lectures. Tout Balzac, tout Stendhal, affirme-t-il. Le Code civil (comme Stendhal) et le Code pénal. Moins attendus encore : Montaigne, « qui, pendant dix ans au moins, a été pour moi un livre de chevet », et Descartes, et même Pascal ! Cependant, les Français ne viennent qu'au dernier rang de ses goûts. Il place, dans l'ordre de préférence, d'abord les Russes, Gogol, « mon préféré », Pouchkine, Dostoïevski (surtout pour sa correspondance), Tolstoï, Gorki, puis les Anglais (Conrad, Stevenson) et les Américains (Faulkner, Dreiser, Anderson, Dos Passos). L'absence de Dickens étonne autant que la présence de Melville, « le douanier à la baleine ».

Choix dont la plupart s'expliquent aisément. Il s'emballe pour les auteurs qui ont été à l'école de la vie sans fréquenter les universités : Gorki, Conrad, Stevenson, les Américains, si souvent travailleurs manuels avant de devenir écrivains. Ses bêtes noires : les Goncourt, Anatole France, Barrès. Toute sa vie, il resta braqué contre les « intellectuels », les académiciens, et ceux qui ont une conception trop « littéraire » du roman. Ce qui ne l'empêchait pas de citer Tocqueville, « lu vers 1920 » (*Dictées*, 2 juillet 1978), et d'aimer *La Montagne magique*.

Une assez considérable culture, en fin de compte, une culture qui est restée néanmoins, sauf exceptions, celle qui est accessible aux lecteurs sans culture. Lui qui a tant aimé les peintres impressionnistes, au point de décrire, dans ses romans, les couleurs que prend l'ombre selon les heures du jour, s'est refusé, dirait-on, à se laisser émouvoir par Venise. Son évocation de la ville, dans *Mémoires intimes*, est d'une indigence désolante, sans doute voulue. Place Saint-Marc, il ne voit que les pigeons, dans le palais des Doges, que les armures, dans les ruelles, que les magasins, surtout les magasins de chaussures. C'est que Venise est la ville des touristes, des snobs, des littérateurs, des oisifs, de tous ceux de l'autre bord, qu'il a en aversion. Tandis que les impressionnistes ont vécu et sont morts dans la pauvreté.

Un autodidacte, donc, qui se sentait plus proche des marchandes des quatre-saisons de la rue Lepic que des artistes peintres de Montmartre, mais tout le contraire d'un ignorant. Ce qui trompe ses lecteurs, c'est que, décidé à ne mettre en scène que des « petites gens », le romancier s'est toujours interdit de leur prêter ses connaissances livresques. Il y a plus : voulant étudier « les hommes », dans leur vérité profonde, leur authenticité, il pense qu'un petit employé, un commerçant de quartier, un retraité, un vagabond est plus proche de l'instinct primitif qu'un professeur ou un lettré. Ne dites pas, proteste-t-il dans un passage de *Quand j'étais vieux* (11 août 1960), que, si je choisis mes personnages parmi les gens frustes, non évolués, c'est parce qu'ils sont incapables de résistance vis-à-vis des pulsions et des passions. Non, je les choisis tels parce que l'éducation et la culture faussent les réactions et le comportement de l'individu.

L'individu ne se laisse voir à l'état nu que lorsqu'il agit sans réfléchir, sans raisonner, sans références à des modèles culturels. Un homme qui en arrive à voler, à tuer, représente, en quelque sorte, un spécimen plus authentique d'humanité que celui dont le surmoi, pour parler comme Freud, bloque les réflexes spontanés. Les grands romanciers partagent volontiers cette opinion, et s'ils mettent tant de crimes dans leurs livres, c'est qu'ils trouvent chez un assassin un échantillon plus pur de l'espèce humaine que chez un petit-bourgeois inhibé par ses principes. Simenon n'est pas anti-intellectualiste par rancœur primaire, il estime, ce qui est bien différent, que la vérité d'un homme réside là où il est le plus proche de son origine, dans ses mécanismes physiologiques et affectifs élémentaires, quand il n'a pas les moyens intellectuels de se contrôler, de se dominer, de se mentir.

Et n'est-ce pas là, pour conclure, le secret de son exceptionnelle réussite romanesque ? Les auteurs français, à la différence de certains Russes ou Américains, mettent en scène non pas l'homme, mais l'homme cultivé. Leurs livres sont nés d'autres livres, leurs personnages appartiennent à l'élite diplômée. Simenon, bien qu'il ait beaucoup lu, a réussi à oublier ce qu'il avait lu quand il écrivait ses romans. Ses romans sont nés de la rue, semble-t-il, de l'observation directe des hommes et des femmes. Il les a étudiés en se penchant par sa fenêtre, en marchant au hasard devant lui, en entrant dans les bars. Exemple plus unique que rare, et qui assure à l'auteur de *Touriste de bananes* et de *Maigret et le corps sans tête* une place unique dans le roman français.

III. Gide et Simenon

« Je tiens Simenon pour un grand romancier : le plus grand peut-être et le plus vraiment romancier que nous ayons eu en littérature française aujourd'hui. » Acuité critique de Gide : le temps a ratifié ce jugement, prononcé en 1939. En 1945, selon les *Cahiers* de la Petite Dame, Gide est toujours ébloui par « l'abondance, le jaillissement de cette source ». L'étude qu'il voulait consacrer à Simenon n'a jamais été menée à bien. Seuls quelques fragments en subsistent[1].

Si l'on comprend sans peine quelle attirance a exercée sur l'auteur laborieux d'un roman unique (et s'agit-il d'un « vrai » roman ?) celui qui en publiait six par an, on est plus surpris que Simenon, parmi les hommes de lettres qu'il tenait tous en piètre estime, se soit attaché à celui qui poussait le plus loin les défauts (à ses yeux) de cette tribu, le plus vraiment homme de lettres de la France contemporaine. « Essayé de lire Gide, dont je devais devenir l'ami. N'ai pas pu. Ne le lui ai jamais dit. » (*Quand j'étais vieux*, 5 décembre 1960.) Pourtant, c'est à Gide et au seul Gide que Simenon s'est ouvert de son art, de ses méthodes de travail, de ses buts d'artiste, des étapes de sa carrière, de cette « sorte d'abrutissement volontaire, intégral » qui s'empare de lui quand il compose, de cet « état de grâce » où il cherche à se maintenir jusqu'à la fin du roman entrepris (lettre-fleuve du 15 janvier 1939), et même de ses amours (lettre du 18 janvier 1948).

Tout opposait ces deux hommes, aussi bien dans leur vie que dans leur œuvre. D'où, sans doute, leur fascination réciproque ; d'où, également, le malentendu entre eux. Simenon, qui en 1938 (début de leur amitié) n'avait rien lu de Gide, savait seulement qu'il occupait une place éminente dans le milieu littéraire ; alors que lui, auteur de romans policiers et de romans

1. Publiés par Claude Martin dans le *Bulletin des Amis d'André Gide*, n° 34, avril 1977. Quelques compléments dans le *Simenon* de Pierre Assouline, Julliard, 1992.

populaires, ne jouissait d'aucune considération auprès de l'intelligentsia. En quête de reconnaissance, il fut émerveillé de la trouver précisément chez celui dont il l'aurait le moins attendue. Sans titres, sans légitimité dans la cité des lettres, relégué à la périphérie du roman, banlieusard de la création, il recevait tout à coup, du prestigieux manitou de *La Nouvelle Revue française*, l'adoubement qui faisait de lui un auteur à part entière – et l'incita d'ailleurs, quand il fut passé des éditions Fayard, alors populaires, aux éditions Gallimard, qui publiaient Gide, Valéry et Proust, à écrire « mieux », à soigner davantage son style. C'est moins à Gide l'écrivain qu'il s'adressa en des lettres étonnantes, qu'au grand aîné, au père, au magister de plusieurs générations. A celui qui, par ses conseils, lui faisait gagner « cinq ou dix ans ». Et d'abord, transformer l'essai autobiographique *Je me souviens...*, écrit à la première personne, en roman, *Pedigree*, peut-être le plus beau, le plus accompli de Simenon, malgré les persistantes réserves de Gide (dont nous verrons plus loin les motifs).

Rien de plus neuf, de plus inhabituel, de plus étrange, dans l'histoire de la littérature française, que la rencontre de ces deux tempéraments : le romancier et l'homme de lettres, l'instinct et le calcul, la spontanéité et la réflexion, l'écriture presque automatique et le style raffiné, le somnambule faisant corps avec ses personnages et l'intellectuel tirant habilement les ficelles des siens. Nous tenons là un exemple à l'état pur de *coincidentia oppositorum*; un merveilleux sujet pour les « vies parallèles », qui eût séduit Plutarque ou La Bruyère; un modèle emblématique de sympathie entre les contraires. De même que Michel-Ange, dans la chapelle des Médicis à Florence, a fait, des deux ducs Giuliano et Lorenzo, non pas deux portraits ressemblants, mais deux symboles l'un de l'action généreuse, l'autre de la réflexion parcimonieuse, de même Gide et Simenon nous intéressent autant par ce qu'ils représentent l'un pour l'autre que par ce que chacun est. Il ne faut considérer, dans leur tandem si bizarre, ni un compagnonnage intellectuel, ni une entente amicale, mais une sorte d'expérience chimique, où deux corps étrangers, profitant de ce qu'ils sont mis dans la même éprouvette provisoire, font voir à nu leurs caractères respectifs.

Quelques terrains où ils se retrouvent, tantôt d'accord, tantôt s'affrontant :

Le souci de rester libre, de ne pas s'engager, de refuser les honneurs. « Je n'appartiens à aucune société », dit Simenon (*Quand j'étais vieux*, 30 décembre 1960). On lui a forcé la main, soutient-il, pour qu'il entre à l'Académie de Belgique, où il n'a mis les pieds qu'une seule fois. Ni diplômes ni médailles. Et, en politique : « Il n'en faudrait pas beaucoup pour que j'adresse un télégramme à la Wallonie, qui est à la tête du mouvement de révolte du peuple belge, pour leur dire que je suis avec eux. Mais ce sont là des attitudes théâtrales, et j'y répugne. Où est la liberté ? Le difficile n'est-il pas parfois de se taire ? » *(Id.)* Plus gidiennes encore, ces déclarations : « C'est Clérambault, je crois (j'ai lu le livre de Romain Rolland voilà trente ans), qui, lors de la déclaration de guerre, en 1914, lit avec sang-froid les affiches de mobilisation. Il est "contre". Or, une musique militaire passe et il se surprend à emboîter le pas des soldats. J'ai dû résister souvent. C'est la solution facile. Il y a des moments où le non-engagement passe pour une trahison et où on a tout le monde contre soi. Tout "idéal" n'en aboutit pas moins à une lutte plus ou moins féroce contre ceux qui ne le partagent pas. Même les religions ont inspiré des tueries. » (*Id.*, 4 août 1960.)

Pendant la guerre d'Algérie, se demandant s'il doit signer le manifeste des 121 : « Je ne fais rien. Pas seulement, sans doute, parce que je ne suis pas français, mais parce que, comme toujours, des deux côtés, je sens une exploitation de la situation à des fins assez troubles. Ce n'est pas de l'égoïsme ni, j'en suis sûr, le souci de ma tranquillité et de celle des miens. Ce n'est pas de la sagesse non plus. C'est plutôt un malaise que je ressens devant certaines utilisations des idées, si pures qu'elles soient. » (*Id.*, 1er octobre 1960.)

Qu'on m'excuse de citer longuement Simenon, et pas du tout Gide. Effet de ce que Gide disait de Simenon, à savoir qu'il vivait « sur une fausse réputation » : de conteur machinal, de robinet à histoires, qui n'aurait ni tête ni cervelle, aucune idée sur rien; en sorte que les opinions de Gide sont dans toutes les mémoires, alors que la faculté même d'avoir des opinions, de penser, est déniée à Simenon.

Le souci d'être sincère. « Il est bien difficile, surtout avec des mots, de fixer, chez un homme, la limite entre la sincérité et la non-sincérité, qu'il s'agisse de comédie, de drame ou d'une simple convention. Je le sens. Il se produit en moi comme un déclic. Mais quant à dire à quel moment le non-sincère a commencé, et à quel degré quelqu'un s'éloigne de la sincérité… » (*Id.*, 17 novembre 1960.) Mais a-t-on le droit d'être toujours sincère? Ne risque-t-on pas de blesser autrui en ne cachant jamais rien? « D'autres n'ont pas ces scrupules, ni Gide, ni Jouhandeau, par exemple et je suis tenté de les envier. En même temps, il me semble que ce sont eux, justement, dont la sincérité est la plus suspecte, à force de complaisance, parce qu'ils finissent par jouer un rôle et par en faire jouer aux autres. » (*Id.*, 19 avril 1961.)

Jouer un rôle : voilà où Simenon s'oppose à Gide. Celui-ci, dès leur première rencontre, lui demanda à quelle époque il avait choisi son personnage. Et, devant la surprise de son interlocuteur, de préciser : « Chacun de nous, à tel âge ou à tel autre, crée son personnage auquel il reste plus ou moins fidèle. » Déception de Simenon, qui constata, d'après les photographies de Gide, les mêmes poses, les mêmes regards, à vingt ans et à soixante-dix ans. « N'est-ce pas effrayant ? Je n'ai pas choisi de personnage. J'ai changé cent fois d'attitude. » (*Id.*, 21 juillet 1960.)

Simenon plus gidien que Gide ? « J'ai connu deux hommes qui se croyaient ou se savaient de grands hommes, se comportaient comme tels, sans remords : Anatole France et André Gide. Ce qui m'a le plus frappé chez eux, c'est le soin qu'ils apportaient à paraître ce qu'on croyait qu'ils étaient. Ils vivaient leur personnage – et non leur vie propre. Cela m'a fort déçu à l'époque et je n'ai pas été surpris, plus tard, de voir leur stature diminuer. » (*Id.*, 20 juin 1961.) On voudra bien ne pas attribuer au dépit cette remarque. Le prix Nobel est le seul que Simenon eût désiré recevoir. Son nom fut prononcé à plusieurs fois, et en particulier en 1947, l'année où il échut à Gide.

La lecture des *Cahiers* de la Petite Dame, en 1976, achève de défriser Simenon. Il avait, dit-il, été passionné par le *Journal* de Gide, « et j'en lisais des passages chaque jour parce qu'ils étaient sincères ». Or, maintenant qu'on possède, grâce à Mme Van Rysselberghe, le compte rendu exact des faits et gestes de Gide et de ses paroles, « il vaut mieux ne pas comparer les deux ». (*Dictées*, 21 mars 1976.) Cocteau avait avoué à Simenon qu'avant de sortir dans le monde, il passait des heures étendu sur son lit à répéter son numéro. « Je peux en dire autant d'André Gide, qui me faisait le même aveu, et qui, lui aussi, avant une réunion mondaine ou autre, répétait devant son miroir les phrases qu'il allait prononcer. » (*Id.*, 6 septembre 1976.)

Autre trait qui fausse, selon Simenon, la sincérité : le souci de bien écrire, la préoccupation du style. Il préfère, pour ses souvenirs, une sorte de sténo, si c'est le seul moyen de traduire fidèlement la pensée. « Si le mot juste me manque un instant, je n'attends pas de le trouver, ce qui serait à mes yeux un artifice. » (*Quand j'étais vieux*, 8 janvier 1961.) Pas de point, sans doute, qui éloigne autant les deux écrivains. Gide dirait qu'on ne peut être sincère qu'à force de travail sur soi-même, le premier jet étant menteur.

La famille. Au début de ses *Dictées* (1972), Simenon confesse qu'il aime par-dessus tout « la table ovale des familles, en petit comité, les bruits divers d'un appartement qui permettent de savoir où se trouve chacun et ce qu'il fait, bref de suivre les pulsations de l'habitat ». On sait la place qu'occupent, dans les vingt-sept volumes de ses divers souvenirs, mémoires et journaux, ses enfants, la sollicitude, la tendresse, pour ses trois garçons et sa fille. Jamais, semble-t-il, il n'aurait pu écrire : « Familles, je vous hais », formule qui, s'il l'avait lue chez Gide, lui aurait paru le comble de l'artifice littéraire. « Pauvre Gide qui, par crainte de perdre un peu de lui-même, a fait élever sa fille en lui laissant croire qu'il était un étranger – qui plus tard a souffert de sa rancune – et qui a fini ses jours avec elle, son gendre et ses petits-enfants, se faisant cinématographier, à deux ou trois mois de sa mort, en grand-papa gâteau ! » (*Quand j'étais vieux*, Pâques 1961.)

Simenon, pourtant, ne se sentait pas loin de souscrire au mot de Léon Blum : « Bourgeois, je vous hais ! » (*Id.*, 30 décembre 1960.) Par conviction politique uniquement ? Par fidélité à son enfance pauvre de Liège ?

Quand il était jeune, il ne semblait nullement subir le charme de « la table ovale des familles ». A preuve, l'évocation féroce, dans *Pedigree*, du couple Désiré/Elise et de leur locataire Mlle Rinquet, de leur veillée dans le salon. « Ils resteront là tous les trois, chacun incrusté dans son petit morceau d'espace, avec de temps en temps un plouf du poêle, le bruissement d'une page du livre de Désiré, le tintement d'une aiguille à tricoter tombée par terre. » Révolte de Roger, le fils (double autobiographique de Georges) contre cette mesquinerie du cercle familial : « Cette enfance, il la hait. Il hait la rue de la Loi, la rue Pasteur, l'institut Saint-André comme le collège Saint-Servais, il hait frère Médard et Mme Laude, et toutes les petites laideurs, les petites lâchetés quotidiennes qui le font souffrir. Il est décidé à se venger, il ignore encore comment, mais il se vengera, il le sait, il y pense tandis que sa main, dans sa poche, tripote les douze sous dont il connaît d'avance la destination. » (*Pedigree*, III, 3.)

Destination : le cinéma de Liège, mais, dès qu'il pourra prendre son envol, Simenon quittera sa ville natale, son pays, et deviendra (comme Gide) un voyageur, un errant, jusqu'à ce que, devenu vieux, il découvre (comme Gide) les joies blettes du patriarcat.

L'Afrique. Il faudrait comparer, avec les écrits de Gide sur le Congo et le Tchad (1927-28), le reportage de Simenon, *L'Afrique qu'on dit mystérieuse* (1933), où la critique du colonialisme et la sympathie pour les Noirs transparaissent derrière la neutralité du journaliste.

Le crime. Simenon a répété cent fois que, les assassins mis en scène dans ses romans, il se contentait de les décrire, sans jamais s'arroger le droit de les juger. Et même : « Il y a trente ans que je m'efforce de faire comprendre qu'il n'y a pas de criminels. » (*Quand* *j'étais vieux*, 20 septembre 1960.) Gide : « De tout temps les tribunaux ont exercé sur moi une fascination irrésistible. » Au point que, non seulement il a rapporté plusieurs grandes affaires criminelles, mais fondé, en 1930, une collection intitulée « Ne jugez pas ». 1930 : la dernière année où Simenon signait d'un pseudonyme ses romans. Qui sait si la collection de Gide (où n'ont d'ailleurs paru que *L'Affaire Redureau* et *La Séquestrée de Poitiers*) ne lui a pas donné le courage de publier, en 1931, ses premiers titres sous son vrai nom ? De passer, du polar de série, au roman psychologique ?

La sexualité. Ici, pas d'entente possible, assurément. Simenon, hétérosexuel exclusif, n'a même pas une compréhension intellectuelle de l'homosexualité. Il appelle « pédérastes » les homosexuels, avec une impropriété de langage qui ne lui est pas coutumière. Il les condamne avec un mépris qui étonne de la part d'un romancier décidé à connaître tout de l'homme, des hommes. D'Alain Gerbault, il dit comiquement, pour l'accabler, que c'est un « pédéraste convaincu ». Gide, si admiratif de Simenon, a émis de fortes réserves sur *Pedigree* : jugé trop proche du souvenir personnel, pas assez décanté, pas assez distancié, manquant de création. Opinion qui surprend fort, étant donné la réussite évidente de ce livre, et le nombre de scènes rajoutées, inventées, par rapport au premier texte de *Je me souviens*…

En vérité, je crois qu'une page aura suffi pour hérisser Gide, et le dégoûter de cet ouvrage. Troisième partie, chapitre V. Roger, quinze ans, se rend avec Verger, un camarade (« qui a la réputation d'être vicieux »), chez Lafont, un garçon de dix-sept ans. Celui-ci commence par leur montrer des photographies obscènes (il n'est pas dit de quelle sorte). Puis la scène s'anime, suscitant chez Roger (projection romanesque de Georges) horreur et réprobation. « Pourquoi, alors que Lafont le frôlait en passant derrière lui, s'est-il mis sur la défensive comme s'il avait flairé un piège ? Il revoit les deux visages de ses condisciples, Lafont maladif et excité, aux yeux luisants qui provoquaient sa répugnance, Verger pâle et comme en proie à une idée fixe. Soudain, Lafont s'est livré à des exhibitions ; Roger avait beau se détourner, il le trouvait toujours, obstiné, devant lui. Quelle excuse a-t-il inventée pour s'en aller ? Il se souvient seulement qu'il est parti avec l'impression très nette qu'après son départ les deux autres allaient continuer leurs jeux ignobles. »

Pour un romancier qui se défend de juger ses personnages, eussent-ils commis un meurtre, cet « ignobles », et peut-être plus encore ce « maladif », écho des théories pathologiques de l'homosexualité, révèlent une paresse mentale, un conformisme, une épaisseur de préjugé, une bêtise qui durent être insupportables à Gide. Comparons, à ces allusions grossières, la scène si délicate où les adolescents des *Faux-Monnayeurs* découvrent les émois de la « chair », et nous comprendrons pourquoi Simenon, par ce chapitre-là, put éveiller autant d'antipathie chez Gide que le Proust peintre sulfureux de Sodome. Qu'il était difficile, pour l'auteur de *Corydon*, de trouver, parmi les modernes, un peu de l'héritage de Virgile !

Cependant, le puritain Gide pouvait être émerveillé par un autre aspect de la sexualité de Simenon. L'acte physique, pour celui-ci, est la chose la plus simple du monde ; qu'il pratique à deux ou à trois, selon les occasions, en toute innocence. Ainsi, lors d'une croisière, où il invite une jolie passagère à les rejoindre, lui et sa femme, dans leur cabine. « Elle entre, dans sa robe de grand soir à plusieurs rangs de volants dont elle ouvre la fermeture Eclair et qui tombe à ses pieds, la laissant nue et rose. Une heure de plaisir enjoué, sans arrière-pensée, sans complications. » (*Quand j'étais vieux*, 6 janvier 1961.) Erotisme « primaire », par opposition à l'érotisme « secondaire » de Gide, lequel n'aurait pu trouver le plaisir sans obstacles à franchir, contraintes à surmonter, réflexions, conscience de l'enjeu, du danger, sans complications ni arrière-pensée, ne fût-ce que le sentiment d'avoir conquis sa liberté. Il y a chez Simenon une liberté sexuelle comme animale, aux antipodes des tortuosités gidiennes. Gide dut être frappé de voir avec quel naturel, quelle absence de complexes, les personnages de Simenon, telle cette femme « nue et rose », font l'amour. Une « obscénité candide », comme dans les amours de Jean et de Tati : relire *La Veuve Couderc*, un roman particulièrement prisé de Gide.

Les types humains. Simenon choisit pour personnages des êtres simples, peu évolués, car ce qui l'intéresse, chez l'homme ou la femme, ce sont « les instincts de base », les réactions immédiates, spontanées, quand elles ne sont pas faussées par l'éducation ou la culture. Les instincts de base : se faire les griffes, se choisir une femelle, reproduire, élever les petits, manger. Pour les comprendre, pour les décrire correctement, le romancier doit commencer par les vivre. Le romancier idéal, selon Simenon, est celui qui ressemble le plus au commun des mortels, qui partage leurs soucis de famille et d'argent. « Gide me parlait du romancier qui devait rester disponible. Ne pas aimer (à fond), ne pas avoir d'enfants, pour se consacrer uniquement à son art. Ne pas se soucier d'argent, aurait-il ajouté s'il avait osé, lui qui n'a jamais eu à s'en soucier. Ce qui équivaut, justement, à échapper (à essayer d') à ces instincts de base. Que reste-t-il ? Des mots, des phrases, des jeux de l'esprit, c'est-à-dire à mon sens, rien. » (*Quand j'étais vieux*, 21 février 1961.)

Gide jugeait « affligeante » la « médiocrité » des personnages de Simenon. Dans une lettre du 21 août 1942, il lui reprochait, comme une limite, sa constance à peindre des abouliques et des faillis, et souhaitait le voir aux prises avec d'autres héros que des ratés, s'attaquer à des caractères qui ne seraient pas vaincus par le milieu.

Incompatibilité de deux univers romanesques. Gide peint des bourgeois cultivés, qui souffrent de n'être que des bourgeois cultivés, et tentent d'échapper à leur classe et à leur culture – en voyageant, de préférence en Afrique du Nord. Parcours classique du fils de famille, inhibé et bridé, en quête de virginité sociale, de renouvellement par les aventures exotiques et les sensations « primitives ». Simenon peint des êtres dont le drame est d'être livrés, sans les défenses que fournit la culture, à leurs pulsions. La fameuse « disponibilité » gidienne est un luxe de classe, inaccessible aux « petites gens » qu'obnubilent leurs problèmes de loyer et de fin de mois. Dans *Touriste de bananes*, qui semble une réponse aux errances gidiennes en Algérie, Simenon a fait une satire (qui reste émue, autrement elle ne serait pas de Simenon) du bourgeois qui s'exile à Tahiti pour se « renouveler » au contact de la nature sauvage et finit misérablement, englouti par l'ennui et l'imposture de cette transplantation artificielle.

Gide, cependant, tout en regrettant que Simenon se cantonnât dans le monde des employés, des retraités, des vagabonds sans bagages, ne pouvait qu'envier ce pouvoir de les faire vivre avec autant d'intensité. Comme Simenon le lui avait écrit : « Le personnage compliqué est le plus facile puisque l'écrivain, étant a priori compliqué, le sent et le comprend mieux que n'importe quel autre. »

C'est là le miracle Simenon : d'avoir réussi, tout en étant lui-même écrivain et nourri de lectures, à dépeindre les gens qui ne lisent pas, qui n'ont pas les moyens intellectuels de penser leur vie. D'avoir mis en roman la vie des non-romançables.

La confession. Parmi les livres de Simenon les plus cotés aujourd'hui figurent ceux que lui ont inspirés ses expériences amoureuses en Amérique, *Lettre à mon juge* ou *Trois chambres à Manhattan*. Or, ce sont justement ces livres, avec *Pedigree*, qui suscitent chez Gide le plus de réserves. « C'est très joli de découvrir l'*Amour* à votre âge, mais ce prodigieux don de sympathie qui vous permettait (avec ou sans Maigret) de vivre dans autrui, de devenir autrui, cède ici à l'expérience personnelle et, presque, à la confession ; et ce qui, pour vous, est nouveau, ne l'est pas du tout en littérature. » (Lettre du 12 février 1948.)

Autrement dit, Simenon, en s'avançant sur le terrain de l'autobiographie, de la confession, empiétait sur le domaine de Gide et ne pouvait plus, par conséquent, intéresser autant celui qui était passé maître en aveux et épanchements du moi.

Nous touchons là au malentendu le plus grave entre les deux écrivains. Pour Gide, Simenon est et doit rester le défricheur d'une *terra incognita*, et il faut que son rôle se borne à révéler au monde un nouveau paysage de l'homme, jamais exploré en littérature, tout cet univers de paumés, de faillis, de ratés, incapables même de réussir leur suicide *(Les Suicidés)*. Mais qu'il se risque sur le terrain « classique » de la littérature, qu'il tente d'explorer ses souvenirs d'enfance et de jeunesse ou de transposer son aventure avec D. à New York, halte-là ! le gardien du panthéon accuse presque de crime de lèse-majesté celui qu'il juge ne pas avoir les moyens de prendre la suite de Jean-Jacques Rousseau, de Chateaubriand, de Stendhal, de Tolstoï, de Renan, de tant d'autres analystes et mémorialistes d'eux-mêmes.

L'acuité critique. Quoi de plus juste, de plus savoureux, de plus drôle que ce jugement de Simenon sur Sartre (lettre du 29 mars 1948) ? « En lisant *Le Sursis*, j'ai pensé à un mélange de Céline et de Simenon fait par un normalien qui adresse des clins d'œil à d'autres normaliens par-dessus les soucoupes du café de Flore. »

Le style. Bravant l'opinion selon laquelle Simenon n'aurait pas de style, Gide ne lui a jamais fait ce reproche. Il découvre même, dans *Le Cheval blanc*, une composition musicale, et souligne comment aucun détail dans ses romans n'est inutile. Aujourd'hui, avec le recul du temps et l'effacement du préjugé attaché à un auteur « populaire », on se rend compte à quel point Simenon écrit bien : avec un dépouillement tout classique, une économie d'épithètes et d'adverbes exemplaire, un choix des mots toujours juste.

Viendra le jour où l'on étudiera son style comme on étudie le style d'un grand écrivain – et pas seulement du « plus vraiment romancier ». Pour le moment, deux exemples, pris dans *Pedigree*. Le premier montre un art tout flaubertien d'employer le « on » impersonnel, ainsi que l'imparfait. « Il faisait déjà noir. On buvait en vitesse, debout, on courait jusqu'à l'arrêt du tram, la lumière de celui-ci, qui voguait dans l'obscurité de la ville, paraissait à Roger plus sirupeuse et, dans le salon des Schroefs, il restait encore à déguster du vin chambré dont il revoyait, tremblant au centre du verre, le rubis scintillant. En regagnant Outremeuse, il était lourd de bien-être. Il ne soupait presque pas et sombrait bientôt dans la mollesse sans fond de son lit. »

Seul signe de l'origine plébéienne de ce style : le pléonasme « il restait encore », lieu commun du langage parlé.

Dans le second exemple, je relève jusqu'à des accents gidiens, oui, des tours d'une gidienne subtilité, tel ce rejet de l'adverbe qui, placé au bout de la phrase, la prolonge d'une musicale vibration. « Tout est si tranquille qu'à un kilomètre on entend grincer la mécanique d'une écluse ; un gros bourdon passe, ou bien, très loin, au pied des collines que voile un instant un long panache de fumée blanche, un train siffle éperdument. »

Stendhal

I. L'écrivain

Saisir un écrivain à sa naissance, dans le premier jet de son humeur, voilà la chance que nous donne le *Journal* de Stendhal, commencé à dix-huit ans et tenu pendant quelque vingt-deux ans. Le jeune Beyle, en entreprenant de consigner par écrit ses journées, ne songe en rien à édifier un monument littéraire, comme Gide, par exemple. Il note pêle-mêle ses sensations, ses projets, l'état de sa bourse, ses succès ou ses déceptions en amour, le tout dans le désordre où chaque événement se présente. Jamais esprit ne fut moins systématique : si nous voyons apparaître ici ou là les « idées » stendhaliennes (sur la vanité, la passion, la nécessité du masque), ce n'est nullement comme les pièces d'une doctrine. Beyle entend rester au ras du quotidien, saisir son existence à l'état brut : aucune ligne générale ne se dégage de ces pages, qui valent par la minutie des détails et la justesse de l'observation.

N'y cherchons pas non plus un document sur l'époque. L'officier qui occupe Milan en 1801, assiste à l'incendie de Moscou en 1812, prend part à la campagne d'Allemagne de 1813 semble avoir traversé l'Europe sans rien voir des tempêtes qui la dévastaient. A Paris, le 9 décembre 1804, à peine s'il juge bon de mentionner qu'il a aperçu, dans la rue, l'empereur et le pape venu le couronner, « cette alliance si évidente de tous les charlatans ». S'il avait été à Waterloo, il n'aurait pas été meilleur témoin que Fabrice. Seul l'occupe ce qui touche les intérêts de son cœur : la vie du théâtre et de l'opéra, sur laquelle il s'étend par le menu; les péripéties de ses rapports avec les femmes aimées. La conquête d'Angela Pietragrua est rapportée avec la même précision minutée que le romancier mettra plus tard à raconter la prise de Mme de Rênal par Julien Sorel.

« Connais-toi toi-même », écrit Beyle en guise de devise. Certes, tous les auteurs de journaux intimes pourraient en dire autant, mais ce qui distingue radicalement ce journal des autres, c'est la volonté d'apprendre à vivre bien et heureux. Pourquoi, d'habitude, confiet-on ses pensées quotidiennes à une page de cahier dans le silence d'une chambre close? Parce qu'on est mal dans sa peau et qu'on cherche, dans le monologue intérieur, un remède à la difficulté de vivre. Les grands intimistes, qu'ils s'appellent Amiel, Kafka ou Pavese, élèvent leur journal comme une défense et comme une protestation contre la vie, qui les traite si mal. Il est leur refuge, leur revanche et en même temps le moyen de parfaire leur autodestruction en les coupant peu à peu de leur entourage et en les rendant inaptes à la communication sociale.

Rien de tel avec Beyle, qui note, lui : « Tu ne dois faire de journal qu'autant que cela peut t'aider à vivre. » Il vise, par ces notes quotidiennes, non pas à s'emmurer dans un univers de papier, mais à mettre au point les petites recettes qui lui permettront de réussir, en amour, en société, d'être moins timide, d'éviter les maladresses et, en somme, de se rendre assez heureux pour se passer un jour de tenir son journal (ce qui aura lieu en 1823, après quatre ans d'interruption). Les conseils pratiques, en date du 1er août 1801, pour arriver à bout, infailliblement, d'une « femme honnête » font un pendant comique et revigorant aux sempiternels constats d'échec (en particulier érotiques) qui remplissent les cahiers des diaristes.

Un homme qui pensait de la sorte n'était pas prêt à entrer en roman comme on entre en religion. Les transes, la macération, la descente aux enfers, ce ne serait pas pour lui. Pratiquer la littérature, non comme une souffrance ni une ascèse, mais comme un art de vivre, une voie d'accès au bonheur, tels seraient son plaisir et sa loi.

Au centre de son *Journal*, il y a, bien sûr, la découverte et l'illumination de l'Italie, quoique le voyageur, fidèle à sa manière, ne donne aucune idée intéressante des villes où il se promène, ne se soucie même pas d'en prendre une vue d'ensemble. A Rome, il nous entretient surtout d'une histoire de voleurs qu'on lui raconte. Un saut à Saint-Pierre, une visite à l'atelier de Canova, un concert chez une duchesse, c'est tout. De l'anti-Chateaubriand. Ni ruines, ni « grandeur romaine », ni élégie sur le passé. A Naples, il énumère sans commentaire les sites où on l'emmène. Il trouve les rues peuplées et la musique mauvaise. Ce qui l'amuse le plus, c'est la dispute des gueux devant son hôtel pour savoir qui portera sa valise.

C'est tout, de la part de celui qui écrirait *Rome, Naples et Florence* puis *Promenades dans Rome*, et hisserait le voyage en Italie à la hauteur d'un mythe. Mais c'est aussi le secret de Stendhal romancier : traquer le petit fait dans sa vérité irrécusable, laisser l'universel se dégager tout seul du détail. Et, par-dessus tout, ne jamais se prendre au sérieux, ne jamais poser à l'écrivain.

Ecrivain, il ne le fut que par hasard, a-t-on envie de dire, en tout cas sans idée précise sur la littérature ni envie d'y jouer un rôle. Il s'est lancé d'abord dans l'algèbre, dans l'épicerie, dans l'armée, dans la haute administration, dans le théâtre, avant de commencer en écriture par de purs et simples plagiats, des histoires de la musique et de la peinture italiennes, copiées sur des auteurs italiens. C'est en dilettante qu'il est venu ensuite au roman, et dépourvu de l'ambition d'être un « romancier ». Il ne réfléchit pas plus sur l'art de raconter que sur l'art de peindre ou de composer de la musique. Des théories sur l'amour, oui, parce qu'elles lui sont d'une nécessité vitale pour résoudre les intrigues de sa vie privée, mais, dans les divers domaines de la création, place au seul instinct, à la seule humeur ! En peinture, il aime les tableaux pour leur sujet, non pour la manière dont ils sont peints. L'opéra, il en raffole, surtout pour les occasions qu'il y trouve de bavarder dans les loges en savourant des glaces. L'Italie ? Selon Giuseppe Antonio Borgese, le perspicace écrivain sicilien, « Stendhal a aimé dans notre pays tout ce que nous détestons », la couleur locale, l'infantilisme des passions, l'amateurisme.

Bévues à répétition, qui deviennent des erreurs monumentales dès qu'il s'agit de l'histoire et de la politique. Passe encore que Stendhal se soit mépris sur Napoléon. Plus grave fut son aveuglement à Milan : raillant dans les salons les souverains de la Sainte Alliance, mais ne comprenant pas pourquoi les Milanais ne s'accommodent pas de la présence des militaires autrichiens ; suspect à la police, mais passant pour un espion aux yeux des patriotes. Cette indifférence à tout ce qui n'était pas la délectation de s'asseoir dans un fauteuil à la Scala lui aliénait le cœur de Métilde plus sûrement que son physique sans grâce.

Un égotiste, il n'était que cela. Léon Blum, avant de s'engager dans le socialisme, ne dédaigna pas de consacrer à cet ennemi juré de tout embrigadement politique un petit essai vibrant et toujours excellent. La seule morale de l'écrivain est de cultiver les passions qui nourriront son œuvre : Stendhal a poussé cet axiome jusqu'au scandale, jusqu'au sacrifice de sa réputation d'homme « de gauche ». En ne se privant pas quelquefois de proférer d'énormes sottises, si elles étaient utiles à son imagination. Ainsi juge-t-il comme une condition de la démocratie parlementaire qu'elle soit abritée dans une île; ou dénigre-t-il le Mont-Saint-Michel parce qu'il ne lui rappelle qu'insuffisamment les montagnes de son enfance grenobloise. Et encore : Stendhal aime le café, et il l'aime très chaud. A Marseille, on le lui a servi brûlant. D'où sa conclusion : « Sous le rapport de la civilisation matérielle, Marseille est évidemment la meilleure ville de France. » Ce qui, sous la plume de tout autre, aurait été une niaiserie, n'est pour Stendhal que le point de départ d'une rêverie féconde.

Un autre critique, Jacques Laurent, a écrit un *Stendhal comme Stendhal* d'une non moins saine indépendance d'esprit. Le meilleur chapitre est relatif au style. Loin de chercher à justifier Stendhal du négligé de sa prose (dans la même page de *La Chartreuse de Parme* on relève des périls « affreux », des combats « affreux », des moments « affreux » et une « affreuse » douleur), Laurent lui tombe dessus à bras raccourcis pour lui faire avouer qu'il ne s'intéresse pas aux mots en eux-mêmes, qu'il se contente de termes vagues, qu'il écrit mal et qu'il se moque d'écrire mal.

Pourquoi nous est-il si cher, alors? Pourquoi nous semble-t-il si contemporain? Justement, parce qu'il ne se soucie pas de faire l'écrivain. Nous lisons ses livres comme nous entendrions sa voix s'il était à côté de nous, il sait nous communiquer directement une émotion, une crainte, un enthousiasme sans que rien de « littéraire » fasse obstacle entre lui et nous. En musique, je ne pourrais lui comparer que l'auteur du *Voyage d'hiver*, pour le manque d'apprêt, l'immédiateté, l'impression que donne Schubert d'être le même homme qui se promène au bord du ruisseau et qui compose, Schubert en qui ses amis ne voyaient pas un « compositeur », mais un bon camarade à emmener dans les parties de campagne.

Stendhal est un miracle unique dans l'histoire du roman. Celui qui utilisait ses amis sans penser qu'il fût de son devoir de leur rendre la pareille, cet égoïste qui se parait du nom d'égotiste, ce mollasson en amour, cette girouette en politique, cet écrivain sans style reste, de tous les classiques français, le plus proche, le plus neuf. Les idéologies vieillissent, les chapelles littéraires n'ont aucune chance de survie, mais celui qui dit « je », ne s'attachant qu'à noter les mouvements de son moi, demeure éternellement jeune. Crions tant que nous voulons à l'injustice, au scandale : la littérature n'est rien d'autre que cette fidélité têtue à soi-même.

II. Le laboratoire de Stendhal

Pendant sept ans, de 1822 à 1828, Stendhal, pour survivre, a écrit dans des périodiques anglais. Ce sont les années de *Racine et Shakespeare* (1823/1825) et d'*Armance*, le premier roman (1827). Sept ans, au cours desquels il a mis au point à la fois sa doctrine littéraire et son système romanesque – sans y mettre, bien entendu, rien de doctrinaire ni de systématique. Les articles publiés en Angleterre et réunis pour la première fois en volume dans *Paris-Londres* (Stock, 1997, édition plus complète et mieux organisée que les cinq petits volumes du précieux et introuvable Divan d'Henri Martineau) constituent une sorte de journal intellectuel. Stendhal passe en revue la société, les mœurs, la vie politique et littéraire de la France sous la Restauration, mais aussi de l'Italie ; et surtout, il s'explique avec lui-même et livre ses préférences. Les originaux français ayant souvent été perdus, beaucoup de ces textes ont dû être retraduits. L'ensemble, dont on a peine à croire qu'il demeure presque ignoré, même des stendhaliens, forme un de ses ouvrages les plus forts.

Près de mille pages au grand format, où l'on voit se former la pensée et le style d'un homme sans préjugés ni souci d'être « objectif ».

Janvier 1822 : « Le gouvernement papal, ne demandant guère plus à ses sujets que de payer l'impôt et d'aller régulièrement à la messe, offre par conséquent moins d'obstacles au plein développement et à l'énergie des passions que les gouvernements mieux réglés de France et d'Angleterre. Les beaux-arts doivent leur existence et leur avancement à une sensibilité exaltée et à des passions fortement excitées. Mais c'est en vain que le peintre ou le musicien chercherait ces qualités en France : leur place est occupée par la vanité et l'égotisme. » Dans ce premier article, tout Stendhal est déjà en place : le dégoût de la France, le culte de l'énergie, l'idée farfelue d'une Italie paradisiaque. En 1822, Delacroix, Géricault, Girodet étaient les premiers peintres en Europe ; Stendhal les a splendidement méconnus ; pendant ce temps, dans la péninsule devenue stérile, il n'y avait pas un nom à citer. 1830 serait l'année de *I Capuleti e i Montecchi* de Bellini, d'*Anna Bolena* de Donizetti, mais aussi de la *Symphonie fantastique* de Berlioz. Ce sont justement cette partialité éclatante, ce mépris de la vérité, cette glorification absurde du mythe italien, qui rendent ces pages si vivantes, si personnelles, si frémissantes de juteux beylisme. Tout ce qui y est dit de l'Italie déborde d'une verve et d'une drôlerie irrésistibles. Signalons en particulier la *Lettre de Rome II*, du 1er novembre 1824, où est raconté, avec force détails pour illustrer toutes les ressources de la finesse italienne, comment le pape Pie VI aimant s'entourer de beaux hommes fit la fortune du jeune marquis et abbé Annibal Della Genga (futur Léon XII), à la suite de certains services nocturnes et clandestins rendus cinq fois par semaine par le dévoué secrétaire. Une historiette entre Brantôme et les *Chroniques italiennes*.

Le principal intérêt, cependant, de ces textes écrits pour l'Angleterre, c'est de nous présenter un tableau de la France et de la société française, tableau d'autant plus libre qu'il était destiné à un public étranger. Stendhal s'y livre, sans crainte de la censure, à une critique féroce de ses compatriotes et de leur gouvernement. Le document serait déjà sans prix ; il nous intéresse d'autant plus que nous voyons, dans ces analyses du Paris des années 1825, comme l'atelier où se préparent *Armance* et *Le Rouge et le Noir*. Le climat de ces romans, l'affectation mondaine de piété édifiante qui règne dans les salons ont été évoqués au préalable pour les lecteurs d'outre-Manche. Rarement romancier à ses débuts aura disposé d'un banc d'essai aussi propice. Jeunes gens sans emploi, marquises mystiques, jésuites papelards, fantômes de l'émigration intriguant à la recherche des millions perdus, Stendhal s'est entraîné à les observer en journaliste avant de tenter une peinture romanesque des milieux de la Restauration. Comme l'a si bien relevé Jean Prévost, il ne s'est risqué à décrire les mœurs de son temps qu'après les avoir étudiées à fond.

Son tableau de la littérature en France est-il plus valable que ses aperçus sur la peinture et la musique ? « La France ne produit plus de gens de lettres, mais elle brille encore dans les sciences. » Ajoutons « humaines » à « sciences » : n'est-ce pas ce qu'on entend rabâcher aujourd'hui ? « L'art de faire des romans est presque lettre morte en France. » (1er juin 1825.) Pas de chance : en 1825, Balzac débutait. Stendhal ne fait ici que reprendre une vieille rengaine commencée au début du siècle et qui se poursuivrait jusqu'à nos jours. Rengaine, ou vérité profonde, que le ton grognon des juges empêche malheureusement de prendre au sérieux. En 1808, Napoléon avait demandé aux diverses classes de l'Institut de lui présenter des rapports « sur le progrès des sciences, des lettres et des arts depuis 1789 ». Marie-Joseph Chénier, le frère du poète décapité, se chargea du rapport sur la littérature. Voici ce qu'il écrit au chapitre VI, consacré aux romans.

« En fait de livres inutiles, la surabondance est plus pauvre que la disette absolue, et cette surabondance, toujours croissante, devient un fléau pour notre littérature. Dans toutes les classes, tout ce qui sait lire lit des romans. Nous voudrions ajouter seulement : tout ce qui sait écrire, en écrit ; mais l'émulation va plus loin. Ce genre se rapproche de l'histoire par le récit des événements, de l'épopée par une action fabuleuse en tout ou partie, de la tragédie par les passions, de la comédie par la peinture de la société ; mais il n'exige ni les recherches, l'examen profond, l'exactitude méthodique de l'histoire, ni la majestueuse ordonnance et les riches détails de l'épopée ; il ne présente pas l'extrême difficulté d'écrire en vers, surtout dans le style élevé ; il n'est point assujetti aux règles sévères de notre théâtre, souvent même il coûte peu d'efforts à l'imagination. Quelle peine y a-t-il à multiplier les incidents, lorsqu'en prenant toute liberté, soit pour la durée, soit pour l'espace, on veut bien consentir encore à négliger toute vraisemblance ? Après la critique vulgaire, rien n'est plus facile qu'un roman médiocre : aussi des hommes du monde, qui ne sont pas en même temps des hommes de lettres, des femmes aimables, qui ont négligé l'étude de l'orthographe pour donner plus de temps à la composition, font et traduisent des romans. Le but ordinaire de ce travail est d'obtenir des succès de société ; par malheur, en littérature, ils ne sont le plus souvent que des ridicules, et un ridicule facile à prendre n'est pourtant pas facile à perdre ; il reste quand le roman est oublié. Ce n'est pas tout : tant d'écrivains et d'écrits frivoles ont produit d'assez graves inconvénients ; ils ont ralenti de manière sensible le mouvement général des esprits vers des études importantes, et c'est avec le dix-neuvième siècle que commence ce changement notable ; ils ont corrompu le style, ils ont même altéré la langue… Chez la plupart des romanciers modernes, c'est dans le tableau de la vie sociale, c'est dans le langage des passions éprouvées par tous les hommes, que viennent s'introduire en foule des locutions inadmissibles, des tours anglais ou germaniques, des barbarismes nombreux et des solécismes sans nombre. »

Ces lignes ont deux cents ans : ne semblent-elles pas plus jeunes que jamais ? Même l'idée qui sous-tend cette diatribe, à savoir qu'un ouvrage qui n'obéit pas à des règles se condamne fatalement, n'est peut-être pas si sotte que cela. Pendant longtemps (jusqu'à la fin du XVIIIe siècle), ces règles ont été extérieures (l'unité d'action, l'alexandrin, etc.). On s'en est débarrassé, à juste titre. Mais combien d'écrivains, et de plus en plus aujourd'hui, faute de s'inventer des règles à eux, de se les imposer, de s'astreindre à les suivre, quitte à les dissimuler, ratent leur livre et ne peuvent que le rater ?

Nul plus que Stendhal, mathématicien de formation, ne savait l'importance des règles, nul plus que lui n'en a forgé à son usage personnel, tout en étant le plus habile pour les cacher et donner l'impression d'une spontanéité buissonnière.

A l'autre bout du siècle, en 1878, Emile Zola fustigeait lui aussi, dans *Les Romanciers contemporains*, la prolifération des navets : « Il me faudrait un catalogue, si je voulais simplement nommer tous les faiseurs de romans. Ils pullulent avec une terrifiante fécondité. Pendant l'hiver, de septembre à mai, il n'y a certainement pas de jour où deux ou trois romans ne poussent comme des champignons sur le sol français. » L'agacement devant cette pléthore incontrôlée forme un genre dans la littérature française. Stendhal, à la veille de débuter dans le roman, tenait à se démarquer de la production courante. « Nous autres critiques, sommes bien bons et bien condescendants d'accorder notre attention à la plupart des livres qui sont lancés chaque jour dans le monde. C'est une chose entendue que ceux que nous louons d'être un peu moins ennuyeux, vides et affectés que les autres, seront totalement oubliés dans vingt ans. » (18 avril 1825.) Pour le coup, il touche juste. En 2007, de vingt ans, l'accélération de l'Histoire a réduit à quelques mois, voire quelques semaines, la durée d'un roman moyen.

« Les femmes sont les seules à lire des livres en France », les hommes se contentant de parcourir les journaux : autre observation qui n'a pas vieilli. Albert Thibaudet disait d'ailleurs que si le roman était né au Moyen Age, c'était pour répondre à l'attente d'un nouvel auditoire, le public féminin, qui n'existait pas dans l'Antiquité (*Le Liseur de romans*, 1912, texte repris dans *Réflexions sur le roman*, recueil posthume édité par Jean Paulhan en 1938). Stendhal remarque encore, et avec la même pertinence, que « l'inaptitude complète des acheteurs de livres à juger ce qu'ils paient fort cher a eu pour effet de dégrader la littérature française ». Il se plaint que la création littéraire prenne chaque jour un peu plus « le caractère de la boutique ». « Même les auteurs les plus éminents, avant de s'asseoir à leur table, consultent leur libraire plutôt que leur inspiration… » (Le libraire, à cette époque, était aussi l'éditeur.) « Le plus admiré de nos poètes dit à son libraire : "Donnez-moi un chèque de quatre cents livres et j'écrirai pour vous une Messénienne, dans laquelle je dévoilerai les replis les plus intimes de mon cœur." Devant le spectacle d'une telle vénalité, on en vient à souhaiter l'état de choses régnant en Italie et qui veut que le plus grand poète ne peut retirer aucun avantage pécunier de ses ouvrages. L'une des conséquences de cet esprit mercantile, c'est que, à l'instant où se produit un événement remarquable, nous sommes sûrs de voir tous les talents du siècle s'en saisir aussitôt comme un moyen de se faire des lecteurs et d'empocher quatre ou cinq cents livres. »

On sait que Stendhal ne vendit aucun de ses romans, qu'il mourut ignoré et ne fut découvert que dans les années 1880, par Paul Bourget et Taine : nul doute qu'il ne se soit façonné son art de raconter par volonté de rester opaque à ses contemporains. Les livres qui se vendent, disait-il, sont mauvais, les bons livres ne se vendent pas, il y a deux littératures en France, celle de l'esprit et celle du *poff*. Il appelait *poff* l'article-réclame, outrageusement tapageur, pour un rossignol, et *poffer* emboucher la trompette à la gloire d'un auteur nul. Regrettons, pour une fois, que cet anglicisme ne se soit pas acclimaté en France, où sa brièveté meurtrière liquiderait sans autre explication les impostures publicitaires.

Les jugements particuliers sont fort amusants, dans leur partialité éhontée. Stendhal déteste Chateaubriand, dont il dénonce les « gasconnades » et la « suffisance », et daube sur Hugo, lequel « pourrait être un poète si seulement il apprenait à écrire en français ». Il exècre aussi Vigny, qu'il compare au lacrima-christi, le sirupeux vin du Vésuve, et juge sévèrement Goethe, « dont les ouvrages ne s'élèvent pas au-dessus de la médiocrité ». Dithyrambes, en revanche, pour Béranger, qu'il égale à La Fontaine. Il salue le talent de Mérimée, mais en mettant cet écrivain dans le même sac que les sieurs Leclerq et Fongeray. Comme tout le monde, il s'est trompé sur ses contemporains. Inutile de crier haro sur Sainte-Beuve, comme c'est la mode depuis le malheureux pamphlet de Proust, lequel, entre parenthèses, portait aux nues Anna de Noailles, Lucien Daudet, Henri de Régnier, Henri de Saussine, Robert de Montesquiou… Ce qui est sous nos yeux nous rend myopes.

Çà et là perce la philosophie du beylisme. « Une âme généreuse perçoit la possibilité de certaines actions, dont une âme commune est incapable de concevoir l'idée. » Si l'homme pourvu de cette âme généreuse n'accomplit pas une de ces actions, « il ressent l'aiguillon du mépris de soi et de ce fait devient malheureux ». Ainsi, pour Stendhal et les personnages de ses romans futurs, la chasse au bonheur inclut, dans certaines circonstances, la nécessité du suicide ou du crime. Etre heureux n'a rien à voir avec le bien-être bourgeois. C'est une forme d'héroïsme. Il y a des cas où se faire sauter la cervelle procure un plaisir plus vif que de renoncer à la gloire d'un tel geste.

Enfin Stendhal élabore sa « théorie » du style. Il faut écrire clairement, fuir l'obscurité et le pathos *allemands*, ne pas croire qu'être inintelligible rend profond. Autre point essentiel de sa doctrine : on doit, sous peine de tomber dans ce qu'il appelle l'académisme, subordonner la forme aux idées. Il désigne sa propre famille, en déclarant que la France est sans rivale pour la littérature *légère*, qui comprend Mérimée et Voltaire, La Bruyère et Paul-Louis Courier, les *Lettres persanes* de Montesquieu et les essais politiques de Benjamin Constant. (Curieusement, il émet des réserves sur *Adolphe*.) Cependant, et là nous voyons apparaître ce qui le distinguera de cette famille et fera sa grandeur unique, il indique, dans le même article de juillet 1828, les limites du genre alerte et piquant. « L'ironie, lorsqu'elle est parfaite comme celle de Voltaire, procure un vif plaisir à l'esprit ; mais on ne saurait le comparer à ce plaisir profitable qu'engendre un récit mûri, achevé et pittoresque comme celui que donne le cardinal de Retz dans ses Mémoires. »

Mûrir l'ironie voltairienne par un art plus étoffé du récit, ajouter l'épaisseur romanesque à la malice française, telle était une partie du programme de Stendhal, telles sont quelques-unes des formules en lesquelles on pourrait résumer *Le Rouge et le Noir* comme *La Chartreuse de Parme* – sans garantie, évidemment, de ne pas se tromper sur les intentions et les méthodes du personnage de l'histoire littéraire le plus mystérieux.

III. L'AMATEUR DE MUSIQUE

« Rien n'est plus absurde que toute discussion sur la musique. On la sent, ou on ne la sent pas ; puis c'est tout. » Parler de la musique constitue en effet le plus périlleux des exercices. Sabir technique rebutant pour le profane, ou délayage sentimental, il semble qu'il n'y ait pas d'autre voie. Pourtant, un homme, un seul, a trouvé le moyen, en causant de Haydn, de Mozart, de Cimarosa, de Rossini, de Bellini, d'éviter à la fois l'aridité jargonneuse et la paraphrase redondante. Sa méthode ? « A force d'être heureux à la Scala, j'étais devenu une sorte de connaisseur. » Voilà tout Stendhal : la connaissance, non par l'étude ni par la science, mais par le bonheur. D'abord sentir, être heureux, jouir du spectacle, qui n'est pas seulement sur la scène, mais aussi dans la salle, dans les loges, peuplées de jolies femmes auxquelles on va faire la cour, en plein milieu de la représentation, si l'air est jugé ennuyeux.

Le jeune Henri Beyle a découvert l'Italie à dix-sept ans, comme soldat de l'armée de Bonaparte. Il écouta *Il Matrimonio segreto* de Cimarosa, et en fut marqué pour la vie. Mais, déjà, quelle liberté dans son rapport avec la musique ! « L'actrice qui jouait Carolina avait une dent de moins sur le devant. Voilà tout ce qui me reste d'un bonheur divin. » Encore peu calé en italien, il s'enthousiasma d'entendre chanter *Amor nel cimento*, croyant que ces mots signifiaient « Amour dans le ciment », et s'enchantant de cette absurdité même. (En réalité : « Amour dans l'épreuve ».) Avec une pareille insolence, un pareil dédain des règles de la critique, on conçoit que les livres et articles de Stendhal sur la musique, d'un élan primesautier et d'une jeunesse éternelle, n'aient pas pris une ride avec le temps.

Dans les pages sur Haydn, pour expliquer à ses lecteurs ce qu'est un quatuor à cordes, il compare l'échange entre les instruments à la conversation de quatre personnes aimables. Le premier violon, homme de beaucoup d'esprit, beau parleur, soutenant la conversation dont il donne le sujet, bénéficie de l'appui du deuxième violon, complice du premier, qui ne s'occupe pas de soi, et cherche par tous les moyens à faire briller son ami. Savant et sentencieux, le violoncelle s'exprime en maximes laconiques, mais frappantes de vérité. Quant à l'alto, c'est une femme un peu bavarde, qui n'a pas grand-chose à dire, et cependant veut toujours se mêler de la discussion. Un peu léger, ce commentaire ? Moins indigeste, en tout cas, que les gloses sur les bémols, la forme sonate ou la dominante mineure.

Là où Stendhal excelle, c'est pour parler de l'opéra, sa passion. Après Mozart, qu'il a contribué à placer au premier rang, son préféré est Rossini. Pourquoi ? Parce que la musique du *Barbier de Séville* et de *Tancredi* lui plaît. Ce n'est sans doute pas de la très « grande » musique (il en souligne les limites), mais elle lui plaît plus que celle d'auteurs plus savants (les Allemands surtout, cibles de ses polémiques). « La musique pourra se glorifier d'avoir fait en France un pas immense, le jour où la majorité des spectateurs répondra tout simplement, pour justifier ses applaudissements : "Ce morceau me plaît". » Plaisir physique d'abord, celui qui ne peut tromper.

Comme notre époque, férue de culture et de devoirs culturels, s'est éloignée de cette allégresse jouisseuse ! Au point de considérer ce même Rossini avec un certain dédain, comme étant peu sérieux, insuffisamment armé de science musicale. Wagner lui faisait ce reproche, et toute notre façon, aujourd'hui, d'écouter la musique découle de Wagner et des wagnériens. Ils ont transformé le théâtre en temple, le spectacle en messe. L'ennui a cessé d'être un critère de jugement, on est mis en demeure d'écouter dans un silence religieux, sans lorgner sur les belles voisines ni sucer une glace pendant les passages assommants. A la notion de plaisir se sont substituées celles de culte, de recueillement sacré, de pensum initiateur. Stendhal, déjà, dénonçait cette dérive pédante. « A Paris, dit-il, on se fait un devoir de tout entendre. Se faire un devoir ! Quelle phrase anglaise, quelle idée antimusicale ! C'est comme se faire un devoir d'avoir soif. » Vite, revenons à Stendhal ! A une conception plus ludique, plus gaie de l'écoute musicale ! Plus passionnée aussi. « Il n'y a rien au monde d'intolérant comme l'homme sensible. Dès que vous voyez dans les arts un homme modéré et raisonnable, parlez-lui bien vite d'économie politique ou d'histoire, il sera magistrat distingué, bon médecin, bon mari, excellent académicien, tout ce que vous voudrez enfin, excepté un homme fait pour sentir la musique ou la peinture. »

L'auteur des *Vies de Haydn, de Mozart et de Métastase* (juste hommage rendu au plus célèbre librettiste du XVIIIe siècle, qui a fourni, à Mozart encore, *La Clemenza di Tito*), de *Vie de Rossini* et des *Notes d'un dilettante* (ah ! le beau mot, qui résume à lui seul le beylisme) a ce courage, plus unique que rare, d'aimer ce qu'il aime, en se moquant de ceux qui prétendent lui dicter ce qu'il faut aimer. « Un grand artiste se compose de deux choses : une âme exigeante, tendre, passionnée, dédaigneuse et un talent qui s'efforce de plaire à cette âme, et de lui donner des jouissances en créant des beautés nouvelles. »

IV. Le voyageur

Tout le monde, pour un voyage en Italie, consulte Stendhal. Comme il rirait, de voir ses lecteurs, encore aujourd'hui, prendre pour la « vraie » Italie un royaume entièrement sorti de son imagination ! Car tout ce qu'il trouve à exalter dans la péninsule, tout ce dont il crédite les Italiens : choix des valeurs naturelles contre les valeurs sociales, choix du plaisir physique contre la vanité mondaine, choix du bonheur d'être pleinement soi, dans l'instant présent, contre les calculs et les manœuvres nécessaires à la réussite, choix de l'épanouissement individuel contre l'efficacité politique, des jouissances égotistes contre les obligations de la maturité, tout cela ne correspond que de fort loin à la réalité du tempérament italien.

Le mythe d'une Italie primitive, rebelle aux servitudes du travail comme aux mesquineries de l'horaire, était né avec Jean-Jacques Rousseau et la priorité accordée au sentiment sur la raison. Le gueux napolitain, par exemple, considéré à l'âge classique comme un échantillon négatif de malpropreté, de paresse et de superstition, va bénéficier à l'époque romantique d'une prodigieuse réhabilitation. Stendhal élargit le mythe à la population tout entière, jugée dépositaire d'une énergie partout ailleurs affadie. Il avait ses raisons : comment échapper à la France réactionnaire, cléricale, asphyxiante de la Restauration, sinon en s'inventant une patrie de rechange ? Le même mouvement qui gouverne ses romans : lancer devant soi des personnages qui l'incarnent tout en le valorisant par la possession de qualités, la jeunesse, la beauté, l'argent, dont il ne dispose pas lui-même, commande aussi ses voyages : se rendre maître d'un territoire qui le venge de la fatalité d'être né et d'avoir grandi à Grenoble. C'est ainsi qu'il a conçu l'Italie comme une sorte de paradis où règne à l'état pur une *virtù* délivrée des entraves qui brident les passions au nord des Alpes.

Le mythe était faux, mais le besoin vital du mythe était vrai, et le reste. Nous aussi, au XXIe siècle, et de plus en plus, ne cessons d'idéaliser l'Italie, et pour les mêmes motifs. En comparaison de la France qui nous paraît trop ordonnée, trop rationnelle, sans fantaisie, pour ne pas dire matérialiste et prosaïque, nous nous faisons un rêve de l'Italie, l'utopie magnifique d'une terre de liberté et de plaisir, sans nous apercevoir que la beauté des paysages et des villes, la gentillesse et l'hospitalité des habitants cachent une vie provinciale aussi étriquée que dans une sous-préfecture française. Mais l'Italie de Stendhal – tel est l'effet du génie – est devenue plus vraie pour nous que l'Italie réelle, et nous croyons fermement que, dans l'Europe actuelle, plus que jamais obsédée par le rendement et le profit, nos voisins sont restés de doux anarchistes qui suivent leur humeur dans une suspension euphorique des contraintes morales et sociales – alors que, s'il fallait relever leur principale qualité, ce serait plutôt l'instinct pratique et commercial, auxquels ils doivent la réussite de leur mode, de leur design, de leur cuisine à travers le monde.

On a tellement l'habitude d'associer Stendhal aux charmes de Milan, de Bologne, de Rome et de Naples (Florence étant la seule ville où il ait critiqué, à juste titre, les « petits » esprits qui l'habitent), que ses promenades en France sont presque tombées dans l'oubli. Qui connaît les *Mémoires d'un touriste* (1838), ainsi que les deux textes qui les complètent, *Voyage en France* et *Voyage dans le Midi de la France* ? Qui sait même que le mot de « touriste » est un néologisme d'origine anglaise, et que Stendhal, en l'apprivoisant, lui a donné ses lettres de noblesse ? Une telle ignorance est d'autant plus surprenante qu'il s'agit là d'un des ouvrages les plus attachants de Stendhal, supérieur à ses livres sur l'Italie.

Le Stendhal italien est un homme jeune qui se livre au plaisir de découvrir un pays dont il a besoin comme d'un antidote contre une patrie détestée. Le Stendhal français est un homme plus mûr, plus âgé, proche de la mort, qui parcourt la France moins pour le bonheur de décrire des villes qu'il n'aime guère, que pour celui de penser à haute voix, de rêver, de se confier. On retrouve, en plus d'un endroit, le ton si personnel et si libre du Beyle autobiographe, les accents qui font de *Henry Brulard* un des plus beaux textes de la langue française.

Stendhal n'est guère aimable pour ses compatriotes ; c'est là, sans doute, outre le poncif de l'italomanie qu'on lui colle, la raison du discrédit persistant qui frappe ces *Voyages en France*. Quand il dit qu'il n'a jamais rien vu de plus laid que des villes comme Toulouse ou Montpellier, on comprend que le chauvinisme local se rebiffe ; mais prendre la défense des lieux que Stendhal a traités avec une injustice si flagrante serait tomber dans le piège qu'il nous tend. Car ces voyages en France n'ont nullement l'ambition de nous peindre la France comme elle est ; « touriste », à cette époque, n'a pas pris le sens que le mot possède aujourd'hui ; il ne s'agit pas, pour Stendhal, de faire une visite exhaustive et impartiale du pays ; aucune idée d'inventaire ou de guide. Il n'est question que de se peindre soi-même, de faire le portrait de son cœur, de nous donner un échantillon de sa pensée, au gré des occasions fournies par les étapes. Le goût d'être sincère, la religion de la sensation toute pure éclatent ici comme dans aucun autre livre de Stendhal. Il a sans doute tort de médire de Toulouse ou de Montpellier, villes admirables, mais raison (de sa raison à lui) de déclarer ces villes mesquines s'il les a senties telles, s'il y a été malheureux. D'autres jugements paraissent indiscutables : par exemple, que Rennes ait « bien peu de goût pour les arts », c'est une vérité toujours actuelle. Le prix inestimable des *Mémoires d'un touriste* tient à ceci : que l'auteur ne s'oblige à aucun effort pour plaire à ses lecteurs ou leur procurer un viatique culturel (oh ! l'horrible épithète qu'il eût détestée), mais s'abandonne en toute liberté à ses passions, aux mouvements secrets d'une âme qu'une laideur blesse comme une beauté l'enchante.

Stendhal présente ces *Mémoires* comme le journal d'un marchand de fer, qui visite les principales villes de France pour ses affaires. Cette fiction du marchand de fer intrigue le lecteur : pourquoi prendre ce masque ? Il avait une utilité précise, certes (autoriser certains développements sur la vie économique du pays, à laquelle Stendhal, en romancier de la société française, portait le plus vif intérêt), mais d'abord permettait à l'auteur un énième dédoublement romanesque. Après Octave, le jeune aristocrate parisien, après Julien, le fils d'un charpentier de province, et avant d'être Fabrice, Italien de haute race, il serait Philippe, le marchand de fer. Les quelques pages de l'« Introduction » où Stendhal se raconte comme s'il était un homme de négoce constituent à elles seules un microroman d'une force exceptionnelle. Il s'imagine, conformément à son habitude de transposer en fictions les possibilités non vécues de son être, une biographie de rechange, avec père député, éducation sévère et séjour à la Martinique, et ce petit récit me semble un des plus séduisants essais romanesques de toute son œuvre.

On aurait beau jeu de le taquiner sur ses bévues en matière d'art. En partie par anticléricalisme et horreur des jésuites (qui n'y étaient pour rien), en partie par regret de l'Italie et des antiquités romaines, il a en grippe les églises gothiques. « L'architecture romane, puis gothique, est née peu à peu parmi des gens ennuyés de l'architecture grecque et de sa sœur cadette l'architecture romaine, ou désespérant de les égaler. » A cette première bourde s'en ajoute aussitôt une seconde : « On sait que pour les âmes vaniteuses et froides, le compliqué, le difficile, c'est le beau. Or l'architecture gothique fait tout au monde pour se donner l'air hardi. » Que Stendhal déteste le climat de terreur qui règne dans une cathédrale à ogives pointues, c'est son droit ; on le suit moins volontiers quand il attribue à la vanité un style qui le rebute. A la vanité encore il attribue le succès de Beethoven, sous le prétexte que ce qu'on applaudit en lui, c'est la « difficulté vaincue ». C'est le moment de se demander s'il est toujours aussi sincère qu'il le prétend, et si son credo (« je me borne à écrire des sensations ») est toujours respecté.

Voyons l'exemple de Bordeaux. Stendhal découvre avec ravissement une ville qui lui paraît la plus belle de France, et dont le quai ne peut être comparé à rien au monde, sinon au rivage de Naples ; et encore, il manque à Chiaia le spectacle de cette activité et de ces navires qui arrivent à Bordeaux de partout. Quel compliment ! Bordeaux loué avec plus de chaleur que Naples ! Ces navires, par surcroît, « ne sont pas rangés, comme à Londres, de cette façon mercantile et sage qui fait songer à l'ordre si nécessaire au commerce et distrait presque tout à fait de l'idée de beauté ».

Enthousiasme aussi pour les allées de Tourny, jugées « magnifiques ». Pourquoi alors dénigrer avec tant de hargne le théâtre de Louis, qui est bien, avec le théâtre de Gabriel à Versailles, le seul édifice qu'on puisse comparer aux théâtres italiens ? « Pour que les monuments construits par un architecte disent quelque chose à l'âme, il faut que lui-même ait de l'âme. Rien de plus rare en France. L'âme y donne un ridicule aux gens : voyez le vieux Corneille. » On débusque ici le raisonnement vicieux : Louis, étant français, participe de cette sécheresse d'âme nationale. Est-ce là la pure « sensation » qui parle ? N'est-ce pas plutôt le préjugé ? Lequel, un peu plus loin, éclate. « Hier dimanche, je lisais dans le feuilleton assez bien fait d'un journal de Bordeaux : “Notre salle, la plus belle de France et même de l'Europe...” Cette grossière erreur, fille de la vanité gasconne, est cependant fort utile. Noblesse oblige : en vertu de la beauté de leur théâtre, qu'ils croient suprême, les Bordelais se figureront peut-être qu'ils aiment les arts et ils donneront quelque argent pour cultiver chez leurs enfants le sentiment du beau. »

On se demande où est la « grossière erreur » : chez les Bordelais ou chez Stendhal lui-même ? Imaginons qu'il soit entré seul dans le théâtre de Louis, sans avoir lu le journal : n'aurait-il pas été séduit et conquis par cet escalier extraordinaire, par ce jeu de colonnes, par cette salle aux proportions parfaites ? Mais Stendhal voulait être seul à aimer ce qu'il aimait, il aurait eu l'impression de s'être laissé dicter son goût s'il avait trouvé beau un lieu reconnu comme tel par tout le monde. Personne n'ayant dit avant lui que les allées de Tourny étaient magnifiques, il a pu se livrer sans frein au bonheur de les admirer. Telles sont les limites de l'égotisme stendhalien.

A peine arrivé à l'étape, Stendhal s'enquiert du meilleur café. A Marseille, on peut obtenir en deux minutes un thé chaud. A Lyon, le garçon lui répond avec humeur et lui apporte une tisane tiède. A Bordeaux, on lui sert poliment, mais après vingt minutes, du thé froid. « Le lecteur se moquera peut-être de ma façon de calculer le degré de civilisation par l'eau chaude. Je répondrai que pour moi qui ne crois que ce que je vois, ces petites choses sont tout. » Une vie ne vaut que par les détails, n'est-ce pas ce que Stendhal nous a appris de plus précieux ? Splendeur du pont du Gard. « Ce monument doit agir, ce me semble, comme une musique sublime, c'est un événement pour quelques cœurs d'élite, les autres rêvent avec admiration à l'argent qu'il a dû coûter. » Stendhal tient des comptes forts précis de ce qu'il dépense, et rien n'est plus amusant que de voir un homme si regardant sur les centimes protester de son mépris pour l'argent. Quant à la minutie des mesures en pieds et en pouces des monuments qu'il visite, il faut la mettre en rapport avec l'horreur des phrases générales et emphatiques à la Chateaubriand. Il y a chez Stendhal une contradiction permanente entre le besoin d'admirer, de s'élever au sublime, et la méfiance contre tout ce qui aurait l'air d'un engouement rhétorique. D'où ce besoin de corriger les émotions par des chiffres.

Contre les petitesses et les ridicules du « provincial », il a des phrases terribles, qui sentent le poncif, mais l'intelligence du romancier le sauve de la caricature. « Au lieu de haïr le petit libraire du bourg voisin, disais-je à mon ami M. Ranville, appliquez-lui le remède indiqué par le célèbre Cuvier : traitez-le comme un insecte. Cherchez quels sont ses moyens de subsistance ; essayez de deviner ses manières de faire l'amour. » Mot profond, qui d'un côté relie Stendhal à Balzac (dont le maître était aussi Cuvier), par l'intérêt qu'il porte aux ressources économiques de chacun, et d'un autre côté en fait un précurseur de Freud. L'argent et le sexe : on pardonnera à Stendhal d'avoir méconnu Toulouse, Montpellier, l'art gothique et Beethoven, puisque même en voyage le vrai sujet de son étude n'était pas le pays visité mais les ressorts du cœur humain.

V. Stendhal et Pascal

> *« Quand je lis Pascal, il semble que je me relis... Je crois que c'est celui de tous les écrivains à qui je ressemble le plus par l'âme. »*
>
> H. Beyle, *Journal.*

A qui cette surprenante déclaration ne donnerait-elle à penser ? Si comme Sainte-Beuve, lorsqu'il imaginait le convoi funèbre de Montaigne, nous nous étions arrêtés à songer un moment quels seraient les écrivains les plus prompts à se ranger derrière le cercueil de Pascal, nul doute qu'il ne nous fût d'abord venu à l'esprit d'en exclure, aussi bien que Voltaire, que Valéry, qu'Aldous Huxley, aussi bien que tous les acrobates de l'intelligence, tous les virtuoses du scepticisme, Henri Beyle. Quoi ! ce libertin, cet égotiste impénitent, oserait marcher dans la même foulée où passa le solitaire de Port-Royal ? « Quand je lis Pascal, il semble que je me relis... Je crois que c'est celui de tous les écrivains à qui je ressemble le plus par l'âme. » L'âme ! Ainsi Beyle, négligeant la philosophie et la religion de Pascal, se range, avant Barrès, parmi les amateurs d'âmes, et trouve, comme Barrès, en Pascal, ces émotions fortes, héroïques, dont il est avide de se nourrir.

Quelles délices devaient ravir Stendhal, toutes les fois qu'il rouvrait *Les Provinciales*, toutes les fois qu'il réchauffait à la flamme des « petites lettres » l'emportement de son propre génie, on n'a point de peine à se les imaginer. Par trois biais il est possible de rejoindre le beylisme des *Provinciales* : d'abord c'est un livre jeune, qui secoue l'autorité de la théologie scolastique, et s'amuse à faire, en passant, des niches au P. Annat ou à M. Le Moyne, avec le même irrespect que Stendhal, dans son *Racine et Shakespeare*, mettait à fronder la tragédie telle qu'on l'écrivait, dit-il, pour nos grands-pères ; en second lieu c'est un livre sincère, ennemi juré de toutes les formes d'hypocrisie et de papelardise, exactement comme on voit Stendhal n'éprouver jamais tant d'aversion que devant les diverses variétés de Raminagrobis (car un Sorel, un Del Dongo, les « héros » stendhaliens, ne revêtent un masque d'hypocrisie que pour mieux préserver des atteintes de la société la sincérité primitive de leur cœur) et prendre parti pour la rude mais franche sévérité de l'abbé Pirard contre les minauderies cauteleuses et les sourires à double entente des Castanède, des Valenod, des Rassi, tout l'essaim noir et fourré des chattemites ; enfin c'est un livre pénétrant, perçant, aigu, dominé par l'horreur du vide et du vague, rigoureux comme une démonstration mathématique : ces mathématiques que Lucien Leuwen avait apprises et dont Stendhal lui-même éprouvait le besoin, selon cette note révélatrice de *Henry Brulard* : « J'aimais et j'aime encore les mathématiques par elles-mêmes, comme n'admettant pas l'hypocrisie et le vague, mes deux bêtes d'aversion. » Jeunesse, sincérité, intelligence alerte et rigoureuse : si tout l'édifice des *Provinciales* n'a pas d'autres fondements que cette alliance de la passion et de la géométrie, cet élan, cet héroïsme du cœur et de l'esprit, c'est de la même source que Stendhal attend les véritables plaisirs de l'âme, c'est avec la même fougue intransigeante et, comme il aimait à dire, avec le même « espagnolisme » qu'il se lance à la poursuite du bonheur.

La poursuite du bonheur : voilà, semble-t-il, où Stendhal va se séparer de Pascal. Point encore cependant. Sans doute, à peine a-t-on rouvert les pages célèbres sur le divertissement (« j'ai découvert que tout le malheur des hommes vient d'une seule chose, qui est de ne savoir pas demeurer en repos dans une chambre »), on ne laisse pas de songer comment l'ambition jette Julien loin de sa solitude franc-comtoise jusque dans les salons du marquis de la Mole, comment l'ennui pousse Lucien de cheval en maîtresse et de maîtresse en ministre, Lamiel de duchesse en duc et de duc en marquis, comment la vanité lance Fabrice dans les intrigues de la cour d'un principicule italien. L'ambition, l'ennui, la vanité : les trois sentiments, disait Pascal, au bout desquels le monde attend la révélation du bonheur, alors qu'ils portent en eux-mêmes le germe de tous les malheurs de l'humaine condition. Beyle et ses héros se leurreraient à ce point, et Pascal, deux siècles auparavant, aurait accablé de son amertume et de ses sarcasmes la triste mécanique des marionnettes stendhaliennes ! Mais attention : si l'on commence par distinguer ceux que Stendhal considérait comme ses « héros » et le reste de la société, nul doute qu'il n'éprouvât pour le commun des mortels la même pitié, le même dégoût profond (« Je regarde les hommes comme des machines poussées en France par la vanité, et ailleurs par toutes les passions », écrit-il dans *Souvenirs d'égotisme*), qu'il pouvait lire dans Pascal, et qu'il ne dissimule jamais quand il parle d'un Valenod, d'un Rassi, d'un Sansfin. Le cas de Julien, de Lucien, de Fabrice, de Lamiel est plus subtil. Stendhal se confond-il avec les mouvements de leur ambition et de leur vanité ? A première vue rien ne semble égaler l'amour, la griserie que Beyle partage et revit avec chacun de ses héros. Mais aussitôt le désir de n'être point dupe le retient. Et la voilà cette fameuse ironie stendhalienne, qui s'insinue en tiers entre le sentiment et l'âme qui l'éprouve, et grâce à laquelle Stendhal se détache du cœur de ses héros, prend de la distance, et se moque doucement des succès de Julien auprès de Mme de Rênal, des enthousiasmes de Fabrice à la cour de Parme. L'ironie de Beyle, c'est l'amertume de Pascal accordée à la guitare espagnole ou à la mandoline italienne.

Le bonheur, pourtant, Stendhal ne le juge pas si illusoire qu'il ne donne à ses héros le droit de s'y abandonner par moments. Il y a au terme du beylisme la certitude d'un bonheur vrai, invincible à l'ironie, et presque pascalien, sinon par le contenu, du moins par les manifestations. Sans doute il semble bien souvent que Stendhal n'ait jamais connu de plus grand bonheur que celui d'entrer dans un salon sans faire de faux pas, de monter à cheval sans risquer de chute. Mais derrière ce bonheur de façade et de parade, et dont Stendhal lui-même ne manque pas de railler les prétentions et les vanités, il faut distinguer un autre idéal, contradictoire avec le premier ; l'idéal d'un bonheur solitaire, non plus lancé comme un défi aux personnes du beau monde, mais réservé à soi-même, pour soi seul, loin de toute ambition et de toute vanité. C'est le bonheur que Julien et Mathilde, Lucien et Mme de Chasteller goûtent au plus fort de leur amour ; c'est surtout le bonheur que Lamiel connaît dans sa tour solitaire, Julien et Fabrice isolés dans leur prison. La prison : symbole pascalien par excellence : « De là (du divertissement) vient que la prison est un supplice si horrible ; de là vient que le plaisir de la solitude est une chose incompréhensible. » La prison n'est point un supplice horrible pour Julien, qui, irrité contre le dévouement indiscret de Mathilde à laquelle « il fallait toujours l'idée d'un public et des autres », « trouvait un bonheur singulier, quand, laissé absolument seul, il pouvait se livrer tout entier au souvenir des journées heureuses qu'il avait passées jadis à Verrières ou à Vergy ». La prison n'est point un supplice horrible pour Fabrice, lorsqu'elle lui donne l'occasion d'oublier ses succès mondains et de se perdre en délicieuses rêveries sur les soirs de Grianta, ou de se sentir ravi tout entier dans la contemplation de Clelia. Pour ces héros, délivrés du « divertissement », le « plaisir de la solitude » est le seul qui compte. Fabrice heureux, c'est déjà Fabrice chartreux. Les héros de Stendhal n'atteignent le bonheur que dans le repos d'une chambre ou d'une cellule.

Il y a une seconde contradiction dans l'idéal beyliste, qui rapproche peut-être encore davantage Stendhal de Pascal. En apparence le bonheur tel que se l'imagine Julien doit être l'aboutissement nécessaire d'une stratégie fort étudiée, le bilan mathématique d'une série de calculs : oui, mais ce n'est là que bonheur de tête, imaginaire, illusoire ; le vrai bonheur est toujours offert, à l'improviste, et par surcroît ; échappant à tout contrôle, il s'empare de l'âme et la ravit au ciel de la béatitude. Julien, Fabrice, lorsqu'ils n'aiment que par ambition, sont toujours déçus de ne pas trouver dans l'amour le plaisir qu'ils en escomptaient ; inversement, les plaisirs de l'amour leur arrivent au moment le plus inattendu, quand ils ne pensent plus à tirer parti de leurs succès. Julien, le premier, en fait l'aveu à Mme de Rênal : « Autrefois, quand j'aurais pu être si heureux, pendant nos promenades dans les bois de Vergy, une ambition fougueuse entraîna mon âme dans les pays imaginaires… Non, je serais mort sans connaître le bonheur, si vous n'étiez venue me voir, dans cette prison. »

Paradoxe des héros stendhaliens : ils n'échafaudent avec tant de ténacité leurs combinaisons, que parce que celles-ci font miroiter à leurs yeux l'image de bonheurs parfaits ; en même temps, ils n'atteignent à ce but qu'après avoir oublié tout calcul. Or, ce paradoxe du bonheur, c'est le paradoxe même de la grâce : grâce et bonheur ne dépendent pas de la volonté de l'homme qui les recherche, ils sont absolument gratuits. Comme Pascal foudroyé dans sa chambre en novembre 1654, Fabrice frappé par le bonheur dans son donjon pleure des larmes de joie en reconnaissance de ce don céleste.

Cela dit, il faut marquer les différences. Stendhal s'imagine que l'héroïsme, « l'espagnolisme » de Pascal ne trouvent leur source que dans les émotions qu'il éprouve. Erreur : l'auteur des Deux Infinis et des Trois

Ordres ne jugerait pas digne de joie une émotion qu'il ne pourrait justifier que par l'effervescence dont il se sentirait agité. Les larmes versées dans la nuit de novembre 1654, il ne les a recueillies avec tant de ferveur que parce qu'il ne les distinguait pas de la vérité qu'elles lui révélaient.

Au contraire, Stendhal paraît n'avoir jamais songé que l'âme pouvait n'être point autonome, que les émotions pouvaient ne point porter en elles-mêmes leur sens et leur richesse. Ce n'est nullement parce qu'il croit s'approcher de la vérité que naissent ses enthousiasmes : rien ne lui donne de la joie autant que ce principe intérieur par lequel l'âme s'éprouve elle-même dans sa pureté absolue, et que Rousseau avant Stendhal avait appelé sincérité. La sincérité, qui est comme l'ennemie de la vérité, puisqu'aucune certitude n'est reconnue pour vraie que l'esprit n'ait d'abord essayée, éprouvée à un système de valeurs et de jugements indépendant de ses propres désirs, tandis qu'à la sincérité suffit le témoignage du premier frisson, de la première larme. Etre pour soi seul, à soi-même, et n'être que soi : telle se peut imaginer la devise de Stendhal, comme de Rousseau, comme de Gide, alors que Pascal exige d'un homme de cœur qu'il se sacrifie aux commandements de la vérité.

A partir de cette première fêlure, nous voyons la faille s'élargir entre Stendhal et Pascal. A la nouvelle religion de l'âme, au nouveau culte du moi, dont Stendhal a consacré les autels, correspond une nouvelle morale : si les valeurs spirituelles se confondent avec les jouissances de l'égotisme, les valeurs morales se réduisent au sentiment de ce qu'une âme bien née se doit à elle-même. Lorsque Lamiel, devenue parisienne, cède au premier aventurier de rencontre, lorsque Mathilde renonce en faveur de Julien aux convenances qu'eussent exigées son rang et sa fortune, elles ne se demandent point si leur conduite ne lèse pas quelque principe supérieur : il leur suffit qu'elle ne trahisse pas ce que Corneille eût appelé leur gloire, ce que Stendhal appelle leur honneur. Voilà sans doute une morale qui « se moque de la morale », et que Beyle lance comme un défi contre les platitudes des conventions bourgeoises, les bassesses des hypocrisies de cour ; voilà même une morale aux règles exigeantes, impérieuses, puisque Julien se serait tué plutôt que de supporter de n'avoir pas pris la main de Mme de Rênal avant le dernier coup de dix heures ; mais quel orgueil finalement, s'il devient loisible à une âme de se juger par ses propres désirs, de se justifier de ses passions par l'intensité avec laquelle elle les éprouve.

Stendhal ne faisait pas mystère de donner, au-dessus de tous les sentiments dont il souhaitait voir un grand caractère pourvu, la préférence à celui dont il avait trouvé l'exemple et le nom en Italie, la *virtù*, pouvoir occulte où les émotions se chargent d'ondes électriques, pour inspirer à ceux qui en sont secoués comme une fureur d'héroïsme, dont ils écoutent et respectent la voix sans se demander quelles fins elle leur propose, dussent-ils aller jusqu'à la violence, jusqu'au crime. La *virtù* et non la vertu. Un tyran, un scélérat, voilà quels types, à l'instar de Machiavel, Stendhal juge supérieurs aux âmes étiolées par la morale et la civilité des honnêtes gens. La même admiration que Salluste vouait à Catilina, Corneille à Cléopâtre, Beyle la reporte sur Napoléon, alors qu'il importe moins à Pascal qu'un homme puisse être comparé à un astre et qu'il laisse derrière lui un sillage de feu, que de s'assurer s'il n'a pas péché contre les prescriptions de la conscience, ni empiété sur les « ordres » par son appétit de domination.

Insouciance de la vérité, mépris de la loi divine : peut-être le bonheur lui-même, dont nous avions cru que Pascal et Beyle s'étaient formé un idéal voisin, n'est-il pas une cause de désaccord moins profonde entre les deux écrivains. Le bonheur que Fabrice et Julien découvrent dans l'isolement de leur prison n'est jamais un bonheur immédiat, mais le souvenir de bonheurs évanouis, tels que l'un les goûtait sous les marronniers de Verrières, et l'autre par les belles soirées de Grianta ; inversement, Lamiel ou Lucien Leuwen, comme Mignon lorsqu'elle rêvait des citronniers en fleur et des palais italiens, se promettent pour les temps futurs les bonheurs dont leur attente est continuellement frustrée. Ainsi, renvoyés sans cesse des bonheurs passés aux bonheurs à venir, les héros stendhaliens sont privés de la présence réelle, *hic et nunc*, du bonheur. Telle était sans doute l'expérience que Stendhal avait retirée de sa vie ingrate ; telle était aussi la chanson désabusée dont les violons romantiques faisaient vibrer les accents. A entendre Julien exhaler en soupirs la mélancolie du temps perdu, à voir Lucien rôder sous les fenêtres de Mme de Chasteller, on croirait reconnaître les plaintes de Lamartine, les élégies de Leopardi. Bonheurs imaginaires, illusoires, éphémères. Avec quelle violence Pascal ne les eût-il pas dénoncés ! Au-delà des mirages de la sensibilité, des mensonges de l'émotion, des souvenirs inanes et des vaines espérances, Pascal recherche un bonheur, à la fois immédiatement sensible et durable éternellement, porte d'accès à la libération définitive ; et non plus tant un bonheur qu'une joie, dont la quête ne soit pas séparable de la recherche de Dieu, et la présence se confonde avec la révélation même de l'éternité retrouvée.

Suprême malentendu : Stendhal joue de son âme et des enthousiasmes éphémères qu'elle lui procure, comme d'un levain qui fasse monter l'épaisse et fade pâte de la vie – mais sans cesser d'être passionnément attaché aux formes de la vie les plus superficielles, coupe d'un gilet, élégance d'un attelage, coquetterie d'une maîtresse, alors que Pascal ne demande à son âme que de l'arracher à la misère de sa condition humaine, à la vie du cœur et du monde, pour l'initier à la vie spirituelle, et lui enseigner, dans la vision de son salut, la souveraine félicité. Stendhal, qui jugeait l'Angleterre froide à cause de ses brouillards et qui avait besoin des femmes et du soleil d'Italie, ressemble à ces « gens qui meurent sur les saisons » dont parle Rimbaud, tandis que Pascal, engagé « à la poursuite de la clarté divine », était de ceux qui portent le soleil en eux.

N. B. Il y aurait d'autres points de contact à signaler : entre le *Discours des passions de l'amour* (mais Pascal en est-il bien l'auteur ?) et *De l'amour* ; ou bien entre cette note des *Pensées* : « La vraie éloquence se moque de l'éloquence » et cette remarque de *Henry Brulard* : « Les phrases nombreuses et prétentieuses de MM. Chateaubriand et Salvandy m'ont fait écrire le R. et le N. d'un style trop haché. » Un style trop haché : non sans rapport peut-être avec celui de Pascal.

Le mystère de l'œuvre ultime

Le créateur sait-il qu'il travaille à son dernier ouvrage ? S'il meurt très âgé, peut-être. Mais s'il disparaît en pleine jeunesse, peut-on lui attribuer la prescience qu'il met le point final à son œuvre ?

Tout être humain a une connaissance obscure du temps dont il dispose. Déplorer que Mozart soit mort à trente-cinq ans, c'est ignorer cette loi mystérieuse. Mozart *savait* qu'il avait trente-cinq ans à vivre, Schubert trente et un ans, Pergolese vingt-six. *La Flûte enchantée, Le Pâtre sur le rocher*, le *Stabat Mater* ne sont pas des jalons dans une œuvre qui devait encore se développer, ce sont vraiment des « œuvres ultimes », conçues, méditées, écrites comme telles. La notion d'« œuvre ultime » n'est pas liée à l'âge : elle est liée au besoin éprouvé par le créateur de dire, avant de mourir, ce qui lui tient le plus profondément à cœur. Et qui, souvent, va à contre-courant de ce qu'il a dit jusqu'alors.

Ainsi de *La Flûte enchantée*, qui dément toute l'œuvre précédente de Mozart, par la substitution de l'amour mystique à l'amour libertin, Tamino étant aussi opposé à don Giovanni que la cellule d'un moine à une loge des Folies-Bergère ; par le style musical aussi, le dérapage vers le conte enfantin, le féerique, le fantastique. Ainsi du *Stabat Mater*, où le très jeune Pergolese, qui a créé avec *La Serva padrona* l'opéra bouffe, introduit sur la scène le comique et le farcesque, et décliné sur tous les tons la gaieté napolitaine, se met en règle avec la mort. Pour Schubert, le virage est moins brusque. *Le Pâtre sur le rocher* reprend le thème du voyage et de l'errance, mais le compositeur innove en introduisant la clarinette dans l'accompagnement d'un lied : élargissement romantique d'un genre qu'il découvre trop étroit. Œuvres ultimes, les trois que je viens de citer, parce qu'elles permettent à leur auteur de mourir apaisé, avec le sentiment que les comptes qu'il fallait liquider ont été liquidés, que tout est en ordre, qu'il n'aurait plus rien d'autre à dire si le destin rallongeait sa vie.

Le Temps retrouvé est vraiment la réunion de tous les leitmotive proustiens, le toit de l'édifice, le livre sans lequel *A la recherche du temps perdu* fût resté inachevé. Achèvement : l'œuvre ultime ne serait-elle pas toujours un achèvement de tout ce qui a été fait jusqu'alors ?

L'œuvre ultime, en particulier lorsqu'elle arrive au terme d'une longue existence, n'en marque-t-elle pas le couronnement, ne résume-t-elle pas tous les thèmes de l'auteur en un dernier feu d'artifice ? L'âge n'incite-t-il pas à faire comme un bilan, une récapitulation, une somme des idées, fantasmes, obsessions, éparpillés jusqu'alors dans les différents ouvrages ? Voilà un lieu commun dont il faut se défaire si l'on veut comprendre quelque chose au mystère de l'œuvre ultime.

Les œuvres ultimes les plus significatives, celles auxquelles on pense lorsqu'on réfléchit à cette notion, celles qui sont restées exemplaires, se caractérisent par leur nouveauté radicale, par le démenti qu'elles opposent aux travaux précédents de leur auteur. L'œuvre ultime est une sorte de vieille dame indigne, qui renie son passé, qui veut profiter des derniers moments dont elle dispose pour tenter autre chose, qui entend explorer les versants de sa nature laissés jusqu'alors dans l'ombre. Bien mieux : le créateur s'aperçoit qu'il a été forcé toute sa vie de refouler certaines tendances qui étaient latentes en lui, de laisser en friche ce qui aurait pu être exploité si son éducation, la culture du milieu où il a vécu, son propre succès qui l'a enfermé dans des formules, ne l'avaient contraint à suivre une ligne qui n'était pas la seule possible, qui n'était peut-être même pas sa vraie ligne.

Force du système qui oblige un créateur à se répéter, sans oser dévier du sillon tracé la première fois par le succès : c'est là, je crois, l'origine du désir de faire, enfin, grâce à la liberté que donne le grand âge, le contraire de ce qu'on a fait jusqu'alors, ou qu'on n'a fait que timidement. *Je ne suis pas celui que vous croyez, et je vais vous montrer ce que je suis vraiment. Mon œuvre ultime ne va pas vous conforter dans l'image que vous vous êtes faite de moi ; cette image, elle va la détruire, la mettre en pièces, si bien que vous ne saurez plus quoi penser de celui dont vous n'avez connu que le masque.*

N'entendez-vous pas la voix même de Monteverdi ? *J'ai soixante-quinze ans, et je vous donne un opéra,* L'Incoronazione di Poppea, *où je prône les valeurs exactement contraires à celles que je faisais applaudir jusqu'à présent : non plus la fidélité à l'épouse morte, comme dans* L'Orfeo, *non plus la fidélité à l'époux absent, comme dans* Il Ritorno di Ulisse, *mais le droit à l'inconstance, à la frivolité, à la dépravation, à l'amour adultère et irresponsable.* Malice suprême du grand auteur, qui déjoue les idées reçues et révèle son visage authentique. Schubert, jeune/vieux mort, déroute et consterne, par la tristesse sans fond du *Voyage d'hiver*, jusqu'à ses plus proches amis, qui l'avaient catalogué comme un aimable compositeur de valses, de menuets, de mélodies légères (*Truite* et *Marguerite au rouet*). Le vieux Corneille donne un exemple encore plus éclatant de palinodie. Toute sa vie il a mis en scène des personnages qui, placés dans une situation dramatique, choisissent la solution la plus difficile : le devoir contre l'amour, le sacrifice contre le bonheur. Et voilà que, à soixante-huit ans, dans sa dernière pièce, *Suréna*, il prend le parti opposé. L'entière soumission des différents personnages à l'amour fait de *Suréna* une œuvre élégiaque, éperdue, dépourvue de cette raideur morale associée à la poétique cornélienne. Le vers célèbre prononcé par Eurydice : « Toujours aimer, toujours souffrir, toujours mourir » est l'étendard dressé sur les ruines de l'héroïsme cornélien. C'est comme si le vieux poète, lassé du rôle où les triomphes du *Cid*, de *Cinna*, de *Polyeucte* l'avaient confiné, exaspéré de passer pour celui qui, selon le mot de La Bruyère, « peint les hommes tels qu'ils devraient être », fiers, maîtres de leur destin, leur permettait enfin d'être faibles, vivant pour leur passion, cédant à leur amour qui les conduit à la mort.

Et Verdi ? Statufié de son vivant, figé sous les traits du compositeur national, devenu le symbole du patriotisme italien, vénéré comme un des artisans du Risorgimento, adulé comme la conscience politique de son pays, n'en a-t-il pas eu assez d'être guindé dans ce rôle, corseté dans cette redingote officielle ? A quatre-vingts ans, il se déboutonne, il se lâche, il se permet, avec *Falstaff*, de lancer un énorme éclat de rire, de tourner en dérision la figure du père si souvent exaltée auparavant.

A soixante-seize ans, Chateaubriand écrit *Vie de Rancé*, biographie du réformateur de la Trappe, qui est peut-être son chef-d'œuvre, par la liberté du style et de la composition – par le ton désenchanté surtout, aux antipodes du romantisme flamboyant de *René* et d'*Atala*. La page sur les lettres d'amour, sur l'inévitable lassitude qui refroidit insensiblement toute correspondance d'amour, est un des plus beaux textes inspirés par le grand âge. Après avoir rappelé comment l'impatience du début laisse peu à peu la place à l'indifférence et à l'ennui (« *Je vous aime* n'est plus là qu'une expression d'habitude, le protocole obligé, le *j'ai l'honneur d'être* de toute lettre d'amour »), Chateaubriand de conclure : « Qu'est-il survenu ? Est-ce un nouvel attachement qui commence ou un vieil attachement qui finit ? N'importe : c'est l'amour qui meurt avant l'objet aimé. On est obligé de reconnaître que les sentiments de l'homme sont exposés à l'effet d'un travail caché ; fièvre du temps qui produit la lassitude, dissipe l'illusion, mine nos passions et change nos cœurs, comme elle change nos cheveux et nos années. »

Nos cœurs, nos cheveux et nos années : mais plus que cela. Le temps peut changer notre style, nous révéler des voies que nous ne soupçonnions pas ou que nous nous étions interdites, par respect de la culture de notre temps, par soumission aux canons esthétiques de notre époque. Telle est l'expérience bouleversante qui a été réservée à quelques-uns des plus grands peintres et sculpteurs. Dire que c'est la diminution de leurs moyens physiques, le tremblement de leur main, une perte de maîtrise due à la vieillesse, qui expliquent cette révolution de leur art, ce serait nier leur besoin profond de changement, se méprendre sur le sens qu'a revêtu pour eux la conscience de faire « l'œuvre ultime ». Quand Titien, à quatre-vingt-cinq ans, peint la *Pietà*, il a derrière lui le glorieux passé de décorateur officiel de Venise, dont il a célébré la splendeur en la symbolisant sous les traits de femmes blondes, opulentes, épanouies. Il pourrait conclure son œuvre par une dernière image de beauté calme et sereine. Non, il donne un tableau crépusculaire, dont les personnages ne sont plus dessinés fermement comme autrefois, mais s'estompent dans un demi-jour tragique. Michel-Ange, à quatre-vingt-neuf ans, meurt sans avoir achevé la *Pietà* dite Rondanini. Ce sujet n'était pas neuf pour lui : il avait déjà sculpté deux autres groupes de la Mère et de l'Enfant. Mais c'étaient des œuvres lisses, bien cernées, « classiques ». L'ultime *Pietà*, réduite à l'étreinte de deux corps secs et émaciés comme des troncs d'arbre, est absolument inouïe : l'idéal apollinien de la Renaissance, cette glorification de la beauté de l'homme et de la femme considérés comme des miroirs de la création, est répudié au profit d'une abstraction torturée qui annonce Rodin, Zadkine, Giacometti.

Le mystère de l'œuvre ultime, en fin de compte, se ramène à ces deux questions : pourquoi un créateur dissimule-t-il si longtemps ce qu'il a de plus précieux à dire ? Pourquoi attend-il le dernier moment pour se démasquer ?

INDEX

D

E

F

G

K

L

M

U

V

W

Y

Z

Table

Dominique Fernandez dans Le Livre de Poche

L'Amour nº 6348

De Lübeck à Rome, en passant par Vienne, les pérégrinations passionnées d'un jeune artiste partagé entre la peinture et la musique.

La Course à l'abîme nº 30317

Rome, 1600. Un jeune peintre inconnu débarque dans la capitale et, en quelques tableaux d'une puissance et d'un érotisme jamais vus, révolutionne la peinture. Réalisme, cruauté, clair-obscur : il bouscule trois cents ans de tradition artistique. Il devient, sous le pseudonyme de Caravage, le peintre officiel de l'Eglise. Mais voilà : c'est un marginal-né, un asocial ; l'idée même de « faire carrière » lui répugne. Au mépris des lois, il aime à la passion les garçons, surtout les mauvais garçons, les voyous. Il aime se bagarrer, aussi habile à l'épée que virtuose du pinceau. Condamné à mort pour avoir tué un homme, il s'enfuit, provoque de nouveaux scandales et meurt à 38 ans sur plage au nord de Rome. Assassiné ? Sans doute. Par qui ? On ne sait. Pourquoi ? Tout est mystérieux dans cette vie et dans cette mort.

Jérémie ! Jérémie ! nº 30782

Fabrice Jaloux, un étudiant parisien passionné par Alexandre Dumas, enquête sur la grand-mère de l'écrivain, une esclave noire haïtienne, disparue sans laisser de traces. Il s'engage dans une mission humanitaire internationale, et part pour Haïti. Après s'être émerveillé de l'exotisme coloré et chaleureux de l'île, le jeune homme va découvrir l'envers du décor…

Nicolas nº 15275

Fuyant Saint-Pétersbourg, Nicolas, un étudiant, et Alice, sa compagne, une jeune danseuse, débarquent à Paris. Indifférent aux réalités, Nicolas se plonge dans l'étude et dans un essai sur Paul Ier. A peine remarquera-t-il qu'Alice a dû se sacrifier et payer de son corps la chambre d'hôtel. Surgit alors Rachid, journaliste connu, marié et secrètement homosexuel, qui se prend d'intérêt pour eux au point de les installer au-dessus de chez lui.

Porfirio et Constance nº 13526

C'est par défi que Porfirio Vasconcellos, ultime rejeton d'une vieille lignée sicilienne, a épousé Constance, fille d'instituteurs auvergnats, parfaite incarnation de la France laïque. Tout les sépare, l'argent, le sexe, l'éducation des enfants. Et bientôt la politique. On aborde les années 1930 et Porfirio, de plus en plus fasciné par l'Italie de Mussolini, va bientôt se rallier à Doriot et à la collaboration avec l'occupant nazi.

Signor Giovanni nº 15566

L'érudit et archéologue Winckelmann, célèbre apôtre du néoclassicisme, fut poignardé à Trieste, le 8 juin 1768, dans son hôtel, alors qu'il se rendait de Vienne à Rome. Il avait eu l'imprudence de montrer à son voisin de chambre des monnaies d'or et d'argent que lui avait offertes l'impératrice Marie-Thérèse. Convaincu d'homicide par cupidité, l'assassin fut condamné à mort. Dominique Fernandez a rouvert le dossier du procès : bien des détails lui ont semblé étranges.

Tribunal d'honneur nº 14695

En 1893, au sommet de sa gloire, Tchaïkovski meurt à Saint-Pétersbourg. L'immense musicien a succombé au choléra. Du moins est-ce là ce que répéteront ses biographes… Il existe pourtant une autre hypothèse, souterraine et bien différente. Tchaïkovski, pour avoir séduit un adolescent, aurait été condamné à s'empoisonner par un mystérieux « tribunal d'honneur », sur ordre du tsar Alexandre III.

Du même auteur :

Romans

L'Écorce des pierres, 1959, Grasset.
L'Aube, 1962, Grasset. Nouvelle édition, 2003.
Lettre à Dora, 1969, Grasset.
Les Enfants de Gogol, 1971, Grasset. Nouvelle édition, 2003.
Porporino ou les Mystères de Naples, 1974, Grasset et Le Livre de Poche.
L'Étoile rose, 1978, Grasset et Le Livre de Poche.
Une fleur de jasmin à l'oreille, 1980, Grasset.
Signor Giovanni, 1981, Balland. Nouvelle édition, 2002 et Le Livre de Poche.
Dans la main de l'ange, 1982, Grasset et Le Livre de Poche.
L'Amour, 1986, Grasset et Le Livre de Poche.
La Gloire du paria, 1987, Grasset et Le Livre de Poche.
L'École du Sud, 1991, Grasset et Le Livre de Poche.
Porfirio et Constance, 1992, Grasset et Le Livre de Poche.
Le Dernier des Médicis, 1994, Grasset et Le Livre de Poche.
Tribunal d'honneur, 1997, Grasset et Le Livre de Poche.
Nicolas, 2000, Grasset et Le Livre de Poche.
La Course à l'abîme, 2003, Grasset et Le Livre de Poche.
Jérémie ! Jérémie !, 2006, Grasset et Le Livre de Poche.

Opéra

Le Rapt de Perséphone, 1987, *Dominique Bedou.* Musique d'André Bon, CD Cybelia 861.

Voyages

Mère Méditerranée, 1965, Grasset et Le Livre de Poche. Nouvelle édition augmentée de photographies de Ferrante Ferranti, 2000.

Les Événements de Palerme, 1966, Grasset.

Amsterdam, 1977, Le Seuil.

Les Siciliens, en collaboration avec Ferdinando Scianna et Leonardo Sciascia, 1977, Denoël.

Le Promeneur amoureux, *de Venise à Syracuse*, 1980, Plon et Presses Pocket.

Le Volcan sous la ville, *promenades dans Naples*, 1983, Plon.

Sentiment indien, 2005, Grasset.

Voyages, avec photographies de Ferrante Ferranti

Le Banquet des anges, *l'Europe baroque de Rome à Prague*, 1984, Plon.

Le Radeau de la Gorgone, *promenades en Sicile*, 1988, Grasset et Le Livre de Poche.

Ailes de lumière, 1989, François Bourin.

Séville, 1992, Stock

L'Or des tropiques, *promenades dans le Portugal et le Brésil baroques*, 1993, Grasset.

Sept visages de Budapest, 1994, Corvina/IFH.

La Magie blanche de Saint-Pétersbourg, 1994, Gallimard Découvertes.

Prague et la Bohême, 1994, Stock.

La Perle et le Croissant, 1995, Plon « Terre humaine » et Terre humaine Pocket.

Saint-Pétersbourg, 1996, Stock.

Rhapsodie roumaine, 1998, Grasset.

Palerme et la Sicile, 1998, Stock.

BOLIVIE, 1999, Stock.
MENTON, 2001, Grasset.
SYRIE, 2002, Stock.
ROME, 2004, Philippe Rey.
SICILE, 2006, Actes Sud/Imprimerie nationale.

Essais

LE ROMAN ITALIEN ET LA CRISE DE LA CONSCIENCE MODERNE, 1958, Grasset.
L'ÉCHEC DE PAVESE, 1968, Grasset.
IL MITO DELL'AMERICA, 1969, Edizioni Salvatore Sciascia (Rome).
L'ARBRE JUSQU'AUX RACINES, *Psychanalyse et création*, 1972, Grasset et Le Livre de Poche.
EISENSTEIN, *L'Arbre jusqu'aux racines II*, 1975, Grasset et Ramsay-Poche-Cinéma.
LA ROSE DES TUDORS, 1976, Julliard.
INTERVENTI SULLA LETTERATURA FRANCESE, 1982, Matteo (Trévise).
LE RAPT DE GANYMÈDE, 1989, Grasset et Le Livre de Poche.
LE MUSÉE IDÉAL DE STENDHAL, en collaboration avec Ferrante Ferranti, 1995, Stock.
LE MUSÉE DE ZOLA, en collaboration avec Ferrante Ferranti, 1997, Stock.
LE VOYAGE D'ITALIE, *dictionnaire amoureux*, photographies de Ferrante Ferranti, 1998, Plon et Tempus.
LE LOUP ET LE CHIEN, *un nouveau contrat social*, 1999, Pygmalion.
LES DOUZE MUSES D'ALEXANDRE DUMAS, 1999, Grasset.
LA BEAUTÉ, 2000, Desclée de Brouwer.
ERRANCES SOLAIRES, photographies de Ferrante Ferranti, 2000, Stock.
L'AMOUR QUI OSE DIRE SON NOM, *Art et homosexualité*, 2001, Stock.
DICTIONNAIRE AMOUREUX DE LA RUSSIE, Plon, 2004.

Traductions

UNE ÉTRANGE JOIE DE VIVRE ET AUTRES POÈMES, *de Sandro Penna*, 1979, Fata Morgana.

L'IMPRÉSARIO DE SMYRNE, *de Carlo Goldoni*, 1985, Éditions de la Comédie-Française.

POÈMES DE JEUNESSE, *de Pier Paolo Pasolini*, 1995, Gallimard.

POÉSIES, *de Sandro Penna*, Les Cahiers Rouges, Grasset, 1999.

Composition réalisée par Asiatype

Achevé d'imprimer en avril 2008 en France par
MAURY Imprimeur
45330 Malesherbes
Dépôt légal 1re publication : avril 2008
LIBRAIRIE GÉNÉRALE FRANÇAISE
31, rue de Fleurus – 75278 Paris cedex 06

31/2278/5